朝阳警事 ❸

A STORY OF POLICE MAN

卓牧闲 著

上海文艺出版社

目　录

第一章　毒贩（一）　/ 1
第二章　毒贩（二）　/ 5
第三章　毒贩（三）　/ 9
第四章　毒贩（四）　/ 13
第五章　毒贩（五）　/ 17
第六章　毒贩（六）　/ 20
第七章　搜捕（一）　/ 24
第八章　搜捕（二）　/ 28
第九章　搜捕（三）　/ 33
第十章　搜捕（四）　/ 36
第十一章　搜捕（五）　/ 39
第十二章　搜捕（六）　/ 42
第十三章　搜捕（七）　/ 46
第十四章　搜捕（八）　/ 49
第十五章　搜捕（九）　/ 54
第十六章　搜捕（十）　/ 58
第十七章　搜捕（十一）　/ 63
第十八章　长脸（一）　/ 67
第十九章　长脸（二）　/ 70
第二十章　立功受奖（一）　/ 73
第二十一章　立功受奖（二）　/ 78

第二十二章　立功受奖（三）　/ 82
第二十三章　立功受奖（四）　/ 86
第二十四章　立功受奖（五）　/ 89
第二十五章　立功受奖（六）　/ 93
第二十六章　好人应该有好报/ 99
第二十七章　帮忙？　/ 104
第二十八章　休息不了/ 108
第二十九章　又是野猪/ 112
第三十章　失踪失联（一）　/ 116
第三十一章　失踪失联（二）　/ 120
第三十二章　“分工明确”　/ 125
第三十三章　没常识/ 130
第三十四章　“调解”　/ 134
第三十五章　迎新（一）　/ 137
第三十六章　迎新（二）　/ 142
第三十七章　迎新（三）　/ 146
第三十八章　迎新（四）　/ 151
第三十九章　梁老师的孙子要结婚/ 154
第四十章　主意/ 157
第四十一章　讨债的/ 162
第四十二章　滚雪球/ 166
第四十三章　联系上了！　/ 169
第四十四章　邪门的一天！　/ 173
第四十五章　保护现场/ 178
第四十六章　“代表分局”　/ 182
第四十七章　这就是现场/ 186
第四十八章　留守现场/ 189
第四十九章　筛沙子/ 192

第五十章　魂不守舍/ 195
第五十一章　“愚公移山”　/ 198
第五十二章　蹊跷的案子/ 202
第五十三章　恶作剧？　/ 205
第五十四章　没凭没据/ 210
第五十五章　谁会搞恶作剧/ 214
第五十六章　大胆假设/ 217
第五十七章　扑朔迷离/ 221
第五十八章　不怕好人怕坏人/ 225
第五十九章　天塌下来有领导顶着/ 230
第六十章　冷处理/ 234
第六十一章　盘问（一）/ 238
第六十二章　盘问（二）　/ 242
第六十三章　无心插柳柳成荫/ 246
第六十四章　拿下一城/ 251
第六十五章　酒壮怂人胆/ 254
第六十六章　这就完了？　/ 258
第六十七章　不抓到凶手心不死/ 263
第六十八章　何所来了/ 268
第六十九章　比运气/ 271
第七十章　“扮猪吃老虎”　/ 275
第七十一章　“深藏不露”　/ 278
第七十二章　柳暗花明/ 282
第七十三章　研判组/ 286
第七十四章　她回来了！　/ 289
第七十五章　前任（一）　/ 292
第七十六章　前任（二）　/ 296
第七十七章　前任（三）　/ 300

第七十八章　前任（四）　/ 305
第七十九章　天网恢恢疏而不漏/ 308
第八十章　谜一样的女人/ 312
第八十一章　露头了！　/ 316
第八十二章　羡慕但不妒忌/ 321
第八十三章　跟踪监视（一）/ 326
第八十四章　跟踪监视（二）　/ 329
第八十五章　乌龙/ 332
第八十六章　眉目（一）/ 336
第八十七章　眉目（二）　/ 339
第八十八章　新任务/ 343
第八十九章　临门一脚/ 346
第九十章　师傅的娘家/ 349
第九十一章　有钱！　/ 353
第九十二章　第三个嫌疑人！　/ 357
第九十三章　“一般性防范”　/ 360
第九十四章　惯犯！　/ 364
第九十五章　“主动请缨”　/ 367
第九十六章　“摘桃子”　/ 370
第九十七章　“扯拉克”　/ 373
第九十八章　我认识！　/ 376
第九十九章　人情关/ 379
第一百章　两个案子！　/ 383
第一百零一章　大行动！　/ 387
第一百零二章　睁着眼睛说瞎话/ 391
第一百零三章　相见不如不见/ 395
第一百零四章　先手！　/ 400
第一百零五章　抓捕（一）　/ 404

第一百零六章　抓捕（二）　/ 408
第一百零七章　抓捕（三）　/ 412
第一百零八章　抓捕（四）　/ 415
第一百零九章　移交！　/ 419
第一百一十章　回家（一）/ 423
第一百一十一章　回家（二）　/ 427
第一百一十二章　回家（三）　/ 431
第一百一十三章　回家（五）　/ 435
第一百一十四章　“全不是好东西”　/ 439
第一百一十五章　白跑一趟/ 442
第一百一十六章　磨！　/ 446
第一百一十七章　人在老家，心在单位/ 450
第一百一十八章　不想当领导的警察不是好警察/ 454
第一百一十九章　“望夫成龙”　/ 458
第一百二十章　追逃/ 461
第一百二十一章　创业/ 464
第一百二十二章　又是跑路！　/ 468
第一百二十三章　拒不支付劳动报酬罪！　/ 471
第一百二十四章　创业、扶贫/ 475
第一百二十五章　亡羊补牢/ 480
第一百二十六章　撤！　/ 484
第一百二十七章　确实不甜/ 488
第一百二十八章　搞活动有一套/ 492
第一百二十九章　国际的！　/ 496
第一百三十章　大单/ 501
第一百三十一章　沉不住气/ 506
第一百三十二章　股份制/ 509
第一百三十三章　围剿（一）　/ 513

第一百三十四章　围剿（二）/ 517
第一百三十五章　尊重领导/ 521
第一百三十六章　计划不如变化/ 525
第一百三十七章　“就事论事”/ 529
第一百三十八章　“拉拢腐蚀”/ 532
第一百三十九章　有钱不见得是好事（一）/ 537
第一百四十章　有钱不见得是好事（二）/ 540
第一百四十一章　触目惊心！/ 544
第一百四十二章　“打广告”/ 548
第一百四十三章　越来越会来事！/ 552
第一百四十四章　得来全不费工夫！/ 555
第一百四十五章　顺水人情/ 559
第一百四十六章　旁观者清/ 563
第一百四十七章　蹊跷/ 566
第一百四十八章　真相大白/ 570
第一百四十九章　不归公安管/ 575
第一百五十章　高升/ 579

第一章　毒贩（一）

“江哥，怎么了？”

“没什么，你看着东西，我先去解个手。”江立从包里翻出一把手纸，跟仍在帮着做几个老人思想工作的村干部打了个招呼，飞快地跑向院子外找厕所。

韩朝阳没在意，老老实实待在原地，防止看热闹的小孩碰倒支着数码相机的三脚架，防止小朋友们瞎动电脑。

没想到江立这一去就是十几分钟，真怀疑他是不是掉茅坑里去了。更没想到的是，回来之后他居然不继续做剩下几个老人的思想工作了，一边跟村民们说说笑笑，一边麻利地收拾器材，收拾好跟村干部道别，背扛着器材打道回府。

早上看过花名册，还有二十一个人没办二代身份证呢！

他这个社区民警平时不怎么下“社区”，来一趟真不容易，怎么工作没干完就走。韩朝阳越想越纳闷，后面跟着一大帮看热闹的小孩又不好问，只能跟着他走。

下坡容易，上坡真累。跑到半山腰，回到警车边，韩朝阳累得气喘吁吁。小孩们一直跟到马路边，江立什么都没说，打开后备箱把器材放好，旋即拉开车门示意韩朝阳上车。

说走就走，当车拐过一道山梁，已经看不见一直追到马路上的那些小孩时，韩朝阳再也忍不住了，好奇地问：“江哥，身份证不办了？我们这是去哪儿？”

“刚才看见一个人，不办了，再办容易打草惊蛇。”

“什么人？”

“毒贩，”江立舔舔嘴唇，淡淡地说，“姓封，叫封长冬，家住李家窑三组，因为涉嫌贩毒被通缉，没想到他居然有胆回来。”

“为什么不去抓，我们两个人，对付一个逃犯应该没问题。”

江立深吸口气，扶着方向盘解释道：“封长冬很危险，极可能有枪。他老子因为贩毒被枪毙了，他哥因为贩毒也被枪毙了，他弟弟同样参与贩毒，只是因为落网时未成年没被判死刑，现在还在监狱服刑，可以说他就是一个亡命之徒，我们都没带枪，怎么抓？而且他是本地人，往山里一钻我们去哪儿找？”

“家族式贩毒！”韩朝阳大吃一惊。

“我们这儿是全国毒品问题的重灾区，有历史原因，历史上我们这儿就是鸦片种植的主要地区，烟土交易十分频繁，可以说是当时地方财政的主要来源。在一些偏僻的山村，种植、吸食毒品相沿成习，毒品违法犯罪始终没有根除，甚至有些人认为种植、贩卖毒品是祖上传下来维持生计的本事，尽管我们对毒品犯罪始终保持高压态势，但还有人铤而走险，零星种植罂粟甚至贩卖新型毒品。也有地缘原因，我们省是亚欧大陆桥必经省份，新兰市是承东启西、东联西进、东西双向开放的交通枢纽和贸易集散地。这个特殊的地理位置和环境，让犯罪分子有机可乘。从南云及‘金三角’经亚欧大陆桥，印度经青藏，以及‘金新月’流入你们东部省份的毒品都会经过我们这儿。”

“‘金三角’我知道，‘金新月’是哪儿？”

“阿富汗、巴基斯坦和伊朗三个国家交界的地区，形状像弯弯的月亮。现在‘金新月’已经取代‘金三角’成了世界上最大的鸦片类毒品产地。”江立探头看了一眼后视镜，接着道，“再就是利益诱惑，我们这儿自然条件恶劣，种地不赚钱甚至赔钱，又没什么企业，毒品的高额利润让一些没什么文化、法制观念淡薄的人铤而走险。现在比以前好多了，以前流传一个顺口溜：下南云上前线（东部），一来一去几十万，杀了脑袋也情愿。甚至出现‘杀了老子儿子干，杀了丈夫妻子干’的家族性贩毒现象。”

一直以为南云毒贩多，毒品问题严重，没想到这里也是毒品问题重灾区！想到刚才极可能跟穷凶极恶的毒贩擦肩而过，韩朝阳不禁倒吸了一口凉气。

“我向何所汇报，何所让我们撤，他正在上报县局，估计刑警队和禁毒队很快会来，白天不会动手，应该是晚上，到时候我们肯定要参加抓捕。”

白天过来容易暴露，而且白天村里老人多小孩多，如果毒贩手里有枪搞不好会挟持人质，甚至会误伤群众。晚上过来最好，说不定他就躲在家里，就算不在自己家，也会在同村的亲戚朋友家。

一来就有机会参与这样的大行动，韩朝阳真有那么点兴奋，想想又问道：“江哥，他看见了我们，会不会做贼心虚，会不会潜逃？”

“放心吧，他既然敢回来，既然被我们看见了，肯定跑不掉。”江立回头看了一眼，不禁笑道，“朝阳，你小子真是福星，昨天来我们所里，昨天我们新营就下雨了。今天跟我一起来李家窑，封长冬那混蛋就露头了。如果有可能，真希望你多来，一来就给我们带来好运气。”

“江哥，你还有心情开玩笑，他要是跑了怎么办？”

“我们这儿的交通你也看见了，总共就这几条路。他是A级通缉犯，局里不会错过这个机会，这会儿肯定让周边几个派出所、交警队上路设卡盘查了。几条路一封锁，他能跑哪儿去？”

“他如果不走大路，专走小路呢？”

“翻山越岭？”

“嗯。”

“望山跑死马，想跑出去哪有你说的这么容易，而且有些山那么陡，连路都没有，想翻也翻不过去。”

“跑不掉就好。”

遇到一个毒贩如此兴奋，就算不看警衔也知道他刚参加工作不久。江立强忍着笑问：“朝阳，你以前有没有见过毒贩？”

“见过。”

“真见过？”江立将信将疑。

“不骗你，真见过，”提起这件事韩朝阳就很庆幸，也不怕丢人，一脸不好意思地笑道，“有一天晚上跟我师兄去我们警务室对面的医院巡逻，我们分局禁毒大队副大队长和几个缉毒警押着一个体内藏毒的嫌犯去医院检查，做了个X光，发现肚子里有好多毒品，就找个病房让嫌疑人在医院排毒。我们一片好心，帮他们找医生、维持秩序。结果焦大，也就是我们分局禁毒队副大队长，居然让我和我师兄帮他们淘洗嫌疑人拉出来的毒品。幸亏我接到一个电话，要回警务室，不然真要帮他们淘大便。我师兄运气不好，没人给他打电话，没能跑掉。”

太搞笑了，他们分局禁毒队的副大队长也太坑了，这不是故意恶心人么。江立忍不住笑了，笑完之后突然道：“朝阳，你有没有想过，这是禁毒队领导对你的一种考验？”

“考验我，怎么可能？”

“怎么就不可能，禁毒队一样需要新鲜血液，特别需要像你这样刚参加工作满腔热血的年轻人。”

“不可能，我不是警校毕业的，也没当过兵，学的又是音乐。武的不行，文的也不行，除了干片儿警干不了别的。”

“当片儿警挺好，虽然没什么机会立功受奖，但至少没刑侦和缉毒那么危险。”

“这倒是，我们所办案队有个工作狂，跟我一起参加工作的，就想当刑警。说起来巧了，他前段时间被抽调到专案组，好像也是执行禁毒任务，为了掩护其他人抓吸毒人员，主动去对付大狼狗，结果被大狼狗咬伤手腕，咬得很深，都咬到骨头了，到现在都没痊愈。”

第二章　毒贩（二）

江立和韩朝阳在回来的路上说说笑笑，派出所长何平原从接到江立汇报那一刻起便开始紧张的忙碌。

“老梅，我们什么关系，这个忙你帮得帮，不帮也得帮！现在什么位置，赶紧过来，耽误一天生意，我赔你两百行了吧，两百不够四百，局里不给我个人掏腰包！我这是没办法，这么大事不找你，我还能找谁、还能信任谁？”

杭教导员站在办公室门口，指指刚接通的手机。

何平原微微点点头，站在办公桌前继续刚才的通话：“老梅，反正这事我就告诉过你，没跟其他人提过，姓封的要是跑了，我何平原有走漏风声的嫌疑，你梅胜利一样有。不是威胁，你现在无官一身轻，你会怕谁，我实在是没办法，李家窑的情况你知道的，找别人去真不行。好好好，谢谢了，事成之后请你喝酒，我先接个电话，你赶快过去，等会儿再联系。”

“老梅答应了？”

“总算点头了。”

“答应了就好，石局电话。”杭教导员稍稍松下口气，急忙递上自己的手机。

何平原下意识低头看看电脑显示器上的时间，举着手机道：“石局，我何平原，情况是这样的，我们所民警江立今天去李家窑帮一些不愿意来所里的群众办理二代身份证，在李家窑四组村民陶元家帮群众办理二代身份证时，无意中发现封长冬站在院门口朝里面张望。就打了一个照面，当小江猛然想起他是谁时，他已经不见了。小江反应过来，借故出去解手，装着找厕所，不动声色地在附近转了一圈，结果一无所获。我分析封长冬可能刚潜回来不久，刚才跟小江打照面纯属巧合，他肯定受惊了，但不敢肯定小江有没有认出他。所以一接到小江汇报，我立即让小江收拾器材回来，以免进一步打草惊蛇。”

封长冬涉嫌贩毒且开枪拘捕，两年前县局组织力量收网时他狗急跳墙、负隅顽抗，开枪打伤一个民警，幸亏没打中要害且抢救及时。正因为如此，他一直是龙道县公安局要追捕的头号通缉犯，两年前曾为追捕他成立过追捕专班。

当年的案子是石局组织侦办的，石局记忆犹新，岂能错过这个将其抓捕归案的机会，追问道：“小江有没有可能看错？”

“小江是户籍民警！”

户籍民警天天看照片，对辖区的重点人口不可能没印象，更不用说封长冬这样的A级通缉犯。石局确认看错的可能性不大，又问道：“情报工作呢？”

“石局，李家窑您去过，而且去过不止一次，那是全乡乃至全县最偏远的一个行政村，村民不多，外人极少去，生面孔在那儿太扎眼，不管安排哪个民警去都会暴露；村干部倒是有几个，关键当村干部一年没几个钱，他们把担任村干部当成一个副业。并且跟封长冬乡里乡亲的，甚至沾亲带故，所以也不能找他们。”

“你找的谁？”

“孙家坪以前的村支书梅胜利，参加过对越自卫反击战，上过老山前线，经历过枪林弹雨，荣立过二等功。可能真正上过战场人才知道生命有多宝贵，从前线下来之后就退伍了，不管部队怎么挽留。如果当年留在部队他早提干了，也不至于像现在这样一到‘八一’建军节就跑新兰去跟他那帮老战友一起搞事。”

梅胜利，石局印象深刻。一想到那个老兵经常给政府“添麻烦”，想到局里不止一次派人去新兰市“参加”他们那帮老战友的饭局，石局便惊诧地问：“让梅胜利去，何平原，你是不是昏头了？”

“石局，这么大事我敢当儿戏吗？”何平原抬头看看杭教导员，苦笑着解释道，“我跟他也算不打不成交，对他这个人还是比较了解的。他虽然经常给上级添乱，但在大是大非的问题上绝不含糊。而且他不当村支书之后一直走家串户从事杂粮收购，干了十几年，周边几个乡的群众对他很熟悉，他过去不会引起村民警觉，能跟村民们聊到一块儿去。”

李家窑那个犄角旮旯，也只有找这样的人去才行，换个人去立马会被村民围观。可梅胜利是什么人，如果说封长冬是龙道县公安局要追捕的头号通缉犯，那么，他梅胜利就是龙道县信访局关注的头号人物！

石局觉得有些讽刺，冷冷地说：“何平原，你找的人，出了问题你负责。”

“是。”

“有什么情况及时汇报，局里正在抽调警力，正在研究部署。”

局里正在组织警力，但肯定不会从新营派出所抽调，而是要把从其他单位抽调的警力往新营调。主管刑侦的副局长除了要求搞好情报，没给新营派出所下达其他命令。

何平原当这么多年派出所长，非常清楚接下来要做什么，也不需要上级刻意下达命令。先挨个打电话通知出去办事的民警赶紧回来，然后跟没事人一样回乡政府继续参加禁毒工作会议。教导员给匆匆赶回所里的民警通报情况，请大家从现在开始在所里待命，完了打开保险柜，取出并擦拭所里有且仅有的两把手枪。

江立和韩朝阳早上去的地方最远，回来得也最晚。走进教导员办公室，见教导员和老常正在擦枪，立马感受到弥漫在空气中的那股紧张气氛。

“江立，何所就差跟局领导立军令状，你再想想，有没有可能看花眼？”局里正在紧锣密鼓部署，如果不出意外通往新营乡的大小道路已经有民警设卡了，杭教导员不想闹笑话，紧盯着江立很认真严肃地问。

“他体貌特征那么明显，又是我们辖区的通缉犯，通缉令到现在还贴在户籍室门口，我怎么可能看花眼！”

这个很难说，通缉令贴在户籍室门口，天天看见，久而久之容易产生错觉，这就跟日有所思夜有所梦差不多。杭教导员觉得这个情况必须搞清楚，干脆放下枪，从桌上的文件夹里翻出一张通缉令，想想又登录内网调出封长冬的户籍资料，起身让开位置，用普通话说："小韩，过来看看，在协助江立帮李家窑村民办理二代身份证时有没有见过这个人。"

李家窑村不大，村民不算多，但村民们都涌进一个小院儿时就多了。韩朝阳看看通缉令上的照片，再看看电脑上的照片，一点印象都没有，尽管相信江立不会看错，但这么大事不能撒谎，只能凝重地摇摇头。

"你不是带了执法记录仪么，执法记录仪有没有开？"

"教导员，对不起，我想着办身份证又不是接处警，所以就没开。"

"这不怪你，你至少还带了，江立甚至没带。"

拜托，那是A级通缉犯，只要有线索就要组织力量围捕，现在居然讨论这个。江立感觉像是被泼了一盆凉水，急切地说："教导员，我今年才二十八，没老眼昏花，绝对不会看错，错了我负责，我负全责！"

"急什么急，我就是确认一下。"

"现在怎么办，局领导怎么说？"

"待命。"

"何所呢？"

"在隔壁参加禁毒工作会议。"

有没有搞错，是禁毒工作重要，还是参加禁毒工作会议重要，江立觉得有些荒唐，正不知道该说点什么，杭教导员突然道："快十一点了，中午你做饭。"

好吧，吃饭也重要！

江立彻底服了，悻悻地拉开门下楼。

"江哥，我去帮你打下手。"应该信任战友的，可是不能睁着眼睛说瞎话，韩朝阳特别内疚，急忙追了出来。

第三章　毒贩（三）

事实证明，新营派出所民警个个会做饭。午饭又极具特色，江立做的是“臊子面”，先把肉、萝卜、豆腐和泡好的黄花菜切成丁，加上酱油爆炒成“臊子”，然后浇在“拉条子面”上，可见会不会做“拉条子面”是一个很重要的基本功。

可能口味与本地人不同，相比早上更具特色的“浆水面”，韩朝阳觉得“臊子面”更好吃一些。不过再好吃它终究是面，一想到接下来十四天，每天早中晚全吃面条，韩朝阳不由怀念起香喷喷的大米饭。

“小韩，有没有吃饱？”

“饱了，谢谢。”

老常把洗干净的碗筷送进厨房，回到值班室门口掏出手机看看时间，又抬头看看楼上的所长办公室，喃喃地说：“怎么到现在还没动静。”

这一句说得是本地话，韩朝阳一如既往没听懂，也一如既往地装作能听懂的样子点点头。

江立和张天详走到二人身边，掏出香烟边抽边低声闲聊，一根烟没抽完，一辆悬挂地方牌照的轿车出现在眼前，打着转向灯缓缓开进院子。众人急忙扔掉烟头，正准备迎上去立正敬礼，一辆中巴车跟了进来。

“石局……”原来所长和教导员早知道局领导要来，从众人身后快步走上前，跟一位矮矮瘦瘦的中年人打招呼。

“全站在外面做什么，都回办公室。”

“是！”老常愣了一下，急忙拉上听不懂领导说什么的韩朝阳跑回值班室。

“平原，我们去楼上说。”石局回头看看正下车的大部队，夹着包同另一个三十七、八岁的便衣男子一起大步流星走向楼梯，何所反应过来，急忙追上去，杭教导员很默契地留下招呼刑警队和禁毒队的援兵。

领导们在楼上研究什么韩朝阳听不见，就算能听到也听不懂。

只见杭教导员跟第一个下车的便衣打了个招呼，随即把众人带到隔壁两个办公室，不仅关上门，连窗帘都拉上了。值得一提的是，刚来的这二十几个援兵，虽然全是便衣，但手里几乎全提着包，不用问都知道里面装的应该是武器装备。

“常警长，李家窑离乡政府那么远，至于搞得这么神秘吗？”

“小心无大错，毕竟我们这儿人太少太冷清，一下子来那么多警车，来那么多荷枪实弹的警察太扎眼，万一被路过的群众看见，一个电话就会搞得尽人皆知。”

想想也是，这么偏僻的地方没事谁会来，一下子来那么多警察肯定发生了什么事。

韩朝阳拉开窗户探头看看隔壁，又转身问：“常警长，您说会不会下午行动？”

“难说。”老常摸摸下巴，分析道，“下午行动视线好，就算扑空，围捕起来会相对容易一些，也没夜里行动那么危险。这个危险不只是逃犯可能有枪，可能会开枪拒捕，可能会挟持人质，也包括磕磕绊绊，包括摔伤。村里路况你知道的，不管上坡下坡都得小心，脚下一滑，从坡上滚下来，如果再撞上什么东西，别说摔断几根骨头，摔死都有可能。”

“这倒是。”

“夜里行动可能会发生刚才说的这些意外，但不会像白天行动那么容易暴露。如果逃犯躲在他堂哥家或者其他亲戚家，可以干净利落地解决战斗。”

“各有利弊。”

“是啊，现在就看领导怎么决定。”

刚来的两位局领导不是韩朝阳想象的那样正在跟何所研究行动方案，

而是指着地图和李家窑村的地形图，给何所直接传达命令。

“外围已经封锁了，从县局各单位、森林分局及武警中队抽调的 243 名干警和武警官兵，在通往新营的 47 个大小路口设卡盘查，王局亲自在指挥中心坐镇，并对局领导班子进行了分工，政委、米局、叶局和崔大各负责 10 至 13 个不等的卡点，我负责抓捕。”

不仅要求森林公安分局协助，甚至调动武警，可见局党委下定决心不惜一切代价要将封长冬抓捕归案！

何平原正不知道该不该表态，石局接着道：“外围刚开始的盘查应该不会打草惊蛇，为配合行动，也为了禁毒工作，电视台会反复播放县委县政府加强全县麻黄草管理的指示精神，严防不法分子采集使用，打击制毒活动，并由县禁毒办联合我们公安和食药监局等部门，对全县种植的麻黄草进行安全检查，杜绝麻黄草流入非法渠道。”

这个烟雾弹放得好！麻黄草既是能治病救人的中草药，也能提取制造冰毒的主要原料麻黄碱。全县有好几个乡镇的农民大面积种植麻黄草，也有不少乡镇的农民零星种植，不光公安机关对此非常重视，连检察院都组织检察官深入麻黄草重点区域，对种植的和野生的麻黄草分布、采集和收购情况进行全面细致的摸底排查，并向广大农户普及麻黄草的相关法律知识。

8 月上旬到中旬，是麻黄草的成熟期。现在已经 9 月初，农民已经把麻黄草收割上来了，接下来就要销售，有相关手续的药厂和药商就要来收购。

公安上路盘查，确保麻黄草不会流入非法渠道很正常，事实上乡里上午开的禁毒工作会议，就是传达县委县政府关于麻黄草管理的精神，研究全乡麻黄草管理工作部署的。

石局不知道何平原在想什么，接着道：“现在就等梅胜利的消息，如果能确认封长冬的具体位置，立即组织抓捕，以迅雷不及掩耳之势打他个措手不及；如果等到四点半都没消息，或无法确认其位置，那就定在明日凌晨三点行动。我说的这个行动指抓捕，根据现有线索组建六个抓捕小组，分别去他堂哥、表姐等之前关系较好的亲戚家。执行设卡盘查任务的参战人员，要在我们前面行动，先缩小包围圈，先把李家窑围个水泄不通，等政委他们全部到位，我们再进村给他来个瓮中捉鳖。”

“是！”

“是什么是，我还没布置具体任务呢。”石局瞪了老部下一眼，继续道，“你们平时难得下一次村，估计你们对村里村外的地形不比我熟悉，指望你们当向导是指望不上，靠地形图去抓捕黄花菜都凉了，所以要你布置一个任务，抓紧时间找几个向导，不动声色地请到所里来，以便随时协助我们行动。”

“石局，这个问题我考虑到了，已经拟了份名单，只是事关重大，您不下命令我不敢擅自联系。”

“能想在前面就行，赶快去联系吧，一定要可靠。”

“是！”

石局刚下达完命令，目光又转移到一起来的刑警大队长身上，“宗平，再打电话问问陆支，带犬民警和警犬出发没有，问问陆支能不能多安排几只能追踪的刑侦犬过来。”

训练能追踪的刑侦犬哪有那么容易，还几只！

姜大被搞哭笑不得，连忙道：“刚才在外面打电话问过，陆支说能来的全派来了。鉴于抓捕区域的地形太复杂，他正在帮我们协调，看能不能把市局刚装备的无人机派过来。”

这是做最坏的打算！万一扑空就要组织力量搜山，到时候无人机的重要性就体现出来了。

第四章　毒贩（四）

对韩朝阳来说，等待是一种煎熬，时间过得真慢。

石局、姜大和新营派出所长何平原既要“兵贵神速”，将好不容易露头的毒贩抓捕归案，又要确保万无一失，有太多准备工作要做，觉得时间过得飞快，根本不够用！

下午两点二十六分，老常和张天详出去接来及何平原打电话请来的七个向导，他们陆续被请进刑警、缉毒警所在的办公室，一进门手机就被暂时保管。杭教导员通报情况，做他们的思想工作。

能请来协助的人都比较可靠，有李家窑近年唯一考上大学、现在隆兴山旅游区内上班的大学生；有李家窑去年从部队退伍、现在东谷林场工作的退伍兵……甚至有两个家住李家窑、开学之后在学校寄宿的中学生。

其中有三位平时不怎么回老家，不过李家窑这些年几乎没变化，他们在村里出生、在村里长大，对村里村外的地形很熟悉，至少当向导没任何问题。

不过光有向导是远远不够的，现在最需要的是情报！谁也不知道梅胜利走家串户到底串到了哪一家，不知道他身边有没有别人，何平原不能给他打电话，只能等他主动打电话。时间一分钟一分钟过去，三人等得有些心焦，幸好等了半天的电话终于到了。

“老梅，你说。”何平原点开手机上的扬声器图标，下意识抬头看向石局和姜大。

“那小子肯定回来了，我刚从封国宝家出来，知道封国宝给我发的什么烟，大中华，软的大中华！”梅胜利站在三马子后面，一边留意着前面几家的动静，一边接着道，“封国余也见着了，他没给我发好烟，不过一看就知道他家来了客，屋里有几瓶好酒，有一大塑料袋水果。他孙子吃的那些零食，下面这些小店根本没得卖。”

不愧为上过战场的侦察兵，虽然年龄大了，但观察力依然敏锐。

何平原追问道：“有没有去封常存和李兴旺家？”

“去了，封常存在老袁小店打牌，就他媳妇在家；李兴旺没见着，他家门关着。”

“老梅，你觉得他会躲在谁家？”

“这个说不准，也不敢瞎说，万一搞错让那小子跑了，我梅胜利负不了这个责。”

“能不能在村里再转转？”

“怎么转，李家窑就这么大，再转封家人就要起疑心了。”

“想想办法，老梅，我知道你肯定有办法。”

必须承认，电话那头的派出所长为人还是很不错的。老梅决定帮人帮到底，扶着三马子答应道：“好吧，我去老袁小店看他们赌，如果他们拉我一起玩就跟他们玩会儿，赢了算我的，输了算你的！”

何平原轻叹道：“行，去玩吧，输了算我的，不过别玩那么大。”

他刚挂断电话，石局便抱着双臂沉吟道：“现在可以确认封长冬回来了，但也只能确认他回来了。他的事村里乃至乡里个个知道，两年前就上了通缉名单，发过通缉令，甚至发布过悬赏。对他而言老家比任何地方都危险，既然知道危险，他为什么回来？”

“在外面待不下去？”

“不太可能，要是待不下去，他能给封国宝送软中华，能给封国余送好酒？”

“只有一种可能，畏罪潜逃这两年他没闲着，依然在从事毒品犯罪，这次回来是招兵买马的，他不相信外人，只相信自己家人。”

“还有一种可能，也许他是冲着麻黄草回来的。”

“回来的动机不重要，重要的是怎么逮他，”石局摸摸嘴角，冷冷地说，“离这么远，就这么等，太被动。平原，你安排下所里工作，留一个民警值班，其他人跟我们走，去东谷林场。”

东谷林场隶属于龙道县林业局，林场面积以前很小，随着这些年“退耕还林”工作的不断推进，林场面积越来越大，并且紧挨着李家窑。把阵地前移到林场非常有必要，不然就算老梅能确认毒贩位置，从所里赶过去最快也要二十五分钟，但所里有一个情况，何平原连忙道：“石局，燕阳市公安局燕东分局有个民警在我们所里交流。”

“我知道。”石局边往外走边头也不回地说，“语言不通，并且不是我们的民警，让他值班肯定不行，让他留下跟我们民警一起值班一样不行。万一有群众来所里办事，发现有个说普通话的外地警察，很容易暴露我们的行动，把他带上吧。”

“是！”

时间紧急，说转移战场就转移战场。老常留下值班，所里其他人员全部参与行动。接到命令，直到跟江立一起爬上中巴车，一直担心龙道县公安局同行不带自己玩的韩朝阳终于松下口气，坐在最后一排好奇地打量提着包陆续上车的刑警和缉毒警。

刚参加工作的新人只有四个，其他人大多三十来岁。如果在大路上遇到，可能觉得他们只是普通人，至少看上去外表一个比一个普通。但坐在中巴车里，尤其在这个“箭在弦上”的关键时刻，真能感觉到他们很厉害，能想象到他们的抓捕经验有多丰富。

韩朝阳正琢磨着抵达目的地之后，坐在前面轿车上的县局领导和所长会给自己布置什么任务，手机突然不合时宜地响了，几乎所有人不约而同地回过头，教导员身边的便衣民警甚至猛地站起身，目光锐利，表情严肃。

“教导员，对不起，是我的，刚才忘了关。”韩朝阳意识到问题的严重性，一脸尴尬。

别人有可能走漏风声，他完全不可能。关键这不只是有没有可能走漏风声的事！

杭教导员凑到便衣民警耳边低语了几句，旋即用普通话说道：“关了就好，坐下吧。”

“是！”

太丢人了，居然会出现这样的疏忽，韩朝阳追悔莫及，关掉手机一个劲暗骂自己。

电话没通就挂断了，黄莹很郁闷，想想又拨打过去。这次比上次更过分，居然关机！

“竟挂我电话，竟然关机！”黄莹气得咬牙切齿。

“可能不方便接。”谢玲玲急忙帮师兄劝慰道。

“他一个片儿警，又不是什么领导，而且是去交流的，能有什么事，有什么不方便接的。”黄莹越想越气，恨恨地说，“挂我电话是吧，不接我电话是吧，行，有本事别再给我打。”

“不就一个电话么，可能真有事。”谢玲玲拉拉她胳膊，笑道，“不过你说得对，这事必须给个说法，他打过来你也别接，看他急不急。”

可能真有事。

黄莹暗暗劝慰了下自己，一边跟谢玲玲逛着街，一边嘀咕道：“没想到消失好几天的张贝贝又回来了，一回来就问韩警官在不在、韩警官去哪儿了。朝阳去哪儿关她什么事，她把朝阳害得还不够惨？”

想到刚才在警务室里看到的那个漂亮姑娘，谢玲玲噗嗤笑道：“有危机感？”

“怎么可能，我就是觉她有点……有点……”

“有点什么，是不是对你老公有点意思？”谢玲玲挽着她胳膊，吃吃笑道，“别疑神疑鬼了，朝阳不是那样的人，再说你条件多好，他能追上你是他八辈子修来的福分，珍惜都来不及，怎么可能会做对不起你的事。”

第五章　毒贩（五）

要抓捕的目标在李家窑，最终目的地一样是李家窑，但为了不打草惊蛇，下午走的是一条正在修建中的盘山公路。路面都没修好，更不用说路边的护栏。为了避让堆在路面上的砂石和停在路上的施工车辆，中巴车时不时靠右行驶，打开车窗往下望，下面就是悬崖，右侧轮胎几乎压在悬崖边上，一路险象环生，以至于韩朝阳都不敢再往下看了。

进入林区，这一路上看不到哪怕一户人家。除了一看就知道刚种植不久，树干既不粗也不高、枝叶一样不茂盛的树苗，就是“植树造林，造福后代”、“退耕还林，利国利民”和“参天大树几十年，一缕青烟上西天”、“一时疏忽酿山火，终生遗憾责难逃”等退耕还林和森林防火的标语。

本以为指挥部会前移到能看见李家窑的地方，结果车队一路颠簸最终驶进一个周围除了山还是山的保护站。院子很小，只能停下四辆车。建筑面积也不大，只有三间平房。与其说这里是东谷林场的一个保护站，不如说是护林员的家。男主人四十多岁，皮肤黝黑，满脸皱纹。女主人也四十来岁，众人进来时她正用洗完衣服的脏水浇灌院子外的小菜园。相比老常、江立等坚守在新营派出所的民警，生活在深山中的他们更不容易。

县局领导跟男主人打了个招呼，征用他家“客厅”当指挥部。同车来的刑警和缉毒警纷纷打开包，取出防弹衣穿上，抓紧时间检查枪支弹药。

江立跟韩朝阳一样没枪没防弹衣，干脆走到院门口抽烟。

“江哥，这儿离李家窑远不远？”

“不远，李家窑就在山那边。”江立抬起胳膊往南指了指，又补充道，

“顺着前面那边条小路可以绕过去，从沟底绕到李家窑六组。”

“车开得过去吗？”

“中巴车不行，轿车底盘太低估计也够呛，面包车和越野车应该没问题。”

“可我们没面包车，更没越野车。”

“领导会想办法的，大不了走过去。”

望山跑死马，虽然李家窑就在山对面，但走过去可不是一件容易事。上午爬坡爬得满头大汗、气喘吁吁，没想到接下来可能又要走山路。韩朝阳深吸口气，想想又问道：“江哥，刚才你们局领导在里面用普通话打电话，好像说什么森林分局，是不是管森林分局借车？”

“不太可能，森林分局离这儿太远，估计是做最坏打算，万一扑空请他们协助围捕。”

“这里不是林区吗，这儿不归他们管吗？”

“这里是林区，但这儿不归他们管。”江立回头看看，低声解释道，“我们县里只有森林派出所，没森林分局。局领导说的森林分局是省森林公安局隆兴山分局，跟我们县局是平级单位。”

“森林分局和森林派出所不一个单位？”

“这一说我想起来了，你好不容易来一趟，如果能顺利逮着封长冬，如果接下来几天有时间，真要带你去隆兴山玩玩。隆兴山是国家级自然保护区，虽然在我们县里但不归县里管，直接隶属于省林业厅。隆兴山自然保护区管理局跟我们县委县政府平级，隆兴山森林分局不只是森林公安，对自然保护区内的治安案件、刑事案件包括交通违法都有管辖权。”

就在韩朝阳问这问那时，被安排到草店派出所跟班学习的管稀元也在频频打电话。

“老宁，草店这边就剩一个老民警，其他人全被调走了，所长走时还带了枪，肯定有紧急任务，你那边怎么样？”

“我这边一样剩下一个人，不，包括我在内两个，”宁俊德坐在破旧的派出所值班室里，看着电视笑道，“到底什么任务，你打开电视机一看就知道了。县里组织的大行动，全县民警除了值班人员全部要上路，盘查过往车辆，严防麻黄草流入非法渠道。”

“麻黄草！可以用来制作冰毒的那个？”

“你不知道？”

“我知道麻黄草，可是这东西不是应该跟罂粟一样查禁铲除么？”

“你知道什么呀你，这里常年干旱，麻黄草既耐旱也是一种中草药，对老百姓而言是一种经济作物。听所里人说我们来晚了，如果早来一个月能看到地里长着大片大片的麻黄草。也可能你去的那个乡种植得比较少，我这边多，据说有许多农民一种就是几十亩。”

管稀元算长见识了，想想又嘀咕道：“上路盘查我们能帮上忙，说好的跟班学习，让我们待在所里算什么？”

“朝阳他们全没上路？”

“我打电话问过，只有朝阳的电话没打通，其他人全打通了，全跟我们一样在交流单位留守。”

“很正常，人家可能考虑到我们语言不通，就算上路也帮不上忙。朝阳说得对，领导不是让我们来交流学习的，是让我们来吃几天苦，是让我们来接受龙道县公安局同行再教育的。这跟让机关干部驻村扶贫差不多，要是有本事赚大钱、发大财早辞职下海了，上级压根儿没指望他们能扶出什么成绩，就是让他们去村里吃吃苦，让他们不要脱离群众。”

“关键我们跟他们不一样，我们一线执法，不光天天跟群众打交道，想脱离群众都脱离不了，而且很苦很累，没必要再来吃这个苦！”

“你再辛苦能有人家辛苦？老管，说真的，龙道县的基层民警比我们苦多了，我们一个星期最多两三天回不了家，人家是十天半月回不了家。已经成家的顾不上老婆孩子，没成家的天天待在荒山野岭，光寂寞也要寂寞死。”

第六章　毒贩（六）

屋里是抓捕指挥部所在地，是领导们待的地方。

几个向导在指挥部隔壁，杭教导员和几个抓捕小组的组长正在屋里跟他们说话，最左边是护林员夫妇的“卧室”，确认屋里没装电话分机，暂时帮他们“保管”完手机之后，大家伙很默契地没再进去。

对外表要比实际年龄大十岁的护林员而言，一下子来这么多人，不管是来做什么的，至少能看到人！他很高兴，急忙招呼他爱人烧开水。

刑警和缉毒民警检查完枪支弹药，有的在中巴车上闭目养神，有的在院子里活动手脚，有的喝水，有的用护林员家属烧的开水泡杭教导员专门带来的方便面。

这才下午三点，现在吃饭有点早。不过他们全是从各中队紧急抽调来的，许多人中午连饭都没顾上吃，一接到命令就去局里报到，一到局里就火急火燎往这儿赶，过去三四个小时几乎全在路上过的。

韩朝阳中午吃过半大碗“臊子面”，一点不饿。并且在场的所有民警中，他除了没有枪和防弹衣，其他装备绝对是最齐全的，“八大件”一件不少，水壶里灌满纯净水，不需要喝保护站平时收集的雨水。

在院子里活动手脚的刑警和缉毒警，虽然三三两两地聚在一起边抽烟边低声聊天，但既听不懂他们在说什么，跟他们又不熟，因为忘了关手机的事甚至不太受他们欢迎，韩朝阳不想自讨没趣。屋里不能进，车上有人打呼噜，回中巴车上也睡不着，又不能玩手机，韩朝阳百无聊赖，只能寸步不离地跟着江立，转来转去又转到院门口。

“江哥，我就不明白了，村里个个知道他是通缉犯，他居然有胆回来，难道不怕村民报警？”

“我们这边跟你们那儿不一样，尤其李家窑这么偏僻的村，只要有点出息的都出去了，留在村里的不是老人小孩就是好吃懒做、得过且过的。大多没上过学，既是文盲也是法盲，就算上过几天学，认识几个字，法制意识一样淡薄，遇到事真是认亲不认理。”江立轻叹口气，接着道，“现在比以前好多了，协助外地同行办案，至少能从村里把人带走。以前可没这么容易，听老常说他刚参加工作时协助外地同行去村里抓捕，每次都要跟今天这样先想方设法确认嫌疑人下落，然后夜里行动，抓到人就走，一分钟不敢耽误。”

“民风彪悍！”

“山里人就是这样，很团结的。”江立顿了顿，继续道，“而且，李家窑姓封的比姓李的多！虽然算不上村霸，但村民们谁也不想得罪他们。并且封长冬一家东窗事发前风光过一段时间，贩毒赚了很多钱，对村里人出手很大方，逢年过节摆酒，谁家遇到什么事管他们借钱几乎都能借到。一点小恩小惠就把村里人收买了，不光收买，还诱惑甚至发展别人贩毒。两年前收网时抓了十五个同伙，其中有八个是李家窑的，另外七个虽然不是李家窑的，但跟封家都沾亲带故。像他们这种家族式贩毒团伙很隐秘，外人根本打入不进去，为捣毁这个团伙，专案组做了大量工作，盯了他们一年多。”

村民们是不愿意轻易得罪人、是很团结，但封长冬是A级通缉犯，上级悬赏五万征集线索，并且悬赏现在仍有效！村里人法制意识是比较淡薄，可村里那么穷，村里人一样缺钱。

过去这些年上级扶贫力度很大，不断加大对基础设施方面的投入，路通了，电通了，山顶上有信号塔，这一片儿的手机信号很好，而且装固定电话和买手机办理手机号没以前那么贵了。去派出所或去县公安局报警没以前那么麻烦，打110报警更简单。

连韩朝阳都能想到对封长冬而言李家窑并不是一个安全的地方，石局和姜大怎么可能想不到？就在韩朝阳和江立在院门口窃窃私语之时，石局在屋里紧盯着何平原手绘的地形图冷冷地说："他不可能在村里待多长时间，以他那狡诈的性格，我甚至怀疑他晚上不一定住村里。"

"我们这次反应很迅速，一接到老何电话就组织警力上路设卡盘查，就安排民警去车站布控，并在第一时间上报市局，市局已经下了协查通告，汽车站、火车站、机场……只要有安检的地方全在帮我们留意，他反应再快能有我们快？"

姜大坚信封长冬就算跑也没跑多远，说完之后抬头看向在这个问题上比较有发言权的何平原。

"那混蛋太狡猾了，石局的分析有道理。"

"平原，你也认为他不在村里？"

"越狡猾的人越多疑，小江看见了他，他也看见了小江，不可能不担心被认出来。如果我是他，肯定先找个安全的地方躲起来，看看有没有动静。如果我们没任何动作，他可能会继续办他的事。要是发现不对劲，那就继续躲，直到风声过去再潜逃。"

"我也是这么想的。"

战机稍纵即逝，石局真是如履薄冰，尤其在这个要作出决策的关键时刻，必须把各种可能性全考虑到。他盯着地形图看了好一会儿，又点上支烟，凝重地说："他是土生土长的李家窑人，对这一带比我们熟悉，地形又这么复杂。想组织一次拉网式的搜捕，估计得三四千人。他真要是躲起来，凭我们现有力量想将其抓捕归案没那么容易。"

周围全是山，南、东、西三个方向，能种植农作物的地方全开垦成了梯田，只要有梯田的地方都有路，根本没法儿封锁。往北是林场，方圆几十里全是山林，一个村子都没有，除了护林员平时几乎没人来，往林区一钻，再想发现其踪迹无异于痴人说梦。

组织力量搜捕是下下策。何平原不想采用那种没办法的办法，沉思了片刻，抬头道："石局，姜大，他可以躲，但他不可能不吃不喝，今年又是旱年。他不管往哪儿躲，不管往哪个方向跑，都绕不过一个水源的问题。所以我觉得他就算躲也不会躲多远，只要盯住村里那几个跟他关系密切的人，他肯定跑不掉。”

“现在的问题是怎么盯！”

“贴靠显然不现实，我想他如果想躲起来看看风声，这就涉及一个通讯的问题，他不可能跑回村里打听。”

“对村里那几个人上技术手段，监听他们的电话？”

“这是大案，他是 A 级通缉犯！”

“这确实是大案，他确实是 A 级通缉犯，而且极其危险，采用技术手段符合相关规定。不过现在的他不是两年前的他了，反侦查意识越来越强，抓捕专班虽然几次扑空，但也掌握了一些情况。他平时不怎么用手机，时时刻刻保持高度警觉，一察觉到危险就跑，之前偶尔用的手机立即扔掉，甚至随便送给一个人，让那个人误导我们的视线。”

“这么说上技术手段没用？”

“不管有用没用，该上还得上，手续这会儿应该办好了。”

“那现在怎么办？”

梅胜利仍在村里的小店打牌，直到现在都没能确认逃犯的位置。

白天显然动不了手，从不能打草惊蛇的角度出发，夜里行动也不太合适，最好的办法是等，等他再次露头。但为了抓捕他，局里抽调了所有能抽调的人员，谁也不知道要等到什么时候，这么耗下去不是事。更重要的是，“等”不等于什么都不做，可现在又能做什么？

这个决策很难做出，但不决策又不行，外围的民警乃至坐镇指挥中心的王局全在等消息，石局实在想不出更好的办法，只能咬咬牙：“顾不上那么多了，按原计划行动，你们抓紧时间休息，我打电话向王局汇报，看能不能向市局求援，做最坏打算，做踏山搜捕的准备！”

第七章　搜捕（一）

考虑到吃方便面不仅没营养而且不经饿，晚饭请护林员老娄两口子做。韩朝阳下午不饿晚上饿，不知道是老娄爱人的手艺好，还是饿得厉害，觉得她做的“浆水面”特别好吃，就着咸菜吃了满满一大碗。吃完饭上车睡觉，不管困不困都得睡，这是命令。趴在前排椅背上眯了一会儿，居然睡着了。趴着睡觉不舒服，迷迷糊糊中时不时下意识调整姿势，也不知道在鼾声此起彼伏的中巴车上睡了多久，只知道被江立叫醒时天还没亮。

“江哥，几点了？”韩朝阳活动了下腿脚，站起来呵欠连天地问。

江立手机早关了，跟他一样没手表，但刚才看过驾驶室仪表盘上的电子钟，一边跟着众人下车，一边低声道：“四点，刚过四点。”

“要上厕所的同志赶紧去，不需要上厕所的抓紧时间再检查一下武器装备，给大家十分钟，十分钟后也就是四点十分准时出发。”

“同志们，该交代的下午全交代过，请大家注意安全，如果逃犯在村里，不到万不得已不得开枪！”

不下车不知道，一下车吓一跳。院子里不仅站满人，甚至来了两位穿白衬衫的领导，站在二级警监和三级警监中间的领导没穿警服，但能想象到他行政级别肯定比两位白衬衫还要高。

出来一看，外面停了六七辆越野车，越野车后面有警车，顺着右侧停放，由于所有车灯全关了，看不清到底有多少辆，但能隐隐约约看到车边站着人，而且是很多人！

韩朝阳不知道龙道县公安局搬来了援兵，不知道上级对抓捕曾开枪袭警的封长冬有多么重视，也不知道院子里的三位领导分别是省厅刑警总队长、市局副局长和市局刑警支队长。临战前的气氛如此紧张，他更不敢跟下午一样再打听。上完厕所后急忙跟众人一起跑回院子里，挤到张天详身边检查装备。

“小韩，你跟江立一组。”杭教导员不知道什么时候出现在身后，在他耳边低语了一句，把他拉到最后一排。跟江立一组，江立有组吗？韩朝阳一头雾水，又不敢多问，只能老老实实站在江立身边。

本以为领导会作一番战前动员，结果一看就知道是大领导的那三位什么没说，只是微微点点头，县局领导就回头走到众人面前下达起命令：“各组准备，按计划行动，立即出发！”

“是！”

领导一声令下，抓捕小组的六位组长率领各自的组员飞快跑出院子。当韩朝阳和江立再次走出小院儿时，他们已经钻进越野车，司机们已点着引擎、打开前照灯，开着越野车从前面的小路缓缓下坡。后面的警车跟了上去，一辆接着一辆消失在拐弯处。几位大领导也上了车，一起出发了！

韩朝阳不知道该上哪辆车，只能打着手电跟着江立走，越走越觉得不对劲，当所有车辆全擦肩而过，前面空荡荡的一个人都看不见的时候再也忍不住了，急切地问：“江哥，我们这是去哪儿？”

“去前面山头的三埡子。”

“去那儿干什么？”

“那是李家窑村民出入林区的一条小路，我们去设卡。”

在燕阳是打酱油的，不管遇到什么行动全是负责外围，没想到在龙道县又这样！不仅没机会见识大场面，甚至要在伸手不见五指的深夜爬山，去一个荒无人烟的鬼地方设卡，韩朝阳很郁闷，嘀咕道：“不参加抓捕？”

“抓捕是刑警队和禁毒队的事，不光我们不参加，天详他们也不参加，跟我们一样负责外围。”

“刚才那些后来的人呢？”

“他们负责封锁村里，我们负责封锁村外的大小路口。其实不止两道防线，大路上一样有人设卡盘查。市局从周边几个县调来三百多个民警，两百多个武警，布下天罗地网，只要他在包围圈内肯定跑不掉。”

算上县局民警，这次投入了七百多警力，上级对抓捕封长冬真不是一两点重视。韩朝阳大吃一惊，想想又问道：“江哥，三垭子有多远？”

“就在前面，不过夜里山路难走，等会儿要注意脚下。”

“哦。”

确实就在前面，同时也在上面。二人打着手电顺着蜿蜒曲折的小路，小心翼翼地往山顶爬。山上没有参天大树，却长满带有刺儿的灌木，估计村民平时极少走这条路，走到哪儿都是枝条，一个不慎裤子被划破了，腿上一阵火辣辣的生疼。皮被划破了，也不知道有没有流血。想到人家走在前面，前面的荆棘更多，韩朝阳咬咬牙强忍着跟了上去。

“早知道这样应该找把砍刀带过来。”甩棍一点作用没有，江立干脆收起来装进腰包，回头看看韩朝阳，打着手电继续往前走。

“快到了吧？”韩朝阳气喘吁吁地问。

“快了，坚持一下。”

“江哥，歇会儿吧，喘口气。”

“不行，”江立猛然想起一件事，急忙掏出警务通开机，看看警务通手机上的时间，回头道，“抓捕组四点半动手，我们四点半前必须赶到指定位置。”

军令如山，韩朝阳不敢耽误大事，急忙道：“那得快点。”

“怪只能怪你运气不好，一来就赶上这样的事。”

“没关系。”

就这么磕磕绊绊爬到山顶，韩朝阳累得满头大汗，一到山顶就扶着膝盖俯身问：“江哥，现在几点？”

“四点二十九，总算赶到了。”江立朝根本看不清的李家窑看了看，再次掏出警务通，赶紧拨打负责第二道封锁线的局领导电话，用本地话汇报。韩朝阳一句也听不懂，用手电照照四周，找了个相对干净的地方一屁股坐下，一边小心翼翼地卷起裤腿检查伤势，一边强忍着火辣辣的剧痛问：“江哥，上级调来这么多民警，设置一道又一道包围圈，难道封长冬不在村里？”

“那混蛋太狡猾，这是有备无患。”

“如果不在村里，抓捕组扑空，又打草惊蛇，他会不会从我们这儿跑？”

“这我就不知道了，不过有这种可能性，不然上级也不会让我们来这儿设卡。”

“你有枪吗？”

“没有。”

“我也没有！”

这确实是个问题，靠两支甩棍对付一个极可能有枪的毒贩，这不是开玩笑嘛。江立不想当烈士，更不想让燕阳同行“光荣”，立马回头道：“朝阳，把手电关掉，前面杂草高，我们去前面埋伏。他真要是从我们这儿跑，就冲出来打他个措手不及，早上让他从眼皮底下跑了，我就不信我们两个还对付不了他一个！”

“行，我们来个守株待兔。”韩朝阳连忙关掉手电，放下裤腿爬起身。真要是能来个守株待兔就能立功当然好，不过危险性也高，搞不好真会“光荣”。

江立担心刚参加工作的燕阳同行紧张，借助微弱的星光找到一个相对隐蔽的位置，示意韩朝阳埋伏在那儿，旋即走到对面蹲下，半开玩笑地说：“动手时一定要看准方向，记得把他往我这儿扑，如果我先动手就把他往你那边扑，千万别往西扑，这山有点高，滚下去十死无生，跟他同归于尽不值。”

第八章　搜捕（二）

在李家窑，“封”是大姓。把血缘关系远的近的全算上，封长冬有二十多个堂兄弟、堂姐妹。年龄大辈分小的跟他母亲差不多大，年龄小辈分大的今年只有三岁，再算上女眷的亲属，至少有五分之一的村民跟封家沾亲带故。

之前警力不足，只能组建六个抓捕小组，只能同时对跟他走得比较近、关系比较好，并且具有窝藏他这个逃犯重大嫌疑的封国宝、封国余等六个村民家展开行动。现在有了援兵，至少短时间内警力不再是问题。

抓捕总指挥可以从容地进行部署，从各单位抽调六十三个民警，又成立了六个抓捕小组，在向导的带领下悄悄潜入村里，找到各自的目标。考虑到向导一旦暴露将来可能会遭到打击报复，一赶到指定位置就让他们撤。与此同时，紧随而至的民警和武警官兵相继就位，封锁村里村外的道路。村里有几条狗，一下子涌进来这么多人，不出意外地引起了它们的警觉。土狗狂吠不停，急促的吠声在夜空中回荡，听着格外刺耳，并且又引起一些村民的警觉，有几户院子里陆续亮起灯，甚至有村民在屋里问是谁！打草惊蛇了，不过没关系。再过十四秒钟就展开行动，如果逃犯藏匿在院子里，他就算能反应过来也跑不掉。

龙道县公安局刑警大队长姜宗平亲自率领第一抓捕小组，确认时间到了，确认参战人员全已到位，低喝一声“翻墙！”旋即双手持枪站到木门边。三个刑警在战友们的帮助下迅速爬上墙头，像体操运动员在鞍马上表演一般顺势翻进院子，先着地的两个刑警一稳住身形便举枪瞄准面对院门的堂屋及窗户，后着地的刑警按计划从里面打开门。姜大冲进院子，紧跟进来的刑警纷纷打开手电。

村里平时很少有外人来，夜里更少。看不见陌生人，狗一般是不叫的。今夜怪了，狗叫个不停，刚才院子里又有动静，似乎有人翻墙进来了，封国余从梦中惊醒，下意识去拉灯绳，下意识问道："谁啊！"

他话音刚落，堂屋里传来"砰"的一声。门被从外面撞开了，只见几道强光照进里屋，照得人睁不开眼。

"不许动，我们是公安局的！"

公安局的，封国余猛然意识到发生了什么事，顿时惊出一身冷汗，正手足无措不知道该怎么办，突然被惊醒的老伴儿吓出一声尖叫，紧搂着他睁不开眼也不敢往外看。

他们看不见闯进来的不速之客，冲进来的民警却看得清清楚楚，两个民警冲到炕边，一起把他拖下炕，架到墙角里呵斥道："蹲下，老实点！"又有一个荷枪实弹的刑警冲进西屋，用手电照着他老伴儿吼道："公安执行任务，盖上被单，坐炕上不许动！"

"报告姜大，东屋只有两个孩子！"

"厨房没人！"

"东边这两间没人，逃犯不在。"

封长冬最可能躲在这家，难道真扑空了？

姜大心里拔凉拔凉的，立马回头道："打开窖盖，搜搜水窖。"

"是！"

"小易，这边别管了，搜搜有没有可疑物品。"

"是！"看押封国余的一个刑警立即收起枪，先打着手电找堂屋的电灯开关，打开所有灯，开始在屋里仔仔细细翻找起来。

封国余终于缓过神，双眼终于适应了光线，蹲在墙角里仰着头苦着脸说："公安同志，你们搜什么，我没干坏事，没杀人放火……"

姜大从口袋里掏出证件和一份公文，"封国余，看清楚了，我叫姜宗平，龙道县公安局刑警大队大队长，这是我的警察证，这是搜查令，至于搜查什么你心里应该有数，别跟我揣着明白装糊涂。"

“搜毒品？姜队长，国光贩毒，我又没贩毒，我这儿有什么好搜的，再说他早被你们枪毙了！”

“有没有贩毒搜过才知道。”姜大收起证件和搜查令，紧盯着他冷冷地说，“另外，你堂哥封国光是因为贩毒被正法了，他儿子也就是你堂侄封长冬还没有。老实交代，他躲在哪儿？”

“他犯的是杀头的死罪，通缉令还在村办公室门口贴着呢，借他十个胆也不敢回来，我一门不出二门不迈，他躲哪儿我哪知道！”

“不知道，这是什么？”刑警小易从东屋拿来两大塑料袋零食，旋即又把几个用证物袋装着的烟屁股递给姜大。

“大中华，”姜大低头看看过滤嘴上的字样，逼视着他问，“封国余，村里这么多人呢，封长冬有没有回来、有没有来找你，随便找几个人问问就能搞个水落石出。老实交代吧，别心存侥幸，别吓着你两个孙子。”

“我……我……我真不知道。”

“不知道，封国余，我看你是不到黄河心不死！”姜大“啪”一声拍了下桌子，厉声道，“把头抬起来，看着我，睁着眼睛说瞎话，你知道你这是什么行为，你犯法了你知不知道？”

“我……我没贩毒，我没犯法，你别吓唬我。”

“真是一个法盲，听清楚了，你再不老实交代就涉嫌窝藏逃犯！《刑法》第三百一十条规定：明知是犯罪的人而为其提供隐藏处所、财物，帮助其逃匿或者作假证明包庇的，处三年以下有期徒刑、拘役或者管制！像你这种情节严重的，要处三年以上十年以下有期徒刑！”

好几个后生因为贩毒被抓甚至被枪毙了，他老伴可不想他被抓去坐牢，偷看了姜大一眼，战战栗栗地说：“公安同志，长冬是回来过，一回来就走了，把东西放下连口水都没喝，我们真不知道他躲在哪儿。”

“什么时候回来的？”

“昨天夜里，也跟你们一样翻墙进来的。”

“在你家待了多长时间？”

村里肯定有人打过110，不然公安不会来这么快，封国余不敢再心存侥幸，也不埋怨老伴，耷拉着脑袋老老实实交代道：“就抽了几根烟，说了一会儿话。”

“然后呢？”

“然后就走了。”

“有没有说去哪儿？”

“好像是去找国宝。”

“走的时候大概几点？”

“天蒙蒙亮，五点多、六点这个样子。”

“几个人回来的？”

“一个人。”

“回来做什么的，他跟你说过什么？”

“就给我捎了点东西，让我帮他照应家里，说他在外面挺好的，让我们别担心。真的，就这些，没说别的。”

姜大相信他没说假话，毕竟他年龄在这儿，又不识几个字，几乎没出过远门，属于他们这一辈儿最没出息的一个，也正因为他没出息，两年前才没被卷入毒案，细想起来真是塞翁失马焉知非福。

“汉峰，你接着审。”这一切必须及时向正在村委会办公室的几位领导汇报，姜大不敢再耽误时间。

“是！”

与此同时，石局亲自率领的第二抓捕组也扑了个空。逃犯不在封国宝家，屋里没有，放农具和储存粮食的平房里没有，水窖里一样没有，面对强大的政治攻势，铁了心保侄子的封国宝死不开口，但他儿媳妇扛不住开口了。“快天亮时来的，在西屋说了一会儿话，他们说话我做饭，吃完饭就睡在西屋。”

“睡到几点？”

“几点不知道，后来他起来去解手，一回来就收拾东西走了。”

坡上就是李家窑三组，就是江立和燕阳公安局燕东分局来交流的民警上午一起帮村民办二代身份证的地方。封长冬上茅房，结果发现坡上的小院外面有许多人，大多是老人和小孩。他胆大包天，或者本来就没准备在村里待多久，于是走过去看，没想到看见院子里有两个公安！

石局推测出事情经过，立即举起对讲机："崔局崔局，我石宝方，封长冬上午跑的，封长冬上午跑的！潜逃之前在封国宝家睡过几个小时，请求警犬支援，请求警犬支援。"

"知道了，警犬马上到！"

正在进行的不是"按计划"行动，而是比原计划延后了一个半小时。之所以延后一是为了等市局从周边县局抽调的援兵，二是考虑到抓捕行动有可能扑空。再过一会儿天就亮了，天一亮就可以组织力量搜捕。封长冬潜逃很"及时"，不过东营派出所上报得一样及时。他跑得再快也不可能比公安机关的反应速度快，石局几乎可以肯定他没跑多远，几乎敢断定他就躲在李家窑附近。

想到抓捕行动已经失败，搜捕行动即将开始，石局又问道："他带的什么样的包，包里能装多少东西？"

"一个背包，黑色的，挺大，能装不少东西。"

"有多大？"

"这么大。"封国宝的儿媳妇忐忑不安地比画了一下。

原来是一个黑色旅行包，石局追问道："他收拾时你有没有看见？"

"看见了。"

"包里有什么东西？"

"几件换洗衣服，充电器，矿泉水，还有一卷纸。"

"就这些？"

"就这些，来的时候包里东西不少，有好几条烟，都拿出来给我们了。"

"几瓶水？"这个情况很重要，石局紧盯着她双眼一定要搞清楚。

"两瓶，好像是两瓶。"

"有没有吃的东西？"

"没有，他买的那些零食没装包，他是提着大塑料袋来的。"

第九章　搜捕（三）

山顶风大，凌晨正是最凉的时候，韩朝阳蹲在草丛里又冷又饿，上山时被划破的腿还疼。正后悔下午出发时没带点吃的过来，江立的警务通突然响了，只听见他在对面低声“嗯嗯”了几声。

“江哥，抓到没有？”

“扑空了，没抓到。”

“跑了！”

“崔局说他是上午跑的，上级分析他应该没跑远，应该就躲在李家窑附近。村里那么大动静，他肯定被惊动了，上级让我们提高警惕，防止他从我们这个卡口潜逃。”

江立心里很不是滋味儿，如果当时不那么瞻前顾后，带着韩朝阳一起挨家挨户搜，说不定能逮封长冬一个正着。结果因为犹豫了一下，让封长冬跑了。大搜捕行动即将开始，要是投入这么多警力依然搜不到，到时候领导肯定会有看法。该出手就要出手，现在好了，万一搜捕不到怎么办。

想到这些，江立又禁不住叹道：“说到底还是我没魄力，但愿他没跑远，真希望他往我们这边跑，他是从我们眼皮底下跑掉的，也应该由我们把他抓回去。”

作为民警，韩朝阳能理解他此时此刻的感受。不过这个世界上没那么多如果，况且他当时并没有做错。然而，现在说什么劝慰的话都没用，干脆岔开话题：“进村的那些人在干什么？”

“在村里挨家挨户搜，搜完村里天也该亮了，天一亮就开始往外搜。”江立舔舔发干的嘴唇，接着道，“省厅刑警总队长、分管刑侦的市局副局长、刑警支队长、禁毒支队长全来了。上级都那么重视，县里一样要重视，县领导正在往这边赶，要发动群众，要组织党员干部和群众参与搜捕。甚至决定提高悬赏，活捉封长冬的奖励十万元，提供有效信息帮助我们公安机关缉拿到封长冬的奖励五万。”

在悬赏这一问题上，公安是很保守的。五万已经很多了，县里提高到十万，这不仅体现出上级要将封长冬抓捕归案的决心，也意味着封长冬很可能比想象中更危险。

“上级有没有搞清楚他为什么要回来？”

“不知道，上级没说，我也没敢问。”

这个问题韩朝阳歪打正着地问到点子上了！事实上正因为种种迹象表明封长冬极其危险，县领导一接到通报便决定提高悬赏。石局一分钟不敢耽误，抓紧时间就地审讯极可能知情的封国宝。

“封国宝，我可以负责地告诉你，他百分之百跑不掉，落网是早晚的事。如果他现在落网，你涉嫌窝藏逃犯，问题虽然严重，但不是特别严重。要是这次跑了，以后落网，你的问题就很严重了，估计会老死在监狱里。”

“长冬是我亲侄子，因为他去坐牢不丢人。”

“长琴也是你侄女！”

“石局长，这又关长琴什么事？”

“封国宝，你是真糊涂还是装糊涂，你就没想过封长冬明知道老家很危险为什么还回来，没想过他为什么一回来就跟你们说那些帮他照应家里的话，为什么给你们送好烟好酒？”

“我是他叔，他爸不在了，他不孝敬我孝敬谁？他家没人了，我不帮他照应家里，谁帮他照应？”

“糊涂！”

“老了就糊涂，抓我去坐牢吧，老死在监狱就老死在监狱。”

石局咚咚咚连敲几下桌子：“封国宝，有些事你不知道，但我知道得清清楚楚。两年前封长冬找过封长琴，请封长琴帮他带货，长琴上过初中，比你家的其他几个后生明事理，没答应他，没帮这个忙。这件事发生没几天，我们公安机关就拿到了他们贩毒的确凿证据，就组织警力收网。封长冬运气好跑了，他心里怎么想的我不知道，但封国光没跑掉，封长浩也没跑掉，他们父子俩包括你家另外几个在监狱服刑的亲戚，都以为是长琴出卖了他们，封国光直到上刑场还骂封长琴吃里扒外。”

“他是回来找长琴的？”封国宝真不知道这些情况，一脸不可思议。

“你侄子你比我了解，你自己好好想想，有没有这种可能性。”

东窗事发时他家被抄了，钱被抄走几百万，好像还从他家搜出不少货，反正有可能藏钱藏货的地方，公安掘地三尺全搜过，警犬都来了几条。至于他老娘，有这么多人帮着照应，他在外面应该没什么好担心的。对他而言，村里没什么好留恋的，他不会无缘无故冒险回来。封国宝非常清楚封长冬是一个什么样的人，想到这些不禁紧皱起眉头。

“我们的民警刚去过长琴家，结果家里没人，封长琴不在，她闺女也不在家，手机打不通，你说她能去哪儿？”

“会不会去县城进货了？”

“我们民警了解过，她卖的种子化肥农药全是经销商送到村口的，她一年去不了几趟县城，更不可能带孩子去进货。”

长琴是封家最懂事的一个闺女！

封国宝不想发生兄妹相残的惨剧，哪怕是堂兄妹，心惊肉跳地说：“长冬应该没那么糊涂吧，长琴怎么说也是他堂姐！”

“他爹死了，他哥死了，他弟正在监狱服刑，家里就剩他娘，这个家可以说已经完了，如果他认定这一切是长琴造成的，你说他会干出什么样的事？”

“那到底是不是长琴告的密？”

“不是，为捣毁这个团伙，我们前后盯了一年多，抓捕他爹、他哥和他弟弟是时机成熟了，跟他去找长琴帮着带货只是巧合。”

第十章　搜捕（四）

在山顶上看不到村民们聚居的地方，但能看到远处的几段盘山公路。黎明前视线不好，确切地说能隐约看到车灯和闪烁的警灯，一会儿一辆，有去李家窑方向的，有从李家窑去新营乡政府方向的，从大山的阴暗处出现，不一会儿又消失在阴暗中。韩朝阳喝了一小口水，起身活动活动蹲得发酸的腿脚，顺手把水壶递给江立。

“还是你准备充分，”江立正好渴了，一连喝了几大口，擦着嘴角说，“也不知道要搜到什么时候，这么大行动上级不可能不考虑到后勤保障，应该会安排人给我们送水送饭。”

“喝水吃饭是小事，抓逃犯是大事，天快亮了，但愿他没跑远，但愿他就躲在包围圈里。”

“他反应再快也没我们快，就算不在小包围圈里也在大包围圈里。”

江立拧上水壶盖子，警惕地观察四周，确认上来的路上并没有人，刚才的动静只是风吹草动，正准备往西走几步去悬崖边撒尿，警务通又响了。这次通话时间长达五六分钟，借助渐渐放亮的天色，能依稀看到他脸色变了，神情比刚上山时更凝重。

“江哥，怎么了？”

“朝阳，我们正在围捕的不只是毒贩了，也是涉嫌杀害两人的命案嫌犯！”

“他有枪？他负隅顽抗？他……他向在村里搜捕他的人开枪了？”

“没开枪，没战友牺牲。”江立简直不敢相信自己的耳朵，紧盯着山下一层接着一层的梯田解释道，“教导员说石局已搞清他为什么冒险潜回李家窑，他可能误以为两年前东窗事发是他堂姐告的密，怀疑他是回来报复住同村一组的堂姐封长琴的。村里正在进行的搜捕没搜出他，但在一组村民李元九家院子外的一口水窖里发现了封长琴及其五岁女儿李雪的尸体，刑警和技术民警正在勘察现场，法医正在往李家窑赶，不过从尸表上看可确定为他杀。封长琴我见过，不光开店卖种子化肥农药，以前还当过两年妇女主任，人很好，除了丧心病狂的封长冬谁会杀害她？”

死亡两人，孩子才五岁！韩朝阳大吃一惊，一时间竟愣住了。

江立深吸一口气，接着道：“省厅、市局和县里要求就地成立搜捕指挥部，省厅刑警总队徐总、市局吴副局长和市局刑警支队盛支指导搜捕，我们王局担任总指挥，刚把围捕范围扩大到后河、池柳和我们新营三个乡镇结合部的近十二平方公里区域。指挥部通报封长冬上身穿灰色夹克，下身穿浅蓝色牛仔裤，脚穿棕色皮鞋，背着一个黑色双肩旅行包。昨天上午十点二十许从其大伯封国宝家潜逃时，带有两瓶矿泉水，没带干粮。指挥部要求我们在围捕时注意安全，发现其踪迹必须及时上报。”

“有枪？”

“有，已经确认了，封国宝交代封长冬身上有一把手枪，从封国宝的描述上看应该是一把五四式军用手枪或仿五四式手枪，有多少发子弹不清楚，所以指挥部要求我们发现其踪迹时不得轻举妄动。”

那混蛋居然真有枪！昨天上午跟他离那么近，如果江立追出去时追上了，他负隅顽抗开枪，那么现在要围捕的很可能是一个涉嫌杀害三人、其中包括一个公安民警的逃犯。想到这里，韩朝阳紧盯着跟死神擦肩而过的江立，觉得后背凉飕飕的。指挥部只是通报了大概情况，江立不知道燕阳同行正为他庆幸，只知道封长冬回来之后杀了两个人。心怦怦直跳，暗想封长琴母女如果是昨天中午或下午遇害的，那么这起惨剧就完全有可能不会发生，只要当时能够铁了心追下去。

然而，这个世界上没后悔药卖，现在唯一能做的就是尽快把那个连堂姐和堂侄女都不放过的混蛋绳之以法。他定定心神，又回头道：“朝阳，天快亮了，不能再守株待兔，我负责观察东边和南边，你负责北边和西边，从现在开始我们这儿既是治安卡口也是观察哨。”

“没问题，我们居高临下，视野开阔，只要他一露头我们就能看见。”

与此同时，石局正在向龙道县人民政府副县长、县公安局长王亚华汇报最新情况。

“报告王局，我们询问过所有村民，从昨日上午十点到现在，村里的一辆货车、四辆面包车、三十二辆三马子、二十一辆摩托车，只有两辆面包车、七辆三马子和五辆摩托车出去过，只有一辆摩托车因为坏了正在池柳镇李四维修店维修。只要出过村的，他们去什么地方、去做什么的，我已安排民警去查证，最迟上午十点前就能查实。各搜捕组正在统计全村有多少辆电动车和自行车，正在了解有没有丢失的，这项工作已接近尾声，直到两分钟前都没发现有车辆失窃的情况。”

王局抬头看看几位上级领导，举着对讲机问：“有没有搞清他是怎么回来的？”

“没有，暂时没有，据村民们说昨天村里只来过三个外人，其中两人就是发现逃犯踪迹的新营派出所民警和燕阳市公安局来我局交流的民警，再就是何平原同志安排来村里打探情况的梅胜利。”石局顿了顿，又补充道，“我已安排民警回县城走访询问在汽车站一带拉客的出租车司机及黑车司机，询问跑新营这条线的中巴车司机及车主，看能不能搞清他是怎么回来的。”

“扩大走访询问范围，周边几个乡镇一样要查。”

“是！”

“老石，我们分下工，我和老崔负责组织围捕，你和宗平同志负责侦查刚发现的命案，负责追查封长冬是怎么潜回来的线索，追查其有没有同伙，政委和老夏负责后勤保障，从现在开始我们全部两班倒，直到嫌犯落网、命案告破为止。”

第十一章　搜捕（五）

天亮了，搜捕行动正式拉开帷幕。

换作以前，村民们有可能会冷眼旁观。但现在，封长冬残忍杀害封长琴母女激起了村民们的公愤，连封国宝、封国余等封家人或拿着砍刀，或手持钉耙、铁锹等农具上山搜捕，同时给参战民警及武警官兵带路，其他人尤其封长琴婆家人更不用说，放眼望去山下到处是人，真正的地毯式搜捕。

后勤保障也很到位，县乡两级领导动员村里的妇女帮着做饭，做好甚至帮着送到搜捕现场和周围各山头的观察哨。

可能是饿急了，韩朝阳从来没吃过如此好吃的油饼，一连吃了三个。江立知道燕阳同行比较讲究卫生，没再喝他水壶里的水，而是喝村里妇女送来的水。

“江哥，喝这个吧。”韩朝阳觉得很不好意思，又把水壶递了过去。

“就剩半壶了，你留着吧。”江立举起脏兮兮的塑料杯喝了一大口，回头道，“我是本地人，抵抗能力比你好，不像你喝没烧开的自来水都容易闹肚子。”

正一边闲聊一边观察周围山下的动静，坡下面突然传来细微的窸窸窣窣声。江立心中一凛，急忙放下水杯取出警棍。

有情况！韩朝阳吓一跳，也赶紧取出甩棍。

江立一手持着警棍，一手取出警务通翻到教导员的号码，随时准备拨打，紧盯着下面喊道：“谁？”

“我，给你们送充电宝的！”

果然有人正在往山顶爬，山下传来一个稚嫩的声音，站在坡边等了二三十秒，只见一个十三四岁的小孩子背着箩筐，一手提着砍刀，一手握着根用来当拐杖用的木棍爬了上来，看见江立二人咧嘴一笑。

江立一把将他拉到山顶，好奇地问："谁让你送的？"

"干部让送的。"小家伙在江立的帮助下卸下背篓，从篓里取出一个充电宝，旋即提着砍刀跑到韩朝阳身边往山下看。

"上级考虑得真全面，我这手机正好没什么电了。"

"这是从哪儿找的？"

"旧的，里面只有43％的电，应该是谁带来的，刚才汇报时我提过手机快没电了，肯定是教导员临时找的。"

提起充电宝，小家伙回头用本地话说了一句，韩朝阳没听懂。人家辛辛苦苦送上来，江立不想让小家伙觉得他高高在上，干脆用本地话跟小家伙攀谈起来，说得小家伙一脸不好意思。

"江哥，你们聊什么呢？"

"我说谢谢他，让他早点下山回去，别让家里人担心，他不愿意走，非要跟我们一起抓封长冬，而且理由很充分。"

"什么理由？"韩朝阳笑问道。

"他说下面人多，中午送饭肯定紧搜山的先来，他等到十点钟再回去，可以帮我们把充电宝带下去充电，还可以帮我们把饭和水再送上来。"

"太感谢了，告诉叔叔，你姓什么，叫什么名字？"有群众热情帮助真好，韩朝阳不禁回头笑问道。

小家伙既不好意思又似乎不太习惯说普通话，竟挠挠脖子跑开了。

"朝阳，他觉悟没你想的那么高。"江立从背篓里翻出一张通缉令，忍俊不禁地说，"封长冬虽然是李家窑人，但前些年长期在外贩毒，这两年又畏罪潜逃，这小子估计没怎么见过。不知道管谁要了一张通缉令，带在身上说一看到封长冬就能认来。带砍刀估计是为了防身，他这是要抓封长冬，要挣十万块钱啊！"

果然被江立猜中了，小家伙红着脸笑了笑，没有说话，只是低着头用砍刀一个劲儿削树枝。

正聊着，警务通响了。江立不敢再拿小家伙开玩笑，急忙摁下通话键。这次通话时间也不短，通完话之后上级好像还发来一个信息。

江立看完信息，回头道："朝阳，山下发现封长冬留下的痕迹，指挥部分析他往北去了，教导员让我们立即下山与武警汇合，跟武警一起去谭家沟西边的山头建立观察哨，并同武警在谭家沟一带搜捕。"

军令如山，一刻不能耽误。韩朝阳一边跟着他小心翼翼地下坡，一边好奇地问："谭家沟远不远？"

"不近，直线距离估计有四公里。"

"车能开过去吗？"

"车只能把我们送到娘娘庙，从娘娘庙过去要走半个小时山路。"

"在林区里？"

"嗯，以前有人，后来退耕还林，住在谭家沟的村民全搬到池柳镇去了，现在全是林区，方圆几公里好像只有林场的一个保护站。"

小家伙以为说普通话的就是领导，竟自告奋勇地冒出句："警察叔叔，我跟你们去！"

"原来你会说普通话，"韩朝阳斜着身体往下走了几步，回头笑道，"那么远，你去了怎么回来，听叔叔的话，早点回家，别在外面乱跑，别让家里人担心。"

"没关系的，我爸不在家，我妈不管我，什么时候回去都行。"

"不许去就不许去，听话！"

第十二章 搜捕（六）

跌跌撞撞跑到山下的公路，杭教导员和十几个武警正坐在敞篷卡上整装待发。

开车的是武警，副驾驶室是局领导坐的地方，江立和韩朝阳不敢犹豫，急忙爬上车厢。小家伙上不了车，一脸沮丧，回头看看四周，见远处有人正越过山梁往林区里搜捕，又精神起来，竟背着箩筐冲下山坡，显然准备抄近路去追搜捕大军。

“江立，小韩，给你们介绍一下。”杭教导员回头看看正往这边开的一辆武警警车，挤到车厢尾部用普通话说，“这位是丁队，丁副中队长，这是武警中队四班长黄可天同志和五班长卢港同志。我们的任务是尽快赶到娘娘庙、谭家沟及碾盘沟设卡，在堵住这三个口子的同时，寻找并检查退耕还林前遗留下来的水窖，并搜索逃犯有可能留下的蛛丝马迹。”

“绝水绝食？”

“对，就是绝水绝食，他被你们惊跑时只带了两瓶矿泉水，其中一瓶已经喝掉了。十分钟前，孟大那一组在群众协助下找到他藏身的地方，发现他遗留下来的空瓶子、拉的粪便及几枚很清晰的足迹。从排泄的粪便上看，他往林区潜逃的时间不超过四个小时，也就是说他不一定在小包围圈内，但绝对没跑出大包围圈。”

江立指指杭教导员刚掏出来的地形图，低声问：“他潜逃前躲在这一片儿？”

“嗯，就躲在李家窑六组后山的一个山洞里，应该是想大半夜从保护站这边的公路潜逃，结果发现路上停满警车，于是从西边悄悄绕过保护站潜入林区。林区没有农户，也没几条像样的路，靠两条腿他是跑不远的。”

正说着，车开了。

杭教导员接着道：“虽说他跑不远，但林区地形复杂，全是崇山峻岭，植被又比较茂盛，而能投入的总共就这么多警力，所以上级决定尽可能缩小搜捕范围。我们是先头部队，我们的任务很艰巨，抵达娘娘庙之后我们兵分三路，分成三个小组。崔局亲自负责第一组，驻守娘娘庙；我负责第二组，前往碾盘沟；你俩负责第三组，前往谭家沟；指挥部正在发动群众，正在想方设法调集援兵。我们赶到目的地之后不知道要坚守多长时间，请大家节约饮水、食物和手机、对讲机电池。”

“是！”

“辛苦大家了，现在抓紧时间休息，赶到娘娘庙要半个小时，夜里都没睡好，现在可以打个盹。”

要说困，个个困。要说累，谁不累？但现在谁也睡不着，就这么靠在车厢上摇摇晃晃，一路颠簸到娘娘庙。

娘娘庙只是一个地名，并没有庙宇，更看不见宫殿，甚至连人都看不见。只有一些建在山腰上的参差不齐的旧房子，大多因为很久没人住已坍塌，周围全是山，荒无人烟，四处一片寂静，仿佛来到一个与世隔绝的遗迹。

房子当年没拆除，事实上也没什么好拆的，但搬走的村民当年挖的水窖依然在。崔局一刻不敢耽误，向指挥部汇报已抵达预定位置，放下手机简单交代了几句，旋即按计划行动。先安排两个武警战士去进出林区垭口设卡，然后率领其他武警上坡搜查老房子。

江立带着韩朝阳，率领四个武警战士，背上指挥部为大家伙准备的饮水和食物，参照指挥部提供的手绘地图，顺着一条长满杂草的小路往西南方向搜索前进。杭教导员则率领另外五个武警往西，直奔更远更荒无人烟的碾盘沟。

谭家沟比李家窑更偏远，真正的位于大山深处。村民没搬出去之前平时极少出山，本来就没一条像样的路，何况村民早搬出去了，过去两年几乎没人来过，指挥部提供的地图几乎没用，走着走着又没路了！

“幸好有卫星导航，”江立放下手机，抬头看看四周围，指指远处的一个山头，“方向肯定没错，山那边就是谭家沟。”

前面就是悬崖，这次真无路可走。原路返回不知道要绕多远，五班长卢港走到崖边往下看了看，回头道：“江警官，就上面陡，下面不是很陡，要不我们从这儿下去。”

“准备不充分，连绳子都没有，就这么下去太危险。”

“想想办法，活人还能让尿憋死。”

“朝阳，把腰带解下来。各位，我们把武装带、裤腰带系成一条绳，看能不能接五六米。”

“江警官，这枝条挺结实，我觉得没什么问题。”卢港蹲下身使劲儿拽拽枝条，确认可以借力，一马当先地攥住枝条往下面滑。

距下面的缓坡有十几米高，韩朝阳真替他捏一把汗。只见他看准一块裸露在悬崖外、看似挺结实的树根，小心翼翼地踩了踩，确认可以借力又寻找能抓的地方，就这么像攀岩一样慢慢往下爬，直到双脚着地，仰头一笑，众人这才松下口气。

“可以的，没问题，我在下面帮你们看着。”

“行，我试试。”江立咬咬牙，在两个武警战士帮助下，面对韩朝阳，紧抓着枝条往崖下爬。

下面有人提醒就是不一样，他不仅安全爬到缓坡上，用时甚至没第一个下去的卢港多。

见三个武警战士看向自己，韩朝阳只能硬着头皮上，一边小心翼翼往下爬，一边祈祷能借力的枝条和树根结实点，祈祷万一摔下去，正在下面的江立和武警班长卢港能接住。

“左边左边，对对对，手抓紧了，右脚往左边挪，好好好，再下来一点！”

“朝阳，别紧张，踩稳了再送松手，稳住稳住，对对对，换手，抓住树根……”

在电视上看见人家攀岩很容易，实践起来可没那么简单。韩朝阳的心怦怦直跳，大口喘着气，在悬崖上停了五六次，在江立和卢班长不断的指点和鼓励下一点一点往下爬，总算有惊无险地爬到缓坡上。

“歇会儿，喝口水。”江立拍拍他胳膊，抬头喊道，“小钱，该你了，别急，时间肯定赶得上。”

“我没事，这其实没什么挑战性。”

小伙子不是吹牛，身手敏捷，时不时往下看几眼，换完手立即换脚，动作一气呵成，最后几米干脆不爬了，认准落脚点直接往下跳。

“高手！”韩朝阳佩服得五体投地，由衷地竖起大拇指。

“什么高手，反恐训练有这些科目，只是训练时有安全绳。”小伙子不无得意地笑了笑，拍拍手招呼战友赶紧下来。

鲁迅说得对，这个世界上本来没有路，走的人多了就成了路。从崖山下来，沿缓坡继续往南走，竟走到一片原来是梯田的树林。梯田是原来住在这一片的人开垦的，顺着梯田一节一节往下走，顺着山势往南绕，拐了几个弯，一个隐藏在深山中的村庄出现在眼前，让所有人心中一凛的是，应该已经废弃两年的村里居然有炊烟！

“一组一组，我三组，我三组，收到请回答。”

“二组二组，我三组，收到请回答，收到请回答！”

韩朝阳确认远处是炊烟，不是山林起火，紧张地提议道：“江哥，太远了，信号不好，崔局和教导员收不到，还是打手机吧。”

“嗯。”江立把对讲机顺手递给韩朝阳，取出手机先调整焦距拍了两张照，再把照片发给杭教导员，旋即拨通教导员的电话。

第十三章　搜捕（七）

搜捕行动指挥部已转移到海拔最高的东谷林场南山保护站，搜捕行动总指挥王局以及指导搜捕的省厅和市局领导却没进保护站的小院，而是全在院子外面的指挥车上。

这辆应急指挥车是市局的，在车上可以上网打卫星电话收发传真，甚至有一个能围坐六个人的小会议桌。它是公安部要求市一级公安局必须配备的警用车辆，在一切通讯中断的情况下，可以在车上通过海事卫星与上级保持联系，与之配套的是一个卫星静中通系统。但它并不是现场最先进的装备，指挥车后面停着三辆通信公司的应急通讯车，通讯车后面还有一辆市局两个月前刚装备的指挥车，确切地说是一辆移动的无人机作战指挥平台。

本来打算用于禁种铲毒航空踏查的“鹰眼”警用无人机已被民警抛飞。翼展两米，最大传输距离 30 公里，采用 GPS 导航，留空时间长达 90 分钟，最大起飞重量 5400 克，最大速度 190 公里，最低速度 32 公里，航空侦查的视频实时传输到应急指挥车，几位领导坐在车里就能看到无人机侦查区域的情况。

“报告徐总，第二追捕小组停下来了。”

“怎么回事？”

“山顶风大，气味消散得快，警犬……警犬嗅不到逃犯的气味，带犬民警正在想办法，二组的其他民警正在搜寻逃犯有可能留下的痕迹。”

市局吴副局长对警犬技术不是很了解，下意识问：“小杨，一般多长的距离内警犬能闻到？如果逃犯跑得特别远，跑出十几公里，它能找到吗？”

“十公里左右应该没有问题。”

“你确认没问题？”

“没问题，正在追踪的两只警犬全是局里的功勋犬，并且我们不光有嗅源，林区的气味环境也比较有利于警犬追踪。”

“另一只到了什么位置？”

“到了这儿，还在追，方向一致，路线有偏差但偏差不大，可能逃犯跑着跑着也迷路了，在这一带徘徊过。”

王局作为搜捕行动总指挥名“不符其实”，面对省厅刑警总队、市局副局长和市局刑警支队长三位领导，现在所能做的就是把三位领导的意图传达下去。

无人机顺着警犬追踪的方向飞到追捕小组前面去了，他正全神贯注紧盯着液晶显示器看航拍影像，一个民警突然回头道：“报告王局，负责堵截的第三小组带队民警江立汇报，他们已抵达谭家沟，在谭家沟东侧山腰的梯田上发现村里有炊烟，这是他们拍的照片。”

谭家沟怎么可能有人！

几位领导大吃一惊，不约而同地抬头看向左侧的第二个显示屏。

可能拍摄位置距村里比较远，照片放大之后很模糊，不放大只能依稀看到冉冉升起的一股轻烟，王局越想越不对劲，指着地图道：“徐总，吴局，如果逃犯想从池柳镇方向潜逃，那么碾盘沟、谭家沟和娘娘庙一带就是他的必经之地，也只有从这个方向跑他才有可能找到水。但从警犬追踪的路线看，他是往后河方向去了！从第二追捕小组现在的位置到谭家沟，直线距离不算远，但全是崇山峻岭，根本没有路，他不可能跑这么快，除非之前误判了他从第一藏匿点潜逃的时间。”

方向不对，时间也不对。徐总队长紧盯着地图看了好一会儿，抬头道：“第一藏匿点的足迹是他的，喝空的矿泉水瓶上有他的指纹，说明距藏匿点不远的大便也是他拉的，通过粪便可推测出他藏匿的时间，我相信技术民警的判断，误判的可能性不大。”

“是不是护林员？”吴副局长沉吟道。

“不可能是护林员，我们刚才统计过参战民警、协助搜捕的干部群众及林场职工的手机号，提醒包围圈内的人能不打手机就不要拨打，也提醒过林场职工注意安全。林业局对此很重视，确认过职工们的位置，他们不光没去巡山，而且几乎全在协助我们搜捕。”

市局技侦支队的民警已经到位，正同三大通信公司的技术人员一起通过包围圈内的几个基站及几辆应急通讯车，监测搜捕区域内的手机信号。封长冬只要敢拨打手机，只要敢与外界联系，技侦就能监测到陌生号码拨打的手机信号，并能在第一时间锁定其大概位置！

现在的问题是没监测到可疑的手机通讯信号，而不应该有人的谭家沟居然有人在活动。

“不能小看一个人的潜力，他亡命狂奔，对地形又比较熟悉，完全有可能在三四个小时内跑到谭家沟。”徐总队长摸摸嘴角，接着道，“先把无人机派过去，让已抵达谭家沟的民警悄悄进村，先侦查，先搞清楚情况。”

“是！”

逃犯有枪，领导不许轻举妄动就不能轻举妄动。但方圆几公里只有六个人，援兵赶过来最快也要一个半小时，江立不想让逃犯再次从他眼皮底下跑掉，指挥部的命令没到就带着韩朝阳人等人悄悄摸向村子。离炊烟冉冉升起的位置越近，包括韩朝阳在内的六人越觉得诡异！

这个本应该跟娘娘庙一样被废弃的村庄居然有几分生气，村口的一块梯田里的树被挖了，重新种植上了玉米，玉米地边上有几小块菜地，绿油油的，长势还挺好。再往里走，长满杂草的路上居然有羊粪。

江立示意众人停步，小心翼翼走到土墙拐角处探头往西看，只见他似乎怕看错，竟抬起手揉揉眼睛，看了近两分钟才回到众人身边。

“江警官，什么情况？”吴班长举着自动步枪，压低声音问。

“不是他，”江立轻叹口气，不无沮丧地说，“如果没猜错应该是搬出去的村民在镇上住不惯又悄悄回来了，门口有个老头在修围墙，屋顶还装了一个太阳能发电板和一个卫星电视接收器。”

第十四章　搜捕（八）

发现有人在这个被废弃多年的小山村生活，江立和韩朝阳等六人很吃惊。

在这个连护林员都不会来的地方，一下子见到六个大活人，有公安、有带枪的武警，老人家同样吓一大跳，差点从梯子上摔下来。江立急忙上去扶住梯子，跟慢慢往下爬的老人攀谈起来。

韩朝阳听不懂本地话，卢港等四名武警战士一样听不懂，干脆很默契地按计划行动。韩朝阳走进院子察看有没有其他人，武警们两人一组，分别前去通往南面林区的垭口设卡。

进来一看，真有点家的样子。一个满脸皱纹、牙几乎快掉光的老太太躺在里屋炕上，炕头放着几盒药，应该患有什么病。一个十一二岁的小男孩在堂屋看电视，电视机是黑白的，看上去有了年头，不过画面和声音倒是挺清晰，可能以前的电器质量比现在好，屋顶又有卫星电视接收器，信号也不错。

“小朋友，叫什么名字？”

小家伙有点怕生，连电视机都顾不上关，一溜烟跑到门口，躲在正跟江立说话的老人身后，扑闪着大眼睛好奇地打量闯进他们家的不速之客。

江立显然在告诉老人附近正在发生的事，老人家一脸不可思议，摘下帽子挠挠毛发快掉光的头，示意二人稍等，跑进院子拿出一把砍刀，带着二人在村里挨家挨户巡视。这个小家伙跟上午遇到的小家伙一样激动兴奋，扛着一根木棍追了过来。

不出所料，村子是废弃了，但以前挖的水窖依然在。在坍塌的残垣断壁中穿行了不到半个小时，就找到不下四十口有水的水窖，但没发现有人来取过水的痕迹。确认逃犯没过来，江立先打电话向指挥部汇报，随即用对讲机与在村外山头垭口的卢港沟通。

“西边那个山头是这一带的制高点，逃犯不可能从山头过来，但那边地势高、视野好，上级要求我们在山头设一个观察哨。我们只有六个人，包括你们现在守的一共要守三个垭口，西边垭口我负责，不过我没带枪，你得安排一个人过来。”

“没问题，我在这儿守着，方俊去支援你。”

“好，有什么情况及时联系。”

不等江立交代，韩朝阳就主动说道：“我去西边山头。”

“朝阳，不好意思，主要是人太少……”

去西边山头是有点远，还得继续爬山，不过相对下面的三个垭口，去山头设立观察哨可能是最安全的。山顶什么都没有，爬上爬下还累，甚至不知道南边有没有上山的路，封长冬就算往谭家沟跑也不可能往山顶上爬。

“天下公安是一家，我们是自己人，说那些太见外了。”韩朝阳一边跟着他往村口走前，一边好奇地问，“刚才那个老头老太太和小孩儿怎么回事？”

“退耕还林、防止人为破坏植被、防止水土流失是好事，但对原来生活在这里的村民而言，搬出去不见得是什么好事。山里虽然全是旱地，收成不好，不过正常情况下再不好全家一年也能有两千元收入。搬出去，国家有粮食补助和现金补助，一亩一百多，可是吃饭要花钱，什么都要买。”

“在外面生活不下去？”

“年轻人没什么问题，身强力壮的可以出去打工，打工再不行也比种地强。年龄大的就不行了，想出去打工也找不到活儿。想搞养殖，既没技术又没资金。刚才那位是实在过不去，想想还是带着老伴儿和孙子回山里生活。”

“他没儿子？”

“有，儿子和儿媳妇在外地打工，年头出去年尾回来，现在工也不好打，一年到头赚不到几个钱。”

“可是他把孩子带回来，孩子怎么上学？”

“不上了，在我们这儿孩子辍学不是什么新鲜事。”听见一阵脚步声，江立回头看看又追上来的小家伙，接着道，“回来对刚才那位老爷子而言不是什么坏事，邻居们全搬出去了，留下的那些水窖都能用，他不但不要再担心缺水，甚至有富余的水浇庄稼，今年大旱，好多地方遭灾，他家没有。”

韩朝阳下意识回头看看已经追上来却不敢跟太紧的小家伙，想想又问道：“江哥，东边村口那片被毁的林地怎么算，林业部门会不会追究他的责任？”

“我问过，他说那儿原来是他家的果林，不是水果，是以前乡里推广种植的白果树，结果没结多少白果，打下来晒干背出去又卖不上价，干脆全砍了全挖了，跟林业局没关系。”

“没砍伐林场的树？”

“没有，盗砍盗伐是要追究法律责任的，正常情况下没人敢以身试法，再说后来种的这些树既不高也不粗，除了烧火有什么用，砍下来又能卖给谁。”

“这倒是。”

正聊着，该“各奔东西”的地方到了。江立停住脚步，回头跟小家伙说了几句，小家伙耷拉着脑袋一声不吭。江立没办法，又说了几句，小家伙笑了，飞奔到韩朝阳前面，挥舞着木棍儿在前面带路。

“江哥，你让他跟我上山？”

“山里的孩子不就满山跑么，他爷爷放心着呢，有他给你作伴我也放心。”

这一去起码要在山顶待到天黑，有小家伙在至少有个人说话，韩朝阳欣然笑道：“行，我跟他一组，有什么情况给你打电话。”

有向导与没向导完全不一样。不管问什么小家伙都不好意思开口，问急了就抓耳挠腮地憨笑，但有他在真能帮上大忙，首先不用跑冤枉路，跟着他在压根儿没路的山林里钻来钻去，不知不觉就爬到了山顶。一路上还带着韩朝阳搜索，哪里有山洞，哪里的树后面能藏人，哪儿有野果子吃，他一清二楚。

上当了！

韩朝阳接过他摘的上面带刺儿的果子扒开吃了一口，那个酸那个涩，急忙吐掉喝水漱口，小家伙笑得前仰后合，又钻进树林摘来几个形状各异的野果。

“不吃了，你小子没安好心。”

“好吃，能吃！”小家伙终于开口了，一口标准的龙道普通话，跟何所的口音差不多。

“不吃，好吃你自己吃。”吃一堑长一智，韩朝阳可不会再上当，站在山顶观察起山下的动静。

“真能吃，真好吃。”小家伙往嘴里塞了一颗野果，一屁股坐到地上用木棍摔打起杂草。

“刚才给我吃那个是什么？”韩朝阳心不在焉地问。

“刺奶儿，人家说是中药，吃了可好呢。”

“你刚才吃的呢？”

“裤裆泡儿，也叫叉叉果，附近就两颗长这个的树，在池柳想吃也吃不到。”

这野果长得奇形怪状，真有那么点像裤衩，韩朝阳接过一颗擦干净，塞进嘴里嚼了嚼，这次没上当，挺甜的，味道挺好。既然山外没有，那得多吃几颗，把小家伙摘来的“裤裆泡儿”全部吃完，韩朝阳不禁笑道：“我以为是枸杞呢。”

“这个也好吃。”小家伙又递上两颗弯弯曲曲的植物，看上去像草根，不像果实。韩朝阳鼓起勇气擦干净吃了一个，味道还行，忍不住摸摸他乱糟糟的头发。

“这是拐枣，可以酿拐枣酒，还可以熬麻糖。”小家伙咧嘴一笑，又跑下去钻进林子找吃的。

吃完第二颗拐枣，韩朝阳突然想起一件事，急忙掏出手机拨通江立的警务通。

“朝阳，有发现？”

“江哥，刚才小家伙请我吃了几颗野果，拐枣和那个……那个什么‘裤裆泡儿’，还挺好吃，封长冬也是山里人，小家伙能找到他一样能找到，想绝水绝食估计没那么容易。”

“是啊，这个季节山里野果多，不过我们能想到指挥部也能想到。”

“能想到就行，反正现在是要抓他，不是要饿死他。”

“包围圈越来越小，他肯定跑不掉的。”

“行，先挂了，有情况再联系。”

为节约手机电量，韩朝阳不仅挂了而且关机。说有情况再联系，结果在山顶一直守到天黑都没发现任何动静，说好一起在山顶观察的小家伙，时不时跑进林子里玩一会儿，跑着跑着跑累，竟躺在草丛里睡了一觉。

“江哥，教导员怎么说，援兵什么时候来？”韩朝阳打开手机，坐到小家伙身边再次拨通江立电话。

“教导员说上级动员的干部群众下午全忙着协助搜捕，这会儿都回去了，今晚不可能有援兵。说指挥部让我们原地待命，守好卡口。”

领导显然认为其他地方比这边重要，不过逃犯是李家窑往这个方向跑的，南边确实比北边重要。“寄人篱下”就要听人家的，但韩朝阳想了想还是苦着脸说：“江哥，卡口肯定要守，我这个观察哨是不是可以撤，大晚上什么都看不见，继续待山顶没任何必要。”

燕阳同行够倒霉的，一来就遇到这样的事。江立暗叹口气，举着手机歉意地说：“朝阳，我跟上级汇报过，结果上级说我们晚上看不见，逃犯在林子里更看不见，后面又追得那么紧，他完全有可能用手机当手电。”

“看亮光？”

“辛苦一下，再坚持坚持，我跟严大爷说了，他等会儿上山给你送饭，上去就不下来了，陪你一起守。”

第十五章　搜捕（九）

时间过得飞快，一转眼倒霉蛋已经走了六天。老爸老妈过得越来越自在，昨天一下班他俩开车回老家了，家里没人，黄莹更懒得回去，这个周末干脆在警务室和理大过。吃完饭同过去几天一样，跟谢玲玲一起来警务室。

许宏亮又找到工作了，依然是朝阳社区保安公司的保安，依然是朝阳社区义务治安巡逻队的正式队员，并和陈洁、小康一样属于重点照顾的对象。不需要去其他执勤点，主要在警务室值班，同时刻苦学习，准备参加明年的公考。女友和“嫂子”来了，许宏亮放下书，抬头笑问道：“莹莹，韩 Sir 有没有给你打电话？”

“下午打过一个，不光打电话，我们还视频过。”

“可以视频？”

“他那儿有信号，能打电话为什么不能视频？”黄莹反问了一句，唉声叹气地说，“他运气也太差了，包括领导在内一共去了十二个人，别人都不需要上山搜捕，就他被抽调去了，在荒山野岭一待就是四天四夜，吃在山上睡在山上，多少天没洗澡，脏兮兮的，胡子拉碴，连脸都被树枝划破了。”

“破了相！”谢玲玲惊呼道。

“在深山老林里，你是没见视频，不知道那儿的环境，方圆几公里就一个村子，村里只有一家人，只有两个老人和一个小孩儿。龙道县公安局的领导可能觉得有村民就有东西吃，这些天没给他们送过给养，不是吃面条就是吃饼，要么吃红薯，要么吃土豆。”

“真够艰苦的，估计朝阳没过过这样的苦日子。”想到师兄现在不帅的样子，谢玲玲忍不住笑了。

许宏亮更关心案子，好奇地问：“围捕四天了，怎么还没抓到？”

“深山老林，植被茂密，沟壑纵横，哪有那么容易抓。朝阳说他不算辛苦，搜山的人才辛苦，几条警犬都跑‘拉稀’了。好几个民警呕吐不止、身上长疮，摔伤甚至被蛇咬伤，不得不被紧急送下山治疗。”

“有没有可能跑了？”

“朝阳说可能性不大，逃犯应该还在包围圈里，在外面设卡盘查的民警没发现他，在里面搜的反而发现了好多蛛丝马迹，从轨迹上看他在跟搜捕队捉迷藏。”

“本地人，熟悉地形，熟悉环境，是不太好抓。”

谢玲玲噗嗤笑道：“好不好抓是龙道县公安局的事，朝阳最多再坚持十天就解放了。”

再坚持十天，想想就吓人。在同一个山头整整守了四天四夜，白天跟小家伙一起“站岗放哨”，夜里跟严大爷一起在山顶裹着旧被褥守夜。白天要全神贯注观察山下的动静，夜里轮流“值班”的时候同样如此，轮流休息的时候要抓紧时间睡觉，一有风吹草动就要爬起来。韩朝阳快崩溃了，恨不得冲下山去参与搜捕。

“江哥，你那边怎么样？”

“虚惊一场，不是人，是两只野猪，幸好它们不敢往篝火前凑，不然真有点麻烦。”

“山里有野猪？”韩朝阳觉得有些奇怪。

“有野猪很正常，山里野猪多了，每年从农历二三月开始，土豆下种之后，它们就到田里拱种子；当小麦青苗长到十来厘米左右的时候，它们会来啃青苗；现在黄豆、玉米快熟了，它们又会成群结队频繁出没，反正山里的村民天天都得防野猪。吃庄稼也就算了，有时候还伤人。”

“捕杀掉不就行了。”

“野猪一样是野生动物，如果查到谁捕杀野猪，森林派出所就有事干了。说真的，野生动物保护的法律有问题。虽然明文规定因保护国家和地方重点保护野生动物而造成农作物或其他损失的，由当地政府给予补偿，补偿办法由省、自治区、直辖市政府制定。但省里到目前为止都没制定相应的损失补偿标准和配套政策，群众因为野猪危害造成那么大的经济损失，林业部门就给人家一些政策性的解答，解决不了补偿问题。搞得老百姓只能看着野猪祸害，却不能捕杀野猪，你说这算什么事！”

想想确实挺荒唐的，韩朝阳又问道：“山里有没有狼？”

“狼以前有，这些年没听说过。放心吧，就算有也不会多。”

下午跟女友视频过，手机只剩下30%的电，韩朝阳不敢聊太久，结束通话继续休息。严大爷不会说普通话，也没有手表手机不知道时间，坐在山顶帮着守夜，守困了就推推韩朝阳，让韩朝阳起来“换班”。在这儿蹲守了四天四夜，不，应该是四天五夜。晚上太冷，山顶点了篝火，东边和西北方向的三个垭口同样点了篝火，大老远就能看见，韩朝阳不认为封长冬敢从这儿跑。

打开水壶喝了一口水，漱漱口，往快熄灭的火堆里添了几把小家伙白天捡来的树枝，确认篝火不会被风刮到远处引起森林火灾，打开手电、拄着小家伙帮着做的拐杖，下坡去背风处找个地方解大手。

在山里，没人的地方就是厕所。过去四天四夜，三人没少在周围埋“地雷”。韩朝阳不想把估计明天甚至后天依然要待的地方搞得臭气熏天，更不想“踩地雷”，没走过去几天走过的路，钻进林子斜着身体下坡，结果下坡容易上坡难，解完手之后竟上不去了，不得不从西边绕。

从山顶上往下看，地形并不是特别复杂，林子也不是特别密。但钻进林子，尤其在这个伸手不见五指的深夜，走着走着竟走晕了，怎么也找不着上山的路，直觉告诉自己方向没错，可是走到一个相对空旷的地方，却看不到山顶的篝火，甚至无法确认看到的山是不是之前待过的那个山。扯着嗓子喊，不知道太远还是严大爷睡得太死，没回应，只有回声。

没办法，只能打电话。结果山顶有信号，山下没信号！韩朝阳懵了，听到风吹过树梢发出的声响，心里突然有些发毛，真有那么点毛骨悚然。

手机依然没信号，就在他准备再喊喊之时，东南方向突然传来一声清脆的巨响。

枪声！培训时开过枪打过靶，韩朝阳大吃一惊，正准备关掉手电蹲下，“啪……啪……啪……”同一个方向又传来三声枪响。清脆的枪声在山林里回荡，惊起一片在林子里栖息的飞鸟。

难道追捕队追到这边来，并且追上了封长冬？

韩朝阳紧张到极点，关掉手机，蹲在一棵小树下屏住呼吸，悄悄取出甩棍不敢轻举妄动。就这么等了二三十秒，又是一声枪响！离得很近，韩朝阳的心紧张得怦怦直跳，正琢磨是不是悄悄往相反方向跑，防止被逃犯发现或被同行误伤，枪又响了，震耳欲聋，震得人头皮发麻。

怎么办！韩朝阳犹豫不决，想上前看看又不敢，想跑又担心被逃犯发现，不夸张地说尿都快吓出来了，就这么蹲在原地瑟瑟发抖。不知道蹲了多长时间，一直蹲到双腿发麻，前面没再响枪，也没其他动静。

怎么回事，不应该啊！如果是追捕队员开的枪，不可能这么长时间没动静。如果是逃犯开的枪，这一带根本没人，他开枪打谁？韩朝阳不想再等了，一连做了几个深呼吸，扶着树干小心翼翼地站起身。考虑到甩棍完全没小家伙做的拐杖管用，干脆收起甩棍，双手持着木棍悄悄摸了上去。

一步，两步，三步……生怕发出动静，他走得很小心，走得很慢。蹑手蹑脚穿过一片灌木丛，再次蹲下观察，结果前面什么都没有，起身继续往前走，走着走着突然听见有人在痛苦地呻吟！就在前面的林子里，离得很近，最多十米！韩朝阳不敢再往前走，定定心神缓缓蹲下，快蹲到一半时突然感觉腿被什么热乎乎的东西挡住了，闻到一阵刺鼻的血腥味，伸手一摸，全是扎手的毛。再摸，手上全是血。

原来是野猪！

韩朝阳反应过来，猛然意识到前面那个呻吟的是什么人，意识到刚才发生了什么事，既紧张害怕又激动兴奋，再想到那家伙的伤势可能很重，顿时欣喜若狂。

第十六章　搜捕（十）

前面的人依然在呻吟，一边呻吟一边大口喘着气。四处一片寂静，韩朝阳能清楚地听到他的呼吸声，很急促，伴着呻吟，能感觉到他此刻非常痛苦，能想象到他伤势不轻。

越是这个时候越要冷静！韩朝阳紧握着木棍屏气凝神，不敢轻举妄动。

那混蛋刚才好像开了七枪，也不知道五四式手枪弹夹里能装几发子弹，更不知道他有没有再往弹夹里装填。现在可以确定的是他不知道野猪这边有人，并且他不敢在此久留。连开六七枪，枪声在荒无人烟的荒山野岭里能传很远，他的大概位置已经暴露，包括江立、卢班长等参与围捕的民警和武警官兵，这会儿肯定正从四面八方往这一带包抄。现在该急的是他，韩朝阳一点不急。定定心神，闭上双眼，再次睁开，看能不能更适应漆黑的环境，能不能确认逃犯的位置、看到逃犯在干什么。然而，林子里太黑了，真正的伸手不见五指，什么都看不清。不过通过声音可以确认他仍在原地。他在干什么，难道伤势重得起不来、走不了路？

膝盖下的这头野猪不管之前祸害过多少庄稼，但这次真是立了“大功”，可惜“英勇牺牲”了，不知道中了几枪，反正死得很壮烈！韩朝阳鬼使神差地摸向野猪的头，不摸不知道，一摸吓一跳，猪嘴里伸出两根往上弯曲的獠牙，至少有十厘米长。獠牙虽然不是很锋利，但这家伙性情凶暴，不怕人，不害怕任何动物。记得曾有一个关于动物的电视节目，里面有一头饿急了的豹子想捕食野猪，结果被几只野猪拱死了，啃得只剩骨架。想到这些，韩朝阳意识到逃犯与这家伙狭路相逢，尽管连开几枪击毙了野猪，但结果显然是两败俱伤，就算没死也可能残了。

就在韩朝阳推测逃犯的伤势时，前面突然隐隐约约传来音乐声，紧接着出现微弱的亮光。

他开手机了！刚才是开机音乐，他是准备给同伙打电话求救，还是打算借助手机的亮光检查伤势？

韩朝阳吓一跳，急忙弯下腰，一点一点、小心翼翼地调整姿势，从蹲着变成趴着，趴在又脏又臭的野猪尸体后面，胸膛、腿上、胳膊上……只要接触地面的部位全染上了猪血甚至猪尿，湿漉漉的，又腥又臭。调整完姿势，掩护好身形，韩朝阳深吸一口气，轻轻拨开面前的杂草。

终于看见了！那混蛋就在左前方五米左右的一棵小树下，半靠在树干上，只见他用手机照照四周，不知道捡了个什么东西塞在嘴里，旋即把手机放在一边，艰难地解下背包，好像从包里取出一件衣服，正用衣服包扎大腿上的伤口。嘴里咬着的应该是树枝，双手正在包扎，受伤了行动不方便，更重要的是枪不在手里。

此时不动手更待何时！捡漏的机会不是什么时候都能遇上的，被领导安排到大西北来吃苦，苦是吃了，但不能白吃！韩朝阳再也不害怕了，激动兴奋到极点，借助前面微弱的亮光再次确认逃犯仍在包扎伤口，紧攥着木棍猛地爬起身，跨过野猪尸体冲了上去。

刚才那头野猪太大、性情太凶暴，不仅大腿被獠牙拱了一个洞，被它拱翻时被弯曲的獠牙拉了一个大口子，左腿被啃好几口，可能伤到骨头了。封长冬流了好多血，疼得快晕过去。过去几天全靠野果和植物根茎充饥，连水都没喝上一口，体力、注意力都不如以前，何况受这么重的伤，前面有个黑影冲过来，他精神恍惚以为是错觉。他抬着头傻看，一动不动。

韩朝阳岂能错过这个机会，挥起木棍往他身上招呼，“砰”一声闷响，结结实实抽在封长冬左臂，只听见他“啊”一声惨叫，下意识抬起胳膊护头。“砰”，又是一下！韩朝阳像疯了一般拼命抽打，劈头盖脸一顿乱棍，头、胳膊、腿，抽到哪儿算哪儿，棍棍带声，边抽边声嘶力竭地咆哮道：“让你跑，让你贩毒，让你杀人，打死你个王八蛋！你跑啊，再跑给我看看，看我不打断你两条腿……”

先是遇上野猪，现在又遇到这么个“疯子”。连续两次猝不及防，并且这次跟上次完全不一样，封长冬被打懵了，双手抱着头满地打滚，边打滚边喊叫，根本没机会找枪。

“老实交代，封长琴是不是你杀的？

“连堂姐都杀，连侄女都不放过，你还是人吗，你配做人吗？”

韩朝阳不知道他伤势有多重，反正指挥部下过命令，如果他负隅顽抗可以果断击毙，不担心把他打死打残，也不知道打了多久、骂了多久，只知道打着打着他不动也不喊叫了。

“给老子装死，老子看你是真死还是假死！”

又是两棍，不过这两棍比之前轻很多，一是清醒了，二是打累了。混蛋蜷缩在地上依然不动，该不会真打死了吧，韩朝阳突然有些后悔，暗想刚才不应该那么冲动，连忙扔下棍子取出手铐，先蹲下身用双膝压着他，摸到他的双手，把他反铐上。旋即取出手电，打开照照四周，找到逃犯放在刚才那棵小树下的枪。再回到逃犯的身边，揪住他头发照照脸，确认他就是几百民警、武警和干部群众搜捕了四天五夜的封长冬，确认没打错人，这才真正松下口气。头被打破了，鼻青眼肿，脸上身上全是血。胳膊腿也不知道有没有被打断，反正下身一样全是血。

再看看自己，有封长冬的血，有猪血，刚才擦汗时摸过脸，估计脸上一样是血。韩朝阳一屁股坐到封长冬身边，探探他的鼻息，发现有呼吸，好像没死，但看到他包扎过的大腿在不断往外渗血，觉得有必要帮他好好包扎一下。刚才打得筋疲力尽，现在包扎得满头大汗。

帮逃犯简单处理完伤口，韩朝阳从他的包里取出一条裤子擦擦手，掏出手机看看有没有信号。本以为跟刚才一样没信号，结果出人意料，现在不仅有信号而且很强，应该是指挥部收到这边有人开枪的汇报，把通讯公司的应急通讯车紧急派到了附近。韩朝阳欣喜若狂，急忙拨通江立的警务通。

江立真吓坏了，大半夜突然听到南边响枪，从方向上推测应该离燕阳同行所在的山头不远，急忙给燕阳同行打电话，结果怎么打也打不通，不是无人接听而是不在服务区，指挥部想通过技术手段锁定位置都锁定不到。崔局和杭教导员正在往谭家沟赶，他则同卢港等武警分为两组，在严大爷和小家伙带领下来连夜搜山。

总共就这几个人，大半夜怎么搜？就在他心急如焚几乎绝望的时候，老天有眼，终于有了消息，终于来了电话。

“朝阳，你在什么位置？”江立停住脚步，扶着一棵小树急切地问。

“我也不知道在什么位置，我迷路了。”

“你没事吧？”

“没事。”韩朝阳回头看看昏迷的逃犯，半开玩笑地说，“我没事，不过封长冬有事。他流了好多血，伤势很重，现在有心跳有脉搏有呼吸，等会儿就难说了，赶紧向指挥部汇报吧。”

“你抓住了封长冬！”

“嗯，他就在我身边，已经控制住了，枪在我手里，放心吧。”

他赤手空拳抓获持枪的逃犯，他没事，逃犯受伤了，可刚才响枪又是怎么回事？江立不敢相信自己的耳朵，不过可以确定燕阳同行不会在这个问题上开玩笑，急忙道：“朝阳，你先等等，在原地看好逃犯不用动，我先向上级汇报。”

“你忙你的，我哪儿都不去。”

消息传到指挥部，徐总、吴局和王局等领导终于松下口气。

“小杨，命令技侦组抓紧时间定位韩朝阳同志的手机，动作一定要快。”

“救护车出发没有，安排一辆警车给他们开道！跟医护人员说清楚，我们要活的，请他们辛苦一下，带着急救器材和药物跟我们民警一起从娘娘庙步行去谭家沟。”

“报告徐总，几个搜捕小组全联系上了，他们没开枪，也没人中枪没人受伤。”

“报告徐总，韩朝阳同志的手机打通了，可以通话，可以视频。”

“开视频。”

“是！”

领导让开视频，在伸手不见五指的山里怎么视频。韩朝阳爬起身在原地转了一圈，找到一个树杈把手电放上去，调整好角度，回到逃犯身边举起手机开始视频。强光手电，光线很强。其他地方看不清楚，小伙子和小伙子脚下的逃犯看得清清楚，如假包换的两个“血人”，唯一不同的是一个站着一个被反铐着双手蜷缩在地上。从视频图像上看，小伙子刚刚经历过一番“浴血奋战”。

投入那么多警力，动员那么多干部群众参与搜捕，结果逃犯竟被一个来龙道县公安局交流的燕阳民警抓获了，王局心里很不是滋味儿。

徐总队长却没其他想法，对徐总队长而言只要能抓获逃犯就行，立即举着通话器，紧盯着液晶屏道：“韩朝阳同志，我是省厅刑警总队徐青元，鉴于你手机快没电了，我们长话短说，第一个问题，你有没有受伤？”

“报告徐总，我没受伤。”

“第二件事，请你把手机摄像头对着逃犯的脸部，我们需要确认一下逃犯身份。”

“是！”

虽然逃犯被打得鼻青眼肿，脸上全是血，但还是能确认他就是封长冬。徐总队长露出会心的笑容，追问道：“韩朝阳同志，请让我们看看逃犯的枪。”

“是！”韩朝阳急忙掏出枪。

“韩朝阳同志，小心点，请你先把保险关了，对对对，就是掰一下那个。”

逃犯真是倒大霉了，居然栽在一个连手枪保险都不知道关的民警手里，徐总强忍着笑道：“好，现在请你简单汇报一下抓获逃犯的经过。”

看起来全身都是血，抓捕经过应该惊心动魄。事实上刚才确实惊心动魄，毕竟逃犯有枪，但领导一让汇报，韩朝阳却非常不好意思。

第十七章　搜捕（十一）

“你下山解手迷路，听到枪声，追过去一看，发现逃犯被野猪拱伤，正用手机照着包扎，然后你冲上去将其擒获？”这也太搞笑了，听完汇报，徐总队长将信将疑，重复了一遍，想确认一下。

估计有几百斤重的大野猪倒在血泊，它都已经“壮烈牺牲”了，不能再抢它的功。韩朝阳把手机摄像头对准野猪的位置，不管领导能不能看到，确认道：“报告徐总，他真被野猪拱伤了，也把野猪打死了。我不知道他枪里有没有子弹，担心他负隅顽抗，冲上去用棍子一顿打，打到他不动了，才把他反铐上的。”

“你身上的血怎么回事？”

“我……我开始不敢追太紧，不敢离太近，趴在野猪后面，以被他打死的野猪为掩护，直到确认他正在包扎，他手里没枪才动手的。”

听到枪响能追上去，明知逃犯手里有枪依然义无反顾追那么紧，冒着生命危险摸到距逃犯仅有五六米的地方，能做到这一点非常不容易。徐总队长正准备表扬几句，视频里突然出现几个人。

江立等人到了，他不知道韩朝阳正在跟领导视频，示意卢港等四名武警去接管逃犯，他则用手电照着浑身是血的韩朝阳，一边检查燕阳同行有没有负伤，一边气喘吁吁地问：“你不是应该在山顶么，怎么一个人跑下山还跑这么远？”

“我下山解手，解完手上不去了，想着从西边绕，结果绕着绕着绕迷路了。”

“没受伤？”

“没有，真没事。”

“没事就好，逃犯的枪呢？”

“这儿，给你吧。”

韩朝阳参加工作没多久，平时没什么机会摸枪。江立不止一次参加过培训，也不止一次参加过禁毒行动，对枪支相对熟悉，接过枪麻利地卸下弹夹，旋即拉了一下从枪膛退出一颗子弹，又蹲下身检查逃犯的裤袋，从右边裤袋里摸出六颗。

江立起身拍拍他肩膀，心有余悸地说：“你小子命真大，枪里虽然只剩下一颗子弹，但一颗也足以要你命。”

“我又不是傻子，没傻乎乎往前冲，我是看准他把枪放下了，看准他正在包扎大腿才动手的。”

“被野猪拱伤的？”江立下意识回头看向对死猪更感兴趣的严大爷。

战友也是关心自己，韩朝阳不得不再次简单介绍了一遍事情经过。下山拉屎都能捡个漏，他运气简直好得爆棚，卢港检查完逃犯的伤势，起身笑道：“韩哥，逃犯右腿和左脚被野猪拱伤咬伤的是挺重，不过全是皮肉伤。你补上的这顿乱棍比较狠，他手臂一看就知道断了，不是一只，是两只！头破了，肋骨可能也断了几根。”

韩朝阳岂能不知道活捉比打死有意义，低头看看仍一动不动的封长冬，苦着脸说：“我那会儿不知道他把枪放在什么地方，不敢给他还手的机会。”

“打就打了，打死他活该，打死也不要你负责。”

他们说的全是普通话，徐总队长、吴副局长和王局听得清清楚楚。

确认逃犯伤势很严重，确认逃犯被燕阳民警打得半死不活，王局不知道该表扬他还是该批评他，暗想既然知道逃犯被野猪拱伤了，而且伤的是大腿和脚，就算包扎好能站起来又能跑多远，你小子有必要冲上去吗？现在好了，带下山的很可能是一具尸体。死人不会说话，更不可能交代犯罪事实，他潜逃这两年干过什么，在外面有没有同伙，这些情况怎么搞清楚，怎么扩大战果？

然而，小伙子不是龙道县公安局的民警，而且小伙子确确实实抓获了极其危险的逃犯，确确实实缴获了一把五四式手枪和七发子弹，确确实实立了功。王局不好批评他，也不太好给他下命令，但可以命令自己的部下。

“韩朝阳同志，我是龙道县公安局长王金辉，请把手机交给江立同志。”

韩朝阳猛然想起手机还开着视频，急忙把手机递给江立。

“报告王局，我们刚赶到现场，请指示。”江立大吃一惊，急忙凑到手电下举起韩朝阳的手机。

“江立同志，援兵正在往谭家沟赶，救护车很快会到娘娘庙，请你们迅速把逃犯转移到谭家沟村口，转移时注意逃犯的伤势。”

“是！”

“夜里山路难走，你们也要注意安全。”

“请王局放心，保证坚决完成任务。”

不管民警还是武警，培训和训练时都学过急救。事急从权，把逃犯迅速转移到谭家沟村口是第一位的，现在顾不上保护林业资源，江立从严大爷手里接过砍刀，就地取材，用树枝和撕开的布条固定逃犯被韩朝阳打断的腿脚，砍粗一点的树枝做担架。

严大爷和小家伙始终围着大野猪转。不出所料，担架做好准备把逃犯往回抬时，他老人家拉着江立嘀咕了好一会儿，搞得江立不得不打电话向上级请示。

“他说这头野猪是母的，怀着仔儿，现在正好是野猪产仔的季节，只要有人靠近就会发狂，逃犯可能就是因为无意中靠近才被它拱伤的。他还说这么大一头野猪扔这儿可惜，他想请我们帮他把野猪抬到村里，如果我们不帮着抬，他就在这儿扒皮分割……”

王局非常清楚村民有多么憎恨野猪，非常清楚生活在山里的村民平时有多么节俭，知道老人家想把野猪肉拿出去卖点钱，顺便让他那个可能很久没吃过肉的孙子开开荤，权衡了一番，同意道：“可以把野猪给他，但要等刑警赶到勘察完现场。”

“是。”

公安抓到逃犯，老人家白捡一头几百斤的野猪，皆大欢喜。不过领导说了，现在还不能把野猪交给他，韩朝阳要留下保护现场，要在原地等刑警过来勘察，甚至可能要接受刑警的询问。小家伙生怕公安说话不算数，说是陪韩朝阳在林子里等，其实是看守属于他家的野猪。

“韩叔叔，你有没有吃过野猪肉？”

“没有。”

“我吃过，我爸以前用夹子夹过一头，后来不让夹了，连夹子都被搜走了。”

“野猪肉好吃吗？”韩朝阳笑问道。

“好吃！”小家伙咧嘴一笑，想想又说道，“你别急着走，明天在我家吃肉，一共两个獠牙，我们一人一个。”

他不只是热情，更多的是舍不得朝夕相处几天的人走。

长期生活在荒山野岭，平时连个说话的人都没有，韩朝阳能理解小家伙的感受，可帮不上什么忙，故作轻松地问：“獠牙有什么用？”

“能辟邪，用绳子穿起来挂脖子里，很灵的。”

第十八章　长脸（一）

韩朝阳、管稀元、宁俊德等一线民警说是来龙道县公安局交流学习的，其实是被分局党委刻意安排来吃几天苦，来体验体验边远地区同行艰苦的工作生活，接受一下“精神的洗礼”，回去之后能够更认真更努力地工作，不好意思再叫苦叫累。

范副局长和局办公室民警简云平虽然一样是来交流学习的，不过更像来考察的。抵达当日的晚上，同随行民警们一起参加龙道县公安局的接风宴。民警要去各基层所队跟班学习，不能喝酒。领导不需要跟班学习，找不到不喝的借口，况且县局的几位领导那么热情，尽管简云平帮着喝了好几杯，范局依然被灌醉了。加上一路鞍马劳顿，太累太难受，直到第三天上午才缓过来。

围捕封长冬的行动是他们抵达的第二天夜里展开的，刚开始为避免打草惊蛇对外声称禁毒行动。局里把能抽调进山的民警全抽调去了，但为了接待他这位从燕阳来的兄弟公安局领导，特意让局党委成员柴书喜陪同。

日程安排太紧凑，范局实在扛不住了，提出回县城。结果回来的路上，竟接到一个天大的喜讯！

是金子不管在哪儿都发光，“燕阳最帅警察”再立新功，居然在大搜捕行动中抓获涉嫌贩毒、涉嫌故意杀害两人的A级通缉犯，并缴获五四式手枪一把、子弹七发。

小伙子太给分局乃至燕省公安系统长脸了，范局欣喜若狂，当即要求去山里慰问冒着生命危险抓获逃犯的韩朝阳。立功的是他的部下，这个要求很难拒绝。柴书喜立即让司机调头，连夜直奔池柳镇，从池柳镇去娘娘庙，再从娘娘庙翻山越岭赶到谭家沟。

在池柳镇卫生院看到包扎得像木乃伊、正准备往县人民医院转院的逃犯；在谭家沟看到了全身是血、劳苦功高的部下；在刑侦副局长、刑警队长、禁毒大队长等县局领导及韩朝阳陪同下赶到抓捕现场详细了解情况，最后爬上这座韩朝阳坚守了四天五夜的山头。

“范局，山顶风大，要不拍几张照我们就下去吧。”

“石局、姜大，你们忙你们的，千万别因为我耽误正事。”地势这么高，真是“一览众山小”，想到这次带队交流取得这么大成绩，范局意气风发，示意简云平再帮他和韩朝阳来一张合影。

石局和姜大对视一眼，一脸歉意地说：“范局，既然您打算在山顶再看看，那我和姜大先走一步，老柴陪您，有什么事尽管打电话。”

“没事没事，我能有什么事，你们忙你们的大事。”

“小韩，我们先走了，你陪好你们范局。对了，我让人准备了两套新制服，已经送到了娘娘庙。林业局的同志要来做严大爷的工作，政委刚才打过电话，请林业局的同志帮着捎过来，等衣服到了在村里洗个澡，换上干净警服再下山。”

“谢谢石局，谢谢姜大。”

“不用谢，这是我们应该做的。”

目送走县局同行，范局掏出手机给周局、黄政委和杜局打电话报喜。柴书喜很默契地走到一边，跟县局政治处的一个民警窃窃私语。

领导不让走，韩朝阳不能走，只能留在原地，被笑看着他打电话的范局和一个劲做鬼脸的简云平搞得很不好意思。

“……周局，这么大事，我能开玩笑，我敢开玩笑？其实夜里就接到龙道县局纪政委通报，就是怕闹出笑话才连夜往山里赶，汽车开不进来，走了十几里山路，直到早上八点半才赶到现场，对对对，该看的全看了，我现在就站在小韩坚守了四天五夜的山头，抓捕现场就在山下。”

去学习交流都能抓获一个两年前开枪拒捕打伤一个民警、前几天又潜回老家杀害两人的A级通缉犯，虽然小伙子是捡了个漏，但这个漏有那么容易捡吗？逃犯手里有枪，老范说得很清楚，缴获的枪里还有一颗子弹，逃犯裤袋里有六发。小伙子只有一根警棍和一根木棍，能毫发无损地抓获逃犯简直是一个奇迹。

周局既高兴又有那么点心有余悸，追问道："老范，小韩在不在你身边？"

"在，他……他这次真给我们燕东分局乃至燕阳市局争了光，我先把手机给他，让他接电话。等会儿给您发几张照片，您一看就知道这条件有多艰苦，他这次有多悬，冒了多大危险。"

"好，我跟他说几句。"

干公安这一行，最怕丢脸，更怕丢大脸。最难的是长脸，更难的是在兄弟省市公安机关那儿长脸。

对周局而言这真是一个"无心插柳柳成荫"的惊喜，一边拉开门往政委办公室走去，一边热情洋溢地说："小韩，干得不错，干得漂亮，好样的，没给我们分局丢脸，刚才范局简单介绍了一下，现在我想听你说，从头开始说，慢慢说。"

"报告周局，我就是运气好……"

"别谦虚了，我承认你运气不错，但立这么大功光靠运气是远远不够的，一个人在一个山头坚守四天五夜，吃喝拉撒睡全在山上，没点决心没点毅力能做到吗？况且逃犯手里有枪，他是被野猪拱伤了，但没被拱死，只要手能动就很危险，你能冲上去将其制服，现在想想我真有点后怕，万一有个三长两短，让我怎么跟你父母跟你女朋友交代！"

"谢谢周局关心，让周局担心了。"

周局敲开门给政委打个手势，又走到对面敲开副局长办公室门，招呼杜局一起走进政委办公室，放下手机打开免提："说着说着又跑题了，小韩，言归正传，请你说说抓捕经过，从头开始说，从第一天进山开始说。"

黄政委和杜局一头雾水，周局笑了笑，想想又顺手拿起笔在纸上飞快写下：小韩立大功了！

第十九章　长脸（二）

从抓获逃犯现在，韩朝阳已经不知道说过多少次，但这次问的是本单位领导，必须认真回答。韩朝阳抬头看看范局，举着手机一五一十地汇报道："报告周局，如果从头说那要从去新营派出所跟班学习的第一天开始，何所让我跟所里的户籍民警江立一起去李家窑村帮群众办理二代身份证，在过程中江立无意中发现了封长冬……"

原来小伙子在搜捕行动展开之前就跟极其危险的逃犯擦肩而过！幸亏那个户籍民警追出去时没追上，如果当时追上了，逃犯开枪拒捕，小伙子肯定要追过去看看怎么回事，那么后果真是不堪设想。分局需要活着的英雄，确切地说是不想看到牺牲的烈士。黄政委和杜局听得专注又惊心动魄。

韩朝阳不知道分局的三位主要领导全在，接着道："我当时不知道他把枪放在哪儿，担心他开枪拒捕，太害怕、太冲动，冲上去就是一顿乱棍。龙道县局刑警队的人说逃犯的胳膊腿全断了，肋骨好像断了两根，头也被打破了，我下手没轻没重，我要检讨。"

"检什么讨，"杜局冷不丁来了句，"小韩，别担心，他是极其危险的A级通缉犯。有枪，而且打伤过民警，当场击毙都没问题，就算打死了你一样立功！"

"杜局，您也在。"

"不光杜局在，政委也在。"

周局看看黄政委，拿起手机笑道："小韩，现在看来安排你去龙道县公安局交流学习是安排对了。在山里搜捕了几天几夜，夜里又冒着生命危险成功抓获逃犯，能想象到你现在很累。好好休息几天，恢复一下，学习交流期满回来继续工作。至于其他事，范局会考虑的，范局会代表我们分局跟龙道县公安局的领导沟通协调。”

沟通什么？协调什么？韩朝阳一愣，旋即反应过来，顿时欣喜若狂。

周局跟范局交代了几句，看看范局从“前线”发回来的照片，看着小伙子全身是血的样子，放下手机笑道：“政委，这么大事不能瞒着市局。现在有照片，小简正在准备文字材料，这件事你亲自负责，争取下午上班前搞好，一上班就向市局汇报。”

“没问题，”黄政委想了想，提议道，“要不让老范和小简再了解一下其他民警的学习交流情况，汇总一下，统一上报。”

“有亮点就整材料，没亮点就算了。”

杜局想得更远更多，点上支烟沉吟道：“周局、政委，如果小韩是他们的民警，他们肯定会上报省厅，再由省厅上报公安部，由公安部评功评奖，毕竟逃犯是公安部A级通缉犯，被通缉之后又涉嫌杀害两人，影响太恶劣。但小韩不是他们的民警，搞不好会夜长梦多。”

“你考虑得有道理，老范在电话里说过，搜捕指挥部下了封口令，只对外宣布逃犯落网，没透露抓捕细节。他们这么做有这么做的道理，总不能让老百姓认为参与搜捕的几百民警、武警和干部群众不如一个去他们那学习交流的民警，并且逃犯是先被野猪拱伤了，然后才被小韩擒获。换作我们，我们一样要综合考虑。要说功劳，上山参与搜捕的谁没功劳，就算没功劳也有苦劳，据说在搜山过程中生病、摔伤甚至被蛇咬伤的有十几个。如果光宣传小韩，人家以后的队伍怎么带，而且脸上也挂不住。”

“那怎么办？”

“先让老范探探他们的口风。”

“周局，杜局，我觉得他们虽然有这样或那样的顾虑，但小韩的功劳摆在那儿。何况小韩又不是没娘家，他们不可能不考虑到我们的感受。”

“嗯，我回头给他们王局打个电话，问问他什么时候安排人来我们分局交流。”

龙道县公安局正忙着做后续工作，暂时没考虑到评功评奖，更顾不上宣传。燕东分局可不会错过这个机会，先向市局汇报，完了把分局民警去大西北学习交流、在交流过程中参与搜捕行动、成功抓获一名公安部A级通缉犯的消息，放到分局的官方网站、官方微博和官方公众号上。

但宣传归宣传，不能不考虑到安全。封长冬虽然落网了，但他是毒贩，谁也不知道他有没有同伙。只是笼统地提到燕东分局民警，只上了几张打了马赛克的照片。分局政治处推送的新闻，各大队和各派出所的微信公众号乃至分局民警全要转发，粉丝数量可能比分局多的朝阳社区义务治安巡逻队微信公众号一样要转发。别人不知道抓获逃犯的是韩朝阳，顾爷爷一清二楚，看到新闻大吃一惊。一起去交流学习的民警中，就韩朝阳参与搜捕，许宏亮也猛然反应过来。

“顾警长，要不要打个电话问问朝阳？”

“他可能在忙，现在打不合适。”

“问问局领导？”

这不是一件小事，一向不喜欢乱打听的顾爷爷觉得有必要搞清楚，当着众人的面拨通杜局手机。

“就是小韩，老顾，没想到吧。”

“去学习交流都能抓个逃犯，确实没想到。杜局，小韩立功是好事，不过这也太危险了，他有没有受伤？”

“没有，他运气好，遇到逃犯时，逃犯正好被一头发狂的野猪拱伤了，他抓住机会冲上去一顿乱棍，把逃犯打得半死不活。抓捕过程有惊无险，没受伤。不过听老范说身上伤口倒是不少，全是被山里带刺儿的枝条划破的，连警服都被划破了，全是皮外伤，没什么大事。”

“没受伤就好，黄莹等会儿就过来，如果人躺在医院里，我真不知道该怎么跟黄莹解释。”

“干我们这一行，怎么可能没危险。你最擅长做思想工作了，跟小黄好好说说，让她多理解多支持小韩工作。”

第二十章　立功受奖（一）

作为准警嫂，黄莹很早就关注了朝阳社区义务治安巡逻队的微信公众号。郑欣宜和陈洁每次更新公众号，她都会习惯性地帮着转发到微信朋友圈，到底更新的是什么内容却极少点开来看。

远在临山镇老家的马老师没关注巡逻队的微信公众号，但非常关注儿子和准儿媳的微信朋友圈，不管韩朝阳和黄莹晒照片还是转发什么消息，都会第一时间点赞并点开看看，看完之后留言，她留言黄莹不能不回复，以至于把朋友圈当作聊天软件用。

看到燕东分局去龙道县公安局学习交流的民警，在搜捕行动中成功抓获一名公安部 A 级通缉犯、缴获一把五四式手枪的消息，马老师大吃一惊，顾不上做晚饭，急忙给儿子打电话。

结果怎么打也打不通，越是打不通她越担心越着急，于是给黄莹打。

“妈，您怎么知道的？”黄莹正在加班，听到这个消息同样大吃一惊。

“你转发的，你朋友圈里有！”

“今天单位事多，我就顺手转发到朋友圈，没注意看。”

“你赶紧看，里面有照片，虽然打了马赛克，但一看体型就知道是朝阳，而且他们单位就去了十几个人，前天打电话时说就他一个人参加搜捕。”

正如马老师所说，除了倒霉蛋没别人！

黄莹吓得魂不守舍，急忙点开朋友圈看下午转发的消息。照片上民警那满身是血的样子，她越看越担心，越看越窝火，坐在办公桌前不断拨打韩朝阳的手机。很巧的是回到新营派出所的韩朝阳，见手机已经充了 20%

的电，担心她打不进来，感谢完前来慰问他的几位领导，一回到宿舍就开机，一开机就接到她的电话。

“朝阳，你没事吧？”

“没事，行动结束了，我在所里，等着吃饭呢。”

“没事怎么关机，怎么不接电话？”确认他没事，黄莹稍稍松下口气。

“手机没电，回来路上又不好充，现在刚充上。”

“有没有看巡逻队转发的消息？”

“没顾上，怎么了，欣宜转发的什么消息？”

“你们搜捕的逃犯是不是落网了？”

“嗯，夜里落网的。”

“是不是你抓的？”

“你怎么知道的！”原来好事一样能传千里，韩朝阳禁不住笑了。

黄莹可没心情笑，气呼呼地问：“韩朝阳，你以为你是谁，辣手神探？逃犯手里有枪，多危险，你想立功想疯了，不管三七二一就往前冲，要不要命了？你知不知道你妈多担心，知不知道我有多担心！”

有人关心的感觉真好！虽然被劈头盖脸的骂，但韩朝阳心里却美滋滋的，连忙解释道：“老婆，不是你想的那样，我没那么伟大，更没那么傻。我非常清楚我的命不是自己的，我生是你的人，死是你的鬼，未经你允许不能拿自己的安危开玩笑。”

又开始一本正经地胡说八道。这件事跟其他事不一样，黄莹不想被他糊弄过去，追问道：“没那么傻怎么还往前冲？你有枪吗，你穿了防弹衣吗？”

“我没枪，也没穿防弹衣，不过这件事真不是你想的那样，估计也不是微信公众号里说的那样，你先听我解释。”

“行，你先说。”

韩朝阳把来龙去脉耐心解释了一遍，又强调道：“这一切纯属巧合，我压根儿没想过一个人下山搜捕，主要是迷路了。至于冲上去，那是棒打落水狗，把他打得半死不活才上手铐的。你说我运气好不好，连野猪都帮我，让我捡这么大一便宜。”

搞清楚来龙去脉，黄莹噗嗤一声笑了，想想好奇地问：“野猪呢？”

“牺牲了，逃犯开了七枪，全部击中，中了七枪它还能活？”韩朝阳下意识从口袋里摸出小家伙给的獠牙，禁不住笑道，“话说我真对不起那头野猪，它帮了我这么大忙，结果我还吃它的肉，还把它的獠牙留着当纪念品。”

“知道你还吃！”黄莹笑归笑，回想了一下他描述的经过，又质问道，“不对啊，你知道他只是被野猪拱伤，并没有被野猪拱晕拱死，明知道他手里有枪，为什么不躲，反而冲上去棒打落水狗？”

“你不了解当时的情况，林子里一片寂静，我甚至能听到他的呼吸声。地上全是杂草、树叶、树枝，如果我躲或往回跑，他肯定能听见动静，肯定会向我开枪。我们还没结婚呢，房贷还没还完呢，好日子和苦日子都才刚刚开始，我可不想当烈士，在那种情况下抓住机会冲上去反而是最安全最保险的选择。”

黄莹不想再埋怨，哽咽地说：“朝阳，以后小心点，别再让我们担心好不好，求你了。”

“放心，以后不会了，这次是巧合。我们中国治安多好，像这样的亡命之徒，别说在我们燕阳少见，在龙道县也多少年遇不到一个。再说我是社区民警，不是刑警，更不是缉毒警，每天面对的是社区群众，处理的是家长里短，能有什么事，能有什么危险？”

“总之，你得小心点，不为自己着想，也要为我们想想，不说了，我这儿还有点事，你赶紧给你妈打个电话，她担心死了。”

“行，晚上视频。”

民警立功就要授奖，作为带队学习交流的原单位领导，范局把这件事作为一件重要工作在干。一回到县局就敲开政委办公室门，与同样刚从新营乡回来的龙道县公安局纪政委聊起评功评奖的事。

“……评功评奖相互谦让是一种境界，但不能因此损害条令法规的权威性和严肃性。以前，每到年终评功评奖，许多同志都发扬风格，相互谦让。但是现在，我们分局党委不仅不提倡在评功评奖时发扬风格，而且要求各单位实事求是，一线民警三天两头加班，工作压力那么大，还经常受委屈，如果立功再不受奖，怎么调动同志们的积极性，以后的工作怎么干？”

眼前这位不是旁敲侧击，而是摆明了要县局给一个态度。抓获公安部A级通缉犯，并且是被通缉之后又涉嫌杀害两人潜逃的通缉犯，这不是一件小事。上午事太多顾不上考虑评功评奖，中午考虑到了。王局在回来的路上请示过市局吴副局长，吴局在送徐总走的时候在车边也跟徐总研究过。现在有了一个大概方案，不知道眼前这位满不满意，毕竟这不只是个人荣誉，同样是单位荣誉。

纪政委递上支烟，微笑着说：“范局，首先请您放心，韩朝阳同志虽然是你们分局来我们县局学习交流的民警，但并没有把自己当外人，跟我们的民警一样坚守哨卡四天五夜，吃在山上睡在山上，面对持枪的逃犯不仅没有退缩，甚至奋不顾身将其擒获，他的英雄事迹不仅我们知道，市局乃至省厅领导都知道。”

“纪政委，其实不光你们市局、你们省厅领导知道小韩，我们市局和我们省厅的领导一样知道，他是深受我们燕阳市民喜爱的‘最帅警察’！”

把他们市局、把他们省厅都扛出来了，看来之前那个方案眼前这位不一定能满意。不过也能理解，如果换作龙道县局的民警，不光会上报省厅、上报公安部，甚至会被破格提拔。关键小伙子不是龙道县公安局乃至新兰市公安系统的民警，如果就这么报上去不光市局和县局会很尴尬，连省厅领导脸上都没光。

就像周局把任务交给范局一样，上级也把这件事交给了纪政委。纪政委没办法，一脸不好意思地说：“范局，考虑到你们过几天就要回去，市局和我们县委县政府，包括我们县局党委，都觉得不能就这么让你们走。同时考虑到麻黄草收购工作刚刚展开，防止麻黄草流入非法渠道的禁毒任务很重，上级决定近期举行一个隆重的‘火线立功’、‘火线入党’仪式，对在搜捕行动及禁毒行动中涌现出的一批先进典型进行表彰并记功，批准在执行任务中表现出色的民警火线入党。”

“火线立功”、“火线入党”，只要有“火线”这个词就是快，换言之就是不上报公安部，不要走那些繁琐的程序。范局沉思了片刻，没发表任何意见，依然笑看着纪政委。

“政治处正在整理事迹材料，最迟后天上报市局，以韩朝阳同志的成绩尤其事迹，记一个二等功应该没问题。管稀元同志和宁俊德同志在学习交流中的表现也很出色，一个不辞劳苦地帮群众运水，在帮群众往坡上推拉水的三马子时摔伤。一个协助我们民警查获一起非法倒卖麻黄草的案件，现场缴获麻黄草 120 多公斤，局党委研究决定在‘火线立功’、‘火线入党’仪式上对这两位同志进行嘉奖。”

同时有三个民警立功受奖这就不一样了，一共来了十二个人，一个荣立个人二等功，两个获得嘉奖，真正的满载而归！

尽管范局觉得这个方案是可以接受的，但还是笑道：“原来小管和小宁表现也很优异，纪政委，不好意思，我要先向我们周局和政委汇报下这个好消息。”

第二十一章　立功受奖（二）

对韩朝阳能不能立功，黄莹包括远在临山镇老家的马老师等家人真无所谓，只希望他平平安安。对许宏亮、李晓斌、郑欣宜和陈洁、小康等朝阳社区义务治安巡逻队的队员而言，这也不是什么大不了的事，搞清来龙去脉之后反而觉得好笑，郑欣宜甚至给他取了一个响亮的绰号：猪猪侠！

但在花园街派出所，韩朝阳立功是一件大事，引起了轰动。刘建业没跟往常一样把饭端到办公室，一反常态走进值班室，举着筷子兴高采烈说："一共去了十二个民警，范局和小简不能算，真正跟班学习的就十个人。十个人里面三个人立功受奖，其中我们所就占两个，朝阳和稀元这次干得漂亮，老许，你说等他们回来之后我们是不是应该给他们庆个功？"

"连市局都知道，听政委说局领导很高兴，肯定要帮他们庆功。"

在大西北同行面前露了大脸，这是一件大喜事，康海根也很激动，不禁笑道："刘所，要不问问他们时候回来，到时候我们可以去车站接。"

"轮不到我们接，我打电话问过，周局会亲自去火车站接，然后带他们直接去市局，市局领导要见他们，其实主要是想见见朝阳，要当面慰问、当面表扬。"

"真是载誉归来，上级这么重视，规格这么高！"陈秀娟觉得有些夸张。

"这也在情理之中，"教导员许伟忠放下碗筷笑道，"朝阳抓的是公安部A级通缉犯，并且是被通缉之后又杀害两人的通缉犯。两年前开枪拒捕，打伤一个民警，这次手里一样有枪，为搜捕他当地公安机关投入七百多民警、武警，动员了几百个干部群众。仔细想想朝阳真亏，如果他是龙道县公安局的民警，一等功估计跑不掉，很可能是公安部授予的，不但能立功，甚至能提副科。这是拿命换的，这是他应得的。况且他代表的不只是他个人，也代表我们花园街派出所、我们燕东分局乃至燕阳市局！”

“是啊，这次真露了大脸，”刘建业点点头，不无自嘲地说，“我……我犯了主观主义，之前确实看走眼了，他跟吴伟一样都是好同志。”

“吴伟呢，老丁，刚才没见他打饭，怎么到现在没回来？”对所里民警，许伟忠比关远程当教导员时关心多了，发现吴伟不在，立马探头问刚走到大厅的老丁。

“去查南城花园项目工地电缆失窃的线索了。”

“有线索？”这个案子刘建业知道，刑警队也派人出过现场，好像没什么发现。

那就是一个“疯子”，一上案子真是可以不吃不喝的，老丁既不喜欢韩朝阳，一样不太喜欢吴伟，站在窗口前说：“他跑了几天，在陈家集一个没备案登记的废品收购点，发现一卷疑似南城花园项目工地失窃的电缆。收废品的是两口子，男的不在家，女的一问三不知，他在那儿等。”

“没备案登记？”一想到辖区的物业管理有漏洞，刘建业脸色立马变了。

“刚开的，刚开没几天。”

“刚开没几天还情有可原，老翟知不知道？”

“知道，老翟接到电话就去了。”

“论这些基础工作，社区队这么多民警，也就老顾、老杨和朝阳干得扎实，稀元现在也干得比较好。人家立功受奖的时候个个羡慕甚至妒忌，也不想想人家是怎么干工作的，自己又是怎么干的！”

刚刚谈笑风生说喜事，一转眼脸就拉下来了，就批评起来了。

许伟忠不是什么事都唯所长是瞻的关远程，微笑着打起哈哈：“刘所，先吃饭，工作的事吃完饭再说。”

“好，先吃饭。”

“对了，我从局里回来时听杜局说，周局给杨书记打电话，亲自帮黄莹请假，打算让黄莹跟政委一起去龙道县参加朝阳的立功受奖仪式。”

这是一个“新情况”，但刘建业并不意外。周局上任以来对财务卡得很死，抠门到极点，以至于被誉为“周扒皮”，但对一线民警很关心。一有重大任务，民警需要加班需要上街执勤，考虑到一些民警尤其双警家庭顾不上孩子，就让机关的女民警和女辅警帮一线民警带孩子，甚至跟区里争取了一笔经费，在交警三中队搞了一个室内儿童游乐场。如果有民警在执法时受伤，他只要在家都会亲自去慰问。以前年终评功评奖，举行记功授奖仪式，一般只是民警参加，他上任之后进行了改革，每次都会邀请立功受奖的民警家属参加，甚至挨个握手，跟警嫂们合影，感谢警嫂们对分局工作的支持。只是没想到龙道县那么远，他依然“坚持原则”。

不管怎么说这是好事，刘建业笑问道：“杨书记给黄莹批假了吗？”

“批了，杨书记对朝阳一样器重，好像还要给朝阳和黄莹证婚。”

“那黄莹的车旅费算街道的还是算分局的？”

“肯定算分局的，周局再抠也不会省这点钱。”

立功受奖，多光荣！

陈秀娟不但羡慕甚至有那么点妒忌，嘀咕道：“人比人气死人，我参加工作五年才获得一个嘉奖，他还在试用期就立了一个二等功。并且这才刚刚开始，回来之后一样会参加年终的评功评奖，至少一个三等功，说不定两个，他这一年大丰收啊。”

“羡慕？”

“刘所，接二连三立功，谁不羡慕？”

“羡慕就好好干工作，荣誉不是天上掉下来的，是踏踏实实干出来的！”

正如许教导员所说，街道给黄莹特批了五天假，同黄政委一起乘飞机赶到新兰市，再坐新兰市局的车马不停蹄赶到龙道县公安局。一起来参加仪式的“家属”不只是她，还有宁俊德的爱人柯静。管稀元没女朋友，如果有的话，分局同样会安排。结果兴冲冲赶到龙道县城，韩朝阳却不在。

“老范，怎么回事，你没跟王局和纪政委说，没通知小韩？”刚才吃饭时不太好问，一回到宾馆黄政委就帮黄莹问起范局。

“政委，这你得问你的小本家。”

“黄莹，怎么回事？”

“我想给他惊喜。”黄莹嫣然一笑，想想又有些不好意思，急忙低下头。

“惊喜，给他个惊喜也好，你们这些年轻人真会玩，”黄政委笑了笑，接着道，“反正明天举行仪式，他明天肯定要回县城，不差这一晚。”

黄莹被调侃得俏脸通红，正不知道该怎么开口，范副局长突然笑道：“政委，黄莹来的事小韩不知道，不等于其他人不知道。我请纪政委跟新营派出所的同志打过招呼，他们这会儿正在设宴欢送，吃完饭就送小韩回县城，毕竟太远了，明天一早再往县城赶不一定来得及。”

第二十二章　立功受奖（三）

刚刚过去的九天，韩朝阳也像是来新营派出所考察的。

何所和杭教导员不管去哪儿，都会问一声“小韩去不去”，就这么跑遍了新营乡的所有行政村，见到好几位从新兰市各局委办来这里驻村扶贫的干部，逛过当年防止土匪的碉楼，尝遍山里的各种野果，甚至有机会开枪打猎！

封长冬落网那头野猪功不可没，不过其他野猪也因此遭了殃。一队民警和协助搜捕的几个群众下山时，同样遭遇到三头野猪，它们像疯了般见人就拱，好在周围有几棵大树，民警和村民急忙爬上树，被困了近两个小时才脱险。王局本就被野猪搞得很没面子，接到民警和村民被三头野猪围攻的汇报更生气，当即联系林业局。县林业局向市林业局请示，市林业局研究决定捕杀 500 头，控制林区不断增加的野猪数量。有了“尚方宝剑”，新营、后河及池柳三个乡镇当即成立“打猪队”，新营乡分到捕杀 150 头的计划，派出所有枪，自然而然成为捕杀的主力，过去几天捕杀了 47 头，接下来还要继续捕杀，直到完成任务为止。

正因为如此，过去几天几乎天天吃野猪肉。野猪獠牙不是象牙，本来就不值钱，现在更不值钱，韩朝阳收集了二十多根，打算带回去送给亲朋好友。

“朝阳，你说走就走，我们真舍不得，但天下没有不散的宴席，祝你一路顺风，祝你回去之后步步高升……”

如果不出意外，江立会荣立个人三等功。刘所、江立和张天详正在楼下，等会儿就要送韩朝阳回县城，并且晚上不回来了，留在县城参加明天的“火线立功”、“火线入党”仪式。所里不能离人，杭教导员不去，更不用开车，所以晚上多喝了几杯，又拉着韩朝阳道起别。

“教导员，虽然在所里只待了半个月，但我真学到了很多东西，我也舍不得你们，我会经常给你们打电话的，你们有机会去燕阳一定提前通知我，让我好好尽一下地主之谊。”

“有机会，肯定有机会！”

杭教导员打了个酒嗝，抢过行李一边往楼下走，一边兴致勃勃地说：“我们县局跟你们分局是结对单位，过段时间就要组织民警去你们那儿交流，就算我们所里今年没机会，明年一样有机会，就算轮也要轮到我们一次。”

之前打听过，他们去燕阳交流跟燕东分局来他们这儿交流不一样。燕阳虽算不上什么国际大都市但也是省会城市，各方面条件比龙道县强多了，一般会安排各业务大队领导和基层所队主官去。县局有那么多大队、派出所、刑警中队、交警中队，再加上看守所和拘留所，别说普通民警，连他这样的正科级干部都不一定有机会。他们坚守在这个前不着村、后不着店的派出所，十天半月回不了一次家，工资待遇又不高，想想真不容易。

韩朝阳虽然“解放”了，但此刻心里却非常不是滋味儿。正不知道该说点什么，一个七十多岁的老人和一个十二三岁的小姑娘打着手电走进院子，在警车大灯照射下显得有些害怕、拘束，和忐忑不安。

昨天下午见过，老人家是孙家坪的，他孙子在山后面的新营中学念初二，父母全在外地打工，那小子不但成绩不好还总惹事，跟同学打架，把家住五家岔的一个学生打伤了。

何所亲自出的警，打架好几个学生看见了，有好几个证人。怎么打起来的，谁先动的手，事实清楚。考虑到被打的那个学生伤不重，校长、教导主任和老师又帮着求情，何所决定先按程序调解，被打的那家工作已经做通，只要动手的这家愿意赔点钱，再批评教育一下这件事就能画上句号。没想到老人家大晚上过来，看样子还是摸黑走了六七里山路来的。

“老常，老常！”来得真不是时候，何所长跟老人家打了个招呼，旋即抬起头喊老常。

“老常也喝了几杯。”

酒气熏天的怎么给人家调解，何平原拉开行李箱，一边示意韩朝阳把行李塞进去，一边又喊另一个民警，结果一问才知道没喝酒的民警刚出去了。全家营有村民捕杀了一头野猪，要去确认到底是不是一头，涉及野生动物保护，让捕杀多少就捕杀多少，只能少杀不能多杀，多杀一头都是要负责任的。

韩朝阳知道他是急着送自己走，连忙道：“何所，办正事要紧，我们早一点到县城晚一点到县城无所谓。”

“那你在车上等会儿。”

“何所，我去吧。”

“你在车上陪小韩，还是我去吧，我比你了解情况。”

何所示意江立别下车，大步流星走过去把老人家和小姑娘带进值班室。

江立探头看了一眼，又回头开起玩笑：“朝阳，明天立功受奖，后天回家，回到原单位肯定会受重用，将来飞黄腾达了千万别忘了兄弟，一定要拉兄弟一把。”

“江哥，我还在试用期，而且连党员都不是。受重用，开什么玩笑！”

“现在不是，过段时间就是了，不发展你这样的民警入党发展谁？”

“是啊，你马上就是英雄了，不，现在就是英雄。”

“张哥，又来了，左一个英雄右一个英雄，这不是在打我脸么。”

“不开玩笑了，说正事。”

江立对张天详太了解了，岂能不知道他想说什么，急忙道：“你能有什么正事？朝阳，别信他的，说说我们的事，这次兄弟沾你光了，我们这儿也没什么特产，就准备了一点洋芋粉和鲜百合，一点心意。”

“太客气了，这怎么好意思。”

“不值几个钱，有什么不好意的。怕你不好带，让你嫂子用箱子打包快递的，今天下午发出去的，可能在你们前面到。”

昨天问联系地址，原来是为了寄东西。韩朝阳真被搞得非常不好意思，连忙感谢，并暗暗决定回去之后也给他们寄点燕阳特产。

张天详话到嘴边被江立堵回去了，一肚子郁闷，暗想他女朋友已经到了县城，现在告诉他一样是惊喜。再想到他女朋友这会儿正在县城等他，又下意识往值班室方向看去。

何所正在动之以情、晓之以理，老人家看上去比较明事理，频频点头。工作比想象中好做，等了大约二十分钟，老人家和小女孩出来了，跟何所道别，又在小女孩搀扶下走出了院子。

“好啦，出发！”何所拉开车门钻进副驾驶，系上安全带回头笑道，“小韩，不好意思，让你久等了。”

“没关系，何所，您抽烟。”

“不抽了，刚才在里面抽了好几根。”何平原探头看看正往相反方向走的老人家，又回头提醒道，“小江，开慢点，晚上视线不好，注意安全。”

第二十三章　立功受奖（四）

盘山公路，绝壁千仞，空谷幽深， 180 度急弯一个接着一个。白天难走，晚上更难走，在崇山峻岭里绕来绕去，一直绕到深夜十一点多才赶到紧邻县政府的龙道宾馆。大半夜不能影响领导休息，韩朝阳没敢打范局电话，直接联系“副领队”简云平，打听管稀元、宁俊德他们住哪个房间，想找个地方凑合一晚上。结果刚结束通话不一会儿，一个既漂亮又熟悉的身影走出电梯，笑盈盈地看着他。

“老婆，你怎么来了！”

“我怎么就不能来？”

韩朝阳欣喜若狂，很想冲上去来个热情的拥抱，但理智还是战胜了冲动，急忙转身道：“莹莹，给你介绍一下，这位就是我在电话跟你提过的新营派出所何所长，这位是江哥，这是张哥。何所，这是我女朋友黄莹。”

“何所长好，江哥好，张哥好。”黄莹不是没见过世面的小姑娘，大大方方走上来给众人问好。

何所愣了一下，嘿嘿笑道：“你好你好，欢迎欢迎。”

这小子运气已经够好了，没想到桃花运也这么好，眼前这位美女漂亮得让人不敢直视，江立偷看了一眼，禁不住笑道：“黄小姐真漂亮，朝阳真有福气。”

黄莹羞得俏脸通红，正不知道该怎么往下说，黄政委、范局和简云平下来了。他们是结对单位的领导，何平原不敢怠慢，急忙敬礼问好。黄政委先感谢了一番，随即要拉着他们一起找个地方吃夜宵。龙道县城不是燕阳，城区小得可怜，天一黑有且仅有的两条街上就没人了，何况深更半夜。

何平原非常清楚这个点找不到地方吃饭，也不可能让结对单位领导请客，再三婉拒黄政委和范局的好意，跟众人道别，带着江立和张天详先走了。

“小韩，干得漂亮。”送走外人，黄政委拍拍他肩膀，看着他脸上和手腕上被荆棘划伤的伤痕，感叹道，“一看就知道这次既立了功也吃了不少苦，好钢不光要用在刀刃上同样也需要锤炼，我相信这次学习交流对你非常有意义。”

“报告政委，这次收获确实很大，比起何所他们，我们简直太幸福了。”

“边远地区的同志是很辛苦，回去之后局里要组织几场座谈会，包括你在内的所有参加交流的民警，全部要现身说法，把在兄弟单位跟班学习的经历跟同事们讲讲。”

“是！”

“今天太晚了，明天好要参加‘火线立功’、‘火线入党’仪式，早点休息，养足精神明天接受表彰。”

“肚子饿了房间有方便面，小黄也带了不少吃的，你们自己解决。”范局不失时机地来了句，说完似笑非笑地看了黄莹一眼。

两位领导说上楼就上楼。没结婚，同居影响不好。韩朝阳正准备问问简云平住宿是怎么安排的，简云平做了个鬼脸，不等他开口就追进电梯，陪两位领导一起先上了楼。

黄莹羞得面红耳赤，提着行李用蚊子般的声音问：“看什么？”

“没什么。”韩朝阳缓过神，连忙问，“老婆，你怎么来了？”

“周局让来的，亲自给杨书记打电话帮我请假，让我来参加你的立功受奖仪式。不光我，宁俊德的爱人柯静也来了，你们分局帮我们订的机票。”

韩朝阳乐得心花怒放，一进电梯就情不自禁地搂住久别重逢的恋人。

黄莹习惯性地以为电梯里有摄像头，一把将他推开，仰头看着他脸上和脖子里的伤痕，喃喃地说：“黑了，还多了这么多疤。”

“黑了吗？”

“自己照照。”

韩朝阳看着镜面不锈钢里的自己，回头笑道：“是晒黑了，这里海拔高，紫外线强，你买的防晒霜就刚来时涂过，后来进林区搜捕就没顾上。”

正说着，电梯到了四楼。也不知道房间隔不隔音，在走廊不太好说，一直走进拐角处的一个房间，反带上房门，黄莹才情不自禁地钻进他怀里，抚摸着他脸上和脖子上的疤痕，梨花带雨地问：“吓死我了你知不知道，抓逃犯，还是带枪的逃犯，你以为你是谁，你以为你刀枪不入？”

“这不是没事么。”

韩朝阳再也控制不住自己，紧搂着她火热的娇躯，低头亲了上去……

第二天一早，简云平挨个敲门叫起，甚至不忘提醒众人处理“三长”，整理好着装。九点要参加仪式，现在代表的是燕阳警方的形象，所有人都收拾得干干净净，先去餐厅吃早饭，吃完饭一起在大堂等。结果刚下楼，龙道县公安局纪政委就到了，热情邀请众人上大客车。

仪式在县公安局大院露天举行，大横幅大标语已经挂上了，参与过搜捕行动的武警中队官兵正在列队，县局各单位的人员也在机关民警的指挥下列队。黄政委和范局属于观礼的嘉宾，被请到主席台就座。简云平摇身一变为记者，举着单反相机跟媒体记者一起跑来跑去拍照。韩朝阳、管稀元等跟班学习的民警，被安排到各自跟班学习单位的队列里，刚站到江立身边，一辆接一辆轿车、警车和武警警车缓缓驶进大院。

市局领导、武警支队领导和县领导来了十几位，就在王局忙着迎接领导们之时，一个民警神色凝重地跑到王局身边，在王局耳边低声汇报什么，边汇报边朝这边看。

韩朝阳能清楚地看到王局的脸色一下子变了，并跟汇报的民警一样朝这边看来！

看谁？出什么事了？

这时候，一位县领导的手机响了，一边接听一边紧盯着王局。王局脸色铁青，只见他擦了一把汗，转身跟纪政委耳语了几句，纪政委的脸色一样难看，点点头，飞快地径直往这边跑来，一直跑到何所身边。

第二十四章　立功受奖（五）

龙道话难懂，但纪政委跟何所长说的这句话韩朝阳听懂了。因为只说了一句，只有四个字：跟我进去!

隆重的“火线立功”、“火线入党”仪式即将开始，何平原心潮澎湃正准备上台接受上级表彰，被领导们这一系列反常的举动打了个措手不及，一脸惊愕、茫然地回头看看江立、张天详和韩朝阳三人，旋即硬着头皮跟纪政委走出队列，在所有人惊诧的目光下从东边的侧门走进办公楼。

韩朝阳不认识刚才接电话的县领导，江立认识。县委宫书记不仅脸色不对，且目光刚才一直盯着何所。别人不一定清楚何所的为人，江立非常清楚，他参加工作这么多年可以用兢兢业业来形容，能有什么问题？如果没有问题，上级又怎么会这个时候把他带进办公楼？

江立百思不得其解，张天详同样一头雾水，韩朝阳也被搞得七上八下，三人面面相觑。这时候，一个二级警督跑过来站到三人前面，而站在不远处的石局和姜大居然走出队列，跟着刚才向王局汇报的民警也从东边侧门走进办公楼——确切地说不是走，而是跑！这一切太反常了。不仅韩朝阳三人忐忑不安，在场的所有人都大吃一惊。

台上的领导显然不想因为这个“小插曲”影响仪式。

王局回头看看几位领导，大步流星地走到麦克风前，抑扬顿挫地说：“同志们，根据市局和县委县政府的相关部署要求，为充分发挥战时政治工作服务保证作用，进一步提振队伍士气、鼓舞民警及武警官兵斗志，市局党委和县委县政府决定举行‘火线记功’、‘火线入党’仪式，为努力打赢禁毒攻坚战提供坚实的政治保证和强大的精神动力。现在，请同志们以热烈的掌声欢迎市局党委委员、政治部孔主任，宣读关于给我县公安局江立等十二名同志记功、嘉奖的命令！”

不管刚才发生过什么事，都不能影响如此庄严的仪式，热烈的掌声响起，一位三级警监在王局的邀请下走到麦克风前。

“同志们，请稍息。”孔主任抬头看了一眼台下的民警和武警，打开文件夹，铿锵有力地宣布道，“关于给龙道县公安局江立等七名同志记功的命令，龙道县公安局：你局新营派出所民警江立同志自参加工作以来，虚心好学，勇于实践，迅速成为所里的业务骨干。2015 年 9 月 2 日，江立同志在深入社区，为群众上门办理二代身份证时，敏锐地发现畏罪潜逃两年之久的公安部 A 级通缉犯封长冬，并及时向上级汇报，为搜捕该犯赢得有利战机。在之后的搜捕行动中，江立同志不怕苦、不怕累，不怕危险，组织协助搜捕的民警、武警成功将该犯抓获，为打击毒品犯罪、净化社会不良风气、维护人民群众生命财产安全发挥了重要作用！”

他当时是第三堵截小组的组长，韩朝阳要听他的，协助堵截的四名武警一样要听他指挥，并且封长冬潜回李家窑确实是他发现的，他立功理所当然，实至名归。热烈的掌声再次响起，包括台上领导在内的所有人不约而同往这边看来。

“你局禁毒大队民警张永平，作为禁种铲毒工作的业务骨干，全力投身麻黄草管控工作中，积极指导各乡镇开展禁毒工作。特别是麻黄草收购工作展开以来，张永平同志对全县麻黄草种植、采集情况展开全面排查、清底、建档，确定十二名涉嫌非法买卖麻黄草的人员进行管控，协助业务部门破案四起，抓获嫌疑人六名，得到市禁毒办的肯定，为防止麻黄草流入非法渠道发挥了重要作用。”

孔主任不断宣读县局民警的先进事迹，有搜捕行动中表现出色的，有在禁毒行动中立下汗马功劳的，还有帮老百姓推水车摔伤的管稀元和协助县局民警查获一起非法买卖麻黄草案的宁俊德。

这些全是意料之中的事，韩朝阳没觉得有什么不对劲。黄政委和范局却发现不正常，按理说新营派出所至少能荣立集体三等功，然而孔主任压根儿没提。

“为表彰先进、鼓舞士气，根据《公安机关人民警察奖励条令》有关规定，特命令：给龙道县公安局江立、张永平、王盛、梁晓辉等同志记个人三等功，分别颁发奖章、证书和奖金；给贾小楠及燕阳市公安局燕东分局来龙道县公安局学习交流的民警管稀元、宁俊德同志记嘉奖，分别颁发证书和奖金……”

热烈的掌声再次响起，江立等人走出队列，上台接受表彰。从领导们手里接过奖章、证书，跟领导们一起合影，刚在一位民警引导下从右侧走下台阶，王局走到麦克风前，邀请龙道县委副书记、龙道县人民政府县长宣读关于给武警龙道县中队卢港等四名同志记功的命令。

由此可见，只要当时在谭家沟的，全部能立功受奖。唯一不同的是，龙道县委县政府比市局“大方”多了，四个武警战士全荣立个人三等功！

“现在，请同志们以热烈的掌声欢迎省厅政治部应副主任，宣读省厅关于给来我县学习交流的燕阳市公安局燕东分局民警韩朝阳同志的记功命令！”

逃犯是谁抓的，在场的所有人个个知道。刚才市局领导和县领导都没提“燕阳最帅警察”，但谁也没觉得奇怪，毕竟压轴戏永远放在最后。

当所有人纷纷往这边看时，韩朝阳猛然意识到自己是“主角”，如果换作一小时前肯定热血沸腾，但现在脑子里净想着何所为什么被纪政委叫走，石局和姜大又为什么跟进办公楼，而且他们的脸色一个比一个难看。

“……韩朝阳同志以学习单位为家，牢记使命、忠实履职，奋不顾身，及时抓捕潜逃两年的部督逃犯，消除了社会隐患，形成了有效震慑。为表彰先进、鼓舞士气，根据《公安机关人民警察奖励条令》有关规定，特命令：给韩朝阳同志记个人二等功，颁发奖章、证书和奖金！”

同样是记功，但这个二等功是省厅授予，与新兰市局和龙道县人民政府记的功含金量明显不一样。站在前面的机关民警拉拉韩朝阳胳膊，韩朝阳猛然反应过来，急忙走出队列，在如雷般的掌声中从左侧上台，给省厅政治部副主任立正敬礼，旋即转过身给台下的民警武警敬礼……他昂首挺胸，捧着奖章和证书跟应副主任合影，紧接着跟新兰市局及龙道县的领导合影，之后又跟本单位的领导一起合影，最后同再次上台的江立、卢港、管稀元等这次一起立功受奖的民警武警大合影。

“火线入党”仪式一样简短。王局宣布局党委关于张天详等十二名民警的入党通知书，武警新兰支队领导宣读关于田栩庆等七名武警龙道县中队战士的入党通知书，然后组织他们上台，面对党旗宣誓。最后是领导讲话，龙道县委宫书记用带着口音的普通话抑扬顿挫地说：“自禁毒行动展开以来，涌现出了一批先进典型代表，他们不惜代价，不讲条件，以实际行动践行了人民警察为人民的铮铮誓言，保护了人民群众的生命和财产安全，树立起了公安民警和武警的良好形象。在此，我代表县委县政府希望火线立功的同志，珍惜荣誉。希望火线入党的同志，不仅要在形式上入党，更要在思想上、行动上入党，要把今天的荣誉化成今后工作中更大的动力。勤奋学习，刻苦训练，不断提高自身综合素质，在工作中充分发挥好党员模范带头作用……”

黄莹不知道今天这个简短且隆重的仪式始终笼罩着一股怪异的气氛，只知道倒霉蛋这次真立功了，而且是个人二等功！她从仪式开始到现在不知道拍了多少照片和小视频，还要频频回复老爸老妈和韩爸韩妈的信息，忙得不亦乐乎。就在她正准备把刚拍的这几张照片发给远在临山镇老家的马老师时，两辆警车缓缓驶进公安局大院。

她没注意到，站在最后一排的民警注意到了，顿时大吃一惊，因为这两辆警车不是公安局的，也不是武警支队或武警中队的，而是检察院的，车身上的“检察”两个字格外显目！

黄政委是什么人，岂能不知道仪式开始前的“小插曲”不简单，不禁侧身问：“老范，是不是昨晚送小韩回来的那个派出所长有问题？”

“不知道，就算有问题也不关我们的事。”

“早不出事晚不出事，偏偏在这个节骨眼上出事，省厅政治部、市局和县里的领导全在，中午这顿庆功酒王局估计是喝不下去了。”

第二十五章　立功受奖（六）

火线立功、火线入党，意味着战斗仍在进行中。县委宫书记讲完话，王局宣布仪式结束，命令参加仪式的民警回各卡口继续盘查过往车辆，严防麻黄草流入非法渠道；武警中队不用参与盘查行动，在中队长和中队指导员组织下有序登车，回看守所继续执勤。

燕阳民警十五天学习交流已期满，按县局昨天的安排，仪式结束之后全去三楼大会议室，与龙道县局民警开一个座谈会，然后参加中午的欢送宴，吃完饭回宾馆收拾行李退房，乘坐县局联系好的大巴去新兰。

分局这边也考虑到小伙子们吃了十五天苦，并且难得来一次大西北，晚上住在新兰，明天自由活动。新兰市区并不大，没几个景点，一天时间逛逛足够了，后天中午乘火车返回。

结果计划不如变化，黄政委本想着龙道县局可能遇到了事，不想给人家添乱，正准备跟王局打个招呼，先同范局带韩朝阳等民警回宾馆，没想到刚送走省厅政治部和市局领导的王局突然走过来，忧心忡忡地说："黄政委，座谈会可能开不成了。"

"没关系，你们忙你们的，我们以后有的是机会。"

"谢谢，"王局回头看了一眼正被局纪委唐书记叫住的江立和张天详，凝重地说，"黄政委，新营派出所出了点事，不光座谈会开不成，我们还想跟韩朝阳同志谈谈，找韩朝阳同志了解点情况。"

涉及自己单位的民警就不一样了。黄政委愣了愣，下意识问："出了什么事？"

新营乡正发生的事不是什么秘密，可能过不了多久就会被死者亲属发到网上，搞不好会满城风雨，甚至全国人民都知道。王局深吸口气，紧锁着眉头说："新营派出所所长何平原昨晚调解过一起治安案件，当事人是一个67岁的老头，回去之后死了，夜里死的。死者亲属认定跟新营派出所有关，要把尸体拉到县委县政府要说法，幸亏驻村干部发现及时，新营乡的干部把他们拦住了，这会儿死者亲属和死者的尸体全在新营乡政府门口。"

难怪刚才脸色一个比一个不对，原来死了人！

黄政委大吃一惊，急切地问："小韩参与了调解？"

"没有，但他当时在所里，应该知道一些情况。"

小伙子没被卷进去就行，黄政委稍稍松下口气，想想又问道："人是在什么地方死的？"

"在家死的，死在床上，他孙女早上发现的。幸亏死在家里，要是死在所里更说不清。"

"死因有没有搞清楚？"

"暂时没有，不过老石已经带法医去了。"

干这一行，最怕遇到这种事！一旦爆到网上，舆论会一面倒，不明真相的网民十个会有九个指责办案民警。就算能搞清真相，但恶劣影响已经造成了。好事不出门，坏事传千里。不光县局会因此而"出名"，甚至连龙道这个大多人不知道的国家级贫困县，都会在一夜之间成为全国人民关注的焦点。

黄政委打心眼里不想被卷进去，可这么一走了之跟"见死不救"没什么区别，面对王局满是期待的眼神，沉吟道："王局，你们可以找小韩了解情况，但我必须在现场。"

"没问题，谢谢。"

"怎么会发生这样的事，"黄政委轻叹口气，快步走到范局身边，"老范，你先带同志们去宾馆，我和小韩还有点事。"

"政委……"

"别问了，赶紧带队回宾馆。"

赶紧！

政委居然用这个词，范局意识到这里并非久留之地，急忙招呼众人上大巴车。

黄莹捧着奖章、证书和装着奖金的信封，见倒霉蛋不仅没跟过来，反而跟黄政委一起走进了办公楼，百思不得其解地问："范局，朝阳怎么进去了？"

"他和政委还有点事，我们先走。"

"什么事？"

"当然是好事，我们先上车，上车数数有多少奖金。没想到会发现金，不过话又说回来，我们下午就要走，不给朝阳发现金，难道还要给他们留个银行卡号？"

范局故作轻松开起玩笑，黄莹不明所以，竟兴高采烈地爬上车，坐到第二排靠窗的位置真数了起来。

柯静同样不明所以，好奇地问："俊德，简干事手里拿的是什么？"

"档案袋。"宁俊德也意识到气氛不对，遥看着公安局大楼心不在焉。

"我知道是档案袋，我是问里面装着什么。"

想到不跟她说个明白，她会不依不饶地打破砂锅问到底，宁俊德没办法，只能低声解释道："是我们立功受奖的材料，奖章、证书只是个人的一个纪念和标志，不能说明问题，主要还是档案里的东西。简干事要把这些材料带回去塞进我们的档案，不然朝阳的二等功和我的嘉奖组织人事部门不承认。"

与此同时，韩朝阳同黄政委一起跟着王局走进一间办公室。

不光龙道县公安局纪委干部和警务督察在，还有县纪委的一个干部和县检察院的一个检察官，有人做笔录，有人摄像，韩朝阳尽管心里没鬼依然被眼前这阵势搞得七上八下、忐忑不安。

"韩朝阳同志，不要紧张，我们就问几个问题，请你如实回答。"

"是。"

"昨晚新营派出所所长何平原同志曾调解过一起治安案件，这件事你知不知道？"

“知道。”

“请你描述一下当时的情况。”

“是，”韩朝阳定定心神，抬头道，“昨晚吃完饭，何所准备同江立、张天详一起送我回县城。准备出发的时候，新营中学一个打架的学生家长到了所里。因为欢送我，杭教导员和常警长晚上喝了点酒，李所接到村干部汇报，一吃完饭就去全家营核实捕杀野猪的情况。何所可能觉得教导员和常警长喝了酒，一身酒气不适合去调解，李所又不在家，就亲自接待，亲自做学生家长工作。我和江立、张天详没进去，我们在车上等，直到他调解完，把学生家长送走才来县城的。夜路山路不好走，一直搞到快十二点才到县城。”

“江立和张天详有没有喝酒？”检察官追问道。

“没有。”

“江立和张天详都没喝酒，他们为什么不去调解，反而是所长亲自调解？”

这个问题问得有些外行！韩朝阳微皱起眉头，紧盯着他说：“江立是户籍民警，不是办案民警。张天详是社区民警，虽然平时经常协助办理甚至主办一些案件，但对这起治安案件并不了解。案件是昨天中午发生的，当时所里没人，何所亲自出的警，我跟何所一起去的。不过老人家和小女孩到所里时，江立倒是提出去接待去帮着调解，何所说他不了解情况，让他跟我们一起在车上等。”

能不能问重点！县局纪委的民警忍不住了，插进来问：“韩朝阳同志，你们在车上等，能不能看到值班室的情况？”

“能。”

“调解时何平原同志的态度好不好，说话声音大不大？”

“值班室门是开着的，我看得清清楚楚，何所态度挺好，见老人家有些紧张，还给老人家发烟。说话声音不大，不过说了些什么我因为隔着车窗玻璃没听到，就算能听见也听不懂。反正声音不大，没拍桌子，更没对人家动手，调解也不可能动手！”

“你知道发生了什么事？”检察官又问道。

“知道，那个老人死了，在外面听王局说的，”韩朝阳回头看看王局和黄政委，急切地说，“检察官同志，我虽然不是党员，但我是民警，在大是大非的问题上不会说假话！请您相信我，那位老人的死，跟何所真没关系，他身体本来就不好，是一个小女孩搀扶着他去所里的。”

话虽然这么说，但问题依然出在何平原身上。上级给他们配发了执法记录仪，为什么不用？如果有当时的视频，怎么会发生这样的事！事情虽然发生在新营派出所，何平原虽然是县公安局的民警，但现在不只是公安局一家的事，县委宫书记和魏县长高度重视，要求下午一点前搞清真相。民警有问题处理民警，民警没问题一样要做通死者亲属的工作。总之，控制恶劣影响是第一位的！

检察官可不管韩朝阳是不是刚荣立二等功的英雄，反复、不断地问昨晚的细节，韩朝阳昨晚也喝了几杯酒，哪记得具体时间，只能说了一大堆“大概”、“可能”、“左右”、“也许”……

相比他，何平原此时此刻更委屈！男儿有泪不轻弹，只是未到伤心处，面对盘问他的纪委、督察和检察官，泪流满面地说：“我真没吓唬他，更没动手！我跟另一个当事人家既不沾亲也不带故，更不可能收人家好处。就算我何平原想收，他家穷得叮当响，靠吃国家救助过日子的，又能送什么给我，我又有什么理由帮他家吓唬另一家！”

“既然你坦坦荡荡，当时为什么不开执法记录仪？”

“我……我忘了，再说执法记录仪内存就那么大，就能充那么点电，不可能 24 小时开着吧。调解又不是执法，调解的不是什么大案子，而且我是打心眼里为他家好。他孙子才十几岁，还在上初二，被打的那家思想工作已经做通了，只要多多少少赔点钱，他孙子还能继续上学，将来说不定能混出个人样。”

“现在的问题是人死了，”局纪委唐书记指指手机，面无表情地说，“新营乡程乡长看过尸体，跟死者亲属说没外伤，跟你何平原应该没什么关系。但你知道人亲属怎么说，人说老人是被你何平原骂死的！”

“我骂死的？”

“你没开执法记录仪，没有执法视频。江立、张天详全在外面没参与调解，就算他们跟你一起参加调解，没有执法视频他们的话一样没说服力。人家现在就要调看视频，你拿不出视频，一个大活人进了派出所，回去之后就死了，不是你何平原骂死的也是你何平原骂死的。”

“唐书记，我何平原是什么样的人，别人不知道您不可能不知道！”

“我知道有屁用！”

唐书记砰一声拍案而起，指着他咆哮道：“平时怎么跟你们说的，平时是怎么培训的，又是怎么提醒你们的？既要秉公执法也要注意保护自己，对我们这些警察而言没有视频就没有真相！可是你不听，不当回事，现在好了，自己看着办吧！”

第二十六章　好人应该有好报

组织民警来学习交流的目的已达到，所取得的成绩甚至远远超过预期。

黄政委不想卷入龙道县公安局正面临的大麻烦，纪委、督察和检察院的人一问完就带韩朝阳回宾馆，不仅午饭都没在县城吃就往新兰市赶，而且取消明天自由活动的计划，让简云平在网上改签车票，决定乘坐今天下午五点二十的火车返回燕阳。

新兰市区可能没燕东区大，实在没什么好逛的。虽然昨天刚来，今天就要走，黄莹并没有因此而失望。参加过隆重而简短的“火线立功”、“火线入党”仪式之后，她这个准警嫂打心眼里为倒霉蛋骄傲，为有倒霉蛋这个男友自豪。从龙道县城到新兰火车站这一路上，不知道打开盒子看过多少次奖章，看完奖章又捧起手机感谢亲朋好友们的祝贺，回复亲朋好友们的微信留言。

柯静一样兴高采烈，忍不住凑到她耳边问：“莹莹，二等功多少奖金？”

候车室里的旅客不算多，男士们有的陪两位局领导去吸烟室抽烟去了，有的靠在椅背上闭目养神。总之，身边没什么人，不怕别人笑话。

黄莹抬头看看四周，窃笑道：“五千，你家老宁呢，老宁多少？”

“一千，嘉奖没法儿跟二等功比，主要是个荣誉。”一共来了十几个民警，只有三个人立功受奖，比上不足比下有余，柯静心满意足。

“不就是图个荣誉么。”黄莹放下手机轻叹道，“五千块钱算什么，且不说这是他拿命换来的，就这五千也不可能落自己口袋。”

“要上交？”

“上交倒不用，他不是在那个什么谭家沟待了几天吗，村里就一户人家，只有一对老人和一个小孩。在山里那几天不光吃人家的喝人家的，人家还陪他一起在山顶站岗放哨，不能没点表示。”

“那户人家是不是很困难？”

“嗯，朝阳打算给他们点钱。”黄莹顿了顿，接着道，“他学习交流的新营派出所，所长、教导员和立三等功的那个江立对他很照顾，还给我们寄了山里的土特产，我们回去之后也要给人家寄点东西。”

一线民警三天两头加班，平时顾不了家，警嫂和军嫂一样要把这个家撑起来。柯静是名副其实的“一家之主”，举一反三地问：“回去之后肯定要请客的，少说要摆两三桌，一桌没五六百下不来。哎呦，这么一算五千不一定够花！”

“别说请客了，现在就有人让发红包。这一路上，十块二十块的红包不知道发了多少个，早知道会这样打死也不发朋友圈。”

炫耀是要付出代价的，柯静越想越郁闷，不禁苦笑道：“我也发了一百多。”

两位女士聊的是家长里短，在吸烟室的男士们对何平原的事感同身受，兴致都不高，心情一个比一个沉重。

“执勤执法时是要佩戴使用执法记录仪，对违法行为进行处罚时必须全程摄录，但何所是调解，别说他们调解时不开，我们调解时一样不怎么开，而且法律上也没有执法时要带执法记录仪的强性条款。”

“所以说要吸取教训，以后我们分局民警在调解时一样要开执法记录仪，一样要像处罚时那样全程摄录。”黄政委猛吸了一口烟，继续道，“至于法律上有没有这方面的硬性规定，遇到这种事谁跟你讲法律！”

“老头到底怎么死的，可以去解剖，可以让法医检验！”

“人家认定是被何平原骂死的，到底是不是骂死的怎么检验？就算死者亲属同意法医解剖检验尸体，检验报告出来他们也不一定认，说你们是一伙儿的，说你们官官相护。上网喊冤甚至上访，把你搞得焦头烂额，让你有理也说不清。”

“何所真够倒霉的，他这一关不太好过。”

见所有人朝自己看来，韩朝阳凝重地说：“这种事何所不是第一次遇到，他不会就这么被击垮的。”

“不是第一次？”黄政委下意识问。

“不是第一次，”韩朝阳深吸口气，解释道，“大前天我们闲聊，聊到当警察这些年受过的委屈，何所动容了，噙着泪说过他最委屈的一件事。他当了十几年所长，前后换了四个派出所，在定崖乡也就是他老家当派出所长时，处理过一起治安案件。两户村民因为宅基地大打出手，他开当时刚配发给所里的警车去的，先动手并且把对方打得比较重的那一家承认了，被打的那一家有个人躺在卫生院，他们打架时有不少村民围观，跟昨晚调解的治安案件一样，事实清楚、证据确凿。”

“后来呢？”范局追问道。

“人躺在医院，不知道什么时候出院，不知道要花多少医药费，先取证，做了几份笔录，准备等人出院之后再处理。结果他回去之后，被打的那一家有只羊因为吃土豆吃太多撑死了。龙道县的情况您知道的，家里死了羊不可能扔，被打的那一家把羊杀了，叫上亲朋好友，晚上一起吃羊肉。”韩朝阳抬头看了一眼候车室方向，接着道，“其中有一个亲戚当干部，是林业局副局长，分管森林派出所，开着森林派出所的警车去被打的那家吃羊肉。结果第二天一早，何所被打人的那一家告了，还没处理呢就告他偏袒被打的那一家，说他前一天晚上去人家里吃过羊肉。”

“到底有没有去，到底有没有吃过当事人家的羊肉，这个问题很好调查！”

“现在说起来像个笑话，但当时对何所而言真是要命。当时刚来了一个县委书记，正在搞党风廉政建设，要抓几个反面典型，何所就这么撞枪口上了。不是局里调查，是纪委调查，负责调查这件事的纪委干部可能对公安有成见，觉得民警吃完原告吃被告，一查一个准，只要查绝对能查出问题。就这么带着几个人去村里调查，结果一查果然查出了‘问题’，村里人说得有鼻子有眼，说警车停在什么地方的，何所当时是怎么去那一家吃羊肉的，为招待何所被打的那一家去村里小店买过什么烟，买过什么酒，甚至为了炖羊肉买过什么调料。被打的那一家呢，发现苗头不对，不想耽误自己家亲戚的前程，在纪委干部询问时，顾左右而言他，既不承认何所去吃过羊肉，也不说何所没去。更巧的是，当天晚上何所在所里值班，现在所里民警不多，当时更少，指导员和两个民警全回去了，没人给他作证。局里也在调查，找不到人证可以找物证，查车辆。县局机关的警车当晚在什么位置，各派出所、各刑警中队和交警中队的警车在什么位置，最后发现其他单位的车当晚都能确定位置，就定崖派出所的警车当晚在哪儿不知道。当时警车不多，他没去人家吃羊肉，那警车是谁开去的？”

老何同志真不是一两点倒霉！黄政府哭笑不得地问：“再后来呢？”

“所有证据都指向他，纪委要处理，何所急了跑去找局长，赌咒发誓真没去吃过羊肉。尽管那么多村民指认他去吃过羊肉，尽管已经成了‘铁案’，局长想想还是决定给他个机会，亲自去纪委求情，帮他争取三天时间，让他利用这三天自证清白。”

可能心情不好，韩朝阳特别想抽烟，跟宁俊德要了一根，点上道：“县领导要拿他立威，搞不好是要扒警服的。何所没办法，只能靠自己，跑到被打的那家求人家说实话，结果人家避而不见。后来托人请被打的那一家的一个亲戚喝酒，那个亲戚喝高了，酒后吐真言，说那天晚上是和谁谁谁一起吃羊肉的。”

“总算真相大白了，想想何所也真不容易！”管稀元如释重负地轻叹口气。

“真相大白有什么用，林业局副局长被当成反面典型处理了，他被诬告的事却不了了之。事情过了半个月，纪委始终没给个说法。何所想想不服气，再次去找局长，跟局长说那是定崖乡，那是他出生长大的地方，多少人认识他，恶劣影响已经造成，个个知道他吃了人家的羊肉。如果不给个说法，他以后怎么抬头做人，怎么继续当派出所长？”

“局长怎么说？”

“局长让他去找纪委。”

“他找了吗？”

“找了，而且不止一次，纪委可能被他搞得不厌其烦，最后答应了他的部分诉求。由乡政府出面，召集全乡各村干部和打架双方所在的那个村的村民代表，公布事情真相，让诬告他的村民赔礼道歉。”

黄政委喃喃地说：“居然管纪委要说法，难怪他干这么多年还是派出所长。”

“政委，反正我觉得好人会有好报，他肯定能挺过来的，不管对方怎么胡搅蛮缠，也不可能击垮他这样的西北汉子。”

黄政委暗想这次跟那一次不一样，这一关没那么容易过，不过这些话只能放在心里，拍拍他肩膀，故作轻松地笑道：“对，好人肯定有好报。朝阳，我们不光要向你学习，也要向何平原同志学习。”

第二十七章　帮忙？

上午举行仪式时，不仅气氛不对，连天都阴沉沉的。检票上车时天上下起雨，越下越大，模糊了车窗玻璃，让旅客们看不清车外。

虽然在龙道县公安局只学习交流了半个月，但管稀元跟韩朝阳一样与他所在的草店派出所同行建立了深厚的友谊，人在疾驰的列车上，心却在遭遇旱灾的草店乡，见外面下起倾盆大雨，下意识掏出手机给草店派出所民警打电话，想问问草店有没有下雨。结果列车一驶出新兰市区便开始钻山洞，一个接着一个，有的山洞还很长。山洞里没信号，一有信号列车又钻进下一个山洞，联系了半个多小时才联系上。

“也下了，很大，太好了，有了这场雨，村民们就不用再去买水了……”

龙道县的秋雨真是贵如油，他坐在车窗边跟草店派出所的民警兴高采烈地聊，韩朝阳则躺在卧铺上跟对面的女友大眼瞪小眼。

“怎么了，发什么呆？”

“没什么，刚才走神了。”韩朝阳嘴上说没什么，心里却突然迷信起来，觉得这场雨是老天爷的泪。何所太冤枉太委屈，连老天爷都看不下去，都为之流泪。

黄莹不明所以，指指他放在卧铺枕头边的手机：“唐晓萱给你发微信恭喜你立功，她问我怎么回事，你怎么不回。”

“她怎么知道的？”

“我不是发过朋友圈么，她和诗涵全知道了，非让我们请客。”

她们“层次”太高，简直高不可攀，韩朝阳拿起手机笑道：“请客啊，没问题，理大那么多餐厅，除了书香园随便她们挑。”

对花父母钱的大学生而言，理大校园里那些餐厅的消费可能不便宜。但相比外面那些饭店，理大校园内的餐厅消费实在算不上高。想到两百块钱能上一大桌子菜，黄莹噗嗤笑道：“行，你就这么回她。”

韩朝阳正准备回复，车窗外一片漆黑，火车又钻进了山洞。

这时候，黄政委从前面走了过来，扶着卧铺上下铺的钢管抬头道：“朝阳，稀元，俊德，周局刚才特意打电话交代，明天他会亲自去车站接我们，然后一起去市局。市局领导肯定会问学习交流的情况和心得体会，你们准备准备，别到时候吞吞吐吐说不出来。”

就算不去市局，分局一样会要求写学习交流的心得体会。

韩朝阳连忙坐起身：“好的，我现在就想。”

“躺着一样能想，别起来，空间就这么大，坐起来撞头。”

韩朝阳再次躺下身，刚准备回应下正跟他做鬼脸的黄莹，车窗外亮了，列车再次驶出山洞，手机也“不失时机”地响了。

“何队，您怎么有时间给我打电话？”一看来电显示，韩朝阳禁不住笑了。

何义昌同样在火车上，回头看看铐在卧铺钢管上的几个嫌疑人，笑道：“我再忙能有你韩大忙，去大西北学习交流还忙里偷闲抓个部督逃犯。火线立功，荣立个人二等功，恭喜恭喜！”

“谢谢何队，不过我只是运气好捡了个漏。”

“捡漏哪有那么容易，我天天在外面跑我怎么就捡不着。不开玩笑了，正式恭喜，你这次确实干得漂亮。荣立二等功，回来一定要请客。”

“请，就怕您不赏光。”

“答应得倒痛快，你是明知道请我也不一定有时间去吃。”

何义昌不只是在调侃，说的也是一个事实。一线民警作息时间不正常，且三天两头加班，连跟女朋友谈恋爱都经常“放鸽子”，跟朋友很难像普通上班族一样聚会。

韩朝阳正不知道该怎么往下接，何义昌话锋一转：“给你打电话一是恭喜你立功，二是通报一个情况，另外再请你帮两个忙。”

“您说，只要我能做到的，绝不会有二话。”

“你前段时间不是让一个女大学生去我们中队报过案么，苹果手机开机密码被改被勒索的案子破了。你忙着抓持枪逃犯，我们一样没闲着，这些天跑了四个省，十一个地级市，总算捣毁掉这个犯罪团伙，抓了几个嫌犯，跟你们一样正在回燕阳的火车上。”

不愧为分局最年轻的中队长，只用了二十天就把案子破了。

韩朝阳佩服得五体投地，好奇地问：“何队，他们是不是黑客，是怎么把手机密码改掉的？”

“什么黑客，说出来你不太相信，他们初中都没毕业。”何义昌回头看看四个垂头丧气的嫌犯，介绍道，“他们的作案手法有点类似电信诈骗，先从网上非法购买了五千万个 QQ 的账号密码，通过大海捞针的方式破解苹果手机 ID 账号和密码。而不少苹果手机机主的 ID 密码设置又过于简单，有些是名字拼音缩写加顺序数字排列，有的是名字拼音缩写加出生年月日，有的干脆跟 QQ 用同一个密码。他们就是这么根据用户密码设置的不良习惯，以及在 QQ 软件设置时透露的个人信息，一个一个地试，并屡屡得手。我们和网警大队通过银行账号顺藤摸瓜，不知道跑了多少家银行，腿都几乎跑断了，总算成功锁定他们的位置，总算捣毁掉这条破解苹果用户 ID 账号和密码、远程控制手机再勒索钱财的黑色产业链。”

“太好了，何队，您真厉害。”

“再厉害也没你厉害，真有那么厉害我至于打电话求你？”

“何队，别开玩笑了，什么事，您尽管开口。”

“政委和范局在不在你身边？”

“不在，他们好像又去抽烟了。”

“不在身边最好，是这样的，局里前几天刚布置了个任务，就算我不说你回去之后一样会知道，让我们推广分局的微信公众号。我们经侦平时跟群众接触的少，那么多关注任务让我们怎么完成。不完成又不行，跟工资挂钩的，现在好像是个任务都跟工资挂钩。你是最帅警察，有那么多粉丝，跟群众的关系又好，我们这点任务对你来说小菜一碟。等会儿发几个二维码给你，请你的粉丝和你们警务室辖区的群众扫一扫、关注一下。不用多，完成任务就行，回头我请你吃饭，不用你请我。”

韩朝阳忍不住笑了，边笑边说道：“何队，我又不是明星，哪有那么多粉丝，不过我会尽力的，如果关注的任务不是很多，我想应该没什么问题。”

“你肯定没问题，第二件事还跟微信有关，我们中队老杨的千金参加了一个什么评选，需要在微信上投票。望女成凤，你应该能理解。他爱人这些天因为这事快疯了，一天给他打七八个电话。我微信好友不多，能发动的全发动了，红包都帮他发了两百多，结果名次还是不理想。等会儿把投票的链接给你发过去，投 26 号杨子琪，千万别投错，这个票数是越多越好。这件事如果能帮我办成，不光我要请你吃饭，老杨两口子都要请你。”

第二十八章　休息不了

回来的运气比去的时候好，列车不仅没晚点，甚至提前十五分钟抵达燕阳火车站！

周局果然亲自来接站，兴致很高，一路谈笑风生，韩朝阳被问得很不好意思，同时又有些纳闷，本以为是去市局，结果客车开到一个非常非常熟悉的地方——燕阳市公安局警官培训中心。跟着周局走进招待所大堂，看到大堂里的牌子众人才知道省厅有一个会议在培训中心召开，市局有一个培训班今天开班，市局常务副局长在这里参加省厅的会议，市局政治部主任刚出席完开班仪式，几位局领导决定在此接见载誉而归的韩朝阳等燕东分局民警，甚至让餐厅准备了一顿丰盛的晚餐。

“同志们，坐，渴了先喝口水，喝饮料也行，别拘束，别不好意思。”

政治部主任微笑着招呼小伙子们坐，市局楚副局长和周局正站在门边兴致勃勃地打电话。

“方厅长，我们市局去龙道县公安局学习交流的民警回来了。对对对，就是帮新兰市公安局抓获部督逃犯，被兄弟省厅记个人二等功的‘最帅警察’！安排在兰花厅，刚坐下，您不来怎么开始，好好好，谢谢谢谢。”

“陶主任，我燕阳市局楚振江，我们市局去大西北交流的民警回来了，下午给您汇报过的，刚给方厅长汇报，方厅长说马上过来……”

“梅局，方厅长和陶主任马上到，坐得下，我们准备了四桌！”

“宁局，兰花厅，就等你了！吃过了少吃几口，好好好，快点啊。”

楚局忙着给正在楼上的省厅领导打电话，周局则给同时参加会议的兄弟县局公安局一把手打电话，边打边回头看看非常争气的几位部下。黄政委和范局终于意识到顶头上司为什么把小伙子们接到这里，二人禁不住笑了。韩朝阳不是傻子，岂能不知道市局和分局领导的良苦用心，既激动兴奋又觉得有些不自在，觉得像动物园里的猴子，接下来要被许多人围观。黄莹同样不自在，偌大的餐厅里就她和柯静两个女士，想到马上会有很多领导进来，急忙起身跟简云平换位置，同柯静一起坐到角落里去了。

“别紧张，等会儿领导问什么就说什么。”范局不太放心，又叮嘱起坐在他身边的韩朝阳。

这时候，两位身穿短袖衬衫的中年领导在楚局、周局陪同下微笑着走进餐厅，韩朝阳、管稀元等民警在黄政委和范局示意下起身迎接。

“老周，介绍一下。”

“是。”周局走到黄政委刚让开的位置，指着部下介绍道，“方厅长、陶主任，这位就是我们分局花园街派出所民警韩朝阳同志，在刚结束的学习交流活动中，先同学习交流单位的一个民警共同发现公安部 A 级通缉犯的行踪，随后全程参与了新兰市公安局组织的大搜捕……”

这个餐厅其实是一个多功能厅，把餐桌撤掉换成办公桌椅就是一个小会议厅，前面有一块幕布，头顶上有投影机。没想到周局准备得比想象中更充分，一个民警居然在放 PPT。随着他的介绍，幕布上出现了一幅幅大搜捕时的图片，崇山峻岭，地形复杂，能通过图片直观地感受到搜捕一个潜逃进林区的逃犯有多么不易。

“逃犯不仅贩毒，不仅在两年前的收网行动中开枪拒捕，潜回李家窑之后又杀害两人，影响极为恶劣。为将其抓捕归案，西甘省厅、新兰市局及龙道县局组织了七百多名干警和武警官兵展开搜捕，另外还动员了三百多名干部群众。一千多人，听上去很多，但搜捕范围更大，地形又那么复杂，并且方圆几公里只有一户退耕还林搬下山、后来又偷偷跑回山里的农户，所以警力还是很紧张。不管是不是去交流的，只要参战就要坚决服从搜捕指挥部指挥，韩朝阳同志没叫苦叫难，接到命令后立即赶到谭家沟西南一点五公里处的山头上设立观察哨。”周局指指幕布上的照片，接着道，

“为完成上级布置的任务，韩朝阳同志在山顶坚守了四天五夜，吃喝拉撒睡全在山顶，并且只有等刚才提到的偷偷跑回山里的农户，其实是一个老人和一个小孩，给他送水送饭的时候才能抓紧时间打个盹……”

看着图片，听着介绍，尤其看到最后这几张浑身是血的照片，真有股身临其境之感，真能感受到当时的惊心动魄。这么感人的事迹，这么大的战果，要是在燕阳或省内的任何一个地方，上报公安部帮他申请记个人一等功都没问题，结果只记了一个二等功。方副厅长很是为小伙子惋惜，不过那是人家的“主场”，但不管怎么样，小伙子这次不仅给燕阳市局长了脸，也给燕省公安长了脸！

方副厅长同样高兴，紧握着韩朝阳手感叹道：“小韩同志，你那一顿乱棍打得好，打得漂亮，打出了燕阳市公安局乃至我们燕省公安打击违法犯罪、维护群众生命财产安全的决心！打出了燕阳市公安局乃至我们燕省公安恪尽职守、奋不顾身、临危不惧的良好形象！”

“谢谢方厅长表扬，我只是做了我该做的。”

“是啊，人民警察为人民，既然穿上这身警服，遇到危险我们不上谁上？”

介绍完韩朝阳，周局接着介绍同样获得嘉奖的管稀元和宁俊德。十二个民警去大西北学习交流，三个民警立功受奖，这说明燕东分局乃至燕阳分局极具战斗力！周局高兴，市局楚副局长和政治部谢主任一样高兴。

从捡漏到现在，韩朝阳先后被不下二十位领导慰问表扬过，不夸张地说已经“麻木”了，肚子饿得咕咕叫，心里只想着什么时候可以开吃。好在领导们听完介绍，表扬了几句，合完影，敬了一杯酒，便相继找各种借口走了。周局没走，不过周局是本单位领导，众人没什么好顾忌的，像饿死鬼投胎一般猛吃，结果因为吃得太猛，后来上的菜又吃不下去了。

“多吃点，别不好意思，现在又没外人。”

“周局，我饱了，真吃不下去。”

“我也饱了，周局，真饱了。”

“还有这么多菜，不吃掉浪费。”

黄政委非常清楚周局最见不得浪费，不禁笑道："周局，不会浪费的，这个任务交给朝阳，等会儿管服务员多要几个餐盒打包带回去。巡逻队有小伙子值夜班，朝阳是大队长，出一趟远门不能什么都不带，正好带点菜回去给小伙子们加餐。"

"好，就这么办。"

周局掏出手机看看时间，突然想起一件事："差点忘了，按计划要给你们放两天假的，小韩，你不利用这天假期回去看看？"

"报告周局，我倒是想回家看看，但我回不去。"

"怎么回不去？"

"理大明天开学，新生老生明后天报到，蒋部长给我打过电话，问我什么回去。就算他不打电话，我今晚一样要赶回去准备准备。"

"学校开学，新生报到，你准备什么？"周局一脸不解地问。

"学校开学人比较多，现在的大学生自理能力差，许多新生是家长送来的。我打电话问过师傅，我师傅说附近的宾馆旅社半个月前就被预订一空，学校也考虑到没订到房间的家长和一些家庭条件比较困难的家长舍不得住宾馆，准备让家长们在室内体育馆、图书馆打地铺。这涉及人口管理，只要住在学校的全要登记，保卫处不一定忙得过来，我们警务室乃至巡逻队都要去帮忙。还有一些家长是开车送孩子来的，交通尤其停车一样要考虑到。另外我们想借新生入学、老生报到的这个机会，开展远离传销、理性消费远离网上借贷、个人隐私保护和个人安全防范方面的宣传。"

空荡荡的校园，一下子涌进上万人，治安压力可想而知。

周局反应过来，很欣慰很高兴地说："对，新生入学、老生报到是很重要，你辛苦一下。小黄，也请你多理解多支持，这两天假我给你们留着，到年底一起补休。我亲自给刘建业同志打电话，春节不要排小韩的班，让你们跟家人一起过个团圆年！"

第二十九章　又是野猪

人真的很奇怪，在饭店感觉吃得很饱，怎么也吃不下去，结果一到家就饿了。

好在打包回来好多菜，取出几盒用微波炉热一下，同专门赶来的教导员许伟忠、副所长康海根，等候已久的顾爷爷、苏主任、老唐、苗海珠、许宏亮、谢玲玲、老金、李晓斌、郑欣宜、小康，以及今晚不值班但一直等到现在的陈洁，在居委会一楼会议室又摆了一大桌。

“莹莹，奖章要收好，军功章里有你的一半。”

“放心吧，丢不了。”黄莹噗嗤一笑，又献宝似的从包里翻出一袋野猪獠牙。

许伟忠乐了，忍不住笑问道：“朝阳，逃犯不是只打死一头野猪让你捡了个漏吗，怎么会有这么多獠牙！”

“一头野猪只有两根獠牙，被逃犯打死的那头野猪的獠牙在另一个包里，这些是后来龙道县为控制野猪数量经上级林业部门同意捕杀的野猪的獠牙。”

“上级同意捕杀的？”

“嗯，一共捕五百头，不能杀少更不能杀多，多捕杀一头都要追究责任。”

打猎啊，想想就好玩！

许宏亮好奇地问：“朝阳，你有没有猎杀几头？”

“我就打死一头，”提起捕杀野猪的事韩朝阳就兴奋，兴高采烈说，“野猪会跑，不能碰它们的时候成群结队出来毁坏庄稼甚至伤人，可以捕杀它们的时候却找不到，我跟着‘打猪队’在山里转了两天，好不容易发现两头。真是皮厚肉糙，见它冲过来连开三枪都没打死，最后还是‘打猪队’的几个村干部用铁叉叉死的。”

“你有没有打中？”

“打中了，打中两枪，只是没打中要害。”

一看手里的獠牙就知道野猪有多么狂暴，许伟忠低声道：“朝阳，如果村干部没叉住怎么办，这也太危险了。要是没叉住被野猪拱伤，那这个笑话就闹大了，没伤在逃犯手里，结果因为捕杀野猪受伤。”

“打猪队人多，而且是有备而去。以前有村民被野猪拱伤甚至咬伤，主要是猝不及防，不敢动它们。它拱你没事，你要是打死它就麻烦了。”

“也是，以前山里有那么多猛兽，现在哪有？”顾爷爷回忆起当年，放下杯子笑道，“我上学时还经常在报纸上看到哪个地方有老虎，被群众打死了，涌现出一个打虎英雄。人的创造力多强，破坏力也强，要不是国家重视野生动物保护，那些野生动物早被赶尽杀绝了。”

“野猪不可怕，真正可怕的是人！”

康海根深以为然，放下筷子心有余悸地说：“朝阳，听说你抓获一个持枪的公安部A级通缉犯，我们不是高兴而是担心害怕，持枪逃犯而且是有开枪拒捕打伤民警前科的逃犯，想想就怕人。你这次是运气好，但运气不可能总这么好，以后不管遇到什么情况都要小心点。”

“谢谢康所关心，我以后会注意的。”

对韩朝阳等民警而言许伟忠和康海根是领导，对郑欣宜而言不是。她说话也没任何顾忌，又调侃道：“我说猪猪侠，野猪帮你那么大忙，帮你立那么大功，你还对野猪大开杀戒，还吃野猪的肉，你对得起野猪吗，你不心痛吗？”

“站着说话不腰疼，你是不知道野猪祸害过多少庄稼，伤过多少群众。那是国家级贫困县，当地政府没钱，群众因为野猪遭受损失又得不到补偿，不知道多痛恨野猪。林业部门给新营乡的一百五十头捕杀计划，乡里组织的‘打猪队’只捕杀了六头，另外几十头全是村民们捕杀的，还有几十头捕杀计划没完成。”

苏主任放下獠牙，好奇地问：“朝阳，野猪是几级保护动物？”

“这我真不知道，只知道野猪是三有动物。”

“三有，不是三级？”

“真是三有，在新营派出所我看过林业部门和森林公安的文件，上面说野猪是什么国家保护的、有益的或者有重要经济、科学研究价值的陆生野生动物。”

他们尽聊野猪，插科打诨调侃小师弟。苗海珠笑而不语，心里却非常佩服小师弟，再想到他上中学时的样子，发现他这些年变化好大。

就在韩朝阳被野猪这个话题搞得不厌其烦时，许教导员突然道：“朝阳，分局下达了一个推广分局微信公众号的任务，同时要求我们所里也要把微信公众号搞起来，月底考核验收，主要验收关注数量。而且任务包干到人，一个民警一个二维码，有没有完成任务，在后台能看到。”

有没有搞错，又是这事！韩朝阳被搞得啼笑皆非，不等领导往下说就一口答应道：“许所，这个任务交给我们警务室吧，正好明天理大新生老生报到，大学生个个有手机，个个用手机上网，请他们扫一扫、关注一下，完成任务应该没什么问题。”

有“最帅警察”在，以后这样的任务根本不要担心完不成。

许伟忠笑了，正准备表扬一下，老唐苦着脸说：“朝阳，我们所里也有任务，鲍所因为这事今天给我打三个电话。纳入绩效考核，跟工资挂钩，不完成不好。”

“没问题，大不了发动群众，请王厂长他们帮帮忙。”

不在内容上做文章，这么推广管用吗？

黄莹虽然在街道上班，但依然不喜欢这种近乎形式主义的工作，冷不丁问：“苏姐，理大开学，新生老生加起来估计有两三万，巡逻队的公众号要不要推广一下？”

“当然要！”

苏娴已经通过推送“生活信息”尝到了甜头，不无得意地笑道：“我们早准备好了，明后两天安排二十名队员去理大协助朝阳维持秩序。连远离传销、远离网上借贷、防范电信诈骗那些宣传海报上都有我们巡逻队公众号的二维码。”

许伟忠忍不住问：“苏主任，你们的微信公众号现在有多少关注？”

“现在六万多，我们争取两个月内搞到十万。”

六万关注，太厉害了，真是近水楼台先得月！许伟忠很是羡慕，暗暗下定决心要充分发挥“最帅警察”的优势，把所里的微信公众号搞起来。

这时候，刚才吃完去警务室换另一个巡逻队员值班的小康走进会议室，扶着门框说：“顾警长，韩大，理大保卫处章主任来了，陪一个学生家长过来的，说是报案。”

“教导员，康所，师傅，你们继续吃，我去看看。”

“朝阳，你刚回来，还是我去吧。”

“没关系，我回来就感觉像是在放假，再说人是章主任送来的，我不去不好。”

许伟忠和康海根不知道章主任是谁，顾爷爷和苏娴非常清楚，人家是理大校卫队长，是理大义务治安巡逻大队教导员，换言之，人家是小伙子在马路对面的搭档。

顾爷爷觉得韩朝阳去接待最好，欣然笑道：“去吧，去看看怎么回事。”

“朝阳，我跟你一起去。”想到警务室里有一个真正的义务巡逻队员，黄莹立马追了出去。

“莹莹，等等我。”涉及理大学生，谢玲玲这个名义上的辅导员，事实上的音乐教师，觉得有必要去看看。

第三十章　失踪失联（一）

可能考虑到理大终究是新园派出所辖区，韩朝阳这个驻校民警并非真正的驻校，老唐也从后门跟进了警务室。

章金海同一个二十多岁的年轻人坐在接警台前，跟他们一起来的中年夫妇不愿意坐，很焦急、紧张、期待地紧盯着从后门进来的韩朝阳等人。

“朝阳，回来了？”

“刚回来，章主任，怎么回事？”

章金海起身介绍道：“这两位是我们理大土木工程学院2014届学生祝有为的家长，这位是小祝他们班的辅导员华玉刚。”

韩朝阳跟华玉刚点点头，走到学生家长面前笑道：“我姓韩，叫韩朝阳，是燕东分局中山路接警平台民警，也是理大的驻校民警，您二位怎么称呼，有什么事？”

“韩警官，我叫祝泽安，这是我爱人冯素梅，我家有为联系不上了，十几天没给家里打电话，他手机怎么打也打不通。这不是要开学吗，我们不放心，跑过来一问他又不在学校，华老师不知道他在哪儿，暑假没回家的同学也不知道他在哪儿，一个大活人就这么不见了……”

“您先别急，坐下说，慢慢说。”韩朝阳刚打开执法记录仪，老唐就很默契地准备做笔录。华玉刚欲言又止，章金海显然认为这不关学校事，悄悄捅了捅他胳膊，学生家长没注意，韩朝阳看得清清楚楚，不动声色问：“老祝，您儿子暑假没回家？”

“没有，我……我家条件一般，他很懂事，说是跟同学一起留在市里打工，刚开始隔三岔五给家里打个电话。我们想着都这么大人了，应该不会有什么事，也就没放在心上。眼看快开学了，要交学费和住宿费，我们给他打电话，准备把钱存进他的银行卡，结果怎么都打不通。”

韩朝阳暗叹口气，追问道：“他手机号多少？”

“这个。”祝泽安急忙递上手机。

韩朝阳干脆用他的手机拨打，结果传来无法接通的提示音。

“韩警官，一开始不是无法接通，是停机，我想着他是不是打工没赚到钱，没钱交电话费，就帮他交了一百。”

“知不知道他打什么工？”

“他说帮一个公司跑业务，推销酒。”

“华老师，班上有没有人跟他一起利用暑期打工或者知道他的下落？”

“老祝一找到我，我就挨个打电话帮着问，我们班上是有两个学生跟他一起在春安市场的一个搞酒水批发的商行打过工。业务没那么容易跑，天还那么热，这两个学生跑了几天就不干回家了，回去之后没怎么跟祝有为联系，不知道祝有为在哪儿。”

“老祝，你们有没有去过你儿子打工的那个烟酒批发商行？”

“去过，去找过老板，老板说他干了不到一个月就跑了。他以为我们是去要工资的，说什么没干满一个月，没完成基本任务，既没给我家有为工资，也不知道有为去哪儿了。”

老祝手机里有他儿子的照片，一个满脸青春痘的小伙子，看上去要比实际年龄大一些，身材跟他父亲高大。

这么一个成年人而且是大学生，能出什么事。韩朝阳觉得有些奇怪，想想又问道：“手机打不通之前，他有没有管家里要钱？”

“没有，”老祝收起手机，用带着浓浓口音的普通话说，“放假时他说身上有一千多，那个酒水批发老板虽然没给他工资但包吃包住。”

“华老师，祝有为有没有谈女朋友？”

“没有，我们班女生少，如果真谈了，我不可能不知道。”

“QQ和微信呢？”

“我们试过给他发信息，一直没回。”

手机打不通，QQ和微信联系不上，一个大活人就这么失踪失联了，想想是挺蹊跷的。韩朝阳回头看看老唐，又问道："华老师，他在校期间的表现怎么样？"

这个问题真的很难回答，尤其当着学生家长面，但现在顾不上那么多了。华玉刚直言不讳地说："祝有为很聪明、很活跃，学院不管组织什么活动，他都积极参加。学习成绩刚开始挺好，后来……后来跟化工学院的宋亚平搞到一块去了，在学校里做生意，推销这个推销那个，班上的同学可能被推销得不厌其烦，不太喜欢跟他玩。"

"这个宋亚平能不能联系上？"

"能，章主任带我们去找过他，他也不知道祝有为去哪儿了，章主任不相信还看过他手机，确实很久没联系。"

"他们不是一起做生意的吗，怎么不联系了？"

"朝阳，宋亚平那小子在我们学校是个'名人'！手机、电脑、化妆品、运动鞋、包……几乎没有他不卖的，不但推销商品，还代理电信业务，在学校帮人办手机号。去年好像还帮驾校、帮外面的公考和考研培训机构招生。到处发展下线，搞到最后就他自己能赚到钱，别人都赚不到钱。"提起那家伙章金海就头疼，"他从这个宿舍窜到那个宿舍，搞得太夸张太过分，学院和我们保卫处不知道找他谈过多少次，但他又没犯多大错误，考试从来没挂过科，拿他没办法，只能指着他早点毕业，早点滚蛋。"

韩朝阳好奇地问："赚了很多钱？"

"他下半年大三，在学校做了两年生意，到底赚了多少钱不知道，就知道他买了一辆二十多万的轿车。前段时间后勤处招标，他甚至准备承包新校区的几个小吃档。要不是发现及时，差点让他得逞。"

真是个人才！他不应该报考理大化工学院，应该去报考商学院。

韩朝阳服了，也意识到跑题了，注意力再次转移到老祝夫妇身上："老祝，你先别急，先找个地方住下。明天才报到，大后天才开学，他说不定……事实上他很有可能会给你们打电话要学费，很可能会自己回来。我们会帮你们留意，会想方设法帮你们找，一有消息就给你们打电话。"

站在这儿让警察怎么找，老祝再三拜托了一番才跟华玉刚走出警务室。

“现在这些大学生，跟我们那会儿真没法比，”章金海拍拍接警台，轻叹道，“现在的高中教育也有问题，高中老师说得最多的是什么，一是好好学习，努力冲刺；二就是坚持坚持再坚持，坚持到大学就可以玩了。大学是玩的地方吗，是谈恋爱的地方吗？”

韩朝阳能理解章金海的心情，一边登录内网，一边说：“现在的问题是一个大学生失踪失联，如果明后两天不来报到，他父母肯定比现在更急！”

“幸亏是暑假，不然麻烦大了。”

韩朝阳沉吟道：“他没谈女朋友，也不太可能被人骗去搞传销，同样不太可能因为还不上网贷而跑路，身上又没多少钱，他能去哪儿，能出什么事？”

老唐放下鼠标，冷不丁来句：“没前科，没被处理。”

“怎么就不可能身陷传销？”想到前段时间有个女大学生身陷传销的新闻，黄莹忍不住问。

“他没管家里要钱，也没骗亲朋好友和同学去搞传销。”

“这倒是，”黄莹想了想，说，“如果身陷网贷，他会拆东墙补西墙，网贷公司和那些讨债公司肯定会给他家打电话，甚至会骚扰老师同学。”

“会不会出什么意外？”张贝贝轻声问。

“正在查，”韩朝阳点点鼠标，一边浏览平台上关于认尸方面的信息，一边凝重地说，“他是男生，人高马大的男生，应该不会出什么意外。”

第三十一章　失踪失联（二）

接下来几天是警务室最忙的时候，理大学生祝有为失踪失联不是一件小事，但现在也只能由老唐上报新园街派出所，先按照失踪人口查找。

韩朝阳佩戴齐单警装备，同顾爷爷、老唐、苗海珠一样各带三名巡逻队员开始巡逻。明天学生报到，人家不可能明天才来，能明显感觉到中山路上的车和人比平时多。有打车过来的，有坐公交车来的，有家长开车送孩子来的，周围的大小宾馆旅社生意从未如此好过。

顾爷爷负责检查路南边的宾馆旅社，不是查什么在逃人员，而是想提醒那些来自边远地区、经济条件不是很好的家长和学生，注意保管好个人财物。老唐和苗海珠负责中山路北的宾馆旅社，新园街派出所在中山路这一片辖区比朝阳社区热闹，宾馆旅社、洗浴桑拿、歌厅酒吧等场所比路南多，所以需要两个人。韩朝阳则在中山路上巡逻，负责六院至理大南门这一段。

见张贝贝居然跟着上街，黄莹立马回宿舍换上特勤制服，气喘吁吁地跑回来跟韩朝阳、许宏亮、李晓斌、小康及唯一穿便服的张贝贝一起巡逻。

“……送孩子来报到的是吧，隆德酒店很近的，不用打车。”韩朝阳打量了一眼拖着行李箱站在家长身后的女孩，转身指指六院方向，“前面第一路口左拐，往北走两百米左右就能看见，酒店大门朝西，楼顶有个大灯箱，很显目。”

“谢谢。”

“不客气。”

刚给这一家指完路，只见一个家长带着一个戴眼镜的孩子从理大走了出来，把行李箱搁在大门东侧，一边跟保安攀谈一边掏出手机查询什么。守在理大门口的出租车司机一拥而上，争相拉客，把人生地不熟的那一家人搞得焦头烂额。

今晚出来就是服务群众的，不等韩朝阳开口，许宏亮便迎上去问："干什么干什么，人家需要打车不用你们拉，不需要打车你们拉也没用。"

"我们就是问问，问问不行？"

"你个临时工真当自己是警察，保安都没说什么，你跑过来充什么大尾巴狼！"

现在有网约车，出租车生意不好做，但生意再不好做也不能这样。韩朝阳岂能眼睁睁看着好兄弟受辱，走到他们面前，冷冷地问："说什么呢，说谁是临时工，说谁充大尾巴狼？"

肥头胖耳的司机意识到边上的那个是"伪军"，眼前这个应该是"正规军"，立马咧开大嘴嘿嘿笑道："没什么没什么，就是开个玩笑。"

紧盯着他们，看着他们散去，这才拍拍正气得咬牙切齿的许宏亮的胳膊，走到司机们刚才围着拉的这一家人面前："你好，你们是不是以为今天可以报到，是不是没地方住？"

"警察同志，我们知道明天报到，通知书上写得清清楚楚。我们在网上查过，知道学校有招待所，没想到房间全满了，这事怪我，应该早点预订的。"

韩朝阳环顾着四周，低声道："同志，这附近的宾馆估计一样客满。"

"是啊，看了几家，全没房间。"

"让你早点订，你不听，今天拖明天，明天拖后天，现在怎么办。"学生的妈妈窝着一肚子火，又埋怨起她爱人。

黄莹噗嗤一笑："您别急，附近没有其他地方有，您慢慢搜，在网上订好再打车过去。"

"谢谢，刚才那些出租车司机真搞得我晕头转向。"

大半夜校园外热闹，校园内同样热闹。

主校区这边有一万多师生，对商家而言就是一万多消费者。包括几大通信运营商在内的一些跟学校已经达成协议的公司，正加班加点在里面设置展台展位。提前报到的学生志愿者，正在挂迎新的横幅标语。一些已经在附近住下的新生，对这所接下来要学习生活三四年的校园非常好奇，拉着家长一起过来夜游。

做学生生意的小商小贩等了两个月，终于等到了这一天。地摊、小吃摊一个挨着一个，从市六院西边的路口一直延伸到朝阳桥，挤占了大半个人行道。许多摊主从理大还是理工学院时就在这儿摆摊设点，新园街道综合行政执法大队拿他们没辙，执法人员只能沿路提醒他们再往里面摆摆。

韩朝阳带着众人来回转了两圈，又回到公交站牌边。爬上电动巡逻车，坐在车上观察前面那个两手空空在等公交的小年轻。

“老公，喝不喝水？”

“不渴，你喝吧。”

回到自己的“地盘”上，跟女友一起巡逻，韩朝阳感觉真像放假，扶着方向盘，心里美滋滋的。

张贝贝心里却很不是滋味儿，刚下意识别过头装着没听见，黄莹突然问：“贝贝，官司打得怎么样？”

“打了一半，他们屄了。”

“屄了？”

“他们知道打不赢，我也不想跟他们耗，庭外和解了。”

“怎么和解的？”

回想起刚刚过去的这二十天，张贝贝很郁闷很沮丧，靠在车窗边幽幽地说：“我给她们姐妹俩一人十万，江二虎纯属无理取闹，一分也不会给。不但不会给他钱，他还要把房租补给我。”

在这个问题上黄莹是对事不对人，一脸不解地问：“明知道她们打不赢，你为什么给她们钱？”

“谁会嫌钱多，我也不想给。庭外和解是没办法的办法，如果不跟她们和解，这个官司不知道要打到什么时候。官司一天不了，我就一天拿不到拆迁补偿。”

如果房产的归属权有争议，并且法院正在审理中，那么她还真拿不到钱。江小兰、江小方两姐妹出了名的不讲理，什么事都干得出来，把她们逼急了，她们真会把官司打到底，就算一审败诉也会上诉，反正她们有的是钱，已经拿到婆家这边的拆迁补偿。张贝贝跟她们不一样，人穷志短，手里没钱怎么跟她们耗。

黄莹反应过来，想想又问道：“江二虎会把房租补给你吗？”

“已经给了，”张贝贝苦笑着解释道，“我的拆迁补偿款在拆迁公司那儿，他家拆迁补偿款一样在拆迁公司。他不给这个官司就跟他打下去，而且百分之百赢，法院可以强制执行，可以直接从拆迁公司账上划。”

“那拆迁公司是以什么标准给你补偿的？”

“还是以前那个，本想着把户口迁过来，我求过村干部，挨个请村民代表帮忙，人家也愿意帮忙。结果村里这边没问题，派出所那边卡住了，说村里的户口早被区里冻结了，村里开的证明没用，居委会开的证明才管用。”

“找苏姐啊，苏姐能不帮你忙？”

“找过，苏主任说上面有规定，这个证明不能开，就算开了也没用。”

韩朝阳暗叹口气，忍不住回头问：“那你一共拿到了多少补偿？”

“三百八十六万，要给她们姐妹俩二十万，到我这儿就三百六十六万。”

“这么多！”

“我有门面房，江二虎开饭店的那几间房子。”

“拿到了吗？”一夜之间变成百万富婆，黄莹真有那么点羡慕，

“拿到了，工作组让下周一前搬，这两天正忙着找房子呢。”

想到上级对朝阳村的拆迁政策，黄莹又问道：“你不打算回迁？”

“回迁当然好，比市价便宜两百一平米，可以挑好户型，回迁之前还有租房的补助。但我不想跟江小兰、江小芳住一个小区，所以就没要。”

黄莹奇怪的是她没要回迁房，韩朝阳奇怪的则是另一件事，回头道：

“补偿款都已经拿到手了，你没必要再留在这儿，这里人生地不熟，拿着钱回老家多好！”

“拿补偿款之前不让我把户口往这儿迁，现在可以迁。为了把户口迁过来，我已经迁过一次了，不想再折腾。而且我老家是小县城，回去也没什么意思。”

韩朝阳正想问问她接下来的打算，警务通突然响了。

“喂，您好，请问您哪位？”

“韩朝阳同志吗？”

“是，我是花园街派出所韩朝阳。”

“韩朝阳同志，我是燕中分局刑警四中队颜斌，我刚看到你上传的照片，你要找的这个祝有为我见过，还处理过。涉嫌盗窃，几乎可以肯定是他干的，因为证据不足只能让他走。这小子很狡猾，趁我们不注意偷偷把身份证和手机扔了，然后一问三不知，跟我们装傻充愣，直到现在才知道他姓祝，叫祝有为，还是个大学生！”

第三十二章 “分工明确”

刚才还担心那小子会不会出意外，结果确实让人很意外。借黄莹和张贝贝去六院上厕所的机会，韩朝阳给许宏亮和李晓斌通报起“案情”。

“他那段时间几乎每天晚上都去宏福饭店吃面条或蛋炒饭，因为天天去，跟小饭店老板、老板娘、服务员混熟了。8月1号是宏福饭店交房租的日子，7月30号下午老板娘准备了两万多现金，钱放在包里，包放在小吧台里，晚上吃饭的人多，一忙就没顾上把包放好。”韩朝阳习惯性摸摸鼻子，接着道，“那天晚上他去了，服务员清楚地记得他在吧台边站了好一会儿，等人多的那一阵忙完，老板娘突然想起包没放好，包里有两万多现金，她回吧台一看，发现包没了。”

“祝有为干的？”

“服务员说虽然当晚有很多客人，但在吧台边转悠的就他一个。”

“刑警队是怎么找到他的？”李晓斌低声问。

“是老板在买菜的路上遇到的，揪住他不松手，拨打110，巡警赶到现场，了解完情况，直接把二人送到燕中分局刑警四中队。”

许宏亮很难把一个勤工俭学的大学生跟一个小偷联系起来，沉吟道：“案发当晚，小店生意那么忙，光凭服务员的一面之词，就认定是他干的未免太牵强。”

“问题是他之后的表现太可疑，身上没手机、没身份证，在接受刑警询问时装傻充愣，连真实姓名都不说，这不是做贼心虚是什么？”

毫无疑问，他是不想让公安找到学校。许宏亮反应过来，追问道：“后来呢？”

“涉案金额两万多，肯定要追究刑事责任，但没证据，前科人员指纹库里又没他的指纹，甚至连他姓什么、叫什么，家住什么地方都不知道。刑警四中队没办法，关了他 24 小时，让他走了。”

“绝对是他干的，他是做贼心虚，担心刑警追查到学校，所以躲起来避风头。”

“我也是这么认为的。”

“现在怎么办？”许宏亮扶着车窗问。

“没证据，刑警都拿他没辙，我们能拿他怎么样，再说他人在哪儿都不知道。”韩朝阳紧盯着理大南门，冷冷地说，“他不老实交代真实姓名，说明他还是很想继续上学的。这件事先放一放，说不定他很快会现身。”

“现身之后呢？”

“盯着他，如果不再伸手算他运气好，要是敢再作案，那他就没上次那样的好运了。”

“学校这么大，怎么盯！”

“办法总会有的，今天太累了，早点休息。”

正如之前预料的一样，接下来的半年，中山路综合接警平台会非常忙。

等晚上吃了两顿看见烤鱿鱼又饿了的黄莹买了两串鱿鱼，正准备去警务室跟师傅、老唐及师姐打个招呼回去休息，分局指挥中心下达指令，让去高铁站工地出警。换作平时，接处警这么严肃的事是不能带家属的。但今晚不是平时，并且黄莹穿着一身特勤制服。

韩朝阳一刻不敢耽误，让张贝贝先回去，旋即打开转向灯载着三人穿过中山路，从朝阳村中街抄近路赶到工地。两辆拉渣土的大卡车停在路边，一个司机在焦急地打电话，一个司机和一个三十多岁的妇女正蹲在车边观察轮胎。

“谁报的警？”

“我，我报的警。”矮个子司机直起身，用手机上的手电照着轮胎急切地说，“警察同志，您看，这肯定是人扎的。不光我的车胎被扎了，我哥的车胎也被扎了，谁这么缺德，我招谁惹谁了！”

李晓斌打开手电，许宏亮很默契地帮着拍照。韩朝阳俯身看看瘪的车胎，再走到后面看看另一辆，旋即站在两辆大车中间，借助后面大车的大灯，打开文件夹，一边询问一边做笔录。

“什么时候发现的？”

“刚刚。”高个子司机指指斜对面的小饭店，苦着脸说，“不到十二点，城管不让我们把渣土往外拉，我们就在对面吃了点东西，回来一看，车胎被扎了，还几个胎一起扎！我们一天多少费用，而且不是每天都有活儿干的，这不是坑人么！”

两辆大车，共有七个车胎破了。天底下哪有这么巧的事，况且一看轮胎上的痕迹就知道是人为的。

韩朝阳放下文件夹，一边示意李晓斌进去找工地负责人，一边问：“邵老板，今晚有几辆车来拉渣土？”

“十一辆，我们来早了。”高个子司机看着正给修理厂打电话的弟弟，气呼呼地说，“我算什么老板，我就是一开车拉活的，拉一车土拿一车的运费，我能得罪什么人！”

周围没摄像头，最近的有摄像头的路口在一点五公里外。高铁站工地刚开始挖基础，工地的基础设施都没搞好，更不用说安装监控了，大半夜去哪儿找扎胎的人，韩朝阳只能先问问情况。

“里面的土石方工程不是你们承包的？”

“我们哪承包得了这么大工程，我们是跟庄老板干的，庄老板也是从大老板手里包的活儿。就算大老板抢了生意、得罪了人，他们也该去找大老板麻烦，跟我们这些干活的人使坏算什么。”

不管发生什么事都存在因果关系。谁会无缘无故扎车胎，而且一扎就是七个，并且大车的车胎那么硬，不是有备而来就真鬼了！

对司机而言只是车胎被扎了，给他造成了经济损失。对韩朝阳而言这不只是车胎被扎那么简单，这影响到高铁站建设工程，影响到燕阳的经济建设。总之，只要跟高铁站沾上边儿的就不是小事，必须第一时间上报。

事实证明，所里对这件事确实重视。

今晚值班的顾所听完汇报，当机立断地说：“小韩，你们先保护好现场，再找几个人问问，我给梁队和吴伟打电话，请他们赶紧过去。”

“是！”

“邵老板，等等，车胎等会儿再卸，办案民警马上到，他们到了之后要勘查现场要取证。”

损失已经造成了，如果再不抓紧时间补胎，怎么把损失弥补回来？高个子司机追悔莫及，暗想早知道这样不如不报警，苦着脸恳求道：“韩警官，补胎的师傅也马上到，他开车来的，车上什么工具都有。现在卸，等他到了就补，下半夜还能拉几车，等你们勘查现场、等你们取证要等到什么时候。”

“很快的，配合一下。”

正说着，一辆大平板车拉着一辆挖掘机开了过来。车上跳下一个小伙子，不无好奇地看了众人一眼，旋即跑到工地大门边指挥倒车。就在他们忙着把挖掘机开下来之时，前面又有了灯光，只见一辆辆拉渣土的大车浩浩荡荡驶了过来。

韩朝阳意识到土石方工程的大部队到了，下意识掏出警务通看看时间。高个子司机很焦急，一边带着刚跳下车的中年人去看车胎，一边在发动机轰鸣声中跟中年人诉苦。许宏亮不管那么多，就这么守在他们两兄弟的大车边。汽车尾气特难闻，工地灰尘又大，黄莹赶紧爬上巡逻车，关上车窗。

韩朝阳不能怕环境污染，确认许宏亮在保护现场，见李晓斌同一个戴蓝色安全帽的人从里面走了出来，立马迎上去问：“您好，请您贵姓？”

“免贵姓叶，叶志国。”

“叶总，您是今晚的负责人？”

“算是吧，什么事？”

“承揽土石方工程的队伍是不是您找的？”

“韩警官，您太看得起我了，我们二公司就负责土建，而且只负责一部分。土方工程是总公司发包的，跟我们二公司没关系，我只负责看着他们挖。”

韩朝阳有些失望，不过并不意外。现在搞基建全是这样，总承包估计一个工人都没有，全是坐办公室的，说难听点是层层分包，说好听点是分工明确，专业的活儿交给专业队伍去干。

问了也是白问！

韩朝阳暗想既然你们分工明确，我们一样分工明确，梁队和吴伟马上到，这些事让梁队和吴伟头疼去吧。

第三十三章　没常识

梁队和吴伟来得很快，跟韩朝阳打了个招呼，简单问了事主几句，便蹲在车边观察起被扎的几个轮胎。

“很专业，很从容啊。”梁队冷不丁来了句，旋即直起身问，“朝阳，有没有去附近问问，有没有人看到过扎胎的这帮家伙？”

“就问过司机和工地保安，没去周围问其他人。”

梁队暗想眼前这位不管立多少功依然是个菜鸟，不禁笑道：“赶紧安排几个队员去问，肯定有目击者见过扎车胎的这帮家伙。”

“这帮家伙？梁队，您是说不是一个人作案，这是一个团伙。”

梁队走到警车边，扶着车门解释道：“你应该没见过大车爆胎，不知道扎这种车胎的后果，气压很大，就这么扎会爆炸的，爆炸威力相当于一颗手榴弹。不光会发出巨响，扎胎的人都可能非死即残。”

韩朝阳真不懂，将信将疑地问：“可是七个胎被扎了，一个胎也没爆。”

“这说明作案的家伙不是外行，知道就这么扎很危险，他们是先放气再扎胎的。放气需要时间，而且要同时放七个胎的气，一个人怎么忙得过来。”梁队笑了笑，接着道，“司机就在对面吃饭，工地里有那么多工人，他们不可能想不到会被人发现，也就是说他们根本不怕被发现。”

“先放气再扎胎，明目张胆作案！”

看着韩朝阳一脸不可思议的样子，吴伟同样觉得好笑，转身看看正同匆匆赶来的修车师傅一起卸轮胎的两个司机，低声道：“他们运气好，嫌疑人走了之后他们才发现胎被扎了。如果早点回来，发现有人正在扎他们的车胎，不但车胎一样会被扎，估计还会吃大亏，来的可能不只是我们，可能还有 120。”

没想到扎胎也是一个技术活儿!

韩朝阳意识到疏忽了，急忙道：“我这就组织队员去问。”

“不好意思，让你一回来就要熬夜。”

“没关系。”

梁队和吴伟不是不愿意去走访询问，而是有更重要的工作。韩朝阳也不觉得配合办案队工作有多忙委屈，爬上巡逻车立即呼叫离得较近的一中队、二中队和三中队，组织巡逻队员走访询问附近两公里范围内这会儿依然开着门的临街商户。

黄莹帮不上忙，现在也顾不上帮忙，正靠在椅背上接老妈的电话。

“理大开学，新生老生报到，他一大堆事，明天、后天都回不去。你们也别过来了，他现在忙得连上厕所的时间都没有，行，等忙完这两天再回去。现在还在外面，有两辆大车的车胎被扎了，应该用不了多久，现在有人接手了……”

就在黄莹接完黄爸黄妈电话，又开始接刚打进来的马老师电话时，梁队的推测得了验证，二中队巡逻队员小郭汇报正在东明小区南侧小吃摊看电视的一个民工见过扎车胎的家伙。

梁队和吴伟正在工地办公室询问承揽土石方工程的庄老板，韩朝阳先打电话汇报了一下，随即爬上巡逻车直奔东明小区。小饭店门口果然坐满晚上睡不着的民工，吃夜宵的很少，看电视的挺多。

可能考虑人多才有人气，正忙着接待几个吃夜宵的出租车司机的老板也不赶他们走，韩朝阳一眼就看到了小郭，跳下车走上去问：“谁是目击者？”

“我，我看见了。”

不等小郭开口，一个老实巴交的中年民工扔掉烟头站起身，揉着脸气呼呼地说：“公安同志，我真看见了，十几个人，全是小年轻，全带着家伙。我从边上过，就看了一眼，一个平头就冲上来打了我一巴掌，让我别多管闲事。”

十几个人！韩朝阳大吃一惊，一边示意他坐下，一边打开文件夹拿起笔问：“全带着家伙，带的什么家伙？”

“镐把，拿着镐把指指这儿，敲敲那儿，耀武扬威，一看就知道不是好人，一看就知道是黑社会。”

韩朝阳怒了，紧盯着他问：“有没有看见他们奔哪儿去了？”

“我……我没敢多看，他们人多，遇到这种事只能自认倒霉。”

“他们有没有交通工具，你经过那两辆大车时有没有看见其他车辆？”

“没注意。”

“他们中有没有特征比较明显的，比如穿什么样的衣服，留什么发型，身上有没有文身？”

民工绞尽脑汁想了好一会儿，比画着说：“我……我就对打我的那个有点印象，小平头，个儿不高，穿黑色的汗衫，这儿有个疤，有这么长，很吓人。”

“再想想。”

“公安同志，我真想不起来，我就从边上过了一下。”

“别急，慢慢想，如果你再见到他，能不能认出来？”

“能。”

“能就好，对了，你是一个人出来的，还是跟别人一起出来，有没有其他人见过他们？”

“没有，我是一个人出来的。”

“好吧，再耽误你一点时间，麻烦你跟我去现场再看看，说不定能想起什么，另外我同事也想问问你。”

“我不去！公安同志，我一个小老百姓哪敢得罪他们，如果被认出来，他们肯定会报复的，我有老婆孩子，我儿子正在上大学，我要打工给儿子赚学费，不能去，我真不能去。”

看到他，听到他说的话，韩朝阳不由想起正在帮自己还房贷的父母。他不是胆小怕事，他是一个家庭的顶梁柱，他是一个好丈夫、好父亲，他要对整个家庭负责，他不敢更不能出事！

韩朝阳微微点点头，把他拉到一边，低声道：“老鲍，帮帮忙，跟我一起去看看，等会儿你坐在车上，别下来，他们看不见怎么会认出你，再说他们早跑了，也不可能看见你。”

“万一没跑呢，万一有人在附近望风呢？”

“你在哪个工地干？”

“碧水新城。”

“这就是了，你又不在高铁站工地干。附近这么多工地，那么多工人，就算认出来他们去哪儿找你。放心吧，没有危险，不会出事的，而且配合公安机关办案是每个公民的义务。”

第三十四章 “调解”

综合接警平台内部排了一个班，今夜是老唐值班。把鲍师傅送到工地，老唐的电话到了。他问清楚这边的情况，确认不需要过来换，就一个劲儿催韩朝阳早点回去休息，因为理大那边明天会非常忙。韩朝阳也不矫情，跟梁队、吴伟打了个招呼，先把许宏亮和李晓斌送到警务室，然后同女友一起“公车私用”，一直把巡逻车开到教师宿舍楼下。

梁队和吴伟不知道要搞到多久，今夜同样无眠的还有远在几千里之外的龙道县公安局新营派出所长何平原。

县纪委牵头的工作组，经过两天全面细致的调查，情况基本搞清楚了。可以确认老人家不是何平原“骂死”的，何平原在整件事中没任何过错，但死者亲属不依不饶，新营乡的十几个干部直到此刻仍在维稳。死者亲属的工作做不通，县领导没办法，竟要求王局和纪政委来做何平原的工作。三人一根接着一个根抽烟闷烟，办公室里烟雾缭绕。

政委刚才旁敲侧击了近半个小时，何平原始终埋着头保持沉默。县领导正在等消息，在死者亲属家维稳的新营乡干部正等着帮他们“调解”，王局不想再耽误时间，更不想夜长梦多，把打火机往茶几上一扔，啪一声吓了精神一直恍惚的何平原一跳。

“平原，虽然没有调解必须开执法记录仪的硬性规定，但作为一个派出所长，作为一个老民警，你应该非常清楚上级为什么给你们配发执法记录仪。明明有，你不开，结果把事情搞成有理说不清，可以说你也是有过错的！”

“王局……”

“听我说完，”王局拿起手机看看时间，阴沉着脸说，“因为这件事，县委专门组建工作组，新营乡党委、政府把其他工作放到一边，把精力全放在维稳上，上上下下那么多人在帮你擦屁股！这件事不能再拖，拖下去会影响工作，也会夜长梦多。”

“我知道。”

“你知道什么？”王局反问了一句，直言不讳地说，“关乡长私下跟死者的大女婿谈过，死者的大女婿说他那两个舅子想要二十万。狮子大开口，要求太过分，别说二十万，十万也没有！”

终于快说到点子上了，纪政委不失时机问：“王局，如果请新营乡的同志再帮着做做工作，能不能给个三五万，把问题解决掉。”

“我给关乡长打过电话，关乡长正在帮我们规劝，争取五万解决问题。”

何平原不是韩朝阳那样的菜鸟，岂能听不出两位领导一唱一和的言外之意，岂能不知道不出血死者亲属会蛮不讲理、没完没了地纠缠，而局里乃至县里最怕的恰恰是他们闹。参加工作几十年，不知道调解过多少矛盾纠纷和治安案件，没想到居然有需要别人帮助“调解”的这一天。何平原越想越委屈，越想越窝囊，恨不得拍案而起，来一句“老子不干了”。然而，这只能想想而已。当这么多年警察，对这身警服、这份工作真有感情。况且人到中年，一气之下辞职，不当警察又能干什么？有老婆、有孩子、有家庭，前年在县城买的房到现在房贷都没还清，方方面面的因素决定了他不能意气用事，只能忍，一忍再忍。

“王局，政委，我听组织的。”何平原深吸了一口气，哽咽地说，“但我前年刚买房，买房花了不少钱，装修又花了不少钱，让我一下子捧五万，我捧不出来，没这么多钱。”

一个正科级的派出所长，拿不出五万现金，在经济发达的沿海地区，说出去别人真会当笑话。但龙道县不是经济发达的沿海地区，而是国家级贫困县。干部工资不仅不高，甚至直到前些年才能按月足额发放。王局相信他一下子捧不出五万，事实上也不想让他掏钱解决这件事，可是局里一样没这笔经费，县里更不可能出这笔钱。县领导态度明确，说得很清楚，已经给这件事定了性，不然也不会说“这么多人帮他擦屁股”这番话。

王局一样觉得这个公安局长当得窝囊，抬头看看纪政委，淡淡地说：“一下子拿不出这么多没关系，我和政委帮你想办法。上次去市局开会，听局领导说我们公安又要涨工资了，五万块钱，多大点事，慢慢还就是了，关键是你的态度。”

何平原很郁闷、很憋屈，起身擦了一把泪，哽咽地说：“王局，政委，对不起，我给组织添麻烦了，我出去给我爱人打个电话，跟她解释一下，问问她家里有多少钱。”

“平原，跟你爱人好好说。”

“知道，她应该能理解的。”

不为部下考虑的领导不是好领导，看着他心灰意冷的样子，王局心里特不是滋味儿，拍拍他胳膊，意味深长地说：“平原，你的为人我们是了解的。我和政委自始至终相信那个老头的死与你无关，相信你是一个好同志。赔钱不意味着你真错了，出这件事前你是我们龙道县公安局新营派出所所长，以后你依然是！”

或许在别人看来王局这番话是场面话，但何平原非常清楚这番话的分量。遇到这样的事，上级首先考虑的是消除不良影响，至于谁对谁错只能放在第二位。换句话说，尽管他何平原没做错什么，但这个派出所长是别想再干了，就算干也要换一个派出所。可是不管换到那个派出所，在不明真相的群众看来老人家的死肯定与他有关，以后不管走到哪儿都会被人在背后指指点点。

王局的言外之意很清楚，不调整职务，而作出这样的决定是要顶着压力的。

“谢谢王局，谢谢政委。”从事情发生到现在，何平原总算感受到了一丝温暖，扶着门框，泪流满面。

第三十五章　迎新（一）

新的一天，全新的开始。

对即将来理大报到并办理入学手续的莘莘学子而言，今天真是全新的开始！

正因为如此，韩朝阳尽管睡得很晚，起得却很早。

街道给黄莹批了一星期假，结果从大西北提前回来了。平时想请个假多难，有假不休息，脑子有问题，她像小猫般蜷缩在蚕丝被里，迷迷糊糊地问："老公，怎么还不走，怎么不关灯？"

"马上走，我在看微信。"

"谁一大早给你发微信？"

"没人给我发微信，是在看朋友圈。"

"朋友圈有什么好看的，先把灯关了，太刺眼！"

朋友圈像一个名利场，炫车，炫旅游，炫美食，秀恩爱……一些实在没什么成就可炫可秀的亲朋好友，就炫娃、秀幸福。对背着几百万房贷的韩朝阳而言，朋友圈里全是"负能量"，看一次被伤害一万点，完了还得给他们点赞。今天的朋友圈跟平时不一样，一个加了十几天从未见他发过朋友圈的人，居然一反常态发起朋友圈，甚至一发就是好几条。

"画风"不对，韩朝阳一时间竟看愣住了。

黄莹有点亮光就睡不着觉，隔着被子也不行，见他迟迟不关灯，干脆搂着被子坐起身，揉着眼睛埋怨道："看什么，这么专注，我说话你没听见！"

"何所发朋友圈了。"

“发朋友圈不是很正常么，我天天发，连我爸我妈都三天两头转发不知道从哪儿看到的鸡汤文……”说到这里，黄莹突然缓过神，睁大眼睛问，“何所，你去学习交流的那个派出所的所长？”

“嗯。”韩朝阳深吸口气，凝重地说，“何所夜里发了一条朋友圈，像是一首诗，看着有点不对劲。”

“念念。”

“人活着，不过一口气。谁都有不顺心，谁都会不顺利。筚路蓝缕，玉汝于成。成大事者必有大气，有大气者必有大忍。忍不是逃避，而是能量的一种积蓄，等到一定的时机选择爆发。”

想起那位老所长遇到的倒霉事，黄莹轻叹道：“像是励志，更像是安慰自己。”

“四点多的时候又发了一条，禅味很足，你听听——忍耐是修行的力量，包容是做人的修养，柔和是处事的良方，感恩是惜福的资粮。寒山问：世人秽我、欺我、辱我、轻我、贱我、恶我、骗我，我应该怎么办？拾得答：那只有忍他、由他、避他、耐他、敬他、不要理他，过几年你且看他。”

听上去确实不对劲！黄莹困意全无，下意识追问道：“还有吗？”

“有，这条是刚刚发的——发怒，是用别人的错误惩罚自己；烦恼，是用自己的过失折磨自己；后悔，是用无奈的往事摧残自己；忧虑，是用虚拟的风险惊吓自己；孤独，是用自制的牢房禁锢自己；自卑，是用别人的长处诋毁自己。活得轻松些，人生路才会多些景色。”

韩朝阳念完三条“鸡汤帖”，想想干脆拨通江立的手机。

“朝阳，这么早，什么事？”

“江哥，刚才见何所发了几条朋友圈，我不太放心，想问问那件事查得怎么样，何所现在怎么样。”

就知道他打电话是问这个的，江立能说什么，只能坦诚相告，躺在床上苦笑道：“被死者亲属讹上了，上面怕死者亲属闹，事实查清楚又能怎么样，何所只能自认倒霉。”

“自认倒霉，什么意思？”韩朝阳急切地问。

“给死者家赔五万块钱，钱已经给了，夜里给的。死者亲属写了保证书，保证不闹。”

有没有搞错，明明没错凭什么给对方赔钱！

韩朝阳觉得很不可思议，追问道：“这钱何所出，还是单位出？”

“单位怎么可能出，当然是何所出。当时教导员、老徐、我、天详全在所里，这不是他一个人的事，我们想着大家伙凑凑，帮着分担一下，结果何所打死不同意。”江立轻叹口气，接着道，“对了，局里可能觉得这次委屈他了，安排他过几天去你们分局交流。”

居然会发生这样的事，真是流血流汗又流泪。韩朝阳心里很不是滋味儿，下意识摸摸执法记录仪，暗暗提醒自己以后不管遇到什么事，首先要做的是把执法记录仪打开。如果内存满了，或者没电了——对不起，就算天塌下来你们也要先等等，等我回去换一个执法记录仪再来。

黄莹同样为何所鸣不平，但现在说什么都无济于事。

想到何所过几天要来交流，干脆管韩朝阳要何所的手机号码，给何所打电话，邀请何所带爱人和女儿一起来燕阳。何平原旧债没还完又添新债，况且爱人要上班，孩子要上学，更不想麻烦她和韩朝阳，说了很多客气话，婉拒她的好意。

已经开着巡逻车赶到理大南门的韩朝阳不知道这些，也顾不上再想何所的事。

迎接新生是一件大事，几位校领导刚检查完准备工作，刚上车去了同样要迎新的新校区。门口这边主要是主校区几个学院的领导，后勤处、保卫处的工作人员，各班辅导员和学生会成员。提前报到参与迎新的大二、大三学生很多，正忙着带同样提前过来的学生及学生家长去办手续。商家的摊位、展位一个挨着一个，校团委、学生会、各学院和各学生社团的迎新标语随处可见，韩朝阳陪蒋副部长转了一圈，回到大门口找到跟他有关的两个摊位。

一个是朝阳社区义务治安巡逻队的，一个是艺术学院管弦乐队的。朝阳社区义务治安巡逻队跑理工大学义务治安巡逻队地盘上吸粉，名不正言不顺，所以支在展位前面和当背景的海报上的抬头全是“燕东公安分局新园街派出所”。

老唐值了一夜班没来，大师姐苗海珠代表新园街派出所来了。从来没见她化过妆，今天居然化了淡妆，正同郑欣宜、陈洁、李晓斌、小康等巡逻队员一起缠着进校门的学生及学生家长，给人家发传单，“蛊惑”人家关注巡逻队的微信公众号。

一共过来二十多个人，黄莹好像说等会儿也要过来帮忙，全穿着制服，尤其几位女士，真是英姿飒爽，成为理大今年迎新的一道靓丽的风景线。

管弦乐队的摊位则有些冷清！没有巡逻队支了长长一排、看上去很严重很正式，同样又让人有些眼花缭乱的海报，只有“迈进音乐殿堂，陶冶高雅情操”、“用音乐塑造心灵，以琴声启迪智慧”以及“生命因旋律而美丽深邃”等几条标语。

代表乐队来“招兵买马”的人更少！只有谢玲玲、一个男生和两个女生，男生姓什么忘了，反正不懂音乐更不会演奏，好像是学生会的一个干部，据说比较有能力，是学校专门安排来协助组建管弦乐队的。两个女生懂点，一个钢琴七级，一个会弹古筝。

过去二十多天谢玲玲没闲着，已经把古筝手培养成一个“入门级”的中提琴手。为了吸引来报到的新生和老生加入管弦乐队，谢玲玲起得更早，让几乎一夜没睡的许宏亮找了几个巡逻队员，把学校刚购置的钢琴搬过来了。男生正在给围观的新生发传单，她和两个女生正在心无旁骛地演奏，搞得像江湖卖艺的。

不过颜值即战斗力！她本来就很漂亮，今天特意精心化了一个妆，身穿一袭洁白的长裙，一颦一笑，甚至连拉小提琴的每一个动作都很优雅。乐队有且仅有的两个女队员，同样很漂亮，同样身穿白色长裙，不仅新生被吸引住了，连那些参加迎新的大二、大三男生都无心工作，时不时往这边偷看。

美女老师和美女队员只能吸引男生，想把女生吸引过来可没那么容易。

协助谢玲玲组建乐队的聂轩确实“有能力”，见韩朝阳微笑着朝这边走来，不禁欣喜地回头道：“谢老师，韩警官来了！”

学校是招了几个特长生，但光靠那几个特长生乐队一样组建不起来。谢玲玲非常清楚乐队搞不起来，她这个辅导员就干不了不多久，见“援兵”来了，立马放下小提琴，往韩朝阳面前一举：“怎么到现在才来，就差你了。”

“我在执勤！”

“执勤重要还是招队员重要，再说你本来就是我们艺术学院的特聘讲师。”谢玲玲岂能错过这个机会，把小提琴硬塞给师兄，旋即回头道，“各位同学，我给大家隆重介绍一下，这位既是我们燕阳市的‘最帅警察’，也是我们理大的驻校民警，同时还是我们艺术学院的特聘讲师韩朝阳。大家可以称呼韩警官，也可以称呼韩老师！”

来自天南地北的新生们大多不知道“燕阳最帅警察”，大二、大三的学生尤其女生几乎没人不知道，人群里顿时传来一阵惊呼，紧接着举着手机咔嚓咔嚓开始拍照，胆大的女生甚至挤到韩朝阳身边，要跟“最帅警察”一起合影。

机会难得，聂轩拍拍手，热情洋溢地蛊惑道：“同学们，韩老师是国家三级小提琴演奏员，我们请韩老师演奏一支曲子好不好？”

第三十六章　迎新（二）

到了这儿，就别想走。一曲《梁祝》刚拉完，现场响起一阵热烈的掌声，紧接着是“再来一首”的呼声。

不怕不识货，就怕货比货。“最帅警察”一曲拉完，两位女队员真正意识到业余的和专业的差距有多大，不敢再想着伴奏了。谢玲玲笑盈盈地坐到钢琴前，很默契地给他伴奏起来。

《沉思》《亚麻色头发的少女》《舒伯特小夜曲》《卡门幻想曲》《土耳其进行曲》……好久没摸过琴，很久没如此专业、如此默契地伴奏，韩朝阳越拉越专注，越拉越投入，不知不觉竟拉了一个多小时。一边演奏，一边跟接二连三挤上前的女生合影，管弦乐队摊位前围观的人越来越多，以至于苗海珠和章金海不得不安排保安过来维持秩序。而韩朝阳这个秩序的维护者，也就这么稀里糊涂地成了秩序的破坏者。

“莹莹，你看那些小丫头的眼神，恨不得把你老公吃了！”

“没关系，让他疯去吧。”

平时像防贼一样防张贝贝，今天居然如此大方，郑欣宜很奇怪，忍不住调侃道：“莹莹，男追女隔重山，女追男隔层纱，学音乐的小姑娘又一个比一个漂亮，我觉得你还是得看紧点。”

倒霉蛋曾经是比较花心，但他早改邪归正、重新做人了。黄莹对韩朝阳有信心，对她自己更有信心，并且现在需要“顾全大局”。

他虽然没接受理大领导的邀请过来应聘辅导员，但来的是谢玲玲，是他的小师妹，是许宏亮的女朋友，跟他自己应聘这个职位没什么区别，给理大领导立的军令状依然有效。

招不到人，乐队怎么组建？乐队组建不起来，谢玲玲的工作能保住？

何况他已经享受了理大讲师的部分待遇，现在住的那个教师宿舍多好，黄莹可不想没住几天就搬出去。更重要的是，他因为何所的事今天心情不太好，音乐能陶冶人的情操，拉拉琴，心情就能好起来。

正不知道该怎么跟郑欣宜解释，昨晚见过的土木工程学院辅导员华玉刚，正和昨晚同样见过的学生家长老祝及老祝的老伴，把一个身材高大的小伙子拉到路边，围着小伙子不知道在说什么。

"看什么呢？"郑欣宜昨晚光顾着在会议室胡吃海喝，不知道理大保卫处干部带学生家长过去报案的事，踮起脚跟顺着黄莹的目光看去。

"他们昨晚去过你们警务室，小康，你过去看看。"

"莹莹姐，看什么？"小康刚才忙着推广巡逻队的微信公众号，没注意到华老师和老祝夫妇，一脸茫然。

"那不是昨晚去报案的华老师和学生家长么，失踪失联的学生好像回来了，你去看看怎么回事，如果真回来就可以销案了，朝阳就不要再帮着查帮着找。"

"哦，我去看看。"

小康反应过来，放下传单跑过去问了问，又兴高采烈地飞奔到二人身边："回来了，真是那小子，莹莹姐，还是你眼尖，我刚才真没注意到。"

"他去哪儿了，怎么不给家打电话？"黄莹好奇地问。

小康同样不知情，再次拿起传单笑道："这小子挺机灵，被人忽悠去搞传销，他发现苗头不对，趁传销组织的人不注意跑出来了。手机、身份证全在传销分子手里，好在身上有点钱，就去跟车站派出所说明情况，铁路公安给他出证明，让他买上票回来报到的。"

黄莹乐了，噗嗤笑道："我昨晚就说可能是被人骗去搞传销，朝阳还不信！"

不管因为什么，回来就好，不然心急如焚的家长会天天往警务室跑。

小康觉得这是一件好事，想想又放下传单："欣宜姐、莹莹姐，这不是一件小事，新园街派出所已经立案，你们先在这儿盯着，我去跟韩大说一声。”

“去吧，他拉了半天，也该歇会了。”

正如黄莹所说，韩朝阳正好拉累了。一听说那小子主动现身，立马放下小提琴给众人致歉，挤出人群同小康一起走到华玉刚等人所在的树荫下，看着满脸青春痘的祝有为笑道：“小祝是吧，你十几天没给家打电话，你爸你妈快急死了。”

“有为，这位是韩警官。”

“我认识，韩警官好。”朝阳社区的片儿警，前段时间在网上火了一把，祝有为真认识韩朝阳，只是没见过真人，没打过交道。也正因为知道韩朝阳只是一个片儿警，一点都不紧张。

能看得出来，他父母相信他编的瞎话。同时能看得出来，他在“传销组织”里的日子过得不错，不仅没面黄肌瘦，而且容光焕发。身上衣服很干净， T 恤衫甚至是名牌。手机是新的，还是价值不菲的苹果。在烟酒商行打工没拿到工资，之后又“身陷传销组织”，不可能有收入，真不知道他编的瞎话他父母是怎么会相信的。

没有证据，韩朝阳不能拆穿。婉拒了老祝递上的烟，不动声色地问：“听我们巡逻队的小康说你被人骗去搞传销，骗你的人姓什么，叫什么名字？”

“姓霍，叫什么名字我忘了，打工时认识的。说什么去搞电子商务，不用学历，不需要工作经验，工资挺高，我稀里糊涂上了他的当，跟他一起买票去了西广，结果一到地方就发现不对劲……”

说得有鼻子有眼，几乎没有漏洞，但同样无法查证，显然做过一番准备。

韩朝阳暗骂一句真会编，正忍不住想问问苹果手机怎么回事，祝有为突然咧嘴笑道：“虽然上了他们的当，不过我也没吃亏。我的身份证和手机被他们找借口拿走了，我翻墙跑的时候也趁他们不注意拿了一个手机。韩警官，我没想过偷东西，我当时就想找个手机打电话报警，结果跑出来一看，手机没卡。”

“韩警官，我家有为的手机也被那帮杀千刀的拿走了，而且差点吃大亏！”儿子有惊无险地回来了，老祝悬了十几天的心终于放下了，当然要帮他儿子说话。

韩朝阳岂能听不出他的言外之意，但不想给他这个面子，淡淡地说：“老祝，那个姓霍的骗小祝去搞传销肯定不对，而且是违法的，他早晚会落网。传销分子拿走小祝的身份证和手机一样涉嫌违法犯罪，一样要接受法律的惩处。这部手机到底是传销分子的，还是同样被传销分子骗去的无辜群众的，现在还不清楚。就算是传销分子的，一样要交给我们。总之，不能一部手机换一部手机，如果这么做不成黑吃黑了？”

“韩警官，如果上交这个手机，我家有为的手机怎么办！”

“老祝，你先别急，听我说完。”韩朝阳转身笑道，“小祝，你是大学生，多多少少懂一点法律，应该清楚什么叫一码归一码。要不这样，你先跟我去保卫处做个笔录，给我们提供一些传销团伙的情况。我们公安机关全国联网，线索反馈过去，当地公安机关肯定会有所行动。他们会根据你提供的线索捣毁那个团伙，只要能找到肯定会帮你找回手机。另外你身份证不是丢了吗，没身份证怎么行，干什么事都不方便，跟我一起去保卫处，请保卫处的同志帮你去新园街派出所补办。”

祝有为追悔莫及，但瞎话是他自己编的，这手机不上交不行，只能硬着头皮跟韩朝阳一起去保卫处。

第三十七章　迎新（三）

把人带到保卫处而不是警务室是有原因的。

理大校规非常严，在校生只要盗窃五百元以上或被拘留三天以上就要被开除学籍。这么一来，办案民警就很为难，为了不轻易因为办案毁掉一个孩子受教育的机会，一般情况下不对涉嫌盗窃的学生采取限制其人身自由的强制措施，更何况指控他盗窃的证据不足。

老祝夫妇当时先来找的学校，韩朝阳干脆请治安办的一个干部先问，借这个机会下楼给师傅、老唐及燕中分局刑警四中队的颜斌打电话，请他们赶紧过来一起商量商量该怎么办。顾爷爷正在“大搬家”的朝阳村巡逻，老唐值了一夜班刚起床，离得都很近，来得也很快。

韩朝阳把二人请进110值班室，关上门简明扼要介绍完情况，随即分析道：“他是有点小聪明，但我觉得他的心理素质并不好，不然也不会像惊弓之鸟一样躲起来，一躲就是半个多月，甚至不敢给家打电话。”

“这么说他应该是初犯，”老唐俯身看看监控器里正在忙着填补办身份证材料的祝有为，沉吟道，“他不是会编瞎话吗，只要是瞎话就会漏洞百出。好好问问，好好审审，看他怎么自圆其说，等他快圆不起来的时候摊牌，应该能一举击溃他的心理防线。”

“我就是这么想的，燕中分局刑警四中队的颜斌说失窃的小饭店老板和老板娘因为这件事天天吵架，两万多，对他们来说不是一个小数字。前几天两口子还动了手，老板娘一气之下跑到四中队，问四中队的刑警明知道这小子是小偷为什么要放，问颜斌是不是收了小偷的好处。”

现在干什么都不容易，顾爷爷很同情那两口子，但作为一个老民警他考虑得更全面。

“万一他死不承认呢？”顾爷爷站起身，紧盯着监视器里的嫌疑人说，“他才上大二，他父母就在这儿，把他含辛茹苦拉扯大，供他上大学一样不容易。如果他死扛，死不承认，他父母发现影响已经造成，肯定会倒打一耙。”

“要不让燕中分局的那个颜斌问。”老唐提议道。

“他问跟我们问有什么区别？”

“区别大了，就算学生家长倒打一耙，到时候投诉的只会是燕中分局，不会投诉我们。”

“不能这样。”

“顾警长，这案子本来就是他们的。”

“案子是他们的，嫌疑人是我们辖区的，还是在校生。涉及高校，方方面面都要考虑到，尤其要尊重学校的意见。朝阳，保卫处领导知不知道？”

“不知道。”

“赶紧给蒋部长打电话，这么大事不能瞒着他。”

“好的。”

新生入学，老生报到，蒋副部长正忙得焦头烂额，但一听说发生了这样的事，立马放下其他工作匆匆赶回保卫处。他前脚走进 110 应急值班室，燕中分局刑警四中队的颜斌后脚跟了进来。

学校门口那么多穿制服的，连交警都在校门口执勤，不管顾爷爷和老唐刚才过来，还是颜斌匆匆赶到，都没有引起正在外面等儿子办手续的老祝夫妇的在意。

“既然有问题就查，深挖细查！”蒋副部长态度明确，绝不姑息养奸，敲敲桌子强调道，“涉嫌盗窃两万多现金，这是什么概念，判三年都没问题！学校规定盗窃五百元以上就要开除，你们该怎么查就怎么查，该拘留就拘留，不要有顾忌。”

顾爷爷觉得这个世界变化好大，在他看来对于学生在校违法犯罪行为，学校应该采取教育、保护、挽救的态度，怎么也没想到校方的态度会如此强硬。

“蒋部长，检察院规定案值超过两千元就要追究刑事责任，涉案金额两万是最低标准的十倍，只要有确凿证据我们肯定要公事公办。现在的问题是证据不足，就算等会儿能唬住他，将来翻供怎么办？要是检察院认为事实不清、证据不足，把案子打回来，到时候学校是开除他还是不开除？”

“你们是公安，你们就是干这个的！”

“我们是干这个的，但我们更要依法办案。”

“那怎么办？”

“小颜，你是办案民警，我想先听听你的意见。”

颜斌没想到今天不仅能看到“燕阳最帅警察”，还能遇到全国公安系统二级英模、全市公安系统硕果仅存的白衬衫片儿警，在资历高得令人发指、经验也丰富得令人发指的顾爷爷面前，哪敢有什么意见，急忙道：“顾警长，我最担心的也是万一拿不下嫌疑人，嫌疑人和嫌疑人家长倒打一耙怎么办。”

“既然没百分之百把握，那我们就双管齐下，你和朝阳负责询问嫌疑人，我和老唐做学生家长工作。”

“然后呢？”蒋副部长追问道。

“蒋部长，如果嫌疑人认罪态度较好，并且他父母能帮着积极退赃，您这边能不能网开一面，给他一个洗心革面、重新做人的机会。我们呢，也会配合学校对他进行批评教育。他应该是一时糊涂，应该是初犯。要是不给他这个机会，就极可能把他推向社会的对立面。”

关键还是证据不足，否则眼前这位老民警也不可能说这番话。

蒋副部长意识到几位民警把追赃放在第一位，又没百分之百把握开除掉楼下的那个害群之马，只能有条件地同意道：“你们先审，先看看他的态度。”

“行，谢谢蒋部长。”

理大今天迎新，朝阳村两百多户村民正在搬家，可以说今天是中山路综合接警平台成立以来最忙的一天。在如何处理的问题上达成了共识，众人便分头行动起来。

颜斌正准备跟韩朝阳一起下楼把祝有为叫上来，顾爷爷一把拉住他胳膊，指指对面办公室，让他先过去坐会儿，暂时不用露面。颜斌一愣，旋即反应过来，暗赞了一句姜还是老的辣！韩朝阳也意识到师傅的策略，回头笑了笑，跑下楼把刚填完表正准备走的祝有为带到三楼 110 应急值班室。

"韩警官，还有什么事？"

"手机啊，手机的事你忘了？"韩朝阳反问了一句，打开执法记录仪，微笑着示意他坐到对面。

以为他忘了呢，结果还是要手机！祝有为没办法，只能老老实实把手机放到办公桌上。

韩朝阳接过看了看，又把手机轻轻放到一边，旋即打开文件夹，拿起笔问："手机先放我这儿，回头给你打个收条。再耽误你一会儿时间，请你回忆一下被骗去搞传销的经过。"

"韩警官，刚才在楼下章主任和邹干事问过。"

"他们是保卫处干部，代表学校了解情况的，你是理大学生，他们要对你负责，这是对你的关心。我询问跟他们询问不一样，我问的是案情。你不提供线索，我们怎么打击违法犯罪的传销团伙？"

祝有为暗骂了一句，回想了一下刚才编的瞎话，故作镇定地说："我是在打工的时候认识那家伙的，他说得天花乱坠，看上去又挺有钱，为人也豪爽，我社会经验不足，稀里糊涂上了他的当……"

"等等，说具体点。"韩朝阳紧盯着他双眼，追问道，"在哪儿遇到霍某的，遇到他那天是几月几号，霍某长什么样，有没有比较明显的体貌特征。"

"在……在平顺路的一个网吧认识的，不是 7 月 17 号就是 18 号，反正就是那几天。他个头比我矮点，听口音好像是东北人，脖子里有个金链子，大概三十岁左右。我们一起玩游戏，玩着玩着就熟了，聊得挺投机，他请我喝饮料，还请我吃饭。”

“平顺路有好几个网吧，你们是在哪个网吧玩游戏的？”

“星空。”

撒一个谎就要撒无数个谎来圆，祝有为越说越心虚，生怕眼前这个“最帅警察”真把传销团伙当回事，真会跑平顺路的网吧去调查。

事实证明他的担心是多余的，韩朝阳只是记录了一下，接着问：“后来呢？”

“后来又在白阳路的夜市大排档一起吃过几次饭，他就是在饭桌上忽悠我的，再后来我就上当了，买车票跟他一起去西广……”

瞎话张口就来，编得有鼻子有眼，不过并非无懈可击。韩朝阳一点不着急，就这么听他说，时不时问问重点，笔录做了八张，手都写累了，同时也不动声色列下几十个值得推敲的疑点。就在祝有为说得口干舌燥以为应该能过关之时，韩朝阳突然起身给他接了一杯水，旋即掏出警务通频频打起电话。

“张所，我花园街派出所韩朝阳，向您汇报个情况……对对对，现在网吧全有监控，全用的是指定的管理系统，时间过去不到一个月，监控记录和上网记录应该能调出来。好好好，麻烦您了，我等您电话。”

“站前派出所吗，我燕东分局花园街派出所韩朝阳，您贵姓……事情是这样的……对对对，您那边不是跟车站派出所比较熟么，我想请您帮我问问，时间明确，应该能调出来，肯定能调出来，只要能掌握那家伙的身份证信息，接下来的事就好办了……”

韩朝阳一边跟子虚乌有的张所、钱所、王队打电话，一边留意祝有为表情。

果不其然，他怕了！祝有为吓得脸色煞白，额头上渗出一层细微的汗珠，双手不敢再放在桌上，正按住双膝，能清楚地看到他的双腿正不由自主地颤抖。

第三十八章　迎新（四）

警察什么时候这么敬业了，居然连千里之外的传销团伙都管！他正在等消息，瞎话很快会被拆穿，祝有为吓得魂不守舍，第一反应是跑，又不敢轻易开口，迟疑了好一会儿才鼓起勇气说：“韩警官，该提供的我全提供了，我爸我妈还在下面，要不我先走一步，带他们去吃饭。”

“想走，走哪儿去！”不管现实中还是新闻报道里总是面带笑容的“最帅警察”像换了一个人，脸色一下子变了，砰一声猛拍桌子，逼视着他声色俱厉地问，“祝有为，若要人不知，除非己莫为。你以为我是谁，你以为我们公安机关是干什么的？满口瞎话，你编啊，继续编！”

祝有为吓得浑身一颤，抬头偷看了一眼，忐忑不安地问：“韩警官，我怎么就编瞎话了？”

“都什么时候了，还嘴硬！”韩朝阳猛地拉开办公室门，指指在门口等候已久的颜斌，“抬起头，把头抬起来，仔细看看这位是谁。好好想想，你干的那些事！”

居然是刑警队的刑警，真是怕什么来什么。想起上次在刑警四中队发生的一切，面对神情严肃的颜斌，祝有为吓懵了，浑身像筛糠似的瑟瑟发抖。

“装聋作哑，装傻充愣，继续装啊！你不是很会装，你以为死不开口我们就找不着你？”颜斌走到他面前，指着他鼻子趁热打铁地问，“知道什么叫欲擒故纵吗，真以为我们会那么容易放你走？”

“颜……颜警官，我……我……我错了。”

“错在哪儿？”

“我真没拿他们的包，真没偷他们的钱。我担心，我害怕，怕您以为是我偷的，怕您找到学校……”

“还狡辩！”

事实证明“最帅警察”刚才的铺垫铺得非常漂亮，这小子彻底慌了，已经乱了分寸。颜斌也砰一声拍了下桌子，紧盯着他神情闪烁的双眼，质问道：“此地无银三百两，不是你偷的，你怎么知道钱放在包里的事。失主没说，我们也没提，当时问你的视频还在呢，要不要调出来给你看看？”

“祝有为，你也不想想，没有足够的证据颜警官能在理大蹲守，能在这儿等你自投罗网！”韩朝阳不失时机地插了一句，态度再次发生变化，坐到他面前，不缓不慢地说，“你的案子我们领导研究过，考虑到你是在校生，甚至帮你跟校领导求过情。机会只有一次，只要老实交代犯罪事实，只要认罪态度较好，能够积极退赃，我们公安机关可以网开一面，学校也可以考虑给你一次洗心革面重新做人的机会。”

刑警一直在理大蹲守，说明他们掌握了证据，何况刚才编的那些瞎话根本经不起推敲。祝有为吓傻了，不敢再狡辩，一样不敢再信口开河，悔恨的泪水滚滚而流，一把鼻涕一边眼泪地交代起犯罪事实。

确认楼上已经击溃了嫌疑人的心理防线，嫌疑人已经在交代，顾爷爷和老唐一起把老祝夫妇请到蒋副部长办公室，当着蒋副部长的面通报他们的儿子涉嫌盗窃的事。老祝同样追悔莫及，既后悔没教育好那臭小子，也后悔昨晚心急如焚去警务室报案的决定。老祝爱人更是哭得撕心裂肺，竟扑通一声跪到众人面前，哀求给她儿子一个重新做人的机会。

“别这样，千万别这样，我们一样是做父母的，培养一个孩子容易么，能理解你们的心情。”

“顾警官，唐警官，我家有为年轻，他还是个孩子，他是不懂事，是一时糊涂，求求您二位高抬贵手，给他一次机会。他拿了人家多少钱，我赔！要罚多少款，我认！就算砸锅卖铁也要把钱赔上，把罚款交上，只求您网开一面……”

“老祝，案子归燕中分局刑警四中队管辖，这事我说了不算，不过我可以帮你们跟办案民警求求情，办案民警一样要向中队领导汇报。但你们做家长的能有这个态度，我相信中队领导会酌情考虑的。”

“谢谢顾警官，谢谢顾警官。”

“先别急着谢我。”顾爷爷目光转移到一直阴沉着脸的蒋副部长身上，意味深长地说，“你儿子犯的不是小事，按法律规定要判三年。你们做家长的能有这个态度，现在也要看你儿子的认罪态度。如果认罪态度好，刑警队那边才有通融的余地。至于能不能继续学习，能不能完成学业，这要看学校的意见。”

“蒋部长，我就这么一个儿子，他是一时冲动、一时糊涂，说起来也怪我没本事，如果我跟那些大老板一样有钱，他一样能吃好的穿好的，他就不会被同学笑话，暑假也不要去打工，更不会走到这一步……”

蒋副部长之前态度强硬，用他的话说绝不姑息养奸，但面对老泪纵横的学生家长心又软了。“老祝，要说家庭经济困难，我们理大比你们家困难的学生多了，这不是他走到这一步的根本原因，归根结底，问题还是出在他自己身上，你没必要因为这个内疚。”

“可是，可是我确实没本事没出息，没给他提供一个好的条件，看外面那些孩子，穿得一个比一个好……”

“又来了，别别别，千万别再跪，我受不起。”蒋副部长急忙扶起老祝夫妇，轻叹道，“这样吧，如果公安那边能网开一面，我们学校一样可以考虑给他一个机会。但给机会归给机会，你们做家长的不能再跟以前一样把孩子送到学校、把学费帮他交上，再给他点生活费，其他事就不管不问。这次肯定是要批评教育的，以后一样要经常给他敲敲边鼓。要让他知道你们有多么辛苦，他现在拥有的一切是多么来之不易，让他好好珍惜这次机会，好好珍惜现在这来之不易的生活。”

“蒋部长放心，我会跟他说的，我……我回去就把现在的活儿辞掉，我来燕阳打工，我天天盯着他，他再犯错你找我，我负责！”

第三十九章　梁老师的孙子要结婚

蒋副部长虽然松了口，但祝有为能否回到教室完成学业仍是一个未知数。他已经交代了作案细节，交代了赃款是怎么挥霍的，涉案金额两万多，追不追究他的刑事责任，某种意义上失主的态度比燕中分局更重要。所以祝有为刚被刑警带走，老祝夫妇就在顾爷爷的提醒下急忙去找小饭店老板和老板娘，估计见着人家之后又是磕头作揖给人赔罪。

对老祝夫妇而言，摊上这么个不省心的儿子，遇到这样的事，简直跟天塌下来差不多。对韩朝阳来说这只是一个小插曲，干这一行会经常遇到，吃完学校提供的盒饭继续执勤。顾爷爷和老唐则一刻不敢久留，连理大提供的盒饭都顾不上吃，边匆匆返回正在“大搬家”的朝阳村巡逻。

“前面左拐就能看见体育馆了，学校给大家准备了凉席，提供开水，更衣室和浴室也对各位开放，有空调，还能看电视，不过晚上住这儿的全要登记一下。另外考虑到今天人比较多，请各位家长保管好各自的贵重物品……”

正忙得不亦乐乎，手机突然响了，一看来电显示，居然是二十多天没见的王厂长。

“朝阳，我在门口，你在哪儿，找了一圈没找着你！”

“我马上过来，您老稍等。”

老厂长没特别重要的事不会打电话，他习惯发微信。韩朝阳不敢怠慢，爬上巡逻车匆匆赶到南门，只见他老人家正站在巡逻队摊位前跟黄莹说话。

“朝阳，我知道你忙，长话短说，就两件事。”王厂长不想给小伙子添乱，跑到巡逻车边说，“第一件事是请你吃饭，梁老师忙得焦头烂额，没时间过来请，委托我帮他请的。时间你应该知道，星期天中午，御庭大酒店二楼迎宾厅。”

“梁老师的孙子结婚？”韩朝阳一愣，旋即反应过来。

“我以为你忘了呢，他说了，人去就行，千万别随什么份子钱。婚宴的钱是他出的，他能作这个主，不光你不要送什么红包，我一样只带嘴去。”

“这怎么好意思？”

“有什么不好意思的，又不是外人，我跟莹莹说好了，到时候我们坐一桌。”

梁老师是527厂合唱团和527厂乐队的核心人物之一，这段时间玩得很好，想想确实不是外人，可就这么去白吃白喝，韩朝阳又觉得不太合适。

正不知道该说点什么，王厂长又说道：“第二件事也是梁老师托我问的，周六夜里他孙子要去仁和县接新娘子，婚车这些早安排好了，女方那边也没什么问题。问题是姑娘家在农村，从姑娘家出来要经过好几个村，绕都绕不过去。那边的风俗不太好，见人家接亲就拦着不让走，以前只是要喜糖要喜烟，现在发展到要钱。尤其看见外地的车去接亲，真是狮子大开口，不准备两三万走不了，听姑娘家人说今年春节有人去接亲，一路上被敲诈了五万多。”

这事听说过，甚至上过电视，只是没想到梁老师的孙媳妇居然是那个地方的。韩朝阳意识到老厂长所为何来，苦着脸问：“王厂长，梁老师是不是想请我去帮着接亲？”

“他知道你忙，知道你们公安有辖区，没想过麻烦你，请你去接亲是我提出来的。”老厂长回头看看小康等队友，理直气壮地说，“你们公安是有辖区，燕东分局的民警管不到仁和县的事，但梁老师一家是你辖区的群众，有困难找警察，群众遇到困难你不能不管！”

“您说得对，辖区群众遇到困难我是不能不管，况且梁老师不光是辖区群众，对我那么关心，对我的工作那么支持，跟自己家人一样。”

“我就知道你不会袖手旁观。”

“王厂长，您听我说完，我不是不管，而是我就算去也不顶事。那个地方的陋俗，电视台曝光过，知道有人接亲，全村的人都跑出来围堵，打110都没用，警察去了年纪轻的就撤，让一帮七老八十的老头老太太跟你纠缠，别说动手，说话都不能大声。”

“我知道，所以我建议梁老师聘请保安去接亲，让晓斌、小康他们一起去！”

“武装接亲，武装护送？”

“反正是要花钱，不如给巡逻队。”

有没有搞错，这也太夸张了！韩朝阳禁不住笑问道：“梁老师怎么说？”

“他觉得这个主意好，我刚找过金经理，金经理说没问题，很给面子，答应去二十个人，只收六千块钱。”

韩朝阳也相信去二十个武装到牙齿的小伙子，应该能在吉时前把新娘子接回来，但这件事具有太多不确定性，万一与当地人发生肢体冲突，到时候会很麻烦。作为保安公司经理，老金眼里只有钱，他只要占理，就不担心什么影响。但朝阳社区保安公司不仅仅是保安公司，同时是接受花园街派出所指导的朝阳社区义务治安巡逻队，只能出成绩，不能出娄子！

韩朝阳不想队员们上新闻，用商量的语气问：“王厂长，既然知道这么接会被敲诈勒索，能不能换个方式，反正婚礼是在市里举行。”

“不行，人家就这么一个姑娘，人家家长希望风风光光地把姑娘嫁过来，姑娘也想要一个风风光光的婚礼。我能理解，女方真挺好的，就这么点要求。”

“一定要去接，车队一定要开到村里？”

“必须的！”老厂长点点头，很认真很严肃。

第四十章　主意

老厂长走了，韩朝阳傻眼了。

苗海珠和同样身穿特勤制服的黄莹爬上巡逻车，一边跟着他在校园内巡逻，一边好奇地问："怎么了，怎么心事重重的？"

"你不知道？"

"知道一点，不就是去帮人家接亲么，至于这么忧心忡忡？遇到麻烦打110，仁和县公安局不可能不管。"

说得倒轻巧，看样子这段时间的社区工作并没有磨掉她的棱角。黄莹跟她不一样，非常清楚这是一件很麻烦的事，但不知道从什么时候开始，对正在开车的男友充满信心，相信不管什么困难都难不倒他，依然笑而不语。

"当地民警是不可能不管，但出警需要时间，就算能很快赶到现场，掩护接亲车队走一样需要时间。王厂长说得很清楚，沿路要经过好几个村，这个村耽误一个小时，那个村再耽误一个小时，把时间全耽误在路上了，而举行仪式的时间又是算好的，不能早也不能晚，对人家来说这很重要。"

"跟女方打个招呼，请女方不要声张，悄悄进村，接上新娘子就往回赶，多大点事！"

韩朝阳下意识回头看了她一眼，暗想她不是大大咧咧，她是不知道天高地厚。

"看什么，要看看你老婆！"

"苗姐，我没看什么，我只是想问问你在新民社区干这么多天，有没有物色几个耳目。”

“暂时没有，主要是没找到合适的发展对象。”

“你以为那些村民是你，人家的情报工作好着呢，谁家要娶媳妇，谁家要嫁女儿，估计早摸得一清二楚。再说对女方而言这是大喜事，肯定早就准备了，想悄悄把新娘子接回来无异于痴人说梦。”

黄莹低声问：“那怎么办？”

“不知道，反正我觉得王厂长出的是馊主意，人家连警察都不怕能怕保安？”韩朝阳习惯性摸摸鼻子，接着道，“不动手，不碰他们，不发生肢体冲突，他们只是打着要钱去买喜糖买烟的幌子求财。如果跟他们动手碰了他们，肯定会被赖上。哪怕根本没受伤，往车前面一躺，非让你送他去医院，到时候怎么办。”

“梁老师应该让他儿子和孙子再做做女方工作。”

“估计该做的工作已经做过，肯定是做不通才出此下策。”

“那你到底去不去？”

“这种事谁愿意去，关键是不去不行，如果不去，不帮这个忙，我以后在这一片儿怎么混！”

“既然一定要去就去吧，遇到什么事打110。”

“人家找到我就是希望我能帮他们把事办成，如果像凑人数一样去接亲，遇到什么事打110，我去跟不去又有什么区别。”

“这也不行那也不行，你总得有个主意吧！”苗海珠很难把小师弟与抓获持枪逃犯的英雄对上号，突然发现他有点婆婆妈妈。

韩朝阳不明所以，突然笑道：“主意倒是有一个，只是不现实，确切地说梁老师家没这个条件。”

“什么主意？”黄莹追问道。

“租架直升机去接亲，天上去天上回，看那些村民怎么拦。而且用直升机接亲多拉风、多浪漫，女方家长肯定特有面子，新娘子估计感动得要哭。”

又开始胡说八道，黄莹噗嗤笑道：“可惜这种接亲的方式只适用于唐晓萱。”

“所以说不现实，没这个条件。”

“能不能正经点！”苗海珠很不耐烦地提醒道。

“我正在想办法，”韩朝阳掏出手机看了看，又补充道，“这么大事要跟所里汇报，领导同意我就去，领导不同意只能跟梁老师说对不起。”

“搞到最后还是要滑头，王厂长和梁老师看人真有问题，怎么会那么信任你！”苗海珠似乎意识到什么，眼神顿时充满鄙夷。

“请示汇报有错吗，我怎么就要滑头了？”韩朝阳抬头看看后视镜，似笑非笑地说，“苗海珠同志，请不要用这种眼神看我，更不要搞个人英雄主义。”

“别跟我打官腔，群众请你帮忙是对你的信任，如果有群众这么信任我，需要我帮忙，我肯定会想方设法帮他们排忧解难。你倒好，居然耍滑头！向所领导汇报，所领导肯定不会同意，你怕麻烦，他们更怕麻烦，就算你可以利用业余时间，领导也会找个借口不让你去。”

“原来你是妒忌，妒忌我有这么好的群众基础。”

“我承认我是有点羡慕，我社区工作做得没你好，群众对我不是很信任，但你一样不能身在福中不知福！有群众信任，有群众支持，社区工作多好做，要好好珍惜。”

“苗姐，新民小区的工作不太好做？”黄莹强忍着笑问。

“别提了，提起就来气，刚开始还有几个业主口头支持，现在连口头支持成立业主大会的都没了。他们就是三分钟热度，刚开始觉得应该搞，发现困难不小，就渐渐打了退堂鼓，现在连我的电话都不接，嫌我烦。”

难怪她说什么“身在福中不知福”！社区工作没群众支持怎么做，尤其成立业主大会和业委会、聘请物业公司这种事。韩朝阳意识到这些天她碰了一鼻子灰，忍不住问：“苗姐，你是怎么做业主工作的？”

“动之以情，晓之以理。你不要质疑我的工作态度，也不要质疑我的服务态度，我真是跟谁都面带笑容，不管他们怎么对我、不管他们说得多难听。”

“我信，论敬业，苗姐你排第二，没人敢排第一。”

“问题是不管服务态度多好也不行，他们只顾眼前利益。加上这段时间我天天在小区转，治安有所好转，没再发生失窃，他们更没有危机感，觉得现在这样挺好，没必要成立业主大会，没必要花钱聘请物业公司，把我当保安了，以为我能给他们看一辈子大门……”

苗海珠是真郁闷，一打开话匣子就收不住，跟别人不好意思说这些，在小师弟面前没那么多顾忌，一会儿唉声叹气，一会儿咬牙切齿，居然诉了近半个小时的苦。

黄莹觉得很好笑，同时也意识到新民小区的工作有多难做。韩朝阳对新民小区的情况太了解，不觉得有多好笑，反而从她刚才的话中发现了一个问题。

“苗姐，你的工作态度尤其服务态度无可挑剔，但我觉得你把切入点搞错了。开口闭口全是治安，全是安全防范，人家肯定会想，公安不就是打击违法犯罪维护社会治安的，有你这个公安在要花钱请什么保安，他们才不管警力足不足。”

“这个切入点不对？”

“不是不对，是你提这些不合适。其实可以从小区的环境卫生、绿化和停车管理等方面着手，人家住的小区为什么那么干净，垃圾为什么能及时清理？人家住的小区为什么有那么多花草树木，人家住的小区虽然差不多大，为什么车有地方停？”韩朝阳一连反问了几个“为什么”，干脆把车停到路边，回头笑道，“这跟打仗一样，从正面攻不上去，我们就采取迂回战术，你想想，是不是这个道理。”

“还真是！”苗海珠猛然意识到之前钻了牛角尖，举一反三地说，“还有防盗门和扶梯上的小广告，以及无孔不入的推销员。小区乱成那样，他们自己住着也不舒服。”

“其实，你还有一个大杀器。”

“什么大杀器？”

“新民小区是老小区，一下暴雨，住顶楼的家里就漏雨，许多基础设施全要修缮。不成立业主大会，不经过业委会，房屋维修基金提取不出来。”

“明白了，明天我就去找街道。”

“明天要在这儿执勤，你哪有时间。”

“那就后天，谢谢啊，要不是你提醒，我真想不到这些。”

苗海珠看到了希望，又变得斗志昂扬。

黄莹从未见过这样的人，不知道该怎么评价，干脆换了个话题：“朝阳，你别光顾着给苗姐出主意，梁老师孙子接亲的事怎么办？”

她话音刚落，前面出现几个流里流气的年轻人，一看就知道不是学生。韩朝阳紧盯着他们，喃喃地说：“办法倒是有一个，只是不知道新娘子家同不同意。”

“什么办法？”

“恶人自有恶人磨，那些村民不怕公安，也不会怕保安，但不可能不怕坏人。”

黄莹顺着他的目光看去，猛然反应过来，惊诧地问：“你是说找一帮人扮演黑社会，去吓唬那些有可能拦婚车要钱的人？”

“那些人欺软怕硬，不怕好人就怕坏人，除此之外我想不出更好的办法。”

韩朝阳拧了一下车钥匙，扶着方向盘往那几个流里流气的小年轻方向开去，想想又笑道：“巡逻队一百多号队员，高大威猛的不少，长相比较吓人的也有几个，可以让他们去，不穿制服，全剃光头，外面不是有那种文身贴纸卖么，再搞点假文身，看那些人敢不敢拦车敲诈勒索。”

第四十一章　讨债的

几个小子果然有问题，发现被盯上了撒腿就跑，净往人堆里钻。

“我去追，你赶快叫人！”校园内人太多，巡逻车开不快，苗海珠急了，立马跳下车，认准方向追了上去。黄莹刚反应过来，见大师姐转眼间消失在人群里，惊得目瞪口呆。

主校区很大，从这儿不管去哪个门、不管跑多快也要七八分钟，韩朝阳不像苗海珠那么沉不住气，干脆把车停到路边，拿起对讲机喊道：“校卫队校卫队，我驻校民警韩朝阳，请各大门执勤人员加强警戒，留意三名形迹可疑的年轻男子，其中一个男子上身穿花格子衬衫，一个男子上身穿黑色广告衫。”

“南门收到，南门收到。”

“北门收到，北门收到。”

“三班收到，三班收到！”

今天不同于平时，新生入学、老生报到，校园内人很多，保卫处干部和保安全部上岗，四个大门和一个侧门全有保安执勤，校园内有保卫处干部带领保安巡逻。

接到校卫队回复，韩朝阳把对讲机调到另一个通话频道：“值班室值班室，我韩朝阳，请密切注意体育馆至活动中心附近的监控，留意三名仓皇逃窜的可疑男子。其中一名男子上身穿花格子衬衫，一名男子上身穿黑色广告衫。”

“看到了看到了，他们到了爱知楼！”

“组织人员围堵，我马上到。”

“收到收到！”校园内到处是摄像头，正在110应急值班室的保卫处干部拥有“上帝视角”，立即命令在附近巡逻的保安围了上去。

人太多，苗海珠一口气追了五六分钟，结果追得大汗淋漓却把人给追丢了。见韩朝阳把巡逻车开了过来，正不慌不忙地跟她招手，急忙跑过来爬上车，扶着车窗气喘吁吁地问：“有没有通知保卫处，知不知道他们往哪儿去了？”

韩朝阳回头看看她那被汗水毁掉的妆容，禁不住笑道：“苗姐，这是理大，不是新民小区，通知保安把几个门守好，他们能往哪儿跑！”

“少废话，他们人呢？”

“跑进了爱知楼，躲在二楼卫生间里。”韩朝阳指指手边的对讲机，又忍不住笑了。

抓贼一点不积极，这样的人居然能立功，还接二连三立功！苗海珠气不打一处来，干脆掏出甩根不再搭理他。在黄莹看来安全应该放在第一，平平安安比什么都重要，对倒霉蛋的表现非常满意，强忍着笑问：“朝阳，他们应该不会很危险吧？”

“光天化日之下能作什么案，就算想趁学生报到的机会浑水摸鱼，他们也不敢这么张扬。”

“不是做贼心虚，那为什么一看见我们就跑？”

“可能有前科，可能怕麻烦，问问就知道了。”韩朝阳虽然是这么说的，但想想还是再次拿起对讲机，“值班室值班室，请立即调看他们逃窜前的监控，尽快搞清他们的活动轨迹，搞清他们刚才干过什么。”

“小韩小韩，我刚到值班室，我们正在调看。”

“蒋部长，您在坐镇啊，有您在就行。”

韩朝阳恭维一句，放下对讲机把巡逻车开到爱知楼前。正准备下车，只见三个流里流气家伙被五六个保安拽着胳膊拉出大门，他们一边试图挣脱，一边骂骂咧咧，引来许多学生和学生家长围观。

“嚷嚷什么，知道什么地方吗，这是公共场所！”

“警察同志，我们知道这是公共场所，既然是公共场所谁都可以来，进来上个厕所，在厕所里抽根烟不行啊？”

理大真是公共场所，以前好像实行过一段时间的封闭式管理，后来对外开放，谁都可以进来参观。只是行政楼、教学楼和宿舍楼等地方不能进，车也不能开进来。

许多人围观，还有人举着手机拍照。韩朝阳不想引来更多人围观，干脆示意保安把他们再次带进爱知楼，找到一间门开着的办公室，示意三人靠墙，旋即出示工作证：“看清楚了，我是燕东分局驻理工大学的民警韩朝阳，这位是新园街派出所民警苗海珠，配合公安机关盘查是每个公民的义务，请把身份证拿出来。”

“韩警官，我们不是坏人，没干坏事。”穿花格子衬衫的小年轻一边掏身份证，竟一边肆无忌惮地看苗海珠和站在韩朝阳身后的黄莹。

严飞，本市人。韩朝阳看看身份证上的照片，再看看他的五官，确认是他的身份证，顺手把身份证交给苗海珠，让苗海珠用巡逻盘查终端查询有没有前科，是不是在逃人员，随即接过第二个家伙的身份证。

“警察叔叔，我们有正当职业，我们真没干坏事！”

“就算想干坏事也不敢，学校里到处是摄像头，警察叔叔，请您相信我们。”

“没干坏事为什么跑？”

“我们没跑，我是尿急！”

“他尿急，你呢？”

“我想找个地方抽烟，外面禁止吸烟，到处是禁烟的牌子。”

尽管已进入九月份，但燕阳的天气依然炎热。他们穿得很少，矮个子小年轻下身甚至穿着一条大短裤，刚才保安在控制他们的时候搜过，没搜出什么东西，苗海珠又不动声色地摇摇头，表示他们都不是在逃人员并且都没有前科。

难道真是跑过来玩的？遇到这样的人能怎么办，韩朝阳正准备再盘问盘问，对讲机传来蒋部长的声音。

“小韩小韩，说话方不方便？”

“蒋部长，您稍等，我出去说。”

“去吧。”苗海珠回头看看协助看管嫌疑人的几个保安，催促小师弟赶紧出去。

有五个保安看着他们，楼外面的人更多，并且他们身上也没有水果刀之类的东西，韩朝阳没什么不放心的，走出办公室举起对讲机问：“蒋部长，监控调出来了？”

“调出来了，他们是来讨债的，刚在女宿舍楼门口贴了两张大字报，我让宿管把大字报撕下来了，欠钱的是计算机学院的一个大三女生，她在网上借钱的事，同学、老师乃至学院领导都知道，之前全接到过骚扰电话和骚扰短信，没想到他们发展到跑学校来贴大字报。”

第四十二章　滚雪球

巡逻队正在大门口进行“理性消费、远离网贷”的宣传，没想到网贷离生活这么近，这三个家伙居然在巡逻队眼皮底下溜进学校贴大字报催收！

韩朝阳没之前那么客气了，推开门冷冷地说：“苗姐，小牛，把他们全带到保卫处。”

“警察叔叔，去保卫处干什么，什么都没干，凭什么抓我们？”

“谁说抓你们了，只是去保卫处了解下情况。”

“走，老实点！”苗海珠早看穿花格子衬衫的严飞不顺眼了，一把揪住他胳膊，同保安小牛一起架着他往外走。

小康等巡逻队员闻讯而至，相比理大保安，他们协助公安办案的经验不是一两点丰富，不等韩朝阳开口就从苗海珠等人手里接管嫌疑人，两个押一个，在学生和学生家长们的围观下直奔保卫处办公楼而去。

他们能来第一次，就会来第二次。这一招不好使，完全可能换个花招。只要那个女生一天没把从网上借的钱和利息还上，那么本应该很宁静的校园以后就别想安生。韩朝阳不想警告他们几句就让他们滚蛋，不想以后没完没了地跟他们纠缠，一边跟着“押解”队伍往保卫处走，一边再次拨打老唐手机，请老唐过来一起处理。

赶到保卫处，计算机学院的一位副院长、欠钱女孩所在班级的辅导员和两个同学已经到了。

“小韩，那三个家伙呢？”

“在楼下。”

“你看看，幸亏及时发现，不然被新生家长看到影响多恶劣！”上午出了一个贼，下午又发生这样的事，蒋副部长心情非常不好，啪啪啪连拍几下桌子，“当我们理大什么地方，小韩，这个影响太恶劣，你们公安必须严肃处理。”

大字报的内容是非常之恶心！

证据真不少！有朱曼在九天金融公司申请贷款的时间、贷款金额、逾期时间、身份证照片、视频认证信息截图、家庭住址，甚至连手机里的家人和通讯录好友都截图打印出来了。

第二张大字报涉及的是同一个人，但不是同一家贷款公司。抬头是“通告”，紧接着是：朱曼，现在正式通知你，我新海律师事务所正处理你用惠银现金贷款问题，经原告多次催收仍不归还，根据《中华人民共和国刑法》第 193 条和 224 条，你的行为违反协议情节严重，现原告方委托本所对你的此种行为向户籍地公安局经侦支队进行报案处理。一旦罪名成立，你将至少被判处一年以下有期徒刑或拘役，并处一万元以上两万元以下罚金，请你在看到本通告后立即办理还款事宜，并通知我们。

最后是什么“案件批量诉讼律师”，没有姓名，只有一个手机号。

“当我不懂法律，这算什么，律师函不像律师函，还通告！”蒋副部长抬头看了一眼匆匆走进来的老唐，目光又转移到计算机学院的辅导员身上，“小贺，发生这样的事，你这个辅导员一样有责任。跟你说过多少次，该报案带那个丫头去派出所报案，该做家长工作就去做，结果呢，一直拖到今天。”

“蒋部长，这你真不能怪小贺。”计算机学院仲副院长递上支烟，紧皱着眉头说，“钱是朱曼借的，她作为当事人死活不愿意去派出所报案，我们学院不能拉着她去。再说后来不是放暑假了么，她人不在学校我们能怎么办。”

“家长怎么说？”

“她以贷养贷，越借越多，她父母无能为力，已经被她伤透了心，刚才在电话里说没这个女儿，不管她死活。”

学校的事，当然紧着保卫处先来。老唐和韩朝阳很默契地站在一边，打算先听听他们怎么说。没想到不听不知道，一听吓一跳。

蒋副部长居然紧盯着年轻的辅导员问："现在能不能联系上朱曼？"

"电话打不通，联系不上，但可以确认人没事，她昨晚发过朋友圈，她把我的微信好友删了，没删邓静的。"

"蒋部长，这是她昨晚发的。"一个戴着眼镜的女孩掏出手机，点开微信，把手机递了上去。

"她借用你们的身份证借的钱有没有还掉？"

"还掉了，连本带息全还了。她哪来那么多钱，肯定是拆东墙补西墙，借新债还旧债。"

"现在大概欠多少？"

"昨晚我在微信里问过，她一直没回，应该不少，估计有三四十万。"

"这么多！"

"利滚利，很快的，她开始借得也不多，刚开始只借了一万。后来还不上，再管其他平台借，在十几个平台上都有贷款，加上利息、滞纳金、手续费……债务像滚雪球似的越滚越大。"

那些网贷平台和那些小额贷款公司，看中大学生旺盛的消费能力，却没想过大学生有没有还款能力。刚开始只借了一万块钱，短短半年内居然滚雪球般地滚到三四十万，这哪里是什么"金融创新"，这分明是"人血馒头"！

韩朝阳现在考虑的不是怎么处理楼下的三个混蛋，他们只是小角色，就算拘他们几天也无济于事，何况老唐会收拾他们的。现在最担心的是那个女孩，她父母对她已经绝望了，她此刻应该走投无路，如果不及时找到她，后果不堪设想！

"蒋部长，仲院长，朱曼欠多少钱先放一边，当务之急是找着她人。被高利贷逼得喘不过气、逼得自寻短见的悲剧不是没发生过，我们还是先想想怎么联系她，怎么做她家人工作，请她父母一起联系她、挽救她吧！"

第四十三章　联系上了！

这个学期的学费，朱曼估计不太可能来交，不过上学期的学费她交了，并且上学期的成绩虽然不太好但也没挂科，甚至没因为深陷网贷而旷多少节课。总之，至少现在不符合勒令其退学的条件。她一天没退学，就是理大的学生。就算退学了，她真要是有个三长两短，在人们看来她依然是理大的学生。

校领导憋足劲儿要把理大打造成一流理工类大学，现在最需要提高学校知名度，但绝不能因为这个出名！蒋副部长刚才只是在气头上，并非对朱曼的死活漠不关心，韩朝阳话音刚落，他便斩钉截铁地说："先联系人，搞清她到底在哪儿。仲院长，你最好亲自给她父母打电话，跟她父母好好说说。这个时候，她父母的话比我们的话更有说服力。"

"行，我亲自打。"

虽然一句没问，但老唐已经他们的话搞清了来龙去脉。

借贷纠纷之前不知道遇到过多少次，不用细问都知道女大学生欠的债务是不少，从一万滚到三四十万听上去似乎很离谱，不过论单笔欠款顶多不受法律保护，按现有的法律法规想追究那么多贷款平台、那么多贷款公司的责任很难，非常难！

怎么处理楼下那三个家伙，老唐一时间也拿不定主意，只能低声道："蒋部长，仲院长，这两张大字报和他们贴大字报的视频能不能交给我，我要把他们带到所里处理。"

"可以，需要怎么协助尽管开口。"

韩朝阳非常清楚就算把三个追讨债务的家伙带到新园街派出所，所里的办案民警一样没什么好办法。干脆下楼让小康他们协助老唐先把人送到新园街派出所，又一口气跑到楼上同仲院长、贺辅导员及朱曼的同学邓静等人一起联系朱曼。

“电话打不通，她该不是把我拉黑了吧！”邓静很担心曾经非常要好的闺蜜的安危，急得要哭了。

“我试试。”

韩朝阳抬头看看正在对面办公室打电话做学生家长工作的仲院长和贺辅导员，掏出警务通拨打朱曼的电话，结果对方没关机但一样没接听。

“可能把所有人都拉黑了，不管熟悉的还是陌生的号码一个都不接。”

“韩警官，那怎么办？”

“给她发微信，给她的 QQ 留言。”

“怎么说？”

“就说公安机关已介入，正在查涉嫌放高利贷的那些贷款公司，正在取证。如果查实那些贷款公司涉嫌放高利贷，她就不用再还高额利息。”

“好吧。”小丫头愣了愣，在同伴的提醒下忙不迭地输入文字信息。

“小景，给我拍张照，把我照片发过去。”

韩朝阳坐到办公桌前，顺手拿来一堆文件夹，摆出一副正在工作的样子。矮个子女孩反应过来，急忙举起手机拍照，拍完发给邓静，让邓静转发给朱曼。

救人要紧，现在唯一能做的就是给她希望！韩朝阳顾不上“承诺”能不能兑现，见消息发过去半天没回应，干脆接过手机直接语音：“朱曼同学，我是燕东公安分局民警韩朝阳，我们正在侦查九天金融涉嫌以放贷为名实施诈骗、敲诈勒索的违法犯罪行为。种种迹象表明该团伙以双倍甚至更高的金额写借条，并以虚高的金额刻意制造银行资金走账记录，迫使急需用钱的借款人在虚高后的借条、收条上签字，并以手续费、服务费、保证金等名义从被害人处收取费用。但要打击该犯罪团伙，要查处这些违法犯罪行为，首先需要的是证据。光靠调查平台是远远不够的，因为平台并不掌握那些不在平台上产生的交易，我们公安机关无法判定出借人是否涉嫌违法。配合公安机关办案是每个公民的义务，请你听到我的留言后尽快回复。”

编得这么像，依然没回复。韩朝阳想想又输入自己的姓名、工作单位和联系方式。

邓静岂能不知道他的良苦用心，趁热打铁地说：“小曼，公安真在查，听说已经抓了好几个。”

“那些放高利贷的真被抓了。”

矮个子女孩景艾思灵机一动，把同学们刚才在外面拍的几张那三个家伙被押上 110 警车往新园街派出所送的照片，从班级微信群里转发到邓静的手机上，旋即拿起邓静的手机故作激动地说：“被他们坑的不止你一个，我们理大有好几个同学找他们借过钱，全在做笔录。机会难得，只要查实他们放的是高利贷，你欠的那些只要还本金，利息不用给，手续费还要给你退！”

事实证明，这一招是管用的！

等了大约三分钟，手机屏幕上出现一行文字：警察在学校？

邓静欣喜若狂，连忙回复：正在保卫处，人家忙着呢，你再不来人家就要走了！

“小静，你别骗我，九天金融的人真被抓了？”

“我骗你干什么，好多人看见了。”

“我马上回去，帮我跟警察说说，请他们再等会儿。”

人应该就在市里，不然绝不会说让警察再等会儿的话！邓静激动得连连点头，竟忘了回复。景艾思抢过手机，一个劲儿保证帮她留住办案民警，催她快点。蒋副部长真火了，刚才好像在打电话给聂校长汇报。韩朝阳相信聂校长不会坐视不理，几乎可以肯定只要聂校长给相关部门打电话求助，这件事应该可以解决，确认深陷网贷的朱曼正在往回赶，终于松下口气。

正如韩朝阳所料，周局此刻正在接市局领导的电话，市局领导谈的正是理大学生朱曼的事。“一万在短短半年内滚雪球般地滚到三四十万，这是典型的‘套路贷’，几乎可以断定那些平台尤其那些从事校园贷的公司在整个过程中涉嫌违规甚至违法！理大领导很生气、很焦急也很担心，电话打到蔡书记那儿了。考虑到全市各院校已经陆续开学，为防止类似的问题再次甚至多次发生，市委要求我们联合银监、教育等部门，搞一个针对‘套路贷’的专项行动……”

“是！”

“先别急着表态，局里正在研究部署。当务之急是解决理大的这个案子，我已命令经侦支队安排专人去理大了解情况，你们分局负责协助。”

第四十四章　邪门的一天!

面容憔悴的朱曼前脚刚走进保卫处，市局经侦支队的两个办案民警就同分局经侦大队二中队长何义昌一起到了。何义昌是什么人？分局最厉害的经侦民警!

韩朝阳一看到何义昌顿时觉得刚上楼的那丫头有救了，不禁笑道：“何队，您来得真快。”

“先办正事，办完正事再请你吃饭，”何义昌抬头看看站在楼梯口的邓静和景艾思，低声问，“听说你们抓了三个讨债的，人在哪儿？”

“新园街派出所。”

“帮我给新园街派出所打个电话，就说我们等会儿去接手，别做个笔录、罚点款就把人给放了。”

“明白。”

“我上去了。”

专业的事移交给专业人士，有他们在韩朝阳实在没什么不放心的。换作平时还能凑上去看看热闹、学学人家是怎么办案的，但今天不是平时，学校里一下子涌进上万人，必须去巡逻。

回到大门口，女友已经“宣传”累了，正坐在太阳伞下喝水。苗海珠仍在散发传单，仍在“蛊惑”报到的新生和老生甚至学生家长关注朝阳社区义务治安巡逻队的微信公众号。

“苗姐，小康他们没回来？”

“早回来了，朝阳村有户村民跟拆除公司的人打架，我让他们过去支援。”

“几百万拆迁补偿已经拿到手了，他们还有什么不满意的，跟拆除公司的人打什么架！”

“谁会嫌钱多？”苗海珠回到摊位边，放下传单耐心地解释道，“按照合同和补偿协议，他们只能把家里的东西，就是家具家电那些搬走，房子包括门窗归拆除公司所有。结果朝阳二组有村民违反协议，想把铝合金门窗拆下来卖掉。村里两百多户，一家看一家，如果他家把门窗拆下来卖掉，个个都跟着学。拆除公司当然不同意，双方就这么打起来了。刚才打电话问过晓斌，打得挺厉害，有两个进了医院。要不是顾警长带着俊峰他们及时赶到现场，动手的就不是他们那一家和几个工人，很可能是群架，很可能变成群殴。”

“门窗能值几个钱，他们又不是没钱！”

“朝阳，你知道动手的是谁吗？”黄莹冷不丁站起来问。

“谁？”

“江二虎。”

“这就不奇怪了。”想到那家伙胡搅蛮缠的样子，韩朝阳冷笑道，“打了人，他犯法；被人打了，他活该！”

“恶人有恶报，张贝贝估计一样偷着乐。”

“我可没偷着乐，就是觉得他太贪心，”韩朝阳回头看着熙熙攘攘的人群，轻叹道，“今天真邪门了，哪来这么多事。”

“还好，你们回来前的那一天也总出事，包括分局转来的在内，所里一天处理了一百二十四起警情。你师兄早饭没吃，午饭没吃，晚饭一样没顾上吃。下午实在忙不过来，鲍所才通知我和唐警长的，我们也跟着搞到凌晨三点多。”

新园街派出所辖区人口比花园街派出所多，并且辖区有好几个大市场，一天发生一百多起警情再正常不过。她只是之前不知道而已，所以觉得很奇怪。

黄莹是真奇怪，下意识问：“苗姐，一个派出所一天处理上百起警情，我们燕东区治安有这么差吗？”

“许多算不上警情，有小孩走失了求助的，有讨薪的，有去 4S 店维权跟店里人打起来的……许多事你想都想不到，人家打了 110，又不能不去，搞得我们这些民警每天疲于奔命。”

苗海珠正说着，一个熟悉的身影从校门口蹒跚而过。韩朝阳确认没看错，连忙道：“苗姐，莹莹，你们再盯会儿，我出去看看。”

“看什么？”

“看见一个熟人，如果不去跟她打个招呼，指挥中心等会儿就会安排我出警。”

“谁啊？”

黄莹刚问出口，韩朝阳已经跑出大门，追上一个正拉着送孩子来报到的学生家长说话的老太太。黄莹非常好奇，追出来一看，倒霉蛋正搀扶着老太太的胳膊笑嘻嘻地问：“奶奶，您老是不是忘了家在哪儿？”

“忘了，想不起来，小伙子，你来得正好，我正在请人家帮我打 110 呢。”

“您姓什么，叫什么名字，这个应该没忘吧。”

“也想不起来了，我姓什么？”

您不是老奶奶，您是老佛爷！韩朝阳对她的印象太深刻，禁不住笑道：“您忘了没关系，我帮您老记着呢，您姓桂，叫桂二妹，您家在陈家集一组，靠马路边上，门口有个卖麻将桌的。”

老太太不知道跟多少警察打过交道，对韩朝阳真没什么印象，也不觉得被拆穿有多丢人，紧抓着韩朝阳胳膊装出一副很茫然的样子问：“是吗？”

“是，错了我负责！”

“可这又是哪儿，我怎么会来这儿？”

“这是理工大学，前面是六院。”韩朝阳探头看看她挽着左臂上的布袋，看看袋子里的东西，一边搀扶着她往公交站牌走，一边慢声细语地说，“您老应该是搭村里人的顺风车来六院看病拿药的，怎么来的不重要的，重要的是病看了，药也拿了，您得早点回家，不然您闺女打电话没人接肯定着急。”

这个小警察好像什么都知道！

老太太乐了，回头笑问道：“小伙子，你送我回去？”

“我送您老上车，帮您老找个座儿，跟司机师傅打个招呼，请他在卖麻将桌的那个店门口停一下，让您老在家门口下车。”

“我以为你开车送呢。”

“我开车送跟公交司机开车送有什么区别，您坐警车是坐，坐公交车一样是坐，一样都能在家门口下车。”

“我没带钱，”生怕韩朝阳不信，老太太又从口袋里摸出一张卡，“我看病用这个，不用花钱。”

“我知道，您老烈属，享受优抚政策，看病不用花钱，”韩朝阳把她搀扶到公交站牌边，边看公交车到了没有，边笑道，“其实，您已经七十多岁了，坐公交车不用花钱。今天我先帮您垫上，回头有时间我去陈家集给您拍个照，帮您去行政服务中心办张免费乘坐公交的卡。”

原来她就是总是报假警骗警察送她回家的桂二妹！想到倒霉蛋说过的倒霉事，黄莹扑哧一声笑了。

等了五六分钟，公交车到了。韩朝阳把老太太扶上车，请靠门位置的一个小姑娘让座，跟司机大姐打个招呼，确认老太太能安全到家，这才同黄莹一起回理大。

“今天没坐成专车，老太太肯定很失望。”黄莹又忍不住笑了。

“老太太没你想得那么虚荣，”韩朝阳下意识回头看了一眼，轻叹道，“她主要是挤公交挤怕了，现在有些人真不知道什么叫尊老爱幼，见公交车来了就拼命往上挤，老太太哪挤得过他们？再就是她家门口没站牌，公交车停得很远，她要往回走近一公里，年纪大了，走不动。”

“你了解得挺清楚！”

“前段时间送雷大伯他们去陈家集钓鱼，在河边遇到几个陈家集的村民，顺便打听一下。”

“她有儿女？”

“有两个女儿，没儿子。在陈家集住几十年，住习惯了，不愿意去她女儿家，听村里人说她二闺女好像挺有本事的。”

“有本事还让老太太一个人过，就算她不愿意去也可以请个保姆。”

“今天这是运气好，被我看见了，如果没看见，我们警务室今天又要多一起警情。我可不想一个月被她折腾一次，如果有机会见着她女儿，你帮我跟她女儿好好念叨念叨。”

韩朝阳正开玩笑，警务通突然响了。一看来电显示，居然是分局指挥中心的，今天真邪门，刚避免一起警情又来一起警情，韩朝阳急忙摁下通话键。

“韩朝阳同志，高铁站项目工地报警，送砂石料的自卸车倾倒黄沙，倒出一具男子尸体，请立即组织巡逻队员赶赴工地保护现场，请立即组织巡逻队员赶赴工地保护现场！”

第四十五章　保护现场

维护理大新生入学的秩序再重要，也没有出人命重要。韩朝阳一刻不敢耽误，立即爬上巡逻车打开警灯警笛火急火燎往高铁站项目工地赶，边开车边用对讲机频频下命令，让附近几个执勤点的巡逻队员带上警戒带等装备迅速前往支援。

韩朝阳匆匆赶到工地，在一帮已歇下来的工人指引下，把巡逻车一直开到堆砂石料的地方。

“警察同志，尸体在那儿！”

顺着一个工头模样的人手指的方向看去，只见沙丘西侧露出大半具尸体。头和胳膊和大半个身体裸露在外面，离老远便能闻到一阵刺鼻的恶臭，五官看不清，胳膊同样只能看出轮廓，尸表不仅沾满黄沙，仔细看黄沙甚至在蠕动！尸体高度腐败，已经生蛆。难怪民工们不敢走近，难怪站在下风处围观的工程管理人员和民工们一个个用手捂着鼻子。

“指挥中心指挥中心，我中山路接警平台韩朝阳，我已赶到现场。”韩朝阳顾不上多看，先用警务通向指挥中心汇报，旋即朝开 110 警车紧随而至的李晓斌等队员命令道，“晓斌，拉警戒带。小李，带两个人去大门口维持秩序。”

“是！”

“司机呢，自卸车司机在哪儿？”

“警察同志，我是司机，真不关我事！”一个四十多岁的男子挤到前面，捂着鼻子愁眉苦脸。

韩朝阳相信沙堆里的死尸跟他关系不大，但不意味着不关他事，急切地问："沙子是从哪儿拉过来的？"

"北太砂石厂，就在北太河边上。"

"具体位置？"韩朝阳掏出手机打开电子地图，举到他面前让他搜索。

"这儿。"司机打开导航仪，飞快地输入地址，很快就搜到砂石厂的具体位置。

尸体被埋在沙子里从高新区的砂石厂拉到这儿，这个现场有什么好保护的？

韩朝阳正犹豫是不是先给指挥中心汇报，顾爷爷骑着社区警用电动车匆匆赶了过来，不等徒弟开口便当机立断地说："朝阳，这边交给我，你赶紧带几个人，开警车去砂石厂。"

"师傅，那是高新区分局的辖区！"

"现在顾不上那么多，先去把现场保护起来。"

"行，那我走了。"

破案尤其命案讲究的就是一个"快"字！

顾爷爷回头看看四周，又转身道："司机师傅，你坐警车去，指认一下黄沙原来堆在什么位置，是谁帮你装上车的。"

"好吧，我跟车去。"

"走，上车！"

一看尸体就知道人死了好几天，韩朝阳不认为现在去"第一现场"能抓到凶手，但指挥中心下达的命令是保护现场，那就要不折不扣地完成上级交代的任务，立马从李晓斌手里接过钥匙，带着自卸车司机和闻讯而至的吴俊峰、小康、小顾三人直奔高新区而去。

"指挥中心指挥中心，我正在去砂石厂的路上，我已把砂石厂的位置发过去了。"

"收到收到，我们立即向上级汇报，立即与高新区分局协调。"

"韩大，我开吧！"

想到吴俊峰驾驶技术确实比自己好，韩朝阳干脆解开安全带，推开车门让开位置，从车头绕到副驾驶。事实证明吴俊峰的车技不是一点两点好，绿灯亮起，便看准空档猛踩油门在十字路口中央超车。警灯闪烁，警笛刺耳。前面的车似乎意识到公安遇到了重大警情，能避让的纷纷避让。

“慢点，小心点。”

“放心吧，没关系的。”

自从分局给警务室装备了这辆崭新的110警车，吴俊峰平时没少开，但顾忌到影响一直开得小心翼翼。遇到重大警情，机会难得，他岂能错过这个享受“特权”的机会，不断摁喇叭，一路超车，甚至接二连三闯红灯，半个小时的车程，他用到二十三分钟就到了！

砂石厂位置偏僻，车少，人也不多。大门外停着一辆面包警车，不用问便知道分局与高新区分局协调过来，负责这一片辖区的派出所安排民警来了。

“韩朝阳同志吧，什么情况？”

一个二级警督迎面而来，韩朝阳正不知道该怎么称呼，一个辅警低声介绍道：“这位是我们北太派出所的富所。”

“富所好，情况是这样的，这位师傅从里面拉走的黄沙中有一具男子尸体，上级要求我过来保护现场。”

韩朝阳不认识富所，富所却认识他这个最帅警察，但现在不是寒暄的时候。一边带着众人往河边的堆场走，一边问：“你是司机吧，姓什么，叫什么名字？”

“储一诚。”

“沙子从哪儿装车的？”

“那儿，东边第二个大沙堆。”

“谁帮你装车的？”

“小孙帮我装的，装载机还停在那儿呢。”

正说着，一辆大车缓缓驶了进来。富所立马回头道：“老尤，去大门口看着，从现在开始不管车还是人，只许进不许出。让司机把车停在前面，大车不能再过来了。”

“是！”

这里是人家的辖区，人家熟悉情况。考虑到他们只来了三个人，韩朝阳提议道："富所，您下命令吧，我们三个全听您的。"

小伙子把位置摆得很正，富所也不客气，回头问："小韩，你们有没有带警戒带？"

"带了。"

"这样，你安排一个人去门口协助老尤维持秩序，然后在前面沙堆拉警戒带。我去找装载机司机和砂石厂老板。"

"是！"

这边刚拉好警戒带，富所已经从南边的一排矮房子里找到砂石厂老板和装载机司机，只见他站在门口问了两三分钟，随即一边打电话一边往河边跑，一直跑到一条铁驳船上。

第四十六章　“代表分局”

高新区分局刑警大队的刑警和刑事技术民警来得很快，一位一级警督一下车就跑到韩朝阳身边问：“小韩是吧？”

“是！”韩朝阳急忙立正敬礼，想想又补充道，“燕东分局花园街派出所民警韩朝阳正在保护现场，请领导指示。”

“高新区分局刑警大队滕吉明。”滕大出示了下证件，随即追问道，“到底什么情况，有没有尸体照片？”

这个案子照理说应该归他们管，韩朝阳觉得很快能回理大继续执勤，急忙简单汇报案情，掏出警务通让兄弟分局领导看在高铁站项目工地现场拍的几张照片。

“一发现尸体就追到这儿，你们动作够快的。”滕大把手机交还给韩朝阳，转身下达起命令，“显宏，组织刑警走访询问；江南，抓紧时间勘查现场；老富，你和郑起他们去周围转转，看看附近有没有监控。”

“是！”

随着滕大一声令下，高新区分局的民警顿时行动起来。

韩朝阳成了现场唯一的闲人，正准备打电话问问分局指挥中心接下来该怎么办，外面又来了三辆警车，其中一辆是市局的刑事技术勘查车。

市局刑警支队的领导跟滕大一样，一下车便大步流星走过来找韩朝阳问情况。刚汇报完第二遍，终于看到一张熟悉的面孔，主管刑侦的分局石副局长到了。

“……从腐败程度上初步推测，死亡时间应该在三天前。死者裤兜里有钱包，钱包里有身份证、两张银行卡和一张大福超市的积分卡，有一百七十六元现金。可以确认身份证是死者本人的，姓曹，叫曹胜凯，今年二十一岁，家住开径县台南乡安宜村八组。”

石局显然是从高铁站项目工地现场来的，把死者身上的物品都带来了，全装在证物袋里。

“死因呢，尸表有没有明显的伤痕？”市局刑警支队骆副支队长问。

“尸体已经生蛆了，而且沾满沙子，我在现场就看了一眼，有没有外伤要把尸体冲洗干净之后才能确认。”

虽然掌握的情况不多，但至少能确认死者身份。侦办命案，最怕的是遇到无名尸。骆副支队长稍稍松下口气，正权衡这个案子应该由哪个分局侦办，石局接着道：“骆支，我们调看过自卸车的行车记录仪，并请交管中心调看过大车的行驶轨迹，基本可以确定尸体是从这儿拉过去的，这件事应该与自卸车司机无关。”

什么意思，想撒手不管！滕大回头看看停泊在河边的一条条铁船，沉吟道：“我们民警刚询问过，砂石厂没有人员失踪失联，几个船主也没听说过谁不见了。这里除了送砂石料和来拉砂石料的，平时没什么外人。换句话说，尸体也可能是哪个船主无意中从外地拉过来的。”

“有这个可能，但有一个问题，尸体又怎么从船舱里上岸的？”

韩朝阳离得很近，听得很清楚，下意识朝河边的吊车和输送带看去。从船上往岸上卸沙子，正常情况下应该是用吊车上的大斗子先抓，一抓能抓很多，但显然抓不干净。剩下的沙子只能铲到输送带上，通过好几个长长的输送机，一点一点地把沙子弄上岸。吊车的斗子再大也不太可能恰好抓住一具尸体并且不会被开吊车的师傅发现，输送带更不用说了，卸沙子时船上的人和岸上的人，不可能把一具尸体先搬上输送带，再眼睁睁看着尸体缓缓从船上运到沙堆上。总之，现场的情况一目了然，几乎可以断定砂石厂就是第一现场，滕大的话没什么说服力。

这么浅显的道理连韩朝阳这样的菜鸟都能知道，骆副支队长岂能不知道，但不管怎么样尸体终究出现在燕东分局辖区，只见他跟石局和滕大微微点点头，随即掏出手机走到一边拨打起电话。离得比较远，说什么韩朝阳没听清。

就这么等了三四分钟，骆副支队长回到众人面前，轻描淡写地说：“石局、老滕，魏局指示先联系死者亲属，先检验尸体，如果确认死于他杀再成立专案组，由我们支队和你们两家联合侦办。”

石局打心眼里不想接这个烫手山芋，可又不能质疑市局领导作出的决定，想到刑警队实在抽不出警力帮高新区分局擦屁股，干脆来了句：“老滕，对小韩同志你应该不陌生，我们分局最能干的民警，前几天去大西北交流刚帮西北同行抓获一个涉嫌贩毒和故意杀害两人的持枪逃犯，刚被兄弟省厅记个人二等功。尸体又是在他辖区发现的，他最了解情况，我让他协助你们侦破。”

“最帅警察”在大西北再立新功的事滕大听说过，不过这是命案侦破，不是围捕逃犯！让一个刚参加工作、只是运气比较好的社区民警参与侦破算什么。

滕大正准备开口，石局又来了句：“花园街派出所办案民警吴伟同志也不错，敢打敢拼，跟小韩一样也熟悉情况。骆支，我们派这两个精兵强将过来，你觉得怎么样？”

细想起来燕东分局是挺倒霉的，正在门口接受询问的自卸车司机，如果早一点过来拉沙子或者晚一点过来拉，哪怕给另一个工地拉，这件事都跟燕东分局无关。市局领导并非不了解情况，之所以要求燕东分局参与侦办，主要是考虑到尸体毕竟是在他们辖区被发现的，让燕东分局参与进来更有利于案件侦办。不管从哪个角度出发，这个案子的侦办工作都要以高新区分局为主。

骆副支队长能理解石局的感受，一口同意道：“没问题，再说死因不是没搞清楚么，如果死于意外，专案组都不用成立。”

韩朝阳听得清清楚楚，顿时傻眼了，暗想我又不是刑警，能帮上什么忙？况且警务室那边一大堆事，我走得开吗？不过身边的全是领导，根本没他这个小民警说话的资格，并且石局同样不会给他说话的机会，竟回头道：“小韩，过来一下，骆支和滕大你认识的，我就不需要再介绍了。从现在开始，你接受骆支和滕大指挥，代表我们分局协助刑警支队和高新区分局刑警大队把这个案子查个水落石出。”

“石局，骆支刚才说得不是很清楚么，我们三家联合侦办，怎么成协助了？”

“协助配合又有什么区别？骆支，老滕，我还有点事，先走一步，你们也不用往燕东跑，我让人把死者尸体送过来，送到高新区殡仪馆检验。”

“也好，这边勘查完就去殡仪馆。”

石局说走就走，走之前不忘拍拍韩朝阳胳膊，就差在脸上写着：好好干，我相信你的能力。韩朝阳被搞得啼笑皆非，目送走把自己扔这儿的分局领导，回过头苦着脸问：“滕大，您下命令吧，您让我干什么我就干什么。”

怎么遇上那么个老狐狸！滕大正郁闷着呢，没好气地说：“继续保护现场。”

“是！”韩朝阳想了想，又忍不住说，“滕大，我留在这儿保护现场没问题，我们巡逻队的三个队员要回去，他们是义务的，有本职工作。”

这里现在最不缺的就是保护现场的治安民警和辅警，滕大连他这个“最帅警察”都不想要，只是考虑到如果让他从哪儿来回哪儿去，燕东分局可能真会撒手不管，一口同意道：“既然是义务的，就让他们回去吧。”

第四十七章　这就是现场

但凡砂石厂、煤场这样的场所，位置都很偏僻。附近没什么人家，门口连小商店都没有，只有顺着被大车压得坑坑洼洼的公路往西走一点五公里左右才有饭店、商店和宾馆，并且这些商家主要靠做那边的钢材市场生意，相比市里一样算不上热闹。砂石厂门口都没什么人看热闹，砂石厂里人更少。这个现场实在没什么好保护的，韩朝阳只能站在沙堆下傻看着市局刑警支队和高新区分局刑警大队的技术民警忙碌。

正走神，手机响了。一看来电显示，原来是吴伟。

“你在哪儿，是不是要过来，刚才石局点过你的名。”

“我在去你那儿的路上，上级让我把自卸车开过去。在高铁站项目工地他们没说清楚位置，给我发个定位。”

“马上。”

河面上传来一阵低沉的引擎声，只见两条装有警灯、刷有蓝白相间的公安标识和“公安”字样的快艇驶了过来，转眼间便停靠在一条拉砂石料的铁船边。七八个民警钻出船舱，爬上铁船，从大船上的跳板上岸，一路小跑，跑到正在平房门口研究案情的骆副支队长和滕大面前立正敬礼。他们应该是高新区分局水上派出所的民警。

韩朝阳意识到水上派出所的民警接下来要干什么，正琢磨自己又能干点什么，外面传来几声汽车鸣笛，只见吴伟开着大车到了，正趴在车窗上跟大门口执勤的民警和辅警交涉。一座像小山似的沙堆有什么好保护的，并且周围连人都没有！韩朝阳干脆小跑到门口，这时候吴伟已经把车开进来了，拿着一个档案袋跳下车，急切地问：“朝阳，这是高铁站项目工地的现场勘查报告，石局让带过来，我应该交给谁？”

“当然交给领导，”韩朝阳转身看看正在说话的几位领导，不动声色说，“穿便服的是市局刑警支队骆副支队长，大高个儿是高新区刑警大队滕大，过去吧，交给他们就行。”

“一起去呗。”

韩朝阳能明显感觉到在这儿不受待见，不想再去触霉头，急忙道：“我正在保护现场，这是偷跑过来接你的，我得回去了。”

“好吧，别耽误正事。”

吴伟不明所以，兴冲冲跑过去送材料。韩朝阳强忍着笑回到沙堆边，等了五六分钟，吴伟果然垂头丧气地跑了过来，一见着他便嘀咕道：“朝阳，高新区分局的滕大是不是吃火药了。送材料，而且是命案材料，肯定要签收。请他签个字，结果被劈头盖脸数落了一顿，我这是招谁惹谁了。”

“你没招惹他，我也没有，我们局领导得罪人家了。”

“局领导？”吴伟惊诧地问。

“就是因为案子应该由谁管辖，不管从哪个角度看这个案子都应该归他们管，但他们觉得尸体是在我们辖区发现的，认为应该由我们分局侦办，明白了吧？”

“我们侦办就我们侦办，不就是破案吗，分局又不是没侦办过命案。”

“说得倒轻巧！”这段时间经常跟领导打交道，韩朝阳多少能理解领导们的想法，凑到他耳边说，“破案是能立功，但立功受奖只能起到锦上添花的作用。万一破不了，那就不是锦上添花了，那会吃不了兜着走。命案必破不是开玩笑的，今年分局辖区发生的几起命案全破了，如果搞一起砸在手里，拉低全市的命案破获率，市局肯定会对我们分局有看法。”

在这方面吴伟有那么点像苗海珠，一边好奇地观察砂石厂地形，一边低声道：“不试试怎么知道破不了，这跟打仗一样，还没开打就认输。”

“打仗？”韩朝阳彻底服了，紧盯着他说，“用打仗来比喻也行，但有句俗话你应该听说过，兵马未动粮草先行。办案是要花钱的，尤其侦办命案，花钱如流水。我们分局跟高新区分局不一样，办案经费不全是市局出，有一大半要依赖区财政。如果我是领导，我一样不会接这个烫手山芋，不然明明是为了工作，结果还要去求区里批钱。”

吴伟整个儿一工作狂，整天忙着办案，不关心也不知道这些，对这些同样不是很感兴趣，想想又问道：“现在什么情况，死者身份明确，有没有联系上死者亲属？”

“你问我，我问谁去？”

“那我们在这儿干嘛？”

“保护现场。”

“保护现场，现场呢？”

“这就是。”韩朝阳指指面前堆得像座小山似的沙堆，忍俊不禁地确认道，“我们的任务就是保护好这堆黄沙，说真的，我从来没见过这么多沙子，这起码有几百吨吧。”

什么几百吨，这估计有上千吨！吴伟傻眼了，同样觉得这堆黄沙没什么好保护的，但想到上级让保护现场肯定有上级的道理，竟沉吟道：“我们从死者身上只找到一个钱包，钱包里有身份证、银行卡和一张超市的积分卡，还有一百多块钱，但没找到手机。现在人谁没有手机，连七老八十的老头老太太都有，说不定手机就在这堆沙子里，说不准还有凶器！”

“你们检查过高铁站项目工地的那堆黄沙？”

“检查过，确切地说是请几十个工人仔仔细细筛过，就筛出一些鹅卵石，没筛到别的。”

韩朝阳愣了一下，突然想到一种可能性，看着面前堆积如山的沙子惊诧地问：“吴哥，如果尸检结果出来，确认是他杀，那这一大堆沙子是不是也要筛一遍？”

“肯定要筛，不筛怎么知道沙子里有没有手机、凶器等物品。”

第四十八章　留守现场

命案！不是谁都有机会遇到的，许多民警干到退休都没有参与侦办过命案，苗海珠真的很郁闷，真的很羡慕。但郁闷归郁闷，羡慕归羡慕，工作依然要干。吃完理大保卫处提供的盒饭，先去女生宿舍巡查。提醒今天刚入住的新生和老生保管好个人物品，注意消防安全，走马灯似的转了两栋楼，又同闲着没事干的黄莹一起来到室内体育馆，检查外来人员留宿登记的情况，提醒在体育馆里打地铺的学生家长保管好贵重物品。

尽管她的心思全在小师弟正“参与侦办”的命案上，但走出体育馆依然煞有介事地说：“这不是啰嗦，这项工作真的非常有必要。一下子涌进来这么多人，谁跟谁都不认识，又没存放个人物品的地方，还有些家长头一次来燕阳，晚上想出去转转，人来人往，一不小心就丢东西。”

“苗警官，知道了，安全防范比什么都重要。”

黄莹能感受到她因为没机会上专案很失落，唉声叹气地劝慰道：“我觉得搞搞安全防范挺好，被抽调进专案组有什么好的，这一去不知道什么时候能回来，而且他是刚从大西北交流回来的，刚在大西北吃那么多苦、遭那么多罪，差点连命都丢在那儿。”

“这次跟去大西北不一样，这次没什么危险。莹莹，我不是妒忌，我是真羡慕，你老公运气太好了。说出来你千万别不信，我虽然一样是警察，但我很可能这辈子都没机会参与大案要案侦破。”

“坐办公室多好，你羡慕他，他还羡慕你呢。”

“他不求上进，你应该望夫成龙，不能也不求上进！”

“我不指望他能成什么龙，我就希望他能平平安安。”

苗海珠猛然意识到她是准警嫂，再聊这些不合适，立马换了个话题："莹莹，有没有打电话问问，要不要给他准备几件换洗衣服？"

"没敢打，不知道他正在忙什么。"

"打吧，没事。"

"真没事？"黄莹低声问。

"真没事，你不想拖他后腿，不方便打，我打。"苗海珠说打就打，跟黄莹做了个鬼脸，"朝阳，在忙什么呢？"

韩朝阳此刻依然在砂石厂，只是把 110 警车开到沙堆边，正躺在放下的副驾驶座椅上打瞌睡。"我……我们正在保护现场，"韩朝阳回头看看趴上方向盘上打盹的吴伟，呵欠连天地问，"苗姐，理大那边怎么样，学生家长都住下了吗，晚上有没有出什么事？"

"我们这边一切正常，你走之后没再发生警情。"

"没发生警情就好，朝阳村那边呢？"

"我师傅今晚休息，你师傅在村里巡逻，那么多村民搬家，那么多收废品的，不盯着不放心。"

"他一个人？"

"怎么可能，街道对村民搬家比你们所里重视，而且下午有人打过架，苏主任和金经理都在，村里现在有几十个队员。"

两百多户一起搬家的场面肯定壮观，从租住在村里的外来人员搬走之后村里已经够冷清了，能想象到村民们搬走们之后村里会更冷清。不过这个冷清只是暂时的，过不了几天会变成一个大工地，会有几千乃至上万工人进驻，会有一栋栋高楼大厦在两年内拔地而起。

韩朝阳对朝阳村真有感情，想到作为社区民警遇到搬迁这么大事居然不在现场，心里突然觉得空荡荡的。再想到接下来两年，能够亲眼见证一个城中村变成异常繁华的交通枢纽和商业区，又觉得有那么点小兴奋。

正胡思乱想，只听见"大姐大"在电话那头问："还在保护现场，不是抽调你们进专案组吗？"

"死者死因都没搞清楚，哪有什么专案组！"

“那让你们保护什么现场，再说高新区分局难道没民警，怎么可能让你俩保护现场。”

个中缘由不能细说，韩朝阳也懒得跟她解释，干脆敷衍道：“不管是不是命案，终究死了人。人是怎么死的，又怎么出现在砂石厂的，这些情况必须搞清楚，不然没法儿跟死者亲属交代。高新区分局刑警大队、北太派出所和水上派出所的民警全在走访询问，我和吴哥不熟悉这一片的情况，只能帮人家保护现场。”

“可是……可是顾警长说你们被抽调进了专案组。”

“我师傅可能听错了，我和吴哥不是被抽调进专案组，只是代表我们分局协助高新区分局工作，毕竟尸体最初是在我们辖区发现的。”

“那要保护到什么时候？”

“不知道，我们既然在人家这儿，就要听人家指挥。”

“有没有吃饭？”

“吃过了，北太派出所给我们送的盒饭，两荤两素，味道还行。”

苗海珠发现跟小师弟实在没什么共同语言，干脆把手机递给黄莹。

“朝阳，知不知道什么时候能回来？”

“应该用不了多久，快的话估计明天早上就能回去。”

“晚上你们住哪儿？”黄莹关切地问。

“睡车上，河边挺凉快，就是有蚊子。”

黄莹当着苗海珠面正不知道该说点什么，电话那头突然传来手机振铃声，只听见韩朝阳接通了另一部手机，正在跟领导通话。

“报告滕大，现场一切正常。”

简直是废话，现场只有一堆沙子，如果沙堆不正常那就真见鬼了！刚走出设在殡仪馆的法医解剖室的滕大腹诽一句，冷冷地说：“韩朝阳同志，通报一个情况，法医刚解剖完尸体，可以确认死者死于他杀！上级指示立即成立专案组，考虑到沙堆里可能有死者的手机等物品，甚至可能有凶手作案使用的凶器，你和吴伟同志不需要过来参加案情分析会，请继续留守现场。”

第四十九章　筛沙子

每天清晨是花园街派出所最“清闲”的时候。

刘建业昨夜在家过的，今天来得特别早，先去羁押室看了一眼夜里留置了几个嫌疑人，再去值班室看接处警记录，搞清楚羁押室里关的几个家伙到底犯的什么事，对怎么处理心里有了个数，才打开防盗门去楼上办公室换警服。

教导员许伟忠起得也很早，正同昨夜的带班副所长康海根站在楼道拐进处的窗边抽烟。

“刘所，来这么早！”

“不算早，正好送丫头上学。”刘建业一样是资深烟民，一样戒不掉，接过康海根递上的烟，掏出打火机点上问，“聊什么呢？”

“正说昨天下午高铁站项目工地的事，石局也真是的，从哪儿抽调人不好，偏偏从我们这儿抽调。中山路接警平台现在多忙，理大开学，朝阳村几百户村民搬家，小韩这么一走，老顾一个人哪忙得过来。”高铁站建设项目是大事，康海根不太放心，夜里去过一趟朝阳村，跟顾爷爷聊了一会儿，对那边的情况比较了解。

这是派出所，忙很正常，不忙才不正常呢！刘建业早习以为常，想到昨天下午的事，不禁笑道：“石局这么安排挺好，如果傻乎乎地把案子揽下来，别说韩朝阳和吴伟要被抽调走，连我们都别想站这儿抽烟。”

康海根当然清楚辖区发生命案意味着什么，苦笑道：“现在的问题是老顾一个人真忙不过来。”

新园街派出所已经抽调了两个民警常驻中山路接警平台，不能再拿谁出人多一点、谁出力多一点说事，许伟忠沉吟道：“给稀元打电话，让他回来加班。”

“只能这样了，现在就打。”

警力紧张，这是没办法的办法。许伟忠当着二人面联系管稀元，让他直接去朝阳社区警务报到，随即放下手机笑道：“也不知道小韩和吴伟现在怎么样，高新区分局领导肯定不高兴，估计不会给他们好脸色。”

“案件应该由谁管辖，这是很严肃的问题，他们除了给点脸色还能怎么样！”想到被抽调去的两个部下，刘建业笑道，“如果抽调的只是小吴，我可能不太放心，有韩朝阳在就没什么好担心的。他那性格，说好听点是跟谁都能处得来，说难听点是没性格。不中听的话，他干脆不听；给脸色他看，他看到也当没看见，转眼间就忘得一干二净。”

“刘所，小韩真不是你说的那样，如果真黏黏糊糊的，在大西北参与大搜捕时能冲上去制服持枪逃犯？他不是没性格，他是比较稳重，而且会来事。说起这些我突然发现石局有眼光，派一个会来事和一个敢打敢拼的过去，优势互补。”

韩朝阳不知道在所长心目中，他依然是一个“没性格”的民警，只知道不但今天回不去，可能接下来七八天都回不去，都要待在这个除了砂石其他什么都没有的砂石厂。

“小韩，介绍一下，这位是侯老板。”匆匆赶来的高新区分局刑警大队三中队副中队长看看砂石厂老板，又转身面对他和吴伟看守了一夜的沙堆，轻描淡写地说，“工人马上到，到了之后先组织工人把左边清理出来，先清理出一块场地，然后组织他们筛沙子，筛好的堆到左边去。开工时请他们把个人物品全放在塑料袋里存放好，我准备了几十个头套，到时候也请他们戴上。总之，不能把个人物品遗留在沙子，万一搞混就麻烦了。”

这一大堆黄沙，要筛到什么时候！韩朝阳懵了，傻傻地看着沙堆不知道该说什么好。吴伟早想到这堆沙子要过筛，但没想到上级会把这个任务交给他，只能答应道：“是！”

“放心，不要你们上去铲，也不用你们动手筛，只需要确保作业区不能有闲杂人员，只要看着筛出什么东西。我给你们准备了一包证物袋，不能放过任何蛛丝马迹，哪怕筛出一根头发也要装进证物袋，也要及时向指挥部汇报。”

“是。”

吴伟典型的盲从，一个劲儿说“是”。

韩朝阳不想唯命是从，回头看看微风习习的河面，小心翼翼说：“吉队，这儿太空旷，就算能筛出头发，风一次就被吹跑了。”

“我是打个比方，不过你说得也有道理。”吉队权衡了一番，回头道，“侯老板，能不能想想办法，像建筑工地防止扬尘一样搞点脚手架，把作业区用塑料布围起来。”

怎么会遇上这样的倒霉事！侯老板感觉真是“人在家中坐，祸从天上降”，好在被盘问了一下，问题应该搞清楚了，黄沙里出现的死人跟砂石厂无关。但不管怎么说，尸体是从眼前这堆沙子里被装出车，再被拉到高铁站项目工地的，公安局的那个副局长说得很清楚，人命关天，现在需要配合、需要协助。

侯老板暗叹口气，苦着脸说：“搞点脚手架围起来简单，前面路口就有专门租赁脚手架的，塑料布在附近也能买到。关键这个工程量不小，要围这么大一圈，要搭二十多米高，估计没三四万下不来。”

接下来要用人家的电，要借用人家的输送机，甚至会耽误人家做生意。吉副中队长不好意思让人家出这个钱，干脆走到一边打电话请示汇报。

韩朝阳只是被摊上这倒霉差事比较郁闷，刚才只是随口一说，没想到吉副中队长打完电话居然走过来道：“局领导同意了，先搭脚手架，先把现场围起来。侯老板，你对工程上的事比我们在行，施工队你找，脚手架你帮着租。”

“费用呢？”

“回头我们领导跟你谈，朝阳，吴伟，这边就交给你们了，我要去走访询问，先走一步。”

第五十章　魂不守舍

附近全是卖建材的，全是靠建筑吃饭的，侯老板一个电话，一个矮矮瘦瘦的包工头开着一辆脏兮兮的越野车赶到现场。当着韩朝阳和吴伟的面讨价还价，尽管包工头一个劲儿说这点钱干不了，谈到最后还是愿意干，也不知道他俩是不是在唱双簧。

花的是高新区分局的钱，又不是自己的钱，再说高新区分局的领导也不傻子，随便打听一下就知道这点活儿，租这点脚手架要花多少钱。韩朝阳不关心他们的生意，只是提醒他们搞快点。

包工头意识到公安很急，立马掏出手机打电话。等了半个多小时，一辆辆货车开进砂石厂，十几个工人跳下车开始卸钢管和扣件。

吴伟果然是“工作狂”，比想象中更敬业，生怕搭脚手架的工人在现场遗留什么东西，竟跑去找来一个大扫把，把沙堆周围打扫得干干净净。打算只要出现垃圾等异物，就在开始筛沙子前全清理掉。

“警察同志，你们这是干什么，这堆沙子要围起来干嘛？”

“师傅，不该打听的不要打听，你们是来赚钱的，不是来聊天的，搭结实点，千万倒了，万一倒下来砸着人，你们的麻烦就大了。”

“放心，我们就是干这个，倒了我们负责。”

“你们小心点，那么高，千万别摔下来。”

“这还算高，警察同志，不是跟你吹牛，我搭过的架子比这高多了，世茂广场你肯定知道，那个工程的脚手架就是我们搭的，56 层，我们一点一点搭上去的，楼建好之后也是我们一点一点拆的……”

围着沙堆转了一圈，跟忙得热火朝天的脚手工吹了一会儿牛皮，正暗想北大派出所等会儿会不会跟昨天一样送饭，女友突然打来电话。

“朝阳，说话方不方便？”

“方便。”韩朝阳走到警车前，拉开门坐进副驾驶。

“你不是说上午能回来的吗？”

“回不去了，高新区分局的领导让我和吴伟盯在这儿看工人筛沙子，好大的一堆，估计有上千吨，不知道什么时候能筛完。你下午有没有时间，如果有时间帮我收拾几件换洗衣服，顺便去一趟所里，让老管帮吴伟也收拾几件，收拾好一起送过来。”

“老管来了，正在警务室呢。”

“他今天不是应该休息吗？”

“你被抽调去筛沙子，你师傅一个人忙不过来，你们所领导就让他回来加班。”

“那就直接跟他说，你没时间送让他送也行。”

“你们全是大忙人，就我闲着，我有的是时间，我给你们送吧。”黄莹抬头看看挂在警务室墙上的电子钟，接着道，“其实我要说的是另一件事，你新号的那个手机不是没电关机了吗，你妈给你打电话没打通，刚才给我打，说你大舅生病了，挺严重，你们县人民医院的大夫建议转院，这会儿正在来省三院的路上。”

“什么病？”韩朝阳大吃一惊。

“癌症，胃癌。”黄莹深吸口气，凝重地说，“你大舅、舅妈和你表哥他们人生地不熟，而且他们在燕阳就你这么一个亲戚，你妈以为你这两天休息，想着让你去接一下，送他们去三院帮着办理一下住院手续，看样子你是抽不开身。”

“怎么会得癌症，我大舅身体挺好的！”

“但已经确诊了。”

“那怎么办，我舅最疼我了，可是……”

“不是有我么，他们下午到，我和苗姐帮你去接，把他们送到三院，帮他们安顿下来。晚上有我爸我妈，我跟他们打电话了，我爸和我妈说一下班就过去。”

之前一人吃饱全家不饿，直到此时此刻，韩朝阳才真正意识到当警察真顾不了家！

黄莹能理解他此时此刻的感受，劝慰道：“你妈在电话说你大舅好像是中晚期，胃癌不是其他癌症，只要癌细胞没扩散，大不了切掉癌变的部分。另外我爸正好有个战友在三院放射科，我爸已经给人家打电话了，他们战友关系好着呢，肯定请最好的专家帮着看。”

“谢谢，要不是你，我现在真不知道该怎么办。”

“谢什么谢，谁家没点事，好了，我先回宿舍帮你收拾衣服。”

女友和准岳父岳母做到这个份儿上，韩朝阳很感动。大舅患上癌症，韩朝阳又很担心很难受，想给表哥打个电话问问，拿起手机突然想起居然没存大舅和表哥的号码，急忙给老妈打电话，问清号码，再给大舅和表哥道歉。

吴伟不明所以，误以为他又在偷懒。两个人的活儿，吴伟一个人干。围着沙堆不断转圈，发现异物立马捡起来，不知不觉半天时间过去了。

北太派出所没再送盒饭，专案组领导似乎也忘了他俩的存在。包工头一样不管饭，工人们三三两两地出去吃。吴伟饿得前胸贴后背，跑到车边敲敲窗户玻璃：“朝阳，饿不饿？”

“还好，你饿了？”

“快一点了，你不吃午饭？”

韩朝阳猛然意识到早过了饭点，急忙推门下车：“你在这儿盯着，我去买饭。”

“开车去，走过去多远！”

“哦，我忘了。”韩朝阳正担心大舅的病情，真糊涂了，尴尬地挠挠脖子，绕过车头钻进驾驶室，点着引擎直奔大门方向而去。

吴伟不禁摇摇头，不禁暗想他脑子里整天在想什么，甚至有些想不通他这样的民警怎么就接二连三立功，怎么就成了领导让学习的对象。

第五十一章　“愚公移山”

下午两点，滕大亲自打来电话问进展。脚手架都没搭好，能有什么进展？韩朝阳只能实话实说，滕大果然很不高兴，让砂石厂侯老板接电话，不知道跟侯老板说了些什么，但能看得出来侯老板很紧张，把手机还给韩朝阳就去找包工头。

下午的效率高多了，包工头亲自监工，并从其他工地又调来二十几个人。不好好干就拿不到工钱，谁也不敢当着包工头的面磨洋工。

砂石厂侯老板也在现场待了一下午，甚至找来一个电工，爬到脚手架顶上安装了四盏塔吊上用的那种大灯。

天一黑，合闸送电，被脚手架和塑料布围得严严实实的作业区宛如白昼。四个民工爬上沙堆顶部，用铁锨把沙子铲到输送机的传送带上，下面支了四个架子，四个大铁筛挂在架子上，沙子一直输送到铁筛里，筛沙子的民工只需要不断推晃筛子。最辛苦的工序莫过于把筛好的沙子运走，民工们要把筛好的沙子再铲到输送带上，一点一点转运到上午清理出来的空场地。

工人们从现在开始两班倒，韩朝阳和吴伟同样如此。唯一不同的是工人们 12 个小时换一次班，韩朝阳和吴伟是 4 个小时换一次班。

黄莹有先见之明，知道筛沙子扬尘大，专门去市六院找了几副口罩，同换洗衣服一起送过来的。韩朝阳值第一个班，戴着口罩站在几部输送机中间，看着民工们流水作业。

“韩警官，这个要不要？”

“要！”上级交代得很清楚，不能放过任何蛛丝马迹，尽管韩朝阳不认为刚筛出的一小段烂树枝有价值，但依然掏出手套戴上，把树枝从筛子里拿出来塞进证物袋。

看着他煞有介事的样子，上了年纪的民工觉得有些好笑，正准备调侃这个小民警几句，在左边干的民工又有发现：“韩警官，这上面带血，虽然看不清但肯定沾了血，这个也要吧？”

矮个子民工话音刚落，同他一起干活的三个民工顿时哄笑起来。韩朝阳被他们笑糊涂了，跑过去一看，原来是一个卫生巾，看样子还是防侧漏的夜用型！

“要。”韩朝阳禁不住笑了，从筛子里捡起卫生巾塞进证物袋，走到警车边取出标签写上筛出来的时间，给刚发现的两个“证物”编上号，再扔进吉队上午带来的塑料整理箱。

砂石厂老板把办公室收拾出来让他们俩轮流休息，吴伟哪睡得着觉，掀开塑料布走进作业区，拉开警车后备箱看看刚筛出的“证物”，又走到韩朝阳身边分析道：“位置不对，刚才这两袋东西应该没什么价值。”

“什么位置不对？”韩朝阳下意识问。

“我打听过，尸体是从那儿被装载机司机铲上自卸车的，就算有什么东西也应该在底下，不可能在上面。”

领导让干什么就干什么，韩朝阳从未想过这些。走到他手指的方向，看着与其他地方没任何区别的沙子，回头问：“吴哥，你跟谁打听的？”

“侯老板，除了问他，我还能问谁！”

“这么说我们应该从这儿筛，从顶上开始筛到这儿要筛到什么时候，搞得像愚公移山似的，这不是做无用功么。”

吴伟突然俯身捧来几把沙子，又跑去找了几块刚筛出来的鹅卵石，像小孩儿一般蹲在地上玩起沙子。

韩朝阳愣了一下，旋即反应过来，抱着双臂笑道：“做实验？重建现场？”

“如果是抛尸，凶手不太可能把一百多斤的尸体背到沙堆顶上，背着个死人既不太好爬，也不利用隐蔽；如果这就是第一现场，凶手一样不可能爬到沙堆顶上杀人，死者更不可能爬到上面去等人杀。我要是凶手，我要是想用这种方式隐藏尸体，我会在这儿挖个沙洞把尸体塞进去，再弄点沙子掩埋。”

“所以说我们应该从这儿筛。”

“但不能排除尸体是从上面滑下来的可能性。”吴伟拍拍手，撣掉粘在手上的沙子，仰望着沙堆沉吟道，“侯老板说这堆沙子从来没铲干净过，他每天都能卖出几十乃至上百车，为了保证常年有沙子销售，他平均两天进一船，从船上运来的沙子都是直接卸到上面的。”

“问题出在船主身上，或者在船上干活的人？”

“这种可能性很大，”吴伟回头看看正忙得不亦乐乎的民工们，低声道，“据侯老板说他只有三个相对稳定的供应商，他平时销售的砂石料只有四分之一来自这三个供应商，其他砂石料全是做砂石料生意的船主送到码头的，上岸谈价格，问他要不要，如果他不要就卖给别人。”

“跟对方不熟悉？”

“不熟悉，他倒是有一抽屉名片，就是因为太多了，搞不清楚谁是谁。”

“进货没发票？”

“你以为是卖钢材，卖钢材的也不一定全有发票。”

“货船没货车多，车有交警管，船一样有专门的部门管。而且我看过电子地图，北太河上有好几个船闸，这段时间有哪些船航行到这一带应该不难查。”

“岸上有多少交警，有多少摄像头？河上能有几个民警执法，又能安装几个摄像头？”

想想也是，河面上的事真没岸上的事好查。想到接下来要执行的任务，韩朝阳不禁笑道：“别琢磨了，琢磨了也没用。人家压根儿没把我们当专案组的一员，除了这是一起命案之外我们什么都不知道，再瞎琢磨就是咸吃萝卜淡操心。”

难得有机会参与命案侦破，吴伟真不想就待在这儿看民工筛沙子，紧盯着他双眼说：“朝阳，你可以打电话问问。上级说得很清楚，市局刑警支队、高新区分局和我们燕东分局联合侦办，你现在就代表我们分局，你有知情权！”

“我能代表分局，别逗了，这个电话要打你打。”

“我倒是想打，关键人家只认你韩朝阳，不认我吴伟。”

一起“代表”分局的，结果成了小透明。韩朝阳能理解他的感受，正不知道该怎么劝慰，警务通又响了，专案指挥部又打来电话。

“韩朝阳同志，我是高新区分局滕吉明，筛了多少，有没有筛出什么线索？”

这才刚刚开始，就又打电话问进展！韩朝阳腹诽了一句，回头看看筛好的沙子：“报告滕大，大概筛了一车左右，筛出一小堆鹅卵石，一小段腐朽的树枝和一块卫生巾。鹅卵石堆在边上，树枝和卫生巾我装进了证物袋，您什么时候安排人来拿，还是我们给您送过去。”

“你们看着工人继续筛，我明天安排专人去拿。”

“是！”

“跟工人师傅好好说说，请他们辛苦辛苦，尽可能加快进度。”

“是！”韩朝阳嘴上说是，心里暗想空口说白话谁不会，关键空口说白话不管用，活儿这么辛苦，一个班 12 个小时就给人家 120 块钱，不拿出点真金白银，光凭几句好话人家能给你拼命干。吴伟却觉得这是一个打听案情的机会，站在边上一个劲使眼色。结果韩朝阳又一次让他失望，一连应了几个“是”便挂断电话。

“你怎么不问？”

“吴哥，你让我怎么问，而且领导们好像在开会。”

“肯定是案情分析会。”

第五十二章　蹊跷的案子

吴伟猜对了，市局刑警支队骆副支队长、高新区分局阎局长、高新区分局向副局长以及刚给韩朝阳打电话问进展的滕大，正在距砂石厂不远的钢材市场元丰宾馆三楼小会议室，召开“9 · 18”专案组成立后的第二次案情分析会。

“尸体衣着完整，裤兜有钱包，钱包中有一百六十多元现金、两张银行卡、一张超市积分卡及死者的身份证。尸长 167 厘米，身材偏胖，不存在营养不良。尸体高度腐败，尸表无特殊特征。头发已全部脱落，头部无损伤。两侧眼球已变形皱缩，球结膜红染，因腐败分辨不出出血点。口腔内无淤泥，有少量黄沙，颈表皮肤因腐败而红染，舌骨、甲状软骨、环状软骨无骨折，颈前肌有片状出血，气管内无淤泥及其他异物，气管黏膜下有纵行条状出血，食道内无淤泥、无异物。胸表面因腐败部分红染，胸壁包括背部无软组织损伤痕，肋骨无骨折。心脏因腐败而变软，心外膜下有点状出血，心腔空虚。肺因腐败而萎缩，肺叶间有针尖状出血点。腹壁软组织无损伤，腹内脏器无破裂，胃内无溺液。胃内容约 20 克，性质已难以分辨，膀胱空虚……”

阎局又不是法医，哪里懂这些，抬头问：“说死因吧。”

“从尸检结果上，被害人曹胜凯符合颈部遭受外力作用后窒息而死的特征。”

“被勒死的？”

“也可能是掐死的。”

阎局微皱起眉头，示意滕大继续说。

“我们基本搞清了死者的家庭情况，死者父母于去年前离异，父亲曹永福在开径县的一家机械厂担任业务经理，说是业务经理，其实是跑业务的。为人精明，跑得不错，收入不菲。正因为有点钱，跟一个比他儿子——也就是被害人曹胜凯仅大两岁的女子好上了，与死者母亲离婚，重新组建家庭。”

没有幻灯机，也没时间制作 PPT，滕大陆续举起一张张照片。

“虽然曹永福去年才跟糟糠之妻离婚，但过去十来年因为作风问题三天两头跟老婆吵架，被害人在这种环境里长大，学习成绩可想而知。没考上高中，花钱上了一所职业中学，会计专业。据开径县公安局同行反馈，被害人在学校期间的表现并不好。三天两头跟同学乃至社会上的人打架，隔三岔五旷课，文化课、专业课几乎全不及格，并在校内早恋。学校几次要开除他，曹永福找关系，托人求情，总算让曹胜凯混了一张毕业证，尽管这个毕业证也没什么用。”滕大翻看了一下笔记本，接着道，“曹永福与前妻离婚之后，曹胜凯因为已成年，既没被法院判给母亲，也没判给父亲，平时同爷爷奶奶一起生活。可能心存内疚，也可能想早点让曹胜凯成家立业，曹永福于去年 6 月份在县城帮曹胜凯买了一套 146 平米的商品房，在当地可以算是最好的小区。同时觉得儿子就这么混下去不是事，曹永福只是交了首付，并出钱帮着装修，打算给儿子点压力，让他找个工作好好上班，自己赚钱还房贷。结果事与愿违，曹胜凯游手好闲惯了，给他找了一份不错的工作，结果干了几天就跑了。曹永福没办法，一气之下给了他十万，说以后就不管了。”

“他一直在老家待着，怎么会来燕阳的？”

“他父亲不知道，他母亲也改嫁了，对他更是不闻不问，同样不清楚。他爷爷奶奶年龄大了，想管也管不了。并且有了新房子之后，他极少跟以前一样去爷爷奶奶家。到底为什么来燕阳暂时不清楚，唯一可确认的是，他是今年 5 月份来燕阳的。”

“有没有安排人去开径县调查被害人的社会关系？”

“安排了，方子坤同志带队去的。”滕大低头看了看笔记本，继续汇报道，“考虑到异地排查比较困难，骆支帮我们与开径县局进行协调，开径县公安局领导非常重视，下午刚通过电话，他们已经安排专人协助老方排查。”

“回头我再给郑局打个电话，请郑局帮帮忙。”

滕大并没有因为顶头上司认识兄弟公安局领导而奇怪，接着道：“我们已调出被害人用过的三个手机号的通话记录，老鲁负责查这条线；今天上午，安排专人去银行查询，结果比较意外，建行的卡中存有十七万八千多元人民币，工行的借记卡主要用于还房贷，卡内存有五千一百多元人民币，正好够银行下个月 5 号扣除死者在其老家县城购买的商品房房贷。”

“十七万八千！”阎局大吃一惊。

“我们是今天上午 9 点多联系上被害人父母的，他们一听到噩耗就火急火燎赶到了市里，我亲自询问过，曹永福确认他今年只给过曹胜凯十万元现金。以前陆陆续续给过不少，但那些钱都被曹胜凯挥霍一空。老方在开径县公安局同行协助下找到了几个曾与被害人一起鬼混的家伙，他们都证实被害人家里有钱，被害人也能管家里要到钱，但钱到手之后就吃喝玩乐大肆挥霍，甚至经常管别人借钱，不相信他会有这么多存款。”

“他母亲有没有来，有没有给他钱？”

“来了，住在永盛宾馆，她说从去年底就没再给过被害人钱。”

“钱是什么时候存入账户的，银行应该有记录。”

“这是流水单，”腾大递上银行账单，走到阎局身边指指用笔标注过的几个交易记录，“5 月 12 号之前，账户里只有三万多元。 5 月 12 号下午 3 点 26 分，存入两万五千元； 5 月 28 号上午 10 点，存入四万元整……花的全小钱，存入的全是大钱，并且全是来燕阳之后存入的，燕阳的钱有这么好赚吗，所以我们认为这是一个重大疑点。”

一直沉默不语的骆副支队长冷不丁说道：“十七万八千，这不是一个小数字。如果是财杀，凶手为什么不逼问银行卡密码，为什么不取走卡里的钱？”

第五十三章　恶作剧?

一觉醒来，洗完脸去作业区换班，目送走“工作狂”吴伟，韩朝阳回到作业区找了副手套戴上，旋即顺手拿起铁锨，只能跟“工作狂”一样帮着往输送带上铲筛好的沙子。

“韩警官，一看见就知道你没干过这活儿。”

“什么叫一看就知道，刘师傅，别看我现在当警察，其实我是在农村出生长大的，以前在家干过活。”

刘师傅忍不住笑道：“你这架势不对，就算在农村长大的估计也没干过重活儿，吴警官干活是一把好手，像你这样干一会儿手上就要起泡。”

“他是城里人。”

“怎么可能！”

“怎么就不可能，”韩朝阳看着他们的样子，换了一个握铁锨的姿势，学着他们的节奏一边铲沙子一边笑道，“不过他当过兵，在部队可能没少干活儿。”

“这就难怪了，抗洪救灾，不就是他们上嘛。”

铲沙子算不上重活儿，一铁锨铲不了多少，但时间一长双臂却受不了。韩朝阳干着聊着，不一会儿双臂就开始酸痛，急忙换“工种”，去对面帮着推晃铁筛。一连筛了两个多小时，就筛出一堆形状各异的鹅卵石，没筛到其他异物。韩朝阳越筛越郁闷，干脆跑到一边拨通吉队的手机。

“朝阳，什么情况，是不是筛出什么了？”

“报告吉队，暂时没筛出有价值的物证。我是想问问被害人到底是怎么死的，身上有没有钝器伤，这边筛出一大堆石头，有小的鹅卵石，也有大块的。如果被害人颅骨有损伤，那些大块石头完全可能是凶器。”

正忙着走访询问的吉副中队长，一想到风头正劲的“最帅警察”这会儿肯定是灰头土脸，不禁笑道：“被害人颅骨无损伤，从头到脚都没有钝器伤，他是被勒死或掐死的，所以那些石头你就不用管了。”

“行，您说没价值那就是没价值，我这就让工人清理掉，省得堆这儿碍事。”

“你看着办，慢慢筛，等你们的消息。”

韩朝阳正准备回去继续筛沙子，分局最厉害的经侦民警、最年轻的中队长何义昌突然打来电话。

“朝阳，听说你又上专案了，又要立功了！”

同样是调侃，不过听着顺耳朵了，韩朝阳忍不住笑道：“何队，您既然知道我又上了专案，那肯定知道我正在干什么。筛沙子，筛一大堆像金字塔似的沙子，不知道筛完要到猴年马月，您认为干这个能立功？”

“如果筛出凶器，凶器上正好有凶手的指纹，你小子想不立功都不行。”

“关键被害人是被勒死或被掐死的，如果是被用绳子勒死的，绳子上能有凶手的指纹？要是被凶手用双手掐死的，那指纹的事想都不用想。”

何义昌消息灵通，岂能不知道他和吴伟被高新区分局当成了“出气筒”，强忍着笑问：“专案组领导对你们怎么样？”

“挺好，一天打十几个电话问进展。前天还管饭，昨天和今天好像搞忘了，我们现在是自己管自己。”

“高新区分局也太不地道了，居然连饭都不管。”

“命案必破，领导的精力全放在破案上，哪会想现在小事。”

心态挺好，居然有心情开玩笑。何义昌又笑问道：“连饭都不管，这么说加班费也不用提了。”

“他们不管，所里管；他们不给加班费，所里给。”韩朝阳一屁股坐到身后的脚手架钢管上，晃着腿优哉游哉地说，“刘所给我们打过电话，说我们算出差，不管筛多少天，全按出差标准给补助。”

“这还差不多，给你打电话没别的事，就是想跟你说一声，理大女大学生深陷网贷的情况基本搞清楚了，市局经侦支队受理，已立案侦查。从今天开始没你什么事，也没我什么事。”

“朱曼呢？”

“继续上学，她父母过来了，学校领导做她父母工作。血浓于水，她父母也不是真不管，只是因为网贷的事被她伤透了心，刚跟亲朋好友借了点钱，帮她把学费交上了。她自己也知道错了，梨花带雨地说要痛改前非，好好上学，将来找一份好工作好好孝敬父母。”

市局经侦支队立案侦查，这意味着她……确切地说她父母不需要再帮她还那么多钱。这是两天接到的第一个好消息，韩朝阳很高兴，想想又问道：“何队，她失踪失联的这些天到底在哪儿的，如果没及时联系上她，她会不会想不开？”

“她比你想象中‘坚强’。”提起这个何义昌就觉得好笑，解释道，“她发现债务像滚雪球一般越滚越多时，就开始想方设法自救。一边继续在各平台频频借钱，以贷养贷；一边在网上寻求解决办法。最终加入了一个‘志同道合’的QQ群，说出来你可能不敢相信，群里有七百多个跟她情况差不多的借贷人。这些人认为他们是‘弱势群体’，靠着现金贷生活，几乎全辗转于几十个平台，少的欠债二三十万，多的欠近百万元。他们赌现金贷平台扛不住，指着现金贷平台倒闭，不必还钱，集思广益，想各种办法赖账。我看过群聊天记录，居然有人说想不还钱，可以诈死。比如写一份遗书，说自己不活了，来生再还他们的钱；还有人打算用红水笔在手腕上划几下，说要割腕自杀……”

“居然有这样的事！”

“天下之大，无奇不有。”何义昌轻叹口气，接着道，“每天上午九点、下午三点和晚上七点，这个几百人的大群都会被准时激活。群主的网名叫三哥，一出场就带节奏，往群里丢几个口令红包，号召群友‘坚决不还钱’，‘就是不还钱’！群成员就这么被动员起来，一个个情绪高涨，有的说‘我就是不还钱’。有人一遍遍刷‘死扛到底，网贷都要喊我声爹’。

纷纷表态，打鸡血，喊口号，组织抵抗。总之，他们的逻辑就是： 一哭二闹三上吊，就会有人同情他们。”

韩朝阳反应过来，一脸不可思议地问：“这么说这个赖账群是她坚持下来的精神支柱？”

“可以这么认为，暑假这两个月她一直在市里的一家小饭店打工，一有时间就登录 QQ 潜水这个群。”

“这太夸张了，竟然有这么多人从网上借钱。”

“也不算夸张，更夸张的你见过，我们上次一起抓的那个比他们夸张多了，专门坑网贷平台，而且坑了很多，检察院已经批捕了，估计没七八年出不来。”

韩朝阳没之前那么同情深陷网贷的理大女生朱曼了，挂断手机正准备去继续筛沙子，本应该休息的吴伟又跑了过来。

“朝阳，如果你是凶手，你会在什么情况下把被害人的尸体扔这儿？”

“什么意思？”

“换位思考，一起想想呗。”

他这两天两夜快魔怔了，脑子里全是案子。韩朝阳已见怪不怪，看着沙丘沉吟道：“如果想毁尸灭迹，把尸体直接扔河里也比埋在沙堆里强，毕竟埋沙子里迟早会被发现，起不到毁尸灭迹的作用。”

“可以扔河里，不知道会漂到什么地方，就算尸体被发现公安机关也很难确认第一现场位置。可以挖个坑埋掉，甚至可以找点汽油焚烧。可凶手偏偏把尸体埋在沙堆里，这说明什么问题，他到底是怎么想的？”

“凶手可能根本没想到毁尸灭迹，可能这里就是第一现场，作完案之后把尸体往沙堆上一扔就走了，装载机司机可能没看见尸体，往大车上装沙子的时候从另一个角度铲，上面的沙子正好流下来把尸体盖上。也可能吊车司机和船上的人没看见，直接把沙子往岸上卸，几斗子沙子往上面一倒，一样会流下来把尸体盖上。”

“我也是这么想的，这里很可能就是第一现场，走访询问的重点应该放在这一片。”

吴伟拍拍钢管，眼神意味深长。韩朝阳意识到他想让自己提醒专案组领导，可是他能想到专案组领导会想不到吗？韩朝阳不想打这个电话，又不想打击他的积极性，故作苦思冥想了片刻，突然道：“吴哥，其实还有一种可能。不知道你小时候有没有闹过恶作剧，反正我小时候没少闹。”

“什么意思？”

“尸体可能最初出现在其他地方，被凶手或其他什么人故意运到这里，故意埋进沙堆。可能是为了恶心甚至报复侯老板，也可能什么都不为，就为好玩。”

“这一带平时只有拉砂石的大车，就算周围的村民闲逛也逛不到这儿，换句话说，凶手不太可能把被害人骗到这砂石厂里下手。不过这一带倒是个抛尸的好地方，人少，短时内不容易被发现。”

“你觉得我的分析有道理？”韩朝阳忍不住笑问道。

“有恶作剧的可能，”吴伟眼前一亮，紧抓着他胳膊说，“如果不是恶作剧，那就很难解释尸体怎么会出现在这里。旁观者清，当局者迷，专案组不一定能想到这种可能性，我觉得你应该给滕大打电话汇报，给滕大提个醒。”

第五十四章　没凭没据

给滕大打电话，开什么玩笑！吃一堑长一智，韩朝阳不想触霉头。吴伟一门心思在案子上，在这个问题上竟不依不饶。韩朝阳没办法，只能退而求其次，当着他的面拨通刘所的电话，打算让领导们去操这个心。

接到他的电话，刘建业倍感意外。听完他的汇报，刘建业觉得有那么点道理，觉得不能完全排除“恶作剧”的可能性，但分局领导好不容易把麻烦送走了，岂能就这么再接回来，干脆来了句：“小韩，既然你担心专案组领导不一定会重视，那就直接向石局汇报，石局怎么说，你们就怎么办。”

“是……可是我没石局的电话。”

“我给你发过去。”

“谢谢刘所。”

“别谢了，赶紧汇报吧。”

“是！”

吴伟看得目瞪口呆，暗想给专案组提醒而已，打个电话，多简单的一件事，居然要绕这么大一圈子，有必要搞这么麻烦吗？韩朝阳不知道他在想什么，看看刘所刚发来的电话号码，当着他的面拨打石局手机。

“小韩，你们了解案情？”接到他的电话，非常清楚他们处境的石局比刘建业更意外。

“报告石局，专案组没向我们通报案情，我们只知道曹胜凯是被勒死或被掐死的，只知道死亡时间应该在 15 号零点至 15 号六点左右。”

“专案组没通报，你们是怎么知道这些的？”

“吴伟问过砂石厂侯老板，侯老板在接受询问时，办案民警问得最多的就是那个时间段他在哪儿，砂石厂有没有人值班之类的。至于被害人的死因，是我跟专案组的一个副中队长打听到的。”

把麻烦送出去归送出去，但作为一个刑警谁不想破案？正准备下楼的石局停住脚步，站在楼梯边下意识问：“你们觉得砂石厂不是第一现场？”

吴伟一个劲儿点头，不汇报个清楚今天别想安生。况且既然打了这个电话，既然开了这个口，也必须把事情说清楚。韩朝阳深吸了一口气，用几乎肯定的语气说：“石局，我们虽然不了解案情，但我俩比专案组的任何一个人都熟悉现场。这里不仅夜里没什么人来，白天一样没什么人。周围什么都没有，路又那么难走，谁会大半夜跑这儿来杀人。就算凶手花言巧语把曹胜凯骗到这儿将其杀害，也不太可能选择这种事方式藏匿尸体。”

不管毁尸还是藏尸，目的只有一个，就是担心尸体被发现、被公安机关查到。把尸体埋在随时可能被运走的黄沙里，显然是一个愚蠢至极的藏尸方式。从这个角度上分析，真存在砂石厂不是第一现场，尸体之所以被埋在沙子里再被拉到高铁站项目工地是纯属巧合、纯属一起“恶作剧”的可能性。关键那是一具人的尸体，不是一只死猫或一条死狗，搞这样的恶作剧是要负法律责任的，并且这一推测是建立在一系列巧合基础之上的。

发现尸体的当日下午，跟高新区分局的滕吉明信誓旦旦地说把最能干的民警派过去了，如果让他们就这么汇报，或就这么帮他们给滕吉明提醒，十有八九会闹出大笑话。石局不想被高新区分局笑话，又不想打击不仅不觉得委屈反而把心思放在案子上的两个小伙子，略作权衡了一番，微笑着说：“小韩，你这个推测有点意思，但终究是个推测，一点根据都没有，贸然给专案组汇报不太合适。你们不是两个人吗，而且就在现场，可以先试着查查。”

“我们查？”

“筛沙子只要一个人盯着就行了，另一个人完全可以去走访询问。你们又不是没警务通，又不是没登录内网的权限，很简单的事，查到线索及时汇报。我手机 24 小时开着，你随时可以给我打电话。”

就知道不能多事！昨天多了一嘴，结果浪费了一天时间。今天被吴伟缠得不厌其烦，打电话汇报这个随口说说的所谓推测，结果又招来一堆麻烦事。人在砂石厂心思却在省三院的韩朝阳郁闷到极点，放下手机苦笑道："吴哥，石局话你也听到了，没凭没据的事不能随便汇报。"

有机会查案，吴伟欣喜若狂，嘿嘿笑道："这不是挺好么，我们现在是归腾大领导，但石局才是我们真正的领导。分一下工吧，是你在这儿盯着还是我在这儿盯着，是你去走访询问还是我去走访询问。"

"分什么工，还按原来排的班来，你去查案吧，我继续帮着筛沙子。"

"行，我先去问问侯老板。"

韩朝阳又好气又好笑，但想到这个推测是自己说出来的，回到作业区便心不在焉地打听起来。

"王师傅，钱师傅，你们平时都在哪儿干活？"

"就在这一片儿。"

"这一片儿能有什么活儿？"周围什么都没有，韩朝阳觉得很奇怪。

"这一片儿的活多了，但不是天天有得干，"钱师傅放下铁锨，俯身拿起茶杯喝了一大口水，再次抄起铁锨一边接着干，一边扯着大嗓门笑道，"河边上全是码头，只要是码头就不可能不需要装卸工，西边有个批发饲料的，虽然有吊车，但总得有人把一袋袋饲料从船上往吊篮里装，吊上来总得有人卸。"

"有时候不是用船送货，是大车拉过来的，铲车不好铲，顾老板经常喊我们去帮着卸车。"一个老师傅回头补充道。

"前面还有煤场，煤炭全是用船运过来的，煤老板不要我们装卸，但船老板要人帮他清理船舱，不清理干净他不好拉其他货。他们那些跑船的跟跑车的一样，来有来的货，回去装回去的货，不会放空的，空船开回去要赔钱。"

正如他们所说，北太河边全是码头，饲料、砂石料、钢材……只要往这儿运或从这儿往其他地方运的货物，几乎全需要工人装卸，而他们这些正在筛沙子、铲沙子的民工也全是靠北太河水运吃饭的。他们天天在附近等活儿，对这一带的情况应该很熟悉。

韩朝阳追问道：“钱师傅，侯老板有没有得罪过什么人？”

“你是说砂石厂的侯老板？”

“嗯。”

“同行是冤家，做生意哪有不得罪人的，”钱师傅直起身擦了一把汗，眉飞色舞地说，“附近卖砂石的不光他一个，河这边有三家，对面有四家，不过砂石生意做得最大的就他和对面的常麻子。以前因为抢生意还打过架，常麻子被抓进去关了好像有半年！”

这是一个新情况，回头让吴伟好好问问。

韩朝阳想了想正准备再问问，一个民工突然回头道：“现在市里的工地不让现场搅拌混凝土，砂石料生意越来越难做，侯老板比常麻子有眼光，几年前就跟几个老板合伙在东边大桥下面投资建了一个搅拌站。生意挺好，反正拉商品混凝土的大车整天进进出出，但合伙的生意不好做，几个老板闹翻了，有个老板又在对面跟常麻子合作，又搞了一个搅拌站。”

“侯老板跟常麻子竞争很激烈？”

“不是激烈，是跟仇人差不多。你举报我，我举报你，说对方的混凝土不过关，说对方给哪个工地的材料员回扣，甚至找辆车坏在对方搅拌站前面的路口，反正他们什么招儿都使过。和气生财多好，非要搞成这样。”

第五十五章　谁会搞恶作剧

常麻子有栽赃陷害甚至只是想恶心恶心侯老板的动机，但常麻子今非昔比，现在是身家百万乃至上千万的大老板，并且曾被公安机关处理过，不管有多痛恨侯老板也不太可能干这样的蠢事。不过他手下的人就难说了，有许多打工的为讨好老板什么事都干得出来。

想到吴伟这会儿应该在搅拌站询问侯老板，韩朝阳决定等会儿再给他打电话，想想又问道："钱师傅，这一带有没有那种总是无事生非，总是干一些损人不利己的事的人？"

"这你得问老杜，他是本地人。"

"老杜，韩警官找你了解情况。"不等韩朝阳开口，王师傅便放下铁锨抬头喊道。

一个矮矮瘦瘦的民工从第一个铁筛边跑了过来，笑道："韩警官，找我了解什么情况，要不出去说吧，正好想抽烟。"

"想了解什么情况，你问吧。"老杜跑到电动车边从车座下翻出香烟，取出一根点上美美地连吸了几口，又跟韩朝阳一起走到阴凉处。

"杜师傅，你家住在附近？"

"钢材市场后面第二排，"老杜抬起胳膊往东边指了指，唉声叹气地说，"我家是三队，一队、二队和四队的地全征用了，就我们三队没动静。十年前就说要征用，就说要拆迁，街道干部三天两头来测量，去年还有人来评估，结果又没下文了。"

老杜很羡慕那些土地能被征用、房子能被拆迁的村民，弹弹烟灰，接着道："不怕你笑话，我现在就指着征地拆迁，就希望他们搞快点。如果能征到我们三队，拆到我家房子，我杜益川还用干这个活儿，吃这个苦？”

韩朝阳觉得有些好笑，不过现在不是聊这些的时候，趁热打铁地问：“杜师傅，你家就住在附近，你又天天在附近干活，对这一片应该很熟悉。”

“那是，在河边做生意的这些老板我个个认识，市场里的钢材老板我也认识好几个。”

“这一片有没有总是无事生非，喜欢干一些损人不利己的事的人？”

“游手好闲，不务正业，整天惹事的？”

“嗯。”

“以前真有，”老杜猛吸了一口烟，沉吟道，“二队的陆宏，不是个好东西。走在路上看见自行车，都会走过去把人家车胎的气门芯拔了。人家又没招惹他，他甚至不知道车是谁的，你说这算不算损人不利己？”

“算。”韩朝阳掏出笔记本，记下陆宏这个名字。

“不过那小子这几年好像改邪归正了，毕竟年龄大了，孩子也大了，不好好干不行。现在弄了个摩托车，专门在附近收羊，顺便卖卖养饲料。”老杜突然想起一件事，补充道，“他也不算改邪归正，平时没少干缺德事。收羊就收羊吧，看见狗啊猫的，见一只逮一只，好像还用药毒狗，有人专门收死羊死猫死狗这些。收这些干什么，还不是给人吃，所以市里那些饭店我都不敢去，谁知道给你吃的是什么肉！”

居然有这样的混蛋，想想是挺恶心的。韩朝阳正准备开口，老杜又说道：“常在河边走哪有不湿鞋，去年被你们公安找上门，就是因为贩卖死羊死狗死猫的事，被关了十几天，被罚过款。”

食品安全无小事，拘留十几天，罚点款，处罚得太轻，犯罪成本太低了。韩朝阳暗叹口气，追问道：“附近还有没有像陆宏这样的人？”

“四队有几个臭小子，十七八岁，也整天不干好事。我见过他们晚上出来用弹弓打路灯，用砖头砸小店的窗户玻璃，还去钢材市场偷割剩下来的废钢板出去卖钱。大块的和整卷的他们想偷也偷不走，太重。”

“叫什么名字知道吗？”

"小屁孩，名字真不知道，不过我认识他们老子。一个是四队李维康家的，一个是四队夏二家的，还有几个不认识。可能是他们的同学，跟我们不一个村。"

相比常麻子和那个陆宏，韩朝阳觉得这帮臭小子搞恶作剧的可能性更大。记录下他们家长的名字，追问道："杜师傅，附近有没有精神病患者？"

"疯子没有，傻子倒是有两个，一队的小军，其实也不小了，今年应该有二十三四岁。整天在外面瞎逛，管认识的人要香烟抽，要东西吃，不给就骂，还跟人打过架。不过他认识家，从来没走丢过。

"还有我们三队的赵英华，以前也不傻，他就是个书呆子，念过初中，上过高中，结果复读都没考上大学。后来娶了个媳妇，生了个儿子，还出去打过两年工，那会儿挺正常，后来就不行了，整天说胡话，走到哪儿说到哪儿，再后来就疯了，把家里的东西拿出来到处扔，还骂人打人，真打他老婆。有一次拿菜刀，村干部和他家里人吓坏了，送精神病院治了三个月，回来老实多了。不过时间一长又开始发疯，现在就是一个疯子。他老婆在外面找了个相好的，他儿子包括他家老头都理解。对了，他天不怕地不怕就怕他儿子，他儿子一回来就老老实实，让他干什么就干什么。"

辖区有一个"武疯子"已经很头疼了，没想到居然有两个！韩朝阳对北太派出所负责这一片儿的社区民警表示无限同情，同时觉得相比那帮臭小子，这两个"武疯子"搞恶作剧的可能性更大。想到哪儿问到哪儿，不知不觉问了近一个小时。韩朝阳想想干脆掏出手机，翻出被害人曹胜凯的身份证照片问："杜师傅，你天天在这一带干活，有没有见过这个人？"

老杜瞄了一眼，不假思索地说："没见过。"

"你看清楚，想清楚再说。"

老杜点上又一支香烟，指着手机里的照片笑道："派出所的人和村干部去我家问过，不光我见过这照片，只要住在这一片儿的，估计没人没见过。"

第五十六章　大胆假设

吴伟一查起案就没时间观念。本应该下午四点来换班，结果在外面一直“浪”到六点多才回来。可能心存歉疚，顺便把晚饭买回来了。看在有烤鸡吃的份儿上，韩朝阳很大度地原谅他了，边坐在警车里吃边说起下午了解到的情况。

“常立群跟侯士忠不对付的情况我也打听到了，侯士忠可能觉得这不是什么光彩的事，也可能想不到会有人以这种方式栽赃陷害他，跟我自始至终没提跟常立群之间的恩恩怨怨，我是从别人那儿了解到的。”

“你觉得常麻子有没有栽赃陷害侯老板的嫌疑？”

吴伟抬头看看河对岸，低声道：“有动机，但没有栽赃陷害的时间。”

“你去找过常麻子？”韩朝阳追问道。

“我去对岸转了一圈，找几个人问了一下，其中包括对岸搅拌站的门卫。看门的老头说常麻子和另一个老板打算在丰永县投资一个搅拌站， 15 号、 16 号和 17 号三天他和那个老板去丰永了，我上网查过，丰永开发区的兴泽酒店有他们的住宿记录。”

效率挺高，这么快就排除了常麻子的嫌疑。韩朝阳又问：“另一个老板叫什么名字？是不是跟侯老板合作，后来又闹翻的那个？”

“就是那个，姓解，叫解亚华，以前是跑船的。”吴伟吃完最后一块鸡肉，抽出张纸巾擦擦嘴，回头道，“朝阳，你了解到的那个陆宏、那帮不学好的臭小子和那两个‘武疯子’，照理说应该比常麻子更具移尸的嫌疑。但他们的嫌疑应该早被专案组排除了，我们没必要在他们身上浪费时间。”

“排除了？什么意思，难道专案组也想到恶作剧的可能性！”

“专案组领导不一定能想到尸体被埋在沙堆可能是一个恶作剧，但绝对会组织警力对方圆几公里范围内的重点人口和精神病患者进行摸排。”

韩朝阳猛然意识到他是办案民警，虽然一样在所里工作，但工作性质跟刑警没什么区别。而且被抽调进专案组参与过命案侦破，对专案组的“套路”非常清楚。吴伟见韩朝阳愣住了，以为韩朝阳不相信，解释道：“摸底排队，这是最基本的工作！”

“我知道要摸排，但他们会去摸排两个疯子吗？”

“肯定会，一是有不少精神病患者肇事的案例，一个人莫名其妙被杀了，查来查去查不出头绪，最后发现是疯子杀的。精神病犯了，看被害人不顺眼，冲上去拍一板砖，不是拍完就走，而是拍完就忘。没动机，没目击者，现场没留下什么蛛丝马迹，这种没头没脑的案子怎么查。”

“所以一发生命案，就要先查查这些‘武疯子’？”

“不光‘武疯子’，还有重点人口。”

韩朝阳微微点点头，暗想又学了一招。

吴伟喝了一口水，接着道：“我们现在是大胆假设，小心求证。重点人口、前科人员和精神病患者不需要我们操心，常麻子又没有移尸栽赃陷害的时间，更不可能是杀害曹胜凯的凶手，那会是谁呢，谁会干这样的事？”

“如果尸体出现在沙堆里真是一起恶作剧，那只剩下一种可能，常麻子手下的人干的！”

“有这种可能，常麻子生意做得挺大，手下人不少，这得慢慢查。”

“附近没几个监控，看门的老头整天睡大觉，他这个门卫形同虚设，并且尸体完全可能是直接从河上运过来的，如果真有人敢搞这样的恶作剧，他们就不怕我们查，就算被问到也会死不承认，反正没人看见。”

“他们认为没人看到，如果有人看见了呢，或者我们让他感觉到有人看见了呢？”吴伟反问道。

韩朝阳放下没啃完的鸡腿，喃喃地说：“就算唬也要唬对人才行，他那么多手下，你知道是谁干的？况且我们的任务是盯着筛沙子，侧面了解了解可以，大张旗鼓查肯定不行，名不正言不顺。”

“不要大张旗鼓，只要找常麻子问问，能唬住常麻子就行。”

“他不是没作案时间吗？”

“他是没作案时间，但他的手下如果真干过这样的事，不可能不去跟他邀功。”

“这倒是，不过还有一个问题。”

“什么问题？”

“吴哥，要知道那是一具人的尸体，不是打几个举报电话，也不是故意堵住竞争对手泵车路之类的小事！常麻子虽然被处理过，但现在也算是一个成功人士，隐瞒包庇是要负刑事责任的，孰轻孰重他应该非常清楚。”

“你是说如果真有这样的事，他会主动举报，会带着干这事的人去自首？”

“如果我是他，我肯定会，毕竟犯不着因为这事吃官司。”

他显然是从普通人的角度出发的，吴伟不禁笑道：“关键你不是他，他更不是你。常麻子是什么人，他是怎么发家的？我了解过，他当年堪称这一片儿的一霸，只是干的事没那么出格，只是被劳教了半年，并没有被判刑。其实跟黑老大差不多，喜欢讲什么江湖义气。”

“侯老板呢？”

“侯老板比他好点，不过侯老板的表哥也不是一盏省油的灯，2013 年因为故意伤人被判刑，现在还在监狱服刑。”

原来这河边混的没好人！韩朝阳反应过来，下意识问：“常麻子没那么好对付，你这么去问合适吗？”

“我们是警察，有什么好怕的。”

“行，既然想问你就去问吧。”

韩朝阳知道他不搞个水落石出不会罢休，正准备下车洗个手，给黄莹和正在省三院治疗的大舅打电话，一辆熟悉得不能再熟悉的宝马轿车缓缓开进砂石厂院子。“老婆，玲玲，你们怎么来了？”看着推门下车的两位女士，韩朝阳露出会心的笑容。

“来看看你啊，有没有吃饭。”黄莹跟站在警车边的吴伟举手打了个招呼，目光又好奇地转向被塑料布围得严严实实的作业区。

“刚吃完，你们呢。”

“我们吃过饭来的，”谢玲玲嫣然一笑，扶着车门解释道，“蒋部长非让我们来找你的，明天上午，学校举行讲座教授、特聘讲师聘任仪式，你和玮哥一定要参加。我说你没时间，他说没时间也要抽时间，先让我们过来问问，如果你请不到假，他就向聂校长汇报，聂校长会给你们分局领导打电话。”

“发个聘书就行了，还要搞什么仪式！”

黄莹热衷于参加各种仪式，回头笑道：“很正式的，哪有你想得那么简单。这次聘请的有外校的教授，有知名企业家。学校领导让你参加是给你面子，别不识抬举。”

“一定要去？”

“当然。”

“我等会儿打电话问问，如果能请到假就去。”

“肯定能请到，筛沙子有什么好看的，再说不是有吴哥么。”

吴神探正忙着查案呢，韩朝阳真不知道等会儿怎么跟吴伟开口，干脆换了个话题：“宏亮呢，他怎么不开车送你们来？”

提起许宏亮，谢玲玲便忍不住笑了。韩朝阳被笑得一头雾水，黄莹笑着解释道：“许大少爷刚带队出发，去帮梁老师的孙子接新娘。采用你那个方案，先穿得整整齐齐，去新娘家彬彬有礼的接亲。接到人之后在车上化妆，准备了好多文身贴纸，去的又大多是五大三粗、满脸横肉的队员，想想那场面就壮观。”

“太不巧了，这么有意思的事我居然错过了。”

“扮演黑社会，就算有时间你们所领导也不会让你去，万一被那些村民拍下来发到网上影响太恶劣。”

第五十七章　扑朔迷离

黄莹带着韩朝阳换下来的脏衣服同谢玲玲一起走了，韩朝阳回到作业区跟吴伟说起明天要请半天假的事。

“该请假就要请，这么重要的仪式肯定要参加，给滕大打电话吧。”

“这里不能离人，我一走，你明天上午只能盯在这儿，其他什么事都干不了。”

吴伟刚才都想好了明天上午要干什么，打心里眼儿不想让韩朝阳走。同时非常清楚身边这位参加理大的聘任仪式不只是他个人的事，也是分局的事。可以说他接受理大聘请、出任理大艺术学院特聘讲师，协助理大建一支高水平的管弦乐队，是帮新园派出所“收编”理大校卫队、组建燕阳理工大学义务治安巡逻队的先决条件。破案是很重要，不过眼前这起命案是高新区分局的案子，自己单位的事显然比其他单位的事重要。

这点“大局观”吴伟还是有的，若无其事地笑道：“没关系，反正我们又不是破案的主力，专案组领导根本没指望我们能发挥什么作用。况且我们要查的那些情况，全是建立在毫无根据的推测之上的。只是有恶作剧的可能性，但这种可能性极小。”

“我也是这么想的，幸亏没直接向滕大汇报，不然不知道会闹出什么笑话。”

“先给滕大打电话请假吧，再晚滕大就休息了。”

“行，里面太吵，我出去打。”

天一黑，钢材批发市场就没什么人，外面的马路上也没几辆车，设在元丰宾馆三楼的专案指挥部仍灯火通明。案件侦破工作陷入僵局，滕吉明已经两天两夜没睡过好觉，现在同样睡不着。正半靠在椅背上紧盯着白黑板上贴着的一张张照片，一边抽烟一边听刑警小刘汇报各组反馈来的情况。

“视频分析组反复调看15日晚10点至18日中午12点时段，砂石厂周边的27个交通、治安及民用监控视频，共发现461辆有可能用于运输尸体的货车、面包车、轿车、机动三轮和电动三轮，由于部分监控摄像头不是高清的，只掌握其中184辆机动车的车牌号……”

尸检结果显示被害人是在夜里遇害的，凶手抛尸一样不会选择人多眼杂的大白天。

这一带监控摄像头本来就少，夜里光线又不好，拍出来的视频不清晰，想通过监控锁定嫌疑人很难。滕吉明对此本就不抱多大希望，抬起胳膊磕磕烟灰，用沙哑的声音问：“被害人的手机通话记录查得怎么样？”

“我们掌握的三个手机号，全是被害人来燕阳之前使用的。共统计出132个联系人，排除掉那些广告推销、电信诈骗和酒店、歌厅及送外卖的电话，真正与被害人联系比较频繁的只有12个，并且全是开径县人。方队在开径县公安局协助下已经找到其中10人，还有两人下落不明。”

领导也在外面跑了一天，晚饭前刚回来的，对这些情况不是很了解。小刘低头看一眼记录，继续汇报道：“暂时没联系上的两个一个叫周中杰，今年24岁，有前科，因涉嫌盗窃和故意伤人被判处有期徒刑三年，去年9月份出狱，出来之后一直跟着曹胜凯鬼混，尽管年龄比曹胜凯大，但因为曹胜凯比较有钱，一直唯曹胜凯马首是瞻。方队找到他的家人，他父母说他今年三月份去南方打工了，出去之后一直没跟家里联系。之前经常跟曹胜凯一起鬼混的另外几个人也证实，周中杰是在曹胜凯来燕阳之前出去打工的，并且在出去之后和曹胜凯来燕阳之前这段时间，没听说过二人有联系。”

滕吉明接过照片看了一眼，追问道：“另一个叫什么？”

“另一个姓卫，叫卫小军，与被害人同岁，是被害人上职中时的同学，因为跟被害人一起打架被学校开除，之后一直在县城游手好闲。今年春节时，他表哥带他去东海一个工地打工，结果嫌苦嫌累，在工地干了不到一个月就跑了，直到现在也没跟家里联系。”

种种迹象表明，这两个家伙应该与曹胜凯的死无关，但查还是要查。

滕吉明掐灭烟头，转身道：“骆支，我今天去建行几个营业厅调看监控，发现他都是一个人去柜台存钱的，神色并不慌张，最后一次存钱甚至跟一个劝他办理信用卡的女柜员谈笑风生。至少从表面上看，不太像从事毒品犯罪。”

“两张银行卡预留的全是以前的手机号？”

“全是来燕阳之前的，事实上这两张卡也都是在老家办的。”滕吉明顿了顿，接着道，“办理工行的借记卡时，开通了网上银行和手机银行，但他从来没用过，手机支付用得也不多。从银行的交易记录上看，他经常刷卡消费，偶尔去自动柜员机取款。”

这个曹胜凯不是不赶时髦，而是以前一直在小县城生活，小县城手机支付应用没省会城市这么广。养成刷卡消费和现金消费的习惯之后，需要一段时间才能接受手机支付。

通过钱这条线很难查出眉目，骆副支队长沉吟道：“他住过的那些酒店呢？”

“老祝正在查，住宿记录不少，但许多酒店的监控视频只保存一个月甚至更短，从调看到的几段视频上看，他都是一个人入住的。”

“人是群居动物，并且他在老家有一帮人一起鬼混，怎么一到燕阳就变得这么低调，不管去哪儿都是一个人，鬼鬼祟祟，他到底在干什么？”

“他肯定不是一个人。”滕吉明从文件夹里翻出一份旅馆酒店住宿记录，紧盯着上面的时间日期，紧锁着眉头说，“来燕阳几个月，只有 26 天住酒店，既没租房记录，各分局也没他的外来人口暂住备案登记，其他时间他住在哪儿？又不是没钱，肯定不会露宿街头。”

正说着，手机突然响了。一看来电显示，滕吉明真有几分激动，急忙摁下通话键。“韩朝阳同志，是不是筛出什么东西了？”

“报告滕大，今天跟昨天差不多，没筛出什么有价值的线索。”

没筛出有价值的线索打什么电话！滕吉明脸色本就不好看，现在变得更难看了，紧握着手机冷冷地问："有什么事？"

"报告滕大，理工大学明天上午要举办一个讲座教授、特聘讲师的聘任仪式，我答应过校领导会接受聘请，兼任理大艺术学院的特聘讲师，这件事我们分局领导全知道。学校通知我明天上午去参加聘任仪式，我想请半天假。"

如果打这个电话的是被抽调进专案组的高新区分局民警，滕吉明不仅不会同意，而且会劈头盖脸批评一顿，但电话那头的小伙子不是高新区分局的民警，并且他说得很清楚，他们燕东分局领导全知道。反正燕东分局有两个民警在砂石厂，只要有一个民警在现场盯着就行。事实上筛沙子甚至用不着安排民警盯着，安排两个辅警就可以了，主要是他们石局做事太不地道，尸体明明是在他们辖区被发现的，居然推得一干二净，这不是推诿是什么？

"既然仪式很重要，那就去参加吧，早去早回。"

"是，谢谢滕大。"

"我还有点事，先挂了。"

韩朝阳真是鼓足勇气打这个电话的，放下手机如释重负地笑道："总算请到假了，吴哥，晚上我盯着，你去休息吧。"

"没事，还是我盯着吧，你明天要参加聘任仪式，现在不睡觉，到时候肯定没精打采。你代表的不只是你个人，你要代表我们花园街派出所乃至燕东分局，必须养足精神，千万别让理大领导和理大师生看我们分局的笑话。"

第五十八章　不怕好人怕坏人

必须养足精神，因为二十多个巡逻队员正在执行一个非常艰巨的任务。韩朝阳不放心，睡得很早，起得也很早，一起来就开 110 警车返回朝阳社区居委会，同苏主任、老金及一样不太放心的顾爷爷一起坐在一楼会议室里，通过手机甚至手机视频了解迎亲车队的动向。唯恐天下不乱的郑欣宜把笔记本电脑搬来了，接上投影仪，一会儿播放接亲车队行进的路线，一会儿跟带队的许宏亮“现场连线”，还兴高采烈地讲解，把会议室搞得像作战指挥部。

车队刚从新娘家出发，距第一“关”还有两公里左右，按照当地风俗只要遇到桥就要停下来放鞭炮，而当地的大桥小桥又比较多，车队快不起来，这会儿又停下来了，小伙子们正叼着香烟燃放鞭炮，忙得不亦乐乎。

刚从理大教师宿舍赶过来给韩朝阳送礼服的黄莹，禁不住笑道：“八辆宝马去接亲，中午在御庭酒店订了三十多桌，这个婚礼办下来要花多少钱！”

“梁老师就这么一个孙子，他和他老伴退休工资那么高，他儿子和儿媳妇工资也不低，买婚房他们家又没出多少钱，婚礼花十几二十万对他们家来说问题不大。”苏娴捧着杯子微笑着解释道。

“这倒是，他们家多少人赚钱。”黄莹不无羡慕地叹了一句，又好奇地问，“欣宜，从新娘家出来有没有人拦，新娘家那个村的村民是不是比较好说话？”

“怎么可能不拦，哪有那么好说话，只是乡里乡亲的，女方家觉得多少要给点，那些村民也不好意搞得太过分。我刚才问过宏亮，从新娘家出来给了四次，一共给了一千六，如果把喜糖和香烟算上，大概有两千多。”

“太贪心了，哪有这样的！”

“形成了风俗，没办法。”

顾爷爷最看不惯这种近乎拦路抢劫的事，嘀咕道：“明知道前面有人会拦，还没完没了地放炮，这不是提醒前面的村民接亲车队马上到吗？”

“这也没办法，这也是风俗。”

正说着，燃放完鞭炮的小伙子们纷纷扔掉烟头上车。

只见投影银幕上，二班副班长孙俊脱掉外衣，换上一件花花绿绿的短袖，随着晃动的镜头，又见他不知道从哪儿摸出一根粗链子往脖子里套。

“一号车一号车，听到请回答。”

“一号车收到，一号车收到，请讲。”

“开慢点开慢点，请跟车人员抓紧时候换装。”

许宏亮放下对讲机，也跟众人一样换起衣服，脱白衬衫的一刹那，一条张牙舞爪的龙出现在他裸露的胸膛上，见他又戴上一副墨镜，黄莹扑哧一声笑了。苏娴和郑欣宜同样笑得前仰后合，韩朝阳却有那么点紧张，禁不住拿起手机拨通许宏亮的电话。

“宏亮，我朝阳，演戏归演戏，千万别入戏太深，不管遇到什么情况绝不能真动手。”

“放心吧，没事的。”

从来没执行过如此有意思的任务，许宏亮正在兴头上，放下手机再次拿起对讲机：“各车注意，各车注意，马上进入危险区，请汇报准备情况。”

“一号车准备完毕。”

“二号车准备完毕！”

“三号车准备完毕！”

“二号车二号车，请把对讲机交给新郎新娘。”

“二号车收到，二号车收到。”

“新郎官，新娘子，我许宏亮，请你们不要紧张，等会儿不管发生什么事请你们都不要下车。”

“许队长，麻烦你了。”

“自己人，不客气。”

正说着，一个大约有三百多户的村庄出现在眼前。刚才生怕人家不知道，燃放了那么多鞭炮。现在好了，村里人全涌到了村口，前面黑压压的全是人！

意料之中的事，许宏亮一点不紧张，拍拍司机肩膀：“王哥，麻烦您开快点，我们超到前面去。”

“没问题。”司机既觉得好笑又有那么点紧张，忍不住提醒道，“兄弟，强龙不压地头蛇，你们最好悠着点，千万别假戏真做，我明天还得上班呢，我可不想跟你们一起进公安局。”

“你又不是不知道我们是干什么的，没事。”

说话间，三号车已超到车队最前面，刚超上来不到两分钟，又不得不放缓车速，缓缓停在挤得水泄不通的村口。

“干什么干什么，让开让开，全他妈给老子让开！”

不等许宏亮下命令，四班保安蔡世杰和六班保安张宇辰就推门下车，板着脸，瞪大眼睛，指着拦住车前的村民骂骂咧咧地问。

两个身材魁梧的大光头！脖子里挂着金链子，手上戴着手串，上身是一件黑色唐装，上面的几个扣子没扣上，能清楚地看到里面的文身，裸露在外面的胳膊上也有文身，凶巴巴的，看上去很吓人。挤在最前面的村民从来没见过这么来接亲的，一时间竟愣住了，几个胆小的想后退，结果后面的人太多，只能悄悄往边上闪。

“给老子让开，听见没有，你是聋子吗！”蔡世杰厉吼一声，吓了最前面的一个矮矮瘦瘦的村民一跳。

“知不知道我们是谁，是不是想找事？”

“让开，全给老子让开！”

“你……你这人怎么不讲理，我们……我们就是恭喜恭喜，要点喜糖喜烟，沾沾喜气。”

“要喜糖，早说。”蔡世杰脸色一下子缓和了，回头喊道，“大哥，他们是要喜糖的。”

“老四，老五，喜糖不是有好多吗，去给老乡们发喜糖。”

“好咧。”

许宏亮探头看了一眼，又关上车窗像黑老大一样继续坐在车里。

两个身材同样魁梧、样子同样吓人的队员推门下车，打开行李箱取出一大塑料袋喜糖，跑到村民们面前喊道：“这一袋全给你们，自己拿去分吧，香烟没有，想抽自己去买。”

“哪有这样的，大哥，结婚是喜事，发糖发烟是我们这儿的规矩。”

“是啊，谁家结婚不发糖发烟！”

“大哥，你们没带烟没关系，给点钱，我们自己去买，我去帮你们买，我帮你们发。”

几个胆大村民发现他们看上去挺吓人，其实蛮好说话的，竟嬉笑着要起钱。小伙子们怎么可能会给他们钱，蔡世杰脸色顿时又变了，紧盯着最不要脸的那个，声色俱厉地问：“你刚才说什么，你他妈再说一遍！”

“大哥，我……我是想帮忙。”枪打出头鸟，矮矮瘦瘦的村民追悔莫及，吓得急忙往后退。

“六哥，他刚才管我们要钱呢！”

“要钱？打劫？他妈的，敢问老子要钱，你是不是活腻了？”蔡世杰冲上去一把揪住矮个子村民，咆哮道，“还有谁想要钱，有种的给老子站出来！”

“你怎么动手，怎么打人？”

“你拦路抢劫，老子是正当防卫！”蔡世杰揪住矮个子村民不放，回头喊道，“大哥，大哥，有人找事，他奶奶的，也不打听打听我是谁，敢管我们要钱，我弄死他！”

想不动手过关是不可能的，但动手有动手的分寸。正在发生的一切，几个行车记录仪和执法记录仪全在拍摄，许宏亮早做好等会儿让新郎新娘先走、自己留下善后的准备，立马敲敲车窗，一个队员急忙跑过去拉开车门。

他站在车边看了一眼，冷冷地说："老四，让弟兄们下车。"

"好咧！"

"弟兄们，全下车，干活了！"

"五哥，要不要抄家伙？"

"抄什么家伙，收拾他们要抄家伙吗？"

一下子下来几十个，一看就知道全不是好人，只见他们摩拳擦掌气势汹汹地走了过来。好汉不吃眼前亏，谁也不会傻到跟一帮黑社会干架，就算干也不一定能干过，前面的村民纷纷往边上躲，后面的村民搞清楚情况也不敢当出头鸟，路就这么被让开了。

"大哥，要不你和二哥他们先走，我倒要看看谁敢找事。"

"行，这里交给你们。"

许宏亮强忍着笑钻进轿车，此时不走更待何时，司机很默契地点着引擎，驾驶三号车第一个进入村子，后面的车一辆接着一辆跟上，队员们在车队两侧步行护卫，一个个五大三粗、满脸横肉，身上还有文身，边走边指指点点，骂骂咧咧，大有一言不合就动手之势。这阵势别说胆小怕事的村民，就算在市区也是谁见谁怕，谁见谁躲。没人敢拦在前面要钱买喜糖买喜烟了，不仅不敢拦车，反而拉住各自家的孩子，生怕冲撞这帮心狠手辣的瘟神。

人刚才全聚集在村口，越往里走人越少。

见没人敢追上来，队员们纷纷开门上车，司机们很默契地猛踩油门，快速通过。

第一关有惊无险地过去了，这帮臭小子演得真像，韩朝阳终于松下口气，起身笑道："师傅，接下来的几个村子应该也没什么问题，要不您再盯会儿，我去换衣服。"

"去吧。"顾爷爷怎么都笑不出来，拍着桌子叹道，"不怕好人怕坏人，这算什么事啊！"

第五十九章　天塌下来有领导顶着

讲座教授、特聘讲师聘任仪式在理大教学楼C409教室举行，两位副校长、校长助理和好几个学院的院长出席仪式，几位校领导分别为省内乃至在国内都比较有名的企业老总颁发讲座教授聘书，几位院长为韩朝阳、康玮等人颁发特聘讲师聘书。

几位老总一接受聘请就变成了教授，在接下来的议程中，主持人对他们全是以教授相称。他们就各自公司的背景、文化及公司现状，给参加仪式的同学们做详细介绍，并对一些专业的就业前景进行分析，至分享他们的成功经验，激励同学们努力奋斗，才能拥有美好的明天。他们全是身家上亿的成功人士，并且不是没上过几天学的暴发户，其中一位甚至是理大的校友，迎新时那幅“今天你以学校为荣，明天学校以你为傲”的标语简直是为他量身定制的。参加仪式的同学又大多是大三大四的，老总们讲的那些对他们非常有用。据说过一段时间，这几个公司会到学校来举办招聘会，为了给几位老总留下一个好印象，同学们不断送上热烈的掌声，进入提问环节更是一个比一个踊跃。

韩朝阳和康玮师兄弟是如假包换的配角，没资格讲话，同学们也不想听他们讲，只能坐在台下玩手机，时不时跟着一起鼓鼓掌。好不容易等到仪式结束，正准备去跟校领导打个招呼先回砂石厂，谢玲玲突然走过来拉拉他袖子，一边让他看手机，一边嘀咕道：“我说那是个馊主意，你还不信。看看吧，这下麻烦大了！”

低头一看，赫然是许宏亮带队帮梁老师孙子迎亲的视频。新娘这会儿应该刚接回来，应该正站在御庭大酒店门口迎接参加婚礼的亲友，没想到接亲路上发生的事已经被网友上传到网上了。

蔡世杰他们看上去确实不太像好人！微博下的评论全是叫骂的，什么黑老大迎亲，数百名大手出动，阵势之大令人瞠目；什么黑社会气焰甚嚣尘上，社会渣滓沉渣泛起，呼风唤雨，横行霸道，排场做足，俨然一副港片中的情景再现……强烈要求公安机关查查到底是何方神圣，要求政法机关打击这样的黑社会。这条微博至少被转发几千次，随着时间推移被转发的次数会更多，能想象到如果不尽快澄清，主流媒体都可能会跟进。韩朝阳没想到会搞出这么大动静，一时间竟愣住了。

“玲玲，这跟朝阳又有什么关系？”康玮不明所以，看着视频下意识问。

“这不是什么黑社会，这是朝阳出的馊主意，视频里这些人全是宏亮带去的，而且也没数百人，总共就二十个人，算上一起去接亲的梁老师家的亲戚也没一百个人。”

“宏亮带去的，宏亮也在车上？”

“嗯，这段视频他没下车。”

“接亲就好好接亲，扮什么黑社会？”

“你问他。”

在应对负面舆情方面，相关部门的效率高得惊人。韩朝阳意识到麻烦大了，哪顾得上给师兄解释，急忙道：“玮哥，我得赶紧向上级汇报，玲玲给你解释，我回头给你打电话。”

他急，谢玲玲更急，催促道：“赶快去跟你们领导说清楚，宏亮明年还要考公务员呢，可不能因为这点事被取消报考资格。”

“放心吧，他不会有事的。”

韩朝阳一刻不敢耽误，火急火燎赶到警务室。老唐和苗海珠正好在吃饭，顾爷爷正站在接警台里打电话，从苗海珠精彩的神情中能看出他们已经知道扮演黑社会帮人家接亲并被群众拍下来发到网上的事。

“范局，朝阳回来了，主意确实是他出的，但这事真不能怪他。仁和县一些乡镇的陋俗是出了名的，电视台都曝过光，如果不出此下策，主家不花四五万冤枉钱别想把新娘子接回来，这是没办法的办法！”

“最帅警察”刚被树立成正面典型，周局甚至借省厅在市局警官培训中心召开公安局（处）长会议的机会，让他在省厅、市局乃至兄弟市县公安局长面前露了一次大脸，结果这才过了几天就整出这档子事。范局又好气又想笑，恨铁不成钢地说：“既然知道去仁和县接亲没那么容易，完全可以做做辖区群众工作。老顾，这个思想工作他做不通，你绝对可以。为什么一定要大操大办，有点钱干什么不好，为什么一定要搞那么大排场？”

“范局，你是站着说话不腰疼，这个思想工作别说朝阳做不通，我顾国利去一样做不通！女方没管梁老师家要多少礼金，甚至贴钱给孩子们买婚房，人家就这么点要求，就想婚事办得风风光光。”

“现在是风光了，还被爆上了网，你说现在怎么办。”

“范局，我这不是在请示汇报么，我要是知道该怎么办我早当领导了。”

埋怨谁也不能埋怨老顾，况且站在老顾的立场上，他们也是在为辖区群众“排忧解难”。直到此时此刻，范局才猛然意识到顾爷爷现在是全市公安民警学习的英雄模范，但以前好像也是一个比较特立独行的民警，也经常做出一些让领导很头疼的事。他已经把话说到这份上，不能再批评他徒弟。范局没办法，只能悻悻地说：“好吧，我想想办法，看能不能消除影响。”

“范局，不好意思，又给你添麻烦了。”

“不说了，我先给仁和县公安局的领导打个电话，你们也不要在网上发布什么消息，到底怎么辟谣等我电话。”

“是。”顾爷爷放下手机，看着一脸尴尬的韩朝阳苦笑道，“幸亏发现及时，不然真会搬石头砸自己脚。现在跟我刚参加工作时不一样，现在个个有手机，个个能拍照能摄像，个个会上网，好事不出门，坏事传千里，消息传得多快，一定要引以为戒，以后千万别再出这样的馊主意，千万不能再干这样的蠢事。”

“师傅……”

“别说了，先吃饭，天塌下来有领导扛着，我就不信局里会因为这点事处分你。”

苗海珠冷不丁插进来，似笑非笑地说：“换作别人真难说，不过你不是别人，你是‘燕阳最帅警察’，是刚荣立二等功的英雄，局领导肯定会区别对待的。”

“什么意思，搞得像你现在才知道似的，上级真要是追究责任，你一样跑不掉，你是同谋！”

“别斗嘴了，赶紧吃饭，吃完饭朝阳还要去砂石厂呢，这算什么事，那边才是正事。”

顾爷爷一锤定音给这件事画上了句话。他刚才说天塌下来有领导顶着，事实上他已经帮助顶了一把，韩朝阳感动感激，正不知道该说点什么，苗海珠又好奇地问：“对了，命案有没有进展，有没有锁定嫌疑人？”

“不知道。”

“你和吴伟就光顾着筛沙子，就没问问进展？”

“我倒是想问，可是我能问谁，别打听了，我真不知道。”

“你说你，能不能干点正事！”

她以半个家长自居，好像马老师也确实拜托过她。朝夕相处这么多天，顾爷爷和老唐对她的性格比较了解，知道她又要行驶半个家长的权力，又要开始管教韩朝阳，干脆端起饭盆从后门去会议室吃。韩朝阳正郁闷着呢，被她问得不厌其烦，没好气地说：“苗姐，我怎么就不干正事了，盯着工人筛沙子一样是工作，而且是很重要的基础工作。”

“我没说筛沙子不重要，我是说你应该把握机会。”

“把握机会，你这是搞个人英雄主义，这是工作分工懂不懂，社区民警干社区工作，治安民警搞治安防范，破案是刑警的事，如果个个都像你这样，非得天下大乱不可。”

第六十章　冷处理

仁和县又出名了，发布视频的网民注明了“黑老大接亲”的时间、地点，从网上正在疯狂转发的几段小视频上看，也确实发生在仁和县。县领导很生气，一接到监测舆情的干部汇报，就给副县长兼公安局长计玉芹打电话，要求公安局对打黑除恶专项斗争进行再动员、再部署，立即搞清“聚众扰乱社会秩序”的黑老大是谁，立即组织力量打击这个涉黑团伙。

计玉芹不相信县里有这样涉黑团伙，看完视频几乎可以肯定这个团伙显然是从外地来的，并且只是来接亲，虽然在仁和县没干什么坏事，但确实给县里造成了极其恶劣的影响，立即给刑警大队和交警大队下命令，让刑警交警立即调看几个主要路口的交通监控，打算先搞清楚接亲车队的车牌号，再顺藤摸瓜抓捕这帮涉黑分子，至少拘他们几天，以便给上级和全社会一个交代。

结果命令刚下达完，刚放下手机，就接到燕阳市公安局燕东分局范副局长的电话。曾一起参加过会议，她又是全省公安系统唯一的女公安局长，范局对她并不陌生，电话一打通就道歉。

“……事情就这么简单，真不是什么黑社会。计局，如果你不放心，我可以请我们燕东区委常委、花园街工委杨书记亲自打电话给你解释。因为扮演黑社会接亲的保安，全部来自花园街道的朝阳社区，全是朝阳社区义务治安巡逻队的队员。平时不光协助我们分局维护社会治安，也协助街道综合执法。”

计玉芹倍感意外，简直不敢相信自己的耳朵。“范局，我不是不信任你，而是这件事影响太恶劣，县领导刚给我打过电话，现在你让我怎么办？”

“影响已经造成了，我知道这件事很难办，但事出有因。计局，说了你别生气，如果你坚持公事公办，你都不需要派民警来，我帮你给朝阳社区居委会打电话，让社区保安服务公司经理去你那儿自首。拘留也好，罚款也罢，但搞到最后下不了台绝对不会是他们，更不可能是我们分局。”

什么叫事出有因，还不是因为那些村民喜欢拦婚车要彩头，不给钱拦着人家不让走。你处理人家，人家肯定不会服气，如果再把扮演黑社会的原因爆到网上，舆论又会一边倒，仁和县会因为这件事再次出名。

计玉芹反应过来，紧皱着眉头说：“范局，当务之急是消除不良影响，如果不查查，不拘几个，你让我怎么跟上级交代，又怎么给社会交代？”

都已经说得很清楚了，事出有因，不在自己身上找原因，还好意思说什么交代。如果你们真正重视那些村民组团拦婚车索要彩头的事，公事公办，拘几个罚几个，狠狠震慑一下这种不正之风，能把主家逼到向朝阳社区警务室求助的份儿上、能发生今天这样的事？

几分钟前，范局对韩朝阳出这个馊主意，对朝阳社区义务治安巡逻队干出这样的事还有几分不快，现在却觉得小伙子们处理这件事的方式方法虽然不对，但确确实实是事出有因，的的确确没更好的办法。

范局淡淡地问：“没问题，你想拘几个，我就让他们去几个。”

“范局，你千万别误会，我这也是迫不得已。”

“理解，我让保安经理和带队的几个保安班长去自首怎么样，现在就让他们出发，下午五点前应该能到，五点人还没到我负责。”

答应得是很痛快，但语气明显不对。计玉芹反而愣住了，迟疑了好一会儿才低声道：“范局，谢谢你给我打这个电话，不然我们真会当个案子去查。要不这样，我先跟县领导汇报一下，等会儿再给你回过去。”

知道那几个人不好拘了吧，范局禁不住笑道：“行，我等你电话。对了，差点忘了跟你说，朝阳社区义务治安巡逻队在燕阳还是有点名气的，协助我们分局乃至兄弟市县公安局围捕过逃犯，协助区里维稳，还经常参与市里的一些重大活动的安保。我们分局前段时间有一个民警在网上走红了，被网民誉为‘燕阳最帅警察’，这个最帅警察就是巡逻队的大队长。在网上人气很高，他们搞了一个微信公众号，有十几万关注，比我们分局的官方公众号运营得好，连市局乃至省厅都经常请他们推送一些警讯。”

难怪你会亲自打电话，原来“罪魁祸首”是你们分局的民警！计玉芹被搞得很郁闷，同时也听出了范局的言外之意，有一个十几万关注的微信公众号意味着什么，意味着那帮扮演黑社会来接亲的保安有话语权。你处理他们，他们肯定会反击，到时候难堪的只会是仁和县。

从来没遇到过如此憋屈的事，计玉芹气得咬牙切齿，暗暗下定决心要狠刹一下拦婚车要彩头的不良风气，不然这样的事甚至比这更奇葩的事都可能会再次发生。

“乔书记，我计玉芹，情况基本搞清楚了，不是黑社会，是燕阳市燕东区花园街道一个社区的群众要来我们县接亲，担心被法制意识淡薄、喜欢占小便宜的村民拦住索要彩头，于是向该社区的一个保安服务公司求助，保安公司就派了二十几保安，扮演成黑社会来我们县接亲。”

又是因为村民拦婚车要彩头的事！乔书记愣住了，一时间不知道该怎么往下接。

计玉芹深吸口气，接着汇报道：“乔书记，我来仁和工作不到一年，因为拦婚车索要彩头发生的纠纷，光我知道的就不下二十起，尽管我们公安局处理过几个，但并没有从根本上解决问题，甚至有愈演愈烈的趋势。以前只发生在乡镇，现在渐渐蔓延到了县城。汽车站西边的十字路口，就有一群老头老太太专门在那儿‘守株待兔’，见到有婚车队伍驶来便涌上前去索要彩头。声称不给钱就别想走，让办喜事的人非常无奈。一个个七老八十，我们民警别说碰了，跟他们连说话都不敢大声，我觉得光靠我们公安是不行的，需要县委县政府下大决心。”

仁和县虽然不能跟沿海发达地区相比，但也不算穷，怎么会总发生这样的事。前段时间刚因为这事上过电视，今天又因为这种事被爆上网，乔书记越想越窝火，冷冷地说：“玉芹同志，虽然借结婚讨彩头在日常生活中比较常见，但那是建立在双方自愿，且双方都高兴的基础之上。而公然在公共场所，不管认识不认识，直接堵住就要钱的行为，显然不是讨彩头那么简单！明知对方不乐意，并且被拒绝的情况下还不依不饶，这就超越了最基本的道德底线，甚至涉嫌违法犯罪。而且这也严重影响我们仁和县的对外形象，影响招商引资，影响全县的经济建设。我同意你刚才的意见，这样吧，明天正好开党委扩大会议，把这件事纳入议程，好好研究一下。”

“那今天的事呢？”

“冷处理吧，也只能冷处理。”

“是。”

接到计局长电话，范局不是松下口气，而是根本没当回事。对仁和县公安局“冷处理”的决定，可以说在意料之中，毕竟追究到最后难堪的只会是他们。

接完电话，走出办公室，正好遇到刚上楼的周局。听完他的汇报，周局忍不住笑骂道：“这个臭小子，身为公安民警居然会想出这样的馊主意，看来高新区分局让他待在砂石厂筛沙子一点都不冤。”

“我跟老顾交代得很清楚，让老顾好好警告警告他，就这么一次，如果再捅娄子，非得给他个处分不可。”

“嗯，是该敲打敲打，省得他得意忘形。”周局想想又忍不住笑道，“计玉芹这是底气不足，只能吃哑巴亏。如果仁和县没那些烂事，别说你给她打电话，我给她打电话都不管用。这个女人厉害着呢，在阳寿市公安局担任交警支队长时不光雷厉风行，而且六亲不认，连市委市政府的车都照开罚单。”

第六十一章　盘问（一）

韩朝阳回到砂石厂，走进作业区，掀开塑料箱的盖子看了一眼，发现上午收获依然不大，又没筛出什么有价值的线索。

正准备盖上，吴伟拿着笔记本快步走过来笑问："韩老师，怎么回来得这么早，理大没留你们吃饭？"

"留了，让在书香园吃自助餐，我倒是想蹭顿饭，结果宏亮带队扮演黑社会帮梁老师家接亲的事被人拍下来发到网上，影响不好，你说我哪有心情在学校吃饭。"

"被人爆料了？"

"嗯，他们吓唬村民的视频被转发几千次，如果追查到警务室这麻烦就大了，只能及时汇报，主动承认错误。"

许大少爷带着一帮保安扮演黑社会帮梁老师孙子接亲的事，昨晚闲聊时听他提过。吴伟当时就觉得这是个馊主意，没想到果然出事了，再想到恶劣影响已经造成，不禁追问道："向局里汇报的？"

"我师傅汇报的，师傅帮我把事扛下来了。"

"天塌下来有高个子顶着，有顾爷爷在应该不会有事，别说分局领导，市局领导都会给他几分面子。"

"其实就算追究我也没什么好怕的，我只是出了个主意，又没以巡逻大队长身份命令他们去，这板子怎么也打不到我头上，甚至打不到苏主任头上。上级要追究只能追究老金的责任，老金连编制都没有，他一样没什么好怕的。"

"话虽然这么说，但事情如果闹大了影响真不好，上级对巡逻队乃至社区都会有看法。”

“听天由命吧，不想这些了。你赶紧去吃饭，吃完饭忙正事。”

“行，这里交给你了。”

刚刚过去的半天，吴伟虽然一直待在砂石厂但并没有闲着。在这儿筛沙子的徐师傅，有个侄子在常麻子的搅拌站干活；在沙堆顶上铲沙子的李师傅，有个堂弟在常麻子的砂石厂大门口开了个小商店。通过徐师傅和李师傅他打听到不少情况，甚至掌握了一份不是很全面的工人名单。

他懒得去外面买盒饭，三口两口吃完早上剩下的包子，跑到砂石厂办公室打水洗澡，换上一身干净的警服，想想又从包里取出一副三级警司警衔换上，再次回作业区跟韩朝阳打了个招呼，提着公文包钻进110警车，打开警灯缓缓开出砂石厂。

对于他佩戴三级警司警衔，韩朝阳见怪不怪。他是办案民警，如果按规定佩戴一道拐，办案时不是很方便，一些比较难缠的当事人会要求他出示警察证甚至执法资格证。所领导和办案队的民警从未把他当作一个正在试用期的新人，这副警衔是所领导给他的，也是所领导让他佩戴的。

对吴伟而言，这只是为了方便工作。在韩朝阳看来，这是所领导和所里同事对吴伟的器重和信任。暗想尽管过去这段时间干出不少成绩，甚至荣立个人二等功，但在所里的地位依然不如刚把警车开出去的“工作狂”，想让所领导和所里同事真正地另眼相待还任重道远。

吴伟不知道他很羡慕韩朝阳，而事实上韩朝阳也很羡慕他，他现在的脑子里只有案子。匆匆赶到兴胜搅拌站，把警车停在一排钢结构的活动房前，回头看看正忙得热火朝天的工人们，再看看正缓缓驶进搅拌站的一辆泵车，打开侧门取出公文包，跟一个从里面迎出来的中年人问：“您好，这里谁负责？”

“我负责，警察同志，什么事？”

“我姓吴，叫吴伟，是燕东分局的民警，我们分局正同高新区分局联合侦办一起案件，想找你们了解点情况，您贵姓？”

“免贵姓常，常立华，吴警官，进去说吧，外面灰大。”

“好的，谢谢。”

夹着包走进办公室，不等他开口常立华便好奇地问：“吴警官，你们是在查侯家康那儿死了人的案子吧？”

“常经理，你消息挺灵通。”吴伟抬头看看挂在墙上的管理人员照片和名字，放下包坐到办公桌前。

常立华打开文件柜，取出一个纸杯，走到角落里一边帮他接水，一边不无幸灾乐祸地笑道：“派出所和刑警队来问过，还给我们看过照片。虽然我们跟侯家康是生意上的竞争对手，我们两家关系不是很好，但人命关天，不能在这件事上落井下石，那个人我们真没见过，不是侯家康的工人，跟侯家康应该没什么关系。”

“不是侯家康的工人，就跟侯家康没关系，常经理，你这是什么逻辑？”吴伟起身接过水杯，似笑非笑地问。

“吴警官，你是燕东分局的，对这一片儿的情况不是很了解。实不相瞒，我们跟侯家康打了二十多年交道，唱了二十多年对台戏，我们对他太了解了。拖欠供货商的货款，拖欠厂家的设备款，克扣工人工资，连工伤都不给人家好好治。”常立华指指河对岸，又一脸不屑地说，“光这些也就算了，做工程他也不规矩，经常以次充好、偷工减料！说出来你不敢相信，桥梁、厂房这些工程应该用 42.5 的水泥，他敢把标号降几个等级，给人家用 32.5 的，强度不够，他这些年不知道搞出多少豆腐渣工程！”

刚才还说什么不能落井下石，结果一开口就泼起脏水。

吴伟看着白黑板上用水笔写的排班表，不动声色地问：“水泥标号不过关，质检站难道不管？我虽然没干过工程，但没少去工地，不是有那种专门用于检测的方块吗，混凝土强度到底够不够，质检站不可能不检测。”

“按规定是要检测，但规定是死的，人是活的，他给质检站的人塞点钱，弄几个达标的水泥块去检测，不达标也达标。”

“隔行如隔山，这些我真不懂，但造成安全隐患可不是一件小事，我建议你们向有关部门举报。”

“吴警官，你们公安不管？”

“我们公安管天管地也管不到工程质量，”吴伟笑了笑，突然话锋一转，“常经理，您跟常立群常总是什么关系？”

“我是他堂哥，他忙着呢，想知道什么问我吧，我天天待在这儿，对搅拌站和砂石厂的情况我比他了解。”

“行，我就是简单了解一下，”吴伟打开公文包，取出纸笔问，“常经理，搅拌站这边和砂石厂那边一共有多少个工人？”

“三十多个工人，我们分得没那么清，搅拌站这边忙就从砂石厂调人，砂石厂忙不过来，就安排几个人过去帮忙。现在卖砂石料的太多，砂石厂那边不怎么忙，就是安排几个人去帮着装装车，去看看地磅。”

“您这儿一共有几台车？”

“以前车多，生意最好的时候我们有车队，现在生意不好做，只剩下两辆自卸车和四辆泵车，其他车全是私人的，他们在外面揽到业务从我们这儿买混凝土。我们自己也有业务员，不过我们的业务员跑的全是大工地大工程，刚才进来的这几辆搅拌车就是帮我们拉的，我们给运费。”

“有没有装载机？”

“有啊，干我们这一行哪能没装载机，这边三台，砂石厂那边两台。”

“铲车呢？”

“铲车没有，铲车我们用不上。”

吴伟趁热打铁地问：“常经理，您这儿应该有员工的花名册吧，大车小车的车牌号也应该有，请您拿给我看看。”

这个警察够烦人的，常立华暗骂一句，紧盯着他双眼笑道：“吴警官，您要的这些我这儿全有，不过您要查的案子跟我们又有什么关系？侯家康的砂石厂死了人，你不去查侯家康，跑过来找我们了解这些情况到底什么意思？”

第六十二章　盘问（二）

“没什么意思，就是了解一下。”吴伟敲敲桌子，很认真很严肃地说，“配合公安机关办案是每个公民的义务，常经理，您是见过世面的人，应该知道这些。”

“好吧，我给你拿。”

这些资料他这里真有，只见他从文件柜里翻出一堆发工资和结算运费的账本。吴伟接过账本翻到花名册那一页，掏出警务通拍照，完了再拍车辆信息，紧接着打开笔记本，对照警务通上的照片核对上午了解到的情况。

“常经理，您这儿的班是怎么排的，能不能给我一份 15 号至 18 号的值班表。”

“没问题。”派出所和刑警队的人也问过这些，常立群不认为死对头砂石厂发生的命案跟自己这边的工人有关，很痛快地又从文件柜里翻出一份记工表。

吴伟跟刚才一样先拍照，完了抬头道：“常经理，裴启民今天有没有来上班？”

“他上夜班，要到六点才来。”

“他住哪儿？”

“住在砂石厂，我们的宿舍全在那边。”

“今天哪几人上白班？”

“黑板上有，你自己看。”

“这样吧，您让他们一个一个地来，我一个一个地问，简单了解一下，耽误不了多长时间。”

现在生意多难做，不管哪儿都不养闲人！一个一个地叫来盘问，怎么可能不耽误活儿，常立群不乐意了，一脸不快地说：“吴警官，我已经很配合了，你要盘问我们的工人可以，但要给我一个说法，毕竟这不关我们的事！”

“常经理，我不是要盘问，而是询问，如果您觉得请他们来办公室接受询问不合适，那我只能回去办传唤手续，请他们去局里接受询问。”

“好吧，我让他们来行了吧，不过得搞快点，我们这忙着呢。”

“谢谢。”

常立群戴上安全帽出去叫人，看着工人一个接着一个像过堂似的被叫进办公室，一个二十多岁的工人慌了，拉着一个刚从办公室走出来的工友问：“三哥，警察问什么？”

“还不是对面的事，问15号、16号、17号夜里谁上班，谁没上班，问谁跟谁在一起，问河面上有没有船，问大车和装载机有没有出去过。没本事破案，竟然怀疑我们是杀人犯！”

“你怎么说？”

“实话实说。”

正打听，一个工友走了过来，摘下口罩道：“16号夜里我回家了，家里就我一个人，没人给我证明，他不会以为我是杀人犯吧？”

“他就是问问，就是吓唬吓唬，就算怀疑也要有证据，没做亏心事，不怕鬼敲门，你又没杀人放火，你有什么好怕的。”

常立群见他们磨起洋工，脸色立马变了，站在办公室前指着这边呵斥道：“嘀咕什么，干活！”小年轻不敢再打听，急忙戴上口罩继续干活。

尽管没问到正在休息的工人，但通过两个多小时的交叉询问，吴伟已经圈定了几个比较可疑的人，看着刚走进来的小年轻，一边示意他坐下，一边冷冷地问：“祁文力是吧？”

“是。”小年轻回头看看常立群，忐忑不安地点点头。

“15号夜里你在什么地方？”

“15号……15号我休息，吃完饭看了一会儿电视就上床睡了。”

“睡在哪儿？”

“宿舍，在砂石厂那边，我们这些外地的全住那儿。”

“你跟谁住一个宿舍？”

“裴启民，郃世新。”

“郃世新15号好像上夜班。”

“对，他这半个月全是夜班，我和裴启民上白班。”

吴伟突然抬起头：“常经理，15号夜里有没有人去砂石厂拉黄沙和石子？”

“账本上不是写得很清楚吗，16号夜里挺忙，15号夜里一车都没卖。”

“这个情况很重要，一车都没卖，您能不能确定？”

“能！”

“好，麻烦您出去抽根烟，我跟小祁单独聊聊。”

这小子该不会真有问题吧，常立群觉得很不可思议，下意识看了小年轻一眼，悻悻地走出办公室。小年轻更紧张了，耷拉着脑袋不敢直视。他的微表情已经出卖了他，就算人不是他杀的，但这件事肯定与他有关，吴伟欣喜若狂，强按捺下激动冷冷地说：“祁文力，15号你们是几点下班的？”

“六点，我们两班倒，每天都是六点交接班。”

“下班之后去哪儿了？”

“回宿舍洗澡换衣服，然后跟裴启民一起去桥头饭店吃饭，吃完饭在桥头逛了一会儿就回去了。”

“几点回去的？”

“想不起来了，应该是九点左右吧。”

“一顿饭怎么吃这么长时间？”

“我们不是逛街了么，从桥头饭店出来往北逛，一直逛到丁字路口，然后往回走。”

吴伟记录下时间点，趁热打铁地问：“回去之后干什么了？”

“洗衣服，洗完衣服看电视，看了一会儿就睡了。”

“裴启民几点睡的？”

“他看得很晚，什么时候睡的我真不知道，我当时睡着了。”

这小子果然有问题，才问了几句，他双腿就不由自主地颤抖，吴伟不想错过这个机会，砰一声拍案而起：“都什么时候了，还不说老实话！祁文力，你以为公安机关是干什么的，你以为我会无缘无故找到这儿！”

难道真被人看见了！祁文力吓出一身冷汗，支支吾吾地说：“吴警官，我……我什么都不知道，对面死了人真不关我事。”

“不关你事，那你告诉我15号夜里根本没人去买过黄沙和石子，没车去拉过砂石料，也没有船给砂石厂送过砂石料，停在你们宿舍门口的装载机为什么大半夜启动，并且那么多人就你祁文力有装载机的钥匙！”

“我……我是开装载机的，不过不光我一个人会开，在这儿干活的几乎个个会，可能谁拿走钥匙偷偷开着玩。”

“还狡辩，若要人不知除非己莫为，不老实不想说是吧，行，跟我去局里！”

“吴警官，真不关我事！”

“那关谁的事？”

警察说不定已经找过裴启民，裴启民说不定已经把什么都说了，看着吴伟声色俱厉的样子，祁文力不敢再心存侥幸，哭丧着脸说：“吴警官，我说，我一时糊涂，信了裴启民的鬼话。死人是我们运过去的，但不是我们杀的。要不是派出所的人来问，我们都不知道他是被人杀死的，以为得了什么病，病死在桥下的。”

第六十三章　无心插柳柳成荫

吴伟出去查案，韩朝阳待在砂石场并不寂寞。同已经混得很熟的十几个民工说说笑笑，不知不觉两三个小时过去了，正准备打电话问问吴伟查得怎么样，黄莹和老厂长一起坐许宏亮的宝马车到了。

“朝阳，梁老师今天是真高兴，知道你戒烟了，喜烟没给你准备，喜糖给你双份的双份。这些菜是打包的，搞得太丰盛，后来上的菜都没怎么动筷子。梁老师非得让我把这些给你带过来，他这是没把你当外人，知道你不会嫌弃。”

老厂长一身酒气，显然没少喝。韩朝阳打开塑料袋一看，整整齐齐码了十几个餐盒，不禁笑道：“我怎么会嫌弃，只是太多了，这边就我和吴伟两个人，这么多哪吃得下去。”

“吃不下去慢慢吃，”老厂长转身看看黄莹，哈哈笑道，“浪费是最大的犯罪，你就当帮帮忙，他家今天剩菜太多，再买十个冰箱也放不下。现在人不像以前，条件一个比一个好，有的没吃完就走了，都懒得打包，有的也可能不好意思打包，反正今天剩菜多了去了。”

“真的，标准订得太高，上那么多菜，根本吃不下去。”黄莹嫣然一笑，帮着把餐盒放到靠窗的办公室上。

韩朝阳打开空调，透过窗户看看作业区，转身一边招呼老厂长坐，一边笑问道：“宏亮，你们全去了？”

“怎么可能全去，二十一个人，一去就是两桌，人家要多花两桌的钱。开始说好的，一个都不去，把新娘子接到市区就回警务室。结果梁老师左一个电话右一个电话，新郎官也非让去，盛情难却，我只能当代表。

不过你放心，我是换上衣服再去喝喜酒的。”

从来没遇到过如此搞笑的事，从来没执行过如此奇葩的任务。许宏亮仍意犹未尽，说着说着又忍不住笑了。小伙子们很给力，一路“过关斩将”，不仅没让梁老师家多花冤枉钱，而且没耽误多少时间，婚礼几乎是准时进行的，任务完成得漂漂亮亮。小伙子们也很讲究，听梁老师家一起去接新娘的亲友说，事先给他们准备了四条喜烟，结果小伙子们就拿了四盒，并且这四盒主要是路上帮着燃放鞭炮点掉的。接亲车队还没到御庭酒店他们就集体下车，回保安公司吃午饭，不想给梁老师家添麻烦。

老厂长对小伙子们的表现很满意，掏出手机笑道：“朝阳，听说有人把接亲的视频发到网上了，以讹传讹，说得很难听。你放心，把新娘子顺顺利利接回了就是胜利，梁老师知道，在婚宴上就有亲朋好友看到那些微博，他一笑置之，根本不在乎。”

“婚礼的喜庆气氛没受影响？”

“怎么可能受影响，亲友们反而觉得有意思，连新娘子都觉得这个婚礼别开生面。”

“没受影响就好。”

“婚礼没受影响，你也不要担心会受影响。你们帮这么大忙，梁老师怎么会连累你们，早请亲朋好友帮着辟谣了。来的路上，我也在群里发了个红包，请大家伙帮着转发。归根结底，是那边的风气太差，我们这是被逼上梁山，是迫不得已。”

提起这个，从中午十一点半就开始刷微博的黄莹噗嗤一笑：“现在网上的风向变了，舆论一边倒，没再把宏亮当过街老鼠人人喊打，反而很同情我们。甚至有一些受害者，爆出几段被拦在那儿的视频，还有一路被敲诈勒索的账单。”

“是吗？”韩朝阳乐了。

“真的，不信你自己看看。”

正聊得兴高采烈，手机突然响了。韩朝阳歉意地笑了笑，掏出手机摁下通话键。

“朝阳，查实了，细节现在不方便说，我这边控制住一个，还有一个姓裴，叫裴启民，这会儿正在常老板的砂石场宿舍睡觉。我现在不方便过去，一出门就可能走漏风声，你赶紧过去把人控制住，我把他的身份证信息给你发过去。”

查实了！吴伟没说清楚，韩朝阳被搞得一头雾水，但能从语气中听出他此刻很急同时也很激动。不管是逮着杀人犯还是搞恶作剧的家伙，对正在侦办的这起命案而言都是一个突破性的进展。韩朝阳一刻不敢耽误，知道吴伟不方便细说也没再追问，应了一声，放下手机回头道：“宏亮，你来得正好，开车送我去河对面，跟我一起去抓一个嫌疑人！”

“行，走吧。”扮演黑社会接亲哪有抓嫌犯有意思，许宏亮兴致更足了，拉开门就往车边跑。

说走就走，黄莹忍不住追到门边问：“朝阳，这边不是不能离人吗？”

“莹莹，要不你去作业区帮我盯会儿，你虽然没穿制服，但你一样是公务员，还是我们巡逻队的义务巡逻队员。”

“好吧，你们小心点。”

“大白天，能有什么事。”老厂长对俩小伙子充满信心，也不管他俩是去干什么的，背着双手走到门口笑道，“莹莹，走，我跟你一起去里面看看。”

警情就是命令，韩朝阳一刻不敢耽误，同许宏亮一起火急火燎地赶到常麻子的砂石场。轿车尚未挺稳，就推门下车拉住一个刚帮一辆大车过完磅的工人问：“师傅，宿舍在哪儿，裴启民在不在？”

“宿舍在那边，裴启民上夜班，白天休息，他应该在吧。”

“带我们过去。”

“警察同志，你们找他干什么？”

“不该问的别问，快点。”

“行，我带你们去。”

韩朝阳一边跟着工人往宿舍走，一边不动声色地拔出甩棍。许宏亮是刚喝完喜酒过来的，没带任何装备，也不知道要抓捕的嫌疑人危不危险，看看四周，跑到墙边抄起一把铁锨，飞快地追了上来。

宿舍是一排低矮的民房，门口有一个用来洗漱和洗衣服的水池子，水池边停着几辆电动车。工人指指最左边的一个门，韩朝阳凑到窗前往里看，透过窗帘缝隙果然看到一个人躺在里面睡大觉，同时发现这个旧宿舍有后窗，并且没焊钢筋条，拉开窗口就能从后面潜逃。

总共就两个人，兵分两路显然不合适。韩朝阳不想夜长梦多，回头给许宏亮使了个眼色，走到门前往后退了两步，旋即抬起腿猛地一踹，只听见砰的一声，本来就不是很结实的木门被一脚踹开了。许宏亮扔下铁锹，在门被踹开的一刹那冲了进去。

“裴启民！”韩朝阳厉喝一声，紧跟而上，同许宏亮一起把睡在单人床上的男子拖下床，一人攥住他一只胳膊，把他死死地摁在墙边。

“啊！”

“啊什么啊，”韩朝阳摸出手铐，先把他反铐上，旋即揪住他头发，让他转过来，紧盯着他双眼问，“姓什么，叫什么名字？”

“裴启民。”

“知道我们为什么抓你吗？”

裴启民刚才真以为在做梦，发现双臂被扭得生疼，手腕被铐得死死的，越是挣扎铐得越紧，这才清醒过来，面对韩朝阳杀人般的眼神，语无伦次地说：“不知道，警察叔叔，您这是干什么，我没干坏事，我是好人！”

“好人，好人我能抓你？”韩朝阳不认为吴伟会搞错，掏出手机拨通吴伟电话，“吴哥，裴启民落网了，这小子不到黄河心不死，都到这份儿上还嘴硬。”

搅拌站那么多工人，并且常麻子的堂哥就在办公室门口。吴伟刚才是真不方便出门，担心把刚交代的祁文力一带出门，一带上警车，搅拌站的人就会给裴启民通风报信，确认裴启民已落网，他终于松下口气，激动地说：“放心吧，不会搞错，他很快会开口的。”

“接下来怎么办？”

“向上级汇报。”

“向哪个上级汇报？”韩朝阳下意识问。

露脸的机会难得，吴伟也学聪明了，低声道：“你先把人押过来，我们一起去对面，把两个嫌疑人押到对面砂石场再向石局汇报。”

“行，我们先去跟你汇合。”

“你们，除了你还有谁？”

“宏亮，宏亮正好过来给我们送吃的，我就是坐他车来的。”

“来得早不如来得巧，他在正好，我在搅拌站等你们，快点啊。”

公安抓人，谁敢阻拦！韩朝阳和许宏亮赶到搅拌站，车停在活动房门口摁了几声喇叭，吴伟把祁文力从办公室里押了出来。见一下子抓了两个，并且全铐上了，常立华意识到问题的严重性，哪里敢阻挠，急忙跑到一边给堂弟打电话。

三个人押着两个嫌疑人赶到侯老板的砂石场，把祁文力铐在第二间办公室暖气片的钢管上，由许宏亮和兴冲冲跑过来看热闹的老厂长看押。刚落网的裴启民则关在第一间办公室，吴伟亲自看押，并抓紧时间审讯。

韩朝阳是二人小组的“负责人”，不管“9・18”专案组还是分局都只认他，所以向上级汇报的工作也必须由他负责。

“查实了？”

“查实了，抓获两名嫌疑人，其中一名对移尸的犯罪行为供认不讳，另一个正在接受审讯，好像也开口了。”韩朝阳回头看看第二间办公室，不无兴奋地说，“冯局，我们都不知道专案组在什么地方办案，只能把嫌疑人先带到砂石场。”

居然真是恶作剧，居然被这俩小子查实了，真是无心插柳柳成荫！冯局越想越有意思，不禁笑道：“不知道他们在哪儿办案没关系，你们看管好嫌疑人，抓紧时间审讯，我帮你们给高新区分局通报，估计他们很快会派人去接手。”

第六十四章　拿下一城

冯局正在局里，没急着给专案组通报，而是先向周局和政委汇报，同闻讯而至的范局一起围坐在茶几前，打开手机免提，当着周局和黄政委的面拨通了高新区分局刑警大队长腾吉明的电话。

“冯局，您有什么指示？”滕大正忙得焦头烂额，真没心情接这个电话。

“老滕，我们什么关系，还您有什么指示，你这不是埋汰我吗？”

“没有没有，我哪敢埋汰你，你是领导。”

几十岁的人了，度量还是这么小，如果度量大一点，不可能到现在还是大队长。以前共事过，冯局对他太了解了，不动声色地问：“老滕，知道你忙，不开玩笑了，我就是想问问那起命案破得怎么样，有没有进展？”

滕大暗想开案情分析会时不是没通知过，这个老狐狸找各种借口不来，摆明了不想被拖下水，现在突然问起侦破进展，太阳是不是从西边出来了，但还是据实说道：“进展不大，被害人不是本地人，在燕阳的社会关系到现在没查清楚。”

“心急吃不了热豆腐，别着急，慢慢查。”

“现在已经是今年的最后一个季度，换作你，你急不急？”

“理解理解，”冯局抬起头看看局长和政委精彩的表情，随即话锋一转，“对了，我们分局那两个参与侦破的民警表现怎么样？”

天天在砂石场盯着民工筛沙子，能有什么表现！滕大腹诽了一句，敷衍道：“还行，不过筛到现在也没筛出什么有价值的线索。”

“筛什么，筛查吗？”冯局强忍着笑明知故问。

“他们对我们辖区的基本情况不太熟悉，安排他们走访询问不太合适，就安排他们在砂石场盯着工人筛那堆沙子，看能不能从沙堆里筛出被害人的手机或凶手作案使用的凶器，不是筛查。”

“现场我去过，那堆沙子估计有上千吨，这要筛到什么时候？”

“冯局，这是没办法的办法，换作你，你一样会安排人去筛，事实上你们筛得比我们早。”

“这倒是。”

“冯局，你还有什么指示，如果没其他指示先挂了，我这边还有点事，这个手机不能总占线。”

“又来了，我能有什么指示。老滕，我只是觉得这么分工不太合理，那天在现场当着骆支面我说得很清楚，我安排去的是我们分局最年轻也是最能干的民警。好刚要用在刀刃上，安排他们盯着民工筛沙子，让正式民警干辅警的活儿，这不是大材小用，这不是浪费资源吗？”

说来说去，原来是对安排你们的两个民警去盯着工人筛沙子不满。稀里糊涂摊上一起命案，滕大本来就窝着一肚子气，岂能因为冯局这三言两语就调整分工，不卑不亢地说：“筛沙子也很重要，并且他们对我们分局辖区的情况确实不太了解，现阶段只能这么安排。”

“既然你认为这么安排合适，我也没什么好说的，只想给你通报一个情况。我们分局的两个小伙子，对你们分局辖区的情况确实不太熟悉，但侦办这样的刑事案件又不是做社区工作，估计你们刑警大队的刑警队那一片也不是很熟悉……”刚才还说没什么好说的，结果又是一大堆。周局和黄政委忍不住笑了，范局更是紧捂着嘴生怕忍不住笑出声。

冯局从政委手里接过烟，接着道：“作为专案组的一员，他们不仅没参加过案情分析会，不知道案情，甚至不知道专案指挥部设在什么地方。全靠对现场的分析，对被害人尸体为什么会被埋在沙堆进行大胆推测，并利用业余时间小心求证。结果真被他们给蒙对了，北太河南岸的砂石场不是第一现场，也不是第一抛尸现场，被害人尸体之所以被埋在沙堆里，之所以被无意中拉到高铁站项目工地，不只是巧合并且是一起误导你们侦查方向的恶作剧。把尸体运到南岸砂石场、并埋进沙堆里的两个嫌疑人已落网，刚被带到南岸砂石场，你赶紧安排人去接手吧。筛沙子很重要，万一沙堆里有线索呢，他们不能总看着嫌疑人，不能因小失大。”

恶作剧，真的假的！滕大一时间竟愣住了。

“别以为我们分局真对这起命案不闻不问，我们是兄弟分局，怎么可能不协助？知道你忙，其实我也不闲，就这样了，如果再发现什么线索，我会及时给你通报。”

冯局挂断手机，周局等人再也控制不住顿时哄笑起来。

“恶作剧是小韩想到的，还是……还是另一个民警想到的？”

“小韩想到的，小吴查实的。”冯局想想又忍不住笑了。

“臭小子真是个福将，这运气没谁了！”周局敲敲茶几，忍俊不禁地说，“老冯，以后我们分局辖区再发生大案，再成立专案组，一定要算他一个。别的不需要，就要他的好运气。”

“小韩运气是不错，不然也不会在大西北捡那么大一个漏，不过这次不只是运气，谁能想到有人会搞这样的恶作剧，毕竟那是一具人的尸体，不是死猫死狗。滕吉民这会儿是很尴尬，如果换作我，我一样会尴尬。”

“所以说办案时很容易先入为主，一先入为主就会钻牛角尖，以后再发生大案，开案情分析会时要让一线民警参加，多听听一线民警的想法，兼听则明么。”

“是！”

周局微微点点头，接着笑道：“找到第一现场，哪怕只是抛尸的第一现场，这起命案就好破了。现场是我们的民警找到的，搞恶作剧的嫌疑人是我们的民警抓获的，他们以后不好意思再说我们推诿，况且这个案子本来就应该归他们管辖。不管怎么样，我们先拿下了一城，市局应该不会对我们有什么看法，我们也用不着觉得有什么对不起他们的。”

第六十五章　酒壮怂人胆

滕吉明很想骂人，可是想了一圈发现似乎只能骂自己。

砂石场在那么个犄角旮旯里，平时既没什么人会去，同样算不上人迹罕至，怎么可能是第一现场，就算抛尸也不可能往那儿抛，尸体被埋在沙堆里肯定是有原因的，而除了恶作剧又能有什么原因，这么浅显的道理居然想不到！现在好了，丢人丢大了。不过郁闷归郁闷，正事还得办。给骆副支队长打完电话，立即叫上指挥部的两个民警，火急火燎赶到距指挥部不到三公里的砂石场，警车开进院子时还在给技术中队打电话，命令技术民警带上现场勘查器材赶紧过来。

见他推开车门大步流星往这边走，韩朝阳急忙迎上来立正敬礼。“报告滕大，嫌疑人关押在办公室里，二人对移尸的犯罪行为供认不讳。”

谁会吃饱撑着没事干搞这样的恶作剧，滕吉明怀疑已落网的两个嫌疑人不只是移尸那么简单，没急着进去审讯嫌疑人，停住脚步阴沉着脸问：“移尸的动机？”

“栽赃陷害。”

作为专案组的一员，发现重大线索不仅不及时向专案指挥部汇报，甚至自作主张去抓捕，如果上纲上线这就是无组织无纪律，尽管韩朝阳非常清楚眼前这位不会追究，就算追究他们也追究不出什么，但心里还是有那么点忐忑，强忍着不敢流露出哪怕一丝笑意。

事实上滕吉明对他这个“燕阳最帅警察”是有一点看法。说什么不清楚案情，不知道专案指挥部在什么地方，难道没有电话！不第一时间向专案指挥部汇报，而是给你们分局领导汇报，这不是邀功是什么。

滕吉明暗骂了一句，侧头透过窗户看看蹲在两间办公室墙角里的嫌疑人，走到一边问：“栽谁的赃，他们想陷害谁？”

“报告腾大，侯老板和对面的常麻子是死对头，他们之间的恩怨能追溯到二十年前，刚开始都是做砂石料生意的，也都是靠经营砂石料起家的，后来又都投资搞搅拌站。为了抢对方的生意，这些年是你举报我、我举报你，你使坏、我作梗，什么招都使过，甚至不止一次打过架。两个老板不对眼，他们的手下也势同水火。刚落网的这两个嫌疑人就是想给侯老板点颜色瞧瞧，无意中发现尸体之后‘灵机一动’，用装载机从前不久刚竣工但没正式通车的北太河二号桥把尸体运过来，趁看门的大爷不注意悄悄抬进砂石厂，然后再埋进沙堆的。”

“几号运过来的？”

“15 日凌晨两点左右。”

如果两个嫌疑人交代的属实，那么他们就是在被害人死亡后不久发现尸体并运过来栽赃陷害的。腾吉明想了想，追问道：“他们是在什么地方发现尸体的？”

“北太河二号桥北岸引桥下的草丛里。”

“那个人是谁？”

韩朝阳愣了愣，顺着他手指的方向看了看才反应过来，急忙解释道：“报告滕大，他姓许，叫许宏亮，是我们朝阳社区义务治安巡逻大队的巡逻队员。省司法警官学院毕业，去巡逻队之前在我们花园街派出所干过，他是过来给我们送东西的，考虑到人手不够，刚才我让他跟我一起去对岸抓捕嫌疑人，带过来之后请他帮着看押。”

滕吉明搞清基本情况，不想再浪费时间，头也不回走进办公室。

专案组来了三个人，不知道等会儿又会来多少人，许宏亮意识到继续待这儿不合适，不动声色地走出办公室，跟站在宝马车边的王厂长和黄莹使了个眼色。见韩朝阳也微微点点头，黄莹立马拉开车门：“王厂长，我们先回去吧。”

刚目送走老厂长，一辆警车呼啸着开进院子。骆副支队长到了，韩朝阳急忙跑上去帮着开车门。

“小韩，干得漂亮！”骆副支队长不觉得俩小子放了颗卫星会让他有多么丢人，脑子里只有快侦快破，拍拍韩朝阳胳膊，一边往办公室方向走去，一边微笑着问，“滕大到了没有？”

“到了，正在审讯嫌疑人。”

“走，一起进去看看。”

“是！”

左边办公室里，裴启民已经吓傻了。蹲在墙角里浑身像筛糠一般颤抖，面对滕大杀人般的眼神，用颤抖的声音有问必答。

“不是你杀的是谁杀的？”

“警察叔叔，冤枉，我们没杀人，真没杀人！”裴启民哭丧着说，“杀人偿命，借我们十个胆也不敢。再说他姓什么叫什么都不知道，以前从来没见过，为什么要杀他？”

“你们没翻过死者的口袋？”

“没有，我们又不是小偷，我们有正经工作，我一个月工资四千多，老板还给我们交保险，怎么可能占这个小便宜，再说死人的东西能要吗？”

“不是你们干的，你们大半夜跑桥底下去干嘛？”

“我们在桥头饭店喝了点酒，睡不着觉，就在路边逛，一直逛到北边丁字路口。那儿不是有好多大排档么，又吃烧烤，又喝了点啤酒，喝完就往回走，快到桥头时从咸庄路口过来辆车，大桥还没通车，南边的路没修好，我俩还开玩笑说他们等会儿就得回头，结果他们没上桥，停在边上，下来两个人，从车里拖了个什么东西扔下去了。”

原来他们就是目击者！滕吉明欣喜若狂，紧盯着他追问道：“然后呢？”

“然后他们上车走了，我们觉得奇怪，跑过去往下面看，乌漆墨黑什么都看不清，就绕到下面用手机照着看，不看不知道，一看吓一跳，原来是个死人！没有伤，身上没有血，我们以为是不是得什么病死的，他的老板怕担责任，就让人把他扔桥下。”

滕吉明听得目瞪口呆，骆副支队长也觉得不可思议，冷冷地问：“如果你出了工伤事故，你们老板会把你当死狗一样随便找个地方扔了吗？”

“我们老板肯定不会，但做工程的那些老板很难说，我们在搅拌站上班，帮我们送混凝土的司机天天跟工地打交道，有个师傅说一个工地死了人，老板怕罚款，连夜找车把死人用棉被裹起来送回老家。”

“你们运过来的死人看上去像建筑工人？”

“不太像。”

“知道不像还不报警，就算像民工一样要报警！”

“警察叔叔，我错了，我们那天是喝了点酒，脑子不清楚，一时糊涂。”

“车牌号记得吗？”

“什么车牌号？”

“抛尸的车，就是把尸体运到桥头的那辆车！”

“记不得，离那么远，也看不清。”

“离多远？”

“反正蛮远的，有这儿到红星商店那么远。”

红星商店在哪儿，滕吉明真不知道，只能追问道：“什么车总该知道吧，是轿车，还是面包车，是小面包还是大面包？”

“挺长的，不是轿车，也不是普通的面包车，是那种挺高档的商务车。后面有两排灯，竖着的。”

“你确认是从咸庄路口拐过来的？”

“确认，那条路我们经常走。”

“东边路口还是西边路口。”

裴启民不知道是吓傻了还是当晚确实喝太多，竟挪了两步调整方向，随即用头努努墙壁：“从西边路口上来的，车开得很快。”

“车上的人有没有看见你们？”

“应该没有，我们离那么远，而且路没修好没装路灯。”

第六十六章　这就完了？

正审着，大部队到了。滕大当即把裴启民揪出办公室，塞进警车，带裴启民去北太河二桥指认现场。专案组的另一个刑警在隔壁办公室继续审讯祁文力，看样子要让这俩臭小子轮流去指认。至于他们刚才有没有撒谎，两份口供一对就水落石出。并且不只是对刚才的供词，能想象到他们接下来会被反复盘问，真的假不了，假的真不了，不管事先是不是串过供，不管事先编的瞎话有多像，都不可能编得天衣无缝。

领导和经验丰富的刑警们来来去去，韩朝阳这个菜鸟和吴伟这个新人没任何发言权，一直在办公室门口守到几个刑警把祁文力押走，二人猛然发现砂石场又变成原来的样子。

“这就完了！”吴伟看看卷起一阵尘土离去的警车，又回头看看塑料布围得严严实实的作业区，整个人都傻了。

滕大走得匆忙，骆副支队长走前也没交代什么，看来接下来几天依然要在这儿盯着民工们筛沙子。韩朝阳虽然有那么点意外，但也没觉得在这儿盯筛沙子有什么不好，不禁笑道：“没完啊，案子还没破，凶手不是没落网，而是连身份都没搞清楚。”

“我是说我们，移尸栽赃陷害的线索是我们查到的，两个嫌疑人是我们抓的，怎么就没我们的事了，这不是过河拆桥吗？”吴伟郁闷到极点，点上支烟猛吸了一口。

“什么叫过河拆桥，你觉得什么才不是过河拆桥？”

“至少应该让我们参加接下来的侦查。”

“专案组缺懂侦查的刑警吗？”韩朝阳反问了一句，拍拍他肩膀，“吴哥，侦查有什么好的，你又不是没干过，查起来就没日没夜，查证一条线索要跑断腿。待这儿多好，有吃有喝，什么都不用干，还享受出差待遇，回去有出差补助。”

吴伟不认为韩朝阳真是那么想的，气呼呼地说：“朝阳，他们是怕我们再抢他们的风头！”

“有这个可能，换作我是领导，我一样会这么安排，不然凶手真被我俩给抓了，他们会多没面子。”

“怎么能这样，我们分局领导也真是的，当时就不应该把案子让给他们。”

“我要是领导，我一样会把案子让给他们。”

“得，你是当领导的料！”

“才知道啊，”韩朝阳乐了，一脸得意地说，“事实上我就是领导，虽然没行政职务，但身兼两支义务巡逻队的大队长，手下一百多号人呢。”

“居然有心情开玩笑，别嘚瑟了，接下来该怎么办。”

“服从命令听指挥，继续待在这儿盯着师傅们筛沙子。之前排的班全乱了，我们重新开始，从头再来，你先去还是我先进去？”

“朝阳，你就一点不生气？”

“人家是领导，我们是兵，我有资格生领导的气吗？再说这个气有什么好生的，可能在人家看来让我们待这儿是对我们的照顾，反正我不生气，如果换作老胡和老丁，他们估计一样不会生气。”

相比跑断腿去查案，待这儿确实很清闲。吴伟赫然发现“最帅警察”跟老胡老丁等老油条差不多，尽管干出那么多成绩，尽管接二连三立功，但工作态度比他师傅差远了，就这“混日子”的工作态度完全对不起上级给他的那些荣誉。遇到这样的人能说什么，吴伟扔下一句“我先进去盯着”，便头也不回跑过去掀开塑料布钻进作业区。

韩朝阳刚才没开玩笑，真没生气。大白天也睡不着，回到办公室打开塑料袋，取出两个餐盒，一边吃着梁老师请老厂长和许宏亮捎来的菜，一边给已经回到理大教师宿舍的女友打电话。

“你们抓的两个家伙不是杀人犯？”

“应该不是，看上去也不像，更重要的是没作案动机，”韩朝阳探头看看作业区，笑道，“不说这些了，明天周一，明天你就要上班了，蔡主任他们不是非让请客，我现在抽不开身，明天到单位你怎么跟他们说。”

“肯定等你回来，”黄莹盘坐在床上，看着电视嬉笑着说，“老公，我打算连唐晓萱她们一起请，街道这边两桌。杨书记已经说了，只要有时间肯定参加。你师傅、老唐、苗姐、苏姐、玲玲、宏亮和欣宜他们一桌，现在就差你们单位了，所里大概会去几个人，算好人数我好订桌。”

荣立个人二等功，不请客说不过去，并且这确实是一件大喜事。

韩朝阳欣然笑道：“没问题，等确定什么时候能回去就约刘所他们。”

“行，就这么定。”黄莹想起刚才遇到的一个人，鬼使神差地说，“老公，回来时我在警务室遇到张贝贝，她在市里租了间房，在什么旅行社找了份工作，明天正式上班，下午特意赶回来感谢你们，打算请你们吃顿饭，听说你回不来，非要我一起去。”

“还请了谁？”

“苏姐，老金，宏亮，以前跟你一起在警务室的老徐，还有欣宜、陈洁、晓斌和小康他们。对了，他还请了你师兄。”

“她倒是重情重义。”

“嗯，她是重情重义，就我薄情寡义。”

“说什么呢，老婆，别这样行不行，我跟她真没什么关系。”

“如果有关系，我能在这儿给你打电话！”黄莹噗嗤一笑，接着道，“我答应她了，晚上跟玲玲一起去。”

只要涉及张贝贝就容易惹火烧身，韩朝阳急忙岔开话题：“老婆，村里情况怎么样，拆除公司开始拆了吗？”

“开始了，从一队开始拆，以前没见有那么多捡破烂的，刚推倒几排房子，就有好多人跑去捡东西。拆除公司经理急了，给杨书记打电话。保安公司成立时人家出了好几万，苏姐这会儿亲自带队在村里巡逻，一下午抓了十几个跑去捡东西的，有的人连砖头瓦片都要。”

肯定是附近的村民，但他们捡的东西全属于拆除公司所有，就算朝阳社区保安服务公司成立时没拿人家钱，一样有义务维护人家的合法权益。韩朝阳正暗想师傅这会儿肯定很忙，门口传来一阵嘈杂声。

“常麻子个王八蛋，竟敢陷害老子，我刚到砂石场，先问问情况，你帮我从外面多喊几个人，搅拌站那边能去几个去几个，狗日的，我非得让他把这件事说清楚！”

侯老板到了，边走边咬牙切齿地打电话，看架势是打算去对岸找常麻子算账。

韩朝阳当然不能眼睁睁看着他带人去跟常麻子大打出手，急忙跑出办公室劝道：“侯总，消消气，事情不是您想的那样。”

“小韩，我就问你一句，我老侯为人怎么样？”

“没得说。”

“虽然我们以前没怎么打过交道，但你来我砂石场也有好几天了，我对你怎么样？”

“一样没得说。”

“那你给我交个实底，常麻子是怎么陷害我的？”

韩朝阳把他拉进办公室，摁坐到椅子上，一边招呼他喝梁老师请老厂长带来的啤酒，一边笑道：“侯总，案件正在侦查阶段，按规定我不能泄露案情，但您的为人确实没得说，我违反纪律保密透露一点。常麻子真没陷害您，至少在这件事上没有，他甚至不知情。”

“不知情，小韩，你开什么玩笑，这不是他指使的就真见鬼了。”

“我没开玩笑，他确实不知道，完全是我们下午抓的两个臭小子自作主张，他们本想着把尸体运过来埋沙堆里恶心恶心你，尸体被发现之后肯定能把您搞得焦头烂额，让他们老板看您笑话，他们老板也可能会对他们另眼相待。结果第二天酒醒了，猛然意识到那是一个人的尸体，不是死猫死狗，两小子害怕了，跟谁都没敢说，更别提告诉他们老板、在他们老板面前邀功了。”

“我跟常麻子是不对付，但关他们这些干活的什么事！”侯老板将信将疑。

“您仗义啊，待手下干活的人好，您那些工人肯定处处为您着想。对岸那位对他手下干活的人也不错，他那些手下对您一样是‘同仇敌忾’。您的那些手下也好，他的那些手下也罢，说白了全是各为其主。我说你们唱的是哪一出，和气生财不好吗，非得搞成这样。”

“不是我非跟他过不去，是他做得太过分。”

“侯总，冤家宜解不宜结，反正我觉得你们这么下去不是办法。”

“不说了，你继续吃饭，我出去办点事。”

“办什么事，去找常麻子算账？”韩朝阳脸色一正，敲着桌子说，“侯总，您就这么带人找上门，他们肯定也叫人，不动手是寻衅滋事，万一动了手性质更严重。好好赚钱不好吗，非得进拘留所甚至看守所，非得出钱给人治伤，非得交罚款？”

“小韩，我是咽不下这口气！”

“想出气容易，我韩朝阳能拦住这一次拦不住下一次，关键要想想出完气的后果！侯总，您家大业大，就算从现在开始什么都不干，您赚的那么多钱几辈子都花不完，这日子多好，知道有多少人羡慕吗，犯不着因为这点事搬石头砸自己脚，您想想是不是这个理。”

第六十七章　不抓到凶手心不死

夜深了，平时只开一排路灯的华兴路今夜一片漆黑。这是高新区最冷清的一条主干道，道路两侧全是农田，过往的车辆和行人不多，所以被去年刚搬到附近的车管所作为机动车驾驶学员的考试路段。

凉风习习，滕吉明同几个刑警一起站在路边，静静地看着一辆车从远处拐上华兴东路，一直看着那辆车行驶到清宣河大桥。

“报告滕大，报告滕大，一号车已抵达指定位置，一号车已抵达指定位置！”

“停下，人不要下车。”

“一号车收到，一号车收到。”

滕吉明刚放下对讲机，一个刑警便转身道：“裴启民，仔细看，看清楚了，是不是这样的车？”

裴启民抬起被铐着的双手揉揉眼睛，仔细辨认了好一会儿，小心翼翼地说：“不像，不是。”

“怎么不像？”刑警追问道。

“灯不像，哪里不像我……我……我也说不上来，反正不太像。”

高新区刚开始大开发，连道路和水电等基础设施都不完善，更不用说交通管理设施。也正因为对北太河沿岸有投资开发的规划，考虑到咸庄及咸庄周边的几个村，土地在不久的将来要被征用，民房在不久的将来会被拆迁，上级认为不能浪费资源，所以不在规划内的城乡道路基本都安装上了交通监控和治安监控，没把宝贵的资源浪费在即将面临征地拆迁的规划区域。其他地方有许多摄像头，那一片却很少。

钱是省了，那一片发生案件也没其他地方好破。二十几个刑警、交警和治安民警在咸庄村及咸庄村周边从下午 3 点半转到晚上 8 点多，总共就找到 16 个摄像头，其中只有 9 个管用，而从这 9 个摄像头拍摄的视频和照片中又没发现可疑车辆。

抛尸的嫌疑人姓什么叫什么，不知道。

抛尸的嫌疑人长什么样，不清楚。

被害人的尸体是从引桥上抛下去，时间过去好几天，路面不知道行驶过多少工程车辆，现场勘查同样一无所获。现在只知道用于抛尸的交通工具，极可能是一辆尾灯竖着的商务车。

全市常住人口 870 多万，机动车驾驶人 340 多万，汽车驾驶人数量与汽车保有量比率大概为 1.6∶1，也就是说全市约有 200 多万辆机动车。买商务车的人确实不多，但搁到全市，商务车保有量却不少，并且车辆和人一样是流动的，车辆所有人和车辆驾驶人都可能不是一个人，有的车主和车辆实际驾驶人甚至联系不上，想通过大排查搞清抛尸嫌疑人的身份很难。唯一的办法是缩小范围，先确认是什么车型。

指认交通工具的不只是裴启民一个人，还有被几个刑警架在不远处的祁文力，滕吉明等了三四分钟，再次举起对讲机："一号车一号车，按计划返回。"

"一号车收到，一号收到，完毕！"

两个臭小子看车辆的图片辨认不出来，只能采用这种虽然很笨但也很奏效的办法。

刑警开着紧急借来的车在桥头转弯调头，按原计划返回出发点。紧接着，又有一辆商务车拐上华兴路，跟一号车一样开得很快，直奔桥头而去，并在刚才的位置停车。有了一次辨认经验，车刚停下，裴启民便很主动地说："吉警官，这辆也不像，尾灯不是这样的。"

"尾灯不是竖着吗，再看看，看清楚了再说。"

"真不像，那辆车好像没这么宽。"

案发当晚，他们喝过不少酒，让他们回忆估计也回忆不出什么，第一感觉反而更重要。

滕吉明回头看看裴启明，再举起手机看看正在左前方押着嫌疑人辨认车辆的刑警发来的微信，旋即举起对讲机："二号车原路返回，三号车准备。"

"二号车收到，二号车收到，完毕！"

时间一分钟一分钟过去，分局各单位帮着借来的车一辆接着一辆驶上桥头再原路返回到出发点，生怕这两个臭小子看错，十三辆车像排练一般走了两次，他们居然声称都不是。

"耿大，我滕吉明，有没有休息？"

"刚躺下，什么事？"

滕吉明看着正被部下们往警车里塞的俩嫌疑人，靠在护栏上举着手机说："下午请你提供的十三个车型我们全借到了，结果在华兴路模拟了两次，两个嫌疑人说都不像。对车你比我懂，再帮我想想，还有什么商务车尾灯是竖着的。"

交警七大队副大队长耿书喜愣了一下，喃喃地说："我提供的全是保有量比较大的车型，难道凶手使用的交通工具是进口车，或者保有量比较少的车型？"

"这么说还有尾灯是竖着的车型？"

"有，但不多，我给列个清单，不过想借这样的车没那么容易，不是借不到，是平时很难看到。"

"对我们而言这不是坏事。"

"也是，保有量越少，要排查的范围越小。你等着，我用微信给你发过去。"

等了五六分钟，耿大发来微信。看着手机上的商务车品牌和型号，滕吉明意识到今夜别想再让嫌疑人辨认了，把车辆信息转发给一个刑警，旋即回头道："老郑，看看刚给你发的微信，其他事放一边，从现在开始你就负责找车，先回去查查市里有没有卖这几种商务车的4S店或经销商。如果有，明天一早去跟人家好好说说，看能不能借用一下。"

“是！”

“小程，你现在就去车管所，查查这几个车型的登记信息，看看全市有多少辆，都是哪些单位或个人购买的。”

“是！”

“滕大，这两个嫌疑人怎么办？”

“先送看守所，送过去之后别急着回来，在看守所再审审。”

不怕一万，就怕万一。表面上看这俩小子不太像杀人犯，但万一人是他们杀的呢，年轻的刑警反应过来，钻进警车打开警灯先走了。

与此同时，韩朝阳正在同吴伟换班。好不容易逮着俩移尸的嫌疑人，帮专案组找到了真正的抛尸现场，结果专案组过河拆桥依然不带他玩，吴伟真的很郁闷，站在脚手架下叼着烟说：“朝阳，石局交代得很清楚，没凭没据的事不能乱上报，要查实之后才能向专案指挥部汇报，也就是说我们可以接着往下查，他们查他们的，我们查我们的。”

这样的人，应该去跟苗海珠搭档。韩朝阳懒得再劝他了，心不在焉地问：“我们是燕东分局的民警，石局同意我们查，理论上我们就有权查，关键‘车海茫茫’，而且我们又不是交警，怎么去找那辆抛尸的商务车。”

“我们不是交警，岳建平是啊，我们可以请他帮忙。”

韩朝阳想起那个一起考上燕东分局警察公务员、一起在市局的警官培训中心接受过三个月培训、很想当刑警结果被分到交警队的哥们，不禁笑道：“岳建平是交警，但他跟我们一样只是还在试用期的交警。平时不是在石府路口指挥交通，就是在石府路小学门口护送小朋友过马路，拿正式民警工资干辅警的活儿，连罚单都没权开的，你指望他能帮上什么忙？”

“他可以查询车辆信息。”

“我们又不是没警务通，我们一样可以。关键你知不知道全市有多少辆商务车，就算有车主信息你查得过来吗？”

“嗯，这么查肯定不行，这跟大海捞针差不多。”吴伟摸摸几天没刮的下巴，沉吟道，“凶手选择在北太河二桥抛尸，说明他们对这一片比较熟悉，不太可能是第一次开车过来。雁过留声，人过留痕，我们可以走访询问，说不定能搜集到线索。”

“你都能想到，专案组领导难道想不到？”

“他们是能想到，但他们要想要查的事更多，我们跟他们不一样，我们除了盯着民工筛沙子没别的事，可以一心一意查，可以把走访询问这样的基础工作做得更扎实。”

显而易见，他是不抓到凶手心不死。韩朝阳能说什么，只能同意道：“没问题，我们再分一下工，还跟以前一样，我在这儿盯着筛沙子，你去对岸走访询问。”

眼前这位运气好得爆棚的搭档虽然工作态度不是很积极，但并非没有优点，至少非常好说话。想到又可以查案，吴伟由衷地说：“谢谢。”

“自己人，别这么客气，再说你又不是干私活。”

“那你在这儿盯着，我先开车去咸庄转转。”

“现在几点了，现在去能走访谁，能找谁询问？”韩朝阳被搞得啼笑皆非，像看傻子一样看着他。

“我先去熟悉熟悉环境，”吴伟掏出手机看看时间，再抬头看看漆黑的夜空，信心十足地说，“而且今晚这天色跟 15 号夜里差不多，我过去转转，说不定能发现点什么。”

“去吧，不让去你也睡不着。”

“那我走了，有什么事电话联系。”

第六十八章　何所来了

下半夜，韩朝阳困得两眼睁不开，本想着靠在脚手架上打个盹，结果眼睛一闭就睡着了，一直睡到天亮。醒来正准备去办公室看看工作狂有没有回来，冯局居然亲自打来电话。

“小韩，专案组有没有给你布置新任务？”

“没有，我们还在砂石场。”

冯局愣了一下，暗想滕吉明的度量也太小了，昨天还跟他说“好钢要用在刀刃上”，结果依然让两个小伙子在砂石场盯着筛沙子。

冯局抬头看看黄政委，举着手机说：“还在砂石场，这样吧，我帮你跟专案组请三天假，你叫两个巡逻队员去替你盯着。现在 7 点 45， 9 点前来分局报到。”

“什么任务？”韩朝阳下意识问。

“龙道县公安局的同志来我们分局交流，周局点名要求你参与接待。政委和范局等你回来， 9 点准时去火车站接大西北的同行，你去交流的那个派出所的所长也来了，他肯定想见见你。”

想到何所正在来燕阳的火车上，韩朝阳真有那么点激动，急忙道：“是！”

“搞快点，我这就帮你跟滕大请假。”

“谢谢冯局。”

“这有什么好谢，接待大西北同行也是任务。”

接到冯局电话，滕吉明当即同意给“最帅警察”批假。冯局说三天，滕吉明得知大西北同行要去燕东分局交流半个月，很慷慨地给了韩朝阳一星期假，事实上他更想给燕东分局的两个民警“放长假”，只是案子现在有了眉目，不能赶人家走，不然真成过河拆桥了。

冯局心知肚明，坚持只需要三天。韩朝阳不明所以，只知道交流单位的领导马上到，先叫醒昨夜不知道转到几点、这会儿正在呼呼大睡的吴伟，跟吴伟说明了一下情况，随即给警务室打电话，让许宏亮和小康过来帮忙，安排好一切这才打车回分局。至于警务室的110警车，必须给吴伟留下。如果没有车，他真要靠两条腿去走访询问。

赶到分局，本打算在楼下等，上次带队去大西北交流的范局竟趴在窗户边喊：“小韩，还有半个小时才出发，先上来。”

“是！”

领导让去办公室就得去，一口气跑上二楼，在外面喊了一声报告。推门进来一看，黄政委和杜局也在，韩朝阳吓了一跳，急忙立正敬礼，急忙给三位局领导问好。

“小韩，别这么拘束，坐，坐下说。”

“政委，我站着就行。”

“站着就站着吧，专家说人啊还是经常站着比较好，现在有许多公司的白领，都用那种站着的办公桌。”黄政委心情不错，居然谈起养生之道。

韩朝阳正不知道该怎么往下接，范局递上一份交流活动安排。

“小韩，你也看看，今天先帮西北同行安顿下来，可能有同志想出去转转，你当向导，负责陪同。明天上午8点，在三楼会议室召开对口交流座谈会，这个座谈会你要参加。明天下午参观办案中心、刑警大队和指挥中心，明天下午的活动你就不需要参与了，从西北交流回来之后你一直没能休息，可以回去休息一下午。”范局低头看看日程安排，接着道，“后天上午，参观学习我们花园街派出所和新园街派出所的联勤工作，也就是参观你们中山路综合接警平台，这个参观活动你必须全程参与，西北同行还要听你介绍呢，你可以利用明天下午的时间准备准备。”

“是！”

来的人跟去的人不一样，交流活动安排也不一样。分局民警过去要到各基层所队跟班学习交流，而这次来的龙道县公安局科级干部主要的活动是参观，意料之中的事，韩朝阳并没有觉得奇怪。唯一没想到的是，政委和杜局不仅知道何所，甚至知道何所遇到的那件倒霉事，竟打听起何所现在的情况。

“给死者亲属赔了五万，他自己出的，不是单位出的，我能感觉到这件事对他打击很大。”

“感觉到，怎么感觉？”杜局低声问。

“他以前不发朋友圈的，现在经常发，而且发的全是一些鸡汤帖，”韩朝阳掏出手机，点开微信，翻出何所长的微信朋友圈，接着道，“我给您念念：看错人，不是因为瞎，是因为善良。帮错人，不是因为蠢，是因为把情谊看得太重。忍得下，不是因为没理，而是不愿去争论。人心真是无法看透。但要善良无悔，因为我始终相信，心灵美丽，人生就美丽。”

“写得挺好，很有道理。”

“杜局，我再给您念念这段：做人要厚道，不要总觉得自己聪明、别人傻。不计较是觉得有那份情义在。切记：山外有山、人外有人，你钱再多、地位再高、每天还是过着 24 小时，吃三顿饭，走时也带不走。”

杜局反应过来，轻叹道：“他心里有气。”

“这不只是钱的事，流血流汗又流泪，换作谁心里都有气。”韩朝阳放下手机，接着道，“如果换作别人发这些人生哲理，倒也无可厚非。但他不是普通人，他是派出所长，所以我总觉得有点……有点怪怪的。”

岂止是怪怪的，从用人的角度看，这样的民警已经不适合再担任领导职务。

这个话题太沉重，黄政委故作轻松地笑道：“没想到这个何平原有点水平，有点文采。”

“他是师范大学毕业的，是本科生。”

“难怪写得这么好。”黄政委拿起手机看看时间，随即站起身，“快 9 点了，出发吧。”

第六十九章　比运气

韩朝阳走了，许大少爷来了。

穿着一身特勤制服，系着多功能腰带，肩上挂着执法记录仪，搞得像特巡警大队的特警，比在所里当辅警时威武多了。本以为他会像他的好兄弟一样“混日子”，结果一到砂石场就让一起来的小康进作业区，他则主动请缨当司机，要跟着一起查案。

“宏亮，我这是走访询问，走到哪儿询问到哪儿，不知道什么时候能回来？”

“我知道，我们又不是没合作过，再说我闲着也没什么事。”

“关键这里不能离人。”

“没离人，不是有小康么。”

“小康又不是铁打的，不能 24 小时盯在这儿。”

“我说多大点事呢，不就是人嘛。”许宏亮钻进警车驾驶室，掏出手机拨通理大保卫处 110 值班室电话，跟校卫队主任章金海聊了一会儿，章金海竟同意安排两个保安过来。

吴伟听得目瞪口呆，一脸不可思议地问：“宏亮，你是朝阳社区义务治安巡逻队的人，还是理大义务治安巡逻队的人，怎么跟理大保卫处也这么熟？”

许宏亮放下手机点着引擎，一边扶着方向盘倒车，一边不无得意地笑道：“前段时间不是请他们帮忙，一起去体育场执行过安保任务吗，朝阳当时又在大西北交流，我也算半个理大家属，苏主任和老金让我负责协调，打过几次交道，慢慢就熟了。”

差点忘了，他追上了“最帅警察”的小师妹！谢玲玲是理大老师，他不就是理大的半个家属么。并且韩朝阳在理大非常吃得开，而他跟韩朝阳关系好得几乎穿一条裤子，理大保卫处怎么可能不给他面子。

一个电话，叫来两个人。吴伟正琢磨着这么做合不合适，许宏亮的手机又响了，只听见他一边开车一边笑道：“行，过户的费用算我的，你问问他什么时候能办过户手续。房子不用看了，我三天两头去小区，对户型和小区环境比你熟悉……”

吴伟听得清清楚楚，下意识问：“买房？”

“嗯，打算买套二手房，说是二手房，其实是毛坯房，原来的房主买了之后一直没装修，房子空着一直没人住。”

听他刚才的语气，买房跟买菜般轻松。

吴伟羡慕地问：“哪个小区，多少钱一平米？”

“东明新村，不是什么高档小区。”

“你家又不是没钱，怎么想到买东明新村的房子，朝阳还把房子买在市里呢。”

“我跟他不一样，”想到已经真正安顿下来的女友，许宏亮嘿嘿笑道，“他家买房考虑的因素太多，又是地段，又是升值空间之类的，我买房主要是为了方便。东明小区离理大多近，在理大附近安个家多好！”

“这么说你和谢玲玲打算结婚？”

“结婚是早晚的事，等结婚时再买房那就晚了。”聊着房子，许宏亮突然想起一件事，又掏出手机拨打起电话，只见他眉飞色舞地说，“苏主任，我宏亮，吴俊峰刚才打电话说东明小区 2 号楼那套房子业主愿意卖，买房这种事不能拖，我准备这几天把过户手续办了。”

“恭喜恭喜，”这事苏娴知道，想到买了房子下一步就是结婚，忍俊不禁地问，“玲玲的工作解决了，房子的事也基本上定了，我们什么时候有喜酒喝？”

“结婚不着急，至少等我参加完公考。考上就结婚，考不上就改行，总不能让她嫁给一个保安。”

“你把玲玲当什么人了！”

“我知道她不在乎这些，但我在乎，我不能让她家的亲朋好友笑话她。”许宏亮话锋一转，一脸谄笑着说，“苏主任，我想等房子的过户手续办完之后，把我的户口迁到咱们社区，您不会不接收吧？”

“怎么可能，有房产证就行，再说你本来就是花园街道的居民，只是从龙章社区迁到我们社区。”

“不麻烦吧？”

“不麻烦，很简单的，我这儿开接收证明，你直接去派出所找户籍办手续，一天能办完。”这小子不会无缘无故问这些，并且他在派出所干过，对这方面的政策并非一无所知，苏娴说着说着猛然反应过来，噗嗤笑道，“好你个许宏亮，居然给我打埋伏，不过你把户口迁过来也好，省得像去年一样又要浪费一个党员发展名额。”

“谢谢苏主任，谢谢苏姐，您是我亲姐，我不会让您难做，我会好好表现的。”

“知道就行，你不是去高新区替朝阳了吗，先好好执行任务，其他事回头再说，发展党员要到年底，肯定赶得上。”

现在入党比以前难多了，全分局没几个名额，分到所里更少。社区跟派出所一样有党支部，苏主任就是党支部书记，每年要在社区发展党员，但在党政机关和事业单位上班的社区居民，自然要把入党申请书递交给各自单位的党支部，不吃公家饭的社区居民要么已经入了党，要么对入党根本不感兴趣。

吴伟猛然反应过来，斜看着许宏亮惊诧地说：“兄弟，你这是弯道超车啊！”

“什么叫弯道超车，我是觉悟高，我信仰伟大的共产主义。”许宏亮扶着方向盘，又很认真很严肃地强调道，“别用这种眼神看我，我真信仰！世界大同，按需分配，马云有的我也要有，你当警察我一样要当，你说共产主义多好，我愿意为这个理想奋斗终身。说正事吧，这案子怎么查？”

你小子突然想入党，干工作突然变得这么积极，还不是想在参加公考时“加分”，还是不是不想让你的女朋友嫁给一个保安，吴伟彻底服了，低声道：“不管你信不信，具体案情我知道得不多，现在只有一条线索，这起命案至少有两个或两个以上的凶手，至少抛尸时是两个人，他们开的是一辆尾灯竖着的商务车。”

正如他所料，许宏亮确实想干出点成绩。习惯性摸摸嘴角，沉吟道：“尾灯竖着的商务车，这么说我们应该先上网查查车型，只有确认车型才能针对性的走访询问收集线索。”

“我上网搜过，专案组估计也在查车。”

“要争分夺秒，抢在高新区分局前面找到那辆车，再通过那辆车锁定凶手？”

“嗯。”

“朝阳知道吗？”

“知道，不然他能让你们来？”

“朝阳知道就行，”许宏亮想了想，接着道，“论资源，我们肯定没法跟专案组比，我们能想到的他们一样能想到，并且能做到。所以想抢在他们前面逮着凶手，只有想他们想不到，做他们不会做的。你刚才说对案情知道的不多，但绝对比我多，你说有什么是他们想不到的？”

身边这位虽然只是一个保安，但他在省司法警官学院学的就是侦查，上警校时去刑警队实习过，毕业后就去花园街派出所当辅警，既懂一点理论又有实践，论侦查远比他的好兄弟韩朝阳专业。吴伟不再把他当命好桃花运也好的大少爷，苦思冥想了片刻，一脸无奈地说：“我觉得我能想到的专案组一样能想到。”

“既然这样那只能走走问问碰碰运气。”

“也只能这样了，其他比不过他们，就比谁运气更好一点。”

提起运气，许宏亮不禁笑道：“这活儿应该让朝阳来干，他这段时间尽走狗屎运，连猪撞逃犯身上、他撞猪身上的事都能发生。”

第七十章　“扮猪吃老虎”

韩朝阳随黄政委、范局一起接到西北同行，直接把西北同行送到华强宾馆。中午是自助餐，晚上是桌餐，届时周局会亲自过来给龙道县公安局的同志接风。

为了让何所有宾至如归的感觉，韩朝阳特意换上便服，甚至把许宏亮的车借来了，打算利用下午半天时间，陪他去市里的几个景点转转。

“朝阳，别这么客气，景点有什么好逛的，而且光我自己逛也没什么意思。”

“这倒是，旅游应该跟家人一起，那样才有感觉。”何所不是矫情的人，韩朝阳也不矫情，拉开车门笑道，“我们不去景点，我们在市里随便转转，总不能来一趟燕阳，不知道燕阳到底什么样。”

小伙子很热情，再推辞反而不好。何平原犹豫了一下，钻进轿车笑道：“行，随便转转。”

“莹莹刚才还打电话呢，想着晚上一起吃饭，但今晚肯定不行，我跟她说安排到明晚。”

“朝阳，你们这么客气，搞得我很不好意思。”

“应该的，在新营时您对我不也很照顾么，”韩朝阳回头看看何平原那张黝黑憔悴的脸，故作轻松地笑道，“何所，要不是您来，我这会儿还在高新区的一个砂石场盯着一帮民工筛沙子呢，说起来我应该感谢您。”

“筛沙子？”何平原糊涂了。

韩朝阳简单解释一下来龙去脉，苦笑着说：“只要凶手没落网，筛沙子的工作就不会停，直到把一大堆沙子筛完为止。稀里糊涂被派去干这活儿，扔下自己辖区那一大堆事，您说我倒不倒霉。”

这不是枪打出头鸟，这是他正好在现场被撞上了。

“这也是工作分工，”何平原笑了笑，突然道，“要不去你辖区看看，来前教导员和江立他们还让我多拍点照片，想知道你的工作环境。”

去哪儿转不是转，韩朝阳欣然笑道：“行，先去我们警务室。”

打转向灯，拐上中山路，一直往西开，快到东明小区时，韩朝阳放缓车速，指指前面如数家珍地介绍道：“何所，这一片都是我的辖区。日程表您看过的，明天下午要参观新园街派出所和我们花园街派出所的联勤工作，事实上就是参观我们中山路综合接警平台，而这个接警平台也就是我们警务室。”

“是吗？”

“不骗您，中山路南边是我们花园街派出所的辖区，中山路北是新园街派出所辖区。没设立综合接警平台之前，中山路上发生的治安案件和案值不大的刑事案件，到底归我们花园街派出所管辖，是归新园街派出所受理，还是归公交分局管，经常发生推诿。设立综合接警平台之后，这样的事基本上就没再发生过。”

“重新划分辖区？”何平原好奇地问。

“没有，我们接警平台只负责接警，只负责现场处置，然后再移交给花园街派出所或新园街派出所的办案队，或者帮当事人联系公交分局，总之，不需要群众再跑冤枉路。”

“到底移交给哪个单位，谁说了算，万一移交过去人家不管呢？”

“接警平台的民警不是特巡警，我和我师傅是花园街派出所的民警，另外两名同志来自新园街派出所，虽然不一个单位，但事实上在一个不是单位的单位上班，不管遇到什么事可以商量着办。并且，我师傅身份比较超然，真正的德高望重，他老人家一句话，谁敢不听。”

正聊着，警务室到了。顾爷爷好像刚调解完一起纠纷，正站在门口送当事人。何平原不明所以，只知道眼前是一位矮矮瘦瘦的三级警监，急忙上前立正敬礼。

“朝阳，这位是？”

“师傅，这位就是我跟您常提起的何所。何所，这位就是我师傅。”龙道县公安局长只是二级警督，全龙道县公安系统没一个穿白衬衫的民警，对来自山沟里的何所而言，师傅他老人家真是“高级警官”，韩朝阳一脸得意，真有那么点飘飘然。

何平原愣了一下，暗想哪有这么介绍的，光说是你师傅，姓什么却没说，你让我怎么称呼！他正不知道该怎么开口，顾爷爷伸出右手，热情无比地招呼道：“原来是何所，什么时候到的？朝阳经常提起你，对你很尊敬。哎呦，瞧我这记性，忘了自我介绍，顾国利，花园街派出所警长，别光顾着看警衔，我只是参加工作比较早，工龄比你们长点。”

工龄长的民警多了去了，有几个能在退休前穿上白衬衫？三级警监警衔不是到年龄就能晋升的，不仅需要一定的行政级别，而且达到行政级别也是选晋。

何平原真不敢相信在韩朝阳会有这么一位牛到极点的师傅，紧握着顾爷爷手不好意思地说：“龙道县公安局新营派出所长何平原，认识顾警长很荣幸。”

“荣幸什么，认识你才是我的荣幸。”顾爷爷拍拍他胳膊，转身道，“朝阳，愣着干什么，快请何所进去坐。何所，对不起，后面正在拆迁，工地不能离人，我先过去看看，等会儿再回来。”

“顾警长……”

“就这样了，你们先聊，我去转一圈就回来。”

顾爷爷说走就走，何平原直到他老人家消失在视线里，才回头看着韩朝阳一脸不可思议地问：“朝阳，你就这么看着你师傅去执勤？”

“他闲不住，而且他老人家真的只是社区民警。”

“真的只是社区民警，开什么玩笑，反正我没见过三级警监下社区的，”何平原觉得没韩朝阳说得那么简单，指指他苦笑道，“你小子，居然跟我扮猪吃老虎！”

第七十一章　“深藏不露”

请客这种事时间拖久了别人会以为你没诚意。专案组给了三天假，韩朝阳利用最后一天假期的晚上，在理大校园内的书香园宴请单位领导同事和在燕阳的亲朋好友。

书香园是理大招待所，经常举行各类会议及活动，整体档次并不低，里里外外的装修相当于外面三星级酒店的水平，但相对外面的酒店消费并不高。800元一桌，很丰盛，算下来跟邓老板饭店差不多。

杨书记、顾主任等街道领导和干部来了十几位，分局领导也很给面子，杜局和范局不仅来了，而且帮着请来龙道县公安局杨副局长，顾爷爷跟他们坐一桌。所里这边能来的几乎全来了，刘所、许教导员、康副所长、杨警长、管稀元等所领导和所里的同事跟何平原坐一桌。

亲友团人也不少，黄爸黄妈、小姨、小姨夫跟苏主任、苗海珠、康玮、谢玲玲等人一桌。再加上唐晓萱、旬诗函和理大蒋副部长、校卫队主任章金海，以及朝阳社区保安公司的七个班长，一共摆了五桌。

说是庆功宴，但领导们聊得最多的是小两口什么时候结婚！韩朝阳只能端着酒杯傻笑，黄莹则被调侃得俏脸通红。

何平原能感受到这既是小伙子的庆功宴，也是专门为他准备的接风宴，很高兴很感动，考虑到燕阳同行太热情不敢多喝，每次端起酒杯都是浅尝而止，时不时借别人敬酒或被敬的机会拍几张照片或视频发到所里的工作群里。酒足饭饱，同杨副局长一起回到宾馆，一走进房间便用手机跟留守在所里的杭教导员和江立等民警视频。

“不是结婚，也不是订婚，真是庆功宴！”何平原点上支烟，感叹道，

“我们都被他给骗了，他确实刚参加工作，确实正在试用期，但绝不是普通民警。他这样的民警哪需要去我们那儿学习，我们来他们这儿学习还差不多。”

从所长晚上发的照片和视频上看，晚上真像婚宴。

杭教导员不禁笑问道：“怎么个不普通？”

“朝阳不是在我们那儿立了功才这么受他们局领导器重的，以前就是重点培养对象，就很受上级器重！他师傅是全国公安系统二级英模，是享受调研员待遇的三级警监。他不是说他常驻社区警务室吗，他说的这个警务室其实是一个综合接警平台，包括他在内一共四个民警，他是接警平台实际上的负责人。”

“他师傅都听他的？”江立好奇地问。

“他师傅不是听他的，他师傅再过两个半月就退休了，这是扶上马送一程。”何平原一连吸了几口烟，接着道，“他身兼两支义务治安巡逻队的大队长，这两支巡逻队的队员不是戴红袖套的大爷大妈，全是当过兵或上过警校的保安。两边加起来近两百人，电动巡逻车十几辆，巡逻队员的装备跟特警没什么区别。”

“这么说他能指挥调动的人跟我们公安局差不多少！”

“人数上真差不多，只是队员们没执法权，只能协助他执行任务，”回想起这三天的所见所闻，何平原忍不住笑道，“并且这两支巡逻队来头都很大，一支说是社区保安服务公司的保安，事实上是街道的维稳力量。一支是燕阳理工大学保卫处的校卫队，人家只认他，所里指挥不动，分局一样指挥不动。”

“怎么可能，别人指挥不动，他怎么就能指挥得动？”

“很简单，社区的义务治安巡逻队是他一手搞起来的，街道领导只认他。说是街道领导，其实是区领导，街道书记也是区委常委，今晚街道杨书记亲自来了。”何平原顿了顿，继续道，“理大那边的情况不太一样，理大本来就有保安，但朝阳既是民警也是理大艺术学院的特聘讲师，对理大而言他算半个自己人。”

“这小子，深藏不露！”

“才知道啊！”何平原敲敲茶几，轻叹道，“我看他这个社区民警只是暂时的，等转了正，等再熬出点资历，过不了几年就是韩所甚至韩局了。”

“区领导器重，提拔是早晚的事。”

“差点忘了，他在省厅还有关系，有个姐姐在省厅工作，这段时间正好下基层锻炼，锻炼单位就是他们警务室，你们说天底下哪有这么巧的事？”

“何所，这一说我真看走眼了，他在我们这儿交流时多低调，看不出来有这么多关系和这么大背景。”

“越是这样，他前途越不可限量。”

“可惜离我们太远，不然真要抱抱他大腿。”

就在何平原等人通过视频唏嘘感叹之时，韩朝阳同黄莹一起刚把晚上喝多了的小姨和小姨夫送到了家。

“音协那边我都说好了，人家也乐意发展你这样的会员，电子版的报名表上个星期就发给了你，怎么到现在都没填好给人家发过去？”

“发了吗？”

“发了，我发你微信上了！”

不等韩朝阳开口，黄莹便苦笑道：“小姨，他平时不怎么看微信的，主要是没时间。”

高月清急了，紧盯着韩朝阳埋怨道：“连我的微信都不看，你也真够忙的。回去赶快填，填好给人家发过去。市音协月底开书记办公会研究审核新会员申请材料，审核完公示，十月份就能成为市音协会员。然后趁热打铁申请加入省音协，网上报名虽然结束了，但把表直接交过去还来得及。”

韩朝阳对加入音协真不太感兴趣，但这是小姨的一片好心，急忙道：“行，我回去就填，不过您给我发的报名表可能下载不了，毕竟时间过去太久。”

“没关系，我等会儿再给你发一份。”高月清恨铁不成钢地瞪了他一眼，接着道，“音协现在比作协火，家长们对孩子的素质教育越来越重视，钢琴要考级、小提琴要考级，不管学什么都要考级。前几天开会时遇到省音协党组张副书记，他说现在急需小提琴考级的考官，你赶紧报名申请加入协会，成为会员之后再申请考官证。”

当考官有什么意思，考小学生的演奏小提琴的水平？韩朝阳一下子竟愣住了，黄莹也不知道当考官有什么好的，但跟她妈一样对小姨有那么点盲目迷信，觉得只要是小姨说得就不会错，一口帮他答应道：“好的，回去就填，他没时间就我帮他填。”

第七十二章　柳暗花明

过去三天，韩朝阳没少给吴伟和许宏亮打电话。本以为他们跟前几天一样在外面走访询问，结果回到砂石场一看，二人正无精打采地坐在作业区外抽烟。

“吴哥，宏亮，你们这是干什么？”

“抽烟。”许宏亮举举夹在指间的烟。

“废话，我是问你们怎么不出去查案。”韩朝阳拉开车门，把换洗衣服先塞进警车。

“没得查了，该跑的地方全跑过，该问的全问过，一无所获。”吴伟扔掉烟头站起身，从裤兜里摸出两张发票，一脸尴尬地说，“不好意思，油跑掉两箱，能报就帮我报一下，实在报不掉就算了。”

“你们又没公车私用，怎么就报不掉？”韩朝阳反问了一句，接过发票说，“专案组那边怎么样，他们有没有进展？”

“好像没有，应该没有。”

“你们怎么知道的？”

许宏亮忍不住笑道：“因为这两天我们经常撞车，要么我们刚询问完他们到了，要么他们刚询问完我们到了，昨天下午最有意思，跟他们几乎同一时间赶到一个平时一般会营业到凌晨两三点的小商店。如果有进展，他们至于这么跑么。”

跟专案组“撞车”，而且是经常“撞车”！

韩朝阳被搞得哭笑不得，苦着脸问：“遇到的是谁，他们有没有说什么？”

从来没遇到过如此搞笑的事，许宏亮嘿嘿笑道：“一个姓方的刑警和一个姓高的刑警，他们跟我们一样是跑腿的，不仅没说什么，还跟我们一起吃了顿夜宵。要不是他们领导打电话让他们赶紧回去，我们真打算跟他们交流下案情。”

“他们可能以为上级也给我们布置了走访询问的任务。”吴伟抬头笑道。

只要对方没说什么就行。韩朝阳不想搬石头砸自己脚，稍稍松了口气，又笑问道：“接下来怎么办，查不查了？”

吴伟是想破案，但吴伟并不傻，回想起过去三天的经历，一脸无奈地叹道：“不查了，再查也是做无用功，至少这条线查不下去。”

“你们是怎么走访询问的？”

“能怎么问，不就是问问有没有见过形迹可疑的人员，尤其开商务车的。说到底还是线索太少，不知道牌照，不知道车型，甚至不知道车的颜色，路上跑的商务车多了，谁知道哪辆车可疑。”

“我们甚至跑遍了周围的加油站，调看过加油站的监控视频。”许宏亮低声补充道。

“既然查不下去那就不查了。”韩朝阳拍拍他肩膀，掀开塑料布走进作业区，不看不知道，一看顿时傻了，二十几个民工筛了三天，沙堆好像还是那么大，沙子好像没怎么少。

“韩大，回来了！”

“回来了，刚到，这边交给我了，你们收拾收拾早点回去。”

韩朝阳跟小康和理大保安小徐微笑着点点头，正准备跟筛沙子的民工们打招呼，突然想起一件事，立马掀开塑料布走出作业区。

“宏亮，等会儿你把警车开回去，别回警务室，直接去汽修厂。”

“去汽修厂干什么，这车是新的，才跑三千多公里，五千公里才首保呢。”

“去装行车记录仪。”韩朝阳一边举手跟在外面抽烟的民工师傅打招呼，一边解释道，“刑警三中队从外地执行完任务回来的路上，发生了一起交通事故。撞得挺严重，幸亏人没大事。现在要判定责任，开车的刑警认为是对方的责任，对方说是他们的责任，反正是公说公有理婆说婆有理。”

吴伟反应过来，下意识问：“一人生病，全家吃药？”

“差不多，局领导认为要引以为戒，要来个亡羊补牢，只要是我们分局的警车，全部要安装行车记录仪。”说到这儿，韩朝阳眼前一亮，紧盯着吴伟问，“吴哥，行车记录仪拍摄的视频能保存多长时间？”

“好像是循环拍摄，拍一段覆盖一段，应该保存不了多长时间，可能只有五六分钟。”

“你那是老黄历！”

“对了，你车上装了行车记录仪，你那个能保存多长时间？”韩朝阳把目光转移到许宏亮身上。

“我行车记录仪的内存是 16G 的，大概能录制 240 分钟，然后再覆盖。我这个内存不算大，这跟手机差不多，还有 32G 的，那个能录制的时间更长，大概能录制 480 分钟，也就是 8 个小时。”许宏亮顿了顿，接着道，“还有更先进的，我朋友刚买了一辆车，装的是云分享的行车记录仪，有紧急事件锁定功能，选择保存的紧急影像即使内存满了也不会被覆盖。”

“云分享？”

“现在就流行什么云计算、云存储，不过我也只知道什么什么云，到底怎么回事你别问我。”

韩朝阳对什么“云”不感兴趣，而是急切地问：“宏亮，现在的车主一般选择装多大内存的行车记录仪？”

“8G、16G 和 32G 都有，电子产品更新换代快，内存大的也不是很贵。”

“普通人一天会开几个小时车，我是说普通的私家车主。”

“这要看家离单位有多远，像我，开得就不多，一天不超过一个小时。”

吴伟猛然意识到韩朝阳为什么问这些，紧盯着尚未安装行车记录仪的 110 警车，喃喃地说：“咸庄及咸庄周边不是没摄像头，只是我们没想到安装在车上的摄像头。”

许宏亮也醍醐灌顶般地明白过来，啪一声猛拍大腿：“朝阳，你怎么不早说呀，这都过去一个多星期了，现在说有什么用！”

“我也是刚想到的。”

“事后诸葛亮，晚了！就算有视频也早被覆盖了！”

吴伟不想放过哪怕一丝希望，斩钉截铁地说：“不一定，如果有人几天不用车呢。”

“那我们得抓紧时间走访询问附近的车主，尤其案发当夜开过车的。”

“交通监控保存的时间挺长，我们可以扩大范围，调看该时段咸庄周边的交通监控视频，先找大半夜在附近行驶过的机动车，看看有多少辆车安装了行车记录仪，然后再找车主调看行车记录仪录制的视频。”

“这个主意不错，关键我们能调看到吗？”

既然有希望甚至有机会，谁不想破案！

韩朝阳权衡了一番，毅然道：“你们去走访询问，我给冯局汇报，只要冯局支持肯定能调看到。”

“行，就这么定！”

第七十三章　研判组

九天过去了，滕吉明一筹莫展。从来没遇到过如此棘手的案子，对被害人来燕阳之后的现实表现一无所知，只能调查其在老家的社会关系，结果没查到任何有价值的线索；被害人银行账号里有十几万存款，这是一个重点疑点，但全是被害人在柜台或自动存取款机存入的，没有转账信息，这条线索也查不下去了。凭被害人的学历、能力及在燕阳有可能存在的人脉，如果从事正当行业不可能在短时间内赚到这么多钱，再结合其在老家的表现，几乎能肯定他在燕阳没干好事，不可能不留下蛛丝马迹。骆副支队长以刑警支队名义给各分局发协查通告，请各分局刑警大队动员特情耳目留意这方面的线索，但到现在都没收到有价值的反馈。

“以人找人”不行，“以车找人”一样陷入僵局。

两个搞恶作剧同时也目击整个抛尸过程的嫌疑人，案发当晚他们可能喝太多，带他们去辨认了几次车，第一次很笃定，这个不像那个不像，然而现在看什么车都像，再问看什么车又都不像，以至于连最基本的车型甚至车身颜色都搞不清。线索全断了，接下来该怎么办，总不能让一起现发命案变成积案吧！

滕吉明站在元丰宾馆天台上，遥望着北太河二桥方向一根接着一根抽闷烟。一阵秋风刮过，一个塑料袋在风中飞舞。随着塑料袋在风中的轨迹，滕吉明的视线渐渐转移到依稀可见的砂石场。

河两岸没高层建筑，放眼望去几乎全是老房子，脚手架搭建塑料布围裹的作业区伫立在河边格外显目，滕吉明暗想或许沙子里有什么东西，只是还没被筛出来。想到这些，他决定去砂石场看看。刚踩灭烟头，转身走进楼梯口，手机突然响了，掏出来一看，居然又是燕东分局的老朋友。

“冯局，我滕吉明，有什么指示？”

“老滕，我们认识多少年了，我们什么关系，能不能别这么阴阳怪气，能不能说点人话。”

“你本来就是领导嘛！”

“江山易改本性难移，几十岁的人了还是这德行。”冯局嘟囔了一句，开门见山地问，“曹胜凯这起命案是不是很棘手，进展是不是不大？”

滕吉明一提起工作就很认真，下意识说：“很棘手，一点头绪没有。”

“老滕，跟你说句心里话，现在这社会变化多快，新生事物一个接着一个，治安形势也随着社会变化在变化，所以开会时领导一讲话就是新时代背景下怎么怎么样。人要服老，反正我经常感觉跟不上时代，所以破案这种事，不能闭门造车，要集思广益，要多听听年轻人的意见。”

“冯局，我们天天开诸葛亮会议。”

“天天开会啊，天天开会有没有听过小韩同志的意见？”

“他前几天不是请假了吗，你亲自帮他请的！”

“他是请假了，但我们还有一个民警在帮你盯着民工筛沙子，你通知他参加案情分析会没有，有没有给他说话的机会？”

“冯局，我……”

“老滕，我没怪你的意思，更不可能在案子上落井下石，刚才只是有感而发。言归正传，五分钟前，韩朝阳同志打电话向我汇报了一个想法，确切地说是一种可能性……既然其他路走不通，我个人认为这条路可以走走试试，万一有收获呢，你说是不是？”

行车记录仪相当于移动的监控平台！但行车记录仪拍摄的视频保存不了多久，从两个嫌疑人驾车抛尸到现在已经过去十二天，当时有可能拍摄到的视频应该早被覆盖了，而且凭现有技术手段恢复不了。

滕吉明意识到这确实是一个非常好的思路，只是通报得太晚，暗想当时怎么就没想到呢！不过冯局说得有道理，如果有车主几天不用车呢，万一有收获呢？现在顾不上什么面子了，现在要做的是跟时间赛跑，滕吉明急忙道："冯局，谢谢，我知道该怎么办了，如果有收获我请你喝酒。"

"请我干什么，抛尸现场不是我找到的，行车记录仪这个可能性一样不是我想到的。你们高新区分局很忙，我们分局警力也很紧张，如果你认为我派去的两个民警不堪大用，就痛痛快快让人家回来，实在不行我可以安排两个辅警去替换他们。"

丢人丢大了，滕吉明脸颊发烫，一边往楼下跑一边苦笑道："冯局，你也别打我脸了，关于他们我知道该怎么安排。"

"我管你怎么安排，我只知道我们这边缺人，早点把案子破了，早点让他们回来。"

韩朝阳本以为冯局会安排一个交警过来，随便找个借口调看咸庄及咸庄周边的交通监控视频，跟上次一样先查出点眉目再跟高新区分局通报，结果汇报完没多久，滕大亲自开着警车到了。

"江宇，我滕吉明，请立即安排一个民警和两名辅警来砂石场替换燕东分局的同志。对对对，我就在现场，人员必须在 20 分钟内到位， 9 点 45 之前完成交接。"

滕吉明放下手机，抬起胳膊给韩朝阳回了个礼，转身看看发现燕东分局的警车不见了，走过去掀开塑料布发现作业区里只有两个特勤，立马回头问："小韩，跟你一起的那个民警呢？"

"报告滕大，吴伟同志去咸庄走访询问了。"安排人来替换，说明冯局已经通报过情况，韩朝阳只能实话实说，不过真有那么点紧张。

"你们动作挺快。"滕吉明暗想这小子虽然喜欢邀功，喜欢出风头，但确实比较能干，至少能帮他们分局长脸，紧盯着他双眼，不动声色说，"通知吴伟同志立即回来，你们从现在开始被抽调进研判组，专案组指挥部设在元丰宾馆三楼，就是钢材市场西门左侧的那个宾馆。"

第七十四章　她回来了！

被抽调进专案组，参与整合参战民警收集到的情报信息和线索，并对这些情报信息和线索进行分析研判，这才是真正的查案，吴伟欣喜若狂，一接到电话就火急火燎回砂石场收拾行李。不是正式民警，没机会进专案组，许宏亮很郁闷，只能悻悻地跟二人道别，带着小康他们先走了。韩朝阳既没吴伟那么激动兴奋，也没许宏亮那么郁闷，而是有些忐忑。

滕大不会无缘无故作出这样的决定，能想象到这一切与早上刚想到的可能性有关。先寻找有可能遇到过抛尸车辆的车，再确认有多少辆安装了行车记录仪，再调看有可能没被覆盖的行车记录视频，而时间又过去十几天，顺着这个方向查具有太多不确定性，简直像是在碰运气！能查到当然好，至少可以早点回去。可万一查不到呢？韩朝阳就这么怀着忐忑的心情来到元丰宾馆三楼，当看到身兼专案组副组长的高新区分局刑警副大队长龚金川正频频给参战民警下达查车的命令时，心情比之前更紧张更忐忑。

“英海同志，骆支帮我们协调过，你们就待在交管中心，就地分析研判几个路口抓拍的照片。”

“老严，我们现在就是跟时间赛跑，你们动作一定要快，人手不够请北太派出所协助，”龚大抬头看看韩朝阳二人，举着手机继续道，“钢材市场也要走访询问，这儿老板不少，各种车辆也不少，绝不能搞出灯下黑。”

领导接二连三下达命令，韩朝阳对专案组的新部署也有了一点了解。归纳起来就是分“线上”和“线下”两部分，有民警在交管中心调看咸庄及周边的交通抓拍图片和交通监控视频，并将这些数据进入交警部门的“图侦平台”，系统自动会对这些过往车辆的记录进行二次识别，识别车辆车标、车型、年款、品牌、车身颜色等车辆特征信息，再与车管库进行碰撞对比，分析出车辆登记信息和车主信息。韩朝阳二人的新任务就是负责给车主打电话，询问案发当晚的情况，确认对方有没有安装行车记录仪，以及过去几天有没有用车，当时的行车视频有没有被覆盖。“线下”的民警主要干吴伟早上刚开始干但没干完的工作，负责走访询问附近的车主。

“小韩，你们有没有吃饭，没吃抓紧时间去吃点东西，等会儿有得忙，到时候想吃都没时间。”

“龚大，我们吃过早饭，我们不饿。”

“那就抓紧时间休息。”

龚副大队长显然也累了，放下手机一屁股坐到椅子上，半靠着开始闭目养神。韩朝阳不知道自己在这儿受不受欢迎，并且会议室里的几个刑警和一个交警看上去都很憔悴都很累，不好意思跟人家拉近乎，蹑手蹑脚走到白黑板前，看起贴黑白上的一张张照片。

吴伟没那么多顾忌，坐到交警边上好奇地问：“楚哥，龚大说等会儿有得忙，难道在确定时间段的情况下过往车辆也很多？”

“你知不知道全市电子警察每天会自动抓拍完成多少过车记录？”

“多少？”

“九百多万条。”交警回头看了他一眼，把双肘撑在会议桌上一边掐着太阳穴一边低声说，“咸庄没几个交通监控，但咸庄周边这个范围就大了，虽然时间段明确，但我估计没一万条也有五千条。”

“这么多！”

“不去医院不知道有多少得癌症的，你们不查车当然不知道外面跑的车有多少。”

韩朝阳听得清清楚楚，暗想这跟大海捞针有什么区别。突然觉得破案真没意思，至少像他们这么破案没什么意思，熬也会把人熬死。筛沙子真的挺好，至少筛沙子终究有个头，筛完就完成任务，就能收拾行李回去。韩朝阳真后悔早上的事，早知道就不该提行车记录仪这一茬，就不会有现在这么多事。正胡思乱想，小师妹突然打来电话，见所有人不约而同抬头看，急忙捂着手机跑出会议室。

“玲玲，有什么事？”

谢玲玲噗嗤一笑，急忙道：“月底学校要搞一个迎新晚会，正在军训的大一新生要出节目，大二大三的要出节目，聂校长让我们也出一个节目。乐队刚搭起个架子，最快也要到明年才能登台演奏。”

韩朝阳反应过来，下意识问：“聂校长都点名了，你打算怎么搞？”

“队员暂时上不了台，只能我们上，你随便拉首曲子，我、玮哥和几个水平稍微好点的学员给你伴奏。”

“为什么是我，你拉你弹，我给你伴奏不行吗？”

“你人气比我高，曲子都帮你想好了，就这么定。”生怕师兄不愿意帮这个忙，谢玲玲立马岔开话题，神神叨叨地说，“朝阳，滟雯回来了，前天回来的，昨天晚上老李请她吃的饭。”

“她……她回来干什么！”韩朝阳大吃一惊，急忙跑到走廊尽头。

“中央芭蕾舞团交响乐团要招一个小提琴演奏员，她是回来应聘的，不过老李说她希望不大，总共就招一个人，报名的好像有好几十个，光去德国、美国、英国深造过的考生就有十几个。”

进国家级的乐团哪有那么容易，韩朝阳从未奢望过，对此也不感兴趣，而是带着几分忐忑、几分尴尬地问：“她有没有跟老李提过我？”

“怎么可能不提，”这确实是一件麻烦事，谢玲玲回头看看四周，轻声道，“朝阳，你被抽调去筛沙子挺好，万一她心血来潮跑过来找你，想不见至少还有个借口。”

“找我，怎么可能？”

“怎么就不可能，说不定她会打着来看我的幌子找你！朝阳，你躲在砂石场，我往哪儿躲，在理大当辅导员的事老李已经告诉她了，万一她真跑过来，你让我怎么面对莹莹，怎么跟莹莹解释！”

第七十五章　前任（一）

盛滟雯回国了，并且极有可能来燕阳，对韩朝阳而言这个消息比辖区发生大案还要震惊。时隔两年，脑海中还经常浮现出她穿着红色连衣裙站在人行道旁碧绿成一片的桃树下，微笑着看他拎着装篮球的网兜经过的场景。她的马尾辫总是散发着好闻的香草味道，她的琴声是那么动听，她的脸上似乎永远挂着恬静的笑容……

可那一切已经是过去式！

韩朝阳定定心神，关掉手机，像没事人一般走进会议室，刚拉开椅子坐下，龚大便递上厚厚一叠刚打印出来真是热乎乎的车辆和车主信息。

“小韩，开始吧，主意是你想到的，该怎么问应该不用我教。”

“是，我这就开始挨个儿电话询问。”

所有人全在忙，韩朝阳不敢耽误正事，急忙拿起笔一边拨打车主电话一边准备记录。“喂，您好，请问您是燕 A366G8 的车主叶志仪先生吗，叶先生，我是燕东公安分局民警韩朝阳，我们想找您了解点情况，需要打扰你几分钟，谢谢。第一个问题，您的车平时是您开吗？”

“我老婆也开，不过我开得比她多。”

这位车主非常好说话，韩朝阳更不想耽误人家的宝贵时间，追问道：“第二个问题，本月 15 日晚上是您开的吗？”

“15 号晚上，我记不清，不过晚上一般都是我开车。”

“叶先生，请您回忆一下，15 号夜里 11 点 55 分您驾车从胜利大街由南向北拐入安和路是去什么地方的，我无意打听您的隐私，您只需要告诉我一个大概范围。”

车主想了好一会儿，突然道：“想起来了，那天夜里我是开过车，送一个朋友回家，他家住在咸庄。”

目的地是咸庄，韩朝阳顿时来了精神，抬头看着同样在打电话的吴伟，接着问：“叶先生，您在往返咸庄的路上，有没有见过一辆商务车？”

“警察同志，不好意思，这我真想不起来。”

“想不起来没关系，您车上有没有安装行车记录仪？”

“装了，现在路上全是车，不装行车记录仪怎么行。”

“您的行车记录仪内存是多大的，能录制多长时间视频？”

“好像是16G，能录制多长时间真不清楚。”

“您平时用车多不多，每天平均开几小时车？”

“挺多的，车就是交通工具，每天都开，平均下来一天起码开一两小时。”

没必要再问下去了，就算案发当晚他车上的行车记录仪无意中拍摄到抛尸车辆，当时录制的视频也早被覆盖了，而且不知道被覆盖了几回。虽然不太喜欢现在这工作，但一进入工作状态韩朝阳就想抓获杀人抛尸的凶手，暗暗埋怨自己怎么直到今天才想到行车记录仪有可能拍摄到关键线索，可惜说什么都晚了，只能感谢了一番叶先生，在清单上备注上“有记录仪但视频已被覆盖”，再次拿起电话拨打第二个车主的手机。

就在韩朝阳像“客服”一样打电话询问之时，刚回来的许宏亮正同谢玲玲一起在东明小区看房。这套房子的业主在外地出差，考虑到中介有可能会带人来看房，干脆把钥匙放在西门保安室，许宏亮用从吴俊峰那儿拿的钥匙打开防盗门，看着满是灰尘的客厅问：“怎么样，115平米，不大不小，两个人住正好。”

市里房价很贵，这里房价也不便宜。尤其高铁站动工之后，这一片的房价在短短一个月内飙升了3000多元一平米。谢玲玲既感动又觉得很不好意思，走到阳台边用蚊子般的声音问：“你爸你妈来看过吗？”

“没有，我倒是跟他们说过，他们整天忙这忙那，一直没顾上来。”

“这么大事，怎么能不跟他们商量！”

“我家你又不是没去过，我爸我妈什么样的人你又不是不知道，他们说了，我们看着行就行。”

他家真是他当家！他爸他妈老实巴交，一个在开发区上班，给人厂里开铲车。一个在街道环卫所上班，起早贪黑打扫马路，在打扫卫生时还顺带着捡捡破烂。上次在他家吃饭时，她妈一提到这份工作就露出笑容，对现状很满意，甚至说每天捡废品卖的钱算下来跟工资差不多。很朴实也是很伟大的父母，再想到他们对自己那么好，谢玲玲心里美滋滋的。

许宏亮不知道她在想什么，探头看看卧室，再走到对面去看看卫生间，旋即回头道：“玲玲，你倒是说话呀，觉得行我就跟人家约个时间去办过户。”

“什么叫我觉得行，我有资格说不行吗！”

“不喜欢？”

“不是不喜欢，而是要一百多万呢，你家有房子，又不是没地方住。”

“不要考虑钱的事，也不要想原来有没有房子，关键是你喜不喜欢。”

“喜欢。”

“喜欢就行。”许宏亮嘴角边勾起会心的笑容，轻搂着她的细腰走到阳台边，慢声细语地说，“办完过户就装修，装修好散两个月味儿，争取过年前请你爸你妈过来看看。”

“谢谢。”

“这是应该的，谢什么。”

从来没提过房子的事，他却想到并且做到了，谢玲玲真的很感动，真的感觉很幸福，正不知道该说点什么，手机突然响了。

“我先接个电话。”谢玲玲嫣然一笑，掏出手机看看来电显示，愣了愣才摁下通话键。谁的电话，许宏亮觉得女友神色不太对，不动声色凑到她耳边，偷听起通话内容。

“李哥，您这大忙人怎么想起打我电话？”

“什么叫怎么想起，我们昨天还通过电话，滟雯在我这儿，她想你了，你俩说吧。”

怕什么来什么，可这个电话又不能不接，毕竟同一个宿舍住了两年，上学时真是无话不说的好闺蜜。谢玲玲深吸口气，装出一副很轻松的样子笑道：“雯雯，你不是有我手机号吗，怎么不直接给我打，还用李哥的手机。”

谢玲玲猛然想起前段时间是换了号，原因有那么点难以启齿。盛滟雯知道她以前的事，不等她解释便笑道：“跟之前那个散了好，旧的不去新的不来，老李手机里有你现在那位的照片，挺阳光帅气的，打算什么时候结婚，结婚时请不请我？”

“早着呢，不说我了，说说你，上午考得怎么样，能不能进中芭乐团？”

“被刷下来了，竞争太激烈，竞争对手实力太强，是拉着幕布招聘的，应聘的人在里面拉，招聘的人在外面听，我们站在门口听，演奏水平怎么样一听就能分高下，虽然被刷下来了，但被刷得很服气，必须承认技不如人。”

“别长人志气灭自己威风，我觉得你行，可能是之前没怎么准备，这次太匆忙。”

“拉得怎么样我自己心里清楚，别说这次来中芭应聘，就算以前在学校时我也不是拉得最好的。对了，听老李说拉得最好的那位也在燕阳，还改行当警察了。”

第七十六章　前任（二）

谢玲玲抬头看着许宏亮，紧握着手机愁眉苦脸地说：“他是在燕阳，其实我现在这份工作就是他帮着找的。虽然离得挺近，但想见着他人真不容易，也不知道警察怎么会忙成那样，前段时间去大西北学习交流，回来没两天又被抽调进了什么专案组，有什么保密纪律，连手机都打不通。”

“没想到他会改行，更没想到他会当警察。”

“我也没想到。”

“不说他了，还是说说你，玲玲，不出国不知道在国外有多寂寞，你不知道在国外这两年我有多想你们。你忙不忙，如果不忙的话，我想明天去燕阳看看你。”

有没有搞错，居然真要来！谢玲玲头大了，又不能拒绝，只能苦笑道：“行啊，我也想你了，打算怎么过来，坐飞机还是坐动车，我好去接你啊。”

电话打完，许宏亮也猜到怎么回事了，忍不住笑问道：“朝阳欠下的风流债？”

“嗯，就是出国深造的那位。”

“我去，这下热闹了。”

“谁说不是呢，这一关他不好过，我太了解滟雯了，来燕阳绝对不是找我叙旧那么简单，而且他们当时都算不上分手。”

“算不上分手，什么意思？”

“滟雯是我们班上最漂亮也是最时尚的女生，煽情一点说，能让我们意识到春天来了的，最懂得打扮自己，三天两头换衣服，质地、颜色、样式，无一不随着季节每天发生着薄厚和深浅的变化。我们这些女生以为美宝莲是很高档的化妆品，省吃俭用买点用用觉得美滋滋的时候，人家都开始用萝卜丁了。”谢玲玲轻叹口气，喃喃地说，“就因为太漂亮太时髦，在学校都没几个男生敢追，担心高攀不上。朝阳明知山有虎，偏向虎山行，结果真让他追上了。可追上之后才发现差距有多大，完全是两个世界的人。后来滟雯想出国，朝阳主动提出分，可又没足够的理由，就说什么先分开一段时间，利用时间和空间考验感情。”

比谢玲玲更漂亮的女生，而且很会打扮很时尚，据说家境也非常好。许宏亮能感受到韩朝阳的压力，不禁笑道：“这么说是朝阳没经受住考验，是朝阳当了陈世美，人家这是要来兴师问罪。”

“谁会想到她会回国。”

“现在怎么办？”

“我哪儿知道，反正麻烦大了，莹莹人多好，现在我就觉得特对不起莹莹，滟雯明天来了我都不知道该怎么跟莹莹解释。”

“朝阳知不知道？”

“知道，早上我给他打过电话。”

“他怎么说？”

“他什么都没说，可能说话也不方便。”

“他被抽调进专案组，按规定连电话都不能接的。”

“不能接也要给他打，他惹下的麻烦必须他自己解决！”

“我先打电话问问。”许宏亮无限同情好兄弟，掏出手机拨打起电话，结果对方已关机，再拨打警务通，对方依然关机，只能耸耸肩。

谢玲玲急得团团转，气呼呼地说：“他肯定是怕了，敢做不敢当，算什么男子汉大丈夫！”

“应该是专案组领导让他们关机的。”

“吴伟不是跟他一起吗，给吴伟打。”

“行，我试试。”

许宏亮再次拨打起吴伟的手机，结果一样打不通。谢玲玲没辙了，紧挽着他胳膊问："现在怎么办，现在瞒着莹莹容易，但这事瞒得住吗，等莹莹知道了再问起，到时候连朋友都没得做。"

"多大点事，别这么紧张。"

"滟雯明天就到了，她打着找我的幌子来的，不解释清楚莹莹真会以为是我在使坏，你说我能不紧张吗？"

一边是同学，一边是好友，许宏亮能理解女友此时此刻的心情，轻拍着她的香肩劝慰道："放心吧，朝阳鬼着呢，早料到会有这么一天，早给黄莹打过预防针，要不黄莹能整天把花心大萝卜挂在嘴边？"

"知道他之前跟别人有过一段是一回事，被人家找上门是另一回事。"

"这倒是，确实比较麻烦，他这一关是不太好过，这种事我们也帮不上忙，他只能自求多福。"

"他能不能过关是他的事，现在说的是我的事！"

"他都跟黄莹坦白了，你有什么好帮他隐瞒的，跟黄莹实话实说，帮他隐瞒搞得神神秘秘反而不好。"

"只能这样了。"

谢玲玲一连做了几个深呼吸，忐忑不安地拨通了黄莹的手机。

黄莹的反应让她很意外，似乎没生气，竟然开起玩笑："他的前任要来？"

"嗯，明天上午 11 点到，不管怎么说也是同学，在学校时关系还挺好的，我打算跟宏亮一起去机场接，本来想着帮她在书香园订个房间，不过她可能不需要，她跟我们是两个世界的人，出门都住五星级的。"

"他前任来得真不巧，他被抽调进专案组，怎么尽地主之谊。"

"莹莹，别生气，滟雯是来找我的，而且他们早分了。"

"你是她同学，韩朝阳就不是她同学，况且他俩不只是同学那么简单，避而不见可不好，这样吧，明天上午我请一个小时假，提前下班跟你们一起去机场接，中午我请客，给盛小姐接风洗尘！"

黄莹不是不生气，而是非常非常生气。一个楚楚可怜的张贝贝就很让人不放心了，明天要来的那位让人更不放心，看电影《前任》时当作笑话，但发生在自己身上的感觉完全不一样，鬼知道他们会不会旧情复燃。早知如此，何必当初。黄莹追悔莫及，一个劲埋怨自己怎么那么轻易就被他骗了，怎么就那么轻易地让他得逞了。越想越委屈，越想越难受，泪水滚滚而流，就这么默默流了一会儿泪，擦干泪水拿起手机拨打起花心大萝卜的电话，结果三个手机一个都没打通。

“苏姐，我被欺负了。”

“你是准警嫂，朝阳是警察，谁敢欺负你？”苏娴正在朝阳村拆除工地，举着手机看着一堵墙被轰隆一声推倒。

“就是他欺负我！”

“他疼你爱你还来不及呢，怎么可能欺负你，别开玩笑了，我正忙着呢。”

“我没开玩笑，我真被欺负了，”黄莹关上办公室门，哽咽地说，“他以前跟人家谈过，不光谈过还同居了，现在人家找上门，搞得我像第三者，这不是欺负是什么。苏姐，你说我怎么就那么糊涂，怎么就那么好骗，我当时真是瞎了眼！”

苏娴意识到问题的严重性，暗骂了一句，嘴上却劝慰道：“什么第三者，别说傻话了。要说谈过，结婚前谈过的人多了，同居过的也不少，你看现在那些大学生，不都这样嘛，关键是看他现在和以后的表现。莹莹，说出来你千万别不信，我身边的朋友离婚再婚的不少，再婚的那些过得都挺幸福的，人啊，尤其男人，只有失去过才知道珍惜，真的。”

“这是两码事，再说我黄莹至于找个二婚的吗？”

“我知道是两码事，我只是打个比方。”

“反正我受不了这委屈。”

“放心，我百分之百站在你这一边，我先给他打个电话，问问他到底怎么回事，你们是我牵线搭桥的，他如果做对不起你的事，他如果真敢欺负你，我跟他没完！”

第七十七章　前任（三）

其他线索全断了，查车无疑是现阶段顺藤摸瓜锁定凶手唯一的捷径。骆副支队长赶到专案指挥部，与滕大等三位专案组副组长开了个小会，研究决定扩大查车的时间范围，交管中心反馈来的过车记录比之前多了六倍，靠韩朝阳、吴伟等六个民警挨个儿打电话询问显然忙不过来。

现在是跟时间赛跑，龚大当然不会眼睁睁看着战机溜走，立即把任务分配到高新区分局的几个刑警中队，让没参与命案侦破的刑警组织各自中队的辅警一起打电话询问。韩朝阳和吴伟随之从“客服”工作中解脱出来，负责汇总各单位反馈的询问结果，整合各小组反馈回来的信息。

“报告龚大，刑警五中队汇报，牌照为燕 CL03D6 的丰田轿车装有行车记录仪，内存 32G，车主称过去一星期在外地出差，车停在公司楼下一直没动。”

类似汇报已经接到二十多个，能联系上不等于能找着人，不等于等在第一时间找着车，专案组的十几名办案民警全在外面查证，连滕大刚才都亲自出马了。龚大已经没有人可指派，干脆走到韩朝阳身边，扶着椅背说：“小韩，小吴，你俩跑一趟，这里交给我。”

出去查证比坐在在接电话做记录好，不等韩朝阳开口吴伟就起身道：“是！”

韩朝阳顺手拿上刚才的电话记录，一边往楼下跑一边说：“吴哥，慢点，四中队刚才说得很清楚，车主在外地出差，人不在开不了车门，就这么赶过去有什么用，难道砸人家的车窗？”

“赶紧联系车主，他可能没把车钥匙带走，就算带走也应该有一把备用钥匙。”

“行，我先打电话问问。”

韩朝阳拉开车门钻进副驾驶，掏出警务通开机，顾不上看短信提示的几十个未接，对着从楼上带下来的通话记录拨通车主的手机。

“邴先生吗，您好，我是燕阳市公安局民警韩朝阳，我们高新区分局刑警四中队民警不久前刚联系过您的， 15 日晚您曾驾车经过咸庄，我们正在办理一起案件，急需调看您行车记录仪当时拍摄的视频，请问您有没有把车钥匙带走？”

公安已经打过好几个电话，车主意识到公安正在查的不是小案，急忙道：“韩警官，不好意思，车钥匙我一直带在身上，这边的事还要两三天才能办完，一时半会儿真回不去。有一把备用钥匙被我媳妇收起来了，要不我帮你们打电话问问，看她能不能找到。”

“行，拜托了。”韩朝阳想想还是不太放心，又追问道，“邴先生，你能不能把您爱人的手机号发给我？”

“可以，我先发给你，然后再给她打。”

“您爱人在市里吗？”

“在，在开发区上班。”

“太感谢了，您先帮我们联系，我等您电话。”

就知道不会只有一把车钥匙，吴伟听在耳里乐在心里，原计划直接去车主公司，现在立马调整行程，打转向灯调头，决定先去开发区。韩朝阳放下手机，正准备提醒他开慢点，一个电话突然打了进来。

“苗姐，什么事？”

“朝阳，你总算开机了，男子汉大丈夫应该敢作敢当，关机算什么，这种事你躲得过去吗？”过去一个多小时，苗海珠一直在轮流拨打他的三个手机号，好不容易打通了，语气自然好不到哪儿去。

而刚刚过去的十九个小时，韩朝阳一门心思扑在案子上，脑子里没别的，被劈头盖脸问得很茫然，下意识问：“什么应该敢作敢当，什么躲得过去躲不过去的，我正忙着呢！”

“自己做的事自己清楚，人家都找上门了，天知道有没有带个孩子来找爸爸，你还给我装糊涂！”

韩朝阳猛然反应过来，心里咯噔了一下，迟疑了好一会儿才忐忑不安地问：“苗姐，玲玲是不是跟你说什么了？”

“玲玲没跟我说，是苏主任告诉我的，人家正在来燕阳的飞机上，玲玲和宏亮这会儿正在街道办事处等莹莹，打算一起去接机。”

“莹莹也去，她去干什么？”

“你问我，我哪儿知道，反正你小子麻烦大了，苏主任说得很清楚，如果莹莹因此受到伤害，她不光要找你算账，还要找你爸你妈说理。”苗海珠真是心急如焚，可男男女女这种事又不知道该怎么说，干脆来了句，“我刚到警务室，就在顾警长边上，让你师傅跟你说。”

韩朝阳意识到“后院儿”这会儿已经炸开锅，急忙道：“师傅，事情不是苗姐想的那样，我跟盛滟雯早分了，已经两年多没联系，而且跟莹莹谈的时候承认过错误，当时就觉得既然想谈就不能隐瞒。”

顾爷爷暗叹口气，淡淡地说：“跟我解释有什么用，赶紧给莹莹打电话，跟莹莹好好说说，注意态度。”

“行，我正在等一个非常重要的电话，手机不能占线，接完那个电话就给她打。”

“你自己看着办吧，这种事谁也帮不了你。”

真是怕什么来什么，谢玲玲昨天还在电话里说盛滟雯可能会来燕阳，没想到她真来了！

韩朝阳被搞得焦头烂额，正琢磨着怎么解决眼前这危机，警务通又响了，车主终于有了回复。他爱人这会儿正在开发区上班，吴伟打开警灯拉响警笛，一路超速直奔开发区而去，打算接上车主爱人，同车主爱人一起回家拿车钥匙，再同车主爱人一起去车主公司。

吴伟刚才也听出了个大概，知道最帅警察现在很麻烦，作为一个连女朋友都没有的人又给不出什么好意见，干脆装作什么都不知道一般一心一意开车。韩朝阳也顾不上跟他解释，先联系上车主爱人，旋即一连做了几个深呼吸，调整完情绪，平复好心情，这才拨通女友手机。

“老婆，你在哪儿？”

“你管我在哪儿，你不是挺忙的吗，怎么有时间给我打电话。”苗海珠语气不会好，黄莹的语气同样好不到哪儿去，一接通便冷冷地问。

“我是挺忙的，这次真被抽调进专案组，从昨天上午一直忙到现在，夜里就趴在会议桌上睡了三个小时，在专案指挥部手机不能开，这会儿出来查证线索才开机的。”

这番话应该是真的，因为被抽调进专案组的不只是他一个人，吴伟的手机同样一夜没能打通。黄莹的心情稍稍好了一点，但不知道该跟他说什么，干脆靠在后排椅背上一声不吭。

韩朝阳急了，用哀求般的语气说：“老婆，相信我，我是跟盛滟雯谈过，但那是很久以前的事，两年多没联系，要不是玲玲昨天打电话，我都想不起有这么个人。能跟你在一起是我韩朝阳八辈子修来福分，我很珍惜现在拥有的一切。如果这个世界上有后悔药卖，如果时光可以倒流，我肯定不会犯那种低级错误。”

“别甜言蜜语，你说现在怎么办？”

“她是她，我们是我们，我们过我们的日子，有什么好为难的？”韩朝阳一脸尴尬地看看吴伟，接着道，“反正我没觉得有什么对不起她的，她更不可能跑我单位去，你真没必要生这个气，更没必要去机场接她。”

“你没对不起她，她为什么来燕阳？”

韩朝阳非常了解盛滟雯，就像了解黄莹一样了解，苦着脸说：“她应该没别的意思，她其实是一个很洒脱的人，她这次来可能只是想看看我当警察的样子，顺便看看你什么样。”

“我也想看看她长什么样。”

“老婆，她哪有你好看，这不是甜言蜜语，也不是什么情人眼里出西施，她是真没你好看。”

又开始拍起马屁，黄莹被搞得啼笑皆非，禁不住来了句：“少来这一套，我见过她照片，她是挺好看的。”

“她那是会打扮，她那张脸就是一张会呼吸的人民币，比好看是吧，那就比素颜，十个她也比不过你，”韩朝阳岂能错过这个恭维的机会，趁热打铁地说，“老婆，我现在真的很累，真是心力交瘁，千万别生气，你一生气我心里就七上八下，整个人都六神无主，这会儿正在去抓杀人嫌犯的路上，心静不下来动手时就容易慌张，搞不好真会光荣，到时候你就要参加我的追悼会，就要作为烈属去宣讲我的事迹！”

“你又要去抓杀人嫌犯！”正在执行非常危险的任务，这可不是开玩笑的，黄莹大吃一惊。

“你又不是没去过砂石场，你又不是不知道我们正在查的是什么案，查了这么多天，终于查出点眉目，不信你问吴哥，他就在我边上。”

“莹莹，我吴伟，放心吧，我会保护好朝阳的，而且这次跟他上次在大西北不一样，我们有枪！”配合得太默契了，这才是好队友。韩朝阳不禁竖起一根大拇指，吴伟咧嘴一笑，又来了句：“别光顾着打电话，赶紧把防弹背心穿上，等会儿跟在我后面，子弹可不长眼睛，别脑袋一热就往前冲。”

电话那头警笛刺耳，能感受到战前紧张的气氛。黄莹信以为真，急忙道：“朝阳，我不生气了，我相信你，你给我小心点，抓人这种事吴哥比你有经验，一定要听吴哥的，行动一结束就给我打电话，我等着你们的消息。”

“没事的，我是谁，我运气多好，放心吧，等着我的好消息，等着参加我的立功受奖仪式。”韩朝阳强忍着笑，又煞有介事地强调道，“老婆，没有你的支持就没我韩朝阳的今天，不管立多少功受多少奖，军功章里有我的一半也有你的一半。”

“我才不要什么军功章呢，抓杀人嫌犯呢，你能不能正经点，给我平平安安回来就行。”

第七十八章　前任（四）

他们被抽调进专案组的研判组，又不是被抽调进抓捕组。再说那是高新区分局的案子，抓捕那么露脸的行动怎么轮也轮不着他们，这瞎话编得也太离谱了，简直漏洞百出，许宏亮差点爆笑出来。不过必须承认，好兄弟的那番瞎话非常奏效，黄莹果然不再生气，而是变得忧心忡忡。

“莹莹，别替他担心，他是谁，他是猪猪侠！”许宏亮自然不会傻到拆穿，扶着方向盘调侃道，“现在想想你真是他的福星，自从遇到你之后他尽走狗屎运，光杀人犯就抓了两个，其中一个还是公安部A级通缉犯，猪撞上逃犯，他撞在猪上，你给他加持那么多气运，他能有什么事？”

“真是！”谢玲玲挽着黄莹胳膊，噗嗤笑道，“遇到你之前他过得多窝囊，在所里不受待见，连帮玮哥去救个场都能被所里人遇上，都会被打小报告。遇到你之后立马转运，你看他现在混得多好，简直如鱼得水。”

坐在车里光着急没用，又不能再打电话让他分心，黄莹鬼使神差地来了句：“玲玲，给我说说你们上学时的事。”

“我也想知道，”许宏亮抬头看看后视镜，好奇地问，“玲玲，老李是谁，我见他经常给你打电话。”

“说说呗，闲着也是闲着。”黄莹似乎忘了刚才还在吃盛滟雯的醋，还生韩朝阳的气，竟忍不住笑了。

谢玲玲松开黄莹的胳膊，轻笑着说：“老李叫李子诚，在我们这帮同学中年龄最大，是我们的班长，也是我们班成绩最差的学生。他每天就是和各种各样的人一起吃饭聊天扯淡，包括各个班的学生，学生会的那些干部和其他学校的人，有几次我还看到他和我们辅导员勾肩搭臂去喝酒。班里的活动他从来不组织，也几乎不提意见，但是不管谁遇到困难或者出现不同意见的时候他总能轻松解决。反正人挺好的，像个老大哥，所以每年班长竞选我们都选他。现在在北京搞了个乐队，给歌手伴奏，给音像公司录音，有时候也去夜店跑场，混得不错，不管谁去北京都会找他。”

“跟玮哥差不多？”

“比玮哥厉害多了，这才毕业多长时间，已经买了车，好像还打算在北京买房。”

见二位听得津津有味，谢玲玲接着道：“朝阳文化成绩一般，专业成绩也一般，但小提琴演奏水平应该是我们班最好的。我们学校跟你们学校不一样，几乎个个勤工俭学，有的当家教，有的去社会上的培训机构帮人家教小朋友演奏乐器，有的在外面跑场，反正赚钱比较容易。朝阳和我都是从农村出来的，所以特别想赚钱，他从大一就开始勤工俭学，除了上课平时几乎见不着他人，可能是我们班上赚钱最多的。盛滟雯也勤工俭学，不过她勤工俭学不是为赚钱，只要有登台演出的机会不给钱她也去，甚至自己掏钱买演出服。”

“她家有钱？”

“她爸她妈都是大学教授，他爸在国外当好几年访问学者，她小时候就出过国，我们还在为过英语四六级头疼的时候，人家不但能跟外教用娴熟的英语谈笑风生，甚至会说一点法语。确实挺厉害，大三刚念了几天，就被美国波士顿音乐学院录取了，而且有奖学金。”

“那个学校好不好？”

“好啊，1867 年建校，历史悠久，拿到录取通知书时不知道有多少人羡慕。”

“这么优秀的一个女生，韩朝阳是怎么追上的？”

“也没见他怎么追，”谢玲玲想想不禁笑道，“可能是太优秀没人敢追，让他钻了个空子。莹莹，我不是安慰你，他俩好上时我们所有人都很意外，都不看好。结果好上没多长时间，滟雯果然出国了。”

“他们在一起多长时间？”

“三四个月，就三四个月。”

“在外面租房的？”

“嗯，不过滟雯也不是天天住外面，我跟她一个宿舍，我们是上下铺，那会儿滟雯还是住在宿舍的时间多。”

尽管已经原谅正在执行非常危险的任务的倒霉蛋，但听到这些黄莹心里依然酸溜溜的，就在她刨根问底不想错过哪怕一点细节之时，韩朝阳和吴伟已从开发区接到车主爱人，正火急火燎往车主家赶。

“韩警官，吴警官，我这算很配合了吧，你们得给我交个实底，你们正在查的案子到底关不关我家邴平的事？”

“嫂子，你想哪儿去了，真不关您家的事，我们就是想调看下您家车上的行车记录视频，看 15 号晚上有没有无意中拍摄到我们要抓的嫌犯。”

孟文君三十四五岁，在开发区一家企业当财务，家庭幸福，工作轻松，收入又不少，而且比较会打扮，看上去只有二十八九岁。她紧盯着车内的后视镜看了一会儿韩朝阳，确认韩朝阳不太像撒谎，又微皱着眉头说：“那么晚了，他去咸庄干什么？”

“这您得问您爱人。”

让二人倍感意外的是，孟文君突然掏出手机，拨通了一个号码，质问道：“建刚，我孟文君，我是你嫂子，跟我说老实话，你们公司前台的那个小姑娘，是不是住在咸庄？”

她手机的声音很小，听不清对方是怎么回答的，只听见她追问道：“我正在去你们公司的路上，为什么去你心里清楚，别帮他打掩护。你不瞒我，我给你面子，你要是帮他糊弄我，别怪我不给你面子……”

从她的神情和正在进行的对话中能听出， 15 号夜里去咸庄的车主邴平极可能有婚外情。韩朝阳和吴伟吓得不敢说话，生怕激化矛盾，生怕会因此影响接下来的取证。

第七十九章　天网恢恢疏而不漏

最担心的事果然发生了。孟文君在回家的这一路上噙着泪频频打电话，赶到她所在的小区时，楼下竟有七八个人在等待，她跟闻讯而至的娘家亲友一把眼泪一把鼻涕地哭诉，要不是吴伟提醒都想不起两个警察为什么接她回来。

上楼翻找到备用车钥匙，又带着娘家人杀到邴平上班的公司。娘家人看上去混得都不错，全有车，而且有两辆豪车，写字楼里的人不明所以，误以为她娘家不光有钱并且有势，连公安都帮她撑腰来找小三儿算账。

车钥匙在她手里，没钥匙开不了车门，调看不到行车记录，又不能砸她家的车窗，韩朝阳和吴伟不知道该怎么解释，干脆什么都不说，任由在同一栋楼里上班的那些公司职员举着手机拍摄。

“吕建刚，你把人藏哪儿了，让那个狐狸精出来！”

“嫂子，你先消消气，我们认识多少年，我们两家什么关系，军军叫我叔，我当他是亲侄子，我能看着你们家庭破裂，能看着邴平越走越远？我早把那姑娘开除了，不在这儿，真不在这儿。”

“还帮他打马虎眼，早知道不给你打那个电话。”

“嫂子，我骗谁也不能骗你，就算刚才不打那个电话你也找不着人，真解雇了，他们都可以证明。”

什么解雇了，全在帮着打掩护。

不顾这种事也只能这么办，总不能让两个女人打起来吧，何况孟文君是有备而来，娘家的几位女士摩拳擦掌，如果前台的姑娘在这儿，今天肯定要吃大亏。

指挥部正在等消息，韩朝阳不敢再看热闹，再次提醒道：“嫂子，我们正在执行任务，您能不能先跟我们去地下停车场把车门打开，让我们先看看行车记录。”

“韩警官，让你们见笑了，你说我怎么瞎了眼找了这么个没良心的东西！”

“理解，我能理解您此时此刻的心情，不过我们要查的案子真的很急，跟您明说吧，是一起命案！”

“好吧，我先陪你们去停车场。”

“文君，你先去，我帮你在这儿盯着。”

“哥，二姐，这儿先交给你们了，我等会儿就上来。”

看架势她们今天是找不到小三誓不罢休，就算被她们找到，就算打起来也不关专案组的事，韩朝阳和吴伟不想管这烂事，立即带着她乘电梯赶到地下停车场。她家果然有钱，她家的车是一辆霸气的黑色大奔。

韩朝阳从未坐过这么好的车，更不用说开了，钻进驾驶室不知道怎么操作，不得不让开位置，请正在气头上的女主人帮忙。孟文君也想看看她老公深夜去咸庄的行车记录，很配合地打开停车记录仪，回放起15晚拍摄的视频。

“停，嫂子，从这儿开始放。”

“好的。”

本想抽根烟的吴伟也顾不上再抽烟了，把刚掏出来的烟塞进烟盒，钻进后排跟坐在副驾驶上的韩朝阳一起紧盯着行车记录仪的小屏幕。从视频上看，邴平的安全意识很高，车开得不快，开得很稳，从东龙路口拐入咸庄，进村之后一路缓行，最终停在一栋二层小楼前。车停下来了，引擎并有没熄火，能清楚地看到他在大灯下把一个二十出头的女孩送到门口，女孩一头披肩长发，五官很精致，既漂亮又充满青春活力。

孟文君气得浑身颤抖，紧握着方向盘咬牙切齿地说：“韩警官，这段视频别给我整没了，这是证据，是他背叛我、背叛我们这个家庭的证据！”

“嫂子，您放心，就算视频里有我们需要的证据，我们也只会拷贝一份不会拿走。”

“要不是你们，我真不知道会被他蒙在鼓里蒙到什么时候。”

“孩子都那么大了，您可以跟他好好谈谈，你们能走到一起，能结婚生子，说明是有感情的，我相信您先生会回心转意。”

“他都这样了再过下去有什么意思，我才不指望他回心转意呢！离婚，不过了，孩子归我，房子归我，车和存款全归我，他不是喜欢这个狐狸精吗，让他净身出户！”

“别激动，嫂子，越是这个时候越要冷静。”

你自己麻烦一大堆还劝别人！想到他的前女友已经杀到了燕阳，他这一关不知道该怎么过吴伟就想笑，可又只能忍着不能笑出声，甚至不能露出哪怕一丝笑意。

正说着，车动了。没有原路返回，而是从女孩住的那个房子所在的巷子继续往前行驶，由此可见邴平这不是第一次去咸庄，对咸庄村里的道路很熟悉。前面出现汽车大灯，二人心中一凛，刚打起精神那辆已擦肩而过，原来是一辆出租车，可惜是迎面而过的看不清牌照，不然可以找这辆出租车了解了解情况。

车缓缓开出村，进入东太路，屏幕右上角的时间显示已是 16 日零点 17 分。夜里在道路上行驶的车辆并不多，但停在道路两侧的车辆却不少，咸庄位于城乡结合部，村里人比较有钱，几乎家家户户有车，有的一家甚至几辆。

吴伟急忙请孟文君回放，请孟文君不断暂停，掏出纸笔飞快地记录下能看清的车牌和车型。不知不觉一个多小时过去了，继续回放出村之后的行车视频。越往市区方向走，路上的车越多，快行驶到通往北太河大桥的第一个红绿灯时，视频中一闪而过的一辆车让韩朝阳欣喜若狂。

“嫂子，麻烦您再回放一下。”

“怎么，有发现？”

“刚才没看清楚，您先回放。”

“好吧。”

孟文君把显示播放进度的长条往后移动了一点，通过一个多小时的调看韩朝阳也学会了基本操作，伸出手随时准备点暂停。吴伟下意识放下纸笔，全神贯注地紧盯着屏幕。从驾驶的视角看，邴平见前面是红灯，正慢慢放缓车速，稳稳地停在一辆货车后面，前面似乎有空档，本已停下来的货车刹车灯突然灭了，又缓缓往前行驶了一个车位。

这时候，一辆商务车，不，一辆霸气的黑色房车从右边车道超到前面去了，打着转向灯飞快地拐入正安路。

吴伟惊呼道："尾灯是竖着的！"

"看上去很像商务车，其实它就是商务车，只是车身比一般的商务车高，比一般的商务车长。"韩朝阳激动得热血沸腾，急忙点点屏幕，继续回放，当再次播放到黑色房车右转弯的一刹那，果断点下暂停。

吴伟喃喃地说："也是大奔，还是外地牌照。"

韩朝阳越看越觉得这辆车可疑，立即掏出手机拨通指挥部电话："龚大，有发现，我们在邴平的行车记录仪里发现一辆奔驰房车非常可疑，尾灯是竖着的，从远处看比较像商务车。"

"在什么位置拍摄到的？"

"东太路与正安路交叉口，行车记录仪显示拍摄到奔驰房车右转弯的时间为 16 日零点 27 分 16 秒，奔驰房车是黑色的，牌照号为东 E035G2。"

龚副大队长立马跑到挂在墙上的地图前，左手指着发现可疑车辆的位置，右手紧握着手机激动地说："应该就是这辆车，我们早就怀疑是奔驰商务车，甚至查过本地的所有奔驰商务车，没想到是外地的，中国那么大，有那么多省，有那么多车，让我们怎么查！"

"路口的监控没拍摄到？"

"东太路与正安路交叉口的交通监控正在施工阶段，几个摄像头既没通电也没联网，交管中心也就没有这个路口的过车记录。不过天网恢恢疏而不漏，没交通监控他们一样跑不掉。小韩，干得漂亮，你们再辛苦一下，守在那儿不要动，我立即安排技术民警去拷贝视频。"

第八十章　谜一样的女人

韩朝阳非常清楚领导不是怀疑二人能不能把行车记录仪带回去，而是担心行车记录仪里的视频出意外，这可能是将来给嫌疑人定罪量刑的关键证据之一，绝不能有任何闪失，让专业的人来拷贝最稳妥。现在所能做的只有等，但也不能干等。

“嫂子，刚才发生的一切请您严格保密，尤其关于我们从记录仪里发现的这辆车，不管谁问都不能透露。”

“开车的是杀人犯？”

“很可能是。”

“放心，我不会乱说的。”

“拜托了。”

提醒完孟文君，正准备再劝慰她几句，苗海珠又打来电话。

韩朝阳没办法，只能让吴伟在车里守着，推开车门走到对面接听。

“大姐，我真在忙，刚发现重大线索，警务通不能占线。”

他是真忙，苗海珠是真替他着急，冷不丁爆出句：“行，警务通不能占线我打你的另一个号，赶紧开机。”

“好吧，你等等。”

不跟她解释个清楚别想安生，可能不止别想安生那么简单，她完全有可能给远在老家的老妈打电话告状，韩朝阳只能硬着头皮打开第二部手机，一接通便苦着脸说：“大姐，你上大学时没谈对象，不等于别人也不能谈，并且你也不能保证你以后谈一个就能百分之百成功，我们都是成年人，能不能别这么一惊一乍的！”

“韩朝阳，你这话什么意思，你对不起人家又对不起莹莹，你还有理了你？”

“别动不动给我扣帽子，我没欺骗过谁，不管以前跟滟雯谈还是现在跟莹莹处对象，我们都是你情我愿的，我从未隐瞒过什么，更不存在对不起谁。当然，滟雯来燕阳，莹莹心里肯定不舒服，我很内疚，可除了内疚我还能怎么办！”

苗海珠赫然发现，事情发展到现在这地步，小师弟不管怎么做都不合适，唯一能做的就是什么都不做。爱情这种事本来就是一本糊涂账，她也懒得管了，气呼呼地说：“好吧，你是成年人，既然是成年人就要对自己所做的事负责，我刚给玲玲打过电话，她说人接到了，你自己看着办吧。”

看着办，又能怎么办？韩朝阳不仅对黄莹心存歉疚，对盛滟雯何尝不是。心中一阵酸痛，觉得自己像是犯了多大错一般，觉得同时对不起两个好女人。

就在他犹豫该不该给黄莹打个电话，该不该给谢玲玲打个电话，让谢玲玲把手机交给盛滟雯、跟盛滟雯说两句之时，刚接到盛滟雯的谢玲玲和黄莹正在从机场回市区的高速上。见面时介绍过，一个是最帅警察的前女友，一个是现在女友，车内的气氛有那么点尴尬，但倒没想象中的那种火药味。

谁都不说话，许宏亮不能再不开口，抬头通过后视镜看看果然很漂亮并且非常有气质的盛滟雯，故作好奇地问：“滟雯，你怎么带那么多行李，你一个女孩子带那么多行李去哪儿也不方便。”

“难得回来一次，怎么能不给大家伙带点礼物。”盛滟雯嫣然一笑，目光转移到身边的黄莹身上，“黄小姐，其实我早知道你跟朝阳的事，所以也给你准备了一份，在箱子里，现在不好拿，等会儿到酒店拿给你。”

这个女人的气场真大，并且具有一种浑然天成的亲和力，脸上始终挂着让人讨厌不起来的笑容，连说话声音都那么好听。伸手不打笑脸人，更重要的是不能被她小瞧，黄莹微微一笑：“盛小姐太客气了。”

“能不能别一口一个盛小姐，更谈不上客气，我们又不是外人。”盛滟雯回头笑道，“宏亮，我也给你准备了，你们男生喜欢什么我不是很清楚，就随便买了点，等会儿千万别嫌弃。”

“我也有！”

“同学都有，同学家属也有。”

她做事就是这么大气，谢玲玲见怪不怪，坐在副驾驶上侧身笑问道：“别卖关子，我不需要惊喜的，到底给我带了点什么？”

“你们的礼物好准备，全是化妆品。”

“就知道你不会带别的，我就需要这些。”

“喜欢就好，”盛滟雯笑了笑，转身拿起上车时没塞进后备箱，而是搁在后窗夹角处的琴盒，捧着往黄莹面前一送，“莹莹，这是给朝阳准备的，知道他忙，这次不一定有机会聚，只能交给你了，交给你跟交给他一样。”

一直背着身上，不像其他礼物全塞在行李箱，生怕坐飞机托运行李时被机场的搬运工压坏摔坏，可见她多么看重这份礼物。黄莹心里很不是滋味儿，正犹豫接还是不接，盛滟雯又一脸诚恳地说：“相信我，能联系上的同学全有礼物。”

“好吧，我替他谢谢你。”

许宏亮回头瞄了一眼，发现只是一把小提琴，从精美的琴盒上看应该是全新的，应该没什么故事。黄莹接过琴盒放到膝盖上，一边抚摸着上面的花纹，一边暗想她既然早知道自己跟倒霉蛋的事，这次过来很可能真只是想看看倒霉蛋当警察的样子，真只是想看看自己长什么样。

他俩不懂音乐，同样不懂乐器。谢玲玲懂，一眼看出这份礼物分量有多重，傻傻地盯着琴盒不敢相信自己的眼睛。斯特拉迪瓦里，“小提琴之王”，它不只是一把小提琴，也是一件价值不菲的艺术品，是所有小提琴演奏员梦寐以求的乐器。制作这把小提琴的制作商拥有几百年历史，从琴盒上看这把琴音色应该非常好，可能要几万乃至十几万美元才能买到。

“看什么呀，你又不擅长拉这个，国外也没你擅长演奏的民乐器卖。”盛滟雯不动声色拍拍谢玲玲的手，又回头道，“莹莹，我没别的意思，就是觉得他小提琴拉得那么好，荒废掉可惜。”

“他没荒废原来的专业，他一有时间就拉的。”

“这就好了，看来我白担心了。”

黄莹也意识到这把琴可能不便宜，下意识问：“盛小姐，你是用这把琴去应聘中芭乐团演奏员的吗？”

“怎么可能，我的琴在箱子里，拉习惯了，不想换也不能换，用一把生琴很难发挥的。”

琴不想换也不能换，男朋友呢？谢玲玲感受到一股火药味，正不知道该怎么打圆场，黄莹突然笑盈盈地说：“拉拉就习惯了，这跟我们换电脑键盘一个道理。”

“那需要时间，而我这次应聘多匆忙，从在网上看到招聘启事到回来应聘前后不到一个星期，根本来不及准备，最缺的就是时间。”

“很忙？”

“大后天就回去，纽约那边还有一个招聘会，也不知道有没有希望。”没能见着人，盛滟雯是很遗憾，但不想再绕圈子，突然轻握着黄莹的手，紧盯着她双眼哽咽地说，“莹莹，前段时间在同学群见老李他们说朝阳找到了女朋友，看到他穿警服的样子，看到他立功受奖时跟你的合影，我真的特难受。他是个好男友，将来肯定也是一个好丈夫，我没有好好珍惜，为实现所谓的理想错过了，你千万别学我，因为错过就没有了。”

黄莹怎么也没想到她会说出这番话！谢玲玲没想到，许宏亮一样没想到，车内顿时一片寂静。

盛滟雯掏出纸巾擦擦泪水，竟搂着黄莹胳膊边流泪边笑道：“但我肯定会成功的，为成为一流演奏家我放弃了那么多，而且那么努力，没有理由不成功。”

黄莹突然有些同情这个女人，下意识问：“成功之后呢？”

“能成功已经很不错了，哪里敢想那么远，”盛滟雯拍拍黄莹的手，又轻轻抚摸着琴盒，“总之，祝福你们，祝你们幸福。也不知道你们什么时候结婚，但可以肯定我不可能回来喝你们的喜酒，其实这趟都不应该来，不应该打扰你们的生活。”

第八十一章　露头了！

韩朝阳和吴伟刚协助匆匆赶到的技术民警拷贝好视频，龚副大队长亲自打来电话，让他们立即回元丰宾馆收拾行李，然后去交警三大队二中队报到。

毫无疑问，专案指挥部换地方了。

之前设在距砂石场不远的元丰宾馆，完全是为了方便办案。现在可以确认砂石场不是第一现场，连北太河二桥引桥下也只是抛尸现场，把指挥部再设在不仅去哪儿都不方便，甚至连买东西都不方便的钢材市场并不合适。

也不知道有没有锁定嫌疑人，吴伟不想错过抓捕，又打开警灯、拉响警笛火急火燎地往回赶，到了元丰宾馆也不管昨夜休息前洗的衣服有没有干，直接往塑料袋里塞，更顾不上叠了。风风火火赶到二中队，跟在大厅值班的辅警表明身份，在辅警指引下一口气跑上三楼。

“报告！”

“请进。”龚副大队长回头看一眼，接着打电话，“报告骆支，嫌疑车辆今年一共有 17 个违章未处理，其中包括 6 个违停。从本市和外市及外省的电子警察抓拍到的 11 个未按照指示交通标线指示行驶和超速等违章照片上看，驾驶嫌疑车辆的人员换个不停，只有两个违章是同一个人驾驶的。”

有一个刑警在做记录，龚副大队长开的是免提。韩朝阳能清楚地听到骆副支队长在电话那头说：“价值上百万的车，就算不配专职司机，也不太可能随便让别人开。”

“我和滕大也觉得奇怪，难道这是一个规模庞大的团伙？”

“就算是一个人数众多的犯罪团伙，也不太可能出现这种情况，现在猜也猜不出什么，我帮你们在交管中心盯着，嫌疑车辆已经录入交警支队的缉查布控系统，只要它一旦上路，系统会自动识别、自动报警，甚至会推送至执勤民警的移动警务终端，到时候我们就可以就近安排警力堵截。”

“谢谢骆支。”

“别急着谢我，你们也抓点紧，看能不能在天黑前搞清奔驰车主的基本情况。”

“滕大亲自负责这条线，已经同东关市公安局联系上了，估计天黑前就能搞清楚。”

“鸡蛋不能放在一个篮子里，不是有 11 张电子警察抓拍的违章图片吗，赶紧组织图侦民警进行分析，看看开过这辆车的都是些什么人，看看其中有没有在逃人员或前科人员。”

“报告骆支，这项工作我们已经布置下去了。”

“这就好，先这样，有什么情况及时联系。”

龚大放下手机，回头道：“小韩，小吴，二中队的同志给我们收拾出几间宿舍，你们昨夜没睡好，先抓紧时间去宿舍睡会儿，嫌疑车辆一露头就行动，现在不睡到时候没精神。”

领导的言外之意再清楚不过，接下来可以参与抓捕！吴伟欣喜若狂，正准备立正敬礼，身后传来哐啷一声，回头一看只见滕大甩上斜对面办公室的门，阴沉着脸快步走了过来。他的脸色有点吓人，看样子有什么坏消息，韩朝阳急忙拉着吴伟胳膊让到一边。

“滕大，东关市公安局怎么说？”龚副大队长急切地问。

“车主任国能没前科，也不是在逃人员，东关市公安局刑警支队对他的情况不了解，帮我们查了一下才知道治安支队也在找他。原来这家伙是个老赖，以前一直做食品加工，后来投资经营大排档、承包虾池，再后来投资了一家酒店，是盖临县清水湾餐饮公司的法定代表人。这两年，他不断向身边的朋友宣称清水湾要开发，他需要资金扩张酒店。经常一开口就借上百万，并许以较高的利息。不少人信以为真，纷纷将钱借给他，有人钱不够，就一点一点凑起来借给他。”滕大点上支烟，继续道，“去年 9 月，酒店因经营不善关门歇业，关门时拖欠工人工资 20 多万。任国能当时并没有跑路，而是以投资做生意等名目继续向朋友借钱。到了还款期限债主找上门，拿不出钱的他就跑路了。跑路前，他和妻子办理了离婚手续。东关市公安局刑警支队的同行说，单单在盖临县人民法院，有关他的借贷纠纷就有 16 起，一共欠本金 1815 多万元。算上另外几个区县的人民法院，正在审理的任国能民间借贷案件一共有 34 件，其欠款本金高达 3900 多万元！”

“跑路了，找不着他人？”

“今年 1 月中旬跑路的，去年 12 月底，执行法官还能联系上他，之后他便销声匿迹了。”滕吉明坐到会议室，磕磕烟灰，“东关市法院系统正在搞‘执行大会战’，对于辖区内拒不履行裁定判决、影响恶劣的被执行人，委托省公安厅协助布控，实行 24 小时备勤抓捕，抓获之后采取拘留强制措施。会战开始到现在已经抓了几个，但这个任国能依然杳无音信。”

“这么说当地法院也在找这辆车？”

“嗯，只是没想到车会出现在我们燕阳。”

“曹胜凯从来没去过东关市，跟这个老赖风马牛不相及！”

“这有没有可能是一起因民间借贷纠纷引发的命案，曹胜凯有没有可能帮人讨债，结果债没讨到，反而把命丢了？”

“有这个可能，而且可能性极大。你想想，如果从事正当职业，曹胜凯那样的人能在短短几个月内赚那么多钱？”龚副大队长点点头，想想又补充道，“肯定是不义之财！”

“小韩，你怎么看？”

滕大冷不丁回头问，韩朝阳吓了一跳，感觉到吴伟好像在背后推了推，韩朝阳这才缓过神，一脸尴尬地说：“报告滕大，我……我没看法，我没学过侦查，我不是刑警，真不懂这些，真不会破案。”

“别谦虚了，尸体被埋在沙堆里可能是一起恶作剧是你想到的，案发当晚在抛尸现场周边行驶过的车辆上的行车记录仪有可能无意中拍摄到抛尸车辆一样是你想到的，再想想，还有什么可能性。”

“滕大，我真不懂，您问我这些真是对牛弹琴。”

“让你说就大胆地说，畅所欲言嘛。”龚副大队长以为小伙子紧张，竟走过来拍拍他肩膀。

韩朝阳不是谦虚，也没想过再绕开专案组直接给冯局汇报，而是真不懂，苦着脸敷衍道：“我觉得滕大的分析非常有道理，一个欠几千万跑路，一个在短短几个月内赚十几万，很容易联系在一起，这起命案除了因民间借贷引发的我想不出其他可能。”

“小吴，别躲了，你也说说。”

车主的大概情况是刚听说的，吴伟同样没什么看法，正准备跟韩朝阳一样附和领导意见，龚副大队长的手机突然响了。

“骆支……”

龚副大队长跟刚才一样开免提，还没来得及问，就听见骆副支队长在电话里说：“老龚，赶紧通知老滕，嫌疑车辆露头了，正在机场高速上，正从机场往市区方向行驶，我把嫌疑车辆一分钟前的位置给你们发过去，请你们立即组织力量赶往收费站。”

找不着车主人，能找着车也行。骆副支队没有通过指挥中心给在机场高速收费站附近巡逻的民警下命令，而是让专案组赶紧过去，这说明骆副支队长在关键时刻决定放长线钓大鱼。尽管滕吉明觉得曹胜凯遇害极可能是一起因民间借贷引发的命案，但同样认为不能排除被害人卷入其他违法犯罪行为的可能，如果案中有案，那么现在组织警力堵截极可能打草惊蛇。

谁不想扩大战果？

不等龚副大队长开口，滕吉明就起身道：“骆支，我们现在就过去，请您再帮帮忙，请交管中心的同志帮我盯着嫌疑车辆，请交管中心及时通报嫌疑车辆的最新位置。”

“嫌疑车辆刚上高速，你们现在出发肯定来得及，我这边你们尽管放心，赶紧行动吧。”

“是！”

高科技就是好，大数据就是牛。只要把车辆信息输入系统，系统能自动识别，嫌疑车辆一露头就会被系统发现。

吴伟激动得热血沸腾，下意识掏出车钥匙，滕大快步走出会议室，边往楼梯方向跑，边喊道：“老龚，立即通知老吉他们！夏明，快帮我们找几件便服！”

“滕大，您要便服？”一个交警从走廊尽头的办公室探出头。

“这是你们中队，不找你这个中队长找谁，找六套，速度！”

“是！”

不是去抓捕，这是要去跟踪监视。韩朝阳反应过来，正犹豫要不要停下脚步等等，等换上便服再下楼，滕大又回头命令道：“小韩，小吴，你们赶紧去门口拦车，有出租拦出租，没出租车就叫网约车，快点。”

“叫几辆？”韩朝阳下意识问。

“四辆。”

“是！”韩朝阳急忙掏出手机，边跟着吴伟往楼下跑边打开手机上的叫车 APP，正在楼上休息的专案组的其他刑警也纷纷冲出宿舍，本来就穿便服的一口气追下楼，穿警服的几个刑警则忙不迭地管交警队的人借起便服。

第八十二章　羡慕但不妒忌

出租车不好拦，想打车的时候等半天都看不见，不想打车的时候一辆接着一辆从眼前过。好在交警二中队位于闹市区，网约车很容易叫，最近的一辆距交警队不到两公里，大部队跑到门口，韩朝阳和吴伟的任务正好完成，从网上叫的第四辆车打着转向灯正准备靠边停车。

“我上这辆，老龚，你们上第二辆！老吉，秋平，你们上后面那两辆。”滕大了一声，拉开车门钻进SUV副驾驶。

随着他一声令下，专案组的十一个刑警不约而同开门上车。

看着刚叫来的四辆车一辆接着一辆离去，看着刑警们渐渐消失在视线里，吴伟傻傻地问：“朝阳，我们呢？”

“我们什么？”

“我们去不去？”

韩朝阳低头看看身上的警服，苦笑着问：“穿这一身怎么去，而且滕大也没让我们去。”

“滕大没让，龚大让了。”吴伟真不想就这么被专案组甩下，焦急地说，“龚大那会儿说得很清楚，让我们先休息，嫌疑车辆一露头就行动。”

“那会儿是说过，但刚才没叫！”

“战机稍纵即逝，刚才他们是顾不上。”

“可是我们就这么去，很可能会坏事。”

“这么去肯定不行，走，进去找交警队的人借便服。”

昨夜没睡好，上午很困，但现在却不困了。更重要的是，不管之前怎么被专案组边缘化，但因为这个案子已经折腾了那么多天，即将水落石出，不去看看韩朝阳真不甘心，不禁笑道："行，去借衣服。"

跑进去一问，结果令人沮丧。十几交警平时上下班都穿便服，但这里终究只是单位，只有宿舍，而且几个人住一间，一人就有一套。在家的几个交警的便服，被滕大他们借走了。其他交警要么上路执勤，要么在外面处理交通事故，人不在单位柜子打不开，交警队长爱莫能助。

"走，先回所里，回所里换上衣服再去收费站！"吴伟急了，钻进警车再次打开警灯。

就在二人火急火燎往花园街派出所赶之时，谢玲玲正在中山路上的荣府饭店请盛滟雯吃火锅，许宏亮和黄莹作陪。5点就到了，来这么早不可能没包厢，许宏亮谎称一共有8个人，管服务员要了一个大包厢，点了一大桌子菜，又去隔壁烟酒店买了四瓶红酒。结果酒斟在杯子里半天没动，锅一开尽顾着吃。盛滟雯的胃口好得惊人，刚刚的三份极品羔羊和一份极品肥牛几乎被她一个人消灭掉了。

"别用这种眼神看我！"

"谁看你了，你又不是帅哥。"谢玲玲噗嗤一笑，拿起公筷继续往锅里夹肉，知道她喜欢吃辣，跟刚才一样把这一份肉又全夹到红汤这一边。

"好吃，真好吃。"盛滟雯抽出张纸巾擦擦嘴角，一脸不好意思地说，"我吃相是不是特难看，像不像饿死鬼投胎？如果你们跟我一样在美国待两年，吃相估计比我更难看。"

"美国没有火锅吃？"谢玲玲好奇地问。

"有，不过要去唐人街，那儿的火锅既不正宗也不便宜，难吃得要命，而且死贵死贵的。每次见你们在朋友圈晒美食，我就馋得流口水，没跟你们开玩笑，真的！"

"真可怜。"

"才知道，别光顾着说话，你们也吃，我去再取点蒜泥。"

该哭的时候就哭，该笑的时候就笑，该吃的时候就放开肚皮吃，能看得出来，她是一个性情中人。黄莹突然油然而生一股歉疚，像是抢了她男朋友一般的不是滋味儿，吃没胃口，说又不知道该说点什么，正尴尬，盛滟雯端着小料碗回来了。

“回来前就想好了，这次要吃腻了再回去。”盛滟雯夹起一筷子肉，嬉笑道，“你们怕胖，我不怕，就算天天胡吃海喝，胖十几二十斤，到美国饿几个月就又饿回来了，不用刻意减肥。”

一声不吭不礼貌，黄莹想想来了句：“可以带点火锅料回去，到了美国自己做。”

“哪有时间，再说一个人吃火锅也没什么意思，而且就算有火锅料也做不出这味道。”

有些话题是无法回避的，在车上话已经说开了，谢玲玲没之前那么多顾忌，打趣道：“找个男朋友呗，滟雯，你条件这么好，我不信在美国没人追。”

“追我的还真不少，合适的没有。”

“这说明你眼光高。”

“其实我眼光并不高，可就是没合适的。”

谢玲玲暗叹口气，不动声色说：“这是缘分没到，缘分到了就有了。”

“但愿吧，不过我也不急，你们不是成家就是立业，我到现在一事无成，还花家里那么多钱，考不进知名乐队真无颜见江东父老，必须努力努力再努力，哪有时间谈恋爱。”

“还是那么要强，其实真没必要把自己搞这么累。”

盛滟雯轻叹口气，放下筷子苦笑道：“人在江湖，身不由己，如果你是我，你一样没退路。”

这话谢玲玲相信，因为她爸妈对她的期望太高，在她很小的时候就给她树立了一个远大的理想，并通过各种方式引导、激励她，甚至没有条件也给她创造条件。谢玲玲不再羡慕她那看似幸福的家庭，想到她刚才说花家里那么多钱，再想到她送给韩朝阳的那把小提琴，不禁问道：“你不是有奖学金吗？”

“这两年有，出国前哪有。”

“以前在国内能花多少家里的钱？”

“也不少，正因为花得太多，所以出国时我就发誓不再花我爸我妈的钱。这两年运气还不错，遇到一位人脉很广的好导师，给了我不少有偿演出的机会。再利用业务时间去高档餐厅拉拉琴，赚点小费，自己养活自己还是没问题的。”

演出费能有多少，小费又能有多少，能想象到送给韩朝阳的那把琴，是她这两年省吃俭用存钱买的。黄莹不知道那把琴有多昂贵，没学过音乐不懂演奏也想象不到一把小提琴会有那么贵，只知道眼前这位是倒霉蛋的前任，而且属于那种让人讨厌不起来的前任。

“盛小姐，你难得回来一趟，不管之前发生过什么，朝阳都应该请你吃顿饭，陪你在市里转转，跟你叙叙旧的。可惜这次是真不巧，在你来之前他就被抽调进专案组，正在侦破一起命案……”

盛滟雯愣一下，喃喃地说：“其实，其实我跟他也没什么好聊的。”

“我跟他要聊的倒是不少，好像总有说不完的话，可惜能一起聊天的机会却不多。警察真不是一个好职业，我总让他早点回来，结果他总是带着早点回来。遇到点事只能自己去面对，连他家有什么事都得我来，他大舅在省三院看病，我每天晚上都去看看，他倒好，一次都没去过。”

“警嫂不好当啊，莹莹，我很羡慕你，但不妒忌，因为你为他付出的这些，我一件也做不到。”

“我怎么说这些。”

“本来就是闲聊嘛，你认识的他跟我认识的他有些不一样，但共同点更多，”盛滟雯放下筷子，托着下巴笑道，“比如我认识的他跟你认识的他一样敬业，上学时他天天跑场，有时候一晚上跑好几个场，但只是看上去很敬业，其实他并不喜欢那样，只是为了多赚点钱，跟我不想错过任何一个演出机会的初衷完全不一样。”

“真是，别看他这段时间干出不少成绩，单位领导器重，甚至把他树立成典型，但他并不是一个有上进心的人。之所以能立功受奖，之所以能被领导器重，只是运气比较好。”

“所以当年我一说要出国，他就吓坏了，吓跑了。”

“我没你那么优秀，所以吓不到他，只有他吓唬我的份儿。”

“人确实是会变，但变化再大也大不到哪儿去，别说他现在只是一个片儿警，就算将来当上所长、当上公安局长，他也不可能吓唬你，更不可欺负你。”

“莹莹，别开玩笑了，朝阳是什么样的人我们都清楚。”许宏亮不失时机端起杯子，正琢磨怎么转移掉这个话题，手机突然响了，最不想提的人居然打来电话。

下午编瞎话说什么去抓杀人犯，现在打电话也不怕露馅！许宏亮真不知道该说他什么好，急忙歉意地笑了笑，走到包厢外摁下通话键问：“兄弟，你知不知道我在哪儿，知不知道我现在跟谁在一起，你也不怕回来跪搓衣板？”

“跟谁在一起？”

“明知故问！”

韩朝阳猛然反应过来，急忙长话短说：“她们的事回头再说，我和吴伟马上到警务室，借你车用一下，十万火急。”

“警车就停在警务室门口，行车记录仪上午刚装好。”

“我们正在执行的任务不能开警车，不能暴露身份。”

“行，我马上到。”

第八十三章　跟踪监视（一）

把警车停在警务室门口，站在车边等了三四分钟，许宏亮开着白色宝马到了，韩朝阳跟郑欣宜道了个别，跑过去钻进驾驶室，吴伟几乎同时拉开车门钻进副驾驶。

“宏亮，我们先走了，莹莹那边你知道，帮帮忙。”

“走吧走吧，你们忙你们的，有什么情况给你打电话。”

时间紧急，韩朝阳顾不上再拜托，打开转向灯把车开上中山路，想想又低头看了一眼油表，打算用多少油回头加多少油，反正不能让好兄弟吃亏。

机场高速出口在燕东区，作为燕东公安分局的民警，二人对燕东的路况都比较熟悉。尽管认识路，吴伟依然打开手机上的电子导航。现在的互联网公司真的很厉害，导航软件不光能规划路线，甚至知道哪条路车辆比较多，哪个路段拥堵，在大数据应用上直追市局交管中心。韩朝阳听着导航里的提示，避开堵车和缓行的几个路段，总算在 6 点 21 分赶到了高速出口。

又是回所里换便服，又是去警务室换车，出发得还比较晚，就这么居然赶上了，吴伟激动不已，指着停在马路斜对面的白色 SUV 欣喜地说：“滕大在那边！”

“别急，我先调头。”

高速出口车流量大，韩朝阳瞅准空当把车小心翼翼开到紧挨着收费站的高速交警燕东中队门口，想到停交警队门口太扎眼，又轻踩油门往前开了一段，与停在路边的白色 SUV 擦肩而过。停好车，韩朝阳看看后视镜，掏出手机打电话汇报："报告滕大，我和吴伟到了。"

今天运气不错。通过排查案发当晚在咸庄及咸庄周边行驶过的车辆上的行车视频，中午刚成功发现具有抛尸嫌疑的奔驰房车，这辆房车下午就露头了。从机场到市区只有四十分钟车程，本以为有可能赶不上，以为需要交管中心继续协助，没想到高速上发生了一起追尾事故，快车道被堵住了，所以进市车辆只能从行车道和慢车道缓行，据交管中心的同志说，缓行路段长大 9.7 公里，嫌疑车辆正在像蜗牛一样慢慢往前移，最快也要二十分钟才能下高速。值得一提的是，机场高速就三个出口，与其他高速并不交汇，而嫌疑车辆已经错过了前两个出口，它只有从这儿出来，想调头都不可能。

运气好，滕大的心情也就好了，举着手机一边四处张望一边笑道："你们也来了，在哪儿，坐的什么车？"

"我们在您前面，"韩朝阳看着后视镜，有那么点不好意思地说，"我们没打车，我们是管朋友借的车，白色宝马，车牌号燕 A6F1D8。"

好车，只要有点常识的人都会忍不住多看几眼。滕大刚才注意到他们驾驶的宝马，探头看看见宝马正打着双闪，不禁笑道："可以啊，连宝马都能借到，不过这车太扎眼，等会儿跟在我们后面，与嫌疑车辆保持距离，千万别跟太紧。"

"是！"

"对了，我们跟司机沟通过，他们已经在平台上取消了订单，今天的费用我们直接跟他们结算，不要担心网约车平台会在手机上扣你的钱。"

"好的，谢谢滕大。"

"这有什么好谢的，打起精神，想解手赶紧去，嫌疑车辆快出来了，从现在开始你们是 5 号车。"

"是！"

厚着脸皮追过来的，领导居然没说什么，韩朝阳稍稍松下口气，下车打开行李箱取出两瓶水，回到驾驶室系上安全带刚喝了两口，手机突然传来微信提示音，打开一看居然被滕大拉进了一个小群。

“全体都有，开群语音，进入对讲模式。”

“2 号车收到，2 号车收到，完毕。”

“3 号车收到，3 号车收到，完毕。”

韩朝阳愣了一下，急忙道：“5 号车收到，5 号车收到，完毕！”

“各车注意各车注意，交管中心通报，嫌疑车辆已驶出缓行路段，预计在 9 分钟内下高速，目标进入视线之后，2 号车、3 号车在前面，1 号车、5 号车在后面，4 号车与目标车辆平行行驶，视情况再调整各车位置，市区车流量大，请大家务必打起精神，既不跟丢，也不能发生交通事故，更不能暴露身份。”

煮熟的鸭子绝不能飞了，滕大不太放心，又交代了一遍。滕大在手机里刚部署完，一直趴在椅背上观察高速出口动静的吴伟突然回头道：“朝阳，来了！”

“来了，这么快！”韩朝阳下意识看向后视镜，只见一辆黑色奔驰房车缓缓停在收费窗口边，因为离得太远看不清司机的样子，也看不清副驾驶有没有坐人。第一次执行这样的任务，韩朝阳真有那么点兴奋。

这时候，离收费站最近的 4 号车突然汇报：“报告滕大报告滕大，目标已确认，目标已确认，车牌号为东 E035G2，车牌号为东 E035G2。”

“按计划行动，按计划行动。”

“2 号车收到！”

“3 号车收到！”

“4 号车收到！”

随着手机里急促的通话，龚大等刑警乘坐的黑色大众轿车和吉队等刑警乘坐的灰色丰田轿车，不约而同汇入车流。4 号车紧随而上，只见它打着转向灯驶入最左边车道，与速度越来越快的黑色奔驰房车同时往西驶去。

白色 SUV 超过去了，韩朝阳不敢分神，急忙摁电子手刹，轻踩油门跟了上去。

第八十四章　跟踪监视（二）

跟踪监视远没电影电视里那么简单。市区车流量大，红绿灯多，大小路口更多，再加上一些司机不知道什么叫文明行驶，不断有车“加塞”。黑色大奔几次因为这些原因脱离专案组视线，幸亏滕大早有准备，每到关键时刻就及时调整部署，总算有惊无险地盯住了，恢复了“最佳队形”。韩朝阳在紧急时刻追上去跟了一段，直到 1 号车超到前面，3 号车跟到目标后面，隔了一个车位才松下口气，这才意识到刚才光顾着全神贯注地盯梢，竟稀里糊涂横穿了整个燕阳市区，已经跟到了人民路尽头。

“五辆车跟一辆车都这么费力，应该像电影里那样在目标车上装个追踪器。”前面又是红绿灯，吴伟打开车窗点上支烟。

韩朝阳回头看一样，扶着方向盘笑道：“装什么追踪器，放个带定位功能的手机上去不就行了。”

吴伟突然喃喃地说：“不对，我们是不是暴露了！”

不等韩朝阳开口，手机里突然传来滕大的声音：“5 号车 5 号车，请把刚才的话再说一遍。”

“报告滕大，我就随口一说。”吴伟吓了一跳，急忙坐直身体。

“让你说你就说，别废话。”

“报告滕大，我觉得有些奇怪，从机场高速出口到城西有好几条路线，无论走哪条路线都比刚走的这条畅通。”

光顾着跟踪监视，真没想过刚走的这条路线堪称最堵的路线！滕大顿时微皱起眉头，正暗想是不是暴露了，前方亮起绿灯。

“各车注意，不管那么多了，先跟跟看看，看它去什么地方。”

一切都在往最坏的方向发展！一过红绿灯，黑色大奔突然加速，眼前路段限速60码，它居然飙到80多码，滕大没办法，只能命令各车跟上。就在众人以为身份已经暴露、嫌疑车辆尤其车上的嫌疑人准备潜逃之时，它的速度又渐渐慢了下来，记不得过了几个路口，也记不清转了几个弯，只见它突然打着转向灯缓缓开进一个灯火通明的大酒店。

王府花园酒店！

韩朝阳对这一片不熟悉，平时也不会进如此高档的场所，真不知道城西居然有如此高档的酒店。滕大对这里也不熟，因为超到前面去了，只能命令后面的车跟进去，他打算去前面调头绕回来。

3号车打着转向灯跟进酒店，韩朝阳急忙跟了上去。不进来不知道，一进来大吃一惊，原来这是一个极具“宫廷”特色的酒店，雕梁画柱，绿树成荫，晚上灯光全打开了，美轮美奂，像是进入了一座皇家园林。3号车在酒店保安指挥下跟着奔驰房车开到一座宫殿式的门厅前，韩朝阳缓缓停在后面，一个服务生快步跑过来帮着开门，吴伟摇下车窗来了句：“谢谢，我不下车，我们是来接人的。”

“先生，这里是大堂，您要接的客人住哪栋楼？”

吴伟紧盯着前面的奔驰，不耐烦地说：“我朋友让我们在大堂门口等，不会在这儿停多长时间，他一到我们就走。”

服务生刚让开身体，就见一个大晚上戴着墨镜甚至口罩的女子钻出房车，在两个西装革履的彪形大汉和一个短发女子的拥簇下快步走进大堂，紧接着又下来一个年轻男子，同司机一起打开行李箱把大小五六个箱子装到服务生推去的行李车上。韩朝阳下意识往前开了几米，能清楚地看见大厅里有两个矮矮胖胖的中年人，正热情地跟那个女子打招呼，两个中年人的跟班则殷勤地同女子的女跟班一起去前台办入住手续。

“我进去看看。”韩朝阳解开安全带猛地推开车门走进大堂。

保安跑了过来，急切地说：“先生，这里不能停车！”

“没关系没关系，我这就挪。”吴伟举手打了个招呼，推开车门绕过车头钻进驾驶室，把车开到门厅北侧的停车位。

第一个跟进大堂的不是韩朝阳，而是高新区分局刑警大队的吉中队长。大堂里的工作人员和那个女子的保镖似乎知道他要跟上去一般，远远地就迎上来拦住吉队的去路。

“先生，对不起。”

“干什么，我去洗手间！”

打着领带的保镖回头看看身后，抬起胳膊往大堂左侧指了指：“先生，洗手间在那边。”

什么人，这么牛！韩朝阳不能暴露身份，干脆趁他们拦住吉队的机会装着去办理入住手续的样子，从边上绕到正跟两个中年男子谈笑风生的女子对面。她依然戴着口罩，墨镜也没摘，不过能看出她很年轻很漂亮，而且身材也不错。离得太远，听不清他们正在说什么。韩朝阳突然觉得这个女的有点眼熟，可又想不起在什么地方见过，正打算再靠近一点，女跟班拿着房卡一路小跑到她面前，只见她又跟众星捧月般在众人拥簇下走向西门。

韩朝阳很想跟上去，但酒店保安和那两个保镖太敬业，像防贼一样防着大堂里的所有人，真是眼观六路耳听八方，连酒店保洁的阿姨都不能靠近，只能眼睁睁看着他们上了电动摆渡车，往酒店西南方向的一个古色古香的独栋建筑驶去。

“小韩，人呢？”刚回过头，滕大夹着包出现在身后。

韩朝阳确认没什么人注意这边，抬起胳膊指了指：“去了那栋楼。”

“你们先过去看看，我去查查到底是什么人。”

见几个年轻的酒店女服务员正交头接耳，窃窃私语，还捧着手机看对方刚才偷拍到的照片，韩朝阳猛然想起刚才那个女子是谁，不禁苦笑道：“滕大，我们跟的好像是蒋思颖！”

滕大愣了愣，下意识问：“蒋思颖是谁，你认识？”

韩朝阳觉得今天这事真荒唐，强忍着笑解释道：“蒋思颖是这两年很火的一个女明星，不光我认识，好多人都认识，只是我认识她，她不认识我。”

第八十五章　乌龙

刚入住的女子到底是不是蒋思颖，根本不用去问前台，在警务通上就能查到。查询结果显示，韩朝阳没认错人！出动这么多人跟了一晚上，跟的居然是一个明星，滕大一肚子郁闷，立马拨通龚副大队长手机："老龚，嫌疑车辆现在什么位置？"

"正在柳家庄路口等绿灯放行。"

"不跟了，采取行动！"

滕大回头看看刚跑过来的吉队和吴伟等人，一边继续拨打手机一边冷冷地说："老吉，我通知技术民警过来勘查嫌疑车辆，你们分为三组，立即询问乘坐嫌疑车辆过来的女明星及接待女明星的人员。抓紧时间，同时也要注意方式方法。"

询问拥有大量粉丝的女明星，如果女明星确实没问题，如果你态度稍有不好，很容易被倒打一耙。想到"最帅警察"好像也是搞艺术的，吉队脱口而出道："小韩跟我一组，新海跟小吴一组，亚兵和存剑一组。"

"是！"

随着滕大一声令下，在酒店保安和服务员惊诧的目光中跑向西南角的独栋建筑，一进这栋挂着"燕来楼"牌匾的建筑大堂，便叫住一个服务员道："我是高新区分局的，蒋思颖住在哪个房间？"

突然冲进来六个人，服务员吓了一跳，一时间竟愣住了。

吉队立马掏出证件，追问道："就是刚住进来的女明星，到底住哪个房间，带我们过去！"

燕来楼是贵宾楼，为接待女星做了大量准备，服务员缓过神，有些紧张地说："在 206，电梯上去左边第三间。"

"谢谢。"

吉队顾不上等电梯，见前面有个消防通道的牌子，立马率领众人爬楼梯上楼。打开防火门，走进铺着软绵绵地毯的走廊，刚才在酒店大堂接待女星的两位中年男子正站在客房门口跟女明星的助理说话，两个保镖正站在电梯口，看样子是等女星收拾一下出去吃饭。

"干什么，你怎么又来了！"

打领带的保镖对吉队印象深刻，立马跑过来挡住众人去路。

"公安办案，把身份证拿出来！"刚才是担心暴露身份，现在没那么多顾忌，韩朝阳把保镖往边上一推，吉队不失时机掏出警察证。刑警张新海更是解开外衣纽扣，亮出别在腰间的配枪。

打领带的保镖愣住了，同样西装革履但没打领带的保镖不敢再上前拦。两个中年男子要比他们淡定得多，急忙笑道："公安同志，你们是不是搞错了，他们是蒋小姐的助手，蒋小姐是我们公司的贵客。"

"您贵姓？"

"免贵姓王，王常浩，天星置业集团股份有限公司副总经理，这是我的名片。"

来头果然不小！天星置业是本地规模比较大的房地产企业，老总好像是省政协委员，在高新区也开发了好几个楼盘，别说区领导，连市领导对他们老总都会以礼相待。

不过现在顾不上那么多，张新海接过名片看了一眼，紧盯着他双眼问："王总，配合公安机关办案是每个公民的义务，我们想了解点情况，请跟我们去那边说。"

"找我们了解什么情况，我们天星置业是市里的纳税大户。"

"麻烦您二位跟我们过来。"

就在张新海请两位中年男士借一步说话之时，韩朝阳已经跟着吉队敲开了 206 房间的门。女助理急得团团转，愁眉苦脸地说："小颖，他们想找你了解情况。"

“谁啊！”

“公安。”

“蒋思颖同志，我们是燕阳市公安局高新区分局刑警大队民警，这是我的警察证。”吉队快步走进装修奢华的套房，举着证件很认真很严肃地问，“我们不会耽误您多长时间，就问三个问题。”

以前看银幕和荧屏觉得眼前这位女明星很漂亮，见着真人韩朝阳却有几分失望。身高最多一米六，没穿高跟鞋身材真算不上好。最让人失望的是卸了妆的脸，没电影电视里那么白，皮肤也没那么好，眼角甚至有几条明显的皱纹，如果就这么走在大街上，估计没几个人会认为她是大明星。

正准备重新化妆的蒋思颖被打了个措手不及，捂着半张脸不无紧张地说：“什么问题，您问吧。”

“蒋小姐，您刚才乘坐的奔驰房车是谁安排的？”

“天星置业，车是他们安排的，在燕阳的行程全是他们安排的，有什么问题吗？”

“吉警官，我们只是来参加天星置业明天上午的开盘仪式，只是来帮他们站个台，明天下午就回去。”女助理从包里掏出一张行程表，想想又强调道，“我们什么都不知道，蒋小姐档期很紧，真是抽时间过来的，如果那辆车有问题，您二位还是问问天星置业的王总吧。”

“我们会问的。”吉队觉得她们不太像撒谎，接着问，“第二个问题，从机场到酒店有好几条路线可选，你们为什么走最堵的闹市区？”

“这是我第一次来燕阳，上车时开玩笑说想看看燕阳到底什么样。”

“最后一个问题，你来之前知道会乘坐这辆奔驰房车吗？”

“不知道，”蒋思颖干脆放下双手，带着几分不快地说，“吉警官，我有车，而且有好几辆，随便哪辆都比您问的这辆房车好，只是太远了没开过来。”

正准备说几句打扰了的客气话，吉队的手机突然响了。他忙着出去接电话，韩朝阳不能就这么一走了之，毕竟她这样的明星是有大量粉丝的，随便在微博或微信公众号上吐槽点什么，就会造成意想不到的负面影响。

吉队前脚刚走出房间，韩朝阳便咧嘴一笑，装出一副很激动的样子说：“蒋小姐，我是您的铁杆粉丝，没想到您能来燕阳，能不能给我签个名？”

小警察没刚才那个老警察那么讨厌，至少看上去挺顺眼。蒋思颖嫣然一笑：“好啊，可是签哪儿？”

韩朝阳手忙脚乱掏出小本子，嬉笑道：“签这儿吧，麻烦您了。”

“不客气。”

“刚才是一场误会，让您受惊了，祝您在燕阳过得愉快。”

“没关系。”

装作疯狂的追星族恭维了几句，韩朝阳话锋一转：“蒋小姐，还有件事要麻烦您，我们吉队刚才问的几个问题需要严格保密，尤其那辆车的事，不能跟外人泄露。”

“什么案子？”

“我也要遵守保密纪律，反正是大案。”

“好吧，我不会瞎说的。”

“不好意思，既让您受惊了，又耽误您这么长时间。今天太晚了，如果明天有空，我一定去开盘现场找您合影。”

蒋思颖噗嗤一笑，扶着门把他送出房间。外面的询问已经结束了，不用问都知道那辆车跟天星置业的关系也不大。

韩朝阳跑到楼下，钻进吴伟刚开来的宝马，急切地问：“嫌疑车辆拦住了吗，司机有没有落网？”

“拦住了，龚大说房车是天星置业从一家汽车租赁公司租的，刚才开车的是天星置业的员工，滕大已经带人去那家租赁公司了，大晚上公司里不一定有人，让我们去公司老板家，这是公司老板身份证上的地址。”吴伟把警务通往韩朝阳手里一塞，看着后视镜开始倒车调头。

第八十六章　眉目（一）

好不容易查到一条线索，当然要趁热打铁。结果赶到后一问，汽车租赁公司老板早搬家了，这套房子还在他名下，委托小区门口的中介出租的，已经租给现在住的这个三口之家近一年。

“报告滕大，房客也不知道康华泰住在什么地方，没有康华泰的联系方式，甚至没见过康华泰这个房东，他是从中介手里租的，租金也直接交给房产中介。我们找到了中介的联系方式，要不要问问中介康华泰的手机号？”

“天星置业王总提供了康华泰的手机号，我们这会儿就在康华泰的汽车租赁公司门口，灯箱上也有他的手机号，之所以没联系上是打不通，手机关机了。”

“现在怎么办？”

“你们先吃点东西，先回专案组指挥部。”

“是！”

韩朝阳刚放下手机，吴伟便沉吟道：“奔驰房车能租给天星置业，一样能租给别人。上百万的车出租，不光要留下对方的驾驶证复印件，而且会要求对方支付押金，甚至可能会连司机带车一起出租。案子查到这份儿上，我觉得离找到凶手不远了。”

“天星置业可没要租车公司的司机。”

“天星置业不一样，那么大的房地产开发公司，谁会担心他们会把车开跑。”

“这倒是。”

“不过今晚估计没戏了，康常泰手机关机，燕阳这么大去哪儿找。”

事实证明滕大的效率比想象中更高！二人刚找了个路边摊，刚坐下吃了几口蛋炒饭，滕大突然打来电话。“小韩，康华泰联系上了，情况有点复杂，康华泰虽然注册的是一家汽车租赁公司，但事实上只有一个小门面，只有两辆轿车。客户需要高档车，他就管同行借，跟二道贩子差不多，赚取点租金差价，这辆奔驰房车他是管东风路的鹏程车行借的。”滕大一边示意司机开快点，一边接着道，“我们刚联系上鹏程车行的老板，他提供了一个重要情况，这辆奔驰房车是一个叫鲁军的本市人委托他出租的，由于租赁高档车的客户不多，鲁军同时委托了好几个汽车租赁公司，我们联系上了鲁军，正在鲁军家的路上。鲁军是做装修工程的，生意做得好像挺大，他也记不清案发当日奔驰房车到底租给了谁、在什么位置，只能给我们提供了一份租车公司名单，你们负责走访询问位于向阳路的光达旅游公司，我把联系方式给你发过去，速度一定要快，有什么发现及时汇报。”

“向阳路在我们分局辖区，我们对那一片很熟悉，马上去！”

“路上注意安全。”

“是！”

刚才开得免提，吴伟听得清清楚楚，下意识说：“如果没猜错，鲁军是任国能的众多债主之一，要不回装修工程款，于是拿任国能的奔驰房车抵债。任国能跑路了，联系不上，过户手续不好办，他想转手都转不出去，自己又用不上，干脆委托汽车租赁公司出租。”

“而且委托了不止一家汽车租赁公司。”韩朝阳深以为然。

“车虽然始终没过户，但事实上不知道转了多少次手，也就是说曹胜凯与老赖没任何关系，也就是说滕大下午的分析是错的。”

“他又不是神仙，如果掐指一算能破案，我们能折腾到今天！”韩朝阳轻叹口气，扶着方向盘喃喃地说，“不管怎么样，离真相越来越近了，如果运气好，天亮前就能真相大白。”

“还有一个问题。”

“什么问题？”

“如果奔驰房车不是抛尸车辆呢？”

韩朝阳猛然反应过来，正不知道该怎么往下接，吴伟又笑道：“天底下没那么多巧合，我觉得问题应该不大，再说技术民警正在勘查，现在的刑事技术多先进，只要曹胜凯上过那辆车，不管当时是活生生的人还是冷冰冰的尸体，技术民警都能勘查出来。”

正如吴伟所说，市局物证检验鉴定中心和高新区分局刑警大队技术中队的民警，此刻正在物证检验中心的院子里围着刚驶进来的奔驰房车忙碌。特种光源打开了，民警们戴着无纺布帽子和口罩，正在车里车位仔仔细细寻找蛛丝马迹。骆副支队长也到了，站在边上看着民警们把一件件细小的检材塞进证物袋，再被第一时间送到实验室检验。

时间一分钟一分钟过去，采集到的检材已经编到了 160 多号。这是命案，物证检验中心特事特办，各分局送来的其他检材全部放在一边，优先检验车里采集到的，在车里提取到的指纹同样优先比对。

“老滕， DNA 实验室正在加班，我这边很快就会有结果，你们那边有没有进展？”骆支看看时间，再次拨通滕吉明的手机。

“骆支，我正准备向你汇报呢，总算有了点眉目，三分钟前，老吉找到风驰汽车租赁公司老板，该老板证实他在 13 号下午 2 点左右以每天 1800 元的价格把嫌疑车辆租给了一个姓杨的三十多岁男子，连车带司机一起租的。司机姓蔡，叫蔡晓方，本市人，前几天刚辞职，现下落不明！”

“知不知道那个姓杨的基本情况？”

“他只知道真正租车的人姓杨，大概三十四五岁，身高一米七五左右，国字脸，短发，脖子里挂着金链子，一身名牌，看上去挺有钱。他还提供了一个重要情况，听口音杨某应该是开径县那边的人。”

“这就对上了！”骆支一边示意技术民警们搞快点，一边激动地说，“立即联系开径县公安局，请开径县公安局的同志协查。”

第八十七章　眉目（二）

韩朝阳和吴伟跑了大半夜，一无所获。就在二人困得睁不开眼时，滕大通报侦破工作取得突破性进展，让二人赶紧回专案指挥部所在的交警队休息，这样天亮之后才有精神执行新任务。

两天两夜没睡好觉，韩朝阳累得筋疲力尽，吴伟同样不是铁打的，回专案指挥部这十几公里都"开不动"。幸亏夜里执行的最后一个任务在燕东分局辖区，离警务室不是很远。干脆坚持着把许宏亮的宝马开到警务室，把车钥匙交给夜里值班的小康，请刚换班的李晓斌开下午停在那儿的警车送他们回去。在回专案指挥部的路上就睡着了，什么时候到的都不知道。

他被李晓斌叫醒，打发李晓斌打车回去，拖着疲惫的身躯爬上交警队三楼，连澡都顾不上洗，衣服都懒得脱，倒在单人床上就呼呼大睡，一直睡到上午 10 点多有人敲门才睁开双眼。

"小韩，小吴，抓紧时间洗漱，洗完漱去会议室吃饭，边吃边开会。"

"是！"

韩朝阳急忙爬起来，端起茶杯拿上牙膏牙刷就往洗手间走。吴伟跟了上来，从宿舍出来时顺便帮他拿上了毛巾，二人走进洗手间一看，滕大和张秋平也在洗脸刷牙，原来他们也是刚醒的。

"滕大早。"韩朝阳习惯性地想立正敬礼，可想到身上穿着吴伟的便服，手里拿着东西，并且站在卫生间里，又觉得不太合适。

正尴尬，滕大回头笑道："已经 10 点多，不早了。"

"滕大好。"吴伟下意识问了个好。

"别这么拘束，今天有得忙，抓紧时间洗漱，我给你们腾个地儿。"一起没头没脑的命案，查了这么多天总算查出眉目，从下半夜和今天上午其他同志侦查到的情况看，这显然是一起案中案，极有希望扩大战果，滕大的心情不是一两点好，咕嘟咕嘟漱了下口，连嘴角边的牙膏沫儿都顾不上擦，就挤到门口把水池边的位置让给小伙子们。具体情况等会儿就知道，韩朝阳急忙洗脸刷牙，没急着向张秋平打听。

10点25分，正式“开饭”！交警队有食堂，这顿既算不上早餐也算不上午餐的饭，显然是大师傅特意为专案组准备的，只是吃饭的人有点少，龚大不在，吉队也不在，跟他们一起的好几个刑警都不在。

“老滕，正在吃啊，伙食不错。”正奇怪，骆副支队长走进会议室，跟起身相迎的滕大握了个手，一边示意韩朝阳等人坐下，一边微笑着说，“同志们，我先通报下对嫌疑车辆的勘查结果。时间紧急，你们继续吃，边吃边听。”

“骆支，你也吃点，这边有好多。”

“我吃过，不饿，你们吃你们的。”骆副支队长从包里取出小本子，翻开看了一眼，兴致勃勃地说，“同志们，经市局刑警支队技术大队和高新区分局刑警大队技术中队的缜密勘查，成功在奔驰房车里提取到两枚被害人的指纹，采集到四份被害人的生物检材，也就是被害人的DNA。我这是提前透露，毕竟这是一起命案，物证检验中心的技术民警正在进行复检，检验报告要到下午才能出来，但几乎可以肯定嫌疑车辆就是凶手抛尸使用的交通工具，这也说明我们之前的侦查方向没搞错。在此，我认为我们应该感谢韩朝阳同志。要不是小韩想到案发当晚在抛尸现场周边行驶过的车辆有可能装有行车记录仪，有可能无意中拍摄到抛尸车辆，我们现在可能还是一筹莫展。”

“同志们，给小韩来点掌声！”虽然凶手依然没锁定，但离锁定凶手也不远了。滕吉明真有那么几分胜利的喜悦，竟放下筷子带头鼓起掌。

“呱唧呱唧。”张秋平也停逗，不仅鼓掌还跟着起哄。

所有人不约而同往韩朝阳看来，韩朝阳既高兴又有那么点不好意思，正不知道该怎么开口，骆副支队长笑道：“同志们，现在庆功还为时过早。

老滕，你继续吃，我帮你通报下老龚那边的进展。”

“也行。”滕吉明是真饿了，咧嘴一笑又拿起筷子。

“昨夜的任务比较多，可能有同志不知道，在确认案发前后嫌疑车辆被一个疑似开径县人的三十多岁男子租走之后，滕大及时调整部署，对参战人员重新进行了一下分工。龚副大队长和吉援朝同志率领三名干警连夜驱车赶往开径县，在开径县公安局协助下于半小时前落实了该男子身份。”

骆副支队长取出手机，翻出一张照片，举着给众人看了看，不无兴奋地说：“这个家伙确实姓杨，叫杨建东，今年 35 岁，开径县登泉乡静南村三组人，初中文化。2005 年 9 月，杨建东找关系进入被害人父亲所在的机械厂当司机，刚开始开大车，负责送货，后来给老板开小车。见老板出入高档酒店，见跑业务的销售经理们花天酒地，他心理不平衡，利用帮单位采购、修车、加油等机会虚报发票。当时企业比较红火，钱比较好赚，老板和管财务的老板娘尽管觉得有问题但依然睁一只眼闭一只眼，包括被害人父亲在内的销售经理们尽管个个知道，也选择视而不见。他胆子越来越大，2008 年 10 月，厂里的大车司机生病，老板让他去送货，并让他把货款带回去，结果客户给的是现金，他回去之后声称在回去的路上停车吃饭时，车窗被小偷砸了，12 万货款被盗。可能老板和老板娘觉得就算报警也很难查个水落石出，选择了自认倒霉，没有报警，只是以丢失货款为由将其开除。”

就知道曹胜凯在燕阳不可能无亲无故，没想到问题居然出在他老子上班的厂里！韩朝阳和吴伟对视了一眼，一边细嚼慢咽，一边全神贯注继续听骆支通报。

“杨建东被开除之后在县城开过一个洗车店，三天打鱼两天晒网，后因聚众赌博被开径县公安局不止一次处理过，可能 12 万赃款被挥霍一空，又不想吃苦不愿意找工作，于 2010 年 3 月来燕阳‘做生意’，到底做什么生意暂时没搞清楚，他的那些狐朋狗友是这么说的。”骆支顿了顿，继续道，“龚大在开径县公安局协助下通过走访询问发现，杨建东这个人非常好赌，每年春节回老家都会联系以前的老朋友赌几场，其中甚至包括被害人曹胜凯的父亲。赌得很大，每次输赢都上万，杨建东有输有赢，赢了请老朋友们吃饭洗澡唱歌，输了也不在乎，以至于老朋友们都认为他翻身了，在燕阳生意做得很大，混得很不错。”

滕吉明正好吃饱了，立马接过话茬：“他在老家有老婆孩子，但他平时极少回老家，只是时不时给老婆的银行卡里打点钱，并在县城买了一套商品房，而这套房子正好与被害人的房子在同一个小区。今年 4 月，他大伯因病去世，他赶回去奔丧，但只在登泉乡老家待了一天，也没回他前年在县城买的新家，而是跟一个二十多岁的女子住在开径县最高档的径南旅游度假村。期间联系过包括被害人曹胜凯父亲在内的十几个老朋友，一起吃过饭，甚至忙里偷闲赌了一场。”

滕吉明环视着众人，突然话锋一转：“奇怪的是，他当时使用的手机号已经打不通了。分局已经出具手续，秋平，你吃完饭就回局里拿上手续去移动公司，调看杨建东的手机通话记录。”

第八十八章　新任务

“考虑到杨建东有可能潜逃回老家，正在开径县的龚大和老吉他们暂时不会回来。支队有许多工作，分局的工作一样繁重，接下来主要靠我们自己，不到万不得已不会再从其他单位抽调民警。”

滕大先给骆副支队长递上支烟，然后自己抽出一支点上，吐云吐雾地说：“半小时前，小许查到了杨建东在本市的宾馆酒店开房记录，最近的一次是本月 12 号。小许，你负责查这条线，去那些酒店调监控视频，看看他到底跟谁一起开房的、在住酒店期间到底见过谁。”

“是！”

“龚大在开径县了解到，杨建东有一辆黑色奥迪 A6L 轿车，但车管所的系统里却显示他名下并没有机动车，龚大正在开径县公安局的同志协助下查该轿车的车牌号。彦辉，散会之后你立即跟骆支去交管中心，龚大那边一有消息，你就把车辆信息提供给交管中心的同志，守在交管中心不要回来，直到把这辆奥迪挖出来为止。”

领导一边通报案情一边下达命令，分局刑警全被点过名，全有了任务，唯独没提到韩朝阳和吴伟。吴伟有些急，禁不住问：“滕大，我们呢？”

“别急，你们一样有任务。”滕吉明拿起手机，翻出一张照片，“这个人姓蔡，叫蔡小方，本市人，家住宾乐路 79 号迎春小区 6 号楼 1 单位 503 室，也就是你们燕东区长风街道的迎春社区。他今年 27 岁，高中文化，参过军，在部队服役过两年，退伍之后换过好几个工作，最后一份工作是在风驰汽车租赁公司当司机，在租车公司干了六个月。昨夜我们找到该公司老板，老板提供了两个重要情况：一是在过去四个月内，杨建东共在他那儿租过 26 次车，平均四天半一次，除了最后一次，之前每次租车时间都是两天。该汽车租赁公司就蔡小方一个专职司机，而杨建东就喜欢租高档房车。风驰汽车租赁公司本身并没有房车，每次杨建东去租就从同行那儿调，考虑到房车价值不菲，租车公司都连车带司机一起租。也就是说过去四个月内，这个蔡小方实际上是在替杨建东开车。并且据租车公司老板说，蔡小方与杨建东关系非常好，他甚至做好了蔡小方跳槽的心理准备。”

“找到蔡小方就有可能找到杨建东？”韩朝阳下意识问。

“对。”滕吉明微微点点头，接着道，“但蔡小方在曹胜凯遇害后的第三天就辞职了，连最后一个月工资都没结，手机打不通，现下落不明。”

骆副支队长掐灭香烟，抬头道：“种种迹象表明，蔡小方与杨建东一样具有重大作案嫌疑，技侦部门已经对这两个嫌疑人有可能会联系的人采取了技术手段，只要他们打电话，我们就能第一时间锁定其位置。但要是他们不打电话，或者短时间内不与外界联系，采取技术手段也没什么用。”

“小韩，小吴，你们是燕东分局民警，追查蔡小方下落的任务就交给你俩，散会之后开我们分局刚送来的地方牌照轿车回去，办案经费实报实销，有什么情况或遇到什么困难及时汇报。但有一点必须牢记，在水落石出之前绝不能打草惊蛇。”

长风街道那是师傅他老人家的根据地！师傅他老人家群众基础多好，别说旁敲侧击了解一个人的情况，就算发动群众帮着布控都是小菜一碟。韩朝阳不止有决心而且有信心完成这个任务，不禁笑道：“明白！”

“明白什么，知道该怎么做吗？”骆支对“最帅警察”的印象越来越好，竟饶有兴趣地笑问道。

“报告骆支，我打算先侧面调查其社会关系，然后请可靠的群众帮我们向其亲属打探其下落，同时在他家及他有可能会去的地方布控蹲守。”

“你们就两个人，他有可能会去的地方很多，这个控怎么布？”

滕吉明本以为他会向他们分局领导求援，没想到韩朝阳竟一脸不好意思地说：“报告滕大，对我来说人手不是问题。不怕您笑话，其实我也是大队长，同时兼任花园街道朝阳社区和理工大学两支义务治安巡逻队的大队长，巡逻队员全是政治可靠、军事素质过硬的保安，加起来有两百多人，我可以请他们协助。”

“手下两百多号人，可以呀，比我这个副支队长厉害！”

“骆支，我这是义务的。”

“义务的也很厉害，”骆副支队长乐了，回头笑道，“老滕，看来我们是以小人之心度君子之腹。冯局做事还是很大气的，安排小韩过来就相当于给我们派来两百多号人。”

社区义务治安巡逻队，村里的治安联防队，高新区一样有！滕吉明不知道此巡逻队非彼巡逻队，很直接地认为韩朝阳只是在两支仅存在于上报材料中的巡逻队挂个大队长的名，而且这个大队长并不被组织人事部门承认，但还是嘿嘿笑道：“是有点，是有点。”

“好啦，战机稍纵即逝，开始行动吧！”

这一回去不知道什么时候能回来，韩朝阳和吴伟干脆先回宿舍收拾行李。拿上钥匙下楼，跟同样准备出发的滕大他们道别，钻进高新区分局刑警大队提供的丰田轿车，火急火燎往回赶。吴伟扶着方向盘看看后视镜，低声道：“朝阳，你觉得杨建东做的是什么生意？”

“你觉得他那样的人能干什么好事，能做什么正经生意？”

“当然不可能是正行，不然也不会杀人抛尸。”

“不太可能是抢劫，也不太像诈骗，现在的人既好骗也难骗，就他们这样的不可能有太高超的骗术。盗窃同样不太可能，偷能偷几个钱，靠行窃很难过上他那种花天酒地的奢侈生活。贩毒也不太像，如果他们是毒贩，查到现在这份上不可能一点涉毒的线索也没有。”

吴伟沉吟道：“赌！”

“我也觉得赌的可能很大，杨建东很可能是开地下赌场的，也只有赌来钱才会这么快。”韩朝阳一脸深以为然。

第八十九章　临门一脚

长风街道在燕东区西南角，紧邻丰永县的姚新镇，是燕东区最边远的街道，从南三环与东三环交叉口过去还有十一公里，没事谁会去那边。要去那边执行任务，又恰好是顾爷爷的根据地，战机稍纵即逝，韩朝阳不想耽误时间，一边示意吴伟在前面左拐，一边掏出手机拨通顾爷爷电话。

“总共两个嫌疑人，专案组让你俩负责一个？”听完小徒弟简明扼要的介绍，顾爷爷将信将疑地问。

“师傅，这么大事我能跟您开玩笑吗，我敢跟您开玩笑吗，真的，我们正在去迎春社区的路上。”

让两个正在试用期的新人负责追查一个命案嫌犯，其中一个还是对刑侦一窍不通的社区民警，专案组未免太儿戏了！

顾爷爷沉思了片刻，不禁笑道：“让你俩负责，别把自己太当回事！”

“师傅，您这话什么意思？”

“冯局不是让你们代表分局吗，人家让你俩负责其实是给我们分局派活儿。在人家看来这个案子本来就该归我们分局管，我们分局出点力是应该的。直接给冯局打电话，搞得像请求我们分局协助，还得欠我们分局一个人情，让你俩负责追查多好，至少不需要求人。”

“不可能吧！”

“怎么就不可能，听我的，赶紧向冯局汇报。”

“可是……”

“没什么可是，长风派出所那边不用担心，我帮你跟甘所打个电话，他们肯定会帮忙。”

仔细想想师傅的话有一定道理！费尽九牛二虎之力查到现在，总共就锁定两个具有重大作案嫌疑的人，滕大不可能就这么轻易地把其中一个交给自己和吴伟这两个菜鸟去追查。韩朝阳醍醐灌顶般明白过来，暗叹领导就是领导，居然把埋伏打在这儿。既然人家醉翁之意不在酒，那就不能傻傻的太把自己当回事，韩朝阳急忙翻出冯局的手机号，拨打过去汇报起案件侦破进展和滕大刚布置的新任务。

“这么说你的思路没错，最终还是以车锁定人的？”

“是，不过那真算不上什么思路，局里不是要求所有警车安装行车记录仪吗，这件事提醒了我，觉得有被其他车辆上安装的行车记录仪无意中拍摄到的可能性。”

冯局想了想，嘴角边露出一丝笑意。

韩朝阳不知道电话那头的领导在想什么，接着道：“冯局，滕大让我和吴伟追查蔡小方，我们正在去迎春社区的路上，第一次执行这么重要的任务，我们心里没底。”

“既然嫌疑人是我们分局辖区的，我们就应该全力以赴。这样吧，你们先过去，我安排两个刑警去跟你们汇合。记得给你师傅打个电话，他在那边的群众基础好，他一个电话就能让你们少跑很多冤枉路。”

巡逻队终究是义务的，能不管老金和章金海借人最好不过。局领导安排两个刑警协助，韩朝阳求之不得，急忙笑道：“是！”

冯局挂断电话，放下手机，正准备下楼，杜局夹着包回来，边爬楼梯边好奇地问：“老冯，什么事这么高兴，接电话都接笑了。”

“我在笑高新区分局的滕吉明，几十岁的人了，都已经当上了大队长，还跟以前一样喜欢搞点小聪明。”

“他不是已经让小韩盯着筛沙子了吗，难道又想出什么幺蛾子？”

“筛沙子是老黄历了。”要出去办的事不是很急，想到小伙子是眼前这个“伯乐”发现的人才，冯局干脆陪着杜局回到楼上，顺手推开紧挨着楼梯的小会议室门，掏出烟递上一根，关上门点上，边抽边笑道，“杜局，周局说得对，在看人这个问题上我们的眼光都不如你，小韩很不错。”

小伙子已经是“燕阳最帅警察”，已经荣立个人二等功了，肯定不错。不过能得到冯局这么认同，杜局还真有那么点小得意，打开窗户，饶有兴趣地问：“别卖关子，怎么回事，小韩是不是又让滕吉明难堪了？”

“不是让滕吉明难堪，而是让滕吉明很难堪！滕吉明小心眼，让他待在砂石场盯着筛沙子，结果他先是想到恶作剧的可能性，并且查实了，帮专案组找到了抛尸现场。紧接着又想到嫌疑人抛尸时所使用的车辆，有可能被其他车辆上安装的行车记录仪，无意中拍摄到车型、车牌照等重要车辆信息的可能性。当时滕吉明已黔驴技穷，想不到其他办法，只能顺着小韩的思路查，就这么一鼓作气成功找到抛尸车辆，成功锁定两个犯罪嫌疑人！就在刚才，他居然给小韩安排了个新任务，让小韩和花园街派出所的另一个民警追查其中一个嫌疑人，你说好不好笑？”

杜局一愣，旋即反应过来，忍不住笑道：“两个突破性进展都与小韩有关，这么大功劳谁也抹杀不了，就算真让小韩追查到甚至亲手抓获其中一个嫌疑人也只是锦上添花。”

“万一小韩这边出了纰漏，既是小韩的问题，也是我们分局的问题。至于嫌疑人，身份信息这些基本情况已经掌握了，并且还有一个更重要的嫌疑人，捉拿归案是早晚的事，他根本不担心案子破不了。”

“抓到皆大欢喜，对他来说没任何损失，毕竟该给的想不给都不行。如果小韩这边出了纰漏，对他来说也没什么损失，案子照样破，嫌犯照样抓，但对小韩乃至对我们分局而言就是前功尽弃。”

“所以说他喜欢搞小聪明么，不过话又回来，他也是没办法的办法，这个案子已经投入了那么多人力财力。虽说命案必破，上级肯定支持，但不可能无限支持，不可能再像刚发现尸体时那样打人海战术。”

杜局暗叹口气，低声问：“小韩求援了？”

“嗯，刚才那个电话就是小韩打的，我正打算从专案队抽调两个人去帮他踢这临门一脚。”

第九十章　师傅的娘家

本以为长风街道那么偏远，应该破破烂烂不像样，结果到了才知道这里发展得非常好，只是人没花园街道那么多，其他方面几乎全比紧邻闹市区的花园街道强，尤其道路、绿化等基础设施。

“这么漂亮，马路这么宽，这么干净，跟开发区差不多！”韩朝阳低头看看手机导航，又抬头欣赏起窗外的景色。

“开发区多少年了，能跟这儿比吗？”吴伟反问了一句，扶着方向盘笑道，“我还是参军前来过一次，当时这边真不怎么样，之所以搞这么好，应该是沾了几条高速的光。三条高速在这儿交汇，真正的交通枢纽，交通便利，地价又没开发区和高新区那么贵，谁不想过来开厂。”

宽阔平坦的马路两侧工厂是不少，高大的钢结构厂房一个挨着一个，从交通指示牌上看前面还有一个物流园。韩朝阳遥望着东北方向那一栋栋拔地而起的高楼，喃喃地说：“住宅区和商业区应该在那边。”

“导航上不是有吗，前面第二个路口左拐，肯定在那边。”

正闲聊，一个陌生的手机号打了进来，韩朝阳急忙摁下通话键。

“韩指导，我重案队李凯仪，我们刚到长风街派出所，你们什么时候到？”

对李凯仪，韩朝阳有点印象。分局组织民警排练歌曲参加区里组织的“八一歌会”时，刑警大队派去的民警最少，平均一个中队两到三人，重案中队更少，就李凯仪一个，并且唱歌时总跑调。

原来冯局派来的援兵是熟人，韩朝阳乐了，急忙道：“李哥，我们马上到，导航上说还有 2. 3 公里。”

“行，我在所里等你们，甘所也在。”

“帮我跟甘所问个好。”

“都快到了，等会儿你自己说。”

这边跟开发区差不多，路上人少车少，马路又那么宽，紧挨着长风路小学的长风派出所转眼间就到了。不来不知道，这里的条件不知道比花园街派出所好多少倍！院子很大，估计能停四五十辆车。办公楼是新的，有一个漂亮的门厅，车能从两侧开到装有自动感应门的大厅门口。大厅装修得跟区里的行政服务中心差不多，左边是户籍窗口，右边是接警台兼辅警值班室，再里面是一条东西走向的走廊，两侧全是高端大气上档次的办公室。

甘所三十多岁，身材魁梧，紧握着韩朝阳笑问道：“小韩，第一次来吧，感觉我们这儿怎么样？”

“漂亮，不光漂亮还大，不像我们那么多人挤在一个小院子里。”

“跟你们那儿还是没法比，你们那儿现在就是市区，寸土寸金。”甘所哈哈一笑，回头道，“先吃饭，边吃边说。你们运气不错，好像知道我们今天要加餐似的。”

人家为什么这么热情，还不是看师傅他老人家的面子。韩朝阳不敢得意忘形，连忙道：“谢谢甘所，不过我们不饿，我们是吃过饭来的。”

“刚 11 点，你们的饭怎么可能开这么早？”

“报告甘所，我们真吃过，在专案组吃的，昨夜搞到两点多，前几天也没能好好休息，所以今天起得比较晚，来前吃的也不知道算早饭还是午饭。”

“吃过少吃点。”

再客气就是矫情，韩朝阳欣然答应。虽然是第一次来，但在排练时认识的民警倒有两个，并且今天都在，韩朝阳跟他们微笑着打个招呼，本以为会跟他们一起去饭堂吃，结果被甘所带到了二楼的一间小会议室。

饭菜果然早准备好了，甘所一边招呼众人坐下，一边笑道：“开始吧，边吃边说。”

“是！”

韩朝阳端起碗筷，但没急着吃，而是说明此行的来意。

“具有重大作案嫌疑？”

“嗯。”

“原来是命案嫌犯，放心吧，我们所里会全力协助，等会儿让荣志平配合你们，说起来他也是你师兄，以前跟过老顾，现在负责迎春社区，对辖区情况还是比较熟悉的。”

“谢谢甘所。”

“有什么好谢的，这也是工作。”甘所回头看看李凯仪和重案队的许国强，接着道，“吃完饭你们先去摸摸底，如果他有可能联系的人或去的地方比较多，只要在我们辖区，我会再抽调几个民警和辅警协助你们布控。”

“太感谢了，甘所，到您这儿真跟到家一样。”

“小韩，这么说就见外了！”甘所敲敲桌子，很认真很严肃地说，“这什么地方，这是你师傅工作了十几年的长风派出所，是你师傅的娘家，也是你韩朝阳的半个娘家，以后有时间要常来。”

“是！”

有一个德高望重的师傅就是不一样，不止吴伟很羡慕，连李凯仪都有那么点羡慕。

正在办的是大案，要追查甚至要抓的是命案嫌犯，大家伙吃的战斗饭，甘所更是连碗筷都不许他们收拾，就叫社区民警荣志平过来，让他们几个关上门研究该怎么查。

“吴哥，许哥，你们是专业的，你们说怎么查我们就怎么查。”

“开什么玩笑，冯局交代得很清楚，我们只是协助。”

“朝阳，别谦虚了。”许国强掏出手机看看时间，又抬头紧盯着他双眼。

韩朝阳不想让他们小瞧，干脆当仁不让地说：“要不这样，等会儿我跟荣哥去迎春社区找可靠的群众打听打听，许哥开我们从专案组开来的车去嫌疑人楼下蹲守，李哥和吴哥先在所里找个宿舍休息，谁也不知道嫌疑人会不会回来，谁也不知道他什么时候回来，我们不知道要蹲守多久，要有打持久战的准备，不能一股脑全压上去。”

有点意思，至少这么分工还是比较合理的。

李凯仪微笑着点点头：“行，我和吴伟先找个宿舍睡会儿，天黑之后去换国强。”

“到了之后我看看能不能找个地方就近监视，如果能找到就不用跑来跑去。”韩朝阳笑了笑，接着道，“专案组正在调看嫌疑人的手机通话记录，等会儿或许也能打听到点什么，如果要布控蹲守的地方比较多，长风街道这边请甘所再安排几个人协助，其他地方我从巡逻队抽调人。”

“我没意见。”李凯仪非常清楚他有多少手下，第一个举起手。

“我也没意见。”吴伟反应过来，连忙开口附和。

“那就行动吧，荣哥，许哥，我们先过去。”

第九十一章　有钱！

荣志平一上车就接到顾爷爷的电话，顾爷爷在电话里再三交代这涉及命案，不能当儿戏，哪些人嘴比较严，可以私下请人家帮忙，哪些人尽管很可靠但口风不严，可以旁敲侧击打听，但绝不能透露案情……

“师傅，我心里有数，您放一百个心，朝阳的事就是我的事。”

“协助刑侦部门办案本来就是社区民警的工作，不是朝阳的事你一样要当自己的事办。”

“对对对，您老批评得对，我检讨，我承认错误。”

“别油嘴滑舌了，让朝阳接电话。”

师傅从来没说过，没想到在长风派出所有师兄，跟师兄一起查案真爽！韩朝阳接过手机笑道：“师傅，刚才我全听到了，您还有什么要交代的？”

“我又不是专案组领导，更不是分局领导，能有什么交代的，只想提醒提醒你。”顾爷爷抬头看看老唐，站起身叮嘱道，“专案组领导让你们追查，你们当然要想方设法追查到嫌疑人的下落，但你们不能光顾着查，不管想怎么查，不管有没有进展，都要请示汇报。”

“是，我会及时向滕大汇报的。”

“别嫌我啰嗦，破案尤其侦破大案要案就像下一盘棋，专案组领导要考虑到全局，刚才的话记在心上，别嘴上答应得挺痛快，一忙起来就忘了。”

“师傅，我保证忘不了。”

“忘不了就行，忙你们的吧。”

韩朝阳刚挂断手机，荣志平就扶着方向盘感叹道：“朝阳，有师傅他老人家提点，你小子能少走很多弯路。”

“是啊，至少能少犯很多错误。”

“什么少犯错误，你算是混出来了，又是燕阳最帅警察，又是立功受奖，搞得清楚的知道这些全是你实打实干出来的，搞不清楚的真以为师傅他老人家偏心眼，有什么好事都想着你这个关门弟子。”

韩朝阳微微点点头，想想又一脸不好意思地笑道：“我能有今天也算不上什么实打实干出来的，只是运气比较好。”

“运气其实就是机会就是机遇，机遇这东西只有有准备的人才能把握住，这方面你比我强，你跟师傅才多长时间，就干出那么多成绩；我跟师傅好几年，以前什么样现在还是什么样。”

“成绩又不能当饭吃，荣哥，不说这些了，我们先找谁？”

“先去居委会。”荣志平连忙拿起手机联系第一个群众。

迎春小区其实是一个“农民新村”，专门为配合征地拆迁建的，全是小产权房，住在小区里的也全是来自长风街道各行政村的村民。

小区很大，有三十多栋楼。说是六层，事实上是八层。一楼其实是二楼，真正的一楼是车库和车棚；六楼其实是七楼，并且六楼全是复式。

在小区西门值班的保安是一个中年大叔，坐在门卫室里跟一个中年妇女闲聊，进出口的栏杆是竖着的，不管是不是小区业主的车，只要想进就能进，想出就能出去。

这毕竟是农民新村，不能与开发商开发的小区相提并论。韩朝阳见怪不怪，坐着荣志平驾驶的警车从西门外疾驰而过，一直赶到离小区大约一点三公里的迎春社区居委会。

一个五十多岁的大叔站在居委会门口抽烟，荣志平摇下车窗招呼道：“魏叔，不好意思，我们来晚了。”

“我离得近，从北门出来骑电动车一会儿就到了。派出所离这儿多远，你们四个轮子也没我快。”

“上车，车上说。”

魏大叔接过烟，拉开车门钻进后排。荣志平顾不上介绍韩朝阳，开门见山地说："魏叔，您不是外人，我就不跟您绕圈子了，我们找您是想了解一下你们小区蔡小方的情况。"

老魏愣了愣，下意识问："蔡小方，是不是6号楼蔡成才家的二小子？"

"就是他，魏叔，对他家你熟不熟？"

"我现在跟蔡成才一栋楼，以前跟他一个村儿，你说我对他家熟不熟。"

"太好了，麻烦您说说他家的情况。"

"怎么，蔡成才家二小子犯事了？"老魏冷不丁问了一句，想想又笑道，"当我没问，不该打听的不能乱打听，你们的规矩我懂。"

"谢谢魏叔理解。"

"自己人，谢什么谢，"老魏摇下车窗，磕磕烟灰，如数家珍地说："蔡成才比我大两岁，以前在供销社卖副食品，后来供销社改制，他跑姚新镇租了个门面卖服装鞋帽。他爱人跟我们一样是农村户口，以前种地，后来跟他一起在姚新看店。服装鞋帽生意不好做，房租还那么贵，前几年他干脆把门面房退了，买了辆二手小货车，就这么在附近几个乡镇转，哪儿有集去哪儿，就是到处赶集，生意还可以。他闺女嫁人了，嫁在市里，女婿有点本事，好像是工程师。老二，就是你们要了解的蔡小方，以前当过兵，退伍回来街道没安排个像样的工作，现在好像在帮人开车。"

师傅他老人家果然没推荐错，这位魏叔对蔡家的情况真的很了解。韩朝阳急忙掏出纸笔，拣重点记录下来。

"魏叔，蔡小方平时经常回来吗？"

"去年几乎天天回来，今年去给人开车，回来得少。"

荣志平追问道："这段时间他有没有回来过？"

魏大叔想了想，突然道："月初他回来过，葛佩兰就是他妈，身体不好，去医院检查，医生怀疑是淋巴癌，吓坏了，蔡成才赶紧给孩子们打电话，大闺女回来，女婿来了，小方也回来了，后来去省三院查的，医生说不是，只是淋巴结发炎，虚惊一场。”

“他是怎么回来的？”

“开车回来的，看上去混得不错，有时候开那种高档的商务车，有时候开奥迪小轿车，见人就发烟，拿出来的不是软中华就是小熊猫。”

“他有没有女朋友？”韩朝阳抬头问。

“好像没有，葛佩兰前几天还拜托我家老陈帮着做媒，”提起这些魏大叔也觉得不太对劲，喃喃地说，“小荣，你说给人开车一个月能有多少工资，听葛佩兰的口气，她家二小子好像有点出息，还打算去市里买房。他们老两口这些年生意是不差，但葛佩兰身体也不好，不是这个病就是那个病，这些年赚的钱全送医院了。”

曹胜凯可能跟杨建东混了几个月，突然间变得有钱。蔡小方给杨建东开了几个月车，也突然间变得有钱，赚到的钱甚至足以去市里买房，哪怕只是首付这个赚钱速度也很惊人！

韩朝阳意识到这是一个重要情况，急忙记录下来。

荣志平回头看看，又问道：“魏叔，蔡小方平时跟哪些人玩得比较好？”

“现在不比以前，像他这么大的很多已经成家立业，平时忙得焦头烂额，哪有时间玩。再说在他们那帮孩子里，他混得不算好，以前回来之后都不好意思出门的，就是有那么点抬不起头，反正他好像不怎么跟附近的小年轻玩。”

荣志平事无巨细地问了近半个小时，最后使出杀手锏，拨通顾爷爷手机，请顾爷爷跟他通话。

“小韩是你徒弟，顾警长，你早说呀！没问题没问题，他老婆不是拜托我老伴帮他家二小子介绍对象吗，我这就以这个借口帮你们去他家打听打听，听我的信儿，多大点事！常回来看看啊，我还欠你一顿酒呢。”

第九十二章　第三个嫌疑人！

魏大叔拍着胸脯说去帮着打听个清楚，不光师兄信任他，连师傅他老人家都很信任，韩朝阳没有理由不信任。感谢了一番，给他留下手机号，跟师兄一起去迎春小区斜对过的高宿村四组找第二个群众。

这次是一位四十多岁的阿姨，家庭比较困难，早上蹬三轮车去迎春小区卖鸡蛋灌饼、油饼和豆浆之类的早点，卖到 10 点左右回家准备食材，下午 5 点左右再蹬三轮车去迎春小区卖臭豆腐和炸肉串之类的小吃。

“我跟小蔡不太熟，当兵回来时偶尔去我摊上买早点，高高瘦瘦，不怎么爱说话。我和他妈挺熟，佩兰这两年身体不好，赶集说轻松也轻松，说辛苦也辛苦，庙会就一两天时间，摊位都抢手，他们赶集跟打仗似的，今天在这儿摆摊儿卖衣服，还得想着明后天去哪儿，还得先跑过去找工商和城管要个好地方。”吴阿姨很健谈，一边招呼韩朝阳二人喝水，一边不好意思地笑道，“扯远了，反正她这两年不像以前天天在外面跑，早上去菜场买菜，回来时跟我们聊会，老蔡如果跑得不远，她把饭做好骑电动车送过去，下午在小区里转转，经常跟我拉拉家常。”

“平时都聊些什么？”

“除了孩子还能聊什么，以前总说她儿子几年兵白当了，退伍回来区里也不给安排个好工作，要么托我们帮她儿子介绍对象， 1 号楼的马阿姨和 7 号楼的花大姐很热心，帮小蔡介绍过几个。现在姑娘眼光多高，不是嫌她家没钱，就是嫌她儿子没像样的工作。不过她儿子今年好像干得不错，佩兰上个月说她儿子在外面给一个大老板开车，大老板就喜欢小蔡这样的退伍兵，工资给得很高。不光要给钱她，让她去大医院好好检查，还打算去市里买房。”

“蔡小方这段时间有没有回来？”

“这段时间……让我想想，好像回来过。”吴阿姨想了想，放下准备用来串肉串儿的竹签，用肯定的语气说，“16号下午回来的，16号是阴历八月初四，八月初四是我婆婆的祭日，我记得很清楚。那天又是请和尚念经，又是上坟烧纸，下午出摊出晚了。每天都那个点儿去，去晚了着急，骑车没注意看，不小心蹭着一辆小轿车。把人家漆刮掉了，补一下便宜的也要好几百，蹭的那车看上去又是很豪华的，我当时真吓坏了，急忙下车给人家赔礼道歉，就差给人磕头作揖。那个人很生气，问我有没有长眼睛，正打算请老焦也就是保安他们过来帮着打个圆场，小蔡跑过来说没关系，钻进小轿车跟那个人一起走了。”

16号下午，就是案发第二天下午！

韩朝阳按捺住心中的激动，追问道：“吴阿姨，那个人多大岁数，长什么样？”

“三十五六岁，大光头，个头比你矮点，挺黑挺瘦，手腕这儿文了个什么图案，挺吓人的，我没敢多看。”

“再回忆回忆，那个人还有什么特征？”

“长脸，光头，脖子里有根金链子，手上戴着金戒指，手腕上戴着串黑色的珠子，看上去挺怕人也挺有钱，不过一开口就……怎么说，他牙不好，一口烂牙，又黄又黑，下面这儿好像缺几颗。”

杨建东不是这个样子的！从滕大通报的情况看，杨建东过去这些年虽然称不上养尊处优，但小日子过得也很滋润。不仅非常注重保养，而且很注重形象。至少从已掌握的几张照片上看，杨建东的牙并不黑也不黄，身上应该没文身，更不会把自己搞得像暴发户。

尽管如此，韩朝阳依然掏出手机，翻出杨建东的照片问：“吴阿姨，您确定不是这个人？”

“不是，不过这人我好像见过！”

“什么时候见过的？”

“忘了。”

“在什么地方见过的？”

“你这一说我想起来了，他好像也是跟小蔡一起的，我平时就在小区出摊，别的地方不会去。”

什么时候见过的现在不是很重要，在什么地方见过的现在一样不重要，重要的是有第三个嫌疑人浮出了水面！荣志平很默契地叮嘱了一番，请吴阿姨在帮着打听、留意的同时注意保密，随即拉着韩朝阳直奔迎春小区，找到物业，以查一起电动车失窃为由调看小区监控。

时间明确，地点明确！迎春小区的几个保安不是特别负责任，但技防措施无可挑剔。小区西门 16 号下午 6 点左右的监控视频很快调了出来，只见一辆黑色奥迪轿车从 6 号楼方向缓缓驶向西门，吴阿姨蹬着三轮车匆匆忙忙进入小区，后来发生的一切与吴阿姨所说的一样，三轮车左侧不慎剐蹭到奥迪轿车的右侧车身，刮得挺深，刮痕挺长，从监控视频里能看得清清楚楚。

连刮痕都如此清晰，更不用说第三个嫌疑人的样子！韩朝阳顾不上拷贝视频，掏出警务通先对着液晶显示器连拍了几张照，飞奔出保安室，钻进警车拨通滕大电话。

“报告滕大， 16 日下午，蔡小方与另一个身份不明的男子驾驶一辆黑色奥迪 A6L 轿车回过家，车牌号为燕 F90B18，我现在就把车辆和那个身份不明男子的监控图片发到工作群里。”

“好，我看看，如果没猜错你发现的这辆奥迪应该就是杨建东开回老家的那辆，有车牌号就好找。”

“好的，我先给您发过去。”

第九十三章　“一般性防范”

有第三个嫌疑人！

接到滕大电话，骆副支队长愣了愣，随即露出笑容。

案子查到这份儿上，不怕嫌疑人多，嫌疑人越多这个团伙就越容易暴露，离真相大白也就越近。

“老滕，有没有清楚点儿的照片？”

“这是小韩用手机拍的，他手里没 U 盘，不太好拷贝，不过他们现在去找了，很快就能拷贝，很快就能发过来。”

“让小韩搞快点，这家伙一看就有前科，我安排技术民警查查他到底什么来路。”

滕吉明负责查车，骆副支队长主动拦下查人的活儿。不过不需要他这样的领导亲自查，只要坐在办公室里打电话。

“小苗，我们局里不是跟东广那个什么视界科技公司合作组建了个人像识别技术联合实验室吗，局里这边好像是你负责的，开会时说得挺玄乎，这个技术到底管不管用？”

“到底行不行，骆支，您怎么会问这个问题！”电话那头的技术民警干脆放下手里的工作，起身科普起来，“这几年人像识别技术发展很快，在许多行业都有应用，比如金融行业的 VIP 访客系统、人脸自助取款、人脸远程开户；楼宇管理行业的人脸门禁系统、人脸考勤系统、人脸会议系统；IT 行业的人像屏保、人脸登录；互联网金融行业的人脸支付、人脸转账等；移动 APP 应用的美颜、动漫，刷脸已经很正常很普及了，怎么就不行，怎么就没用。”

“光说不练假把式，我给你发几张照片，你输入你们正在搞的那个系统，看看能不能识别出来。”

“骆支，这跟指纹和DNA比对差不多，您又不是不知道，我们今年才刚开始搞，只能对标记库里有的样本进行人脸识别，对人的衣貌特征、身材身高、动作步态、发型、表情等识别的算法还有待提高，应用系统前后台联动，进行实时比对可能还需要一段时间。”

“标记库里有才能识别？”

“现阶段是这样的，而且标记库也是刚搞，”生怕副支队长不懂，技术民警又解释道，“这跟指纹比对和DNA比对差不多，首先要进行基础信息采集，其实就是一个数据库。”

“前科人员的有吧？”

“有。”

“有就行了，先帮我识别下照片上的人有没有前科。”

“骆支，您听我说完，我们正在搞的技术还不是很成熟，对照应的要求比较好，而且之前采集的照片有黑白的、有彩色的，有模糊、畸变、大角度、侧脸、偏暗、阴阳脸甚至曝光过度的。现场的监控视频截图往往会存在场景、光线、角度、姿态、遮挡等各种问题，这对人像识别技术的适应性要求更高。”

“说白了还是不行！”

“我是不敢百分之百保证，但我可以先试试。”

骆副支队长不是不相信高科技，只是觉得这几年科技发展得有点快，快得让人眼花缭乱。许多现在看来很普遍的事物，在十年甚至五年前都觉得很科幻。作为刑警副支队长，骆支当然希望人脸识别技术能早日投入实战，如果真能搞成一套应用系统能关联“标记”库及“路人”库，并对事后采集的照片进行比对，发现线索，核查身份，大大缩短处置时间，那就能有效解决实战中遇到的很多难题，至少能把干警们从人海战术中解脱出来。

就在局里的技术民警正想方设法识别韩朝阳发现的第三个嫌疑人身份

之时，韩朝阳等人正齐聚在3号楼601室的阁楼里，一边吃着刚从外面买的盒饭，一边研究起案情。

“这是滕大发来的通话记录，高新区分局刑警大队已经筛过一遍，这上面的联系人尤其联系频繁的几乎全是嫌疑人的近亲属，剩下的要么是叫外卖的，要么是广告推销。不仅蔡小方的通话记录没任何疑点，杨建东的通话记录也一样干干净净。”韩朝阳放下警务通，再次捧起饭盒，接着道，“一个人不可能只跟近亲属联系，所以没有疑点就是最大的疑点，滕大认为该团伙组织严密，怀疑该团伙成员都有两部甚至三部手机，或者两个甚至三个以上的手机号，并且这些我们暂时没掌握的手机号，很可能是用他人身份证办理的。”

李凯仪吃完嘴里的菜，沉吟道：“案发之后既查不到他们购买机票和车票的记录，也查不到他们入住宾馆旅社的记录，并且案发之后蔡小方就辞职，原来的手机号不再使用，杨建东的手机号也不再使用，这说明他们的反侦查意识极强。”

“如果不出意外，那辆奥迪查了也是白查，他们连手机号都果断不用，怎么可能再开一辆对他们而言已经暴露的车。”许国强冷不丁举起筷子补充道。

“他们到底是干什么的，搞得这么神秘！”吴伟喃喃地说。

“肯定没干好事，”李凯仪一边细嚼慢咽，一边瓮声分析道，“蔡小方跟她母亲说跟大老板出差，可能要一两月才回来，但并没有说别的，也没给他母亲钱。如果老魏打听到的这些属实，那么他们所做的一切可能只是一般性防范，防止我们顺着被害人尸体查到抛尸车辆，再顺藤摸瓜查到他们身上。”

“一般性防范都搞得这么神秘，几乎切断一切与外界的联系，如果特别防范会怎么样？”

“潜逃，逃得越远越好。”

“李哥，你是说他们可能并没有离开燕阳？”

“可能性极大，为什么这么说呢，主要有三方面原因，一就是刚才所说的，蔡小方如果真想远走高飞，去另一个地方改头换面，那么他应该像安排后事一样安排好家里的一切，毕竟从你们侧面了解到的情况看他是一个孝子；二是燕阳的钱很好赚，至少对他们而言好赚，真要是扔下燕阳的一切潜逃，那他们今后就得坐吃山空。”

“有道理，三呢？”韩朝阳急切地问。

“三是他们很小心很谨慎，这种小心、这种谨慎显然不是突然才有的，从手机通话记录上就能看出他们小心谨慎的程度跟那些狡猾的毒贩不相上下，甚至有过之而无不及。换句话说，他们时时刻刻在提防我们，久而久之，就会小瞧我们，觉得公安不过如此。”

李凯仪笑了笑，信心十足地说：“他们这样的嫌疑人我见多了，确实很聪明，确实很让人头疼，但他们往往会聪明反被聪明误，许多案子也就是这么破的。如果没那么聪明，我们或许一时半会还真逮不着他们。”

第九十四章　惯犯！

“李哥，这么说嫌疑人很狡猾，狡猾到只要我们能想到的地方，他们都不会去？”吴伟将信将疑地问。

“反正我觉得他不会轻易联系战友，同样不会轻易回家。”

“既然是一般性防范，那就是避避风头，如果风声不紧，如果能确认我们没查到他们身上，他们就会自己蹦出来？”韩朝阳顺着这个思路问。

“对，朝阳，你分析得对，像他们这种自以为是的嫌疑人，不可能只是被动地躲，完全可能采取一些试探措施，以验证杀害曹胜凯的命案有没有东窗事发，我们公安有没有查到他们身上！”

“他们会怎么试探？”

“如果是你，你会怎么试探，你又会怎么验证？”李凯仪越想越有道理，紧盯着韩朝阳反问道。

韩朝阳愣了愣，旋即站起身：“如果我是蔡小方，如果我杀了人，我会躲在暗处悄悄盯着小区，看公安有没有找上门。不对，我会先盯着汽车租赁公司，因为对他们来说唯一可能暴露的只有那辆奔驰房车！”

“专案组查到汽车租赁公司时有没有采取过相应的措施？”

“应该没有，当时连嫌疑人到底是谁都不知道，更没有杨建东和蔡小方的手机通话记录，哪里想到这么多。”

“完了，我敢断定已经打草惊蛇，他们现在不再是一般性防范，极可能已畏罪潜逃！”

许国强跟李凯仪一个探组，一直很佩服李凯仪的脑瓜子，深以为然地说：“如果是我，我肯定会盯着租车公司。他们小心谨慎，组织严密，下午冒出第三个嫌疑人，天知道有没有第四个、第五个，随便安排一个盯着就行，甚至不需要刻意盯着，只要打个电话问问能不能租那辆奔驰房车。”

这是一个新发现，哪怕只是分析出来的。韩朝阳觉得有必要向专案组汇报，当即放下餐盒和筷子，拿起警务通拨打起滕大的手机。

结果让韩朝阳大吃一惊，滕大听完汇报竟凝重地说：“小韩，你们的分析有一定道理，我们很可能已打草惊蛇。现在说什么都晚了，车不可能还回去，还回去也不管用，唯一能做的就是想方设法查清他们的下落。”

“是！”

“天网恢恢疏而不漏，他们再狡猾也难逃法网，你们继续追查蔡小方下落，我安排两个人查查租车公司，再调看一下租车公司附近的监控视频，只要他们敢跟我们玩反侦查，那他们就不可能不留下线索。”

“滕大放心，我们会全力追查。”

“好，再辛苦辛苦，再坚持坚持，我等着你们的好消息。”

“螳螂捕蝉黄雀在后，我怎么就没想到呢。”滕吉明回想了一下前晚追查嫌疑车辆的经过，又砰一声猛砸了下办公桌，追悔莫及地说，“盯那个女明星盯了一晚上，被那个女明星气坏了，关键时刻没能保持住冷静，把动静搞那么大，就差告诉嫌犯快查到他们身上了！”

“滕大，您这话从何说起，嫌犯做贼心虚，肯定担心我们早晚会查到他们身上。”刑警老姜说。

“他们不是一般嫌犯，如果我们当时考虑得更全面一些，不那么操之过急，他们很可能会以为我们查不到他们身上，而我们现在其他什么都不用干，只要守株待兔就行了。”

“他们潜逃了？”

“给租车公司老板打电话，问问这几天有没有人打算管他租奔驰房车。小钱，其他工作放一边，立即去租车公司附近转转，看看附近有多少摄像头。晚上能调看的就地调看，晚上调看不了的天亮后调看。”

“是！”

刚下达完新命令，手机又响了，低头一看原来是骆副支队长的电话。

“骆支，奥迪车主的信息查到了，姓萧，叫萧青亮，今年 53 岁，屏兴市东屏区人，在车管所留的手机号打不通，我刚给当地派出所发了一份协查函，估计得天亮后才能有回复。”

“这个萧青亮有没有前科？”

“没有，不但没前科，过去一年在我市也没开房记录。”滕吉明低头看看笔记本，补充道，“另外他名下的这辆奥迪去年没年审。”

不上保险年审不了，没年审保险公司同样不会给这辆车续保。骆副支队长意识到正在追查的是一辆“问题车”，紧皱着眉头说：“虽然在意料之外但也在情理之中，他们怎么可能开一辆能追查到他们身上的车招摇过市。”

“骆支，他们怎么就不可能开一辆属于他们自己的车？”

“下午刚进入我们视线的第三个嫌疑人身份搞清楚了，姓谈，叫谈海涛，今年 36 岁，新寨县安陵乡人，初中文化，因涉嫌盗窃、诈骗、寻衅滋事、故意伤人和开设赌场，先后被劳教过两年、被判处有期徒刑三年和六年，从 18 岁到现在，这家伙有一大半时间是在号里过的。”

聚赌是治安处罚法里的关键词，是指以营利为目的，为赌博提供条件的，或者参与赌博赌资较大的，一般处五日以下拘留或者五百元以下罚款；情节严重的，处十日以上十五日以下拘留，并处五百元以上三千元以下罚款。开设赌场的性质就不一样，涉嫌刑事犯罪，要处三年以下有期徒刑、拘役或者管制，并处罚金；情节严重的，处三年以上十年以下有期徒刑，并处罚金！

滕吉明反应过来，急切地问：“骆支，这么说他们一直在我市开设地下赌场？”

“谈海涛最后一次入狱就是因为涉嫌开设地下赌场，并且赌得很大，新寨县公安局当年是追到市里来端掉的赌窝，那会儿就在现场一次缴获赌资两百多万元，你说这样的惯犯出来除了重操旧业还能干什么，只是没想到他居然会跟杨建东搞到一块去了。”

第九十五章　“主动请缨”

滕大通报了一个新情况，又布置了一个新任务。通报的新情况是关于下午浮出水面的第三个嫌疑人的身份，这让韩朝阳和吴伟有那么点小激动，因为之前就觉得杨建东团伙是开设地下赌场的。

新任务让韩朝阳有些摸不着头脑，倒是吴伟先反应过来，回头看看李凯仪和许国强，兴奋地说：“抛尸的那辆奔驰房车的实际车主，把车同时委托给好几家汽车租赁公司，风驰汽车租赁公司只是其中之一，而杨建东只是短租并非长租。风驰汽车租赁公司又没高档商务车，不管奔驰房车还是其他高档车，老板都需要从同行那儿调剂，能想象到不是想管别人借就能借到的，杨建东也不是每次想用车都能从风驰汽车租赁公司租到车的。也就是说，从风驰公司租不到车，他只能管其他公司租！”

韩朝阳这才反应过来，不禁笑道：“风驰汽车租赁公司的司机蔡小方，帮杨建东和谈海涛开车，开着开着开成了他们的同伙，其他汽车租赁公司的司机不太可能是团伙成员。只要找到曾租车给他们的公司，找到曾帮他们开过车的司机，我们就能知道更多情况。”

“如果只租车不配司机呢？”荣志平下意识问。

韩朝阳正准备开口，李凯仪抬头笑道：“车租出去谁也不会放心，那些租车公司老板一个比一个精明。就算不配司机，他们也会在车上安装GPS定位系统，坐在家里打开电脑甚至手机就知道车到了哪儿，而且车在一段时间内行驶的轨迹系统会记录保存下来。”

“反正只要查到他们有可能租过的其他高档商务车，他们去过哪儿，乃至去找过谁，我们都能掌握到！”

“那还等什么，赶紧去查！”

“这边怎么办？”

“这边我帮你盯着。”

师兄主动请缨，韩朝阳也不矫情，边收拾东西边说道：“也行，这边交给荣哥。吴哥，你跟李哥、许哥一起去查我们燕东区的汽车租赁公司，我给金经理打电话，从巡逻队抽调一个人，跟我一起去蔡小方姐姐家附近蹲守。小心驶得万年船，万一他突然跑回来呢。”

刑警干刑警的活，社区民警做社区民警擅长的工作。本以为这么分工李凯仪不会有什么意见，没想到话音刚落，李凯仪竟沉吟道：“朝阳，我觉得有个方向可以查查，齐头并进，或许能事半功倍。”

“什么方向？”

“聚赌！”

“李哥，你是说排查有赌博前科的人员？”

李凯仪点上支烟猛吸了一口，抽丝剥茧地分析道：“房车能有多大，车里能坐几个人？并且被害人曹胜凯在燕阳的这段时间，住宾馆旅社的次数算不上多，又没他的租房记录，那么他平时都住在哪儿呢？”

“赌场，住在非常隐秘的地下赌场！”

“所以杨建东租高档商务车甚至高档房车，很可能不是在车上开设赌局，只是作为接送赌客的交通工具。他们很狡猾，并不意味着参赌人员也具有他们那么强的反侦查意识。反正我觉得既然市里存在这么一个赌得很大的地下赌场，那么只要我们认真查，就不可能查不到关于地下赌场的蛛丝马迹。”

许国强举一反三地说：“可以从杨建东和谈海涛这两个嫌疑人的社会关系着手查，开赌场不是摆路边摊，不认识、不熟悉，不是知根知底的赌局谁敢去。杨建东以前不是给开径县的什么机械设备制造公司老板开过车吗，他完全可能利用了之前的关系网，或者说利用了他老板在燕阳的人脉。”

“那些赌客也可能是谈海涛以前的老顾客！”

“能想象到那些赌客都比较有钱，有的可能是企业家，完全可能给他们提供场地。”

“总之，相比查车，这条线反而好查一些。”李凯仪想想又有些遗憾地说，“可惜我们掌握的资料太少，只能发动特情耳目打听有没有这方面的线索。”

案子查了这么多天，杨建东的材料专案组那边估计有一大堆。谈海涛以前的案卷材料，估计专案组也会很快从相关部门调出来。师傅他老人家再三叮嘱过，不管遇到什么情况都要请示汇报，韩朝阳把位置摆得很正，当即拿起警务通：“李哥，我先向滕大汇报，滕大应该会支持。”

手机通了，只听见滕大在电话那头问：“小韩，还有什么事？”

“报告滕大，我们分局刑警大队重案中队民警李凯仪同志和许国强同志一致认为，杨建东、谈海涛团伙既然在我市开设地下赌场就不可能不留下蛛丝马迹……”

真是想到一块儿去了，这边正在头疼从哪个单位抽调民警查这条线呢。案件侦破工作已进入攻坚阶段，滕吉明再也顾不上会不会给燕东分局抢功，不动声色地问：“小韩，这么说你那边人手不是很紧张？”

“报告滕大，我们分局领导对这个案子一样重视，局领导支持，长风派出所和花园街派出所领导也支持，包括我和吴伟在内现在有五个民警。”

五个民警，其中两个还是重案队的！尽管韩朝阳和吴伟在案件侦破中一连取得几个突破性进展，但滕吉明依然不太放心这两个新人，而对燕东分局刑警大队重案中队刑警的看法则完全不一样。考虑到让冯局的两个部下来专案组报到不太合适，干脆来了个顺水推舟。

“这个想法好，齐头并进，多管齐下，我就不信逮不着这帮家伙。”滕吉明强忍着笑，拍拍专案组民警刚整理好的案卷材料，“既然你们想到了，那就放手去查，需要哪方面的材料，我让小钱给你们提供。”

第九十六章 “摘桃子”

基层所队案子多，局里会议多。

昨天刚召集治安大队和各派出所负责人开完“缉枪治爆”专项行动工作会议，今天周局又亲自主持会议给经侦大队和刑警大队负责人传达上级关于“猎狐 2015”专项行动的精神，部署燕东区公安分局的“猎狐行动”。“猎狐行动”三天两头上电视，许多媒体有报道。

跨国追逃，一听就“高大上”，可能有些市民以为这是公安部的事，其实全国各级公安机关都有参与，况且公安部“猎狐行动”追捕组的民警一样是从全国各级公安机关抽调的。不过燕东分局要追捕的逃犯不是大贪官，也不是银行或国企的高管，只是一个参与过政府工程建设的包工头。并且不是什么总承包，而是跟大多包工头一样通过层层转包承揽到燕东区老干部局大楼工程的，而且只承揽了部分工程。活儿干了三分之二，可能算算发现不怎么赚钱，干脆拿着总承包按进度给的工程款跑了。

他是净包工，卷走的全是民工们的血汗钱！民工们才不管区里有没有给工程款，也不管总承包是谁，只知道在老干部局干活的但工钱没拿到，去年就去区政府门口打过横幅。已进入第四季度，转眼间就到年底，血汗钱没拿到他们肯定还会来。

更让区领导头疼的是，老干部局占地面积有点大，楼建的有点高，光地下停车场就两层。附属建筑也就是周围的商铺和地下停车场，原计划是交给区里的投资开发公司运营的，但现在市民们不这么看，许多人提出疑问，老干部局有必要盖这么豪华气派的办公楼吗？你们说楼上是老干部活动中心，平时有老干部去活动吗？总之，民工们如果再闹，老干部局的新大楼又会成为群众关注的焦点，所以卷走工程款的包工头“很荣幸”地被纳入“猎狐行动”的追逃目标。

周局也很纳闷，平时分局申请点经费，区里总说没钱，怎么盖老干部局大楼就有钱了！但这是区里交代的任务，并且把逃犯抓捕归案，把赃款追缴回来本来就是分局的工作。

“嫌疑人跑国外去了，抓捕是比较困难。但困难是什么，困难就是用来克服的！”周局环视着众人，阴沉着脸敲敲桌子，“同志们，遇到困难不能畏缩，要动动脑子想想办法，比如学习‘猎狐 2014’专项行动的成功经验，提升我们的缉捕工作水平。深挖发现逃犯行踪，千方百计掌握逃犯准确动向，强化调查取证、完善证据支撑，不断夯实缉捕行动的执法基础。还可以通过查封、扣押乃至冻结嫌疑人在国内的财物，最大限度地钳制嫌疑人在境外的活动能力、挤压其生存空间……”

逃犯在国外，劝返又不管用，这个困难怎么克服？别说刑警大队长、经侦大队长和分局最能干的经侦民警何义昌等与会人员一声不吭，连坐在周局身边的杜局和冯局都觉得这个追逃工作不是一两点难。

“总之，要把追捕霍学斌作为一项严肃而重大的政治任务，进一步增强责任感和紧迫感，争取一星期内拿出一套切实可行的行动方案，明确目标责任，强化措施，连续作战，要对这个霍学斌形成全方位、冲压式的震慑，向人民群众兑现我们公安机关‘追逃永远在路上’的庄严承诺。”

巧妇难为无米之炊。周局当然知道凭分局现有的力量尤其资源，想把携款潜逃国外的包工头霍学斌抓回来不是有点难而是非常难，总结了一番，收拾好纸笔站起身：“散会！”

“是！”

何义昌如释重负般地溜出会议室，本以为大队长等会儿又要召集大队的另外几个中队长开小会研究怎么追逃，没想到周局和杜局竟跟进了冯局的办公室，竟能依稀听到他们好像在谈笑风生。

他没听错，三位领导是在说说笑笑。这并不意味着局领导嘴上一套背后一套，并不意味着开会时说追逃很重要，一散会就不把追逃当回事，而是这个追逃工作有点难，气氛有点压抑，冯局干脆挑点高兴的事说。

局里这段时间最有意思的当然是前不久刚在大西北露了脸、这几天又在兄弟分局那儿给分局长了脸的韩朝阳。

“让巡逻队员去蹲守，他们几个臭小子分成三组，正儿八经地查起来了？”

“而且不只是负责查涉及我们分局辖区的线索。”

“你好不容易把麻烦送出去，他们又把麻烦揽回来，这算什么事啊？”周局禁不住笑问道。

“此一时彼一时，”冯局想掏烟，发现办公室没烟灰缸只能从抽屉里翻出盒口香糖，见周局和杜局不要自顾自往嘴里塞了一颗，边嚼边笑道，“当时一点眉目没有，周局您是不知道滕吉明这段时间做了多少前期工作，如果不把麻烦送出去，这些工作全得我们做。如果不把麻烦送出去，财务那儿要报销的发票估计会有这么高。”

说着说着，冯局竟比画起来。周局想想也是这个道理，回头看了一眼杜局，忍俊不禁地说：“命案必破，而且这起命案的被害人尸体终究是在我们辖区被发现的，只安排五个民警跟他们一起查有些说不过去。”

杜局心领神会，很默契同时很认真地来了句：“老冯，既然是联合侦办，我觉得你还是应该掌掌舵。”

“对，应该掌掌舵。”周局重重点点头，强忍着笑说，“小韩他们虽然敢打敢拼，但经验不足。关键时刻，还得你这样的老将出马。”

冯局岂能不知道他们的“良苦用心”，哭笑不得地说：“周局，这么做不太合适。”

已经进入今年的第四季度，市局对各分局的考核评比马上就开始，周局可不想错过这个摘桃子的机会，伸手拍拍冯局胳膊：“市局说是联合侦办，他们也说是联合侦办，既然是联合侦办有什么不合适的？要是光小韩他们几个人不够，再从刑警队抽调几个民警，赶在他们前面把这个涉嫌故意杀人和开设赌场的犯罪团伙捣毁掉。”

第九十七章　“扯拉克”

汽车租赁容易被违法犯罪人员利用，一样属于特种行业，但不同于旅馆、典当和公章刻制等“传统”的特种行业。开设汽车租赁公司不需要行政许可，不需要《特种行业许可证》。只要去治安部门备个案，申领《特种行业备案证》，而事实上一些汽车租赁公司根本没去甚至不知道要去分局治安大队备案。

尽管对汽车租赁业管理得没旅馆业和典当业那么严，治安大队掌握的基础信息并不全，但燕东区就这么大，汽车租赁公司就那么多，韩朝阳和吴伟分头行动，一天时间就走访完了，并且可以肯定不会有遗漏。

结果一无所获，不过这也在意料之中。毕竟种种迹象表明，杨建东、谈海涛团伙应该是在城西区和高新区活动，不太可能跑燕东区来租车。

滕大没通报，韩朝阳不知道专案组那边有没有进展，只知道接下来要把精力放在查赌徒上，查赌徒也不是只要因为赌博被处理过的人员就要查，像朝阳村有名的赌棍韦海成那样的根本“没资格”被查，一场输赢两三万在普通人看来赌得很大，但相对于杨建东、谈海涛有可能设的赌局，两三万很可能只是押一两把的事。

一赶到人民路招商银行门口的汇合点，韩朝阳便停好专案组提供的轿车钻进重案队的警车，趴在副驾驶椅背上急切地问：“李哥，许哥，我们那边搞完了，吴伟正在过来的路上，你们这边怎么样，有没有进展？”

“进展不大。”李凯仪举着一次性筷子指指他身边的两盒饭，一边示意他吃一边介绍道，“被害人父亲所在的那个机械厂，在燕阳的供应商和经销商我们联系上了几个，也见到了几个，没什么疑点；谈海涛的社会关系主要在他老家，以前在市里设赌局，是为躲避老家公安局的查处。”

韩朝阳肚子不饿，婉拒了李凯仪的好意，把盒饭挪到一边，沉吟道：“谈海涛出狱时间并不长，这么说参赌人员是杨建东声称来燕阳做生意后发展的？”

“应该是。”李凯仪点点头，又笑道，“虽然从他俩的社会关系上没查出什么，但今天也不是一点收获没有。老许跑遍几个分局，整理了一份过去三年因为赌博数额巨大被处理过的人员名单，全是大老板。再筛掉过去半年没因为赌博被处理过的，这份名单就剩下 16 人。”

“赌博是上瘾的，能成功戒毒的不多，能成功戒赌的我觉得也不多。”许国强笑了笑，捧着盒饭又说道，“毕竟戒毒还是强制的，戒赌全靠个人自觉。”

虽说现在条件好了，人们手里有钱了，但能赌得起那么大的能有几个。韩朝阳觉得这 16 个人里应该有去杨建东、谈海涛开设的地下赌场赌过的人，急切地说：“我们等会儿就去找他们问问！让他们看看杨建东、谈海涛、蔡小方和被害人曹胜凯的照片，看他们认不认识！”

“如果认识却装作不认识呢？”李凯仪反问道。

“察言观色啊，我不行你们绝对可以，到底有没有说谎，你们一眼就能看出来。”

“韩指导，韩老师，你也太瞧得起我们了。”李凯仪把饭盒搁在挡风玻璃处，俯身拿起放在许国强脚下的包，取出许国强手写的人员名单，往韩朝阳面前一递，“看看，看看都是些什么人，论心理素质，我估计他们可能比一些大案的犯罪嫌疑人都强。”

这份名单很详细，性别、姓名、年龄、家庭住址、联系方式、工作单位、职务……应有尽有，不是董事长就是总经理，甚至有一个的头衔是“董事局主席”！

不要问便知道他们全是腰缠万贯，能把生意做那么大、能赚那么多钱怎么可能是省油的灯，见人说人话、见鬼说鬼话，不动声色扯淡对他们而言没任何挑战性，玩心眼真不一定能玩过他们。更重要的是，这些人不是你想见就能见到的。给他打电话，可能接电话的不是本人，就算是本人肯定会先问你谁，不表明身份他不会搭理你，一表明身份他肯定会找各种借口不见，或随便安排个人应付一下。

许国强又冷不丁说道：“朝阳，你不是在北太河边上的那个砂石场待过好几天吗，对钢材市场应该比较熟悉。第六个的公司名称虽然叫什么贸易有限公司，其实是做钢材生意的。我打听过，他可能是我们燕阳钢材生意做得最大的老板，全市大大小小几个钢材市场全有他的分公司，高新区钢材市场也应该有。”

“我是那边待过几天，不过全在砂石场里盯着民工筛沙子，对钢材市场真不熟。我可以托人打听打听，看这个姚老板在那边有没有分公司，如果有的话，再打听打听他平时去不去，或者平时一般在什么地方。”

“嗯，先侧面打听，确认他在什么地方再去找他，不能事先联系。”李凯仪满意地点点头，接着道，“我们还收到一个可靠消息，开发区一个公司的老板经常去碧海蓝天浴场，不光他自己去，还经常请生意上的合作伙伴去洗澡。大概一个半月前，喝得醉醺醺的还让人送他去，到了浴场就拉着服务生发酒疯说胡话，其中就提到在高新区玩‘扯拉克’赢了几十万。”

“扯拉克是什么？”

“扯拉克是一种利用扑克牌比大小的赌博方式，从国外传进来的，玩法独特，会玩的人不多。也正因为大多人没听说过，提供这条线索的线人对这件事印象深刻。”

“以前有没有捣毁过‘扯拉克’的赌局？”

“没有，不但我们分局没有，另外几个分局也没有。说出来你可能不信，我刚才上网查了十几分钟，愣是没搞明白游戏规则，只知道是一种赌博方式，不知道是怎么赌的。”

韩朝阳反应过来，急切地说：“以前没捣毁过这样的团伙，没抓到过玩扯拉克的赌徒，这说明什么问题，这说明杨建东、谈海涛团伙很可能就是组织扯拉克赌局的人！”

第九十八章　我认识！

“现在有一个问题，我们的线人只知道那个老板姓田，只知道他四十多岁，矮矮胖胖，梳着大背头，听口音应该是本地人。不知道全名，不知道是做什么生意的。而且我了解过，浴场的监控视频只能保存一个星期，浴场外又没交通监控，不知道其车牌号。”

“李哥，这个玩‘扯拉克’赢过几十万的田老板，过去一星期有没有再去过碧海蓝天？”韩朝阳追问道。

“没有，至少我们的线人过去一星期没见过他。”

正束手无策，吴伟到了。李凯仪跟刚才韩朝阳到时一样，吴伟一上车就招呼他吃饭。

“李哥，不好意思，我吃过了，”两盒饭要浪费，吴伟很不好意思，又解释道，“本来不想吃的，过来的路上遇到一个熟人，在卢庄路口摆了个夜市大排档，非拉着我尝尝他老婆的手艺，他家挺不容易的，我想着在哪儿吃不是吃，就停下来在他那儿炒了个菜，吃了碗饭。”

“吃不下没事，正好留着当夜宵。”李凯仪摆摆手，丝毫不在意。

韩朝阳则好奇地问：“遇到熟人，谁啊，我认不认识？”

“认识，老徐！”

“哪个老徐？”

“我们所里的老徐，除了他还能有哪个老徐。”

“老徐家开夜市大排档？”韩朝阳倍感意外，一脸不可思议。

“这有什么好奇怪的，他经常说要开个小饭店或摆个小吃摊儿，说什么开饭店要交房租还是搞个小吃摊风险小点。以前是没条件，现在有你罩着，投资又不大，为什么不搞。”

“我罩着，别开玩笑了，我能罩他什么？”

“城管啊，有你在，汤队能为难他？”吴伟拍拍韩朝阳胳膊，又似笑非笑地补充道，“听他说，摆大排档的地方还是汤队帮着找的。只要不弄烧烤，只要不把地面搞得乱七八糟，街道综合执法大队就不会赶他走，更不会扣他的家伙什。”

半个月没见老徐，没想到他居然不声不响做起生意了。他家条件确实挺困难，韩朝阳打心眼里支持，想想又问道：“他老婆身体不好，开大排档他老婆一个人肯定不行，他有没有辞职，是不是不在所里干了？”

“大排档刚开始搞，今天是第二天，到底能不能赚钱，到底会不会赔还不知道呢，你说他敢不敢辞职。”吴伟轻叹口气，接着道，“他在所里干这么多年协勤，没功劳也有苦劳，家里又确实困难，他下决心开大排档，你师傅很支持，帮他跟所里请了四天假。”

“只要能赚钱，我也支持，可是他这一请假，阳观村警务室不就没所里的人了？”

“阳观村不是有治安联防队吗，既是联防队也是你们社区保安公司的一个中队，说句不中听的话，有没有老徐在那儿真无所谓。他说是协勤，其实是低保治安员，让他在所里干是对他的照顾，跟扶贫差不多。”

提到阳观村，韩朝阳眼前一亮！

“朝阳，朝阳，吴伟也到了，我们是不是分一下工？”

“什么？”

“想什么呢？”看着他若有所思的样子，李凯仪下意识问。

“李哥，我想到一个人。”

“谁？”

“我认识一个姓田的大老板，他四十多岁，矮矮胖胖，也在开发区开厂，生意做得很大，非常有钱。”

“什么地方人？”

“阳观村的，不过现在不怎么回去，他在市里有房子，而且好几套。”

阳观村，李凯仪再熟悉不过。阳观村三组发生过一起影响极其恶劣的灭门惨案，作为重案队的刑警，李凯仪第一时间被抽调进专案组，也就是那会儿认识同样被抽调进专案组的吴伟的，算起来认识吴伟要比认识韩朝阳早。不过现在不是回忆那起命案的时候，四十多岁、矮矮胖胖的男子有很多，但既在开发区开厂，生意做得很大，非常有钱，并且又是本地人的四十多岁、矮矮胖胖的男子并不多。

李凯仪欣喜若狂，紧盯着韩朝阳问："全名叫什么？"

"田继明，家住阳观一组，专门做钢结构工程，在开发区有一个大厂区，好像叫新龙钢结构有限公司，开发区的很多钢结构厂房是他加工然后去现场安装的。"韩朝阳想了想，突然掏出手机，一边翻看手机里存的照片，一边接着道，"阳观村筹建治安联防队时经费不足，我跟崔村长一起去他那儿拉过赞助，他捐了好几万。治安联防队挂牌的时请他和另外几个老板去剪彩，当时我们好像合过影。"

身份证上的照片有时候跟本人不太像，李凯仪催促道："赶快找，找不到问问别人有没有当时的合影。"

在战友们急切的目光下，韩朝阳飞快地翻看，翻了五六分钟，突然举起手机，"找到了，就是这张，站在我左边的是田老板，右边的是唐老板，他俩是阳观村最有钱的人。"

"太好了，赶快转发给我。"

"好的。"

韩朝阳刚把照片发过来，李凯仪便转发给一个微信好友，旋即推开车门出去打电话。很显然是在联系提供线索的线人，避开众人打电话并非不信任大家，而是一种负责任的表现，因为线人的身份需要严格保密。这给韩朝阳上了一堂课，让韩朝阳意识到自己一样要对提供线索的朝阳群众负责，以后再接到群众举报，绝不能再跟之前一样连举报群众的身份一起上报或连举报群众的身份一起给其他民警通报，而是要把提供线索的群众的安全放在第一位。

第九十九章　人情关

李凯仪打完电话回到车上，调侃道："朝阳，你小子真是无敌幸运星！"

这应该是一件高兴的事，韩朝阳却怎么也高兴不起来，苦着脸问："真是田老板？"

"就是他，不会错。"

"田老板人挺好的，真是乐善好施，不但捐钱给村里建治安联防队，村民们遇到困难只要找到他都会帮忙，以前还当过村干部，怎么会去赌博，而且赌那么大。"

"人无完人。"李凯仪笑了笑，回头看看窗外确认没群众注意这边，随即掏出根香烟点上。

许国强和李凯仪一样能理解韩朝阳此时此刻的心情，毕竟参与赌博并且涉案金额巨大这不是一件小事，而参与赌博的那个田老板又支持过他的工作，作为一个公安民警不知道没什么，知道了就要秉公执法，就要对田老板进行查处，换作谁心里也不是滋味儿。

干这一行，首先要过的是人情关。

许国强什么都没说，干脆收拾起空饭盒推开下车去找垃圾桶。

吴伟性子比较急，禁不住问："朝阳，你和田继明打过交道，有没有他手机号？"

"有。"

"那还等什么，赶快去找他呀！"

韩朝阳暗想找田老板容易，只要打个电话人家肯定会热情接待，但这一去以后估计连朋友都没得做，更不用指望人家明年会继续提供赞助，搞不好崔村长等阳观村干部都会因此对自己有看法，都会认为这是胳膊肘往外拐。可事到如今能不去吗，韩朝阳轻叹道："李哥，我俩一起去吧，吴哥和许哥去找名单上的人员。"

"行，开警车还是你那辆车？"

"我那辆吧，警车开过去影响不好。"

战机稍纵即逝，重新分工，分头行动。车刚开上人民路，李凯仪便若无其事地说："朝阳，见着人之后你就说是协助我们重案队办案，你不跟我一起去找他，所里也会安排其他民警带我去。"

韩朝阳岂能不知道他的良苦用心，苦笑道："没关系，做人要坦荡。再说田老板的肚量应该没那么小，而且他身家上亿，光固定资产就有几千万，罚点款对他来说九牛一毛，主要是个面子。"

"好吧，你们毕竟认识，你出面工作绝对比我好做。"

"我先给他打电话。"

"嗯，打吧。"

韩朝阳掏出手机，翻出号码拨打起电话："田总，我派出所韩朝阳。"

"小韩啊，你好你好，你可是大忙人，今天怎么想起给我打电话。"

"我再忙能有您忙。"

"我是瞎忙，什么事，是不是联防队又缺钱，我还是以前那句话，老唐出多少我出多少。"

"田总，别误会，我不是跟您化缘的，是想见见您，跟您说点事，在电话里不方便说也说不清，您在不在市里，今晚有没有时间？"

韩朝阳的人品在朝阳和阳观两个村还是非常坚挺的，田继明很清楚不可能是敲竹杠，笑道："有时间，你可是燕阳最帅警察，难得找我一次，没时间也要抽时间。"

"您在哪儿，我现在就过去。"

"我在村里吃斋饭，二队丁倬正的老父亲去世了，跟我家沾点亲，我家有事人家都去，人家办丧事我也得来。你赶紧过来吧，老崔他们也在。"

难怪电话那头很嘈杂，原来是在办丧事的现场。韩朝阳反应过来，连忙道：“我这就过去，快到时给您打电话，我在二队路口等您。”

“行，路上开慢点。”

崔村长也在，韩朝阳真不想去，可又不能不去。怀着无比复杂的心情赶到熟悉得不能再熟悉的阳观村，停在二队路口看着巷子里灯火通明的一户人家，再次拨打田老板电话。等了不到两分钟，田老板出来了，不是一个人出来的，崔村长也叼着烟小跑着跟了过来。

韩朝阳急忙上去握手招呼道：“田总，崔村长，不好意思，打扰你们吃饭了。”

“斋饭，有什么打不打扰的，你有没有吃，没吃进去吃点。”

“我们吃过了。”

崔村长探头看看车里，不无好奇地问：“小韩，车上的这位是？”

“李凯仪，我们单位同事。”韩朝阳不想浪费时间，更不想造成不良影响，提议道，“田总，崔村长，这儿不是说话地方，我们去村办公室怎么样？”

“行啊，坐你们车去，我车就停在村办公室门口。”

韩朝阳拉开车门，故作轻松地半开起玩笑：“田总，您晚上肯定喝过酒，我都闻到了，喝酒不能开车，酒驾不只是要被处罚，也不安全。”

“晚上不回市里，晚上就住村里，这儿我也有家！”田继明咧嘴一笑，顺势钻进轿车后排。

崔村长当然知道韩朝阳是在开玩笑，但跟李凯仪不熟悉，生怕公安局的人误会，急忙道：“小韩，这你放一百个心，吃饭前我们就说好了，喝酒不开车，开车不喝酒。田总的车钥匙早被我没收了，不信你看。”

“就应该这样么，田总，您跟崔村长做朋友，我想嫂子肯定很放心。”

“那是，我跟老崔多少年交情，我们是一起长大的。”

二队离村办公室很近，说说笑笑转眼间就到了。韩朝阳下车跟正在警务室值班的小伙子们打了个招呼，随即跟众人一起跑上楼。崔村长打开办公室门，忙不迭拿杯子找茶叶。

崔村长是可以信赖的，并且有他在场许多话好说一些，韩朝阳带上门坐到田继明身边，开门见山地说："田总，这位是我们分局刑警大队重案中队民警李凯仪同志，我们大晚上过来是想找您了解点情况。我担任过阳观村的社区民警，您是我辖区的群众，村里搞治安联防队，您又慷慨解囊支持我们工作，也正因为不是外人，我们才会以这种方式找您。"

很认真很严重，像盘问犯罪分子一样，田继明一下子竟愣住了。

崔村长也觉得很不对劲儿，顾不上再沏第二杯茶，走到韩朝阳对面问："小韩，到底怎么回事，田总什么样的人我最清楚，他能有什么问题！"

第一百章　两个案子！

韩朝阳抬头看看崔村长，目光又转移到刚缓过神来正阴沉着脸的田继明身上："田总，您是爽快人，我不跟您绕圈子，就问您一句话，您有没有玩过扯拉克？"

原来是这件事！田继明反应过来，掏出根香烟点上，一连猛吸了几口，轻描淡写地说："玩过几次，怎么了，有人检举揭发？"

"在什么地方玩的，跟哪些人玩的？"

"小韩，你刚才说我田继明是个爽快人，这个爽快也看对什么人对什么事。我知道，玩牌是赌博，是不对的。你小韩问我，我爽快地承认。你小韩秉公执法，要处罚，不管罚多少，罚款我一样痛痛快快地交。在这些问题上我不为难你，在其他问题上你也别为难我，怎么样？"

原来他真有问题，崔村长暗叹口气没再说什么，转身继续沏茶。

韩朝阳不认为田继明的态度不好，一脸无奈地说，"田总，我知道这让您很为难，毕竟能跟您一起玩扯拉克的都是有身份有地位的人。如果让他们知道是您说出来的，以后连朋友都没得做，而像您这样的大老板最注重的恰恰是人脉。"

玩"扯拉克"时多隐秘，专车接送，不带手机，只带银行卡，不管输赢多少全用 POS 机结算，召集赌局的人很小心很谨慎，一起玩的不仅全是熟人，而且正如小民警所说全是有身份有地位的，口风一个比一个严，公安是怎么知道的？田继明百思不得其解，低着头抽闷烟。

他一声不吭，韩朝阳又不能逼太紧，李凯仪很默契地来了句："田总，我们知道您仗义，但不是个个都跟您一样仗义，不然我们也不会找到您。"

“人家是人家，我是我。”田继明冷哼一句，又别过头去不再开口。

韩朝阳紧盯着他，李凯仪的脸色明显变了。

崔村长看在眼里急在心里，暗想他要么不赌，赌起来肯定不会小，否则找到这儿的绝不会是重案队的刑警。暗想不管你田继明有多少钱，也不能跟公安对着干，今天是小韩来的，如果换作别人真会把他带走，要是赌得特别大，显然不会是罚款那么简单。

“继明，讲义气没什么不对，但也要分什么事！”崔村长放下茶杯拍拍他肩膀，“别狗咬吕洞宾不识好人心，小韩哪是在为难你，小韩是看在自己人的份上在帮你。你跟我们不一样，你是要面子的人，非要来几辆警车，当那么多街坊邻居把你带局里去？”

韩朝阳不无感激地看了崔村长一眼，趁热打铁地说：“田总，其实我们要了解的不只是玩扯拉克的情况，还涉及一起命案！”

“命案，谁死了？”田继明大吃一惊。

“您先说在什么地方玩扯拉克的，跟哪些人一起玩的？”

涉及命案可不是一件小事，况且崔村长刚才说的有一定道理，田继明深吸口气，抬头道：“在高新区玩的，一起玩的都是朋友，有长盛化工的杨总、燕兴汽贸的李总、阳丰地产的黎总……我认识的就是这些，还有几个不认识，不是黎总带过去的就是李总他们介绍过去的，反正没介绍人不可能跟我们一起玩。”

“您是怎么进入这个圈子的？”

“我是长盛化工的杨总介绍的。”

“在高新区什么地方玩的，具体位置？”

“有一次在高新区罗九庄对面的厂区里，有一次在北太河边上的老水利站办公楼，反正就在那一片儿，每次都会换地方，事先都不知道，只有去了才知道。”田继明又点上支烟，吸了一口接着道，“上车时就跟安检一样搜身，用个仪器在身上扫，不能带手机，只能带银行卡。到了地方，我们在里面玩的时候，外面有人望风，都很规矩，从来没出过事。”

地下赌场在高新区，车接车送，还安检，搞得这么神秘除了杨建东、谈海涛团伙还能有谁？韩朝阳欣喜若狂，追问道："组局的人姓什么，叫什么名字？"

"姓关，我们都叫他关老板，叫什么名字不知道。"

"就一个姓关的？"

"老板姓关，他有两个手下，一个姓余，一个姓陈，叫什么名字我真不知道，本来就是去玩的，安全就行了，谁会打听这些。"

名字不知道，姓更是一个也对不上。韩朝阳并没有泄气，而是掏出手机翻出几个嫌疑人的照片："田总，您看看是不是他们？"

"是，就是他们，"田继明接过手机翻到第一张照片，一脸不好意思地说，"他就是关老板，我有他手机号，不过有也没什么用，他跟我们是单向联系，平时关机，我们给他打一次都没打通过，全是他打给我们，问我们有没有时间，晚上有局，要不要一起玩。"

真是踏破铁鞋无觅处，得来全不费工夫。韩朝阳激动得热血沸腾，回头看看李凯仪，用尽可能温和的语气说："田总，您提供的这些情况对我们破案非常有价值，我要出去打个电话，您能不能回忆回忆细节，李警官要做一份笔录。"

"没问题，我配合。"

"谢谢。"

韩朝阳拿起手机走出会议室，正准备给滕大汇报，结果冯局倒是先打进来了。

"冯局好，冯局，您有什么指示？"

"小韩，你在什么位置？"

"报告冯局，我和李凯仪同志正在阳观村委员会询问一个重要的……重要的知情人，刚了解到一个重要情况，正准备向专案组领导汇报。"

"什么重要情况？"

自己分局的领导要了解案情，当然先紧着给自己分局的领导汇报。没想到刚一五一十汇报完，冯局竟沉吟道："单向联系，还改名换姓，这说明犯罪嫌疑人谁都不相信，说明你们刚掌握的涉赌人员也不知道他们下落，这就是两个案子。”

“两个案子？”韩朝阳傻傻地问。

“李凯仪在给涉嫌聚赌的嫌疑人做笔录是吧，聚赌的案子就交给重案队，我再安排几个刑警协助你继续追查杨建东、谈海涛和蔡小方三个嫌疑人的下落。从现在开始，有什么情况直接向我汇报，滕大那边肯定很忙，你就不要再给他们添乱了。”

第一百零一章　大行动！

韩朝阳再傻也明白冯局打的是什么主意，暗想把一个案子变成两个案子，跟高新区分局来个“分工”，命案依然是高新区分局的，赌案留着自己查处，可这么一来滕大怎么扩大战果？不过那是滕大的事，当务之急是怎么继续追查杨建东、谭海涛和蔡小方三人的下落。

计划不如变化，发生这么大变数，韩朝阳一筹莫展，正不知道接下来该怎么查，冯局又打来电话。“小韩，我刚才跟杜局研究一下，决定开个小会，你赶紧来局里，让你们所里的吴伟同志也赶紧回来，你们最了解情况，这个会你们必须参加。”

领导又想干什么，真是一会儿一个主意。不过领导的话就是命令，是命令就要无条件服从，韩朝阳急忙道：“是，我马上去局里，我先跟李凯仪同志打个招呼。”

“不用跟他打招呼，我已经安排民警过去了。”

韩朝阳连忙跑下楼，掏出钥匙钻进专案组提供的轿车，一边给吴伟打电话，一边扶着方向盘火急火燎往局里赶。当轿车缓缓开进分局大院儿时，门厅前已停满了警车，其中包括四辆黑色涂装的防爆车，几十个荷枪实弹的特警正坐在车里待命。更没想到的是，老熟人何义昌居然也来了，正夹着包往楼上跑。

“何队，等等。”韩朝阳推开车门，小跑着追了上去。

“朝阳，你怎么也来了？”何义昌停住脚步，下意识回头问。

“冯局让我过来的。”

“我也是。”

何义昌正准备打听下到底什么事，法制科的姜铭也到了，二人还没来得及打招呼，就见杜局站在楼梯口朝下面喊："你们都到了，来得正好，赶紧去会议室。"

韩朝阳同何义昌一起刚应了一声"是"，楼上走廊里传来一阵急促的脚步声，紧接着一群刑警出现在眼前，在刑警大队王副大队长的率领下噔噔往楼下跑，看上去很急，韩朝阳急忙让到一边，给出去执行任务的战友们让路。

尽管分局三天两头有行动，但像这么大的行动实属罕见，连空气中都弥漫着一股紧张的气氛。难道是去抓参与"扯拉克"赌博的人员？但杨建东、谈海涛和蔡小方早跑了，今晚又没组织赌局，抓不着现行就算人家承认以前赌过，最多也只能每人罚三千元再并处十五天行政拘留，至于搞这么劳师动众？

韩朝阳越想越糊涂，恍恍惚惚地跟着何义昌走进会议室。进来一看，韩朝阳大吃一惊。不仅冯局和杜局在，周局和黄政委居然也在。

正准备立正敬礼，给几位局领导问好，冯局突然道："小韩，来得正好，时间紧急，你先简明扼要通报下'9·18'案的最新进展和重案队正在查处的赌案案情。"

"是！"韩朝阳一连做了几个深呼吸，尽可能让自己清醒，捋捋思路汇报道，"报告各位领导，经专案组缜密侦查，现已锁定犯罪嫌疑人三名……在通过赌博这个方向追查三名嫌犯下落时，我分局重案队民警李凯仪同志查到一条重要线索，发现我分局辖区居民田继明曾声称参与过以'扯拉克'方式进行的赌博，且赌博金额极大……"

真够简明扼要的，只汇报最新进展，不谈细节。

冯局满意地点点头，一边示意他坐下，一边转身道："义昌同志，说说你看法？"

"冯局，您是说'9·18'案？"

"嗯。"

韩朝阳刚才虽然只是汇报"两个"案子的最新进展，没提专案组现在在干什么，但通过眼前这架势何义昌已猜出几位局领导这是打算要截高新区分局的胡，强忍着笑说：“报告冯局，在三名命案嫌疑人组织的赌局中，参赌人员不管输赢多少全用 POS 机进行结算，我认为这是一条重要线索，可以去相关银行查询命案嫌疑人的个人银行账户，他们不可能带大笔现金在身上，完全可以通过监控其银行账户交易锁定其位置。”

“义昌同志，去银行查询转账汇款记录的手续已经办好了，周局十分钟前给银行领导打过电话，已经跟银行方面协调过，这个任务交给你，现在就出发，动作一定要快。”

“是！”

韩朝阳这才意识到想抓获三名命案嫌疑人并不难，反问自己刚才怎么就没想到呢。

这时候，冯局又紧盯着法制民警姜铭说：“小姜，关于参赌人员的查处，我们想听听你的看法。”

怎么查处，依法查处呗！不过领导显然不会问《治安处罚法》上面那些简单的法律问题，姜铭同样不是傻子，愣了一下猛然反应过来，不无兴奋地说：“报告冯局，最近我们分局是因为没收赌资引起了两起行政复议案件，说到底主要是关于赌资的概念，法律及相关法规没有作出权威性的解释，所以很容易引起争议。具体到重案队正在查处的这起赌案，虽然没能抓到现行，也不具备抓现行的条件，无法现场缴获赌资，但参赌人员在前几次赌博活动中都是用 POS 机进行结算的，银行方面肯定有他们个人银行账户的转账交易记录，这就说明那些钱已经用于赌博，并且发生了‘所有权’的转移，只要关于涉赌人员参与赌博的证据充分，那他们之前转账的资金都属于违反治安管理行为的非法所得。”

“不是现场缴获的也没问题？”杜局禁不住问。

“没问题，只要参与赌博的情况事实清楚、证据确凿，那就能形成一条证据链。”

“预审的同志在不在？”

“在！”坐在角落里的一个预审民警急忙站起身。

杜局回头道："老丁，姜铭同志的法律意见你也听到了，重案队正在查处的这起赌案必须办成铁案，你们预审必须严格审核把关相应的证据。"

"是！"

韩朝阳算明白了，局里这是既要抓杀害曹胜凯的三个犯罪嫌疑人，也铁了心要查处参与赌博的人员，确切地说要缴获田老板等人之前几次赌博时的赌资。光田老板一个人一晚上的输赢就几十万，那么多大老板参与了，并且赌了不止一次。时间地点明确，按时间套当时的 POS 机交易记录，能想到这么查下去能缴获多少赌资，几百万都是少的，很可能会上千万！

第一百零二章　睁着眼睛说瞎话

冯局对参加会议的民警进行分工，周局也对冯局和杜局进行分工。冯局负责组织刑侦和经侦查命案，负责缉捕杨建东、谈海涛和蔡小方三名犯罪嫌疑人；杜局负责组织治安大队和刑警大队重案中队查处赌案，今夜要做的是传讯包括田继明在内的二十多名涉赌人员。

领导和战友们一个接着一个走出会议室，转眼间就剩下韩朝阳一个人。他很想追出去问问冯局，有没有他的任务，但周局和政委没走，依然坐在椭圆形会议桌尽头笑看着他，只能小心翼翼地问："周局，政委，您二位有什么指示？"

"别这么拘束，先坐下。"

"是。"

三名命案嫌犯能不能抓到放一边，赌案查处基本上没什么问题，从现在掌握的情况看，至少能缴获七八百万赌资，甚至更多！如果不出意外，这可能是全省查获的第一起以"扯拉克"方式进行赌博的案件，也是全省公安系统今年查获的赌博金额最大的案子。

周局真是人逢喜事精神爽，捧着茶杯笑道："小韩，干得不错！前段时候刚在警官培训中心鼓励你再接再厉、再立新功，结果一转眼就干出这么大成绩。"

"周局，其实我也没干什么，工作不是我一个人干的，就算有成绩也不是我一个人的。"

"对，你们所里的小吴也不错，还有重案队的李凯仪。"周局表扬了一句，随即回头道，"老黄，外面个个说九零后的孩子怎么怎么不行，零零后的孩子就知道玩，又是怎么怎么没出息，其实全是杞人忧天，至少我们公安系统的九零后都是好样的，部队的九零后也是好样的。”

“时代在变化，不能跟我们那时候比，‘英雄出少年’这句话是有道理的。”政委心情一样好，竟然抬起胳膊竖起大拇指。

韩朝阳被搞得很不好意思，正不知道该怎么往下接，警务通突然响了，掏出来一看来电显示，居然是腾大亲自打来的。

见他犹豫不决，周局好奇地问：“谁的，怎么不接？”

“是不是我那个本家打来的？”黄政委禁不住调侃道。

“不是，是滕大，”生怕两位局领导不知道滕大是谁，韩朝阳苦着脸补充道，“高新区分局的滕大。”

周局似笑非笑地说：“接，人家打电话来不能不接，知道该怎么说吗？”

“知道。”

“知道就行，赶快接，就在这儿接。”

“是。”要睁着眼睛说瞎话了，韩朝阳深吸口气，摁下通话键把警务通举到耳边，“滕大好，滕大，您有什么指示？”

“小韩，你们那边有没有进展？”

“报告滕大，暂时没有，蔡小方一直没露头，既没回自己家，也没去他姐姐家。不过您放心，我们会 24 小时盯着，绝不会发生他从我们眼皮底下潜回来，我们却不知道的事。”

他们这一组的任务主要就是负责布控蹲守。

滕吉明猛吸了一口烟，追问道：“赌博那条线呢，查得怎么样？”

“报告滕大，赌博那条线是我们分局重案队李凯仪同志和许国强同志在查，他们今天排查过我们掌握的杨建东和谈海涛二人在市里的社会关系，没发现任何可疑。傍晚时从各分局治安大队拿到一份赌博人员名单，全是赌博金额比较大的，今天太晚，名单上的人又比较多，而且都是有身份有地位的，可能需要一点时间。”

“辛苦你们了，我知道这不太好查，但这毕竟涉及命案，请你们再辛苦辛苦，再坚持一下，尽快找到名单上的人，尽快查清有没有涉及‘9·18’案的线索。”

“不辛苦，滕大放心，我们坚决完成任务。”

“小韩，考虑到你们这个工作量比较大，发一份名单过来，你们从上面往下查，我安排几个人从名单下面往上查，提高一下效率。”

“是，我这就给您发过去。”

这小子，编起瞎话脸不红心不跳，不过也不完全是瞎话，好像只是在有没有进展上撒了谎，其他全是实情。周局很满意，起身笑道：“小韩，没顾上吃晚饭吧，我和政委也没吃，走，一起去食堂吃点儿。”

“谢谢周局，我吃过饭。”

“真吃过？”

“真吃了。”

“不吃不勉强，你从大西北一回来就去理大执勤，紧接着上专案，直到今天都没能休息，肯定很累。现在给你放假，让你回去你也休息不好，毕竟滕吉明没给你放假。这样吧，三楼会议室隔壁有个休息室，上去洗洗睡一觉。”

别人全在忙，就让自己休息，领导这是真照顾。韩朝阳真有那么点感动，想想依然摇摇头：“周局，我还是等会儿睡吧，巡逻队的同志正在帮我蹲守，人家真是义务帮忙，我要去给他们送点夜宵，陪他们说会儿话。”

要不是朝阳社区义务治安巡逻队，他就抽不出身查命案查赌案，分局也就不可能取得这么大战果。周局很喜欢巡逻队那些不用花钱却一样能干事的小伙子们，转身笑道：“政委，让食堂多做几份夜宵，打包让小韩带过去。”

“行，没问题。”

“谢谢周局，谢谢政委。”

“不用谢，人家既是帮你的忙，也是在协助分局工作，提供夜宵是应该的。”周局想了想，又笑道，“别急着走，先跟我去办公室，我那儿有条烟，你等会儿一起带过去。吸烟是有害健康，但熬夜蹲守没烟提神真不行。”

局长给烟，而且一给就是一条，这个面子真是给大了！韩朝阳真有那么点激动，也不矫情，再次道了一声谢，跟着上楼去他办公室拿烟。拿上烟跟两位领导一起下楼，院子里变得空荡荡的，门厅前只剩下三辆警车，并且车里都没人，也不知道冯局和杜局都在什么地方办案。

韩朝阳虽然是专案组的成员，但人贵在有自知之明，非常清楚自己终究只是一个社区民警，对于查案真不在行，根本没多想，先拉开车门把烟放车里，然后小跑着追上两位领导，一起去食堂等大师傅帮李晓斌和小康他们做夜宵。

第一百零三章　相见不如不见

何义昌匆匆赶到银行，一楼营业厅不锈钢卷闸门早拉下了，但柜台里面依然灯火通明。

作为分局最厉害的经侦民警，他堪称这里的常客，轻车熟路乘电梯赶到9楼，一走进副行长办公室就好奇地问：“张行长，都快9点了，楼下的柜员怎么还没下班？”

“下班时账没对上，9号窗口多了7分钱，正在一笔一笔对账，账对不上谁敢下班。”这种事也不是第一次发生，张副行长笑了笑，伸出手问，“手续呢，大晚上帮你们查询就是特事特办，没手续可不行。”

“瞧您说的，怎么可能没手续！”办正事要紧，何义昌急忙从包里取出周局亲自签字的手续。

张副行长接过手续仔仔细细看了一下，示意他稍坐，旋即拉开门走出办公室。等了两三分钟，张副行长回来了。

何义昌掏出警务通看看时间，起身问：“张行长，查询结果什么时候能出来？”

“晚上有点忙，而且你要查的不只是我们银行客户的个人交易记录，还有银联中心那边的交易记录，不过我跟他们说了，请他们搞快点。”

田继明每次玩“扯拉克”不管输赢多少，都是使用中行的个人借记卡，通过杨建东的POS机进行结算的。而POS机交易是通过读卡器读取银行卡上的持卡人磁条信息，由POS机操作人员输入交易金额，持卡人输入密码，POS机把这些信息通过银联中心，上送发卡银行系统，完成联机交易，给出成功与否的信息，并打印相应的票据的。也就是说想掌握杨建东的个人银行账户信息，必须通过银联中心。

大晚上人家能提供协助已经很不错了，何义昌只能耐心地等查询结果，道了一声谢，半开玩笑地说：“张行长，楼下营业厅盘点，别说多出 7 分钱，就算少 7 分钱又有什么关系。”

“7 分钱是小事，扔在地上都没人拣的，多 7 分少 7 分是没什么关系，问题是这 7 分钱是怎么多出来的！”看着他似懂非懂的样子，张副行长接着道，“我们必须考虑到是不是系统有漏洞，有没有可能是哪笔大额交易有问题，这 7 分钱就是那笔有问题的交易中多出来的。这儿多了，其他地方肯定少了，你说是不是？”

“长见识了，这真不是一件小事，是应该搞清楚。”

闲聊了十几分钟，一个女职员敲门走了进来，跟何义昌微微一笑，把一叠交易记录轻轻放到办公桌上，随即走出办公室，并顺手反带上门。

“农行的，去农行查吧。”张副行长翻看了一下，往何义昌面前一推。

大晚上查询个人银行账户，何义昌不认为农行领导会给这个面子，边看边打电话向领导汇报：“冯局， POS 机的商户信息及其绑定的银行卡信息查到了，用于赌资结算的 POS 机是开发区蓝天汽修厂的，绑定的是农行的个人银行账户，户主姓方，叫方雅琪，我这就把她的身份证信息给您发过去。”

“好，太好了，再辛苦一下，立即去农行燕阳支行，我向周局汇报，请周局帮你与农行方面协调。”

一收到何义昌发来的短信，冯局便把手机递给身边的民警，随即下达起命令：“老刘，带几个人去开发区蓝天汽修厂摸摸底，嫌犯用的是汽修厂的 POS 机，肯定与这个汽修厂有关联，但他们不一定躲在汽修厂，动静别搞太大，千万别打草惊蛇。”

“是！”

“彦朋，你们也过去，在附近找个地方隐蔽待命。”

“是！”特警队长立马站起身，挎着微冲跟了出去。

虽然没查到三名嫌犯乘坐汽车、火车和飞机的购票记录，但冯局不认为他们依然躲在市里，觉得他们不太可能躲在汽修厂，让特警先过去主要是有备无患。他紧盯着刑警小孙刚调出的电子地图看了一会儿，沉吟道："杜局，我觉得能不能查清嫌犯下落，银行卡的交易记录和刚浮出水面的这个方雅琪是关键。"

"这个女人有没有可能就是杨建东带回老家的那个？"

"有可能，"冯局想想又苦笑道，"到底是不是其实很好验证，滕吉明安排了人在开径县蹲守，把方雅琪照片发给他们就行了，可惜同样不能'打草惊蛇'。"

杜局掐灭烟头，忍俊不禁地说："是不能'打草惊蛇'，其实这个刚浮出水面的方雅琪，是不是杨建东带回开径县的那个女人并不重要，重要的是她跟杨建东的关系绝不一般，盯住她就能找到杨建东。"

"这倒是。"冯局点点头，坐下笑道，"杨建东很狡猾，可以改名换姓，可以通过非法渠道购买并使用他人的银行卡，但用其他的商户资料申请 POS 机没那么容易，就算是冒用的，他也不可能带那么多现金在身上，不可能不去自动取款机取款，同样不可能不刷卡消费。"

"所以说我们没必要那么急，也没必要查那么清，只要抓到人就行，反正抓到之后一样要移交给高新区分局。"

"现在就看义昌和老刘的。"

韩朝阳不知道分局的专案组已取得突破性进展，正坐在光明新村物业的监控室里跟李晓斌和小康闲聊。

"别担心，我问过宏亮，你那个前任明天一早就走。陈洁晚上跟莹莹一起吃饭的，陈洁说莹莹是不太高兴，但也不是特别生气。"李晓斌美美地吸了一口烟，又忍不住做了个鬼脸。

前任明天就走，照理说应该高兴，但韩朝阳心里却五味杂陈很不是滋味儿。不管怎么样，终究是有过感情的。人家千里迢迢赶过来，见都不见一面，实在有些说不过去。这算什么，这算逃避吗？韩朝阳觉得不能这样，不无感激地拍拍李晓斌肩膀，旋即掏出手机走出监控室给女友打电话。

“朝阳，你在哪儿了，杀人犯抓到了吗？”大晚上接到电话，黄莹倍感意外。

“上次扑空了，傍晚又查到一条重要线索，他们跑一次跑不了第二次，”韩朝阳编了个瞎话，随即明知故问道，“莹莹，盛滟雯怎么样，她打算在燕阳玩几天？”

“想知道，直接给她打电话呗！”好不容易打个电话，一开口居然问这个，黄莹真有点不高兴。

“我跟她两年多没联系了，哪有她的电话。莹莹，我没别的意思，不管怎么样也是同学，她来一趟不容易，不见一面不好。今晚正好不忙，跟我一起去见见她，找个地方喝杯茶，随便聊聊。”

“要去你去，我不去。”

“莹莹，我知道你看见她会不舒服，但我一个人去有点……有点内疚，感觉特对不起你，像是做什么亏心事似的。”

黄莹意识到他不坦荡不会说出这番话，也能理解他此时此刻的心情，毕竟避而不见一样是心虚的表现，权衡了一番，无奈地说：“好吧，我换衣服，她住在御庭大酒店 1206，你是直接过去，还是先回来？”

“我先回去接你，你换好衣服去南门等。”

“行，我等你。”

“对了，你帮我先给她打个电话，不预约一下就这么过去不好。”

“我给她打，有没有搞错，又不是我想见她。我把她手机发给你，你自己给她打吧。”

“也是，发过来吧，我给她打。”

女友还是很大度的，韩朝阳终于松下口气，一接到女友发来的短信，就按短信上的号码拨打过去。等了七八秒钟，电话终于打通了，只听见那头传来一个既熟悉又有那么点陌生、并且依然那么好听的声音：“喂，您好，请问您哪位？”

韩朝阳心中莫名地一酸，尴尬地说：“滟雯，我朝阳，不好意思，早就知道你来了，但被抽调进了专案组，既要执行任务，又要遵守保密纪律，不光没时间请你吃饭，陪你在市里转转，甚至连电话都不能打。”

本以为这次是见不到了，没想到临走前他居然打来电话。

盛滟雯既激动又难受，噙着泪哽咽地说：“没关系，我知道你不是故意躲着我，而且我也不应该来打扰你现在的生活。你女友我见到了，很漂亮，人也好，能找到她这样的女朋友真是福气，祝你们幸福。”

“谢谢，也祝你早日找到心目中的白马王子。”韩朝阳摸摸鼻子，接着道，“滟雯，今晚我不是很忙，打算跟莹莹一起去看看你，找个地方喝喝茶，有没有休息，方不方便出来？”

过去的就过去了，再见又有什么意义！盛滟雯沉默了片刻，强忍着心中的酸楚说：“朝阳，你能打这个电话我已经很高兴了。现在太晚，明天一早还要赶飞机，你整天忙着查案肯定也很累，这么晚了没必要过来。”

“没事，就一会儿。”

“没必要，真没必要，你不用休息莹莹还要休息呢，以后有机会，说不定哪天我心血来潮又跑来找你和玲玲玩，再说玲玲和宏亮的喜酒我是肯定要回来喝的，下次再聚吧。”

第一百零四章　先手！

不见就不见吧！韩朝阳没再勉强，跟李晓斌和小康打个招呼，驱车赶回理大。

从蔡小方姐姐家所在的小区出发时打过电话，黄莹没去南门等，一直在教师宿舍里等他回来，一看见他就酸溜溜地问：“怎么无精打采的，是不是没见着人，没叙上旧，很失落？”

“老婆，不是诉苦，我真是几天几夜没睡过好觉，你让我怎么精神得起来，无精打采跟她真没一点关系。”韩朝阳是真累了，脱掉鞋往沙发上一躺就不想动。

过去两天，黄莹没少打听他的动向。知道杀人嫌犯没抓到，知道李晓斌等巡逻队员全在帮忙，看着他憔悴的样子突然有些心疼，坐到他身边嘀咕道：“你们局领导也真是的，破命案抓杀人犯是刑事案件，不安排刑警去安排你去算什么，这不是把人往死里用吗？”

“这个案子比较特殊，局里让我和吴伟去也是没办法的办法，不然现在无精打采的就不只是我和吴伟。”

“推诿，把案子推给高新区分局，你以为我不知道。”

他在外面已经很累了，黄莹不想他回家之后依然想着工作，起身打开柜子，翻出盛滟雯送给他的小提琴，回到他身边说：“这是人家带给你的礼物，礼尚往来，有来就要有往，她明天一早就走，我都不知道帮你回送点什么合适。”

斯特拉迪瓦里，小提琴之王！韩朝阳真以为眼花了，坐起身接过琴盒仔仔细细看了看，确认没看错急忙站起身把琴盒放到餐桌上，小心翼翼打开，抚摸着琴身琴弦愣了好一会儿，回过头来苦着脸说：“老婆，她这个礼太贵重，咱们回不起。”

“贵重，有多贵？”

“可能，可能值几十万。”

“几十万！”黄莹大吃一惊，怎么也不敢相信一把小提琴会有这么贵。

“太贵重了，我得还回去。”韩朝阳下意识掏出手机，当着女友面再次拨通盛滟雯的手机，并且用的是免提。

“朝阳，别再打电话了，太晚太困，我真不想下楼，都说了以后有机会的，你也早点休息吧。”

“滟雯，我刚知道琴的事，太贵重，我受不起。而且我改行了，现在是警察，平时都没时间拉琴，红粉赠佳人，宝剑赠英雄，你比我更需要它，这么好的琴放我这儿浪费。”

“送出去的东西哪有收回来的道理。”盛滟雯坐起身，抱着枕头说，“别以为我不知道，你并没有完全改行，既是警察也是理大艺术学院的特聘讲师，要带徒弟，要帮理大组建交响乐队。都当大学老师了，怎么能没一把像样的琴。”

“我是业余的，用不着这么好的琴，并且太贵重了，我真受不起。”

“朝阳，别这样，这是我的一点心意。”

这不是一件小事，必须说开，韩朝阳回头看看黄莹，紧握着手机道：“心意我领了，琴等会儿给你送过去。滟雯，我不想让你伤心，但还是想说几句心里话，我现在有一份还算比较稳定的工作，有一个我爱她并且她也爱我的女朋友，我爸妈甚至砸锅卖铁帮我在燕阳买了房，现在过得很幸福，也衷心地希望你能过得幸福。”

“我知道你的意思，可这只是一把琴！”

“可在我看来这不只是一把琴。”

盛滟雯猛然意识到这个礼物可能送错了，他知道琴的价值，不可能把琴扔掉，考虑到黄莹的感受也不可能拉它，甚至不可能当作艺术品放在家里。总之，只要看到这把琴，黄莹就会想起她盛滟雯，想起二人曾经在一起过。

“对不起，是我考虑不周，这样吧，把琴交给玲玲，她明天要送我去机场，让她带给我就行了，没必要大半夜为了一把琴跑一趟。”

“谢谢。”

“谢什么，帮我给莹莹带个好，再见。”

盛滟雯说挂就挂，黄莹感动得要死，紧搂着韩朝阳胳膊哽咽地说：“老公，对不起，我保证再也不会因为你以前的事生气，再也不会胡思乱想，不会再瞎猜疑。”

“什么对不起啊，我只是做了应该做的事。”

“她心里这会儿肯定特难受，肯定觉得你这人太绝情。”

“放心吧，她没你想得这么脆弱，”韩朝阳轻叹口气，将黄莹紧紧地搂在怀里，苦笑道，“以前提这些不合适，现在可以说了，其实她就算不出国，我跟她一样会分手，只是早与晚的事。根本不是同一个世界的人，她所有的一切都让我自惭形秽，也可能我这人骨子里太自卑，受不了那么大的压力。”

“我知道。”

“你知道，你怎么知道的？”

“玲玲说过你们上大学时的事，就算玲玲不说我也能感受到，她真的很优秀，优秀得让人仰望，我从来没见过气质这么好，气场这么强的女人。尽管她说话做事并不高高在上，并不盛气凌人。”

“这是与生俱来的。”韩朝阳扶着女友的香肩，喃喃地说，“以前不知道，后来才知道她真是出身名门，她爷爷的爷爷是清朝的封疆大吏，她的曾祖父也是民国时的大官，她奶奶一样是名门之后，连她家现在的那些亲戚都非富即贵，我这寒门学子真高攀不上。”

“难怪气质那么好，原来是书香门第、名门之后。”

“不说她了，我大舅怎么样？”

“情况不好，扩散了，医生建议回去保守治疗。”

什么回去保守治疗，这是让回老家准备后事。韩朝阳心里咯噔了一下，正想着晚上去省三院医护人员让不让进病房探望，手机突然响了，腾大竟大半夜亲自打来电话。

“小韩，通报一个新情况，我们查到杨建东曾在四达汽车租赁公司租过一辆豪华商务车，并于半小时前找到了这辆车，车上装有 GPS 定位系统，我们根据其租用该车的时间调出了当时的行驶轨迹，发现这辆曾去过你们燕东区长江东路的一个 4S 店。我把地址给你发过去，今天太晚了，4S 店肯定已经下班，请你们明天一早去该 4S 店走访询问，调看该 4S 店有可能存在的监控视频，想方设法搞清他们是去干什么的。”

杨建东去 4S 店能干什么，肯定是去接燕兴汽贸的李总！专案组能通过那辆豪华商务车的行驶轨迹查到燕兴汽贸在燕东区的 4S 店，一样能查到杨建东接其他参赌人员的位置，甚至已经查到了田老板在开发区的工厂。

没想到他们动作这么快，效率这么高。韩朝阳愣了愣，急忙应了一声“是”，随即拨通冯局的手机，通报起专案组的最新进展。

这就跟赛跑一样，燕东分局冲在前面，离终点只剩下最后几十米，高新区分局不可能追得上，冯局一点都不担心，举着手机笑看着对面的杜局说：“可以啊，他们运气也不错，这都能让他们查到。可惜现在只是怀疑，想查实至少要到明天下午。”

韩朝阳好奇地问：“冯局，我们能赶在他们前面锁定嫌犯位置？”

“我们抢到了先手，他们追不上的，”冯局抬头看看墙上的挂钟，不无兴奋地说，“刚取得几个突破性进展，如果一切顺利，明天中午前就能锁定嫌疑人位置，至少能锁定杨建东位置。”

“太好了，”想到因为这个案子折腾了那么多天，韩朝阳禁不住问，“冯局，能不能让我参加抓捕？我不是想立功，只是想看着那混蛋落网。”

“没问题，要不你现在就过来吧，今夜是睡不成了，斗地主不玩钱没意思，打双升三缺一，你来正好。”

第一百零五章　抓捕（一）

领导们想打升级消磨时间，但事实上他们没有时间。韩朝阳拖着疲惫的身躯赶到分局“专案组”所在的长临街派出所，治安大队、重案中队和长临街派出所的民警已连夜带回六名参赌人员，正在二楼的几个办公室里紧张地询问。

“请来”的全是燕阳有头有脸的人物，随便哪一个身家都上千万，对办案民警而言涉嫌赌博并且金额巨大属于很严重的违法行为，对他们来说可能真算不上什么，有的要给领导打电话，有的要请律师，态度一个比一个不配合，气焰都比较嚣张。

办这样的案件，必须注意方式方法。杜局哪有闲情逸致打升级，坐在值班室里通过监视器掌握各办公室里的询问进展。冯局同样忙得焦头烂额，正在三楼会议室给市局技侦支队打电话，听语气已掌握下午刚浮出水面的方雅琪的手机号，甚至连夜请通讯公司协助调出了她的手机通话记录，打算请技侦支队对通话记录中联系频繁的两个手机号采用技术手段，监听通话内容，监测其所在位置。

“郁支，手续正在办，周局今晚没回家，就在局里忙这事，我这就派人把手续给你送过去。对对对，不是急，是非常急，不急我能这么晚给你打电话，好，谢谢，拜托了。”

冯局回头看了一眼刚走进会议室的韩朝阳，一边示意他坐，一边又拨通了另一个电话：“老刘，怎么样，不行，不能打草惊蛇，再等等，先观察现场环境，先做相应准备……”

韩朝阳很清楚他虽然是专案组成员，虽然从一开始就跟这个案子，但做的全是一些走访询问等基础工作，案子查到这个份儿上，他这个社区民警发挥不了任何作用，甚至连说话的资格都没有，见冯局的杯子空，干脆拿起纸杯去墙角里帮领导接水。

刚接到一半，冯局放在会议桌上的另一部手机响了。冯局正在接电话根本忙不过来，下意识指了指。韩朝阳反应过来，急忙放下纸笔拿起手机接听，顺手拿起一支笔准备做记录。

“冯局，我何义昌，农行的同志帮我们查到方雅琪的借记卡，绑定了一个微信号，开通了移动支付业务，过去六天共有二十七笔移动支付记录，其中有四笔交易记录发生在阳泰路的世纪联华超市，并且这两笔交易的第二起就发生在今天下午。”

“何队，我是韩朝阳，我已经记录下来了，立即帮您向冯局汇报。”

“朝阳啊，行，快点汇报。”

正说着，冯局的电话也打完了，紧盯着他问：“小韩，谁打来的，什么情况？”

韩朝阳连忙把刚才的通话内容汇报了一遍，冯局坐到笔记本电脑前，点点鼠标缩放电子地图，紧盯着地图研究了一分钟，又拿起警务通给刑警大队刘副大队长下命令。

“老刘，义昌刚查到方雅琪的农行借记卡所绑定的微信，今天下午在你们附近的世纪联合超市进行过移动支付，也就是说这张银行卡下午消费过，消费本身不能说明什么问题。但农行方面确认方雅琪的银行卡，也就是同时绑定蓝天汽修厂 POS 机的农行借记卡里，存有高达二十一万三千多元的现金，并且这张卡关联了两个定期存款账户，三个账户里的钱加起来高达三百多万元！”

刘大坐在黑色捷达轿车里，仰头望着窗帘拉上但里面却有灯光的阳东花苑 2 号楼 601 室，激动地说：“冯局，如果这个方雅琪与杨建东的关系不亲密到一定程度，杨建东绝不会让她理财让她当家，可能银行卡根本不在方雅琪手里，下午去世纪联华购物的不是别人，就是杨建东！”

“我也是这么认为的，但越是这个时候越要保持冷静，你们先盯着，我马上过去，先做好准备，等他一露头就果断采取行动。”

“是！”

“小韩，赶快去找身衣服换上，我再去趟洗手间，五分钟后准时出发。”

又要换衣服，韩朝阳愣了一下，见冯局正收拾东西，急忙应了一声“是”，跑出会议室找长临街派出所的人借衣服。他虽然只是一个正在试用期的民警，但在分局却是如假包换的“名人”，何况他现在是冯局的小跟班，所里就算没多余的便服也要想方设法帮他找。

似乎知道他连续几天没休息好，换好便服跑到楼下，冯局早坐在一辆黑色帕萨特的驾驶室里，扶着方向盘探头让他上车。

“冯局，我开吧？”

“你对车况不熟，还是我来吧，”冯局一边看着后视镜倒车，一边又说道，“你负责接电话，手机全在这儿。”

“是。”

世纪联华超市挺有名，但市区好像没有。韩朝阳一开始觉得奇怪，直到冯局把车开上南三环，快到南三环与东三环交叉口时停到路边设置导航，才意识杨建东等人可能躲在丰永县。都做好了给领导当秘书的准备，握着两部手机随时准备接听，结果直到丰永县城，直到冯局把帕萨特开到丰永县人民医院斜对面的一个高档小区，才接到市局技侦支队打来的一个电话。

“这个我接。”冯局低头回头看了一眼来电显示，接过手机问，“郁支，手续有没有送到？”

“老冯，手续是送到了，可现在几点，我知道你们急，但移动公司那边不急，说了算的一个都联系不上，不过我已经安排下去了，安排人天亮后就去移动公司等。”

技侦民警要先找到移动公司的领导，领导确认手续没问题，确认符合相关规定才会提供协助。总之，这种事是急不来的，要走的程序一个不能少，想定位嫌疑人手机的位置，想监听嫌疑人的手机通话内容，最快也要等到 8 点半。冯局只能道了一声谢，旋即挂断手机拨通丰永县公安局值班室电话，询问今晚的值班领导是谁。

就这么在小区门口等了十几分钟，两辆警车缓缓驶了过来，电话里早约定过，冯局打开转向灯，拐上主干道跟着警车继续往南走。警车往前行驶了大约四分钟，打着转向灯拐进一条岔路，开进到一栋大楼后面停了下来，冯局很默契地熄火停车。

几个民警钻出警车，其中一个好像见过。

“冯局，你大半夜亲自跑过来，肯定不是小案，到底什么情况，需要我们怎么协助。”

冯局紧握着二级警督的手，开门见山地说：“抓捕几个涉嫌故意杀人的嫌犯，我们怀疑他们躲在阳东花苑 2 号楼 601 室。老邱，你知道的，这种案子不能打草惊蛇，我想请你帮帮忙，找小区物业调看监控，再看看能不能找个有利位置监视 601 室的一举一动。”

姓邱！韩朝阳想起来了，眼前这位是丰永县公安局主管刑侦的副局长，帮他们搜捕从市六院跑掉的那三个小伙子和一个女孩时见过，那天晚上周局还敲过他们的竹杠，帮巡逻队管他们要了两万“劳务费”。真是三十年河东，三十年河西。这才过去多久，就要请人家协助。

韩朝阳真担心邱局会提出什么条件，没想到邱局竟一口答应道：“没问题，调看监控视频好办，跟物业说一声就行了，找有利于监视 2 号楼 601 室的位置比较麻烦，可能要等会儿。你都说了不能打草惊蛇，找肯定要找可靠的人家。”

“只要能找到地方就行，等会儿就等会儿。”

“对了，要抓捕好几个命案嫌犯，你们就来两个人？”

冯局回头看看韩朝阳，再看看巷口，微笑着解释道：“怎么可能就来两个人，老刘带着七个刑警先过来的，早混进了小区。特警队也来了，正在附近待命，车具体停在哪儿不清楚，我没顾上问，但肯定不会远。”

第一百零六章　抓捕（二）

名字中带“花苑”的小区太多太多，简直烂大街。但在丰永县城，阳东花苑绝对是一个如假包换的高档住宅小区。十六栋 28 至 33 层的高层建筑，小区不仅建得很漂亮，绿化搞得很好，监控系统也很先进，摄像头全是高清的，装满小区的各个角落。韩朝阳跟着两位领导来的小区物业的监控室，当仁不让地坐到总控台前，点点鼠标，娴熟地操作系统，调看 2 号楼一单元电梯内的监控视频。

前线指挥是刑警副大队长，冯局没急着打电话问特警们在什么地方待命，给邱局递上支烟，不无得意地介绍道：“老邱，对小韩你应该不陌生，他不光是我们‘燕阳最帅警察’，也跟你们打过交道。前段时间你们辖区不是有几个小年轻因为过失杀人跑我们辖区了吗，就是小韩第一个发现的，并第一时间组织社区义务治安巡逻队搜捕，调动了上百号人，封锁了好几条街！”

“记得记得，有印象。”事实上邱局也觉得韩朝阳眼熟，想到上次被敲的竹杠，不禁笑道，“冯局，上次你们协助我们搜捕，出动上百号人。这次我们协助你们抓捕，虽然出动的人不多，但你也不能没点表示。”

“放心，我们燕东分局做事最讲究，明天，不，应该是今天中午我请客，不管嫌疑人在不在小区，不管事情能不能办成都要请。”

“中午我不一定有时间，不过这顿饭你肯定要请，就算今天不请也要欠着。”

“没问题，不就是一顿饭么，多大点事！”

尽管熬夜很辛苦，但冯局精神却很足，心情更好，俯身问：“小韩，怎么样？”

“报告冯局，正在回看，暂时没发现。”

“不着急，慢慢看。”

“是！”

燕阳最帅警察，邱局真听说过，并且不止一次。见韩朝阳调看监控视频有模有样，好奇地问：“冯局，小韩同志不是社区民警吗，是不是被你调到刑警队了？”

“小韩确实不错，前段时间去大西北学习交流，协助当地公安局抓获一名公安部 A 级通缉犯，而且是持枪逃犯，当时小韩手无寸铁，把逃犯控制住后发现逃犯的枪里有子弹，想想就心有余悸，兄弟省厅给他记了个人二等功。这样的同志你以为我不想要，但不是我想调就能调的。”

“冯局，别开玩笑了，小韩这么优秀就应该干刑侦，从派出所调到刑警队还不是你一句话的事。”

“不行，真不行，就因为小韩太优秀，许多工作离不开他。”

“离不开，什么意思？”邱局追问道。

掌握那么多线索，杨建东等嫌犯就算不在小区里一样跑不掉，闲着也是闲着，冯局竟兴致勃勃地介绍起韩朝阳的多个兼职。既是朝阳社区义务治安巡逻队大队长，也是燕阳理工大学义务治安巡逻队大队长，还是中山路综合接警平台的负责人，在兼任燕东分局驻理工大学民警的同时，甚至是理工大学艺术学院的特聘讲师。

邱局听得一愣一愣的，不禁叹道：“这么说小韩手下有上百号人，能组织上百人协助分局工作！”

“如果把理大的国防生算上，遇到紧急情况调动四百人应该没问题，”冯局笑了笑，接着显摆道，“但两支巡逻队都是义务的，能不能发挥作用，这需要理大、花园街道乃至六院领导支持，而这些单位的领导对小韩印象都不错，甚至很器重，换个人去可能真不行。”

公安缺什么，缺的就是人和钱！小伙子继续当社区民警，继续在花园街派出所干，就能组织上百号保安协助分局开展治安巡逻，搞好治安防控，遇到围追堵截等紧急情况，还能组织上百人协助分局设卡布控。

邱局意识到不能把小伙子真当一个普通民警，正准备跟韩朝阳聊聊，韩朝阳突然回头道："冯局，您看！"

"杨建东？"

"就是他，我见过他的十几张照片，不会认错的！"

"小韩，你对嫌疑人很熟悉？"邱局有些意外，毕竟小伙子再能干也只是一个社区民警。

"报告邱局，我是专案组成员，我从一开始就参与'9·18'案侦破。"

监视器上的时间显示杨建东和方雅琪最后一次上楼是昨天傍晚7点48分，监控视频是回看的，这意味着杨建东就在小区里，除非上楼之后不乘电梯从消防通道下楼或爬落水管潜逃，但这种可能性微乎其微。

冯局终于松下口气，一边示意韩朝阳继续回看视频，看看另外两个嫌犯在不在，一边给刘大通报："老刘，监控视频调出来了，杨建东就在方雅琪的房子里，立即组织特警上楼，随时准备破门抓捕。"

"是！"

"不要急，煮熟的鸭子跑不掉，一定要稳住，同时注意安全。"

"冯局放心，保证完成任务。"

刘大干多少年刑侦，他亲手抓获的各类犯罪嫌疑人没一千个也有八百个，冯局对刘大很放心，不像滕吉明什么事都喜欢亲力亲为，一边看着韩朝阳调看视频，一边打电话给正在局里等消息的顶头上司汇报。

"周局，我正在丰永县城的阳东花苑，刚通过调看小区监控视频确认主犯杨建东位置，正在继续调看，看看另外两名嫌疑人在不在。"

"干得漂亮，"周局坐起身，打开灯问，"老冯，调看剩下的监控视频需要多长时间？"

"半小时应该够了，老刘他们也需要时间准备，现在是凌晨3点27分，我打算凌晨4点组织抓捕。"

"好，4点就是4点，我等着你们的好消息。"

冯局回头看看邱局，紧握着手机意味深长地说：“周局，我这边不会有什么问题，煮熟的鸭子绝对飞不掉，关键是……是专案组那边，他们动作也挺快，我担心将来说不清。”

“有什么说不清的？”周局反问了一句，忍俊不禁地说，“滕吉明是给小韩通报过进展，是给小韩布置去4S店走访询问的任务，但他是几点通报的，又是几点给小韩布置任务的。他布置任务时我们已经传讯了好几个涉赌人员，笔录上写得清清楚楚，几点传讯的，几点开始询问的，这个不可能作假。”

“也是，看我忙得，居然忘了这茬。”

“所以说没什么好担心的，我这就给老杜打电话，让老杜上报市局，我分局治安大队和长临街派出所接到群众举报，联合查获一起以‘扯拉克’方式进行赌博且赌资金额巨大的案件。在查处这起赌案时无意中发现‘9·18’案线索。鉴于‘9·18’案是刑警支队、高新区分局与我分局联合侦办的，发现线索后我分局刑警大队顺藤摸瓜，查到嫌疑人有可能藏身的位置，并组织警力果断抓捕。”

原来领导早想好怎么摘这个桃子，冯局强忍着笑提议道：“周局，这么上报也行，不过也要通报。”

“对，你说得对，是要及时通报，不然高新区分局真以为我们抢功呢。”

第一百零七章　抓捕（三）

杨建东团伙租的第二辆豪华商务车上安装的GPS定位系统非常先进，所记录保存的车辆行驶轨迹既清晰又精准，从什么地方出发的，在哪里停留过或调过头，不光在位置上精确到米，并且在时间上精确到几时几分几秒！更让人激动鼓舞的是，豪华商务车停留过的地方，不是高档住宅小区就是繁华的商业区，要么是开发区和工业园区。这些地方不可能没监控，只要把监控视频调出来，就能搞清他们到底是去干什么的、哪些人与他们接触过。滕吉明相信离真相已无限接近，只要再坚持一下就能抓获凶手，尽管很困很累，却依然坚持在专案指挥部里挑灯夜战，研究下一阶段的部署。

“老吉，开径县公安局协助我们查这么多天，该布控蹲守的地方全安排了民警，杨建东真要是潜逃回老家，不可能不留下蛛丝马迹，不可能没一点动静。我分析他往老家潜逃的可能性不大，没必要再蹲下去了，这边人手又比较紧张，你们还是赶紧回来吧。”

“也行，我们先回去，明天一早再给开径县局领导打招呼。”

“嗯，是要好好感谢一下。”

正跟远在开径县的老吉通电话，民警小徐推门冲进会议室，跑到地图前指着昨天傍晚标注的一个位置，激动地说：“报告滕大，老水利站办公楼及附属设施早在十几年前改制时就被一个叫蒋浩的人买下了，开始当码头和货场用，由于位置偏僻，岸上交通不便，后又租给一个姓甘的老板当厂房，在那里生产涂料。秋平找到了甘老板，了解到涂料厂只有两个工人，一个姓俞，叫俞庆功，一个姓甘，叫甘新兰，是一对夫妇，与甘老板是亲戚关系。秋平和小孙这会儿正在去俞庆功夫妇家的路上，甘老板他们去的。”

“太好了，给秋平打电话，让他们到了之后开视频。”

“是！”

滕吉明点上支烟，看着小徐在笔记本电脑上登录微信。不一会儿，微信电脑端提示有人发来视频通话请求，小徐急忙点点鼠标，只见屏幕上一片黑暗，镜头在不断晃动，紧接着屏幕亮了，一个四十多岁的中年人出现在画面里，呵欠连天地问：“姐夫，什么货这么急，就算急也用不着大半夜跑过来，打个电话就行了。”

“俞庆功，是我们找你！”

张秋平同刑警小孙从甘老板身后挤进客厅，亮出证件：“看清楚了！我们是高新区分局刑警大队的，我姓张，叫张秋平，这位是我同事孙仁友，知道我们为什么找你吗？”

公安局的，还是刑警队的！俞庆功大吃一惊，傻傻地看着大半夜找上门的两个警察不知道该说什么，也不知道该做点什么。

“庆功，公安局的同志不会无缘无故找你，到底怎么回事？”大半夜被警察找上门甘老板也很郁闷，跟进客厅恨铁不成钢地瞪了堂妹夫一眼。

“姐夫，我……我什么都没干，别人不知道你还不知道，我是那种作奸犯科的人吗？”

甘老板对堂妹夫太了解，相信他不会干违法犯罪的事，回头笑道：“张警官，我姐夫老实巴交，他能干什么事，你们肯定搞错了。”

“没搞错，”张秋平回头看看虚掩着门的卧室，目光又转移到俞庆功脸上，“我给你提个醒，上个月 27 号晚上你在哪儿，都见过哪些人，做过什么事？”

“上个月 27 号，我，我想不起来了。”

“再想想，好好想想。”

俞庆功是真想不起来，正愁眉苦脸，他老婆甘新兰披着衣服走出卧室，偷看了一眼甘老板，忐忑不安地说：“公安同志，上个月 27 号晚上，我，我，我好像有点印象。”

“说！”

姐夫说得对，公安不会无缘无故找上门。真是贪小便宜吃大亏，甘新兰追悔莫及，苦着脸说：“那天有几个老板借地方打牌，给了我两百块钱，我就把姐夫办公室的门打开了，让他们在里面打。”

以为多大事呢，俞庆功想起来了，下意识说：“他们还给了我两盒烟。”

“那几个老板姓什么，长什么样？”

张秋平趁热打铁地追问，姓名对不上，但体貌特征对上了。让俞庆功夫妇看嫌疑人照片，包括被害人在内的四个嫌疑人全对上了号！提供场地的俞庆功夫妇不知道杨建东等嫌疑人的手机号，但有一点可以确认，杨建东等人租用豪华商务车是去接赌徒的，而豪华商务车的行驶轨迹又那么清晰。有俞庆功夫妇这对目击者在，辨认出参赌人员应该不难，再顺藤摸瓜通过参赌人员搞清杨建东等嫌疑人下落同样不难。

滕吉明欣喜若狂，正紧盯着电脑显示器看张秋平询问，警务通突然响了，一看来电显示，居然是燕东分局冯副局长打来的。

“冯局，这么晚了，你也没睡！”

“老滕，客套话不说了，通报一个情况，我们分局治安大队和长临街派出所联合查获一起以‘扯拉克’方式进行赌博的治安案件，在查处过程中发现一条重要线索，设这个赌局的人很可能是我们要抓的杨建东，真是踏破铁鞋无觅处得来全不费工夫。”

有没有搞错，你们分局查获，我也查到了，而且一直在查！滕吉明被打了个措手不及，正不知道该怎么往下接，冯局接着道：“现已查实设赌的就是杨建东，并已成功锁定其位置，我已赶到现场，刑警特警已全部到位， 4 点整准时行动。你现在赶过来可能不一定来得及，不过没关系，他是命案嫌犯，抓到他之后我们会第一时间移交给专案组。”

第一百零八章　抓捕（四）

冯局是掐着点给滕吉明打电话通报的，一放下手机便同邱局一起拉开门走出监控室。监控视频回看完了，可以确认谈海涛和蔡小方不在小区，再调看监控没任何意义，何况大半夜主动请缨过来就是想亲眼看着嫌犯落网的，韩朝阳放下鼠标紧跟上去。

深夜的小区格外寂静，一路上没遇到一个人。跟一个便衣刑警走进门洞，乘电梯赶到 5 楼，再从消防通道蹑手蹑脚爬上 6 楼。防火门是开着的，只见十几个荷枪实弹的特警分成两组，在刘大等便衣刑警的带领下埋伏在防盗门两侧，一个个屏住呼吸，做好门一开就冲进去的准备。

冯局停住脚步，朝正回头看的刘大微微点点头。刘大早有准备，轻轻拍拍一个便衣刑警的肩膀，只见便衣刑警用工具轻轻撬防盗门上的猫眼，旋即从身后的刑警手里接过一根细长的钢筋，把钢筋小心翼翼伸进猫眼，就这么背对着众人捣鼓了大约一分钟，防盗门竟咔嚓一声被他打开了。就在门被打开的一刹那，刘大握着枪第一个冲进屋，刑警特警紧跟而上。

房间里传来一声女人的惊叫，旋即是刘大的呵斥声。

“不许动，我们是警察！”

“摁住，把他铐上！”

“喊什么喊，穿衣服，把衣服穿上！”

韩朝阳跟着冯局邱局走进装修得很漂亮的客厅，杨建东已被一个刑警和两个特警从卧室里架了出来，赤条条的，连内裤都没穿，能想象到跟他同床共枕的方雅琪此刻也是一丝不挂。

没有女民警参与抓捕，但现在也顾不上那么多。刘大一边命令女嫌疑人穿上衣服，一边示意便衣刑警搜查。

杨建东蹲在茶几边，想找点东西遮住下体，双手又被反铐住了，愁眉苦脸地看着紧盯着他的冯局说：“公安同志，你们这是干什么，我是好人，我没犯法！”

冯局回头看看四周，顺手拿起铺在餐桌上桌布，往他身上一扔，走到他面前问：“没犯法？”

“没有，真没有，我是开汽修厂的，一年少说也能赚三五十万，有家庭有孩子有事业，我怎么可能去犯法！”

“姓名？”

“杨建东。”

“身份证呢？”

“在钱包里，钱包在卧室。”

“冯局，这是他的钱包。”刘大拿着钱包走出卧室，从钱包里抽出杨建东的身份证，抽出三张银行卡，连同杨建东和方雅琪的两部手机一起整整齐齐摆放在餐桌上。

冯局回头瞄了一眼，冷冷地说：“继续搜。”

刘大猛然意识到破命案是“9·18”专案组的事，确切地说是高新区分局的事，燕东分局今晚过来是查处赌案的，急忙回卧室翻找与农行借记卡关联的两个存款账户的存折。

“公安同志，我是生意人，你们肯定搞错了！”杨建东岂能不知道公安所为何来，吓得瑟瑟发抖，但心存侥幸依然嘴硬。

“生意人，做‘扯拉克’生意？”冯局拉过椅子，坐到他面前，紧盯着他双眼厉喝道，“杨建东，你以为我们是干什么的，没确凿证据我们能来抓你？”

“我，我……”

“说啊，你怎么了？”

“我坦白，我交代，我是……是叫几个朋友一起玩过牌。公安同志，我错了，我接受处理，我认罚。”

“避重就轻，杨建东，我看你是不到黄河心不死！”

“公安同志，我就跟朋友玩扯拉克，真没别的事！”

“没别的事，好吧，我给你个醒，曹胜凯不陌生吧，他是你从老家带来的。”

怕什么来什么，公安深更半夜破门抓人果然不只是为聚赌的事！杨建东双腿一软，要不是两个特警揪住肩膀肯定会瘫坐在地，只见他一边颤抖一边如丧考妣地说：“公安同志，请相信我，胜凯是谈海涛那个王八蛋杀的，我是后来才知道的，不关我事。”

“不是你杀的，不关你事？”冯局将信将疑。

“真不是我杀的，真不关我事。”

冯局回头看了看，确认刑警已打开执法记录仪，趁热打铁地问：“好吧，你先说说谈海涛为什么杀曹胜凯。”

“胜凯是我从老家带来的，跟我认识比较早，有点……怎么说呢，他总觉得跟我是自己人，谈海涛他们是外人，有点瞧不起谈海涛，说话做事不太注意，有点目中无人。那天中午一起吃饭时还好好的，晚上不知道说了什么不中听的话，谈海涛火了，就……就把他掐死了。”

“在哪儿掐的？”

“在高新区东升机械厂。”

“你当时在不在场？”

“不在，我是后来才知道的，谈海涛打电话让我过去，问我怎么办，问以后做不做兄弟了。他坐过牢，心狠手辣，连人都敢杀，而且蔡小方又听他的，他们两个人，我一个人，当时吓得要死……”

事情的来龙去脉很简单，总结起来就是合伙的“生意”不好做，四个人的小团伙形成了两个“派系”，他的铁杆马仔被谈海涛杀了，他这个老大投鼠忌器只能捏着鼻子认，甚至还要帮着掩饰。到底是不是他说得这样，抓到谈海涛和蔡小方就知道了。

冯局追问道：“谈海涛人呢？”

“不知道，出事之后说好先躲起来避避风头，等风声过了再开工。当时是这么说的，但我怎么可能再跟他那样的人合作，万一他哪天起了歹心，我连死都不知道怎么死的。这几天都没给他打电话，他也没给我打。”

“蔡小方呢？”

“应该跟他在一起。”

“有没有他们的手机号？”

“有，在我手机里存着，涛子就是谈海涛，小蔡就是蔡小方。”

韩朝阳正看冯局审讯嫌疑人看得入神，警务通突然响了，见大家伙不约而同回过头，韩朝阳急忙走出客厅在走廊里接电话。

“小韩，我滕吉明，你在什么位置？”

早知道他会问，韩朝阳真有那么点紧张，故作镇定地说：“报告滕大，我刚到丰永县，正在抓捕现场，杨建东落网了，冯局正在审讯，杨建东说曹胜凯是谈海涛杀的，说不关他的事，也不知道谈海涛和蔡小方二人下落，只知道谈海涛和蔡小方的手机号。”

“你怎么想起去丰永县的？”滕吉明冷冷地问。

“冯局让我来的，说我了解案情，担心刘大他们抓错人。”

“你还知道什么？”

“就知道这些，我也是刚到。”

“给我发个定位，我正在去你们那儿的路上。”

第一百零九章　移交！

存折搜到了，几个刑警押着方雅琪去汽修厂拿 POS 机。冯局和刘大继续审讯杨建东，反复讯问其与谈海涛开设地下赌场的细节。杨建东不敢心存侥幸，有问必答，甚至交代出停在地下室的车里有一本记录有聚众赌博时抽头及赌完之后与谈海涛等人分赃的账本。

韩朝阳和刑警小秦一起去地下停车场找到账本，刚乘电梯回到 6 楼，滕大带着老吴等“9・18”专案民警到了。冯局跟滕大打了个招呼，让滕大等专案组人员先验明杨建东的正身，刘大很默契地收起摊在餐桌上的银行卡、存折和韩朝阳刚从嫌疑人车里找的账本。

客厅里不是说话的地方，滕吉明提议道：“冯局，我们出去抽根烟吧。”

“行，还有些情况需要沟通一下，走，出去说。”

要谈的事很重要，没有“证人”可不行，滕大走到门边时又回头道：“小韩，一起来。”

“是！”韩朝阳心里咯噔一下，真有那么点做贼心虚。

滕大拉开防火门陪着冯局走进楼道，掏出烟殷勤地帮冯局先点，知道韩朝阳不抽烟，也没给韩朝阳烟。

“老滕，郁支那边我早帮你说好了，手续都开过去了，移动公司一上班就能对另外两个嫌犯的手机上技术手段。如果你不愿意等，也可以引蛇出洞，让杨建东给他们打电话，看能不能把谈海涛和蔡小方钓出来。不过他们之间的关系有点微妙，至少从杨建东交代的情况看，他们并不信任对方，搞不好会打草惊蛇。”

冯局说得很认真很诚恳，搞不清楚的真以为他是处处为滕大着想。

滕大掏出警务通看看时间，苦着脸说：“冯局，杨建东落网了，谈海涛和蔡小方肯定跑不掉，当务之急是移交，案子查到这个份上，光有一个杨建东不够，没其他嫌疑人和证据可不行，能不能把方雅琪和刘大刚才收起来的那些物证一起移交给我。”

“老滕，我们什么关系，我明白你的意思，但这件事不好办。”冯局磕磕烟灰，一脸无奈地说，“我们之所以能锁定杨建东位置，之所以能顺利抓获杨建东，完全得益于我们分局治安大队和长临街派出所提供的线索。换句话说，赌案是他们的，要是把方雅琪和刚才缴获的那些东西交给你，我怎么跟他们交代？”

“关键这是一个案子，我们先立案侦查的，甚至成立了专案组，这些情况你最清楚，小韩也清楚，小韩就是你派去的。”

“老滕，你的心情我能理解，但这只能说有关联，不能说是同一个案子。”

“怎么就不是同一个案子，杨建东、谈海涛团伙开设地下赌场我们早开始查了，甚至抓获两名给该团伙开设地下赌场提供便利的嫌疑人。再说这个案子是我们两家跟刑警支队联合侦办的，把方雅琪和刚才缴获的东西移交给专案组，你们分局治安大队和长临街派出所一样可以参加评功评奖。”

主动提出“联合侦办”，听上去似乎有点道理，甚至像是作出了多大妥协。但这是评功评奖的事吗？相比立功受奖，分局更需要实实在在的东西，比如缴获！光从杨建东和方雅琪这儿就缴获了三百多万，如果把参赌人员的赌资算上，这是涉案金额上千万的案子，到嘴的“肥肉”就这么移交给你，开什么玩笑。

冯局摇摇头，说道：“老滕，你们立了案，人家也立了案。并且你们立得是什么案，人家立得又是什么案？我只是分管刑侦的副局长，不是分管治安的副局长，这件事我做不了主，你就别为难我了。”

“谁能做主？”

“杜局。”

“我跟他不熟。”

“熟也没用，作为分管领导必须考虑到队伍士气，如果把办得差不多的案子说移交就移交给别人，下面的办案民警寒不寒心，这个队伍你让他以后怎么带？”

滕吉明暗想我这边刚查出眉目，就被你们在关键时刻截胡，天底下哪有这么巧的事，下意识回头看了韩朝阳一眼，掏出手机道：“冯局，这不是一件小事，我要向我们徐局汇报。”

“没关系，汇报吧。”冯局给韩朝阳使了个眼色，拉开防火门带着韩朝阳走进电梯走廊，主动回避，让滕吉明给他们分局领导汇报。

案子办成这样，高新区分局徐局非常不高兴，顾不上批评滕吉明，一听完汇报就拨通燕东分局周局的手机，想从周局那儿把本属于高新区分局的东西要回去。

周局早料到他会打这个电话，故作惊诧地问：“撞车了！有这样的事？老徐，你先别急，我先了解下情况，给我五分钟，五分钟后给你回过去。”

搞得像真的似的，打死徐局也不相信涉案金额上千万的案子，下面人会不向他汇报。但被人家抢了先手，现在又能说什么，只能暗骂了一句老狐狸，放下手机等他回复。

人逢喜事精神爽，周局披上衣服从里间走进办公室，插上电茶壶烧水，泡了一杯茶，哼着“今天是个好日子”，等了五六分钟再次拿起手机，给徐局回拨过去。

“老徐，搞清楚了，不是兄弟不帮忙，是这件事比较难办。”

“难办，周局，移不移交还不是你一句话的事，有什么难办的？”

“老徐，真不是给你打马虎眼，是确实不好办！”周局敲敲桌子，气呼呼地说，“其实，这个案子搞得我也很被动，不了解不知道，一了解吓一跳，治安大队和长临街派出所抓的那些参赌人员全是有头有脸的，并且抓的又不是现行，许多事真说不清楚，请神容易送神难，我都不知道该怎么收场。”

“这好办啊，你们怕麻烦我不怕，把他们移交给我，我帮你解决这些麻烦。”

“问题是现在让走他们也不走，有的要给市领导打电话，有的要请律师，全在长临街派出所闹呢。有钱了不起啊，当我们公安局是什么地方？如果把他们移交给你们高新区分局，或者就这么放了，我这个局长脸往哪儿搁，分局以后还有什么公信力，更别说威慑力了。”

“你不是怕麻烦吗？”

“我是怕麻烦，但再麻烦也要把这根硬骨头啃下来，敢跟公安机关叫板，看我怎么严厉查处！”

第一百一十章　回家（一）

周局顾左右而言他，就是不提移交的事。徐局急了，先给骆副支队长打电话，再给值班的市局领导打电话汇报，请市局领导协调。

涉案金额上千万，市局领导当然要问个清楚，立即给燕东分局打电话核实，最终告诉徐局这只是两起有关联的案子。赌案是燕东分局先查获的，应由燕东分局治安大队查处，要求高新区分局把给杨建东团伙开设地下赌场提供便利的俞庆功夫妇移交给燕东分局。同时要求燕东分局在查处赌案的同时，积极协助高新区分局工作，提供命案侦破所需要的线索及相关证据。

因为这个案子投入那么多，官司甚至打了市局，搞到最后居然是这么个结果。徐局怒了，在电话里咆哮道："滕吉明，你这个大队长到底是怎么干的，煮熟的鸭子飞了，关键时刻被人家摘桃子，连好不容易抓获的两个给聚赌提供便利的嫌疑人都要移交给人家，连几千块治安罚款都捞不着，你告诉我，问题到底出在哪儿？"

"应该是走漏了风声。"

"怎么走漏的？"

"问题出在专案组，专案组有他们两个民警，肯定是知道杨建东团伙是开地下赌场的，于是集中力量查涉赌这条线，给我们来了个捷足先登。"

"现在知道问题出在哪儿，晚了！"徐局拍案而起，紧握着手机怒斥道，"你也不想想周杰超的外号叫什么，周扒皮！跟他打交道，想占他便宜，你这是与虎谋皮！现在好了，口口声声说什么扩大战果，战果是够大，不过全是人家的。"

"徐局，对不起，我考虑不周。"

"说对不起有屁用，先办案，先抓剩下的两个嫌犯，案子办结之后好好反省。"

"是！"

战果没了，剩下来的两个犯罪嫌疑人还得抓。滕吉明越想越窝火，收起手机阴沉着脸回到601室客厅，正打算以专案组副组长身份给"吃里扒外"的韩朝阳找点事干干，冯局突然道："老滕，我们周局刚打来电话，考虑到我们两家正在查处的案子有关联，周局让治安大队全力协助你们工作，接下来的侦查小韩就不参与了，治安大队安排了两名熟悉案情的民警替换他。"

"冯局，用不着换人那么麻烦，小韩挺好，小伙子很能干。"

冯局岂能不知道他正在火头上，不动声色地说："不麻烦，治安大队民警已经出发了，正在来这儿跟你汇合的路上，小韩有其他任务，小吴也一样。"

最帅警察是专案组成员，但首先是燕东分局的民警。冯局坚持换人，滕吉明能说什么，只能打破门牙往肚里吞。领导总算没过河拆桥，刚才韩朝阳真有那么点紧张，现在终于松下口气，急忙找了个借口溜之大吉，本想着搭刘大的顺风车回去，结果刚走到车边手机响了，竟是杜局亲自打来的。

"小韩，治安大队派人替换你的事知道了吗？"

"刚知道，谢谢杜局。"

"滕吉明小心眼儿，不把你替换下来他肯定又会给你小鞋穿，考虑到他恼羞成怒可能穷追不舍，局里决定给你放一星期假，确切地说是让你补休。中山路综合接警平台那边你别担心，周局亲自给所里打过电话，所里会有所安排的。"

又是换人，又是让补休，这不是此地无银三百两吗？韩朝阳意识到这锅背定了，但可以休假确实是一件好事，急忙道："谢谢杜局，其实我正想请几天假，我大舅在省三院治疗，胃癌晚期，已经来好几天了，我都没去看过。”

“赶紧去看看吧，其他事别管了。警务通关机，回头给你换个号，省得滕吉明找你麻烦。”

辛辛苦苦折腾那么多天，结果搞得要像做了贼一般躲起来避风头，这算什么事啊！韩朝阳被搞得啼笑皆非，干脆不搭刘大的顺风车了，直接叫了辆网约车先回长临街派出所，把衣服换下来还给所里的社区民警老丁，再回警务室把警务通锁进保险箱，跟刚上班的师傅聊了一会儿，跟正准备去街道上班的黄莹一起吃了顿早饭，直到8点多才打车赶到省三院。

表哥在大厅办出院，大舅妈正在帮大舅收拾东西。大舅瘦了，整个人瘦了一圈，很憔悴，真是面黄肌瘦。想到小时候大舅那么疼自己，韩朝阳心里特难受，紧握着他手劝慰道：“大舅，来的路上我妈给我打过电话，她帮你找了一个老中医，西医没办法的病中医可以，莹莹这会正在跟她们单位领导请假，等会我们一起送你回去，一起陪你去找那位老中医。”

“朝阳，跟你妈说，别折腾了。癌症哪有那么容易治，不看了，再看也是浪费钱。”大舅发出一声长长的叹息，拍着他的手说，“莹莹是个好姑娘，这次真麻烦她了，你岳父岳母人也好，天天往这儿送东西，不是这个汤就是那个汤，不能再麻烦她们，给莹莹打电话，让她别请假。我也不要你送，坐长途车回去挺方便，送来送去多麻烦。”

“不麻烦，我这是补休。”

“你补休，莹莹不是。我知道现在中央管得严，干部没以前那么好当，请假影响不好。”

“没关系，再说她还从来没去过我家，我妈我爸也希望她能去看看。”

“这倒是，她是该去看看。”

正聊着，黄爸到了，跟准女婿微微点点头，又跟准女婿一样劝慰起来。大舅很感激，坚决不要黄爸送。黄爸为此专门请了半天假，怎么可能不送，一直把众人送到理大教师宿舍，等请完假的黄莹回来收拾好东西才跟众人道别，才叫了辆出租车一个人回单位继续上班。

韩朝阳一夜没睡，不能疲劳驾驶。黄莹开车，韩朝阳坐在副驾驶，大舅、大舅妈和表哥坐在后排。刚驶上高速，非常困却怎么都睡不着韩朝阳干脆掏出手机，给杜局、冯局和刘所等领导挨个打电话汇报正在回老家的路上，打听“9・18”案侦办的进展，打听专案组有没有抓到谈海涛和蔡小方。

“小韩，我知道你有责任心，但‘9・18’案你就别再管了。”刚回到局里的冯局抬头看看脸上一直挂着笑容的周局，突然想起一件事，下意识问，“对了，你老家是不是在青山县？”

“是，青山县临山镇。”

“离宝宜县远不远？”

“不远，我们镇在青山县西北角，跟宝宜县金丰镇交界，去宝宜县城比去青山县城近。”

“这么巧！”

“冯局，什么这么巧？”

“我们分局有一个要抓的在逃人员是宝宜县人，以前是包工头，在参与我们燕东区老干部局大楼建设时把两千多万工程款卷跑了，全是民工的血汗钱。他是宝宜县人，局里不止一次派民警去过他老家。如果有时间你顺便去看看，顺便做做其亲属工作。”

“宝宜县人，是挺巧的，冯局放心，既然他是我们分局的逃犯，我没时间也要抽时间去。”

第一百一十一章　回家（二）

马老师请了半天假，也忙活了半天。先去菜场买了两大袋鸡鸭鱼肉和各种蔬菜，一份塞自己家的旧冰箱里，带着另一份骑电动车赶回娘家，同帮大哥马凤军看家的老母亲一起做了一大桌子菜，专门为身患癌症吃不下其他东西的大哥炖了一锅老母鸡汤，完了又匆匆回到镇上，打扫卫生，把家里收拾得干干净净。

总之，刚刚过去的这半天，忙得焦头烂额，累得满身大汗，心里则是既高兴又难受。高兴的是儿媳妇要来，并且是第一次来！难受的是大哥的病情太严重，很可能坚持不到春节！

一忙，心情又不好，脾气自然好不到哪儿去，回头看看换上新被褥的次卧，确认儿媳妇住着应该能习惯，又拨通丈夫电话，又气呼呼地问："怎么回事，都几点了还不回来，这个假有那么难请吗？"

"张县长在检查工作，林书记和袁镇长刚挨了批，你让我怎么开口？"韩爸也急，一边接着电话一边探头往会议室方向看。

"早不检查晚不检查，偏偏今天来检查，朝阳和莹莹快到县城了，你自己看着办吧！"

马凤英把手机往沙发上一扔，正准备洗个澡换身干净衣服，手机突然响了，有个电话打了进来。拿起一看来电显示，急忙做了几个深呼吸，平复情绪，像换了个人般微笑着问："老苗，怎么想起给我打电话了，什么事？"

"马老师，你家朝阳是不是回来了？"

"回来了回来了，跟他女朋友一起送我大哥回来的，刚才打电话说快到县城，估计3点半左右能到家。你是听海珠说的吧，要不要让朝阳帮你给海珠捎东西，他们是开车回来的，东西好带，往后备箱一塞就是了。”

“对对对，我是听海珠说的，捎东西就不用了，我们这儿有的燕阳全有，缺什么让她自己买。”

“也是，我们青山什么土特产都没有，搞得我去燕阳都不知道该给亲家公亲家母带点什么。”

“马老师，还是你有福气，听海珠说你儿媳妇既漂亮人又好，亲家公亲家母也好。我家海珠还比朝阳大两岁，到现在都没谈，闺女不能跟小子比，再拖下去就成老姑娘了，你说我们急不急！”

“哎呀，平时总把海珠当孩子，你这一说我才想起她今年25了。”

苗爸是真替女儿着急，回头看看一个劲使眼色的老伴儿，一脸不好意思地说：“马老师，海珠在公安厅上班，找对象肯定也要在燕阳找，我就去过两次燕阳，那儿我认识谁啊？海珠那丫头是你看着长大的，是你帮我们培养成人的，这件事还得拜托你。”

打这个电话原来是为苗海珠的个人问题，真是可怜天下父母心！想到自己儿子很“争气”，在个人问题上不需要自己担心，马老师禁不住笑了，一口答应道：“老苗，谈不上拜托，这事交给我了，回头跟莹莹说说，再跟我亲家母说说，请她们帮着留意留意。”

“谢谢谢谢，太感谢了，马老师，要不这样，晚上一起吃顿饭。不用往我家跑，就在镇上。”

“不用了不用了，别这么客气，菜我都买好了，家里什么都有。而且今天情况比较特殊，我哥身体不好，等会儿朝阳和莹莹到了要一起送我哥回凤凰，晚上要陪他说说话。”

苗爸当然知道马凤军患上胃癌的事，意识到今晚请客不合适，急忙道：“今天晚上没空，明天晚上怎么样？中午收摊回来时遇到齐所长，他还问过海珠和朝阳的事，要不定在明天晚上，顺便请下齐所长。”

儿子是公安，他女儿也是公安，跟派出所齐所长是同行，齐所长对俩孩子确实比较关心，经常打听俩孩子在燕阳干得怎么样，甚至连“最帅警察”的事都是齐所长先知道的。

马老师权衡了一番，欣然答应道：“行，明天晚上，我就不跟你客气了。”

“好好好，就这么定了，我这就给齐所长打电话，早点约一下，省得他明天没时间。”

马老师挂断电话，赶紧洗澡换上出去做客才穿的衣服，骑上电动车匆匆赶到学校门口。跟门卫聊了一会儿，一辆熟悉的白色轿车出现在眼前。

马老师急忙迎了上去，车尚未停稳，黄莹便摇下车窗探头问：“妈，您怎么站这儿，晒不晒？”

一声“妈”，叫得马老师心里美滋滋的，扶着车门道：“没关系，习惯了。”

“凤英。”

马老师缓过神，连忙道：“哥，嫂子，饿了吧？饭我做好了，妈正在家等你们，你们先跟朝阳坐莹莹的车回去，我骑电动车。”

“不用了，我们的电动车就停在你家楼下，顺便把电动车骑回去。”

“先坐莹莹车回去，电动车小山回头来拿。”

“真不用！”

马凤军不想再麻烦妹妹、外甥和外甥的女朋友，不仅不让黄莹和韩朝阳送，甚至不让妹妹跟着去，硬是带着老伴和儿子去学校里拿上电动车就这么回去了。

看着他们离去的背影，韩朝阳心里一酸，哽咽地问：“妈，我们真不去？”

“你舅的脾气你又不是不知道，跟着去他反而不高兴，”马老师长叹口气，回头道，“莹莹，这次多亏了你，多亏了你爸妈。要不是你们帮忙，我就要去帮着照应，请一天假可以，请十天半个月领导肯定不会批。”

“妈，您怎么说这些，这是我们应该做的。”黄莹紧挽着她胳膊，不无好奇地观察起四周的环境。

儿媳妇懂事孝顺，马老师心情一下子好了许多，笑看着前面说：“走，回家！你爸官不大，事不少，今天遇到县领导来镇里检查，脱不开身，请不到假，也不知道下班能不能回来。”

“正常，我们遇到上级检查时也这样。”

“对了，朝阳能回来是补休，你怎么请到假的，而且前段时间刚请过假。”

“妈，您是说去大西北参加立功受奖仪式？”

“嗯，不是请了一个星期吗？”

“又不是我要去的，是上级让去的，算公差不算请假！”黄莹噗嗤一笑，下意识回头看看正在换她开车的韩朝阳。

“上次不算，所以这次好请？”马老师将信将疑地问。

“也不好请，快到年底了，事特别多，我磨了顾主任近一个小时，他才批了我一天假。”

“一天！”

“今天不是周五吗，周六周日休息，正好可以休息三天。”

“那让朝阳后天下午跟你一起回去，你一个人走我不放心。”

“不用了，他们领导好像又给他布置了个什么任务，后天下午我去县城坐大巴走，他办完事开车回去。”

“有任务，这算什么补休？”

“我也不知道，等会儿您问问他。”

第一百一十二章　回家（三）

回到阔别已久的家，韩朝阳真有那么点不习惯。这个不习惯不只是一下子从喧闹的都市回到宁静的小镇，也不只是昨天还忙得焦头烂额今天却突然闲了下来，而是不习惯过回单身汉的生活。

为体现老韩家严谨正派的家风，同时也考虑到远在燕阳的亲家公和亲家母的感受，马老师把他以前的房间收拾出来给黄莹睡，让他睡在一直当书房的小房间。

镇上盖的商品房，并且是很多年前盖的，砖混结构，工程质量一般，隔音效果不尽人意，不敢溜过去跟女友一起睡，一个人辗转反复直到凌晨两点多才睡着。

睡得很晚，起得却很早。房子就在学校后面，听说马老师的儿子带着女朋友回来了，连已经退休多年的老校长都端着饭碗过来看热闹。不光客厅里挤满人，连楼道里和住对门的陈老师家都人满为患。全是看着自己长大的师长，韩朝阳没办法，只能同老妈老爸一起热情接待。

本以为黄莹会非常尴尬，没想到她的表现好得令人惊叹。落落大方地站在马老师身边，脸上始终挂着得体的微笑，对于来看她的学校领导和老师，马老师让怎么称呼就怎么称呼。

“莹莹，镇里工作没做好，昨天被领导批评了，让整改，今天要加班……”准儿媳第一次来，却抽不开身热情接待，韩爸一脸歉意。

黄莹嫣然一笑：“爸，您忙您的，别管我们，没事的，真没事。”

不仅漂亮还如此善解人意，韩爸对这个准儿媳满意到极点，回头道：“朝阳，一定要招呼好莹莹，镇上没什么意思，可以去县城，反正你们有车，去哪儿都方便。”

“知道了。”

马老师一如既往地带毕业班，星期六同样休息不了，一边收拾昨晚批改好的作业，一边道：“菜在冰箱里，如果中午在家吃，你们自己热一下。晚上苗老板请客，齐所长也去，如果去县城的话记得早点回来。”

黄莹洗好最后一个碗，走出厨房笑道：“妈，我们不去县城，我打算跟朝阳去新湖村看看。”

“回老家，回老家也行，但不能两手空空回去。”马老师急忙从兜里掏出两张百元大钞，往韩朝阳手里一塞，“去超市买两箱牛奶，买点水果，再买点孩子吃的零食。”

回老家肯定要去大伯和小姑那儿转转，韩朝阳反应过来，把钱塞回老妈的口袋：“妈，我们有钱，我们自己买。”

“两码事，让你拿着就拿着。”

娘儿俩居然客气，黄莹觉得有些好笑。跟着韩朝阳一起去镇上最大的超市买了点礼物，赶到韩朝阳出生的新湖村已是上午九点多。

山里人迷信，确切地说山里的风俗根深蒂固。韩爸虽然在镇里当干部，但一年几次祭祖都会回来，再加上老房子门口有一小块自留地，马老师不想浪费，种了点蔬菜瓜果，所以经常回来。也正因为回来得勤，每次回来都收拾一下，看哪儿损坏了修补修补，老房子不仅没塌，而且挺干净。韩朝阳跟邻居的老太太打了个招呼，同黄莹一起回到小时候住过的西屋。

“屋顶是这样的，会不会漏雨啊？”黄莹看什么都好奇，仰着头眼看着用椽子架着青瓦的屋顶问。

“下大雨时会，”韩朝阳习惯性打开窗户通风，回头笑道，“有一年下暴雨，漏得厉害，我爸把能接雨的桶啊盆儿啊全找出来接雨，地上都摆满了。”

“后来呢？”

“修啊，天一晴我妈就让我爸去找人修屋顶，结果修好没几天新湖中学跟临山中学合并，我们就搬到镇上了。”

不来不知道，他也是一个“苦孩子”，至少成长的环境比较艰苦。

黄莹正想问问如果下暴雨，后面的山体会不会发生滑坡，韩朝阳的手机突然响了。

“您好，请问您哪位？”来电显示是一个陌生的手机号，并且是本地的号，跟初中和高中同学没什么联系，突然接到这么一个电话，韩朝阳倍感意外。

“小韩吗？”

“是，我是韩朝阳。”韩朝阳意识到跟家乡人用不着说普通话，连忙用老家话作答。

“我齐光宇，临山派出所长。小韩，你爸就在我身边，你的手机号是我刚管你爸要的，欢迎回家。”

韩朝阳直到大学毕业都没想过当警察，是实在找不到合适的工作才考警察公务员的，之前只认识临山中学的校长老师和临山镇的几个干部，对派出所真不熟悉。况且，民警调动比较频繁，派出所一直在镇政府隔壁，但所里的民警这些年不知道换了几茬。

韩朝阳从未见过齐所长，但依然受宠若惊地说：“原来是齐所，齐所好！”

“小韩，我不光知道你是燕阳最帅警察，还关注了你们巡逻队的微信公众号，干得真不错。听你爸说前段时间又刚荣立个人二等功，有出息，有前途，这次真是载誉归来。”

“我刚参加工作，什么都不懂，就是运气好，让齐所见笑了。”

“别谦虚了，二等功哪有那么容易立。等会儿加个微信，以后经常联系，对了，晚上老苗请客，我们晚上就能见。”

“是，我妈跟我说了。”

“你一个，海珠一个，我们镇连出两个公安民警，你现在既是英雄也是群众喜爱的最帅警察。海珠干得也不错，在省厅工作。你俩真给老家争气，谁说我们临山镇不出人才的。”

又来了，韩朝阳被老家的派出所长夸得很不好意思，干脆岔开话题：“齐所，您现在说话方不方便，我想打听件事。”

“方便，说吧，什么事？”

“您跟宝宜县公安局熟不熟？我们分局有个要缉捕的犯罪嫌疑人是宝宜县人，局领导让我顺便去他家看看，让我试着做做他亲属工作，看看能不能劝返。”

“劝返，这么说你们要抓的嫌疑人外逃了，人不在国内？”

“嗯，好像躲在东南亚。”

镇里走出去的两个年轻民警一个在省会城市的公安局，一个更厉害居然在省厅工作，并且前途无量。近水楼台先得月，齐所觉得这两个朋友必须交，指不定哪天就要人家帮忙呢，不禁笑道：“小韩，你问我算问对了，宝宜县公安局李副局长是我警校同学，跟金丰派出所更是三天两头打交道，你说我对他们熟不熟。”

第一百一十三章　回家（五）

新湖村很美，用山清水秀来形容一点不为过。新湖村也很冷清，年轻人要么在外打工，要么去县城买房在县城工作生活，在村里转了一大圈愣是没见着一个年轻人，全是五十五岁以上的老人和一些留守儿童。大伯家同样如此，两个儿子全在城里，就他和老伴儿在家，帮着带二儿子也就是韩朝阳堂哥家的小孩儿。见韩朝阳这个侄子带着侄媳妇回来了，二老忙不迭张罗午饭，去村口小店买了四条大鲫鱼，买回来之后又杀了一只鸡。吃完午饭又硬塞给黄莹一个红包，说是这第一次上门，不收他们不高兴。

韩朝阳追悔莫及，暗想早知道会让大伯和伯母如此破费就不应该来，但既然来了只能让黄莹收下，这人情留着老妈将来慢慢还。吃一堑长一智，小姑家不能再去了。把带给小姑的东西放在大伯家，请大伯下午不忙时帮着捎过去。

下午陪黄莹去本地唯一的古迹，拥有六百多年历史的山神庙游玩。回来时本想着抄近路，结果所经过的南湖村正值一年一次的庙会，车开进村就开不出来了，干脆把车停在路边逛庙会看大戏。对黄莹来说真是意外的惊醒，在人群里挤来挤去，看看这个买点那个，玩得不亦乐乎。

随着从四面八方来逛庙会的人渐渐散去，二人才驱车往回赶，回到镇上天色已大暗，迎宾酒店的大灯箱已经亮了，门口停着七八辆车，大厅里坐了好几桌上，看上去生意还不错。

老妈打过好几次电话，韩朝阳带着黄莹找到二楼的梅花厅。推门一看，老爸身边坐在一位四十多岁的二级警督，正一边喝茶一边跟众人谈笑风生。

韩爸下意识站起身，笑道："朝阳，莹莹，给你们介绍一下，这位就是我们临山派出所的齐所长。"

"齐所好，"韩朝阳下意识举手敬礼，旋即回头看看苗老板，一脸歉意地说，"齐所，苗伯伯，不好意思，我们回来时想着抄近路，结果被堵在南湖出不来，让您二位久等了。"

"没事没事，我也是刚到。"齐所长拍拍左边的空椅子，哈哈笑道，"朝阳，坐这边，你难得回来一次，今天一定要好好聊聊。"

"好的，谢谢齐所。"

"小黄是吧，真漂亮，"齐所拿起手机，翻出一张照片，眉飞色舞地说，"小黄，今天虽然是第一次见面，但你的照片我早就见过，能找到你这样的女朋友，朝阳真有福气！"

"谢谢齐所。"

"千万别谢我，要谢就谢苗老板，今晚他做东，我只是来蹭饭的。"

"苗伯伯好。"

"又不是外人，别这么客气，海珠经常提起你，说经常跟你一起玩一起吃饭。说句心里话，她一个人在燕阳上班，就算当公安我也不放心，有你和朝阳在我放心多了，至少有个说话的人，相互之间有个照应。"

齐所长放下手机，回头笑道："天下公安是一家，朝阳是公安民警，老韩、老苗、马老师，你们是民警亲属，小黄是警嫂，这么一算今天真没外人，今晚真是家宴！"

苗老板就是卖水产的，菜很丰盛，并且主要以河鲜为主。大河虾、黑鱼、小龙虾、鳝鱼、老鳖……摆了满满一大桌子，要是在邓老板饭店这一桌菜没一千块钱下不来。酒是一百多一瓶的海之蓝，烟是大中华。

不过谁也没怎么动筷子，净顾着说话了。齐所长先是问韩朝阳的工作情况，完了问苗海珠的现状，听说苗海珠下基层挂职锻炼，并且在韩朝阳"手下"干，眼泪都快笑出来了，一个劲儿说怎么会这么巧。

苗老板不失时机提起苗海珠的个人问题，忧心忡忡地说："朝阳，莹莹，海珠不管多要强她终究是个闺女，闺女不能跟小子比，她今年 25，再不谈再拖下去就成老姑娘了，用城里人的话说就是剩女，真要是剩下了怎么办，到时候更高不成低不就！”

“苗伯伯，我妈昨晚跟我说了，我会帮着留意的。”黄莹回头看看马老师，又补充道，“您放一百个心，海珠姐条件那么好，工作又好，肯定不会拖成剩女。”

“条件好工作好有什么用，她脾气不好，”自己的女儿什么样自己知道，苗老板拍拍桌子，唉声叹气地说，“以前家里困难，我忙着做生意，她妈忙着种地，没人管她，就这么由着她疯，开始是疯丫头，后来变成假小子，现在还是假小子，你说我担不担心、着不着急？”

黄莹噗嗤一笑：“苗伯伯，海珠姐不是您说的那样！”

“也好不到哪儿去，”苗老板侧头看看齐所长，再看看韩爸，慢条斯理地说，“莹莹，朝阳，我是这么想的，我们呢就海珠这么一个孩子，不管赚多少钱还不是给她！找对象这种事她不着急，我们不能不着急，想着帮她在燕阳买套房，这样是不是好找点。”

临山镇的人对子女真没的说。黄莹一直觉得自己老爸老妈已经够好说话了，没想到苗海珠她爸她妈更厉害，不仅不管未来的女婿要这要那，还打算先帮苗海珠在燕阳买套房，这是准备倒贴，而且是大出血的那种！

黄莹正暗自感慨，马老师突然问：“朝阳，你们单位应该有不少单身的小伙子，长相可以、人品不错的可以帮着介绍介绍。”

“妈，我们单位单身的民警多了，比如我师兄俞镇川，比如你上次见过的吴伟，又比如我们分局经侦大队二中队长何义昌，关键他们全是基层民警，海珠姐在省厅工作，一个天上一个地下，怎么介绍？而且找民警意味着将来要组建一个双警家庭，两口子都是警察，两口子作息时间都不正常，甚至都要三天两头加班，这日子怎么过？”

“马老师，朝阳说得对，两口子只能有一个当警察。海珠最好不要找民警，如果非要找民警也要在省厅机关找，找一个基层民警不合适。”齐所长担心黄莹会多想，急忙解释道，“主要是基层民警事太多、工作压力太大，这一点小黄应该深有感触。”

对基层民警而言，在省厅上班的民警全是领导。韩朝阳就认识苗海珠一个在厅机关工作的民警，这个对象怎么帮她介绍？韩爸意识到这个话题注定没有结果，至少今晚没有，干脆转移话题说起镇里的事，韩朝阳对镇里的事不感兴趣，一个劲儿劝女友多吃点。

散席时齐所提议韩朝阳去所里坐坐，正想请人家帮忙呢，韩朝阳自然不会拒绝，跟苗爸苗妈道别，让女友跟老爸老妈先回去，跟着齐所步行来到镇政府隔壁的青山县公安局临山中心派出所。

一进门，齐所边敲敲值班室玻璃喊道：“老米，小钱，看看谁来了？”

“燕阳最帅警察，欢迎欢迎！”

“朝阳，你不认识我，我们可认识你，你小子真厉害，还在试用期就荣立二等功！”两个值班民警跑出值班室，热情无比地打招呼，甚至拉着韩朝阳一起合影。

齐所哈哈笑道：“小钱，给我和朝阳也来一张。朝阳是我们临山镇走出去的民警，是我们临山镇走出去的英雄，必须留影纪念！”

“齐所，您别再取笑我了，我算什么英雄，再说我都不好意思了。”

“能立功就是英雄，说起来我真羡慕像你这样在大城市工作的民警，辖区人口多，人流量大，治安情况复杂，只要好好干就能出成绩。哪像我们，辖区不小，人口却没多少，虽然也整天忙，但忙得晕头转向也别指望能立功受奖。”

镇里都没几个人了，外来人员更少。人少，治安就好，发案率很低，更不用说大案，细想起来他们真没什么立功机会。

韩朝阳正不知道该说点什么，齐所话锋一转：“朝阳，下午我帮你跟宝宜县局的李局打过电话，他也知道你这个最帅警察，听说你是半个老乡特别高兴，让我转告你需要怎么协助尽管开口。明天所里不忙，我让小钱陪你去一趟，先见见李局。”

第一百一十四章　“全不是好东西”

上级三令五申要求减轻中小学生负担，迫于升学压力学校又不能真不补课，不然升学率更没法儿与县城的中学比。临山镇初级中学领导折中了一下，周六补课，周日休息。并且说明参不参与全凭自愿，但事实上毕业班的学生没有不来的。正因为周日不需要补课，马老师终于可以休息，终于可以陪准儿媳四处逛逛。

韩朝阳则早早地赶到派出所，同办案民警小钱一起驱车赶到宝宜县公安局。事实证明李局跟齐所的关系不一般，不光热情接待，甚至把韩朝阳介绍给星期天值班的一位副局长，完了亲自给嫌疑人户籍所在的肃云中心派出所打电话，要求所里的值班民警全力协助。感谢完李局，马不停蹄赶到肃云镇，肃云派出所王教导员和值班民警老卢正站在门口等。韩朝阳急忙下车敬礼问好，急忙给两位同行发烟。

“小韩，霍学斌的情况我知道，”王教导员钻进副驾驶，回头笑道，“你们分局来过好几次人，刚开始跟我们打招呼，第一次是我们祝所陪他们去的。可能觉得总麻烦我们不好意思，后来就没再找我们。”

虽说天下公安是一家，但请兄弟公安机关协助并非一件容易事。毕竟人家有人家的工作，抽时间陪你们去办案，至少要请人家吃顿饭。而请客吃饭是要花钱的，逃犯没抓到，发票倒拿回去一大把，领导肯定不会高兴，发票能不能顺利报销掉可想而知。用王教导员的话说，分局同事“不好意思”麻烦他们，事实上是不敢麻烦他们！可是来人家辖区办案，不跟人家打招呼实在说不过去。

韩朝阳很尴尬，急忙道：“王教导员，我今天不算办案，我正在休假，我们分局领导只是提了一下，让我在时间允许的情况下顺便来看看，来做做嫌疑人亲属工作。”

“霍学斌都已经上网了，他既是你们要缉捕的在逃人员，一样是我们要抓的嫌疑人。”

“王教导员，真麻烦您了。”

“谈不上。”王教导员摇下车窗，扔掉烟头，又回头道，“我们每次去栗头村办事，都会顺便去霍学斌家跟他的父母和老婆动之以情、晓之以理，请他们帮着规劝。他们呢每次都说霍学斌没给家打过电话，不知道霍学斌在什么地方，但能看得出来全是在敷衍。我敢断定霍学斌跟家里联系过，并且是经常联系。”

“怎么联系的？”韩朝阳追问道。

“霍学斌是做工程的，有很多狐朋狗友，并且那些人经常去他家，完全可以给那些人打电话，请那些人帮着捎信儿甚至捎钱。再说现在通讯多发达，想联系不一定打电话，完全可以上网啊，不光能通话还能视频。”

“教导员，您最了解情况，您知不知道霍学斌现在躲在哪儿，他家人有没有无意中漏过风？”

“我们平时留意过，但他家人全一个德行，满嘴跑火车。霍学斌的父亲霍建良上个月去亲戚家喝喜酒，在酒桌上说霍学斌在新加坡，已经申请到了居留权，说什么过段时间去办护照，全家都去新加坡跟霍学斌团聚。说得有鼻子有眼，搞得像真的似的，新加坡的居留权有那么容易申请吗，我觉得十有八九是吹牛，是怕被亲朋好友瞧不起。”

韩朝阳沉吟道：“这个真难说，他卷走两千多万，手里有钱，办个投资移民并非没有可能。”

“小韩，换作别人有可能，但霍学斌不是别人，他初中都没毕业，就他那样的能移民新加坡？”王教导员笑了笑，接着道，“而且我们打听到他老婆有一次跟村里几个妇女闲聊时说他在缅甸，还在缅甸开了个饭店，说等孩子再大点就去跟他团聚。”

小钱好奇地问：“朝阳，他当时是怎么潜逃的？”

“出入境部门有他的出境记录，当时是报了个旅行团潜逃的。从燕阳登机，直飞曼谷，在最后一天自由活动时脱团，没跟团回来，直到现在都没他的入境记录。”

“他事先办了护照，人出去很容易，钱是怎么带出去的？”

“我们分局的办案民警一致认为他出逃很可能是临时起意，赃款不太可能通过地下钱庄转移到境外，认为赃款可能还在国内。”

“这么说他不太可能往家捎钱，而是想方设法把钱往境外转？”

“嗯，”韩朝阳微微点点头，想想又说道，“我们分局经侦大队一直在监控他和他家人的几个银行账户，都快两年了，一无所获，没发现任何异常。”

王教导员喃喃地说：“两千多万不是小数字，他会把钱藏在哪儿呢？”

“他当时把两千多万全取出来了，说是给工人发工资，说工人只要现金。这在工程上很正常，总承包和银行方面都没起疑心。所以银行方面只有取款记录，没有转账记录，谁也不知道他把钱藏在哪儿，不知道他有没有用他人身份证去银行开户，把赃款存入银行。”

“两千多万现金，能装好几箱，说取就让他取？”小钱一脸不可思议。

“好像是分三次取出来的，每次都事先预约过。”韩朝阳顿了顿，又补充道，“当时他父亲也在燕阳，在工地帮着管事。他把工人们的血汗钱卷跑之后，有几个小包工头发现不对劲儿，带着一帮工人围着他父亲要说法，要求子债父还，好像还动了手，最后是我们分局民警把他父亲解救出来的。”

“这么说霍建良应该知道赃款在哪儿！”

“他一问三不知，声称不知道，说什么要钱没有要命有一条，说什么老家有栋三层小楼，谁想要谁来拆。死猪不怕开水烫，并且心脏好像不太好，要是心脏病发作死在局里就麻烦了，办案民警没办法，只能把他放了。”

王教导员对劝返没任何信心，轻叹道：“小韩，他们一家人全不是好东西，我觉得你这一趟也是白跑。”

第一百一十五章　白跑一趟

马老师本打算带黄莹去县城转转，黄莹却一个劲儿摇头。想到她是在省会城市出生长大的，县城再热闹也没燕阳热闹，发展得再好也没燕阳繁华，马老师干脆带着她回娘家，让韩朝阳的外婆见见她这个外孙媳妇，探望昨天刚回家的大哥马凤军，再顺便去嫁得不远的两个妹妹家看看。

黄莹真的很喜欢山村的美景，一路上用手机频频拍照。又像一个长不大的孩子，看什么都好奇，总是问这问那。在马老师心目中她就是一个孩子，乐于回答她的任何问题，骑着电动车载着她说说笑笑，真能感受到什么叫天伦之乐。

“妈，村里都没什么人，年轻人全出去了，为什么还盖这么多又大又漂亮的房子，许多都是空着的，平时根本没人住！”路过一个正在盖楼房的人家，黄莹又好奇地问。

马老师回头看了一眼，笑道：“对我们这些农村的人而言，老家的房子是一种归宿。无论在什么地方打拼，只要老房子还在，只要老家还有房子，就像永远有一条退路，有一个寄托。如果在外奋斗多年，老家的房子却没了，就像变成无根的草，灵魂无处寄托。”

“这么重要！”黄莹喃喃地说。

马老师笑了笑，接着道：“老家的房子也是维系亲情的纽带，人虽然搬城里去了，但亲情是搬不走的。只要老房子还在，有时间就能回来看看，这个家还能团聚得起来，还是完整的。如果房子没了，这个家就散了，亲情就淡了，那是多少钱也买不回来的。”

“难怪我爸每次回老家，都抱怨当年没在老家盖个房子。”

“你爸在老家没房子？”

“没有，以前困难，我爷爷奶奶又生了好几个，我大伯结婚时还是跟我爷爷奶奶和小叔小姑他们挤在一起住的，我爸都去部队当兵了，老家哪有他的房子。”

“现在回去住哪儿？”

“住我大伯家，”黄莹抬起胳膊指指不远处的一栋二层小洋楼，笑道，“我大伯家跟前面这家差不多，楼上楼下七八个房间，还都是套间，就是没装修，没什么家具，显得有点空。”

“农村都是这样的。”

前面来了一辆轿车，马老师连忙靠到路边，一脚踩在地上扶着车把感叹道：“对一些在外面打拼的人而言，老家的房子可以养老。虽然辛辛苦苦在外面安了家，变成了城里人，但骨子里还是农民，并没有真正习惯城市的生活。人年纪大了就想家，老了之后可以回老家种种菜、钓钓鱼、喂喂鸡，找儿时的朋友一起喝点小酒、打打小牌，生命从这儿开始，也从这里终结，这或许就是老家房子平时没人住，但怎么也要盖起来的原因之一。”

到底是当老师的，要么不开口，一开口全是道理！

黄莹噗嗤一笑，禁不住问：“妈，朝阳老了会不会想家，会不会回来养老？”

“想得真远，你们才多大？”马老师忍不住笑了，想想又叹道，“时代不一样，跟你们差不多大和比你们小的没这些观念，都喜欢去大城市去热闹的地方工作生活，对家乡或许有感情，但对老家肯定没我们这代人那么看重。”

就在婆媳俩闲聊之时，韩朝阳已赶到霍学斌家所在的粟头村。他家在山腰上盖了一栋三层小洋楼，外墙上贴着仿大理石的面砖，铝合金门窗，用了许多罗马柱之类的装饰材料，在楼房不少但外墙没怎么装修的村里格外显眼。门口是一片用水泥浇筑的地面，夏收秋收时能晒粮食，平时能当停车场，能停十来辆车，同时能想象到他家几年前可能是村里最有钱的。

霍学斌的父亲霍建良在家，王教导员刚介绍完，见燕阳的警察又“阴魂不散”地找上门，他情绪非常激动，借口有事要出去，推着电动车边往村口走边时不时停下来嚷嚷道：“祸不及父母，罪不及妻儿，学斌犯法你们找学斌去，三天两头来找我算什么！”

他有心脏病，跟他打交道得小心点。韩朝阳不敢对他太严厉，追上来笑道：“老霍，你别急，我是来了解点情况，找你随便聊聊的。”

“没什么好聊的！”霍建良左手一挥，气呼呼地说，“我还是那句话，要钱没有，要命有一条！我承认我这个当老子的没教育好儿子，你们可以抓我去坐牢。”

“他是他，你是你，再说他是成年人，又不是什么都不懂的未成年人，就像你刚说的‘祸不及父母，罪不及妻儿’，不管他犯过什么事我们也不可能抓你。”

“那你来干什么！”霍建良停住脚步，指指他家的房子说，“要钱是吧，都说一百遍了我没钱！房子要不要，你们把房子拆了吧，贴个封条收走也行，我们正好可以申请低保，全家老小没饭吃没地方住，我就不信政府不管。”

从来没见过如此不讲理的，居然赖上政府了！他绝对是知情人，他跟他儿子绝对串通好了，再问他也问不出什么，不仅问不出什么甚至可能会问出麻烦，万一他心脏病发作倒在地上，到时候有理都说不清。韩朝阳只能作罢，回到他家找他儿媳妇。

事实上霍学斌老婆的第一反应也是想跑，只是动作没她公公快，并且不像她公公一样身患心脏病，被王教导员和小钱拦在门口。

“于雅兰，”韩朝阳一把抓住她电动车的龙头，很认真也很诚恳地说，“你上过高中，应该明事理，应该懂点法。你爱人卷走的不是公款，而是民工们的血汗钱，人家信任你爱人才跟你爱人干的，结果干到最后一分钱都拿不到，有的等这钱看病，有的家里有小孩子上学，等着这钱交学费和生活费，将心比心，换位思考，你说这钱该不该给人家？”

“韩警官，我不知道他在哪儿。”

“不知道？”韩朝阳反问了一句，紧盯着她的双眼冷冷地说，“于雅兰同志，每个人都要对自己所做的事负责，一样要对自己所说的话负责。霍学斌现在是公安机关要缉捕的在逃人员，也就是逃犯，明明知道却说不知道，这就是窝藏包庇，是要负法律责任的！”

“于雅兰，你不为自己着想也要为孩子想想。”王教导员不失时机地说，“霍学斌携款潜逃，孩子已经有了一个逃犯爸爸，如果你再因为涉嫌窝藏包庇进去，你让孩子以后怎么抬得起头，以后的日子怎么过？”

“两千多万不是个小数字，但这个案子说大也不大，”韩朝阳接过话茬，循循善诱地规劝道，“说到底这终究是经济犯罪，不是杀人放火，只要你爱人能主动向公安机关投案自首，只要能积极退赃，就能争取宽大处理，估计两三年就能出来，你们一家人就能团聚，就能开始新的生活。他总这么躲在外面不回来，这个案子就一天不会结，我们会继续追查，会三天两头来找你们。他躲在外面提心吊胆，你们在家里跟着提心吊胆，不光提心吊胆还会被人议论，走到哪儿都会遭人白眼。钱真的有那么重要吗，好多东西是用钱买不来的，再说你们有手有脚，没了再去赚，何必为了点钱搞成这样！”

听上去似乎有点道理，但两千多万有那么容易赚吗？

于雅兰不为所动，避开韩朝阳的目光，紧盯着远处的一棵小树沉默不语。正说着，他家铁门哐一声从里面关上了，应该是霍学斌的母亲关的，老太太显然不想见公安，不想让公安进门。

涉及一个人乃至一家人一辈子都不可能赚到的那么多钱，这家人的工作不是不太好做，而是非常非常难做，韩朝阳意识到白跑了一趟，暗叹了口气，不动声色掏出警民联系卡：“这个你拿着，上面有我的手机号，王教导员的联系方式估计你也有，好好想想，想通了给我们打电话。”

第一百一十六章　磨！

齐所跟李局的关系够好，李局的面子够大！韩朝阳本打算请王教导员吃顿饭，结果饭吃了钱却是人家掏的，说什么欢迎“燕阳最帅警察”回老家，说什么必须由他们尽地主之谊。再客气就显得矫情，韩朝阳没办法，只能留手机号加微信，只能在拜托王教导员他们帮着继续留意的同时，再三强调如果去燕阳出差或去外地办案经过燕阳，一定要给他打电话或发微信。

同小钱回到镇上已经是下午三点多，在回来的路上打电话问过，老妈和女友正在小姨家玩，小姨夫和小姨拉着不让走，不光要她俩在那儿吃晚饭，还让韩爸和韩朝阳早点过去。现在去有点早，韩朝阳打定主意等星期天加班的老爸下班之后一起去。关上门，走进小房间，打电话向领导汇报上午去嫌疑人家的情况。

“小韩，辛苦了，让你这个假都没休好。嫌疑人亲属的工作不好做，这也在意料之中，但不能因为不好做就不做，事实上许多案子之所以能破，不是靠别的，就是靠磨，慢慢磨，坚持不懈地磨！”

“冯局，我知道该怎么做了，反正我家离嫌疑人家不算远，我明天再去一趟。”

小伙子越来越懂事了，一点就透！冯局抱着死马当活马医的态度，笑道：“小韩，这算公差，如果坐车去记得把车票留着，开车去记得把油票留着，回来之后我给你签字，局里给你报销。”

“谢谢冯局。”

“执行公务，哪能让你个人掏钱，这是应该的。”冯局顿了顿，接着道，“这个案子主要是经侦大队在负责，想了解什么情况，或者了解到什么情况，你可以给何义昌同志打电话，你们是老熟人，我就不需要帮你跟他打招呼了。”

“好的，有什么情况我直接跟何队联系。”

“还有件事有必要跟你通报一下，谈海涛和蔡小方落网了，二人对伙同杨建东开设地下赌场及杀害曹胜凯并抛尸的犯罪事实供认不讳。杀人动机简直让人难以置信，仅仅是因为口角。曹胜凯觉得杨建东是大老板，谈海涛和蔡小方只是马仔，并仗着跟杨建东是老乡说话做事有点盛气凌人，有些瞧不起谈海涛和蔡小方……”

杨建东没撒谎，曹胜凯的死与他确实关系不大。

韩朝阳反应过来，忍不住笑问道：“冯局，赌案查处得怎么样，阻力大不大？”

“很顺利，事实清楚、证据确凿，能有什么阻力？”提起这事冯局就很高兴，兴致勃勃地说，“杨建东的 POS 机交易记录就是铁证，对于赌资认定没任何争议。那些大老板刚开始不是很配合，把证据摆到他们面前，跟他们讲清楚法律法规，谁也不敢再不配合了。”

田继明等参赌人员全是有头有脸且财大气粗的大老板，对他们而言只要能用钱解决的问题就不是问题，被拘留多丢人，真要是关进拘留所，让他们以后把脸往哪儿搁？更重要的是，分局治安大队和长临街派出所掌握确凿证据！

认定的赌资他们想不上交都不行，谁敢不上交，分局就向法院申请强制执行。今天上午遇到的霍建良死猪不怕开水烫，说什么房子在那儿谁想要谁去拆，田老板他们有家有业且家大业大可不敢这么搞，只能老老实实出血。

韩朝阳想想又好奇地问：“冯局，一共缴获了多少赌资？”

“一千六百多万，可以肯定这是我省今年查获的涉案金额最大的赌案，市局昨天还专门通报表扬我们分局。考虑到线索是李凯仪发现的，局里正打算给李凯仪评功评奖。你和小吴发挥的作用也很大，但不宜大张旗鼓宣传，不过我们心里全有数，周局早上开会时跟杜局说了，过几天给你们中山路综合接警平台再配辆车。另外你们以后执勤所产生的一些费用，花园街派出所和新园街派出所不好报销的，可以拿到指挥中心报销。毕竟你们事实上同时接受花园街派出所、新园街派出所和指挥中心三重领导，指挥中心命令你们出警，所产生的费用当然要从指挥中心走。”

周局总算大方了一次，不过配辆警车和同意报销一点办案经费，相比这一千多万赌资按比例返还给分局的部分，实在算不上什么。但有车有经费总比没车没经费好，韩朝阳急忙道：“谢谢冯局！”

“你小子又来了，别谢我，这是周局和杜局的意思，我这个副局长什么都管，就是管不到钱。”

挂断冯局的电话，正准备打个电话跟何义昌沟通一下，然后再给师傅和老唐报个喜，苗海珠居然打了进来。

“大姐，您怎么得空给我打电话？”

“朝阳，我爸是不是让你和莹莹帮我介绍对象？”

“有这事，男大当婚女大当嫁，你也老大不小了，这很正常啊，”调侃她的机会可不多，韩朝阳禁不住笑道，“今天早上出门时遇到杨春芳，就是学校对面老杨家的二闺女，如果没记错她好像跟你一届，初三好像跟你同班。人家早结婚了，儿子四岁，现在肚子又大了，打算生二胎！”

当年那些同学，尤其女同学，结婚都比较早。当妈妈很正常，生二胎也很正常。但苗海珠听着却很不是滋味儿，嘀咕道：“她是她，我是我，这有什么好比的！我的事我自己拿主意，用不着你们操心，我爸不管跟你们说什么，听听就行了，千万别当真。”

“明白，您是谁啊，找对象这种事需要别人操心吗？”韩朝阳反问一句，强忍着笑说，“不过有件事我觉得你爸不像开玩笑，他真打算去燕阳买房。要不让莹莹回去之后打听打听，看看锦绣前程有没有业主打算卖房子，如果有干脆买在我们小区，这样我们以后就能做邻居。”

“他这是怕我嫁不出去！”

“我觉得你爸是想嫁祸于人。”

“什么嫁祸于人，嫁你个大头鬼！不说了，我要去查案，就昨天没去新民小区，结果又丢了一辆电动车。”

新民小区，又是新民小区！没有物业，没有保安，没任何技防设施，连铁艺围墙都被业主开了那么多洞，不管什么人只要想进都能进，安全防范搞不好，治安当然不会好。师兄俞镇川负责那一片儿的时候被搞得焦头烂额，现在轮到她了。

韩朝阳下意识问：“苗姐，业主大会和业委会筹备的怎么样？”

“不齐心，搞不起来，”一提起这个苗海珠就郁闷，咬牙切齿地说，“我什么招都使了，该做的和不该做的全做了，但人家就看眼前利益，就是不愿意掏物业费。好不容易建了个业主群，结果群里天天撕逼，刚开始有心搞业委会的几个业主现在都不敢说话了，最热心的王大姐干脆退了群，你说新民小区的业主怎么都这样啊！”

人一多想法就多，存在这种情况的何止一个新民小区。唯一不同的是大多小区一开始就有物业，业主们考虑的是服务态度好不好，要不要换一个物业，而不是要不要物业。也正因为想法太多，意见很难统一，就算遇到“黑物业”想换也没那么容易。

遇到这样的事韩朝阳实在给不出建设性意见，突然想起冯局刚才说的话，慢条斯理地说：“苗姐，我知道成立业主大会和业委会，聘请物业公司没那么容易，但不能因为难就不做。很多事是急不来的，之所以能成功全是靠磨，慢慢磨，坚持不懈地磨……”

第一百一十七章　人在老家，心在单位

动员新民小区业主成立业主大会聘请物业公司那是亡羊补牢，当务之急是破案！如果把刚丢的这辆算上，今年新民小区已发生十五起电动车失窃，案值不算大，民愤却不小，而新民小区既是新园街派出所的辖区，一样是中山路综合接警平台的辖区，作为接警平台的实际负责人，韩朝阳虽然刚才嘴上说着官话套话，但心里还是有压力的。

不能再这么下去，必须想方设法把偷电动车的毛贼绳之以法！韩朝阳沉思了片刻，拿起手机拨通顾爷爷的电话。

“朝阳，什么事？”

“师傅，刚才海珠给我打电话，说新民小区又丢了一辆电动车。”

“我知道，应该是夜里发生的失窃，失主早上下楼准备跟往常一样骑电动车去上班，结果发现小车棚被撬了，里面一共放了两辆电动车，旧的没丢，新的不见了。”顾爷爷穿过一片已被推倒的民房，走到朝阳村中街站在树荫下叹道，“以前只是偷停在外面的电动车，现在发展到入室盗窃，越来越猖獗了，刑警去勘查过现场，也不知道有没有发现嫌疑人的指纹和足迹。”

“三中队出的现场？”韩朝阳下意识问。

“嗯，新园街道本来就是他们的责任区。”

“师傅，您觉得这次能不能破？”

“难说，破案有时候真靠运气，尤其这种小案子。”

对办案民警而言，侦办一起像电动车失窃这样的小案，与侦办大案在程序上是一样的，要投入的警力乃至经费可能也差不多。派出所事很多，刑警队也不闲，他们肯定紧着大案查，紧着案值大的案子办。

韩朝阳担心这次又会不了了之，沉吟道："师傅，靠人不如靠己，我们是不是想想办法，尽快把这一系列电动车失窃案破了，不然真没法儿跟群众交代。"

"早上我跟老唐谈过，老唐也是这么想的，关键他上次发生失窃时他下大工夫查过，新园街派出所办案队也没不当回事，可就是查不出头绪。"

"海珠说她去查，也不知道能不能查出眉目。"韩朝阳深吸口气，接着道，"师傅，嫌犯累累得手，胆子是越来越大，我觉得嫌犯可能会再次出手，要不我们用最笨的办法，看能不能抓个现行。"

"又不是没安排人去蹲守，前前后后去蹲守过多少次，每次都无功而返。不过从这方面看，问题很可能出在小区里，作案的很可能是小区里的人。"

"我也是这么想的。"

顾爷爷回头看看正坐在地上削砖头的几个妇女，微皱着眉头说："老唐上次摸过底，住在小区的重点人口都不具作案嫌疑，看样子嫌犯应该没前科，至少之前没被处理过。可这个范围就大了，小区里住了两千多户上万人，个个有嫌疑，怎么查？"

朝阳社区义务治安巡逻队也好，理大义务治安巡逻队也罢，可以组织队员们开展治安巡逻，但只能在朝阳社区和理大小区巡逻，去远了也不是完全不行，但不能天天去。

更重要的是，盗窃电动车的嫌疑人很可能住在小区里，对新民小区的情况非常熟悉，再安排生面孔去肯定会引起嫌疑人警觉，就算再安排队员也是做无用功。

韩朝阳权衡了一番，紧咬着牙说："师傅，小区没技防措施，我们可以想办法搞一套简易的，在容易发生失窃的几个位置安装针孔摄像头，不伸手算他运气好，再伸手他肯定跑不掉！"

"这倒是个办法，但你哪来这么多针孔摄像头，并且那东西管不管用？"

“上次听何队说他们抓了几个讨债的，缴获了一批用于讨债的非法监控器材，我打电话问问能不能借用一下。如果能借用，就悄悄安装上。跟谁都不说，就我们知道，以免打草惊蛇。”

“也行，晓斌他们会装，阳观村的那些监控都是他们帮着装的，你打电话问能不能接到。”

“好的，我这就打。”

“记得帮我给你爸你妈带个好，另外你和莹莹开车回去的，回来的路上开慢点，现在路上车太多，一定要注意安全。”

“师傅，您放心，我们不会开快的。”

韩朝阳人在老家，心却在警务室。一边捧着手机翻找何义昌的手机号，一边暗笑自己虽然参加工作时间不长，竟也患上了基层民警的“职业病”。平时总觉得这份工作又苦又累，没少私下里发牢骚，可又觉得这份工作特别有意思，甚至觉得少不了自己，觉得离开自己地球会不转似的。

翻找到何义昌的号码拨通过去，尽管对方没开口，但能听出他正在外面。

“何队，我韩朝阳，您在外面办案？”

“嗯，正在外面。你不是在休假吗，怎么想起给我打电话。”

“休什么假，领导担心我太闲，让我顺便去宝宜县看看，上午刚去过霍学斌家，这个案子是你们经侦大队负责的，领导让我给您打电话，向您汇报。”

何义昌猛然想起分局的“猎狐行动”，忍俊不禁地问：“我以为什么事呢，原来是霍学斌啊，怎么样，他亲属配不配合，愿不愿意协助我们劝返？”

“非常不配合，让我吃了个闭门羹。”

“他家我没去过，我们中队的老李去过，而且不止去过一次，老李也说他家人非常不好说话，指望他们协助我们劝返希望不大。”

“那怎么办？”

“人在躲在国外，到底躲在哪个国家都不知道，我们能有什么办法。

朝阳，不怕你笑话，我从来没出过国，连护照都没办。局领导把追逃任务交给我们中队，也太看得起我何义昌了。”

不仅犯罪嫌疑人躲在国外，并且犯罪嫌疑人家离燕阳那么远。他们手里也是一大堆案子，不可能安排人在宝宜县盯着，想想这个追逃任务真不是一两点艰巨。韩朝阳轻叹口气，干脆换了个话题，提前管他们借缴获的监控器材的事。

这对何义昌来说真算不上什么事，一口答应道：“那个案子没办结，缴获的东西还在中队一直没上交，借用一下不算违反原则，毕竟你们也是办案，这也算办案需要，你安排个人去中队拿吧，别搞丢别弄坏就行。”

“谢谢何队，我这就是给我师傅打电话，请我师傅亲自去拿。”

“千万别，这点小事哪能劳驾你师傅，这样吧，我让人给你师傅送过去。”

第一百一十八章　不想当领导的警察不是好警察

何队同意借监控器材，韩朝阳急忙给顾爷爷打电话，请顾爷爷等监控器材到了安排晓斌他们悄悄装上，顺便提了下“9·18”案和分局查获的赌案，以及局领导打算再给警务室配的车的事。

顾爷爷愣了愣，不禁笑问道：“朝阳，我再干一个半月就退休，海珠是下基层锻炼的早晚要回省厅，老唐又不会开车，局里再给警务室配辆车给谁开啊？”

警车不是不值钱的警棍，并且现在对公车管理那么严，连辅警都不能随便开，更不用说巡逻队员了。韩朝阳猛然反应过来，下意识问：“师傅，您是说局里将来会给我们警务室安排民警？”

“应该是，你想想，我们辖区有好几个市里的重点工程，高铁站、长途汽车东站、公交车站、地铁站和站前街项目同时开工，再加上朝阳村的回迁项目和站前街的商业区项目，我们辖区马上就变成一个大工地，大大小小不知道会来多少支施工队伍，而且参与这些项目建设的工人像走马灯似的流动性很大，老唐又要兼顾马路那边，光你一个人怎么忙得过来！”

“这倒是，城中村事多，工地事也不少，而且全是外来人口，治安压力很大。”

“局领导这是未雨绸缪，说不定现在考虑的不只是为几个重点项目保驾护航，可能已经考虑到城东交通枢纽建成投入之后的事了。”

“师傅，您是说局里正在为设立站前派出所做准备？”

“有这个可能，前天上午我在高铁站工程指挥部，也就是以前的朝阳村委会，看过高铁站区域的规划图。南广场北广场，地下通道，地下停车场，看得我头晕眼花。现在安排两个民警全程参与工程建设，交通枢纽建成投入使用之后就能直接上岗，不需要再费那个劲儿熟悉环境。”

“师傅，有您说得这么夸张吗？”不就是一个高铁站吗，韩朝阳将信将疑。

“有没有这么夸张，你回来看看就知道了，也不知道设计师到底是怎么想的，把个车站搞那么复杂，我怀疑将来不知道会有多少旅客迷路。”

“交通枢纽都这样，”韩朝阳笑了笑，感叹道，“不管局领导是怎么考虑的，能安排人来最好，省得您退休之后我一个人忙得焦头烂额。”

顾爷爷回头看看四周，举着手机意味深长地说：“朝阳，这对你来说是一个机会，好好干，一定要把握住。”

“师傅，什么机会？”

“你是真傻还是装傻，我是说站前派出所！”

韩朝阳醍醐灌顶般明白过来，想想又苦笑道：“师傅，您别开玩笑了，我才参加工作多长时间，就算将来真设立站前派出所，也没我这个新人什么事。”

“将来，什么叫将来？”顾爷爷越想越觉得这是小徒弟的机遇，禁不住笑道，“这么大项目，最快也要三年才能建成投入使用，再干三年资历不就有了么。现在提倡干部年轻化，何义昌不就二十多岁当上中队长的。你起点比他高，还在试用期就干出那么多成绩，就荣立个人二等功，对这一片的情况又熟悉，担任所长可能有点危险，到时候提个副科担任副所长并非没有可能。”

不想当领导的民警不是好民警！听顾爷爷这一说，韩朝阳心思顿时活络起来，不禁笑道：“师傅，既然有希望我就争取。我哪儿都不去，就待在警务室，好好把握住这个近水楼台先得月的机会。”

“知道就行了，别乱说。”

“您放心，我不会乱说的。”

或许在别人看来三十岁之前提副科实在算不上什么，但对基层民警而言非常非常不容易。

尽管这只是一个机会，并且很遥远，韩朝阳依然觉得现在就要做准备，想想又拨通刘所的电话。这段时间先是去大西北交流，紧接着又被抽调进专案组，已经很久没去所里了，再这么下去所领导可能真会忘了有他这个人，而分局将来设立站前派出所，考虑所领导班长，花园街派出所的态度也很重要，毕竟朝阳社区一直是花园街派出所的辖区。

接到他的电话，刘建业真有那么点意外，但依然放下手里的工作，不解地问："小韩，什么事？"

"刘所，没什么事，我就是向您汇报一下，冯局又给我布置了个不是很正式的任务，让我在休假时顺便去宝宜县做一个已经外逃的嫌疑人的亲属工作，请嫌疑人亲属协助我们劝返。"

"外逃，嫌疑人逃到境外了？"刘建业好奇地问。

"是，据说躲在东南亚，到底躲在东南亚哪个国家不清楚。"

"我们分局还有这样的逃犯，我还是第一次听说。既然这是冯局交代的任务，你就不能不当回事，没时间也要抽时间去做做嫌疑人亲属工作。"

"报告刘所，我上午刚去过，嫌疑人亲属不是很配合，打算明天接着去。"

"干工作就应该这样嘛，跟他们摆事实讲道理，跟他们好好说说。虽然我没执行过这样的追逃任务，但也听说过不少案例，许多外逃人员都是通过劝返回来的，只要你工作做到位，我相信嫌疑人亲属会配合的。"

"是，我不会泄气的，我打算利用剩下的假期，好好做做嫌疑人亲属工作。"

小伙子的变化很大，跟之前真判若两人！刘建业很满意韩朝阳这样的变化，很欣慰有这样的部下，想想又说道："小韩，工作重要，家人也重要。你难得回去一次，要好好陪你爸你妈聊聊。不是有首歌叫《常回家看看》吗，歌词说得真好，做长辈图什么，不就是想跟你们这些晚辈说说话。"

"谢谢刘所关心，我晚上就陪我爸我妈说说话，不管他们说什么绝不嫌烦。"

“绝不嫌烦，这句话说在点子上，我们这些基层民警平时顾不上家，对家人乃至整个家庭亏欠太多，如果平时不给家打电话，好容易回去一次又嫌父母唠叨不愿意跟父母说话，那就真成不孝子了。我刚参加工作时没意识到这一点，等意识到但已经晚了，我父亲和我母亲相继去世，现在想跟他们说说话他们都听不到，所以千万别学我。”

刘所那么严肃的一个人，居然会说如此感性的话！韩朝阳很意外也很感动，急忙道：“谢谢刘所提醒，我既要当一个好民警，也要当一个好儿子。”

“还要当一个好徒弟！”刘建业话锋一转，一边翻看着台历一边说，“小韩，你师傅再过一个多月就光荣退休，虽然他调到我们所里时间不长，但他是我们分局乃至我们全市公安民警的榜样。我和教导员商量过，打算搞一个祝贺他荣休的仪式，你也帮着想想这个仪式怎么搞，是大家伙凑份子找个像样点的饭店吃顿饭，还是搞个欢送会。”

第一百一十九章　“望夫成龙”

晚饭在小姨家吃的，吃饭时小姨提议去大舅家看看。韩朝阳也想去，但被老妈和小姨拦住了，说大舅心情不好脾气又大，既不愿意再出去寻医问药，也不喜欢亲朋好友和左邻右舍成群结队去探望。韩朝阳多少能理解点大舅的心情，也就没执意去，一搁下饭碗就同黄莹一起步行回镇上。

呼吸着秋夜新鲜的空气，遥望着远处人家的灯火，黄莹紧挽着他的胳膊边走边叹道：“你表哥又不是不给你大舅看，不是舍不得花钱，主要是这病发现得太晚，去再大的医院请再好的医生也没用。”

“所以不能不把体检当回事。”

“有些医院体检跟走过场似的，好多病都检查不出来。”黄莹发出一声长长的叹息，幽幽地说，“而且不是每个人都有机会体检的，有单位有正式工作的一年能去医院体检一次，像你大舅大伯和小姨这样的农民舍得自己掏钱去体检吗？”

“这倒是，别说体检，小病他们都不去医院的。”

黄莹不想再聊这个沉重的话题，突然抬头道：“老公，我打算明天一早走，你妈说镇上有开燕阳的大客，一天一班，早上 6 点半出发，从学校门口过。”

韩朝阳低声问：“下午走不行吗？”

“下午走还得去县城坐车，从镇上走多方便。”

“对不起，我应该和你一起回去的。”她磨破嘴皮跟单位请了一天假陪自己回来，却要一个人回去，韩朝阳心里特内疚。

“说对不起有什么用，我最讨厌这三个字。”黄莹真不想一个人回去，紧扣着他的手指嘀咕道，“你们分局领导也真是的，说是补休一个礼拜，结果话刚说出口又给你布置任务，这算补休吗，这分明是出尔反尔！”

“老婆，冯局只是让我在时间允许的情况去嫌疑人家看看，没给我下死命令。”

“可是你上午已经去过了！”

“你听我解释，我上午是去看过，但嫌疑人亲属的工作没做通……”韩朝阳说完上午的事又提起师傅下午在电话里提到的分局要设立站前派出所的可能性，停住脚步，紧盯着她双眼兴奋地说，“我是自愿继续去做嫌疑人亲属工作的，论资排辈我排不过人家，只能多干出点成绩。机会难得，一定要把握住，说不定能做通嫌疑人亲属工作呢。”

一个得过且过的人居然变得如此有上进心，黄莹真有那么点意外，噗嗤笑道：“想进步了？”

“不想当将军的兵不是好兵，再说你也不希望我当一辈子片儿警。”

“有机会提副科当然好，而且这是副科级不是有名无实的副主任科员，既然有机会就好好把握，其他事我可能会犹豫，这件事我支持你。在外人看来我有一份旱涝保收的工作，好歹也是一个公务员，其实就是一做流水账的会计，还是街道的会计，既不是党员学历又拿不出手，我是没希望了，咱家全靠你。”

“不是党员可以申请入党，至于学历，本科也不低！”

“入党，哪有那么容易，”黄莹喃喃地说，“至于学历，现在的本科哪有以前那么值钱。我是运气好，考得早，如果换现在真不一定能考上。不是考不上，是根本没机会考，听说今年市里招考的那些职位，全要求研究生学历。我们街道那几个想进步的，也全准备考研。”

想到现在一些事业单位都只要研究生，韩朝阳不禁笑道：“这么说我也很幸运。”

“才知道啊，我是太懒了，不想学也学不下去，只能望夫成龙。你好好努力，看能不能报考在职研究生。时间正好够，等分局设立站前派出所，考察站前派出所领导班子人选时，有一个硕士学位肯定能加分。”黄莹说着说着自己都说笑起来了，就差在脸上写着“咱家全靠你”。

韩朝阳被搞得啼笑皆非，甩开她手笑道：“你学不下去，难道我就能学得下去？再说在职研究生有那么好报考吗，而且像我这样的能报考什么专业，更不用说根本没时间。”

“差点忘了你是艺术生！”

“什么意思，笑我文化课学得没你好？”

“我只是阐述一个事实。”黄莹摇晃着他胳膊，哧哧笑道，“还是算了吧，你一样不是读书的料，能混个本科文凭已经很不错了，硕士博士根本别想。只能跟你师傅一样当老黄牛，埋头苦干，看能不能多破几个案子，多抓几个犯罪分子，用实打实的成绩加分。”

“只要你支持我就有信心。”韩朝阳嘿嘿一笑，意气风发地说，“师傅说我起点高，其实我基础也好，早早地占了朝阳社区那块宝地，可以来个近水楼台先得月。还兼任两支义务治安巡逻队的大队长，交了那么多支持我工作的朋友，别说跟我一起参加工作的吴伟，就算管稀元也没法儿跟我比！”

“别掉以轻心，一个萝卜一个坑，如果真设站前派出所，真有几个正科级和副科级职数，不知道会有多少人盯着，到时候跟你竞争的绝不会是吴伟和管稀元。”

“老婆，你提醒得对，到时候有资格竞争这几个职位的人肯定比吴伟和老管他们厉害多了。要资历有资历，要学历有学历，要成绩也有成绩，说不定还是在机关干能天天跟领导说上话的，就像我以前的师傅杨警长，最后还不是败给了康所。”

谁不喜欢有上进心的人？黄莹真有那么点“望夫成龙”，竟煞有介事地分析道：“机关民警参与竞争你倒不用担心，他们能跟领导说上话，你一样能！对你们公安而言学历也不是特别重要，毕竟只是一个副所长，又不是副局长。关键还是资历，这是你的短板，只能在成绩上下功夫，只能用成绩来弥补。”

第一百二十章　追逃

马老师常说，新的一天，全新的开始。对韩朝阳而言，今天跟过去那么多年的那么多天一样是“新的一天”，但却是真正的“全新的开始”，因为有了新的目标，有了前所未有的动力！

同老妈老爸一起把黄莹送上开往燕阳的大客车，便再次驱车赶到霍学斌家所在的宝宜县粟头村。兴冲冲赶过来，结果吃了一个真正的闭门羹。霍学斌家的人不只是避而不见，而是大门紧锁全出去了，并且不知道什么时候回来。

“大婶，他们是什么时候走的？”韩朝阳敲开邻居家的门，表明身份打听起霍家的情况。

一个四十多岁的妇女探头看看四周，一边示意韩朝阳进去，一边神神叨叨地说：“公安同志，我见过你，你昨天不是跟派出所的人一起来过吗？”

“是，跟王教导员一起来的。”

“你们前脚刚走，他家人后脚就出门了，估计没十天半个月不会回来。”

“躲着我？”韩朝阳反带上铁门问。

妇女回头看了一眼霍家漂亮的小洋楼，一脸不屑地说：“你要抓他儿子，他能不躲？霍建良这个老东西鬼着呢，他是跟你们打游击战，以前有公安从燕阳来他家也这样。被撞上了被堵在家里没办法，你们一走他们当然要走，省得你们第二天再来。”

听口气这两家的邻里关系不是很好，这显然也不是什么坏事。韩朝阳干脆找了个板凳坐下，饶有兴趣地问："大婶，你知道他们去哪儿了吗？"

"他家是做工程的，他儿子在外面有好多朋友，以前有好多小包工头跟他家干，而且全发了财。他家就是这德行，宁可把钱给外人赚也不给村里人赚。我家老段跟霍学斌干了四年，连个带班的都没混上，年底算工钱的时候还没跟他干的外地木匠多。"

原来牵扯到了利益！韩朝阳乐了，强忍着笑来了句："为富不仁。"

"谁说不是呢，他家工程做得红火时多风光，霍学斌做三十岁生日，小轿车从这儿一直停到村口，光礼金就收了几十万，你说他家那会儿有多少钱？"妇女抬起胳膊指指东南方向，数落道，"村口霍建贵跟他家关系够近吧，跟霍建良是堂兄弟，孩子好不容易考上大学，想管他家借点钱交学费，又没借多少，就借五千，你知道霍建良爷儿俩跟人家怎么说，他们居然说钱全在外面收不回来，到最后真一分没借。"

"本家都借不到钱，这也太抠了！"陪着妇女声讨了一番，韩朝阳话锋一转，回到原来的话题，"大婶，大人出门很简单，收拾几件换洗衣服就可以走，孩子怎么办，难道不用上学？"

"孩子去他姥姥家，丁雅兰娘家又不远，就在东风三队，"妇女从屋里捧出一个竹篓，一边做着来料加工的手工活——串珠子，一边眉飞色舞地说，"找上门的又不光你们公安，霍学斌不是把人家的工钱卷跑了吗，人家也来找，人家也来讨债。你要是年底来，更见不着人，去年他家人从腊月十五出去躲债，一直躲到今年正月十六，过了正月半才回来的。"

这是一个新情况，韩朝阳不动声色地又陪妇女东拉西扯了十几分钟，走出院子继续去附近几户村民家走访。不转转不知道，一转吓一跳。霍家的在村里的人缘实在不怎么样，几乎没人说他家好。归纳起来全是利益，有的是眼红，有的是霍家红火时没沾到霍家的光，有的是遇到困难时没借到霍家的钱。还遇到一个更奇葩的老太太，竟拉着韩朝阳数落霍家人有多么多么小气，明明家里有那么多零食，串门时就是不拿给她家孙子吃。

既然与霍家的关系都不好，韩朝阳当然不会错过这个发动群众的机会。再次掏出警民联系卡，微笑着说："奶奶，欠债还钱，天经地义。况且，霍学斌不只是欠人家钱，还涉嫌违法犯罪，是我们公安要追捕的逃犯。如果发现什么线索，也就是听到或者看到什么，您老可以让您儿子或您儿媳妇打这上面的电话，只要对破案有帮助，到时候就有奖金。”

“奖金，有多少奖金？”

“这个要看情况，反正不会少，而且会严格保密。”生怕老太太有顾虑，韩朝阳又强调道，“我们是燕阳的公安，抓到人发完奖金就回燕阳，谁没事会来这儿，我们不说谁知道，所以您老可以放一百个心。”

“行，这个我先收着，晚上吃饭时跟我儿子说说。”老太太一听说有奖金，顿时笑得合不拢嘴。

韩朝阳趁热打铁又转了十几户，作出了十几个也不知道将来能不能兑现的承诺，回到霍家门口钻进轿车，掏出手机拨通何义昌的电话。

“要债权人的联系方式？”何义昌不解地问。

“何队，我知道债权人有很多，但能跑到霍家讨债的应该不会多，并且应该全是小包工头。他们亏的可不只是一两万工钱，也不只是一点利润，可能会赔几十乃至上百万！您想想，那么多民工每年在同一时间去区里拉横幅要说法，肯定是有组织的，组织那些民工去区里闹事的绝对是那些小包工头。”

“这我知道，可你要他们的联系方式有什么用？”

“对霍学斌的情况，尤其社会关系，他们比我们了解。而且换作我，我肯定不会善罢甘休，不会坐等我们把霍学斌抓回来，也就是说他们很可能一样在找霍学斌。我们的精力是有限的，要办的案子却那么多。他们虽然没我们公安那么多资源，但他们只需要干一件事！”

何义昌反应过来，沉吟道：“嗯，有道理，他们很可能也在打听霍学斌的下落，很可能进展比我们大。”

韩朝阳透过窗户看看四周，接着道：“另外我觉得赃款可能已经转出去了，毕竟案发到现在已经两年，两年时间可以做很多事。他老子霍建良又不是一盏省油的灯，甚至与以前跟霍学斌干过的一些包工头有联系，他完全有时间也有能力做到。”

第一百二十一章　创业

一转眼回来三天了，准时上班，到点下班，下班之后要么和谢玲玲一起逛街，要么跟苏主任或陈洁一起吃饭，虽然韩朝阳不在身边，黄莹过得倒也充实。昨天跟陈洁约好今晚一起去看电影，骑着电动车匆匆赶到警务室，竟遇到一个很久没见的熟人。

“莹莹，赶快去后面洗手，这是贝贝带的，可好吃了！”陈洁兴高采烈地打起招呼，见小康正偷笑又急忙抽出纸巾擦嘴角。

“莹莹，这是你的。”张贝贝指指一小盒包装精美的巧克力蛋糕，起身帮她掀开接警台盖板。

“今天又不是周末，你怎么有空回来的？”跟韩朝阳回了一趟青山县老家，“坐实”了老韩家少奶奶的身份，并且经历过盛滟雯找上门的事件，黄莹不但对自己非常有信心，对韩朝阳一样有信心，对张贝贝自然没之前那样的看法，微笑着问了一句，走进办案区拆起蛋糕盒。

“不干了，不是老板炒我鱿鱼，是我炒的老板。”

“为什么？”黄莹很意外，拿着小叉问，“旅行社不是挺好的吗，可以天天玩可以到处玩，而且你学的就是旅游专业，还有导游证！”

“导游没你想得那么光鲜，我刚辞掉工作的那家旅行社主要是地接，我们这些导游一分钱基本工资都没有，还要给他们交钱。《旅游法》颁布施行这么久，说好的‘打击零负地接’，结果还是那样，甚至愈演愈烈。别说想赚钱了，想生存下去都得坑人，你们说我能干那样的事？”

理想太美好，现实太残酷。张贝贝轻叹口气，一脸无奈。

黄莹愣了愣，似懂非懂地问：“接团要给旅行社钱？”

“不给钱人家能把团给你，行话叫人头费，一个人五十，一车四千多，算上游客吃饭、住宿和交通费真上万，不带游客去购物拿点回扣，连本钱都赚不回来，现在人又特反感购物。跟车实习了几天，我算明白了，这一行没前途。”张贝贝没再唉声叹气，而是有些如释重负。

没吃过猪肉不等于没见过猪跑。黄莹虽然不是导游，但对旅游行业内的潜规则并非一无所知，吃完嘴里的蛋糕笑道：“不干就不干呗，你又不是过不下去，光存款利息就够你过得很滋润了。”

“是啊，像你这样的小富婆用得着给人去打工吗？”陈洁噗嗤一笑，对此深以为然。

“我算什么富婆，钱越来越不值钱，几百万算什么。”张贝贝坐到她身边，笑盈盈地说，“而且不能总不买房，买套地段稍微好一点，面积大一点的房子，再装修一下，那点拆迁补偿就没了。”

“那你接下来有什么打算？”黄莹好奇地问。

“明天再去人才市场转转，看看能不能找份靠谱点的工作，”张贝贝用小叉挑起纸盘子里剩下的最后一小块蛋糕，突然笑问道，“你老公呢？”

“一来就问我老公，是不是对我老公有意思？”黄莹忍俊不禁地调侃道。

“就你把他当个宝，我就是随口问问。”

“在老家呢，明天就回来。”

三个女人一台戏，正插科打诨，苏主任拿着一叠刚打印好的表格走了进来。张贝贝带了好几盒蛋糕，其中有一盒就是给苏主任的，考虑到郑欣宜明天才来，特意让去东明小区帮厨的保安带过去放在食堂的冷藏柜里。苏娴和黄莹刚来时一样问起她的近况，吃着美味的蛋糕大发起感慨，声讨起具有各种黑幕和潜规则的旅游业。

张贝贝是来玩的，不是来诉苦的，并且她实在算不上苦，急忙换了个话题：“苏主任，我是从人民路过来的，过来时见其他地方都拆了，就纪念堂没拆，留那一小块做什么？”

“不是不想拆，是那块地没人要。”

“为什么？”

苏娴擦擦嘴角，耐心地解释道：“纪念堂那一片儿本来就不在交通枢纽的规划区域内，别看离未来的高铁站和长途东站那么近，近得只隔一条小马路。区里开始觉得位置好，肯定有开发商要，结果没开发商要，连续流拍好几次。归纳起来两个原因，一是那块地面积太小，只能盖两栋楼，起拍价又不便宜，开发商可能觉得投资和收益不成正比；二是那块地其实是一片墓地，纪念堂本来就是朝阳村的村民们安放去世亲人骨灰的地方，开发商既觉得晦气又担心房子建起来没人买。”

黄莹也是第一次听说，禁不住问：“不拆了，就这么闲置？”

“关键是拆了卖不掉，贱卖又影响周边的地价，”苏娴放下小叉子，轻叹道，“地征了，坟迁了，安放在纪念堂里的骨灰也移走了，照理说那儿应该归区里的投资开发公司管。结果人家嫌晦气嫌麻烦，让我们社区照看。如果给钱我倒是可以安排两个保安，关键他们不给钱，说什么把使用权给我们，说能利用就利用。”

黄莹同样觉得区里的投资开发公司做事不地道，禁不住嘀咕道：“他们也真想的起来，那是一片坟场，晚上一个人都不敢从那边走的，坟场怎么利用！”

“谁说不是呢，我也懒得管，不就是几栋阴森森的空房子和一小片树林嘛，谁愿意谁去住，谁想砍谁去砍伐。就算变成流浪汉聚集的地方，就算那些树被砍得一颗不剩，也不关我们社区的事，反正我们没帮他们照看的义务。”

陈洁一针见血地说：“苏主任，人家根本不在乎你说得那些，人家在乎的是地，谁还能把地搬走？”

“这倒是。”

说者无心，听者有意。张贝贝托着下巴若有所思，直到黄莹捅她胳膊才反应过来。

“贝贝，想什么呢？”苏娴好奇地问。

“苏主任，我想把纪念堂租下来，不过租期不能低于八年。如果想提前收走，得赔偿我的损失。”

“租纪念堂，租那块坟地？”黄莹大吃一惊，一脸不可思议。

“嗯。”张贝贝越想越觉得可行，嘻嘻笑道，“我没开玩笑，我想把那儿租下来创业。苏主任，您支不支持？如果支持，能不能别把租金定太高。实体经济为什么越来越不行，不就是各种费用太高吗，其中主要就是人员工资和房租。”

谁会傻乎乎地去租放了二十几年骨灰的纪念堂？谁会傻到去租一片刚把坟迁走的坟地？

苏娴从未奢望过能把那么晦气的地方利用起来，笑看着她问：“贝贝，你现在也是我们社区的居民，你要创业我当然支持，而且全力支持。关键那儿能做什么，你把那儿租下来能创什么业？”

“开旅社，青年旅社，按床位收费的那种，”张贝贝觉得成功的几率很大，不无激动地说，“我可以把纪念堂内部改造一下，那么高的房子完全可以改成两层，可以多隔几个房间，多设一些床位。纪念堂后面的绿化那么好，再搞点花草，真是闹中取静、鸟语花香，旅客们可以在树林里和花园里发发呆、烧烧烤、聊聊天……”

“把跟公墓差不多的纪念堂改造成青旅，亏你想得出来！”

“我学的就是旅游，过去这些天几乎天天跟宾馆酒店打交道，而且我上学时经常出去旅游，出去旅游时没少住青旅。对那些喜欢穷游的文艺青年而言，有既便宜环境又好的地方住已经很不错了，谁会在乎那地方以前是做什么的。”张贝贝诡秘一笑，又眉飞色舞地说，“以前是纪念堂其实也没什么不好的，可以作为一个噱头来宣传。多神秘，多恐怖，很多人真有猎奇心理。嗯……真要是能搞起来，我一定要搞一个晚上去后面树林讲鬼故事的节目，肯定很刺激！”

第一百二十二章　又是跑路！

韩朝阳驱车回到燕阳已是星期四下午，一赶到警务室还没来得及把行李送到理大教师宿舍，就有群众排着队来报案！警务室人满为患，顾爷爷干脆把几个来报警的群众领进后院，在居委会会议室了解情况。

“别急别急，慢慢说，一个一个说。”韩朝阳顾不上回宿舍换警服，从抽屉里取出纸笔，在警务室里询问。

一个十八九岁的女孩急切地说：“警察叔叔，我是天下食府的服务员，算上开业前的培训，在天下食府上了三个多月班，只给我们发过一次工资，还没发全。前天老板说内部要重新装修，给我们放假让我们休息，刚开始没起疑心，早上有人说老板跑了我还不信，没想到下午过来一看他真跑了！”

“六院后面的那个天下食府？”韩朝阳下意识问。

“嗯，刚开时间不长，生意是不太好，但他怎么说跑就跑呢！”

又是欠薪！

韩朝阳头大了，起身问：“你们也是天下食府的服务员？”

“我不是，我是厨师。”

“警察同志，我是给饭店送调料的，姓周的不光欠工钱也欠我的钱。”

“公安同志，我是卖肉的，摊位在新民菜市场，周森那王八蛋开始跟我说一个月一结，每次去结账他总是找借口拖，从饭店试营业到现在一次没结过。您看，一共欠我七万多。”一个矮矮胖胖的中年人挤到接警台前，从包里翻出一堆单据。

韩朝阳对食府天下有点印象，饭店规模不小，上上下下三层楼，一楼是大堂兼举办生日庆典和婚宴的宴会厅，二楼和三楼全是包厢，装修得很豪华。没想到好好的一饭店说关门就关门，老板说跑就跑了！

霍学军的下落尚未搞清，一回来又冒出一个周森，韩朝阳暗想接下来一段时间可能要把精力放在帮进城务工人员讨薪上，考虑到来报案的人太多，干脆放下笔问："大家别急，我先问几个问题，您贵姓？"

"免贵姓吴，吴中华。"

"吴老板，周森的手机号你有没有？"

"有，这是他名片，不过打不通，我打过好多次，真打不通。"

"周森什么地方人？"

"本地人，家好像在高新区。"

韩朝阳暗骂了一句混蛋，追问道："现在饭店是什么情况？"

"饭店门口全是人，有服务员，有打杂的，有厨师，有跟我差不多的供应商，"生怕韩朝阳对餐饮行业不了解，卖肉的吴老板又补充道，"有送酒的，有送粮油的，有海鲜水产的，有送菜的，还有装潢公司的人，饭店装修的钱他也没给全。"

"警察叔叔，有人想搬东西，给搬家公司打电话，叫了两辆车，刚开始搬就被房东拦住了。老板欠房租，房东说店里的东西一件都不能拉。"

能想象到饭店门口这会肯定很热闹！事有轻重缓急，没什么比维稳更重要的，韩朝阳不敢再耽误，立马回头道："欣宜，通知各中队，请这会儿不用执勤的队员立即去天下食府维持秩序。"

"好的，我去后面叫。"

考虑到理大离饭店更近，韩朝阳又顺手拿起对讲机，调到理大110应急值班室和校卫队的频率："值班室值班室，我韩朝阳，请问今天谁值班？"

"韩队韩队，我章金海，今天我值班，你什么时候回来的，有什么事？"

"刚回来，刚到警务室。章主任，这边有一个紧急情况，六院后面的天下食府的老板跑了，房东收不到房租，供应商拿不回货款，饭店服务员、厨师拿不到工资，群情激愤，能不能安排几个队员过去协助我们维持下秩序？”

“没问题，我这就叫人，我亲自带队。”

“好，麻烦你了。”

那一片儿是老唐和苗海珠的辖区，发生这么大事当然要跟他们通报。韩朝阳正给老唐打电话，顾爷爷神色凝重地从后门走了进来。

“师傅，唐警长正在所里，海珠在外面查新民小区电动车失窃的线索，他俩最快也要半小时才能赶到现场，要不您在这儿盯着，我先去现场看看。”

“去吧，这边交给我。”

“别挤，也别急，排好队，一个一个来。”韩朝阳打开抽屉取出警车钥匙，一边喊着一边掀开接警台盖板挤出警务室。

打开警灯，拉响警笛，火急火燎赶到天下食府，门口果然很热闹。一对中年夫妇正挡在大门口跟一群人理论，很激动嗓门也很高。

韩朝阳挤进人群，走到电动感应门边上，还没来得及开口，一个中年人就推推搡搡地说：“你谁啊，欠债还钱，天经地义，拿不到钱搬东西，凭什么拦我，给我让开！”

“姓周的不光欠你钱，一样欠我钱！他欠我房租，这是我的房子，说不让进就不让进，我看谁敢私闯民宅，有本事从我身上踏过去！”女房主很泼辣，指着刚才想赶走韩朝阳的一个中年人叫骂起来。

韩朝阳意识到没穿警服，没威慑力。急忙指指他们身后的警车，扯着嗓子喊道：“同志们，请静一静！我姓韩，叫韩朝阳，是燕东公安分局中山路综合接警平台的民警。在出警的路上，我已经向上级汇报了天下食府老板周森拖欠房东房租，装修公司工程款，供应商货款及服务员、厨师工资且跑路的情况，街道领导和居委会的同志马上到，请大家保持冷静，等相关部门的人到了之后有事说事！”

第一百二十三章　拒不支付劳动报酬罪!

理大离得最近，理大保安来得最快。见四辆电动巡逻车缓缓开了过来，韩朝阳立即举起对讲机请章金海安排四个保安过来看门，其他人负责疏导人行道和机动车道的交通，劝围观的行人不要再看热闹。

四个身材高大的小伙子刚挤到门口，许宏亮、李晓斌和吴俊峰带着二十几个小伙子到了。朝阳社区保安服务公司本来就是花园街道为维稳而成立的，在维稳方面他们比理大保安专业。不需要韩朝阳开口，小伙子们就很默契地行动起来。三步一岗，五步一哨，劝看热闹的群众不要在此停留，甚至扮演起交通协管员的角色，站在马路中央打着手势、吹着口哨指挥刚才被堵住的车辆通行。

一下子来几十个穿制服的“特勤”，刚才闹得最凶的几个债权人老实了，不再大声嚷嚷，更不敢再推搡，而是围着韩朝阳七嘴八舌的诉苦。

“姜老板，我理解你的心情，但周森不光欠你姜老板的装修款，也欠房租、欠工人工资和供应商的货款！你把值钱的东西拉走，别人怎么办，别人的经济损失怎么挽回？”

援兵到了，韩朝阳有了底气，回头看看几个对刚才这番话深以为然，正连连点头的债权人和饭店厨师，不缓不慢地说：“谁也不想遇到这样的事，既然已经发生了我们要想办法解决，但不管想什么办法，首先要以不违反法律法规为前提。”

“韩警官，这话我不同意，我维护自己的合法权益，怎么就违法了？”

“李女士，刚才我跟姜老板说得很清楚，这个道理同样适用于你，你把饭店里值钱的东西卖了挽回经济损失，别人怎么办，法院在破产清算时还要通盘考虑呢。”

“我跟他们不一样，他们只是眼前的这点损失，如果这件事拖着不解决，我的房子租不出去，我要损失多少租金？”女房东很焦急，回头看看她丈夫，又急切地说，“实不相瞒，这三层商铺是贷款买的，就指着租金还银行贷款呢，他们拖得起，我拖不起！”

情绪激动，急得眼泪都流出来了，可是以前干嘛去了？地段这么好的三层商铺，至少也要先收半年租金，许多像她这样的业主不光先收半年乃至一年的租金，甚至还要收一点押金。你们倒好，担心租不出去，居然按月收，并且被拖欠之后还不采取必要的追讨措施。装修公司和给饭店送菜送酒水的供应商也一样，一手交钱一手交货多好，非得让姓周的欠，现在姓周的跑路了才知道后悔。

韩朝阳暗想生意再难做也不能这么做，考虑到这么多人全聚集在外面影响不好，正准备让女房东打开刚上的链子锁让众人先进大厅，新园街道和新民社区居委会的人到了，新园街派出所不光也来了人，来得还是熟悉得不能再熟悉的师兄俞镇川。

中山路综合接警平台只负责临时处置，接下来的事就交给他们了。韩朝阳跟俞镇川打了个招呼，给两位一看就是领导的街道干部简单介绍了下情况，就让吴俊峰等几个队员协助新园街道的人维持现场秩序，让许宏亮和李晓蕾带其他人先回去。对于理大的援兵要以礼相待，韩朝阳热情邀请章金海上警车，打算先把他送到理大然后再回警务室。

“现在的老板都怎么了，”章金海系上安全带，看着后视镜感叹道，“光我知道的就有好几个，我们学校西门的理发店，装修挺漂亮，刚开始生意挺好，还办会员卡，让顾客充值，以后在店里消费可以打折。结果会员卡办了没几天，老板跑了。还有北门对面的燕都超市，那规模比这个饭店大，开了不到一年，老板也跑路了。跟跑路的美容美发店一样，也办会员卡和充值的代金卡，到现在我家还有一张呢，里面有两百多块钱，我老婆后悔死了，总说早知道老板会跑、早知道超市会关门，就应该去把卡里的钱花了，不管买什么东西，不管家里需不需要。”

韩朝阳叹道：“做生意有风险，干不下去很正常，但一走了之肯定是不对的。”

“说到底营商环境有问题，或者说立法滞后。国外同样有企业倒闭，为什么老板跑路的不多，主要是法律健全，干不下去可以申请破产。国内一样有破产方面的法律法规，但想破产可没那么容易。”

“章主任，你这一说我发现破产的公司还真不多，好像就那些国营大企业可以破产。”

“这跟国情尤其千百年的传统也有一定关系，欠债还钱的观念根深蒂固，在很多人看来破产就等于赖账，就算立法能跟上实施起来也很难。”

到底是在大学工作的，从一件“小事”上能引申出这么多大道理。韩朝阳水平有限，讨论不了这样的国家大事，只能连连点头。

把他送到保卫处，从学校南门出来，在六院门口调头回到警务室。俞镇川正在天下食府，老唐好像也到现场，顾爷爷让来报案的群众都过去了，警务室里又跟平时一样只有两个值班人员。

“朝阳，天下食府的事，新园街道和镇川他们打算怎么处理？”郑欣宜好奇地问。

“这种事能怎么处理，”韩朝阳走进办案区，把警车钥匙锁进抽屉，回头道，“回来时听他们说先去高新区帮着找找姓周的老板，能找到最好，如果找不到就按程序办。”

“什么程序？”

“建议房东、装修公司和那些送菜送粮油送酒水的供应商去法院起诉，建议饭店的服务员厨师和勤杂工去劳动监察大队报案。法院不可能不受理，劳动保障部门也不可能不管，至少现阶段没新园街派出所什么事。”

“什么叫现阶段？”郑欣宜追问道。

“生意做不下去可以关门，但跑路算什么，欠谁的钱也不能欠进城务工人员工资！”想到这次补休期间主要忙的那些事，韩朝阳冷笑道，“姓周的把事情想得太简单，可能不知道拒不支付劳动报酬已经入刑了，刑法第二百七十六条明确规定：以转移财产、逃匿等方式逃避支付劳动者劳动报酬或者有能力支付而不支付劳动者的劳动报酬，数额较大，经政府有关部门责令仍不支付的，处三年以下有期徒刑或拘役，并处或单处罚金；造成严重后果的，处三年以上七年以下有期徒刑，并处罚金！”

一个只学过治安处罚法和警察法的人，居然侃侃而谈起刑法的条款。

郑欣宜很意外，将信将疑地问：“真的假的？”

刑法其他条款韩朝阳真不清楚，这一条印象深刻，因为前几天就忙着这事，很认真很严肃地说：“我骗你干什么？”

“那数额较大怎么认定呢？”

“有相应的司法解释，好像是拒不支付一名劳动者三个月以上的劳动报酬，且数额在五千元至两万元以上的；或者拒不支付十名以上劳动者的劳动报酬，且数额累计在三万元至十万元以上的。各个省根据司法解释，结合各地的实际对数额有具体标准，我们省是拒不支付一名劳动者三个月劳动报酬且数额在一万元以上，或拒不支付十名劳动者劳动报酬且累计数额在六万元以上。”韩朝阳顿了顿，胸有成竹地说，“不管怎么算，姓周的都达到了‘数额较大’。劳动监察大队受理之后先调查核实，然后给他家送一份责令支付的公文或者在饭店门口张贴一份，不管他能不能看到，如果在规定期间内仍拒不支付，就可以按程序移交给我们公安机关立案侦查。”

“这么厉害！”

“才知道，要不是有拒不支付劳动报酬罪，这两年民工工资哪有这么容易讨要。尽管拒不支付劳动报酬入刑有很大争议，尤其在实践中存在很多争议，但我觉得入刑是好事，法律不就是保护弱势群体的么。”

第一百二十四章　创业、扶贫

一边跟郑欣宜闲聊着，一边看接警平台过去这段时间的工作日志，不知不觉已到饭点。听说他回来了，谭阿姨多准备了一份儿饭。在警务室吃完晚饭，等老唐从天下食府回来，韩朝阳骑上老唐的电动车，赶到所里找领导销假，并在所里等正在加班的黄莹，反正街道办事处离派出所很近。

本以为今晚康所值班，没想到刘所也在。刘建业衣服都换好了却没急着回家，反而把韩朝阳叫到二楼办公室，问起分局要缉捕的在逃人员霍学斌的情况。

“补休这几天，我认真调查过嫌疑人及嫌疑人亲属的社会关系，发现他父亲霍建良跟一个叫桂留群的包工头走得很近。分局经侦大队每次派人去他家，或者有债主上门讨债，他就带着全家老小去桂留群家躲避。我已经向何队汇报了这个情况，何队说光凭这些很难对桂留群采用技术手段。”

“涉嫌拒不支付劳动报酬？”刘建业低声问。

“嗯，经侦大队就是以涉嫌拒不支付劳动报酬罪立案侦查的。”

刘建业微微点点头，想想又问道：“现在这个案子谁负责？”

这个问题真把韩朝阳给问住了，愣了好一会儿才苦笑道：“听冯局的语气，局里对这个案子很重视。可能考虑到嫌疑人躲在境外，并且不知道躲在哪个国家，又有那么点束手无策，现在主要是经侦二中队在跟。局里都没办法，何队他们能有什么办法，也就没什么具体的措施。”

意料之中的事！

刘建业禁不住笑问道：“接下来打算怎么缉拿？”

“刘所，这我真不知道，不过我怀疑损失最大的三个小包工头也在找霍学斌，已经联系上两个，另一个换号了，暂时联系不上。可能以为我是在查组织民工去区政府门口拉横幅要说法的事，联系上的这两个包工头在电话里不愿意跟我多说。”

没有人管的案子，所里可以管管，万一能查清嫌疑人下落呢？刘建业觉得可以试试，追问道：“他们在什么地方？”

“一个说是在开发区做工程，也不知道是真是假，不过手机号的归属地是燕阳；另一个姓王的包工头说他在高临市，离得太远，鞭长莫及，也没法儿查实。”

“在开发区的那个姓什么叫什么知道吗？”

“知道，当时做过笔录，有他的身份证信息。”韩朝阳掏出手机，翻出一张身份证复印件的照片。

刘建业接过手机看了一眼，笑道：“有时间上网查询一下，只要人在开发区不可能没他的暂住记录。跟他好好说说，让他年底别再折腾，跟他说清楚破案不是公安一家的事，也需要他们这些当事人配合。”

“是，我等会儿就上网查，等会儿再给他打个电话。”

“今天刚回来，一回来就又遇到一起拒不支付劳动报酬的，肯定很累，先休息。工作永远是干不完的，明天再查询，明天再给他打电话。”

“谢谢刘所。”

小伙子越来越像一个警察，刘建业很欣慰，抬起胳膊看看手表，突然话锋一转：“小韩，昨天去局里开会，警务保障室徐主任说要给警务室再配一辆警车。所里情况你很清楚，警情一起接着一起，楼下那几辆车真不够用，以至于不得不私车公用，秀娟那辆车三年跑了六万公里，其中有一大半里程是出警跑的。”

领导不会无缘无故说这些！韩朝阳再傻也明白所长的意思，连忙道：“刘所，我不知道局领导是怎么考虑的，反正我们警务室用不着两辆警车。我们有电动巡逻车，而且好几辆，遇到突发情况需要用车，可以管街道综合执法大队借，还可以管理大保卫处借。”

“行，就这么说定了，拿到车之后所里先借用一段时间。”

“是。”

局里不可能无缘无故给中山路综合接警平台配车，刘建业只想要车不想要人。之所以不想要人不是所里警力不紧张，而是这可能涉及未来的辖区划分。作为派出所长，谁也不想被“割地”，他摸摸嘴角，沉吟道：“考虑到你师傅很快就要退休，警务室警力会变得非常紧张，我和教导员研究了一下，打算让小吴过去跟你一起常驻警务室，你负责警务室全面工作和社区工作，他主要负责办案，你觉得怎么样？”

“工作狂”谁不喜欢，再说领导已经决定了，韩朝阳急忙道：“吴伟那么能干，他过去真是太好了，谢谢刘所。”

“你这段时间干得也不错，有你俩在，中山路那一片儿我没什么不放心的。”刘建业再次看看手表，接着道，“还有，记得明天下午 2 点准时去高铁站工程指挥部开会，也就是以前的朝阳村委会。前段时间不是发生过一起扎车胎的案子吗，上级很重视，要求我们安排专人全程参与项目建设，为城东交通枢纽工程保驾护航。”

韩朝阳小心翼翼地问：“刘所，您是说让我全程参与？”

“所里就这几个人，除了你还能安排谁，毕竟你离工地最近，对那一片的情况又最熟悉。”刘建业笑了笑，意味深长地说，“并且只是挂个名，你还是理大的驻校民警呢，难道真天天待在理大？”

“明白，我知道该怎么做了。”

“知道就行，今天就到这儿，我丫头今天过生日，再不回去她就要追过来了，”刘建业站起身，一边往办公室外走，一边笑道，“你也别在所里待着了，去街道陪陪女朋友。人家加班都有男朋友或爱人接，平时太忙没办法，今晚不是很忙也去接一下。”

没想到总是板着脸的所长也很有人情味！韩朝阳再次道了一声谢，跟着他一起走出派出所，直到目送他消失在视线里才小跑着赶到街道办事处，跟今晚执勤的保安小吕打了个招呼，才轻车熟路跑上二楼敲开财政所办公室门。本以为女友正忙着做账，没想到她竟坐在椅子上打电话。

“东风路有个旧货市场，挺大的，卖什么的都有，我星期天陪你去。

不过光我们去也不行，你问问小康有没有时间，问问他能不能调休，如果能就请他骑个三轮车去，如果有什么合适的就直接买了让他帮着拉回来……”

韩朝阳轻轻反锁上门，坐到她面前等了好一会儿，直到她挂断手机才好奇地问：“老婆，谁啊？”

“张贝贝。”

“张贝贝，她怎么想起给你打电话，她买旧货干什么？”

“她要创业，”一想到张小富婆打算把死人待的地方改造成活人住的青旅，黄莹就忍不住笑道，“她跟苏姐谈好了，要把朝阳村纪念堂租下来开旅馆。名字都取好了，听上去很霸气，叫什么朝阳国际青年旅社！”

这个脑洞也太大了，韩朝阳惊诧地问：“那就是一鬼屋，能开旅社吗？”

“别这么封建迷信，要说地底下埋人，什么地方没埋过人？”黄莹反问一句，眉飞色舞地说，“苏姐昨晚跟古主任他们开了个会，专门研究张贝贝开青旅的可行性，结果发现开起来不一定会赔。首先客源没问题，离长途汽车东站不远，外地旅客谁知道那以前是纪念堂，只要价格合适、环境又不错，肯定会入住。而且周围那么多项目工地，工人舍不得花钱住旅馆，工程管理人员舍得花钱。等城东交通枢纽建成投入使用，人流量更大，更不用为客源发愁。”

“本地人肯定不会住！”

“人家根本没想过做本地人的生意。”黄莹噗嗤笑道，“社区跟街道不一样，社区可以搞实体盈利，苏姐觉得这是个机会，今天一早就去找区里的投资开发公司谈判，好像已经谈下来了。打算跟张贝贝来个‘公私合营’，社区出场地，张贝贝出钱，各占一半股份，赚到钱平分。”

在朝阳村的坟地上开旅馆，亏她们想得出来！

韩朝阳佩服得五体投地，傻傻地问：“然后呢？”

“合股做生意，张贝贝投资又不大，苏姐更是空手套白狼，很简单的事，有什么然后。”黄莹一边收拾着东西准备下班，一边笑道，“其实苏姐更想要真金白银，但这个租金没那么好拿，如果管张贝贝要三五十万，不光投资开发公司可能会反悔，甚至连街道都会雁过拔毛。干脆以场地投入与张贝贝合伙搞个实体，只要经营得好不光有固定收益，还能解决几个贫困户的就业，这也算精准扶贫。”

“开旅馆属于特种行业。”

“放心吧，苏姐没想过找你帮忙，都说了这是扶贫项目，街道乃至区里都会支持，不就是个特种行业许可证嘛，保安公司都开起来了，一个旅馆开不起来？对她来说这不是事，她正忙着研究大学生创业和扶贫方面的政策，说不定真能争取到资金扶持和税收优惠。”

第一百二十五章　亡羊补牢

回到工作生活的地方，一切回到原来的样子，看着擦肩而过的莘莘学子和匆匆忙忙去六院就诊的病人，韩朝阳觉得特踏实。

整整警服，沿斑马线穿过中山路，跟一大早过来开门准备营业的商户们打招呼。光顾着跟打字复印店老板娘闲聊，没注意门口多了一辆警车，直到拉开门走进警务室，才发现俞镇川正坐在办公区里就着白开水吃包子。

“镇川，你怎么来了，今天所里不忙？”韩朝阳很意外，站在接警台前问。

“所里哪天不忙，没事我能过来？”俞镇川放下杯子站起身，苦着脸说，“新民小区夜里又丢了一辆电动车，老唐和海珠已经过去了，我本来也要过去的，在路上接到师傅电话，师傅让我先来警务室，说先调看下监控。”

想到师傅他老人家让师兄来“调监控”，韩朝阳意识到连刑警都搞不定的案子中山路综合接警平台可能搞定了，不禁笑道：“又丢了一辆电动车，这不是一件坏事。不怕那混蛋出手，就怕那混蛋不出手！”

俞镇川正头疼，抽出张纸巾擦着手说：“别开玩笑了，新民小区哪有监控？”

“以前没有，现在有了，不然师傅能让你过来调看监控视频。”

“什么时候装的，我怎么不知道！”

“前几天装的，你不知道很正常，可能老唐和海珠都不知道。”

“谁装的，装在哪儿，装了几个？”新民小区连物业都没有，怎么可能有监控，俞镇川将信将疑。

“我让李晓斌装的，具体装了几个，到底装在什么地方我也不清楚，”韩朝阳不无得意地笑了笑，回头问，“陈洁，你家晓斌呢？”

“夜里在村里巡逻的，一直巡到四点多，顾警长让我喊他了，刚起床，正在后面洗漱。”

“不好意思，让他休息不好。”

“回头请客就行了，案子破了肯定要请客。”陈洁诡秘一笑，起身拉开后门跑去催李晓斌快点。

俞镇川终于相信新民小区有监控了，不解地问：“朝阳，监控器材说贵不贵，说便宜也不便宜，小区业主不愿意出钱，你是从哪儿搞的？”

“管经侦二中队借的，”韩朝阳掀开盖板走进办案区，打开电脑登录内网一边浏览平台上的信息，一边微笑着解释道，“何队他们缴获了一批针孔摄像头，案子没办结没来得及上交，我就把那些针孔摄像头借来了。既不是枪机也不是球机，更不是高清的，但只要能拍摄就行，有总比没有好。”

“老唐和海珠不知道？”

“我和师傅怀疑这一系统电动车失窃是内鬼所为，海珠呢又天天在小区里转，如果让她知道哪儿装了摄像头肯定忍不住去看，如果嫌疑人留意她的动向就有可能暴露摄像头的位置，所以干脆瞒着她。只有师傅、我和晓斌知道。”

“这保密工作做得可以啊！”

“机会只有一次，必须小心谨慎。”

“太好了，监控视频不需要太清晰，只要能看清嫌疑人的大概体貌特征就行！”

“别高兴太早，万一那些针孔摄像头不管用没拍到呢。”

正说着，顾爷爷骑着电动车到了，拉开门问：“镇川，朝阳，晓斌呢，你们怎么还不去调看监控？”

“晓斌夜里值班的，这会儿刚起床。”

韩朝阳话音刚落，李晓斌和陈洁从后门走了进来，一脸歉意地说：“顾警长，不好意思，睡得太死，陈洁第一次去喊我没醒，又稀里糊涂睡着了。”

“没事，偷车的小子跑得了和尚跑不了庙，早一会儿晚一会儿没关系，先吃饭吧，吃完早饭再去。”

“不用了，巡逻回来时吃过，吃了再睡的。”

“那行，你们赶紧去。镇川，确认嫌疑人身份之后知道该怎么办吧？”

“知道！”

谁也不知道是单人作案还是团伙作案，韩朝阳从抽屉里取出两副手铐，想想又叫上小康和今天轮休的小柳，开着警车跟着俞镇川匆匆赶到新民小区。

这次发生失窃的是6号楼的一个业主，她家没小车棚，电动车就停在二单元门洞外的花坛边，早上下楼去给孩子买早点，发现车没了，于是打110报警。分局刑警大队的技术民警已经到了，一个蹲在花坛边拍照，一个趴在警车引擎盖上绘图。老唐阴沉着脸维持秩序，劝看热闹的业主站远点，不要破坏现场。苗海珠正捧着文件夹给失主做笔录，一星期内连续发生两起电动车失窃，她脸色也很难看。

上级要求只要是刑事案件都要勘查现场，技术民警也很头疼，跟老唐那个社区民警没什么好说的，跟省厅下来挂职锻炼的苗海珠更不好说什么，一看见俞镇川就拉着他胳膊问：“小俞，怎么回事？光我们就来过四次，这是第十五起还是第十六起？”

俞镇川被问得很尴尬，背对着看热闹的群众说：“不好意思，我们工作没做好，让你们左一趟右一趟跑。”

“这么下去不是事，想想办法，尽快把这一系列失窃案破了。”

“行，我们会想办法的。”

韩朝阳跟分局的技术民警不是很熟，只是微微点头打了个招呼。

与此同时，李晓斌打开警车后备箱取出一张圆凳，跑到门洞边放下，站在凳子上从门洞屋檐上小心翼翼取下一个用纸盒伪装的针孔摄像头。随即带着小康挤出围观的人群，跑到小区内的主干道边，打开一个不知道损坏了多久的低矮的路灯盖子，从里面又取出一个用塑料胶带固定的针孔摄像头……

小康和小柳拦住业主不让靠近，谁也不知道他们在干什么，业主们一会儿看看正在里面勘查的警察，一会看看他们，交头接耳，议论纷纷。

刚才埋怨俞镇川的技术民警反应过来，不动声色地问："小俞，你们有准备？"

"不是我，是朝阳。"

技术民警脸上露出了笑容，下意识回头问："韩指导，可以啊，装了几个？"

韩朝阳在来的路上问过李晓斌，一边环视着围观的群众留意比较可疑的人员，一边不动声色说："可以什么呀，这只能算亡羊补牢。装是装了不少，一共 26 个，但都不是专业的器材，拍摄效果跟行车记录仪差不多。夜里光线不好，也不知道放出来是不是一抹黑。"

"有几个路灯没坏，应该能拍摄到。"技术民警回头看了看，又问道，"内存多大，能拍摄保存多长时间视频？"

"内存不小，能保存 6 个小时的视频，安装摄像头的是我们巡逻一中队的中队长，他每隔 6 个小时都会换上电力公司的工作服，以检查线路为掩护来格式化一下。"

正说着，李晓斌和小康提着四个大黑色塑料袋跑了过来。技术民警的现场勘查车上有笔记本电脑，韩朝阳和俞镇川接过塑料袋跟上勘查车，小心翼翼地取出针孔摄像头的内存卡，递给技术民警挨个调看。

第一百二十六章　撤！

正如韩朝阳所料，夜里光线不好，大多摄像头只拍到汽车和电动车的灯光，开车和骑车的人都看不清，且一闪而过。但几个安装在路灯附近的摄像头，拍摄效果还是不错的，只要从镜头前过的车辆和行人都拍摄到了。

当看调看到第八张内存卡里的视频时，技术民警欣喜地说："应该就是他们，应该就是这辆车！"

韩朝阳俯身一看，只见笔记本电脑显示器里出现两个男子，一个推着白色踏板电动车往主干道方向走，一个在电动车右侧往前走。不是并肩走，而是错开一个身位。后面的，也就是在电动车右侧的男子，穿着一件浅色的风衣，衣角搭在电动车后座上，左手拿着手机，右手夹着烟，像是在边走边闲聊，至少从表面上看不出有什么可疑。刚才在外面听失主说过，她知道小区治安不好，经常丢车，昨晚上楼时不仅锁死了车龙头，还用一把很粗很结实的链子锁把后面的车轮锁上了。从她的描述上可以肯定，用专门剪钢筋的大钳子也不一定能剪断链子锁。

韩朝阳正纳闷监控视频里的两个嫌疑人是怎么打开链子锁的，站在身后的俞镇川喃喃地说："一看就是惯犯，配合得很默契，后面这个的风衣里肯定有个钩子，一头挂在裤腰带上，一头勾住电动车后面的不锈钢保险杠，把电动车后轮勾离地面，乍一看像是左边的家伙在推着走，其实后轮没着地！"

技术民警回放慢放，果不其然，可以清楚地看到电动车后轮根本没转！"光有两个背影可不行。"技术民警把这一段视频拷贝下来，换上另一张内存卡。针孔摄像头不光拍摄视频，也记录时间，时间明确，接下来就好办了，当调看到第十六张内存卡里的视频时，两个嫌疑人的大概体貌特征出现在众人面前。

韩朝阳相信尽管师兄和老唐先后管过这一片，但论对小区居民的熟悉程度，绝对比不上这段时间天天往小区跑的苗海珠，立马推开后门，探头喊道："苗姐，过来一下。"

"什么事？"苗海珠刚才光顾着给失主做笔录，光顾着询问其他业主，不知道他们在搞什么鬼，跑到勘查车边一脸茫然。

"上来，上来再说。"

"哦。"

俞镇川急忙让开身体，指着笔记本电脑显示器问："海珠，对这两个人有没有印象？"

"有监控视频！从哪儿调到的？"

"从哪儿来的回头再说，先看看这两个家伙。"

正一筹莫展的苗海珠欣喜若狂，紧盯着笔记本电脑看了好一会儿，突然回过头用肯定地语气说："都是小区里的，如果没记错穿风衣的这个姓邹，叫什么名字我忘了，他家住 2 号楼，他妈是卖水果的。"

"这个呢？"

"这个姓黎，黎明的黎，住 9 号楼，正在上职中。我去他家动员他爸他妈支持成立业主大会时，他插过嘴，说物业公司怎么怎么不好，所以对他印象比较深刻。"

技术民警笑问道："好啦，没我们的事了。韩指导，你们打算什么时候行动？"

"王哥，这是新园街派出所的辖区，我只是协助，我听俞哥的。"

"小俞？"

俞镇川权衡了一番，紧盯着电脑显示器说："先撤吧。"

好不容易锁定嫌疑人身份，苗海珠岂能就这么收兵，惊问道："撤？"

俞镇川紧盯着她的双眼，意味深长地说："我们先撤，你留在这儿继续走访询问，继续做业主工作。确认这两个小子全在家，立即给我们打电话，然后给他们来个瓮中捉鳖。”

现在不知道两个嫌疑人在不在家，就这么去他们家肯定会打草惊蛇，万一他们闻风而逃再想抓会很麻烦，先不动声色地收队，确认他们在家之后再抓捕，无疑是最稳妥的办法。

苗海珠反应过来，一脸尴尬地说：“行，反正我天天在小区转，而且我是个女的，他们应该不会起疑心。”

韩朝阳非常清楚她的脾气，提醒道：“苗姐，我们不会走远，确认嫌疑人位置之后一定要保持冷静，绝不能轻举妄动，必须第一时间给我们打电话，等我们到了之后再一起动手。”

“放心吧，我不会搞个人英雄主义的。”

“就这么说定了，我们就在附近蹲守，在附近等你电话。”

公安来的时候挺威武，110 警车来了两辆，现场勘查车来了一辆，电动巡逻车来了一辆，又是询问，又是做笔录，又是拍照取证，结果折腾了一个多小时什么没说就走了！女失主很失望，拉住没走的苗海珠问：“苗警官，你们到底能不能破案，到底能不能帮我把车找回来？”

“谭姐，已经立案了，我们会尽力的，一有消息我会及时通知您。”

“等消息，就这么完了？”

“破案有个过程，您别急，请相信我们公安机关。”

“相信，呵呵，”一个四十多岁的妇女挤到跟前，用嘲讽地语气说，“小苗，这不是小区里丢的第一辆车，你没来时就丢了好多辆，前几天 5 号楼关科长家也丢了一辆，你们每次都说已经立案了，每次都让等消息，等到现在也没消息，这不是糊弄人嘛！”

“小谭，早跟你说报案没用，你还不信。”一个大爷背着手，斜看着苗海珠叹道，“他们这些公安喜欢破大案，破大案能立功。丢辆车，丢部手机算什么，他们懒得管的。”

“费大爷，我们真不是您老想得那样，大案要破，小案一样要破，但我们警察是人不是神，没线索您老让我们怎么破？”苗海珠抬起胳膊指指东北方向，循循善诱地说，“新宁新村上星期也丢了一辆电动车，偷车贼不到三天就落网了，因为新宁新村物业有监控，办案民警第一时间调看监控，想方设法确认其实身份，锁定其位置，最后是在丰永县抓获偷车贼的。如果咱们小区有物业，有技防措施，这案子一样好破，偷车贼甚至不敢进来作案！”

“小苗，你这是偷换概念。”

“费大爷，我怎么就偷换概念了？”

“没监控就破不了案，如果什么地方都有监控要你们公安干什么？这跟去医院看病是一回事，不管三七二十一，先给你开一大堆单子去做检查，现在的那些医生不看片子、不看化验单就不会看病！你们跟那些医生差不多，没监控、没指纹、没目击者就破不了案，想想你们这活我也能干！”

必须承认，大爷说得这番话有一定道理，围观的大爷大妈们顿时哄笑起来。

苗海珠被搞得焦头烂额，急忙扔下句：“你们先聊，我还有几户要去走访。”随即像逃跑般挤出人群，又引来一阵哄笑。

女失主看着她离去的背影，唉声叹气地说：“早知道这样就不报案了，耽误半天时间，又要被单位扣钱。”

第一百二十七章　确实不甜

考虑到综合接警平台平均每天要处置十至十五起警情和十几二十起群众求助，韩朝阳不敢在此久留，拿起车台的通话器提议道：“镇川，镇川，要不我和晓斌先回去，让宏亮带两个人来支援你们。”

俞镇川意识到警务室现在只剩下顾爷爷一个人，如果连续发生两起警情他老人家肯定忙不过来，急忙举着通话器：“行，你们先回去，没必要全耗在这儿。”

“我们先走了，还有，师傅马上就要退休，我们所里打算搞个欢送仪式，具体怎么搞现在没确定，你也帮着想想，到时候你肯定要参加的。”

“我，我哪知道怎么搞！我听你信儿，是凑份子吃顿饭还是买个纪念品到时候算我一份。”

“好吧，反正还有一个月呢。”

早知道顾爷爷要退休，但被正式提上日程，李晓斌却觉得有些突然，禁不住回头问：“韩大，顾警长退休，你们局里不欢送？”

这个问题问在点子上，刘所上次提到搞个欢送活动时韩朝阳也觉得很纳闷，后来打听了一下才知道怎么回事，笑道：“局里不是不欢送，是早欢送过了！”

“早欢送过了？”

“说起来我还参加了。”

李晓斌越听越糊涂，追问道：“你参加了，我怎么不知道，到底怎么回事？”

韩朝阳习惯性摸摸嘴角，感叹道：“一月份市局举办民警荣誉退休和新警入警仪式，市局领导、各支队负责人、各分局领导、全市公安系统26名退休民警和我、吴伟这样的新民警全参加了，搞得很隆重。退休民警名单上有我师傅，市局领导还想请他作为退休民警代表发言。也就是想请他老人家鼓励、激励我们这些新民警，将他们无悔奉献、忠诚履职的宝贵精神延续下去，去完成他们这些前辈未竟的事业，结果他老人家坚决不去！说平时可以论虚岁，但退休要按实际年龄来算，什么时候出生的，什么时候参加工作的，根据政策应该什么时候退休，他自己早算好了，局领导没办法，只能由着他。”

“是不是参加完那个仪式就可以办退休证，就可以回家颐养天年？”

“嗯，”韩朝阳拍拍方向盘，由衷地叹道，“用他的话说，一月份退休就要白拿几个月工资，就是吃空饷。其实退休不一样有退休工资么，对他来说就算降也降不了多少，并且他也不在乎那点钱。说到底他是对公安事业真有感情，舍不得脱这身警服。”

李晓斌反应过来，沉吟道：“别人不能理解，我能理解，因为我经历过。”

“你经历过？你才多大，开什么玩笑！”

“没跟你开玩笑。”李晓斌抬头看着他问，“韩大，老民警在那个仪式上是不是把帽徽、领花和警衔全摘掉了？”

“是啊，参加仪式前是警察，参加完仪式就变成了老百姓。”

“我退伍时也一样，帽徽、领花、军衔、臂章全摘下来上交，虽然给你戴大红花，但心里特难受，舍不得离开部队，舍不得脱下军装，舍不得离开一起摸爬滚打的战友。好多人真哭了，抱着嚎啕大哭。我在部队才干了几年，你师傅当多少年警察，他肯定舍不得！”

“也是啊，可年龄摆在这儿，我们跟医生不一样，退休了就退休了，不可能返聘。”

韩朝阳嘴上说着师傅，心里却鬼使神差想到自己。如果有一天，不是如果，是肯定有退休的那一天，到时候会不会跟师傅他老人家一样舍不得脱警服？正胡思乱想，警务室到了。停好车，拉开玻璃门，一边示意李晓斌赶紧去休息，一边拿起接警台上的座机给许宏亮打电话。安排好一切，放下电话问：“陈洁，我师傅呢？”

“出警了，”陈洁翻翻电话记录，抬头道，“有个老爷子在对面的电信营业厅大吵大闹，说多扣了他二十块钱话费，情绪比较激动，还摔了东西。营业厅的人不敢碰他，就打110报警。”

“二十块钱，多大点事！就算没多扣，掏二十块钱给他不就行了，至于报警吗？”

“如果个个跟你一样就没这么多事。”想到顾爷爷一向的做事风格，陈洁禁不住笑道，“韩大，要不我们打个赌，我赌你师傅是自掏腰包解决这起纠纷，赢了你请我吃水果，输了我请你。”

“这用得着打赌吗，他肯定这么解决！”韩朝阳瞄了她一眼，打开盖板走进办公区，从抽屉里取出电动车巡逻车钥匙，正准备去朝阳村拆迁工地和高铁站项目工地看看，固定电话又响了。

“您好，这里是燕东公安分局中山路综合接警平台，请问您哪位……”陈洁先摁下录音键，像110接警台的接警员一样询问起来，一边询问一边准备做记录。可能刚才光着“打赌”，没顾上看来电显示，刚说了两句急忙站起身：“好的，是，有民警在！”

韩朝阳下意识问：“指挥中心？”

“河滨路有群众因为买水果与摊主发生纠纷，要动手，拨打了110，指挥中心让你赶紧去现场，这是报警人的电话。”

刚才正说水果，就发生一起因为买水果引发的纠纷，真是乌鸦嘴！韩朝阳瞪了她一眼，急忙掀开盖板开巡逻车去河滨路。

朝阳村拆了，朝阳村的菜市场也没了，但527厂的居民和朝阳河西岸的群众不可能不买菜，一些原来在朝阳村菜场卖菜卖肉卖水果的小贩干脆把摊位摆在河滨路上。考虑到周围没农贸市场，街道综合行政执法大队没有像以前一样取缔，只是提醒他们在不要影响交通的同时注意环境卫生。也正因为“城管”睁一只眼闭一只眼，本来晚上才很热闹的河滨路白天也变得很热闹。

正大吵大闹的地方就是“出事”的地方，韩朝阳根本用不着给报警人打电话，直接把巡逻车开到一个水果摊位边，跳下车挤进人群问：“谁报的警，怎么回事？”

“警察同志，你来得正好，他说这梨包甜，买回去吃了一个，一点都不甜，你尝尝，这不是坑人吗！”

“公安同志，一手交钱一手交货，再说买的时候我让她尝过，”摊主指着半个用水果刀削过的梨，很委屈很气愤地说，“你看，我做生意最讲究，都是先尝后买。她转一圈拿着一袋梨跑过来说不甜，谁知道这梨是不是从我这儿买的……”

这算什么事，这归公安管吗？梨不甜想退货不给退，应该归谁管？工商，还是消协？反正不是公安，但人家加上个后缀，说因退货产生纠纷要动手，你公安就不能不管。

韩朝阳不想因为这鸡毛蒜皮的事耽误时间，并且这事是公说公有理婆说婆有理，一时半会儿也说不清，只能用“教科书”式的办法解决，回头问：“大姐，这袋梨您一共花了多少钱？”

“八块五。”

“好吧，我给您八块五，这梨卖给我。”

“这怎么行。”

“有什么不好意思的，我正好要买点梨。”韩朝阳掏出钱包，发现只有十块的，干脆让摊主换了一下，给了报警的大姐八块五，提上梨笑道，“不管买东西还是卖东西都应该以和为贵，就这样了，没什么事我先回去。”

“没事，公安同志，我没想过麻烦你，是她打的110。”

“好啦好啦，不说了，大家伙也别围在这儿了，有什么好看的，还影响交通。”

一起纠纷就这么解决了，前后不到五分钟。回到警务室请陈洁吃梨，自己也洗了一个，边吃边填单子，填着填着韩朝阳忍不住笑了，陈洁好奇地走过来一看，见处理这一栏竟写着：到场，系顾客觉得梨不甜，民警将梨买回综合接警平台，化解矛盾，发现梨确实不甜！

第一百二十八章　搞活动有一套

11 点 12 分，接到上午的第三起警情。一个带孩子去六院就诊的年轻母亲，没去急诊中心也没挂专家号，坐在外科门诊外等叫号等了一上午，见孩子烧得越来越厉害，与外科门诊的护士发生争执。医护人员没打 110，直接打的警务室电话。韩朝阳正准备赶过去看看，陈洁又打来电话说顾爷爷已经过去了。他老人家最擅长调解这样的纠纷，韩朝阳没什么不放心的，开着电动巡逻车继续巡逻，打算巡到东明小区，打算在保安公司设在小区的食堂吃顿便饭，师兄突然打来电话。

“朝阳，海珠刚搞清两个嫌疑人下落，传唤手续我也拿到了，但出现一个新情况，能不能再叫几个人？”

两个偷电动车的毛贼而已，在先后亲手抓获过两名杀人犯的韩朝阳看来真算不上什么，下意识问：“什么新情况？”

“他们在理大西门外的小吃一条街的川味饭店吃饭，饭店没包厢，他们坐在大厅里，一共九个人，看上去都不像好人，谁也不知道突然冒出来的七个是不是同伙。”

“明白，你们先盯着，我这就叫人！”

那些家伙吃完饭很可能会散，韩朝阳一刻不敢耽误，立即举起对讲机：“一中队、二中队、三中队，我韩朝阳，收到请回答！”

一中队驻扎在社区居委会，负责朝阳村拆迁工地治安；二中队负责 527 厂；三中队负责东明小区，离得都比较近，全在对讲机的呼叫范围。等了大约十几秒钟，对讲机里传来一阵电流声。

“二中队收到，二中队收到，韩大请讲。”

“一中队收到，一中队收到，完毕！”

“韩大韩大，三中队收到，三中队收到！”

“各中队注意，各中队注意，有紧急抓捕任务，有紧急抓捕任务，共有九名嫌疑人，正在理大西门外的川味饭店吃饭，请你们各抽调四人带上装备在理大南门集合，动作一定要快，我马上到。”

“一中队收到，完毕！”

“二中队收到，完毕！”

打开警灯火急火燎赶到理大南门，一中队和二中队的八名队员已经到了。韩朝阳示意跑步过来的队员上车，在大门等了大约一分钟，三中队的四名队员乘坐送饭的巡逻车也到了，从小吃一条街过去太显眼，不然从校区里走。结果刚赶到理大西门保安值班室，大门里侧的路边竟停着两辆警车，原来俞镇川、苗海珠也埋伏在这儿。

韩朝阳跳下巡逻车，迎上去说：“镇川，人齐了，下命令吧。”

俞镇川看看跟在他身后的援兵，当仁不让地下达起命令：“同志们，饭店有后门，后面还有窗户。我已经请唐警长、宏亮和小康从河滨路绕到了饭店后面，防止他们从后门跑，防止他们跳窗。我们从正门进，在大厅就餐的学生比较多，请大家注意学生和其他就餐人员的安全。”

吴俊峰最能打，一个真能对付两三个，禁不住笑道：“俞哥，我们来这么多人，他们应该不敢负隅顽抗。”

“还是小心点好。”俞镇川笑了笑，掏出手机翻出几张刚才偷拍的照片，“大家先看看，就是他们，进去之后千万别搞错，更不能让他们趁乱跑了。”

“有照片最好。”韩朝阳接过看了几秒钟，把手机顺手递给吴俊峰。

下基层锻炼这么久，第一次执行抓捕任务，要抓的还是涉嫌频频在自己辖区作案的嫌疑人，苗海珠从未如此激动过，紧攥着手铐催促道：“快点行动吧，刚才那个黄毛出去找厕所吓我一跳，以为他要跑！”

“放心吧，跑不掉的。”俞镇川收回手机，转身道，“同志们，行动！”

正值饭点，许多不愿意在学校食堂吃饭的学生三三两两往外走。一下子来两辆警车和几辆巡逻车，来这么多民警和全副武装的“特警”，引来许多师生围观，连理大校卫队的保安都跑出来看热闹。川味饭店就在斜对过，俞镇川不再担心打草惊蛇，同韩朝阳一起带着众人小跑着穿过马路，拉开门冲进饭店大厅。

饭店服务员不明所以，竟迎上来问：“警察同志，你们吃饭？”

不等俞镇川开口，苗海珠轻轻把她拉到一边。这时候，俞镇川已从两张台子中间挤最里面的一张大桌前，一把揪住一个小年轻的头发，呵斥道：“公安办案，坐在各自位置不许动！”

“警察叔叔，您揪我头发干什么？”

“邹彦庆，都什么时候了，还不老实。”俞镇川把嫌疑人的脑袋死死摁在桌面上，一边示意紧跟而上的队员把他铐上，一边厉喝道，“黎自强，往哪儿跑，你跑得掉吗？”

从警察出现在眼前的那一刻，黎自强就意识到东窗事发了，起身想跑，结果刚站起身，就被早盯上他、早挤到他身后的韩朝阳摁坐下来。小柳和小刘更是紧攥着他双臂，让苗海珠给他上手铐。

一个戴眼镜的小子吓懵了，忐忑不安地说：“警察叔叔，不关我们事！”

“到底关不关你们的事，去所里说。”确认九个臭小子全被控制住了，俞镇川抬头问，“服务员，买单，这一桌一共多少钱？”

“哦，我算一下。”

“快点。”

“来了，马上！”

虽然天天能见着警察，至少能看见交警，但警察抓人许多理大师生还是头一次见，不一会儿，饭店门口就聚满了人。服务员被搞得很紧张，算账居然算错了，老板娘跑出来算了一下才算对。

俞镇川给九个臭小子来了个AA制，只要动过筷子的全要掏钱，完了两个押一个，把九个臭小子押出饭店，押上停在理大西门内的警车和巡逻车。帮人帮到底，何况帮的不是别人，而是自己的师兄。韩朝阳组织队员一直帮俞镇川把九个臭小子押到新园街派出所，关进所里的羁押室。所里的民警尤其办案民警顾不上吃饭了，放下饭盆开始审讯嫌疑人。

今天值班的鲍所不仅是熟人而且也是师兄，赶紧让所里做饭的阿姨赶紧再做点饭，招待帮了大忙的朝阳社区义务治安巡逻队的小伙子们，然后把韩朝阳拉到院子里笑道："朝阳，干得漂亮，这个亡羊补牢补得好。要不是你帮忙，新民社区这一系列电动车失窃真不知道什么时候能破。"

"鲍所，您别表扬了，这是我应该做的，毕竟新民小区也是我们接警平台的巡逻辖区。"

"如果个个都有你这个觉悟，个个都有你这样的责任心就好了，"鲍所笑了笑，随即话锋一转，"镇川上午回来办传唤证时说你们所里打算搞个活动庆祝你师傅荣休，到底怎么搞，有没有想好？"

"没有，刘所让我想，这么大事您说我能拿什么主意？"

"师傅的脾气你是知道的，你们刘所让你拿主意是没办法的办法。"

"怎么是没办法的办法，鲍所，我不太明白。"

"有什么不明白的，我们出面我们牵头搞，搞得太寒碜不像样，搞得像样点师傅又会觉得铺张浪费，甚至会产生赶他走、逼他脱警服的想法。你不一样，你是他最小的徒弟，说是徒弟其实跟晚辈差不多，你负责操办不管办得怎么样他都不会说什么。"

师傅他老人家不想退休，更不想搞什么庆祝他退休的活动，这跟大舅生病讨厌别人去探望一个道理！韩朝阳猛然反应过来，苦着脸问："鲍所，让我操办也行，但是局里呢，局里是什么意见？"

"我打电话问过杜局，杜局说你搞活动有一套，'八一歌会'不是搞得很好嘛，这件事就交给你，让你尽快拿出一个方案，方案搞出来之后局里研究一下，到时候再考虑要不要请市局领导。"

第一百二十九章　国际的！

在一楼会议室吃完饭，二楼的审讯也有了进展。

俞镇川和苗海珠拿着一叠笔录敲开会议室门，当着韩朝阳、吴俊峰等人汇报道："鲍所，邹彦庆和黎自强交代了。不光新民小区失窃的十六辆电动车是他们偷的，在新源路时代网吧、二十二中、新民菜市场等地方也作过案。因为偷得太多，甚至记不清一共偷了多少辆。"

就知道这样的案子一破就是一串儿，鲍所下意识问："大概多少辆？"

"从二人交代的情况上看，他们自去年 8 月在小区里偷了第一辆电动车没被发现之后，胆子越来越大，频频出手，疯狂作案，在不到一年时间内至少作案四十多次，至少盗窃电动车四十多辆。"

"就他俩，另外几个臭小子呢？"

"一起带回来的七个家伙，有的是黎自强的同学，有的是他俩在网吧认识的。他俩平时主要混迹于中山路和新源路的几个网吧，以前没少蹭人家的饭，甚至蹭人家的网。今天黎自强正好过十九岁生日，所以跟邹彦庆一起请这帮狐朋狗友吃饭。"

俞镇川刚说完，苗海珠忍不住补充道："其中有两个是理大的学生，他们到底知不知道邹黎二人是偷车贼不太清楚，但从邹黎交代的情况上看一起带回来的这七个人应该不是同伙。"

抓到偷车贼只是第一步，韩朝阳好奇地问："俞哥，苗姐，车哪儿去了，他们是怎么销赃的？"

俞镇川翻看了一眼笔录，抬头道："新民小区频频发生电动车失窃，我去蹲守过，你和你们所里的吴伟也去过，甚至请晓斌和俊峰他们去布过控，后来老唐还跟刑警二中队一起调看过周边的监控，之所以一直没查到线索，主要有两个原因。一是邹彦庆很狡猾，知道到处有摄像头，每次得手之后都用他家拉水果的农用车转移赃车，盖得严严实实，外面还码上装水果的那种塑料筐，非常隐秘；二是他们去年在青年路水果批发市场认识了一个姓钱的中年男子，这个姓钱的是武淳市人，专门帮人家开拉水果的大货车。闲聊时他俩提到没钱花，钱某给他俩'指点迷津'，说搞到电动车就有钱，甚至教他们怎么偷，后来他俩偷到车也全卖给了钱某。据他们交代，钱某平均一星期来一趟青年路水果批发市场，每次钱某来他们就把偷到的赃车帮着装到卸完水果的货车上。"

"销到外地去了，难怪一点线索没有。"鲍所微微点点头，想想又问道，"有没有钱某的联系方式？"

"有一个手机号，刚才鲁队让邹彦庆拨打过，并且打通了。钱某说大老板安排其开另一辆车，往其他地方送货。让邹彦庆把车藏好，让邹彦庆不要着急，声称过段时间会来燕阳，等下次过来把车拉走。"

"不是说平均一星期来一趟吗，两个臭小子刚落网他就不来，怎么会这么巧？"

"鲍所，打电话时我们全听着呢，钱某应该没起疑心。"

俞镇川所说的鲁队是新园街派出所办案队的队长，老鲁办事鲍所很放心，刚才只是随口一说，回头看看韩朝阳等人，沉吟道："这么说应该是巧合，姓钱的经常往水果批发市场送货，查他驾驶的那辆货车的车牌号应该不难，而且有他的手机号，既然进入了侦查视线，他肯定跑不了。落网的两个臭小子不是在其他地方作过案吗，你们先去调查核实，把能串并的先串并上。"

"是！"

"俞哥，他俩昨夜偷得那辆车呢？"韩朝阳好奇地问。

不等俞镇川开口，苗海珠便下意识说："邹彦庆说藏在他妈的水果摊位后面，用一块塑料布盖着。他妈晚上不收摊的，以前甚至就住在路边，摊位后面搭了一个小棚子，我们正打算过去先把车拉回来。"

“他母亲不知道？”鲍所低声问。

“他说他妈不知道，老农机厂一片儿没人管，在路边搭棚子的不止他家一个，他妈每天忙着卖水果，估计也不会去窝棚后面看。”

“就这样了，你们抓紧时间行动吧。”

偷车贼落网了，但只追回一辆赃车，而新民小区过去大半年丢了十几辆。新园街派出所既要顺藤摸瓜扩大战果，更要把失窃的电动车全找回来给群众一个交代。

老唐和“大姐大”接下来有得忙，今天肯定是回不了中山路综合接警平台。那边只有顾爷爷一个人，韩朝阳不敢再在这儿“做客”，跟鲍所和从外面匆匆赶回所里的几位所领导道别，带着许宏亮、吴俊峰等队员打道回府。没想到回来一看，警务室不只是顾爷爷一个人。

刘所效率很高，昨晚刚说让吴伟过来常驻，结果吴伟今天中午就到了，已铺好了床单被褥，正坐在办案区里跟顾爷爷、苏主任、陈洁他们说话。

“朝阳，吃了吗？”

“吃了，在新园街派出所吃的。”

顾爷爷很清楚吴伟过来是“接替”他的，一边招呼韩朝阳进来，一边笑道：“朝阳，看样子等我退休之后，咱们花园街派出所这边就你和小吴常驻警务室。所里这么安排也好，你俩一个负责社区工作，一个负责办案，再遇到一些小案子就可以在警务室解决。”

“顾警长，我是来协助朝阳工作的。刘所和教导员交代得很清楚，让我听朝阳的。”

“你们是搭档，不存在谁听谁的，要互相尊重，互相学习。”

“是啊，互相学习。”退休这个话题对老爷子而言太敏感，韩朝阳嘿嘿一笑，回头问，“苏主任，您今天怎么有空来检查我们工作？”

“检查工作，怎么不是视察指导，我说朝阳，几天不见，你小子越来越会打官腔了。”

“开玩笑开玩笑，听莹莹说您打算再搞一个实体，还是股份制的！”

苏娴被逗乐了，噗嗤笑道："有这事，保安公司虽然也是个实体，但你是知道的，纯属赔钱赚吆喝。社区的日子想好过点，只能想其他办法。"

说朝阳社区保安服务公司"赔钱赚吆喝"有些夸张，但不赚钱是真的！细想起来，现在唯一能帮社区盈利的居然是义务治安巡逻队的微信公众号，并且盈利不多。推送"生活信息"赚的那点钱，勉强够居委会的办公费用。想在基层干点事，没钱怎么行？

韩朝阳理解她的做法，饶有兴趣问："进行得怎么样，朝阳国际青年旅社大概什么时候能开张？"

"最快也得一个月，纪念堂内部要改造，前面和后面的树林全是村民们以前下葬先人时栽的松树柏树，甚至还有些墓碑和棺材板没清理掉。总之，绿化要重新搞，不然一看就是公墓。再就是工商税务治安消防环保等手续，这些全要去跑。我正在等贝贝呢，等她到了一起去旅游局。"

韩朝阳觉得很好笑，不解地问："去旅游局干嘛，开旅社好像不需要旅游局审批吧！"

"开普通旅社当然不需要。"苏娴顺手拿起包，取出一叠精心准备的文件，兴致勃勃地说，"开普通旅社算什么创业，我们要开的是国际青年旅社，什么国际，就是要接待外宾，这就需要旅游主管部门审批。别看市里有好几个青旅，但全是挂羊头卖狗肉。我们要么不搞，搞就要搞正规的，要申请加入国际青年旅舍联盟，要用国际青年旅舍联盟的标识。这在全市乃至全省应该是首创，搞起来之后不仅能为中国青年出游创造条件，还能为不同民族、不同地区、不同国家的青年提供一个相互学习和交流的平台。我们要积极响应上级号召，抓住'一带一路'的发展契机，要让朝阳国际青年旅舍成为世界各国青年了解中国的一个窗口。如果经营得好，如果将来有条件，还要在团委领导下开展一些比如环保、户外拓展、文化交流等活动……"

韩朝阳佩服得五体投地，暗想她运气好，"空手套白狼"找到张贝贝那么一个精明的金主；张贝贝运气也不错，居然找到了她这么一位觉悟高得令人发指的合作伙伴。

开个旅馆都能跟“一带一路”扯上关系，开个旅馆都能开出社会主义核心价值观！吴伟听得一愣一愣的，顾爷爷同样大开眼界，禁不住问：“苏主任，听你这么一说应该能争取到不少优惠政策？”

“没多少，”苏主任收起文件，一脸失落地说，“支持大学生创业的政策是不少，但实质性的并不多，资金扶持更不用想，就算能争取点无息贷款也要跑断腿，对我们来说没意义，也就是税收上能享受点减免。”

“能减免一部分税收已经很不错了。”

“差点忘了正事，”苏主任突然想起来意，抬头道，“朝阳，你前段时间不是在高新区那个砂石场盯着筛了好几天沙子吗，认不认识那个砂石场老板？”

“认识，怎么了？”韩朝阳问。

“纪念堂，不，以后应该叫旅社，旅社不是要改造要重新搞一下绿化嘛，需要一点鹅卵石，就是搞个小花园，铺几条蜿蜒曲折的小路。他们是卖黄沙石子的，又不是卖鹅卵石的，那东西对他们来说不值钱，你问问，能不能拉几车回来。”

第一百三十章　大单

正聊着，十几天没见的527厂老厂长骑着电动车带着一个中年妇女过来报警。看着挺眼熟，听完老厂长介绍才想起她是在527厂南门东侧开烟酒店的老板娘，事情并不大，但确实比较让人头疼。

有辆外地牌照的奥迪越野车停在她店门口，一停就是五六天，越野车又高又大，把烟酒店门脸挡住了，既影响行人走路，更影响她做生意。老厂长帮她找过保安，保安又不是交警，而且那是在小区外，不归小伙子们管。更何况那是一辆豪车，谁敢轻举妄动；老厂长又帮她打电话找交警，交警过去看了一眼，说是停在路牙上，不属于违停，既不能叫拖车来拉走，也不太好贴罚单。找了两家，两家都不管，王厂长很没面子，一进门就问顾爷爷和韩朝阳这事你们管不管！

“王厂长，你先喝口水，这事我们不是不管，是不太好管。车那么重，你让我们怎么挪，又能往哪儿挪？”顾爷爷回头看一眼，接着道，“朝阳，快两点了，你赶紧去工程指挥部开会，顺便打听下车是不是哪个建筑老板的。外地牌照，能停在527厂南门的，车主除了在附近施工的建筑老板还能有谁？”

“要去开会，我差点忘了，王厂长，您先坐，我去开会，我去问问。”

“快点，等你消息。”

“好的，一有消息就给您打电话。”

开会的事韩朝阳是真忘了，开着巡逻车火急火燎赶到朝阳村委会院子里已经停满了车，光警车就来了四辆！韩朝阳顾不上跟在这儿执勤的一中队小伙子们打招呼，急忙整整警服跟着两个衣着不凡的中年人走进会议室。

工程指挥部显然有专门负责会务的工作人员，主席台和下面的桌子上都摆好了牌子，唯一不同的是主席台上的牌子上是领导的名字和职务，下面的牌子上是各单位的名称。燕东公安分局居然摆在下面，而且比较靠后，能想象到即将开始的会议级别很高。韩朝阳从边上挤到后面一看，不光刘所在，连杜局都来了，急忙给两位领导敬礼问好。

“别敬礼了，赶紧坐下。”

“是！”

“怎么搞到现在才来？”刘建业低声问。

“报告刘所，刚才有群众去警务室求助，就这么被耽误了。”

“没迟到就行，”杜局好说话得多，回头笑道，“小韩，警务保障室刚提了几辆新车，牌照和保险全办好了，今天来不及，明天去局里开一辆回来。”

“好的，谢谢杜局。”

“不说了，开会。”

抬头一看，只是几位领导在区委常委、街道杨书记陪同下走进会议室，在众人送上的热烈的掌声中在主席团就座。坐在最中间的赫然是一位副市长，听主持会议的杨书记介绍完韩朝阳才知道这位副市长兼任城东交通枢纽工程领导小组组长！市领导来了两位，区领导来了三位，然后是高铁站、长途客运东站、地铁站、站前街和站前商业区几个工程项目总承包方的老总和副总。承包高铁站工程和地铁工程的是中字头的国企，老总级别也很高，所以跟领导们一起在主席台就座。让韩朝阳倍感意外的是，铁路项目在建设阶段的治安应该归地方公安机关管，建成投入使用之后才归铁路公安管。但今天铁路公安处的领导居然也来了，由此可见上级对工程项目有多么重视。

“……今年，我市迎来了新一轮的开发建设热潮，高铁站、地铁 1 号线，长途客运东站，站前街，朝阳村改造、变电工程等 7 项重点工程上马建设，为我市的经济腾飞注入了全新的活力。然而，也就在此时，因重点工程建设中各种因素引发的社会不稳定、闹事苗头也随之增多，人财物的大流动带来了侵财类犯罪时有发生！”

“绝不能让个别‘村霸’、‘路霸’、‘行霸’成为阻碍工程建设的‘绊脚石’！据我所知，高铁站项目工地已经发生了针对工程建设的物资、设备的违法犯罪行为。希望各级公安机关结合打黑除恶、严打整治等专项斗争，密切关注重点人员的动态，持续开展重点工程周边治安秩序专项整治……”

领导一个接着一个讲话，讲的全是治安！杜局代表分局表态，会全力服务工程建设，确保一方平安。会克服各种困难，主动靠前服务，为重点工程建设保驾护航。刘所掏出早准备好的汇报材料，站起来汇报了一系列已经采取和即将采取的措施，归纳起来就是要采用各种措施，重拳出击，严厉打击盗窃、抢劫建设工程物资和争夺工地送料权、强揽工程、敲诈勒索等扰乱工程建设秩序的各类违法犯罪活动。

领导对此并不满意，要求分局主要领导一线督查，全局指挥；各部门各负其责，协作互动；基层单位属地管辖，责任到人。同时，也对各施工单位提出了一系列要求。

虽然讲得内容都很重要，但依然是一个务虚的会议，韩朝阳正暗想自己一个小民警有必要参加这个会议吗，杜局突然又站起身，再次给主席台上的领导们立正敬礼。“孟市长、杨秘书长，杨书记，对于城东交通枢纽项目的安保，我分局有一个不成熟的想法。现在一共有七个大工地，随着工程进度不断推进，加上那些分包的小项目，将来的工地会越来越多。每个施工单位都有自己的保安，就算把上级布置的各项措施落到实处也是一盘散沙。如果能把这些项目工地的保安人员整合起来，或者由一家保安公司给整个城东交通枢纽工程项目提供保安服务，那接下来的工作就会好做得多。”

“孟市长，我觉得这个想法不错。”

杨书记瞄了一眼坐在最后一排的韩朝阳，微笑着说：“在征地动迁阶段，包括正在进行的拆除，乃至工程指挥部的安保，都是由朝阳社区保安服务公司提供保安服务的。他们不只是保安，也是接受街道综治办领导的社区义务治安巡逻大队，朝阳社区居委会党支部书记苏娴同志兼任巡逻大队教导员，花园街派出所民警兼任大队长，保安也就是队员，全是政治可靠军事过硬的退伍战士和警校毕业生。”

公安的警力终究是有限的，你不管提出多少要求，他没人也没办法！孟副市长当然知道由一家接受街道领导、同时接受派出所指导的保安公司负责整个城东交通枢纽工程的安保比较好，但这涉及经费。回头看看总承包方的几位老总，用商量的语气问：“齐总，邓总，宣总，你们认为呢？”

谁知道街道办事处和花园街派出所会不会狮子大开口，齐总笑道：“孟市长，杨书记的提议确实比较好，但我们公司有保卫部，有专职的保卫人员，要不再研究研究。”

“孟市长，我个人倾向于整合资源，毕竟我们的保卫人员对我们的施工队伍更熟悉一些。”

就在韩朝阳以为遇上两个老狐狸，尽管杨书记和局领导那么帮忙，但保安公司依然拿不到城东交通枢纽项目安保这个大单之时，站前街、朝阳村改造和长途汽车东站三个项目总承包方的几位老总相继点头同意。

杨书记趁热打铁地说：“齐总，你们有保卫部，有专职的保卫干部，这与统筹整个项目的安保工作并不矛盾，毕竟具体工作要由保安去干，光靠几个专职的保卫干部是远远不够的。如果由一家保安公司负责，就可以跟小区物业一样搞一个指挥中心，搞一个监控中心。公安民警、保安公司负责人和各施工单位保卫部门的负责人一起进驻，这么一来，既好统筹又好协调！”

“齐总，邓总，宣总，我认为这个方案切实可行，一切为了工程建设，不能光打小算盘，你说是不是？”

“孟市长，您都这么说了，我还能说什么。”

“邓总？”

“我也没意见。”

原来这个会不是白开的，原来街道领导和分局领导早有准备。保安公司拿下一个大单，韩朝阳欣喜若狂，下意识掏出手机，在桌子下面偷偷给苏主任和老金发微信，告诉他们这个天大的喜讯。光顾着玩手机，要不是刘所提醒，都不知道起身欢送几位领导和老总。

送走孟副市长和杨书记等领导，杜局回头道："小韩，杨书记会帮苏娴同志催几个施工单位谈保安费，你回去之后跟苏娴同志交个底，该要多少就管他们要多少，别跟他们客气。但这个钱没那么好拿，拿了人家钱就要把工作干得漂漂亮亮。建业，考虑到全程参与这么大的项目朝阳社区保安服务公司包括小韩在内经验都不足，局党委建议你们所里调整下分工，最好由康海根同志负责这项工作。市领导和杨书记刚才在会上说得很清楚，要责任到人。让小韩当这个责任人显然不合适，安排一个副所长负责最好。"

第一百三十一章　沉不住气

杜局说得轻描淡写，刘所愣了愣也表示坚决服从上级指示，韩朝阳心里却掀起了滔天大浪。尽管平时不怎么去所里，但韩朝阳很清楚康所在单位的处境比较尴尬。老胡、老丁等老民警不太服他，连陈秀娟、管稀元等年轻民警对他的态度都有些微妙。局领导让康所专门负责重点项目建设，对康所来说显然不是什么坏事。至少可以施展开拳脚，干出一点成绩，真正树立起威信。关键这么一来，对他本来就不是很服气的人会更不服气！区里乃至市里对城东交通枢纽工程如此重视，傻子都知道城东交通枢纽建成投入使用之时，就是负责为几个重点项目建设保驾护航的民警评功评奖乃至升职之日。他已经空降过来“抢占”了一个副科级职位，再抢这么大一功劳别人会怎么想?

韩朝阳有些心神不宁，开着巡逻车经过已拆成一片废墟的朝阳村东街时，正好遇到正跟一个西装革履的中年人说话的顾爷爷，停下来听了几句才知道这个萧老板正是把车停在527厂烟酒店门口的车主。车已经挪走了，正一个劲儿致歉。

群众的问题解决了就行，顾爷爷留下一张警民联系卡跟萧老板道别，随即爬上巡逻车问起下午开的什么会。韩朝阳简单介绍了一下，提起刚才的担忧：“师傅，下面人为什么不服气？我觉得不只是杨警长没当上副所长，这跟所领导班子的分工也有关系。局里这么安排，就等于让康所另起炉灶，我和吴伟以后就要接受康所领导。神仙打架、小鬼遭殃，我们夹在中间多难受！”

顾爷爷回头看看小徒弟，扶着车窗轻叹道：“上级要落实组织意图，下面要考虑工作怎么开展，考虑队伍士气，这件事是挺让人头疼的。”

“落实组织意图，师傅，您是说上级要重点培养康所？”

“说到底还是以前对选调工作不重视，该重点培养的时候没重点培养，该让人家锻炼的时候不让人家下基层锻炼。现在上级对选调工作越来越重视，才想起来局里也有选调生。康所还是很能干的，只是以前没施展的机会。要是换个没能力的，真成拔苗助长了。”

韩朝阳大吃一惊：“师傅，康所是选调生！”

“嗯，这有什么奇怪的。”顾爷爷打了个哈欠，遥望着几个围在一个水果摊前的小年轻解释道，“当时不光局里，甚至连区里，对选调工作都不是很重视，当时的局领导见康所会写材料，就把他留在机关，没安排他下基层。现在上级重视了，不是区委组织部要考察，是市委组织部要考察，局里不能再不当回事，并且康所工作表现也确实不错，当然要重点培养，当然要重用，毕竟人家本来就是上级重点培养的后备干部。”

第一次听说公安系统也有选调生！同样是公务员，享受的待遇却不一样。你的档案在人事部门，人家的档案在组织部。你是干警，就是干活的人。人家不只是干警，人家只要不犯错误，只要表现可以就能当领导。当然，这一切都要以上级重不重视选调工作为前提。

韩朝阳心里突然变得有些不是滋味儿，油然而生起一股“同工不同酬”之感，酸溜溜地嘀咕道：“我说局领导为什么对康所这么好，原来他是选调生，原来他注定是要当领导的。”

“没走上领导岗位的选调生多了，”顾爷爷又看了他一眼，笑道，“我知道的就有好几个，街道办事处的桑正博就是，他跟我住一个小区，今年快四十了，到现在还是科员。能不能走上领导岗位，说到底还看个人能力，还是靠干。”

“师傅，我不是妒忌，我是觉得这不公平。”

“怎么就不公平了，选调生一样是公开招考的。你没考上选调生，觉得不公平。那些没考上公务员的大学生跟你一比，人家一样觉得不公平！”

韩朝阳忍不住笑道："我不是没考上，我是没去考。"

顾爷爷乐了，笑看着他问："你是党员吗？"

"不是。"

"你是学生干部？"

"也不是。"

"亏你好意思说，既不是学生党员也不是学生会干部，你不是没去考，你是不符合报考条件。"

韩朝阳被顾爷爷调侃得很尴尬，急忙转移话题："师傅，过去的事就过去了，当务之急是以后这日子怎么过？"

"干好自己的事，其他事别掺和。对康所要尊敬，对其他所领导一样要尊敬，平时多请示多汇报，记得自己是花园街派出所的民警就行。"

"明白，可是……"

"还有什么可是！"

"师傅，我担心两边都不得罪，搞不好会把两边全得罪了。"

必须承认，小徒弟的顾虑有一定道理。局里又是让中山路综合接警平台从分局指挥中心报销发票，又是给中山路综合接警平台配车，摆明了是把接警平台当作一个单位对待，康海根过来之后中山路综合接警平台就会变成一个小派出所，而且负责的是市里的重点项目。如果康海根不那么"急躁"还好，否则以刘建业的脾气绝对有好戏看。没想到快退休了竟会遇到这样的事，顾爷爷也给不出什么好办法，正不知道该怎么敷衍小徒弟，手机突然响了，掏出来看看来电显示，竟是吴伟打来的。

"小吴，我和朝阳正在回去路上，什么事？"

"顾警长，刚接到所里电话，说办案队忙不过来让我赶紧回去，要安排老丁过来换我，跟您打个招呼，麻烦您帮我跟朝阳也说一声。"

小伙子中午刚到，屁股都没坐热就让回去，这也太儿戏了！

顾爷爷意识到这是刘建业的安排，说了一声"知道了"，挂断手机摇摇头："我还担心康海根太急躁，没想到刘建业吃那么多亏还是不长记性。"

第一百三十二章　股份制

刘所安排老丁那个“老油条”过来，既能换回年富力强、精力充沛的吴伟，对老丁也是一种照顾。毕竟老丁参加工作那么多年没功劳也有苦劳，让他搭一下城东交通枢纽项目的顺风车，说不定能提个副主任科员。但把最能干也是最肯干的吴伟调回去，这是摆明了不支持康所工作。

不过韩朝阳能想象到就算局领导知道了也不会说什么，因为刘所完全可以给出一大堆理由，比如吴伟正在试用期，连执法权都没有，而老丁不仅有执法权且经验丰富，这么安排恰恰是对城东交通枢纽工程的重视！再想到一直不是很服康所的老丁有可能跟康所唱反调，韩朝阳就头疼不已。

让他哭笑不得的是，所里“云谲波诡”，拿到城东交通枢纽项目的朝阳社区保安服务公司居然在开大会，拿到大单是值得高兴甚至庆祝，但也不至于高兴到开大会的程度！能回来的保安几乎全回来了，连警务室接警台里都换上了理大校卫队的保安小钱，不要问都知道是许宏亮把小钱找来帮陈洁值班的。顾爷爷同样意外，跟韩朝阳一起走进后院，悄悄从后门挤进人满为患的会议室。踮起脚跟一看，苏主任、老金和社区的古副主任坐在台上，张贝贝明明不是保安公司的人居然跟郑欣宜和陈洁一起坐在第一排。

“……尽管社区和公司处处考虑大家的利益，不夸张地讲大家的工资和福利待遇在同行里可以算最高的，但行业的特殊性，决定了大家的薪资待遇再高也高不到哪儿去。而在这个世界上包括我在内的所有人，都想通过付出获得一定的回报。我知道这份工作对大家而言只是一个过渡，知道大家对自己的未来都有规划。人往高处走，水往低处流，有这样的想法我能理解。从公司发展的角度出发，我们也在考虑怎么才能让大家付出就有回报，怎么才能留住人才。不能跟其他保安公司一样，三天两头有员工辞职，三天两头去人才市场招人。”

还以为是开庆祝大会，没想到是职工大会、是在共商公司的发展大计！

韩朝阳只是义务巡逻队的大队长，不是保卫服务公司的管理人员，位置摆得很正，不想参与更不想干涉公司运营，正准备回警务室，苏主任话锋一转：“我和古主任、金经理就这个问题研究了好几天，研究出一套员工股权激励的方案，决定把公司性质从居委会独资变更为股份制，优先向我们的员工出让 60％股份……”

苏主任宣布完保安公司“改制”的决定，老金接着给与会人员介绍“股激励权”方案。居然拿出一份资产评估报告，声称公司总资产约为 100 万元人民币，打算出让 60％的股权，计划拆分为 200 股，每股 3000 元。原则上每人只能入两股，如果有人不愿意入股，再由其他员工认购。可以现金入股，也可以从工资里扣。

“改制”之后按照股份制企业的方式运营，比如成立股东大会、董事会甚至监事会，选举产生董事长和总经理。公司只要能盈利，年底就要分红。几辆巡逻车属于东明小区的全体业主，办公场地、宿舍和仓库要么是“雇主”的，要么是社区居委会的，细想起来公司哪有什么固定资产，如果有也就是保安们身上穿的制服和诸如对讲机、执法记录仪等装备，满打满算加起来也不值 100 万。

韩朝阳和顾爷爷面面相觑，都觉得苏主任是想钱想疯了，居然想圈保安们的血汗钱。保安们既觉得很突然，同样觉得这个“股权激励”不靠谱，会议室里顿时一阵骚动，一个个交头接耳、窃窃私语。

“同志们，我知道大家有疑虑。”苏主任敲敲桌子，笑看着众人抑扬顿挫地说，“有一个消息刚才忘了宣布，今天下午 2 点，市里在朝阳村委会开了一个会，兼任城东交通枢纽工程项目领导小组组长的孟副市长亲自出席会议，并作了重要指示。在我们花园街道杨书记和公安分局杜副局长等领导的帮助下，我们朝阳社区保安服务公司拿到了城东交通枢纽工程项目的保安业务。也就是说，再过几天，我们就要进驻高铁站、地铁站、长途汽车客运东站、站前街项目和朝阳村回迁项目等周边的所有工地。几个总承包方要么是中字头国企，要么是拥有特级资质的大公司，保安费少不到哪儿去，利润很可观。而光靠我们现有的力量，负责这么大规模的安保显然是远远不够的。明天一早，金经理和欣宜就要去人才市场招人，同时要考虑提拔一批班长和副班长。”

一石激起千层浪，会议室里顿时热闹起来，小伙子们一个个喜形于色。

苏主任笑了笑，接着道：“我们为什么能拿到这样的大单，归纳起来主要有三个原因，一是领导支持，二是我们从公司成立到现在各项工作干得很漂亮，三是占了天时地利，也可以说是近水楼台先得月。而这几个优势，我们现在利用好了，今后一样要利用好。比如等城东枢纽项目建成投入使用之后，高铁站、地铁站和长途客运东站需不需要安检？据我所知，火车站、长途汽车客运总站包括燕阳机场的安检业务都是外包给了专业的保安公司。我们现在能拿下城东交通枢纽工程项目的保安业务大单，一样有信心有决心拿下几个车站未来的安检业务大单。”

领导就是领导，真敢想！

韩朝阳听得一愣一愣的，顾爷爷则若有所思。

就在许宏亮、李晓斌、吴俊峰和小康得人举手表示愿意入股时，顾爷爷突然转身拉拉韩朝阳袖子，韩朝阳反应过来连忙不动声色跟了出去。

“师傅，苏主任这是搞得哪一出！要说缺钱，她马上就有钱了，杜局说得很清楚，在保安费这个问题上用不着跟那几个施工单位客气。”

顾爷爷回头看看会议室，轻叹道：“我马上要退休，看样子她马上也会被调走。她这是担心人走政息，担心接替她的人不懂经营不懂管理，跑过来瞎指挥，把好好的保安公司搞垮。搞股份制多好，政企分开，既能避免新任社区党支部书记外行指挥内行，也能起到一定激励作用，至少小伙子们的干劲会比之前更足。”

“苏主任要走？”

“她本来就是下基层挂职锻炼的，朝阳村征地拆迁多难，她已经把那块硬骨头啃下来了，一个副科级干部再待在这儿担任居委会主任是不是大材小用。”

韩朝阳点点头：“这倒是，以苏主任的能力，担任街道办事处主任都没问题。”

顾爷爷想了想，突然笑道：“就是不知道出让股权的 60 万她打算怎么花。”

“会不会上交给街道？”

“这是社区的钱，应该不会上交街道。”

“扶贫，优抚，花钱的地方多了去了，只要她能顶住压力，三天就能花完。”

师徒二人正聊着，一个熟悉的身影从警务室后门走了过来，韩朝阳急忙上前立正敬礼：“康所好！”

“别这么严肃，这又没外人。”康海根拍拍他胳膊，微笑着转身道，“顾警长，您在正好，所里刚才开了个会，调整了下分工，让我从今天开始负责城东交通枢纽项目工地治安。人贵在有自知之明，没有你们支持，这么艰巨的任务光靠我一个人肯定完成不了。”

“康所，千万别这么说，我们服从命令听指挥，你怎么说我们怎么干。”

“顾警长，您是老前辈，我要向您学习。”康海根回头看看警务室后门，接着道，“老丁也来了，正在里面收拾东西，我们是不是先碰个头，先开个小会？”

顾爷爷暗想雷厉风行是好事，但这么大事怎么能绕开所长和教导员，考虑他兴冲冲赶过来又不能一见面就让他难堪，不动声色说：“先碰个头，也行。”

第一百三十三章　围剿（一）

走进警务室里间，吴伟走时收拾出来的空床上放着两大包被褥，一看就知道其中一包是康所的。靠南边窗户的床是老唐的，老丁可能考虑到一张床睡不下两个人，正站在床边给他爱人打电话，说晚上不回去了。

韩朝阳跟老丁打了个招呼，回头问："康所，您也打算搬过来？"

"责任到人，市区两级领导会检查的，不搬过来不行啊。"康海根也意识到警务室太小，可能没地方住，有那么点尴尬。

以单位为家是好事，这个必须支持。顾爷爷摘下挂在腰里的钥匙串，从一大串钥匙里取出一把防盗门钥匙："康所，这是社区民警办公室的钥匙，等会把行李搬过去，里面有办公桌也有床，既能办公也能休息。"

"顾警长，用不着这么麻烦，保安宿舍好像有床位，随便找个床位凑合一下就行了。"

"你是领导，要办公，要接待施工单位负责人，没个办公室怎么行。"生怕他不好意思搬，顾爷爷又强调道，"我家不远，平时也不怎么住宿舍。再说我就要退休了，就算住又能住几天。"

外面有个保安，说话不太方便。康海根干脆请顾爷爷在床边坐下，在里间说起工作："顾警长，我是这么想的，刘所说杨书记下午在会上要求各施工单位搞好物防、技防措施，建议搞一个指挥中心，建一个覆盖整个城东交通枢纽项目工地的监控系统，把监控信号全接入到指挥中心，也就是搞一个监控中心。到时候我们要同保安公司及几个施工单位保卫部门的负责人一起进驻，我就算住这儿也住不了几天，等指挥中心搞起来肯定要搬过去的。"

搞一套覆盖整个城东交通枢纽项目工地的监控系统要花多少钱，这钱从哪儿来，是施工单位出还是朝阳社区保安公司出？羊毛出在羊身上，其实不管谁出是一回事。关键朝阳社区保安服务公司跟几个总承包方不是没谈妥，而是没开始谈。

韩朝阳暗想杨书记就是那么一说，刘所回去只是传达下会议精神，什么指挥中心，什么监控中心，八字还没一撇呢，你居然当真了！

顾爷爷也觉得康海根这步子迈得有点大，干咳了两声，意味深长地说："康所，这个指挥中心估计快不起来，这涉及场地和经费，需要跟几个单位慢慢协调。"

康海根觉得孟副市长都发话了，搞个指挥中心有那么难吗，再说这是为项目建设保驾护航，掏出烟递给老丁一根，知道顾爷爷和韩朝阳不抽烟也就没发，边帮自己点上边笑道："先确定目标然后再协调，不然协调什么。顾警长，朝阳，过来时我和老丁在附近转了一圈，发现纪念堂位置不错，别人嫌晦气我们不嫌，完全可以借用一下。"

有没有搞错，居然看上了纪念堂！韩朝阳紧盯着他双眼低声问："康所，朝阳村委会地方挺大，能不能跟工程指挥部协调一下，管他们借用几间？"

"朝阳村委会地方是挺大，但工程指挥部的人更多，不一定能协调下来，就算协调下来也不方便。"

"纪念堂肯定不行，还是想想其他办法吧。"

"为什么不行？"

"因为纪念堂很快就会变成朝阳国际青年旅社，居委会参股的股份制企业，苏主任正指着那儿赚钱呢，您说她能把那儿借给您？"

"在纪念堂开旅馆！"康海根简直不敢相信自己的耳朵，一脸不可思议。

顾爷爷微笑着确认道："康所，朝阳没跟你开玩笑。"

纪念堂就是朝阳村的集体公墓，那地方能开旅馆？就算开起来会有旅客去住吗？康海根愣了好一会儿才缓过神，喃喃地说："把指挥中心设在工程指挥部肯定不行，设在警务室也不行，一是离工地太远，二是场地不够大，听你们这一说纪念堂又不行，周围没合适的地方！”

地方倒是有，527厂南门有几间商铺没租出去，东明小区也有几间空着的商铺。想把指挥中心设在那儿可以，但人家不会白借给你，肯定是要收租金的。顾爷爷认为这个话题再讨论下去没什么意义，直言不讳地说：“康所，我觉得指挥中心也好，监控中心也罢，现在谈这些都为时过早。虽然打击犯罪、维护社会治安、为重点项目建设保驾护航我们公安是主力，但在设立指挥中心和监控中心这个问题上，我们是配角，甚至是被动的。能不能搞起来，主要靠区领导、分局领导和刘所他们推动，靠苏主任和金经理他们去做工作。”

“我觉得也是，没钱什么事都干不成，而且这不是小钱。”一直保持沉默的老丁磕磕烟灰，慢条斯理地说，“就算指挥中心和什么监控中心搞起来，光靠我们几个民警也维护不了这么大一片工地的治安，关键还是靠小韩，靠朝阳社区保安服务公司，靠朝阳社区义务治安巡逻队。”

“老丁，你别抬举我。靠我，我这个巡逻大队长有名无实！”

“小韩，我不是抬举，我是就事论事，是实话实说。”老丁嘴上说着，却用意味深长的目光笑看着康所，就差在脸上写着能不能搞好城东交通枢纽项目工地的治安，有没有你这个副所长真无所谓。

康海根之前一直在机关上班，担任花园街派出所副所长这段时间又一直分管内勤和户籍，虽然知道基层工作不好做，但没想到会如此难做，猛然意识到之前太理所当然了，正不知道该怎么开口，韩朝阳的警务通突然响了。

“康所，我先接个电话，”韩朝阳看看来电显示，又低声道，“邢主任打来的。”

“没关系，快接啊。”

“邢主任，我韩朝阳，您有什么指示？”

邢副主任此刻并不在分局指挥中心，而是在分局二楼小会议室，回头看看冯局等领导，开门见山地问：“小韩，有个紧急任务，需要你们巡逻队协助，你那边能抽调多少队员？”

巡逻队是义务的，能抽调多少队员韩朝阳不敢乱说，急忙问：“邢主任，执行的是什么样的任务，需要多长时间？”

“要到 5 点半左右才能确定要不要行动，现在只是做准备。你那边能抽调多少队员我心里要有个底。一旦确定， 6 点准时出发，明天 8 点前应该能收队。”

“十几二十个人应该没问题，不过听您这一说十几二十个人估计不够，要不我先问问金经理和理大保卫部蒋部长。”

“行，赶紧问，我等你电话，等你回复。”

第一百三十四章　围剿（二）

就在韩朝阳找苏主任和蒋部长借兵之时，燕东公安分局刑警大队二中队侦查员唐俊华从一辆长途车上跳了下来，低头看看手机上的电子地图，确认这就是武淳市江溪县大曲镇的镇南路，紧紧双肩包往停在路边的几辆摩的走去。拉客的摩托车司机有十几辆，在马路边一字形排开，司机有男有女，一个个热情地上前打听他要到哪里去。

唐俊华装出一副有那么点紧张的样子，特意选择乘坐由一名三十多岁妇女驾驶的摩的，刚驶出大约三四百米，妇女侧头问："大兄弟，你是来买车的吧？"

"大姐，你怎么知道的？"

女司机乐了，兴高采烈地说："一看就知道，不是买车的谁会来这儿。如果想买二手电动车的话，就要到华榆去买。我上午刚送了一个，给他留了手机号，到现在没打电话让我去接，应该是买到了车，自己开电动车回去的。"

"大姐，你认识那儿？"唐俊华故作好奇地问。

"认识，生意好的时候一天能跑好几趟……"

华榆村，位于燕阳市与武淳市交界的一个偏僻的小村庄。现在不出名，十几年前很有名，因为一些法制意识淡薄的村民疯狂销售不法分子从武淳市区盗窃的自行车，甚至形成了一条产业链，被武淳公安机关多次围剿过。分局刑警大队车侦中队早怀疑市内失窃的许多电动车流向了武淳市，但武淳市很大，下辖四区六县，车侦中队一直没查到赃车流向的具体位置。

新园街派出所今天破获一起系列电动车失窃案，并搞清了涉嫌销赃的嫌疑人身份。通过核查嫌疑人身份发现，其户籍所在的华榆村十几年前竟是一个“销赃村”！

在打击盗窃电动车犯罪上，打击销赃渠道与打击偷车贼一样重要。分局领导认为，光两个偷车贼在不到一年时间内就卖给该村村民四十多辆赃车，由此可见该村经营赃车的犯罪活动有所抬头，甚至可能已成为销售燕阳市失窃车辆的集散地。分局第一时间向市局上报，市局正在等分局这边的进一步消息，一经确认该村的一些村民跟当年一样疯狂经营赃车，就会帮分局与武淳市公安局协调，准备来个联合行动，再围剿一次！

刑警二中队和车侦中队一共来了四个人，唐俊华是第一个到的，主要任务是侦察地形，在不暴露身份、不打草惊蛇的前提下搞清已掌握的嫌疑人家位置，搞清他在不在家，同时摸摸底，看看村里大概有多少户村民在经营赃车。

女司机绝对是个好向导，载着唐俊华在新修的水泥路上行驶了大约十几分钟，缓缓停在一个土坡上，指指下面说：“大兄弟，前面就是华榆二队，沿小路往北走四五分钟就到了。有人坐在村口，买车又不是偷车，没什么不好意思的，见人你就问，就说你是来买车的。”

“大姐，这条路好走，要不你把我送到村口。”

“下坡上坡麻烦，就几步路，就当锻炼身体。”

“好吧，多少钱。”

“二十。”

唐俊华付完车钱，管女司机要了个手机号，再次紧紧双肩包的背带，顺着小路走到村里。

果不其然，远远地就看见六个妇女围坐在村口第一户人家的屋檐下闲聊，其中一名年轻一点的妇女一看见他就站起身，问是不是来买车的。唐俊华说是，这名妇女随手指向她家的厨房：“里面几辆，你们自己去看吧。”

唐俊华顺着她手指的方向走进厨房，果然发现里面有两辆踏板电动车、一辆轻便电动车和一辆九成新的捷安特自行车。

“大姐，黑色的踏板车多少钱？”唐俊华走出厨房问。

妇女头也不抬地说：“1100，一分不少，想要你就骑走。”

“能不能便宜点，总不能客人一到，就赶人走？”为了不暴露身份，唐俊华走到她面前蹲下讨价还价。

“从人家手上接过来也要800，最少1000，少一分都不卖。”

唐俊华以价格太贵、车型也不是很满意为由，继续打听有没有其他的。一个五十多岁左右的妇女起身带他进村，把他带到一栋二层楼的客厅内。客厅里停着七辆崭新的电动车，楼梯道下面有一辆八九成新的折叠式自行车。

唐俊华又问价格，妇女抱着双臂说：“1400。”

“太贵了，能不能便宜点？”

“小兄弟，这车子从商场买要三千多，我这儿只要一半价你还嫌贵！”

“我大老远来这儿不就图个便宜么。”

“要便宜你去别人家问问，我家没有。”

继续走继续问，不走不问不知道，一走一问吓一跳，竟发现他们这里几乎家家户户都经营赃车。一个妇女甚至不避讳她是在销赃，竟大大咧咧地说：“这些车子都是从燕阳那边偷来的，我们这儿很多家都卖这种车子，一般都是由男的联系货源，我们这些女的在家里等客人上门买车。”

“大姐，摩托车有没有，”唐俊华挠挠脖子，一脸不好意思地说，“摩托车开着带劲，而且哪儿都能加油，不像电动车没电就要推着走。”

“摩托车没有，”中年妇女带上门，边走边笑道，“电动车不用挂牌，摩托车要挂牌，偷来的摩托车不好挂牌，保险都不好上，买的人少，偷到也不一定能卖掉，所以偷车的人现在只偷电动车，所以我这儿也就没有摩托车。”

中年妇女还是想做生意，又回头笑着说：“小兄弟，买新车真不如买我们这种车合算，新车价格高不说，还容易被人偷。我们这些车不但不旧，而且价格还便宜。你来都来了，买一辆开回去多好，电全充满了，你刚才看的那辆能跑一百二十公里。”

唐俊华装着担心的样子问：“大姐，如果我骑这车在武淳街上走，会不会被车主发现？”

“放心吧，你刚才看的那辆外壳改装过，没改装的是从燕阳那边过来的，在武淳骑一点事没有。”

唐俊华装出一副犹豫不决的样子继续转，又来到一户姓张的人家，这户人家是一对夫妇在家里，女的在门口洗衣服，男的在大厅里修理一辆绿色电动车。唐俊华说明来意，男的将他带到后面一间房里看车，小小的房间里竟放着六辆不同品牌的电动车！见他似乎不喜欢这几辆，告诉他楼上还有，如果想要的话可以上楼去看。

就在他与男子讨价还价时，对面另外一户人家来了几个上门买车的人，从他们的谈话中能听出，他们都是从武淳市过来的顾客。唐俊华也跟着到对面这家，这家接待客人的是一个青年妇女，她带着几分炫耀地跟顾客们说，每天来村里买车的人非常多，最多的一天有一百多人，最少也有三四十个，他们根本不愁车子卖不出去！

第一百三十五章　尊重领导

苏主任和老金正指着分局领导帮着促成城东交通枢纽项目的保安服务大单。分局需要社区义务治安巡逻队协助，她和老金怎么可能不答应？当即表示包括她在内的社区干部今晚全部加班，去各执勤点帮着看门，尽可能多抽调几个队员协助分局行动！

可能在韩朝阳去大西北交流时，理大保卫处与朝阳社区保安公司在演唱会的安保行动中合作得很默契。也可能考虑到理大义务治安巡逻队挂牌成立这么长时间没干出什么成绩，理大保卫部蒋副部长也非常好说话，一口答应抽调三十五名保安协助分局行动。主校区这边的保安是不少，但主校区这边的工作也很多，能想象到蒋副部长打算同时从几个校区抽调人。

感谢的话说太多显得虚伪，韩朝阳只是由衷地道了一声谢，便当着顾爷爷和康所的面挂断蒋副部长的电话，拨通分局指挥中心邢副主任的手机。

“邢主任，我们这边能抽调一百二十四人。考虑到您那边没确定到底行不行动，我跟理大保卫处和我们社区的领导也没把话说死，先让队员们在各自执勤点待命。”

“一百二十多人，太好了，你们先做准备，等我电话，随时准备集合。”

“是！”

这么大行动不能不跟所领导汇报，虽然康所就在面前，虽然他一样是所领导，但他毕竟只是副所长，并且不是分管社区队的副所长。在原则性的问题上，韩朝阳也顾不上康所会不会不高兴，又当着顾爷爷和康所的面，拨通刘所的手机。

刘建业此刻正一肚子郁闷，看看同样对局里要求所里调整领导班子分工有些不满的许伟忠，拿起手机淡淡地问："小韩，什么事？"

"刘所，十分钟前，分局指挥中心邢副主任……"韩朝阳简明扼要汇报完情况，想想又小心翼翼地说，"这是理大校卫队第一次正儿八经地协助分局行动，人是我管理大借的，我要对他们负责，所以我可能也要参加行动。"

"什么行动？"

"不知道，邢主任没说，考虑可能要保密，我也就没问。"

"康所知道吗？"

"知道，康所就在我身边。"

扫黄、扫毒、打黑、清查城中村的外来人口……分局最不缺的就是行动，从年头到年尾，各种专项行动一个接着一个，且年复一年从来没断过。而分局最缺的除了经费就是人！下午杜局为什么在会上极力帮朝阳社区保安服务公司争取城东交通枢纽项目的保安服务大单，不就是想把朝阳社区的那些保安利用起来么。

刘建业刚才只是随口一问，事实上对分局今晚要开展什么行动并不感兴趣，真正想问的是第二句"康所知不知道"。事实证明，小伙子没忘记他依然是花园街派出所的民警，不然也不会当康海根的面打这个电话。

刘建业心里稍稍舒服了一点，不动声色地说："你们中山路综合接警平台同时接受新园街派出所、分局指挥中心和我们花园街派出所领导，指挥中心下达命令，你们就要坚决服从。"

"是！"

领导提到指挥权，这是话中有话，韩朝阳下意识看了看康所，暗想刘所在电话里说的这番话也不知道他有没有听见。如果听到了，又会有什么感想。正胡思乱想，警务通又响了，分局指挥中心邢副主任又打来电话。

"朝阳，局领导刚下达命令，按原计划行动！请你立即通知参与行动的队员整理着装、佩戴齐装备，在居委会大院儿集合，我正在准备车辆，车一到就组织队员登车。”

“是！”

“还有，从刚掌握的情况看，要抓捕的女嫌疑人不少，分局女民警又不多，请你们巡逻队的女同志全部参加行动。”

“邢主任，我们这边女同志也不多。”

“有总比没有好，就算只有两三个都能帮上大忙。”

“好的，我这就安排。”

韩朝阳放下手机正准备去后院儿找苏主任，刘所居然打过来了，刚摁下通话键就听见刘所在电话那头说：“小韩，所里刚接到命令，秀娟也要参加行动，并且让秀娟立即过去跟你们汇合。”

看样子邢副主任没开玩笑，今晚要抓捕的女嫌疑估计不会少，不然局里不太可能从所里抽调女警。韩朝阳正不知道该说点什么，电话里又传来刘所的声音：“小韩，秀娟是女同志，在所里一直负责内勤，几乎没出过外勤。我也不知道晚上到底是什么行动，不知道有没有危险，就这么让她去不太放心。”

“刘所放心，我会照顾好陈姐的。”

“好，有你这句话我就放心了。”

时间紧急，韩朝阳顾不上跟康所致歉，一挂断电话就拉开后门跑去找苏主任。顾爷爷对小徒弟刚才的处事方式很满意，干脆拿起康海根的行李，借故帮他搬家，把康海根请到居委会一楼的社区民警办公室。

康海根不是傻子，岂能不知道顾爷爷是故意避开老丁，顺手带上门，一脸尴尬地说：“顾警长，您是我最敬佩的前辈，如果我有什么做得不对或者不合适的地方，还请您多批评多提醒。”

顾爷爷笑了笑，一边招呼他坐，一边叹道：“康所，知道我平时为什么不怎么去所里，为什么喜欢天天待在社区吗？”

“为什么？”

“就是怕你们这样，公安局是什么单位，是准军事化管理的执法部门，上下级关系应该跟部队一样严肃。结果就因为我工龄长一点，警衔高一点，每次去向所长教导员汇报工作，说着说着就变成他们向我汇报工作，上下级关系全乱了，这不好，这也不利于工作。”

康海根愣住了，怎么也没想到顾爷爷会说出这番话。

顾爷爷拉开窗帘，看看正在院子里跟苏主任说话的韩朝阳，意味深长地笑道：“知道朝阳为什么越干越顺，为什么能干出那么多成绩吗？”

“为什么？”康海根鬼使神差地问。

“有人说他运气好，必须承认，运气是一方面，但归根结底还是他为人处世很谦虚，也能沉得住气，不管遇到好事还是坏事，都能一如既往地尊重领导。”顾爷爷笑看着他，像拉家常似的接着道，“这个领导不只是所领导或者局领导，只要是领导他都尊重，只要参加工作时间比他长，甚至只要年龄比他大的都尊重。你想想，这样的小伙子谁不喜欢？也正因为社区干部、街道领导乃至理大领导都喜欢他，都支持他工作，所以他是越干越顺。”

第一百三十六章　计划不如变化

5 点 47 分，三十五名理大的义务治安巡逻队员在章金海率领下，迈着整齐的步伐走进居委会大院。朝阳社区义务治安巡逻队已整好了队，听说分局需要女同志协助，苏主任竟换上黑色的特勤制服，决定亲自参加行动。她、郑欣宜、陈洁和匆匆赶过来集合的陈秀娟和苗海珠站在第一批，英姿飒爽，真是一道靓丽的风景线。

韩朝阳也佩戴齐了单警装备，正打算掏出手机看看时间，章金海凑到他耳边好奇地问："朝阳，需要这么多人协助，到底什么行动？"

"真不知道，真不清楚。"

"对你都保密，说明这是大行动，而且是很重要的大行动！"

他俩低声闲聊，苏主任也在跟郑欣宜窃窃私语。"分局缺女警这给我们提了个醒，我们以后一样可能缺女保安，招聘计划要调整，看能不能多招几个女生。"

"苏姐，女生谁愿意干这个，再说也没那么多退伍女兵！"

郑欣宜话音刚落，陈洁便窃笑道："女兵很少，退伍的更少，想招退伍女兵不容易，但招几个警校毕业的女生还是没问题的。"

"这个主意好，司法警官学院又不包分配，能考上警察公务员的也不多，她们在学校穿了几年警服，结果一毕业就失业，就要脱警服，肯定不太愿意改行，肯定有人愿意来我们这儿干。"

"以社区治安巡逻队名义招，先把人哄过来再说。"陈洁想到了刚毕业时的自己，禁不住笑道，"其实都用不着等她们毕业，完全可以跟学校联系，让她们先过来实习。"

苏主任乐了，忍俊不禁地说："这个任务交给你，等忙完眼前这阵子给你放两天假，回你们母校看看。"

正聊着，一辆警车驶进大院，紧接着是三辆悬挂地方牌照的大客。苏主任急忙跟韩朝阳、章金海一起迎了上去，刚走到车边，车门开了，邢副主任从副驾驶钻了出来。

"苏主任，章主任，谢谢二位大力协助。时间紧急，客气话我就不再说了，组织队员们上车吧。"

"行，"苏主任轻握了下邢副主任的手，旋即转身道，"金经理，组织同志们有序登车。"

"是！"

领导只跟两支巡逻队的实际负责人说话，甚至让苏主任和章金海组织队员登车，韩朝阳忍不住问："邢主任，我呢？"

"小韩，晚上的行动你就不需要参加了。接警平台很重要，现在又要兼顾几个重点项目，其他人都能抽调，就你不能抽调。"

"可是这么多巡逻队员都去，我这个大队长怎么能不去！"

邢主任抬头看看正有序等车的小伙子们，把他拉到一边，似笑非笑地说："我是出发前才知道晚上的行动跟你又扯上了关系，树大招风，你不能总是出风头，相信我，不去比去好。"

"邢主任，您越说我越糊涂，什么叫又跟我扯上关系？"韩朝阳真被搞得一头雾水。

"你早晚会知道，现在要保密，我什么都不能说。"

邢主任不仅什么都不说，甚至一刻不敢耽误，拍拍他胳膊跑到大客车边，确认队员们全上车了，便钻进警车给大客车开道。看着几辆车一辆接着一辆开出了院子，韩朝阳傻眼了，站在原地久久没缓过神。

"韩大，没你什么事，是不是很失望？"张贝贝不知道从哪儿钻了出来，笑盈盈看着他问。

"失望倒没有，只是……只是有点突然。"

"有什么突然的，参加不成你们局里的行动，可以参加社区的行动，实在不愿意回去陪莹莹，大可以跟我一样去帮着看门。”

怪事年年有，今天特别多！韩朝阳斜看着她问：“你去帮着执勤？”

“嗯。”张贝贝点点头。

“你又不是保安，你执什么勤？”

“我不是保安，但我是保安公司的股东啊，而且是第四大股东。”张贝贝噗嗤一笑，一脸得意。

韩朝阳猛然想起她下午也参加了保安公司的大会，将信将疑地问：“你入股了？”

“有人不愿意入，正好让我捡了个便宜。”

“第一大股东肯定是社区，第二和第三大股东是谁？”涉及保安公司未来谁说了算，韩朝阳觉得有必要问个清楚。

张贝贝边陪着他往警务室走，边笑道：“第二大股东是金经理，然后是宏亮，然后是我，再就是晓斌、欣宜、陈洁和俊峰他们。”

韩朝阳很想来一句你们是侵吞“集体资产”，但话到嘴边始终没说出来，而是半开玩笑地说：“不对啊，论有钱，老金怎么也比不上你和宏亮这样的拆二代，他怎么可能是第二大股东？”

“拜托，你也不想想那点股份总共才多少钱，投几万就是大股东，你总不会认为老金连三五万都捧不出来吧！”

想想也是，朝阳社区保安服务公司这个盘子太小，把无形资产算进去也只“评估”出一百万。韩朝阳意识到苏主任调走或回原单位之后，老金会成为保安公司的“掌门人”。再想到这事讨论下去没任何意义，干脆转移话题：“你入股保安公司，成了保安公司的大股东，那个青旅还搞不搞了？”

“搞啊，入股保安公司是入着玩的，我有我的理想和事业，对保安公司不感兴趣。”

韩朝阳相信她的话，想想又调侃道：“张总，您财大气粗，想把青旅搞起来不难，反正投入又不多，为什么还要去旧货市场淘东西，难道连买新家具新家电这点钱都要省？”

“谁说我要去买二手家具家电的？”张贝贝停住脚步，一脸茫然。

“不是买二手家具家电，那你要去旧货市场干什么？”

“淘旧货啊，旧书、旧报纸，旧钟、旧自行车，只要是旧东西我全需要。我要用旧东西好好装饰一下，只有这样才有格调。”

韩朝阳糊涂了。

“真的，不骗你，我要营造出文艺青年喜欢的那种气氛，旧东西越多越好，不管有用没用，因为那些文艺小青年就喜欢这调调。”

第一百三十七章　“就事论事”

前脚走进警务室，顾爷爷和康所后脚便跟了进来。韩朝阳回头一看，大吃一惊，康所竟又把刚搬到社区民警办公室的铺盖卷又提了过来！

老丁也是一头雾水，下意识问：“康所，您这是？”

“我先打个电话，其他事等会儿再说。”康海根笑了笑，掏出手机当着众人面拨通刘所的电话，“刘所，我小康，我想汇报下工作，您忙不忙，说话方不方便？”

韩朝阳更吃惊，不禁回头看向顾爷爷，暗想师傅刚才在办公室跟他说什么了。顾爷爷若无其事捧起茶杯，从他老人家脸上看不出任何端倪，只听见康所把姿态放得很低，用很谦虚很诚恳的语气说：“刘所，我犯了主观主义错误，我要检讨。之前太主观，过来才发现没调查就没发言权。对我个人而言，维护好几个重点项目工地治安，为城东交通枢纽项目建设保驾护航是全部工作。但对中山路综合接警平台来说，维护几个重点项目工地治安只是所有工作中的一部分。平台只是设在我们辖区，只是设在朝阳社区警务室，但接警平台的巡逻辖区却不只是朝阳社区。我们有民警常驻，新园街派出所一样有。我就这么过来不合适，我要是常驻警务室这个关系就理不顺了，甚至会打破现有的平衡……”

必须承认，他的话有一番道理。这里不光有新园街派出所的民警，一样有花园街派出所的老唐和苗海珠。他不在这儿什么事大家伙可以商量着办，他要是待在这儿不管发生什么事都要向他请示汇报，可他又只是花园街派出所的副所长，并非新园街派出所的领导。不管他布置的任务或下达的命令到底合不合理，老唐和苗海珠心里肯定会有想法。

韩朝阳几乎可以肯定顾爷爷刚才跟他说过什么。正暗想他来都来了，如果就这么回所里会多没面子，他突然话锋一转："刘所，刚才跟顾警长聊了一会儿，顾警长说得非常有道理，我接下来的工作主要是协调，主要是为项目建设服务，所以我打算搬到工程指挥部去。考虑到警务室这边事比较多，工作压力比较大，我完全可以兼顾几个工地的治安，可以就近接处警。"

他打算常驻工程指挥部，并且主动要一块辖区，准备跟普通民警一样值班一样接处警，韩朝阳倍感意外，连老丁都一脸不可思议。他手机扬声器的声音开得不大，不知道刘所跟他说了些什么，但能听出刘所同意了。

韩朝阳正若有所思，康海根放下手机笑道："老丁，你是来替换吴伟的，吴伟原来要做哪些工作你就做哪些工作，不清楚的向顾警长和朝阳请教。朝阳，刚才你也听到了，从现在开始我就是中山路综合接警平台的一员。辖区发生警情，你们以前是怎么处置的以后依然怎么处置。值班表该怎么排就怎么排，把我也算进去。"

"康所，这怎么行，您是领导。"

"这是什么逻辑，领导就不用工作了？"康海根反问了一句，抬起胳膊指指挂在墙上的公示栏，"就算是领导，我能领导你，能领导老丁，难道还能领导新园街派出所的同志？还能领导朝阳社区义务治安巡逻队和理大义务治安巡逻队？"

"可是……"

"没什么可是，综合接警平台的工作还是你说了算。如果涉及几个重点项目工地的工作，我一样会当仁不让，毕竟这是上级交代给我的任务。到时候如果需要你配合，或者需要巡逻队协助，我会直接给你下命令。总之，从现在开始我们就事论事。"

好一个"就事论事"！这么安排可能是他眼前最好的选择，并且没有之一。首先，刘所和教导员不会再觉得他想另起炉灶，不会以为他打算搞"独立王国"；其次，中山路综合接警平台的工作不会因为他的到来受影响；再就是他通过"自我发配"，告诉所有怀疑他有没有能力的人，他虽然之前一直在机关工作，但基层民警能干的他一样能干。更重要的是，常驻工程指挥部既能方便协调各项工作，市区两级领导也能通过他的实际行动感受到花园街派出所乃至燕东分局对城东交通枢纽项目的重视！

韩朝阳佩服得五体投地，但更多的是佩服顾爷爷，因为几乎可以肯定这是顾爷爷给他指点的迷津。正暗自感慨，顾爷爷突然笑道：“老丁，朝阳，你俩商量下今晚谁值班。康所对工程指挥部不是很熟悉，这段时间我天天在村里转，跟工程指挥部的几位领导混了个脸熟，正好可以陪康所过去，看能不能找个办公室先帮康所安顿下来。”

老丁暗想您老人家不管怎么说也是三级警监，工程指挥部的领导谁的面子都不给也不可能不给您老面子，急忙道：“顾警长，晚上我值班吧，过几天我家里有点事，可能要请假，所以……”

“没关系没关系，谁家没点事！康所，我们先过去吧。”

顾爷爷说完就提起行李，康所岂能让他老人家帮他提，连忙抢过行李并顺手拉开门，侧身请他老人家走在前面。韩朝阳和老丁一起把他们送到门口，直到他们开的电动巡逻车消失在视线里，韩朝阳才回头道：“丁警长，我年轻，精力充沛，身体好，要不晚上还是我值班吧。”

“别跟我抢，过几天我真要请假。”老丁转身走进警务室，一边佩戴单警装备，一边感叹道，“我母亲八十大寿，她这辈子没正儿八经过过生日，我哥和我几个妹妹准备好好操办下。孩子们有的成家立业，有的在外地工作，有的在外地上大学，还有在国外留学的，这次全回来。到时候有得忙，不请几天假真不行。”

“这是大事，既然您都计划好了，我就不跟您抢了。”

“理解万岁，理解万岁。”老丁嘿嘿一笑，拉开后门催促道，“你赶紧换衣服下班吧，这会儿还早，可以陪女朋友去逛逛街、看看电影。”

第一百三十八章　“拉拢腐蚀”

韩朝阳已经很久没在警务室里间换衣服，正不知道怎么跟老丁解释，外面传来电动车的鸣笛声。回头一看，黄莹到了，左脚撑在警务室门口的台阶上，刚摘下头盔正在甩秀发。

韩朝阳顺手拉开门，刚才一直在隔壁跟打字复印店老板娘闲聊的张贝贝竟跑了过来，站在电动车边问：“莹莹，今天下班怎么这么早？”

“早吗，我是到点下班的！”黄莹下意识掏出手机看看时间。

那只是一种打招呼的方式，她居然当真的了，张贝贝噗嗤笑道：“别看了，晚上一起吃饭吧。”

“行啊，吃什么？”黄莹看看笑而不语的韩朝阳，放下手机说，“对了，下班时玲玲打电话说一起吃饭，说宏亮出去执行任务，她一个人吃没意思。朝阳，怎么回事，宏亮那个辅警怎么比你这个民警还忙。”

“宏亮不是辅警，宏亮现在厉害了，既是社区义务治安巡逻队员，也是朝阳社区保安服务公司股东，而且是第三大股东！”

“股东，保安公司也搞股份制？”

韩朝阳忍俊不禁地调侃道：“这你得问张总，张总既是国际青年旅社的CEO，也是保安公司的第四大股东！这才过去几天，我们的朋友圈里就多了两位大老板，跟张总和许董做朋友，我真的有压力。”

“贝贝，你改行做天使投资人了！”黄莹极其夸张地惊问道。

“别信你老公，不是他说得那样。”张贝贝嗔怪了一句，掏出手机窃笑道，“谢老师一个人吃饭没胃口，那就一起呗。吃火锅怎么样，东明小区南门的那个？”

黄莹给了她白眼，嘀咕道：“无事献殷勤，非奸即盗！”

“好好好，我承认我有求于你们，这样行了吧。”

“这还差不多，这我才能吃得心安理得。”

“有求于我们，张总，到底什么事，”韩朝阳装出一副很认真很严肃的样子，强调道，“吃人家的嘴软，拿人家的手软。我是国家公职人员，是公安民警，不说清楚我是不会去吃的。”

“放心，不会让你违反原则的。”张贝贝装出一副不快的样子。

黄莹显然早知道张贝贝在打什么鬼主意，笑道：“别扯了，赶紧回宿舍换衣服，我都快饿疯了！”

“行行行，要不你们在门口等会儿，我骑电动车去换。”

“车给你，我俩走过去。”

回宿舍换上便服，骑车从理大西门走，结果刚到大门口正好遇到谢玲玲，正好跟已经接到邀请的谢玲玲一起骑电动车赶到饭店。

张贝贝似乎连吃火锅都想着她的国际青年旅社，既不想在一楼大厅也不需要包厢，竟跑到二楼找到一个靠窗的位置，正好能遥望到前朝阳村纪念堂。她和黄莹都是“美食家”，锅底、涮菜和饮料早点好了，正利用上菜前的这点时间，兴高采烈地研究她的创业计划。

韩朝阳洗完手，拉开椅子坐到女友身边，好奇地问：“张总，到底什么事？”

“韩老师，我准备给你和谢老师排练提供场地。”张贝贝满是期待地看着他，又回头看看坐在她边上的谢玲玲，用几乎哀求般的语气说，“你们不是要帮理大培养管弦乐队吗，在哪儿排练不是排练？我给你们提供场地，在我们旅馆大厅或者后面的花园，你想想，多有情调！”

韩朝阳猛然反应过来，哭笑不得地问：“文艺青年不光喜欢旧东西，也喜欢音乐？”

张贝贝诡秘一笑：“韩老师，您只说对了一半，文艺青年不但喜欢旧东西，也喜欢音乐，更喜欢帅哥美女。”

“不去，”不等韩朝阳开口，谢玲玲便断然回绝道，“张总，您也不想想您那是什么地方！什么青旅，前面是搁骨灰盒的，后面是埋棺材的，而且不知道搁过多少个骨灰盒、埋过多少口棺材，阴森森的，想想就渗人，谁要是想拍恐怖片可以去你那儿，排练就算了。”

韩朝阳深以为然，重重点点头，表示严重同意！

让他倍感意外的是，张贝贝竟理直气壮地质问道：“谢老师，想清楚了，你到底去还是不去？”

“不去！”谢玲玲噘小嘴，就差在脸上写着这顿火锅我可以不吃。

黄莹禁不住笑道：“玲玲，朝阳可以不去，你不行。”

“为什么，凭什么？”

“因为你是老板娘！”黄莹笑得花枝乱颤，笑得上气不接下气地说，“你家许总未经你同意，私自决定入股张总的青旅。他还很自信，竟认为百分之百能考上警察公务员，担心考上之后不能做生意，打算让你当他的‘白手套’，以你的名义入股。”

“有这样的事！”谢玲玲真不知道，一脸不可思议。

“骗你干什么，”张贝贝挽着她胳膊，嬉笑道，“在法律层面上，我们是如假包换的合作伙伴，接下来是要精诚团结、同舟共济的，为了我们共同的利益，我觉得这件事你应该支持。”

“可是……可是他没跟我说！”

“这是下午决定的，他没来得及。”

“贝贝，你又不缺钱，为什么非得拉他入股？”

这个必须解释清楚，不然回去之后小两口会闹矛盾，张贝贝苦笑解释道：“我和苏主任下午去旅游局，旅游局说想符合接待外宾的标准，除了要有懂外语的人，要有中英文标识那些，还需要成立什么治安小组。就算不需要成立这个治安小组，我一样要考虑到治安问题，毕竟开旅馆不是做其他生意。我入股保安公司，再请保安公司的股东入股旅社，这么一来就是一家人，治安、消防这些我就不用操心，就可以一心一意考虑怎么经营。而且旅社真有前途，只要能开起来只会赚不会赔！”

真会拉关系！

不过其他事可以帮忙，去鬼屋排练韩朝阳是真不愿意，冷不丁来了句：“张总，许总和谢老师被你‘拉拢腐蚀’了，我没有，所以你就别打我的主意。这顿饭我照吃，但带乐队去你那儿排练你想都别想。”

张贝贝笑了笑，目光转移到黄莹身上。

黄莹拉拉他袖子，嘻嘻笑道：“老公，忘了跟你说，我也被她‘拉拢腐蚀’了。”

“有没有搞错，我是国家公职人员，你一样是，按规定是不能参加这样的盈利性活动的！”

“你不可以，我不可以，但咱妈可以呀！”黄莹摇晃着他胳膊，解释道，“论开旅社，谁经验会比咱妈更丰富？她在招待所干了几十年，酒店用品哪儿便宜，环境卫生应该怎么打扫，床单被褥应该怎么铺怎么叠，她真是专家。”

“咱妈不用上班？”

“什么记性，跟你说一百次了，她明年就要退休。”

“韩老师，我跟您岳母聊过，她很看好旅馆的未来，不但愿意入股，还会出任我们旅馆的经理。别用这种眼神看我，这不是撂挑子，旅馆 24 小时都要有人盯着，我一个人怎么忙得过来。再说你们都成双成对，我还单着呢，不能连谈恋爱的时间都没有吧。”

“我才懒得管你单不单着，我是想知道你把我岳母忽悠过来是何居心！”

“创业么，当然要充分借助能借助的一切资源！韩警官，我知道你敬业，但这跟你关系不大，不会影响你前途的。再说你现在只是片儿警，又不是所长，更不是局长。并且谁也没让你以权谋私，没让你充当什么保护伞。我开得是正规旅馆，根本不需要这些。”

“不需要你还这么搞。”韩朝阳嘀咕道。

“你这人怎么一点同情心没有？”黄莹听不下去了，推推他胳膊，“贝贝一个人在燕阳创业，还是一个女孩子，她容易吗？之所以请大家一起入股，一是旅馆确实有前途，二来这么多人在一起同心协力，就像一个有劲往一处使的大家庭，能感受到家庭的温暖。就这么简单，是何居心，亏你想得出来！”

可能被说到心坎里去了，张贝贝竟低下了头。

韩朝阳被女友说得有那么点尴尬，苦笑道：“好吧，你们都决定了，我还能说什么，你们想怎么搞就怎么搞吧。只要不影响工作，只要不让我违反原则，我全力支持。”

“这就对了嘛，来，把杯子都满上，预祝我们的旅馆生意兴隆，财源广进！”

韩朝阳都点头了，谢玲玲更不会反对，一反之前那坚决不去“鬼屋”排练的态度，喝了几口饮料，吃了几口涮菜，竟问起旅馆的准备情况，问除了将来带学生们去排练，她还能帮上什么忙。

第一百三十九章　有钱不见得是好事（一）

吃饱喝足，张贝贝突然提议去即将改造的纪念堂看看，甚至从包里翻出纪念堂大门钥匙。大晚上谁敢去那鬼地方，黄莹和谢玲玲吓得花容失色，连连摆手。

迁坟那天给韩朝阳留下的印象太深刻，他躲还躲不及呢，怎么可能去？

见三个人都不愿意去，张贝贝只好作罢，掏出手机给警务室同样也是保安公司值班室打电话，问清楚今晚各执勤点的值班安排，又主动请缨去527厂北门值班室帮忙。

本打算就此道别，没想到值班室里竟坐着一位很久没见的熟人。韩朝阳不好意思就这么走，急忙跟进值班室招呼道："张支书，好久没见！"

"原来是小韩，你没穿警服我差点没认出来！"前朝阳村党支部书记张昌坚看见韩朝阳也很高兴，立马放下报纸起身握手。

韩朝阳回头看看正打着手势一个劲比画的女友和小师妹，紧握着张支书的手好奇地问："这么晚了，你怎么会在这儿？"

"巡逻队晚上不是要参加你们分局的行动吗，一下子去了几十个队员，这边没人值班，苏主任就让我们过来帮忙。我在这儿，老谢也来了，他在南门。"

差点忘了，朝阳村撤销之后他们这些村干部有的被安排到环卫所，有的被安排到街道综合行政执法大队，有的自动过渡到社区居委会，成了居委会的社区工作者。只是上级考虑到他们既是村干部也是村民，原来的家拆了，要找地方把全家老小先安顿下来，就给了他们一个月假，不用去新单位上班一样有钱拿。

韩朝阳正想问问他现在是租房子住，还是在市里买了房，他突然拉开门笑道："黄会计，我们也好久没见！"

"张支书好，您这段时间忙什么呢，好久没见您去办事处了。"黄莹在街道财政所上了一年多班，全街道的社区主任和村支书几乎个个认识，都已经被人家看见了，只能笑盈盈地跟了进来。

"别再一口一个支书，村委会都撤销了，哪有什么村支书。"张昌坚不无自嘲地笑了笑，招呼跟她一起进来的谢玲玲坐。

事实证明顾爷爷的猜测没错，也证明黄莹的消息远比韩朝阳灵通，她回头看看笑而不语的张贝贝，意味深长地说："张支书，别人不知道难道我还不知道，您以前是支书，以后一样是支书，社区党支部书记比村支部书记好听多了。"很显然，他这是要接替苏主任。

韩朝阳反应过来，暗想难怪张贝贝那么多执勤点不去非得来这儿，原来是来"巴结"未来的朝阳社区一把手。暗想这丫头也太世故了，不去考公务员不去党政部门上班太可惜！就在他胡思乱想之时，正寒暄着的黄莹突然歉意地说："张支书，我和谢老师打算去对面转转，我们先走一步，你们先聊。"

"去吧去吧，我送送。"

"别送了，又不是外人。"黄莹拉开门，又回头道，"朝阳，你和张支书慢慢聊，我俩去夜市买点东西。电动车停在门口，等会儿别忘了骑回去。"

"好吧，忘不了，我一会儿就回去。"

送走女友和小师妹，韩朝阳从张贝贝手里接过水，坐下来跟张支书闲聊起来。原来他在市里买了一套二手房，不需要装修，搬进去就能住。回迁房要了两套，等建好之后好好装修一下再搬回来；解主任没买房，住亲戚家，这一住估计得两三年……

"有钱是好事，但也不完全是好事。"张支书点上支烟，感叹道，"动迁时你和顾警长没少在村里宣传，让大家伙珍惜这来之不易的生活，有些人听进去了，有些人没听进去。五队的苗敏材你应该有印象，拆迁补偿一到手，就去买了一辆几十万的车，驾驶证还没到手，好像科目二都没过就开车上路，还上高速，结果出了车祸，两口子全没了！”

“没了！”韩朝阳大吃一惊，怎么也不敢相信这是真的。

张支书猛吸了一口烟，确认道：“无证驾驶，还要负全责。不但人没了，连剩下的那点拆迁补偿款都不一定保得住，因为撞死了一家三口，他儿子天天去交警队，连丧事都顾不上办。”

“以前谁见过那么多钱，一下子拿几百万，对一些人而言真不是什么好事！”

“谁说不是呢，如果个个都像小张这样就好了，”张支书回头看看张贝贝，接着道，“还有一队的杭卫方，出去旅游就出去旅游呗，结果跟韦海成一起跑澳门去赌，据说三天输了几百万，拆迁补偿款全输掉还不够，在那儿给人打欠条借高利贷，讨债的人已经追到他大姐家了。”

“有这样的事！”

“我是听一队的宋宝山说的，宋宝山现在跟他大姐住一个小区。”

内地公民在澳门赌博，公安管不着。但对内地公民在澳门赌博，输赢结算在境内的，就是违反治安管理行为，公安就有权管；要是有人组织内地公民赴澳门赌博，并从中收取回扣、介绍费，公安机关一样有权管。要是组织十人以上，就要以赌博罪追究其刑事责任！

朝阳村的村民虽然全搬家了，但他们的户籍依然在花园街派出所，并且他们将来大多回搬回来，韩朝阳觉得这事应该管，下意识问：“有没有宋宝山的电话？”

“有，”张支书似乎意识到韩朝阳要干什么，掏出手机一脸为难地说，“小韩，杭卫方倒好说，韦海成比较难缠……”

“尽管放心，我会替您保密的。”韩朝阳岂能不知道他有什么样的顾虑，下意识抬头看向张贝贝。

张贝贝猛然反应过来，急忙道：“我也会，我嘴最严了！”

第一百四十章　有钱不见得是好事（二）

韩朝阳找来纸笔，一边准备做记录，一边拨通张支书提供的手机号。

“老宋，我花园街派出所韩朝阳。对对对，就是我，你现在忙不忙，说话方不方便。没什么事，不关你事……”

朝阳村民没有不认识他这个片儿警的，宋宝山对他真是印象深刻，老伴在看电视，客厅里太吵，干脆拉开移门走到阳台上说：“韩警官，想了解什么情况尽管问，我是党员，这点觉悟还是有的。”

“谢谢支持，老宋，我是想了解下杭卫方的情况。听说他去澳门赌了，还欠下一屁股高利贷，讨债的那些人什么事都干得出来。不管怎么说他也是我们辖区的居民，发生这种事我不能不管。”

老宋下意识问：“这事你怎么知道的？”

“我们公安是干什么的，我们不就是干这个的吗？”

“这倒是，”老宋扶着护栏，紧握着手机轻叹道，“确实有这事，因为去澳门赌，好好的一个家被搞得鸡犬不宁，他老婆带着孩子躲他表姐家去了，都不敢送孩子去上学。他昨天打电话管我借钱，我手上是有点钱，但这钱能借吗，不借他还不高兴。”

“他现在住什么地方？”

“开始住他大姐家，就在我现在租的这房子的前面一栋。前几天来了几个讨债的人，他发现不对劲就跑了，跑了之后才想到老婆孩子。给我打电话，让我家老二开车送他老婆孩子去他表姐家的。”

“有没有他电话？”

“有，要不先挂了，我找找给你发过去。”

“好的，麻烦了。”

等了大约两分钟，老宋把杭卫方的手机号发了过来。韩朝阳记录下手机号，旋即再次拨打过去，追问道：“老宋，知不知道他是怎么去澳门的？”

“跟韦海成一起去的，当时也叫过我，说机票又不贵什么的。以前没这个条件，现在有条件了，我倒是有心去香港澳门看看。我家老徐说光我们去有什么意思，打算年底放寒假时带孩子们一起去，现在想想幸好没跟他们一起去。”

“他们，除了韦海成还有谁？”

“人不少，有我们一队的丁松康、楚宏堡，有二队的孔学坤，有四队的江远，五队的余明和杜纪安，还有你知道的韦海成，都是带着老婆去的。孔学坤喜欢玩微信，通行证办下来的时候还发过朋友圈。”

算上他们的老婆，已经超过十人了！

韩朝阳不动声色地问：“老宋，知不知道谁起的头？”

“丁松康起的头，他有个亲戚在旅行社上班，机票就是他那个亲戚帮着订的。”

“去的人全赌了？”

“难得去一次澳门，我去我也会玩两把，他们好像全玩了，不过玩得都没杭卫方那么大。有输有赢，楚宏堡赢了六千多，江远也赢了，其他人好像是输的，但也就是输三五千。”

“韦海成呢？”

“韦海成多精明，听楚宏堡说他最多时赢四五万，后来又输了，赢的钱一输完扭头就走，没陷进去。”

韦海成那样的赌鬼自控力有这么强，韩朝阳对此深表怀疑。一边做记录一边继续询问，问完基本情况起身跟张支书、张贝贝道别，骑着电动车直奔警务室，把在 527 厂门卫室做的记录递给刚出警回来的老丁，当着老丁的面拨通刘所电话。刘建业听完汇报，低声问：“小韩，你怀疑是楚宏堡和韦海成组织他们去的？”

“刘所，对楚宏堡我不是很了解，但对韦海成我非常熟悉，他就是一个滥赌成性的赌鬼，因为赌博不知道被处理过多少次，上了赌桌就不想下来，甚至连饭都顾不上吃的，您说他这样的人在那样的环境下能控制住自己、能及时收手吗？”

“江山易改本性难移，他的表现是很反常。”

“就算不是他组织的，他没从中收取回扣或中介费，我们一样有义务管。毕竟讨债的人已经追到了杭卫方大姐家，这不就是在境内结算吗？”

“证据，关键是证据！”

“刘所，您是说必须先找到讨债的那帮家伙？”

小伙子越来越能干了，真是一点就透，刘建业起身道：“对，不找到那帮讨债的，不从讨债的人那儿打开突破口，我们就无法认定他们涉嫌在境内结算。梁队出去办案了，等他回来我跟他说一下，你先请提供线索的群众帮我们盯着杭卫方大姐家，如果那帮讨债的再去，立即向梁队汇报，协助梁队把那帮人带回来。”

“是！”

“对了，巡逻队那边有没有消息？”

“没有，队员们下午出发时邢主任什么没说，保密工作做到这个程度，我不太好打电话问。”

不该打听的不能打听，不打电话问是对的。但今晚的行动也太蹊跷了，光从小伙子那儿就抽调一百多名保安，民警出动的也不少，不管是扫黄扫毒还是什么整治行动，不可能到现在一点消息没有。刘建业百思不得其解，韩朝阳同样一头雾水。

就在他们苦思冥想到底是什么行动时，燕阳市公安局刑警支队岳支队长和武淳市公安局主管刑侦的崔副局长，正组织两市公安机关的四百多名刑警、治安民警、辅警和义务治安巡逻队员，对涉嫌疯狂经营赃车的华榆村展开了声势浩大的围剿行动！

新建的乡村水泥路上停满了车，放眼望去车队长达近一公里。有 110 警车，有特警的防爆车，有悬挂地方牌照的大客，甚至调来八辆专门用于运输查获的赃车的卡车。许宏亮、李晓斌、吴俊峰等巡逻队员负责封锁外围，农村不是城市，光封锁几条道路远远不够，每隔十来米站一个人，守在村外的田间地头。队员们肩膀上别着的小警灯不断闪烁，在夜色下像一只只萤火虫。

苏主任、陈洁、郑欣宜和陈秀娟、苗海珠等女警一起被安排进二十几个搜捕小组，跟民警们一起进村入户搜查。苏主任这一组一共六个人，一名刑警、两名治安民警和两名武淳市公安局不知道从哪个单位调来的辅警。

敲半天门，院子里没动静，带队的刑警在治安民警协助下翻进院子，从里面打开院门，苏主任打着手电跟了进来，只见刑警拍着客厅大门呵斥道："罗长青，公安办案，赶紧开门！我们知道你在家，再不开门我们就撞门了！"

"警察同志，你们来我家办什么案。"里面终于亮灯了，终于传来一个男子的声音。

"你干的事你自己清楚，"门刚从里面打开一道缝，刑警便猛地往里推开，一边示意治安民警和辅警搜查，一边掏出警察证和搜查令，"看清楚了，我是燕阳市公安局燕东分局刑警大队民警鲁绪林，我们怀疑你涉嫌收赃销赃，这是搜查令！"

是福不是祸，是祸躲不过。罗长青耷拉着脑袋不敢再吱声，但也不是特别害怕，心里想着法不治众，村里这么多人经营赃车，公安不可能全抓。

这时候，辅警从西屋走了出来，汇报道："鲁警官，里面有五辆电动车。"

"厨房有三辆！"

"鲁警官，这儿更多，一、二、三、四……十一、十二，一共十二辆！"

不来不知道，一来吓一跳，光这一户村民家就有二十多辆赃车，苏主任真是大开眼界，紧盯着刚从卧室里走出来的妇女不知道该说她什么好。

第一百四十一章　触目惊心！

围剿行动很顺利，战果很大，但对江溪县公安局的领导而言不是一个好消息。

正在进行的是燕阳市公安局和武淳市公安局的联合行动，“异地用警”！直到围剿战役拉开帷幕才通知江溪县公安局，局长、政委和值班的副局长匆匆赶到村口，只见大曲派出所的所长、教导员、副所长和几个民警不是站在市局领导的警车边，而是傻傻地站在田里。也不知道是路太窄，怕挡了参战人员的道，还是吓得魂不守舍不敢靠近。

“崔局，我们工作没做好，作为局长我要深刻检讨。”

“检讨什么，什么工作没做好？”刚才去村里转了一圈，真是触目惊心，市局崔副局长窝着一肚子火，阴沉着脸反问了县局的几位领导一句，随即转身道，“先进村看看吧，看看你们的基础工作是怎么做的！”

“是！”

路上停着许多来自燕阳的警车，村口和村外的田间地头三步一岗、五步一哨，大半夜看不清警衔和臂章，江溪县公安局戴局长以为来的全是特警，以为这是省厅组织的行动，心里直打鼓，回头狠瞪了大曲派出所的所长、教导员等部下一眼，跟着崔局一起走进村里。

不进来不知道，一进来吓一跳！第一户村民家门口就整齐停放着十几辆电动车和三辆自行车，涉嫌经营赃车的嫌疑人蹲在车前，几个特勤和辅警看押着他们，办案民警正忙着拍照、抄录车架号。东边第三家门口也是，只是赃车没第一家那么多。跟着崔局走进第二排，依然灯火通明，所见所闻跟第一排别无二致！

里里外外转了一大圈，跟着崔局走进村委会。村干部全到了，全站在院子里不敢吱声。

崔局走进会议室，神色凝重地问："岳支，一共查获了多少辆赃车统计出来了吗？"

燕阳市公安局刑警支队岳支队长今晚主要是协调，看看跟在他身后的江溪县公安局同行，转身道："老冯，你汇报吧。"

"是！"冯副局长低头看看最新的统计数据，不动声色说，"报告崔局，截止三分钟前，共查获赃车四百二十八辆，其中电动车三百九十一辆，自行车三十七辆！抓获涉嫌经营赃车的嫌疑人八十六名，不过真正参与销赃的肯定不止这么多，因为从我们掌握的情况看他们都是家族式经营，连老人和小孩都参与了。"

"能确定有多少辆赃车来自我们燕阳？"岳支队长追问道。

"现在能确认的共有二百二十四辆，"冯局顿了顿，补充道，"一些嫌疑人认罪态度较好，对经营赃车的犯罪行为供认不讳，为争取宽大处理，主动交代了三十多条线索，主要是关于偷车方面的。有在我们燕阳作案的偷车贼，也有在武淳市作案的偷车贼。"

"辛苦你们了，继续追查吧。"

崔副局长深吸了一口，转身走出会议室。辖区居然出现这样的"销赃村"，戴局长意识到麻烦大了，急忙跟了出去，一直跟到村口崔副局长才停住脚步，猛地转过身紧盯着他双眼问："戴志桐，你这个公安局长是怎么干的，你这个班长又是怎么当的？华榆村十几年前就是涉嫌销赃的重点村，经营赃车的犯罪行为死灰复燃，甚至比当年更猖獗！你这个局长居然一无所知，你说说吧，接下来该怎么收场！"

"崔局，我工作没干好，我要负领导责任。"

"不但你要负领导责任，县局党委班子都要检讨！"周围那么多燕阳同行，崔局不想让同行笑话，没再批评，而是强忍着愤怒冷冷地说，"我帮你们跟岳支协调好了，由你们江溪县公安局与燕阳市公安局燕东分局联合侦办，其他事放一边，当务之急是紧抓战机、根据现有线索深挖细查，打掉这个涉嫌盗窃、收购、改装、销售电动车及自行车的链条。"

"是！"

"另外，对于这样的销赃村，光靠打击是远远不够的。经营赃车的犯罪活动之所以死灰复燃，甚至愈演愈烈，说到底还是宣传教育不到位，防范工作没做好。立即向县委汇报吧，县委县政府肯定会重视的。"

与此同时，苏主任正一边帮一对涉嫌销赃的夫妇带小孩，一边帮着做匆匆赶来的两个老人工作。苗海珠同样忙得焦头烂额，刚押着一个女嫌疑人上完厕所，又有一个四十多岁的女嫌疑人嚷嚷着肚子疼。她们是一对婆媳，儿媳妇不老实，婆婆一样不是省油的灯。下午进村侦查的刑警已经拍摄到她俩销售赃车的视频，她俩还鸣冤叫屈，打算让老头子一个人扛，而老头子也想一个人把事扛下来，居然在外面嚷嚷什么一人做事一人当。

"哪儿疼？"

"这儿。"妇女站起身，用被铐上的双手揉揉肚子。

在来的路上领导交代得很清楚，既要秉公执法也要注意保护自己，苗海珠尽管几乎可以肯定她是装的，但还是低声问："疼得厉害吗？"

"厉害，一阵一阵的！"妇女流露出一副痛苦的样子，压住腹部又蹲下身。

苗海珠暗骂了一句真会装，举起对讲机喊道："指挥部指挥部，我是第十七行动小组民警苗海珠，我们这儿有一个女嫌疑人声称肚子疼。"

"收到收到，立即带嫌疑人去卫生室。"

"是！"

相比她们这些女同志，许宏亮要轻松得多，站在村外的菜地里一边抽烟一边给好兄弟打电话。"搜查应该结束了，听对讲机里的通话好像抓了不少人，查获了三四百辆赃车。不过想收队估计没那么快，说出来你不敢相信，这真是一个贼窝，全村两百多户，估计有六分之一的人参与经营赃车，全家老小一起干，总不能连老人小孩一起拘吧，这个善后工作也不好做。"

韩朝阳终于意识到邢副主任下午为什么说晚上的行动又跟他扯上了关

系，躺在床上搂着女友呵欠连天地说："这么说这不是一个案子，而是一连串小案。往上要查偷车贼，往下要追查谁购买过赃车，这个工作量有点大，尤其追查赃车流向，对我们分局来说就是异地办案，刑警大队全扑上去也忙不过来！"

"刚才听邢主任说好像要跟江溪县公安局联合侦办，不然把嫌疑人押回去，再跑这儿调查取证多麻烦。"

"我想也是，这样的案子光靠我们分局真办不了。"

许宏亮回头看看水泥路方向，不禁笑道："分局不知道从哪儿调来八辆卡车，当时我们还想有那么多赃车吗，现在看八辆卡车不够，赃车太多，一趟拉不走。"

八辆卡车一趟都拉不完查获的赃车，由此可见那个销赃村经营赃车的犯罪活动有多么猖獗。韩朝阳轻轻抽出给女友当枕头的胳膊，沉吟道："查获那么多赃车，负责那一片儿的派出所长估计要换人了，搞不好连教导员、副所长和负责那个村的社区民警都要挪窝。"

"活该！"许宏亮从未来过这样的农村，不知道江溪县公安局大曲中心派出所的辖区面积有多大，更不知道大曲中心派出所只有七个民警，扔掉烟屁股不屑地说，"眼皮底下有个贼窝都不知道，他们这是渎职，挪窝是轻的。"

明天还有一堆事，韩朝阳不想再聊了，又打了一个哈欠："兄弟，我实在顶不住，先睡了。"

"这才一点，再聊五块钱的呗！"

"不聊了，给我五十块钱也不聊，就这样了，有什么事明天再说。"

第一百四十二章　“打广告”

韩朝阳睡得很晚，起得却很早。之所以 6 点 10 分就起床，不是心里想着工作，也不是不想睡懒觉，竟是被黄莹从被窝里拖出来的!

用她的话说，像他这样的片儿警三天两头加班，不加班时也是从早忙到晚，作息不规律，吃饭不正常，有时候真忙得顾不上吃，好不容易忙完手头上的事就胡吃海喝，更不用说去健身去锻炼了，所以很多基层民警都比较胖，那不是富态，那是职业病！黄莹可不想他变成一个胖子，甚至不敢想象他肥头胖耳的样子，晚上什么时候不管，早上必须 6 点 10 分起床，拉上他换上运动服，陪着他跟一些有劲儿没处使的理大学生一起去操场跑步，一圈四百米，至少要跑八圈。

对韩朝阳而言这是女友的一番好意，何况平时也不怎么锻炼的她陪着跑，只能服从命令听指挥，两圈跑下来热得满头大汗。黄莹同样跑得香汗淋漓，俯身扶着双膝气喘吁吁地说：“老公，我不行了，也不能再跑，再跑会把腿跑粗的，我去那边歇会儿，你继续。”

“行，我再坚持两圈。”韩朝阳用挂在脖子里的毛巾擦擦汗，一连做了几个深呼吸，继续围着大操场跑步。

刚跑了几十米，一个算不上熟人的熟人骑着自行车追了上来，放缓车速笑道：“韩老师，锻炼啊！”

“嗯，跑几圈。”

理大学生会主席何栖元把自行车停到一边，小跑着追了上来，边跟着他跑边说道：“韩老师，我昨天上午去过警务室，想请您帮个忙，结果您不在。今天巧了，一起床就遇到了您。”

学生会主席没点本事是当不上的，韩朝阳干脆停下脚步，擦着汗问：“帮忙谈不上，到底什么事？”

“我们系有个同学家里特困难，她妈生病了，长期卧病在床，家里就靠她父亲一个人，她还有一个弟弟在上初中。她爸在家承包了几十亩山地种梨树，好不容易熬到梨树挂果，结果今年行情又不好，几万斤梨滞销。我已经动员开网店的同学帮着卖，甚至厚着脸皮帮着去学校附近的几个水果店推销，但销售情况不是很理想。”

“今年的梨不便宜，怎么会滞销？”韩朝阳下意识问。

“市里不便宜，但在她们老家不值钱。韩老师，您又不是不知道，水果蔬菜销售是有渠道的，在定价上果农菜农没话语权。”

“这倒是，上次回老家，好几个养猪的亲戚不仅不赚钱还赔钱，但猪肉价格还是那样，没见往下跌。”最苦的农民，韩朝阳轻叹口气，放下毛巾道，“这样吧，我微信你有，回头给发个链接，我让我女朋友买一箱，买回来慢慢吃。”

何栖元很不好意思，急忙道：“韩老师，我不是想向您推销，我是想请您帮个忙，朝阳社区义务治安巡逻队不是有微信公众号吗，关注的人很多，能不能帮我们转发一下，动员更多人买。”

“打广告？”韩朝阳反应过来。

“这是公益的！”何栖元跑回自行车边，从搁在车篮里的包中取出一个梨，跑回来笑道，“韩老师，您先尝尝，又甜水分又足，口感很好，就是卖相不太好。”

跑了两大圈，韩朝阳正好渴了，接过梨咬了一口，边吃边笑道：“是挺好吃的，不过这件事我做不了主，回头我帮你们跟朝阳社区的苏主任说说，公益的，问题应该不大。”

“谢谢韩老师！”

“别谢了，忙去吧。”

“我等您电话。”

“放心，一有消息就给你打电话。”

韩朝阳打发走学生会主席，三口两口吃完梨，继续跑步锻炼，结果跑一圈刚跑到黄莹身边，小师妹骑着电动车到了，还带来三个花枝招展回头率高得惊人的女大学生。

“韩老师好！”

“韩警官早！”

乐队成员，之前见过。韩朝阳再次停下脚步，双手抓住毛巾问：“你们也起这么早，怎么不多睡会儿？”

“白天要上课，只能利用早晚的业余时间练琴，”高个子女孩回头看看笑而不语的黄莹，忍不住举起手机问，“黄小姐，谢老师，我能不能跟韩老师合个影。别人都有跟韩老师的合影照，就我没有！”

“可以，合吧。”文艺青年喜欢音乐，更喜欢她们这样的女大学生，将来她们都是要去“鬼屋”排练，都是要帮朝阳国际青年旅社吸引文艺小青年的，涉及实实在在的利益，黄莹嫣然一笑，很大方地指指韩朝阳，随即爬起身从谢玲玲手里接过早点。

合影就合影吧，韩朝阳早习惯了。跟她们挨个合完影，谢玲玲突然道：“朝阳，明天晚上你哪儿都不能去，要跟我们一起排练。”

“为什么？”

“什么记性，后天就是迎新晚会，我们要出节目的。”

“不好意思，真忙忘了，”韩朝阳拍拍后脑勺，接过豆浆问，“节目想好没有，让我拉什么曲子？”

谢玲玲笑道：“《He's a Pirate》,《加勒比海盗》的主题曲，到时候玮哥也来，跟我们一起给你伴奏。”

这首曲子对韩朝阳而言真有点意义，当年就靠这首曲子追上盛滟雯的，不假思索地说：“能不能换个，总拉这个没意思。”

“你拉着没意思，别人听着有意思。”谢玲玲没想那么多，很认真甚至很严肃地说，“这是乐队第一次登台演奏，相当于打广告，拉梁祝那些太老套，拉国外的名曲别人不一定懂欣赏，我想来想去就这支曲子吸引人。”

《加勒比海盗》谁没看过，主题曲又有谁没听过，真是耳熟能详。小师妹说得很清楚，这相当于帮乐队打广告，必须一炮打响。

韩朝阳只能答应道：“好吧，就这支，明天晚上没时间我也会抽时间参加排练。”

“不光明天晚上，以后也要抽时间。”这份工作来之不易，谢玲玲满是期待地看着他说，“别忘了你是艺术学院的特聘讲师，同学们个个叫你韩老师，不能一堂课不上。你回头看看你们警务室的值班表，看看每周能挤出多少时间，我这边再看看，然后合计一下搞个课程表。”

受人之托，忠人之事，是不能再对乐队不闻不问。

不过这个乐队到底能不能搞起来韩朝阳心里突然变得非常没底，主要是受时间限制，乐队的队员们全有各自的专业，练琴要抽时间。老师只有谢玲玲一个人是专职的，包括他韩朝阳在内的其他老师一样有本职工作，想“传道授业解惑”一样要抽时间。正担心乐队搞不起来没法儿跟校领导交代，手机突然响了，掏出一看来电显示，竟是杜局打来的。

“杜局早，杜局，您有什么指示？”

“没有指示，只有两件事。”

“您说。”

杜局一边下楼准备去分局上班，一边笑道：“第一件事你应该知道了，昨晚抽调你们巡逻队员是去围剿一个销赃村的，行动很成功，战果很大，冯局这会儿刚回来，刚到局里，拉回来两百多辆赃车！之所以能取得这么大战果，你小子功不可没。”

韩朝阳真有那么点成就感，忍不住确认道：“杜局，您是说新园街派出所抓的两个偷车贼，偷的几十辆电动车全流向了那个销赃村？”

“嗯，全被那个村的村民以低价收走了，不过大部分已经被卖掉了，想全部追回来希望不大。”杜局拉开车门，接着道，“第二件是你师傅退休的事，到底怎么搞有没有想好，如果没想好要抓紧时间想，一个月一转眼就过去了，不早点拿出方案局里怎么做准备？”

第一百四十三章　越来越会来事！

韩朝阳回宿舍洗澡换上警服赶到警务室，比他来得更早的顾爷爷正站在门口跟值了一夜班的老丁说话。老丁已经换上了便服，看样子是在等公交车准备回家休息。在所里值班，不管夜里警情多不多，不管你是不是折腾了一夜，第二天一早是不能下班的，顶多让你多睡会儿。接警平台的情况跟所里不太一样，附近的单位和个人该知道的全知道这是一个接处警的地方， 24 小时有民警值班，不是那些只挂着一块“XX 派出所 XX 警务室”牌子的警务室，再加上平时见人就发警民联系卡，很多群众遇到事不再跟以前一样打 110，而是直接打警务室电话，或干脆来警务室报案或求助。并且这段时间，分局指挥中心渐渐把中山路综合接警平台当作一个“作战单位”，附近有什么警情直接给平台下达出警指令。

所以出现一个“怪现象”，这一片儿的治安比以前好多了，理大、六院等单位领导和住在附近的居民甚至能切身感受到，但中山路综合接警平台却比之前忙了，每天要处置的警情越来越多，每天夜里值班的民警别指望能忙里偷闲睡会儿觉。正因为如此，在综合接警平台值班就是值班，晚上 8 点上岗，早上 8 点换班。

所里现在施行的是“住所制”，而接警平台则是两班倒，上白班要工作 12 个小时，值夜班一样是 12 个小时。换言之，中山路综合接警平台的民警每天都要加班。至于周末这样的法定节假日，别奢望能休息两天，平均下来每星期只能休息一天，而且要轮流休息，也就是说就算能休息但那天也不一定是周末。

韩朝阳跟顾爷爷和老丁打了个招呼，正准备问问夜里警情多不多，只见老唐把一对中年夫妇从警务室送了出来，妇女欲言又止似乎不愿意走，老唐好说歹说她才推着电动车跟他爱人一起走了。

“唐警长，他们是？”韩朝阳好奇地问。

“邹彦庆的父母，”老唐摘下便帽挠挠头，轻叹道，“所里通知了他们，他们知道儿子被抓了，一大早去所里转了一圈不知道该找谁，于是跑这儿来找我打探消息，替他们儿子说情。现在急得团团转，早干什么去了！”

这种事很正常，有的嫌疑人亲属甚至托人说情。

韩朝阳回头看看警务室，想想又问道：“海珠回来了吗？”

“回来了， 6 点半回来的，正在女生宿舍睡觉，”唐警长目送老丁挤上公交车，一边跟老丁挥手道别，一边接着道，“苏主任、老金和宏亮他们全回来了，这会儿全在后面休息。据说战果很大，拉回几大卡车赃车。来前听我们鲍所说，局里打算过几天在建设广场搞个被盗车辆发还仪式。”

“上百个失主一起去领车，那场面肯定很壮观。”

顾爷爷拉开玻璃门，冷不丁回头道：“上百，我估计能有三五十个失主去就不错了。现在生活条件好了，有的群众不在乎，电动车丢就丢了，就当破财免灾，懒得报案；有的群众对我们公安能不能破案根本不抱希望，车丢了也不报案。没报案，办案民警哪知道车是他们丢的？他们呢，平时又不看报纸不关注新闻，不知道我们已经帮他们找着了车，所以我敢断定去现场认领的失主不会多。没人认领只能扔停车场，现在汽车都停不过来，哪有好地方停放电动车，肯定是日晒雨淋，好好的车过不了几天就锈迹斑斑就要报废了。”

“真是！”老唐跟进警务室，深以为然地说，“没人认领暂时又不能拍卖，等能拍卖的时候再拍卖已经不像样了没人要。而且司法拍卖一样要走程序，听说程序还很麻烦，电动车又不是汽车，本来就拍不上价，说不定好不容易追回的赃车在停车场扔一段时间领导就忘了。”

韩朝阳没去过交警队和交警队指定的停车场，也没去过分局停放各种车辆的停车场，但去过街道综合行政执法大队。院子里停满了暂扣的三轮车，那些小贩觉得交罚款不划算，被暂扣之后就不要了，执法大队又不能擅自处理，只能用一根长长的铁链子锁在院子里，日晒雨淋，全锈得不像样了。好好的东西就这么变成废品，想想就可惜。况且为追回那些电动车，民警们费了多大劲！韩朝阳之前只想着抓偷车贼，没想到最后可能会是这个结果，心里真有些不是滋味儿。

正不知道该说点什么好，顾爷爷突然回头道："朝阳，你不是要找那个姓储的包工头吗，上午警情不多，要去赶紧去，这儿有我和老唐呢。"

师傅不提韩朝阳差点忘了分局的"猎狐行动"，差点忘了在霍学斌手下干过的包工头。前几天打过电话，一共打了三次，姓储的包工头说他在开发区黄河大道与南兴路交叉口的一个工地，做事要有始有终，韩朝阳权衡了一番，打开抽屉取出警车钥匙："行，我先去趟所里，然后去分局，再从分局去开发区，争取下午两点前赶回来。"

"去所里干什么？"顾爷爷不解地问。

"分局不是给我们又配了一辆警车吗，所里用车紧张，刘所想借用一段时间。别人去领车，警务保障室不一定给钥匙，局领导知道了也不太好。今天好像是顾所带班，我去问问顾所能不能安排个人跟我一起分局，拿到钥匙之后让一起去的人把车开回所里。"

干工作必须顾全大局，不能光打小团体的小算盘，小徒弟这件事干得漂亮！顾爷爷微笑着点点头："那赶紧去吧，要说用车紧张，哪个单位不紧张？赶紧去开回来，免得夜长梦多。"

"好咧，我走了。"

"走吧，路上注意安全。"

看着韩朝阳离去的背影，老唐扶着接警台笑道："顾警长，朝阳越来越会来事，这下您可以放心的光荣退休了。"

"人是在不断成长的，我们不都是这么过了的么。"顾爷爷笑了笑，一边翻看着台历，一边又喃喃地说，"还有 39 天，再干 39 天就到站了！"

第一百四十四章　得来全不费工夫！

帮所里去分局提车，顾副所长不是支持而是非常支持！

听完韩朝阳的汇报，当即安排刚出警回来的管稀元一起去。生怕局领导知道了不太好，还特意叮嘱了一番，让管稀元到局里之后别说话。

事实证明他的担心是多余的，周局和杜局早有交代，警务保障室早把车钥匙准备好了，一看见韩朝阳就让签字。提到车，在分局门口跟管稀元道别。打开手机导航，直奔开发区。因为帮所里提车耽误了一点时间，赶到储老板所在新丰食品公司工地已是 10 点 24 分。

包工头赚点钱也不容易，手下民工不多，又要赶工程进度，储老板正顶着烈日在上面跟民工们一起扎钢筋，接到韩朝阳的电话，拿着扎钢筋的钩子就跑下来了。他这样的小包工头是没办公室的，干脆把韩朝阳请到加工钢筋的作业区，找了个用木板钉的小凳子，一边招呼韩朝阳这个不速之客坐，一边用带着老家口音的普通话诉起苦："韩警官，我是受害者，霍学斌那个王八蛋把工钱卷跑了，当时一起干活的民工可不管什么霍学斌，人家只找我！以前赚的那点全贴进去还不够，到现在还欠一百多万工钱。不怕你笑话，这两年我都没敢在家过过年。每到腊月二十左右，家里就坐满要工钱的人，这日子快过不下去了，你不找他找我算什么？"

"储老板，你别激动，我只是找你了解点情况。"

"了解情况，你们当时又不是没了解过！"提起"了解情况"这个词储老板就郁闷，没好气地说，"你们分局当时立了案，找我做过笔录，让我摁过手印。结果呢，没下文了，这都过去两年了，你们到底能不能破案，到底能不能把霍学斌那个王八蛋抓回来？"

“已经上网追逃了，我们公安机关正在缉捕他。”

“人都跑缅甸去了，你们在国内上网有屁用。”

这趟没白跑，眼前这位果然知道不少！韩朝阳一下子来了精神，掏出纸笔不动声色地问：“储老板，你是怎么知道他躲在缅甸的？”

“指望你们破案，就算能把霍学斌抓回来，我们的工钱也早被他花光了！”储老板从口袋里摸出盒烟，点上一连猛吸了好几口，气呼呼地说，“卷走我几百万，我能不找他？不说你们也能查到，这几两年我一直在留意，一直在托人打听。狗日的蛮会跑，从泰国跑到缅甸，还在缅甸开了店，不过具体开在哪儿还没搞清楚。”

“储老板，你是怎么打听到这些情况的？”韩朝阳追问道。

“他卷跑好几个人的钱，我们全在找，经常打听互通消息。以前一起干的钱老板给一个泰国华侨干过活，那个泰国华侨回国投资建厂，厂房的土建工程就是钱老板干的。人家很帮忙，帮我们打听到霍学斌找过曼谷的一个华人中介，在曼谷租房子住了两个多月，后来通过那个开中介的华人去了缅甸。”

“他跟那个开中介的华人现在有没有联系？”

“有，”储老板磕磕烟灰，很认真很严肃地说，“这些消息不是白来的，钱老板专门办护照去了一趟泰国，找到那个华人中介，人家一开口就要钱，给了人家好几万！”

韩朝阳低声道：“花钱买的消息，到底有没有准？”

“帮我们找到那个华人中介的泰国华侨在当地有钱有势，开中介的华人不可能骗他，他那么大老板更不可能串通中介骗我们这点小钱。而且钱老板上次去泰国时，中介当着他面给霍学斌那个王八蛋打过电话，钱老板听得清清楚楚，就是霍学斌。当时担心打草惊蛇，只是听着没敢说话。”

听他这么说应该不会有假！韩朝阳沉思了片刻，接着问：“霍学斌的具体位置不清楚，那知不知道他的大概位置？缅甸虽然没我们中国大，但也不小，有很多邦。”

“叫什么邦我忘了，反正离我们中国很近，就在边境线对面。”储老板扔掉烟屁股，补充道，“听钱老板说霍学斌待的那个邦，当地人跟我们一样说中国话，有好多中国人在那儿开店做生意。那边有赌场，还有很多中国人去赌，听说连手机信号都是我们中国的。”

韩朝阳虽然没去过缅甸，但从网上也知道不少关于缅甸的情况。尽管跟储老板一样说不出霍学斌藏身的那个地方叫什么邦，但对霍学斌大概躲在哪儿心里已经有了点数，想想又问道：“这么说钱老板不但去过泰国，也去缅甸找过？”

“去过，他跟我不一样，他以前当过兵，有魄力，胆子大，走南闯北都不怕。”

韩朝阳回想了一下何义昌提供的材料，低声问：“储老板，你说的钱老板是不是钱方毅？”

“就是他。”

“能不能把钱老板的手机号给我？”

储老板不认为公安真会把这个案子当回事，不认为公安真会去缅甸把霍学斌抓回来，并帮他们追回被卷走的工钱，很直接地认为韩朝阳是为去年底组织民工去区政府门口闹事而来的，侧头看着工地，阴沉着脸说：“韩警官，该提供的线索我全提供了，你们能不能干点正事！”

“储老板，要是我们不干正事，我能来找你？”韩朝阳意识到他担心什么，干脆用老家话说，“我是青山人，我们老家离得不远，我们也算半个老乡。我知道你担心什么，但那事不归我管，并且也没听说过上级要追究谁的责任，请相信我，我韩朝阳骗谁也不可能骗自己的老乡。”

“韩警官，你是青山人？”储老板倍感意外，一脸惊诧。

“青山县临山镇，就跟你们县交界，”韩朝阳笑了笑，掏出手机翻出几张照片，“储老板，看看，这是前几天拍的，我们要是不干正事，能跑那么远去找霍学斌的父母和老婆孩子？”

储老板接过手机看了看，轻叹道：“当回事又怎么样，这都两年了，你们早干什么去了！”

“钱老板给泰国华侨干过工程，有这个关系，有好心人帮忙，才搞清霍学斌的大概下落。我们分局经侦大队的办案民警可不认识泰国华侨，就算能申请到办案经费，跑泰国去人生地不熟又能查到什么？储老板，我们警察是人，不是神！”看着储老板若有所思的样子，韩朝阳趁热打铁地说，“而且这两年我们公安不是什么都没干，你们只是年底去霍学斌家，我们分局的办案民警不但年底去，平时也去。不信你回老家打听打听，问问霍学斌家的左邻右舍，燕阳的公安是不是经常去。”

“好吧，我先给钱老板打个电话。”

“好的，太谢谢了。”

能看出来储老板也很仗义，不但要先跟钱老板沟通，甚至走到一边去打。

韩朝阳坐在焊接螺纹钢的焊机边等了十几分钟，储老板打完电话走过来，坐下道：“韩警官，钱老板说就算你不找他，他也要找你们。他上次去缅甸时拜托一个当地人帮着打听，那个人昨天刚给他打过电话，说看到了一个跟霍学斌很像的饭店老板，还偷拍了几张照片用微信发给了他。”

“到底是不是？”韩朝阳急切地问。

“是，那狗日的化成灰我们都能认出来。”储老板点开微信，翻出钱老板刚给他发来的照片，“看看，他过得挺滋润，红光满面，听说在当地还找了个小老婆！”

真是踏破铁鞋无觅处，得来全不费工夫。韩朝阳欣喜若狂，立马站起身：“储老板，麻烦你把钱老板的手机给我，我要立即向上级汇报！”

第一百四十五章　顺水人情

尽管不是所里的案子，但刘所对追查霍学斌下落是支持的。查到重要线索，韩朝阳当然先打电话向刘所汇报。结果刚说完大概情况，刘所就让赶紧向冯局汇报。很难说钱老板在追查逃犯下落时有没有打草惊蛇，战机稍纵即逝，韩朝阳不敢再耽误时间，一边示意储老板跟工人们交代一下要干的活，以便等会儿一起去局里，一边拨通了冯局的手机。

“这么巧！”听完汇报，冯局觉得很不可思议。

韩朝阳回头看看正往工地跑的储老板，低声道：“冯局，这算不上巧，霍学斌卷走储正南和钱方毅等包工头两千多万，对他们来说这一样不是一个小数字。如果追不回来，他们的日子真过不下去。储正南说他们多方打听了近两年，但我能听出和看出他们做过的和要做的绝不是这么简单，如果没猜错，如果没及时找到他们，他们很可能会用他们的方式解决。”

用他们的方式解决，他们能用什么办法？冯局愣了一下，猛然反应过来，斩钉截铁地说：“小韩，干得漂亮，请你再辛苦一下，立即把姓储的包工头传唤到局里。同时联系那个姓钱的包工头，问清他的具体位置，跟他说清楚，绝不能轻举妄动。”

“是！”

想缉捕霍学斌这样的嫌犯，没线索是真没办法，有了线索就绝不能让他跑了。冯局当即向周局汇报，正在区委开会的周局真有那么点激动，毕竟这是区委盯着的案子。急忙请了个假，跑到走廊举着手机说：“在中缅边境就好办了，我暂时走不开，你赶紧跟老杜打个电话，你们分一下工，你负责找到那几个包工头，搞清嫌疑人下落。老杜负责上报，先跑市局再跑省厅，请省厅帮我们与南云省厅协调。据我所知，这点事用不着惊动公安部，请边境对面的军阀协助抓个逃犯，他们就能搞定。”

“好的，我这就给杜局打电话。”

“最帅警察”又放了一颗卫星，表面上看似乎只是运气好，但周局不这么认为。缉捕霍学斌不是一天两天，在开会时个个都说重要，结果开完会就把缉捕的事放到一边。这倒不是什么阳奉阴违，而是畏难情绪作祟，毕竟嫌疑人外逃了，凭分局这点资源想将其抓捕归案似乎是一个不可能完成的任务。小伙子就不一样了，他真把上级交代的任务放在心上，不管这个任务有多么艰巨，一直在锲而不舍地追查。周局觉得这不是什么运气，而是小伙子对待工作的态度比其他民警更负责！

他不动声色地回到会议室，坐下继续开会，直到书记宣布散会才跟出会议室来到走廊里给冯局打电话了解进展。

“储正南到了局里，正在楼下接受询问。钱方毅也联系上，他表示积极配合我们抓捕，保证绝不轻举妄动。”

“老杜那边呢？”

“五分钟前打电话说刚到省厅，章局亲自帮我们跟刑侦总队领导打过电话，省厅那边怎么说应该很快就有消息。”

案值两千多万，并且涉及政府工程，周局深信省厅一定会重视，肯定会帮着与南云方面协调。一边跟正下楼的几位副区长举手致意，一边又问道：“小韩在不在？”

冯局推开窗户往楼下看了看，说道：“抓捕行动连刑警大队和经侦大队都使不上劲儿，不管谁过去都只能守在国界线这边等着接收嫌犯，再加上中山路综合接警平台比较忙，我就让他先回去了。”

“这倒是，我们组织人过去所能做的也就是接收嫌犯，追回赃款，再把嫌犯押解回来。他既不是刑警又不是经侦民警，去也帮不上什么忙。”

冯局岂能不知道顶头上司为什么问起最帅警察，不禁笑道：“周局，他能及时追查到这么重要的线索已经很不容易，已经立了一功了。”

“立功，他小子的功劳还少吗？”周局越想越高兴，边下楼边笑道，

“为刑侦部门提供打击线索本来就是社区民警的工作，他只是做了他应该做的事，尤其在这个时候，绝不能让他翘尾巴。”

去武淳市围剿销赃村，为什么从中山路综合接警平台抽调了那么多巡逻队员，唯独没带上他，就是担心他小子膨胀。没想到臭小子不是你想压就能压住的，销赃村刚围剿完，他又冷不丁立了一功。真应了那句话：是金子在哪儿都发光！冯局觉得有些好笑，不过现在不是笑的时候，一挂断电话就下楼召集刑警大队和经侦大队的负责人研究案情。

他不知道的是，周局刚才在电话里说不能让小伙子翘尾巴，话说完没几分钟就追下楼向几位区领导汇报缉捕霍学斌的最新进展。老干部局办公大楼的事是一颗定时炸弹，有望能在短时间内排除，区领导最高兴。事无巨细地问，周局自然少不了提及韩朝阳这个“燕阳最帅警察”。

“我说是谁呢，原来是小韩！”杨书记乐了，回头给书记区长介绍道，“就是常驻我们朝阳社区的民警，同时兼任朝阳社区义务治安巡逻队大队长，苏娴同志是教导员。”

“想起来了，想起来了。”童副书记兴致勃勃地说，“我还是那小子的媒人呢，他女朋友姓黄，叫黄莹，挺漂亮的一姑娘，也在街道工作。”

“在我们街道财政所。”杨书记微笑着确认道。

说者无心，听者有意，区委丁书记下意识问：“小黄同志形象不错？”

“岂止不错，是很漂亮。”童副书记回头看看二楼的区委办，低声道，“小单以前追过，结果剃头挑子一头热，没追求上。前段时间区里不是搞了个集体相亲活动吗，小韩和小黄在相亲活动上开始的。”

“老童，这么说你真是他们的月老啊。”

丁书记笑了笑，随即话锋一转：“区里的女同志不少，形象比较好的不多，年轻的更少。行政服务中心是我们区里的窗口，前台人员的形象很重要。上午我去转了一圈，发现前台的几个女同志不但形象一般，服务态度也不是很好，我觉得可以让小黄去试试，可以先借调，到底行不行干一段时间就知道了。”

本以为区领导会表扬一下小伙子，没想到领导们竟对小伙子的女朋友的形象更感兴趣，让黄莹去行政服务中心，而花园街道在行政服务中心又没服务柜台，这意味着要把小伙子的女朋友借调到政府办或区委办！不管这个调动是不是让小伙子的女朋友去当“花瓶”，但能调动对在街道工作的干部而言无疑是一件好事。

周局被搞得啼笑皆非，眼看着高区长表示这个提议好，竟当面管杨书记要人。马上就要换届，杨书记就算当不上常务副区长也不会继续兼任花园街道工委书记，这样的顺水人情为什么不做，不出意外地欣然同意。

顺水人情周局同样不想错过，跟几位区领导道别，一钻进警车就掏出手机翻了半天，终于翻到韩朝阳的手机号，并亲自拨打过去。韩朝阳这是第一次接到局长亲自打来的电话，真有那么点受宠若惊，急忙道：“周局好，周局，您有什么指示？”

“小韩，指示没有，只有一个好消息。刚才开会时几位区领导提到行政服务中心缺人，我和杨书记向区领导推荐你女朋友顶这个缺，丁书记和高区长已经点了头，调动的事问题应该不大……”

第一百四十六章　旁观者清

人往高处走，水往低处流，谁不想调到机关去工作！局长太给力了，居然不动声色帮这么大一忙。韩朝阳欣喜若狂，急忙给黄莹打电话报喜。黄莹简直不相信自己的耳朵，将信将疑地问："把我借调到行政服务中心，可是我们街道在那儿没窗口！"

"我说得很清楚，是借调到行政服务中心，行政服务中心本来就是区里的一个正科级单位，好像是政府办的一位副主任兼任行政服务中心主任，有三位副主任，下设好几个科，你过去之后是行政服务中心的人，不是那些进驻单位的人。"

黄莹学的是财务不等于喜欢现在这份枯燥的工作，更不想总待在街道办事处，一直想调却没机会，不禁笑道："这么说跟调到政府办差不多？"

"嗯，不过现在是借调，到底能不能正式调动，要看你在借调期间的工作表现。"

"不就是服务群众吗，你也太瞧不起我了，"黄莹乐得欣喜若狂，急忙跑过去关上办公室门，紧握着手机笑道，"行政服务中心我经常去，那么多单位进驻，每天那么多人去办事，想想就有意思。比待在街道有意思多了，我只要能借调过去，就不可能再被赶回来，就算赖也要赖在那儿！"

"行，我对你有信心。"韩朝阳回头看看捧着茶杯从后门进来的 527 厂老厂长，接着道，"行政服务中心的事不见得会比街道办事处少，但至少能按时上下班，周末能双休。"

黄莹轻叹道："杨书记和你们周局也真是的，能帮一个为什么不能帮两个，要是能把你也调到行政服务中心多好。你们分局在行政服务中心有窗口，办护照、港澳通行证不就在那儿吗，临时身份证好像也是在那儿拿。”

“我是花园街派出所的民警，又不是出入境管理大队的民警，这样的好事轮不着我。”能调一个去就不错了，韩朝阳不想聊这些，突然想起一件事，忍不住笑道，“如果你能借调过去，就帮我问问70岁以上的老人怎么办免费乘坐公交的卡，问问需要哪些材料。”

黄莹噗嗤笑道：“帮那个总报假警骗你们送她回家的老太太问？”

“除了她还有谁，现在说这些有些早，我这边还有点事，先挂了，你先等消息吧。”

居委会三楼搞了一个老年活动室，以前从不来居委会的王厂长变成了这儿的常客。他老人家放下茶杯，坐到顾爷爷的位置上，笑看着韩朝阳问：“小韩，到底什么喜事，瞧把你乐的？”

“没什么没什么，”调令没下来不能乱说，韩朝阳嘿嘿一笑，坐到他面前问，“王厂长，我忙得焦头烂额没时间看报纸。您天天看，今天有什么新闻？”

“今天真没什么大新闻，没大新闻是好事，天下太平。”老厂长突然探头看看警务室门口，又回头看看后门，神神叨叨地说，“早上接电话时在逛菜场，太吵了没听清，到底什么事，你师傅怎么了？”

差点把这事给搞忘了，原来他是为这个来的。韩朝阳决定给顾爷爷一个惊喜，把椅子挪到老厂长身边，笑道：“您是知道的，我师傅再过一个月就要光荣退休，局里一月份就举办过老民警荣休仪式。我师傅的脾气您也是知道的，他就是认死理儿，说按照相关规定应该从他参加工作那一天开始算，也就没参加局里的老民警荣休仪式，眼看他快退休了，局里不可能为他一个人再搞一次，分局领导就让我操办这事。”

“让你操办？”

“嗯，让我操办。”见老厂长不太相信，韩朝阳又解释了一番分局领导的难处。别人不了解顾国利，老厂长是了解的，知道顾国利官不大脾气不小，只是不会跟群众发脾气罢了。非常清楚对别人而言退休没什么，对顾国利而言让他脱警服真是要他的半条命。可是年龄到了就要退，不可能干到老干到死。

老厂长轻叹了口气，沉吟道：“以你师傅的脾气，就算你们局里再搞一次庆祝他退休的仪式，他也不一定愿意参加，就算参加了也不一定会高兴，所以说你们局领导把这事交给你操办还是考虑得比较全面的。”

“可是我不知道该怎么操办！”

老厂长笑了笑，紧盯着他说：“其实想搞得热热闹闹，并且能让他高兴，能让他感受到大家伙的心意也不难，说到底要对症下药，要投其所好。”

“可是对他来说工作就是生活，生活就是工作，除了工作没其他爱好！”

“我说小韩，平时见你挺聪明，怎么在这件事上会没主意呢？”老厂长又探头看了看警务室门口，旋即凑到韩朝阳耳边低语了几句。

事实证明真是当局者迷旁观者清，韩朝阳眼前一亮，连连点头，咧嘴笑道：“王厂长，您这个主意好，我们局领导肯定也会支持。我再想想，看能不能搞得更丰富多彩一点。”

“这不就是了，多大点事啊，你再想想，想好了我再帮你合计合计。还有一个月呢，时间足够，可以好好准备准备，争取搞得热热闹闹。”

“行，我听您老的，到时候还要请您老帮忙。”

正聊着，手机响了，一看来电显示，竟是女友打来的。韩朝阳刚摁下手机屏幕上的通话键图标，就听见黄莹在那头兴高采烈地说：“老公，确定了！杨书记刚给我们所长打了电话，说区里要把我借调到行政服务中心，让我赶紧移交工作。”

韩朝阳终于松下口气，急切问：“有没有说让你什么时候去行政服务中心报到？”

“明天上午 8 点，好多账没理清楚，没理清楚不好移交，我晚上可能要加班。”

“你赶紧忙吧，加班就加班，晚点就晚点，反正今晚我也要值班。”

第一百四十七章　蹊跷

只要是领导都要尊重，也不知道康所现在怎么样，韩朝阳送走老厂长，骑上新园街派出所配发给老唐的社区警用电动车，赶到前朝阳村委会大院。村里的民房全推到了，拆除公司正在清理最后的建筑垃圾，提前进场的施工队已经开始砌围墙。环顾四周，好大的一片工地！视野变得如此开阔，韩朝阳真有些不习惯。可能因为村里的民房全拆了，又觉得唯一没拆的村委会办公楼矗立在一片大工地中央格外显眼。

韩朝阳定定心神，跟正在门口执勤的保安打了个招呼，停好电动车走进院子，来到院墙东边的一间活动房门口。工程指挥部的领导和工作人员比较多，村委会办公楼不够用，所以在院子东西两侧安装了两排二层的活动房，这一间就是顾爷爷昨天下午帮康所管指挥部借的。没想到康所居然找来几桶油漆，正在门口“施工”！已经刷了一遍，这是第二遍，蓝白相间的公安标识，再加上不知道从哪儿找来的带有警徽和 110 字样的小灯箱，以及一块“值班民警办公室”的门牌，看上去倒也有模有样。

“朝阳，你怎么有时间过来的。看看，怎么样？”今天下午没干别的事，就忙着干这个了，康海根回头看了一样，放下刷子往回退了几步，请韩朝阳一起欣赏装修效果。

“挺好，真不错！康所，这灯箱哪儿来的？”韩朝阳笑问道。

“从禹庄村委会拆的，那边以前不是有个警务室吗，民警平时不怎么去，连辅警都没有，那房子跟阳观村的警务室一样临街，村里觉得做警务室太浪费，要租给人家开店。”

康所走上前拉开门：“外面就那样了，进来看看里面。”

“好嘞！”

进来一看，里面有空调，有一张旧办公桌，有两把椅子和一张长椅，办公桌边有一个铁皮文件柜，对面是一个旧衣柜，两个柜子之间拉着一根钢丝，挂着一面布帘。掀开帘子，里面摆着一张钢丝床，角落里还有一个旧床头柜。

尽管总的来说条件还是不错的，但韩朝阳还是回头道：“康所，条件有点艰苦。”

“艰苦什么，这样挺好。”康海根一边招呼他坐，一边笑道，“指挥部领导说了，明天再帮我装一部固定电话。吃饭跟他们一起，这儿有食堂，连饭钱都不要我交。”

韩朝阳禁不住问：“伙食怎么样？”

“比你那儿好，也比所里好，一天三顿全是自助餐！”

“伙食这么好，早知道我也来蹭饭。”

“先下手为强，后下手遭殃，现在后悔晚了。”康海根笑了笑，随即话锋一转，“朝阳，昨天不是说得很清楚么，在所里我是副所长，在这儿我就是中山路综合接警平台的一员。我问过，夜里高铁站工地有警情，两个打工的小年轻因为琐事打架，为什么不通知我，为什么不让我出警？”

韩朝阳真不知道，下意识问：“高铁站工地昨夜有警情？”

“不信回去看看接处警记录。”

“康所，我信，不过我是真不知道。”韩朝阳摘下便帽挠挠头，苦笑着脸说，“可能老丁那会儿不是很忙，昨夜又是他值班，所以不想惊动您，不想让您也休息不好。”

“夜里不通知可以理解，为什么白天也没电话？”康海根紧盯着他双眼问。

“白天也有警情？”

“汽车东站工地有一起纠纷，一个工头叫来六个民工，人家到了又说没活干，让人家回去，连来回的车旅费都不给解决。民工觉得上当受骗了，于是拨打了110。”

韩朝阳愣了愣，又苦着脸解释道："康所，分局派警时我师傅可能不在警务室，可能是新园街派出所唐警长出的警。"

"朝阳，我只是一个副所长！副科级的民警多了去了，你师傅还享受调研员待遇呢，他老人家都快退休了还不是一样接处警，甚至跟我们年轻人一样加班一样值班。反正你们不能再这样，我建议你抽个时间召集大家伙开个会，确定每个人的职责，再排一个值班表。"

"行，我听您的。"

"这只是建议，不是命令。"

"明白。"

韩朝阳正想着今晚开会合不合适，手机突然响了，掏出一看来电显示，竟是梁队打来的。

"梁队，我韩朝阳，有什么指示？"

"没指示，就是想跟你沟通一下。"梁东升翻看着工作日记，沉思道，"小韩，你昨晚上报的那条线索我研究了一下，发现一个疑点。如果那个杭卫方是中了圈套，那他不太可能全身而退，毕竟内地不是澳门，赌债是不受法律保护的。"

韩朝阳愣了一下，低声问："梁队，您是说他只是去玩玩，结果没控制住自己，玩着玩着陷进去了？"

"有这个可能，总之，如果真有人给他下套，那么给他下套的人肯定不会让他回来，而是限制他的人身自由，打电话让他的亲属筹钱，不给钱不放人。"

"可他确实借了高利贷，难道那些放高利贷的人就不担心他回来之后要不到钱？"

"所以我觉得这事很蹊跷，他大姐那边有没有动静，那些讨债的人有没有再去？"

"暂时没消息，梁队放心，我已经跟提供线索的群众说好了，他会帮我们盯着的，只要那些讨债的家伙再去，就会第一时间给我打电话。"

"行，你等他电话，我等你的电话。"

不查案不办案的警察是警察吗？康海根听在耳里急在心里，暗想之所以没树立起威信，很大程度上与没办案经验有关。你连案子都没办过，谁会服你，竟有些羡慕起韩朝阳。韩朝阳不知道他在想什么，歉意地笑了笑，起身走出活动房给老宋打电话，询问杭卫方大姐那边的情况。

“没来，”老宋走到阳台前，探头看看对面居民楼，举着手机说，“中午我还找了个借口去过杭卫兰家，杭卫方没心没肺，有好日子不过非要去赌。卫兰跟他不一样，担心弟媳妇和孩子，真被吓坏了，问我要不要报警，问这事你们公安管不管。”

“你是怎么说的？”

“我当然说应该报警，她担心你们不但不管还会罚杭卫方，正犹豫着呢。”

之前掌握的情况全是老宋提供的，老宋终究是一个外人，知道的肯定没当事人亲属多，韩朝阳权衡了一番，说道：“老宋，你帮我再做做杭卫兰的思想工作，如果能做通就悄悄把她带到警务室，跟她说清楚，这种事我们公安不可能不管。”

“好的，我这就去。”

梁队分析得有道理，放高利贷的人不可能不考虑放出去的钱怎么连本带利地收回来！韩朝阳也觉得这事很蹊跷，干脆进屋跟康所道别，骑上电动车赶到警务室翻看手机电话簿，给这段时间表现不错、看样子已经改邪归正的假和尚李天正打电话。

接到韩朝阳电话，正在去学校接儿子路上的李天正倍感意外，急忙停下来接通手机问：“韩哥，什么事？”

韩朝阳笑道：“没什么事，就是突然想起你了，打个电话问问。”

“韩哥，你怎么总惦记着我，我有什么好惦记的？”

“好啦，不开玩笑了，想找你打听点事，说话方不方便？”

“方便，想知道什么尽管问。”

第一百四十八章　真相大白

李天正和杭卫方同一个村民小组，拆迁前两家是左右邻居。虽然杭卫方一直看不起他，邻里关系并不好，但抬头不见低头见，对杭卫方家的情况还是比较了解。

韩朝阳事无巨细问了近半个小时，问到最后脸色变得非常难看。

今天值班的巡逻队员小柳觉得有些不对劲儿，小心翼翼问："韩大，怎么了？"

"没什么。"韩朝阳沉思了片刻，正准备给梁队打电话，去六院出完警的顾爷爷和老唐拉门走了进来。韩朝阳急忙起身迎出接警台，拉着顾爷爷和老唐在门口说起杭卫方的事。

听完小徒弟的介绍，顾爷爷也皱起了眉头，低声道："既然有这种可能性，并且可能性很大，那就没必要再等，先找其他几个去过澳门的人问问，反正他躲起来了，就算问也不太可能打草惊蛇。"

"梁队那边呢，要不要向梁队汇报？"

"办案队多忙，暂时不要惊动他。"顾爷爷轻叹口气，又意味深长地说，"给办案部门提供线索是我们的工作，但提供的必须是有价值的线索，必须先搞清楚基本情况，不然就是给办案民警添乱。吃一堑长一智，要吸取教训。"

"师傅，我知道了，说起来怨我，当时没多想。"

"知道就行了，"顾爷爷抬起胳膊看看戴了几十年的手表，又抬头道，"明天有明天的工作，今天抓紧时间先查实你刚了解到的情况，我们分一下工，你去找韦海成、丁松康和江远，我去找孔学坤、余明和杜纪安，虽然不知道他们现在住哪儿，但有他们的手机号，应该不难找。”

“我呢？”老唐急切地问。

“你在这儿盯着吧，警务室不能离人。”

想到康所下午说过的那番话，韩朝阳提议道：“师傅，要不请康所一起走访询问，这样效率能高点。”

顾爷爷不是老唐，更不是老丁，对给康所派活儿不仅没任何顾虑，甚至想多给康所派点活儿，以弥补康所唯一不足的基层工作经验，不假思索地同意道：“行，我们兵分三路，你给康所打电话吧。”

接到“出警指令”，康海根真的很高兴，立即拨通韩朝阳刚发过去的手机号，联系上丁松康和孔学坤，问清他们现在的位置，管在工程指挥部执勤的保安借了辆电动车就出发了。

丁松康住得不远，房子就租在离花园街派出所不远的安康小区。康海根在楼下又打了个电话，丁松康匆匆跑下楼迎接。可能担心吓坏老婆孩子，没请康海根上楼，就在小区的花坛边回答起康海根的问题。

“我们当时是一起去太阳城赌场的，都知道韦海成好赌，担心他陷进去搞得倾家荡产，在去的路上就说好了就玩几把。韦海成赌咒发誓不赌多大，我和江远还是不太放心，就跟他老伴儿一起盯着他。结果狗改不了吃屎，把赢的钱都输光了他还不愿意收手，我们就跟他老伴一起把他拉出去了。”丁松康点上支烟，追悔莫及地叹道，“没想到我们最担心的人没陷进去，最放心的人居然陷进去了。杭卫方以前不怎么玩牌，就过年时打打小麻将。我们光顾着盯韦海成，谁也没注意他，直到第二天在酒店吃早饭时才发现他不在，到第二天晚上才知道他输得倾家荡产，还借了几百万高利贷！”

康海根不动声色地问：“不是导游带你们去太阳城赌场的？”

“不是，人家没跟我们进赌场，在车上还提醒过可以小玩几把体验一下，但不能太贪心，让我们赢了见好就收，输了不要想着回本，说十赌九输，搞不好会倾家荡产的。”生怕康海根不相信，丁松康又苦着脸强调道，“去香港澳门旅游是我起的头，导游是我家亲戚，但我真没想到会搞成这样！现在说什么都晚了，杭卫方的老婆孩子不知道多恨我呢！”

“回来之后杭卫方有没有联系过你？”

“联系过，打了好几次电话借钱，我实在过意不去，借了二十万给他，去路口邮政储蓄取的钱，连欠条都没要他打。他都成这样了，怎么翻身，就算打欠条估计也还不上。”

如果一切属实，眼前这位还是很仗义的！

康海根微微点点头，冷不丁问：“这么说杭卫方输钱时你们都不在？”

“赌场那么大，谁知道他在哪儿玩，要是知道能发生这样的事，我们把韦海成都拉出来了，肯定也会把他拉出来，肯定不会让他陷进去！”

康海根询问完丁松康，接着去找孔学坤，一直搞到晚上 8 点半才赶到警务室。

韩朝阳和顾爷爷也刚回来，正在办案区跟两个哭哭啼啼的妇女说话。从对话中能听出高个子的妇女是杭卫方的姐姐杭卫兰，矮矮胖胖一脸雀斑的妇女是杭卫方的老婆宁俊美。

韩朝阳几乎可以肯定已经搞清了杭卫方在澳门输得“倾家荡产”的真相，劝慰道：“宁俊美，请相信我们公安机关，发生这样的事我们不可能不管。当务之急是你爱人的安全，那些讨债的人不但心狠手辣什么事都干得出来，而且神通广大，说不定已经知道你爱人躲在哪儿了。”

“那怎么办？”

顾爷爷冷不丁来了句：“赶紧给他打电话，让他来警务室。”

宁俊美擦了一把泪，忐忑不安地问：“顾警官，韩警官，我可以给他打电话，等他来了，你们会不会拘留他，会不会罚他？”

“澳门特别行政区享有司法特权，在澳门赌博是合法的，我们公安管不了澳门的事，怎么拘留他？再说你家都被他折腾成这样了，要什么没什么，就算有权处罚你们有钱交罚款吗？”

房子拆了，拆迁补偿输光了，现在真是一无所有！宁俊美反应过来，掏出手机点点头，当着众人面拨通杭卫方的新手机号，哭着让杭卫方来警务室，杭卫方似乎不太愿意，他大姐杭卫兰抢过手机怒骂了一番，声色俱厉地说不来以后就没她这个姐姐，她以后也不再认他这个弟弟。

“杭卫方，我花园街派出所民警韩朝阳，对我你应该有点印象。”韩朝阳接过手机，不动声色说，“不就是输了点钱吗，以前没钱的日子不也过了，躲算什么，能躲过那些讨债的，还能躲过你作为一个丈夫、作为一个父亲的责任……”

韩朝阳动之以情、晓之以理说了一大堆，电话那头终于传来杭卫方的声音：“韩警官，我去，我现在就去警务室行了吧？”

“搞快点，我就这儿等你！”

等了大概半个多小时，杭卫方终于到了，耷拉着脑袋忐忑不安地走进警务室。

韩朝阳抬头看看一直保持沉默的康所，再回头看看从后门走进来的苏主任、苗海珠、陈洁和许宏亮，目光再次回到杭卫方身上，淡淡地问：“杭卫方，在澳门输钱了？”

“输了。”

“输了多少？”

“输了六百多万，”杭卫方偷看了一眼，又魂不守舍地说，“银行卡里的钱全输光了，没脸回来，想着回本，就……就借了点，结果又输了，输红了眼，越借越多……”

“谎话连篇！”韩朝阳“砰”一声拍案而起，指着他怒斥道，“杭卫方，你以为这是什么地方，你以为我们是干什么的？编瞎话也要编像点，你骗得过你爱人，能骗得过我们？”

杭卫方吓了一跳，下意识往后退了一步。许宏亮以为他犯了多大事，很默契地一把揪住他肩膀。

宁俊美被这突如其来的变故搞懵了，傻傻地看着杭卫方。杭卫兰同样被搞得一头雾水，下意识问：“韩警官，您这是做什么？卫方，到底怎么回事？”

“到底怎么回事？”韩朝阳冷哼一声，紧盯着杭卫方冷冷地说，“杭卫方啊杭卫方，我看你这个名字应该改改，别再叫杭卫方了，干脆叫杭世美！遇上征地拆迁，口袋里有钱了，换手机，换车，换房子，还想换老婆！拆迁补偿输光了多好，欠一屁股高利贷多好，这样就不用给你妻子钱了，就不要分割财产了！”

宁俊美猛然反应过来，猛地冲上去就是一个大耳刮子，抽完紧抓住他，哭骂道：“杭卫方，你个没良心的东西，你个杀千刀的畜生，明明没输钱还骗我说输光了……”

“嫂子，嫂子，别激动，有话慢慢说。”苏主任急忙同苗海珠一起把她拉到一边。

谎言被拆穿了，杭卫方仍心存侥幸，揉着刚被他老婆抽了一个大耳光的左脸正想狡辩，韩朝阳掏出手机翻出一张照片，举到他面前：“看看，这个人不陌生吧，要不要我把她也请过来，给你们来个当面对质？”

居然有这样的人，顾爷爷同样很愤怒，紧盯着他咬牙切齿地说：“杭卫方，你家的存款，包括后来的拆迁补偿款，是你们夫妻的共同财产，想通过这种方式转移藏匿财产，你这是犯罪！”

第一百四十九章　不归公安管

宁俊美情绪激动，要跟杭卫方拼命。面对这“惊天大逆转”，杭卫兰的态度发生巨大变化，跟着痛斥杭卫方，也同苏主任、苗海珠、陈洁一起劝慰宁俊美，随即逼着杭卫方认错，替杭卫方求情，竟打起圆场。这是“感情纠纷”引发的“家庭矛盾”，当和事佬总比劝离好。她虽然有那么点偏袒她弟弟，但这么做无可厚非。

韩朝阳不认为她弟弟和弟媳妇的婚姻能维持下去，杭卫方太混蛋，这次被拆穿了，下次不知道又会搞出什么幺蛾子。而且宁俊美的态度非常坚决，她真是心灰意冷，一开口就是“不过了”，再问再劝就是“离婚”，甚至以被害者身份报案，要求警务室主持公道，帮她把杭卫方转移藏匿的钱找回来。尽管这事不归公安管，但韩朝阳依然把杭卫方带到居委会一楼会议室，打开执法记录仪，按办案程序询问。苗海珠准备帮着做笔录的，结果被康所抢了个先。

杭卫方可能不是很懂法，一下子见四五个民警，以为摊上多大事，加之编的瞎话刚才又被拆穿了，不敢再心存侥幸，还算比较配合，基本上能做到有问必答。来龙去脉并不复杂，询问完情况，做好笔录，让杭卫方签上字摁上手印，韩朝阳走出会议室站在院子打电话向梁队汇报。

“他声称跟宁俊美是包办婚姻，夫妻之间没什么感情，说白了就是嫌宁俊美长得不好看又不会打扮。早在四年前，就跟阳观三队的妇女孟丽好上了。孟丽我有点印象，今年三十多岁，她丈夫是一个木工，这些年一直通过劳务输出在国外打工，三五年才回来一次。两个人都是婚内出轨，担心被人家发现，两个人的关系一直比较隐秘。宁俊美和孟丽的丈夫一直被蒙在鼓里，知道他俩一起鬼混的村民也不多。朝阳村拆迁之后，杭卫方不想再跟之前一样偷偷摸摸，丁松康叫他去一起去香港澳门旅游，让他眼前一亮……”韩朝阳回头看看这么晚了还没回去的顾爷爷，接着道，“为了显得更逼真，他请在厂里关系处得比较好的同事乔军帮忙，乔军找到以前一起在洗浴城打工的几个狐朋狗友，扮演讨债公司的人跑到他大姐杭卫兰家闹事，并不断拨打他、他老婆甚至他大姐的电话追讨。”

就知道这个“案子”有蹊跷，没想到居然是一起自导自演的闹剧。梁东升点上支烟，握着手机问：“情况都搞清楚了，接下来打算怎么处理？”

韩朝阳被问得哭笑不得，暗想我又不是办案民警，我这是在向你汇报，怎么处理我哪儿知道！但又不能质疑梁队的这个问题，只能苦着脸说：“梁队，这事比较麻烦，他虽然找了几个人去他大姐家闹过事，但治安处罚法里有明确规定，行为人因婚恋、家庭、邻里、债务等纠纷，实施殴打、辱骂、恐吓他人或者损毁、占用他人财物等行为的，一般不认定为寻衅滋事。连寻衅滋事都够不上，更不用说聚众扰乱社会秩序。”

梁东升不是无缘无故问这些的，而是觉得小伙子已经独当一面了，不能总跟以前一样不会办案，又冷不丁说：“可他妻子已经报了案，就算不符合立案条件，就算是群众求助也要给人家一个说法。”

“宁俊美的要求我们更做不到，我们是公安，不是法院，虽然知道钱存在哪个银行，甚至知道银行卡在哪儿，也无权帮她把钱取出来，更无权把钱取出来交给她。”韩朝阳想了想，强调道，“而且《婚姻法》好像也有相关规定，婚姻关系存续期间一方转移共同财产不构成犯罪，只需要承担民事责任。”

梁东升不动声色地说：“既然不构成犯罪，不符合立案条件，这事我们办案队一样管不了。”

“梁队，对不起，这事怪我，没搞清楚情况就上报，给您添乱了。我先批评教育，再试着调解，如果两口子都不接受调解，就让他们去法院。”

“也只能这样了，你先忙，有什么需要可以给我打电话。”

宁俊美可能趁苏主任和苗海珠不注意从警务室后门跑到了会议室，又跟杭卫方大吵大闹起来。韩朝阳摸了一把脸，紧盯着会议室无奈地说：“师傅，我觉得批评教育没问题，调解就算了吧，他们都成这样了，怎么调解！”

顾爷爷同样认为宁俊美既不可能也没必要再跟杭卫方这样的混蛋过，反问道：“你都想好了还问我？”

“那我先进去警告一下杭卫方。”

“去吧。”

韩朝阳再次走进会议室，敲敲桌子示意被苏主任和苗海珠拉住的宁俊美安静，随即转身道：“杭卫方，俗话说一日夫妻百日恩，你倒好，居然干出这样的事，对得起你妻子吗？今天太晚了，先回去反省反省，好好想想这日子是过还是不过，想想孩子将来长大之后会怎么看你这个父亲！”

这就可以回去！杭卫方一时间竟愣住了。

宁俊美觉得这不公平，正准备开口，韩朝阳又看着她说：“宁俊美，我虽然没结婚，但我有女朋友，我能理解你的感受，知道这件事让你很伤心很寒心，但离婚不是一件小事，你一样要多替孩子想想。先冷静冷静，也回去想想，想好了再做决定。”

“钱呢！”

“你先别急，”韩朝阳的目光再次转移到杭卫方身上，很认真很严肃地警告道，“杭卫方，顾警长刚才说得很清楚，你家的存款，包括征地拆迁的补偿款，属于你们夫妇的共同财产！念你是初犯，之前的事先帮你记着，如果你再敢单方面转移藏匿，别怪我对你不客气，到时候肯定会追究你的法律责任！”

“韩警官放心，不会了不会了，他只是一时糊涂，我可以担保，再发生这样的事你找我。”杭卫兰不懂法，不知道韩朝阳所说的“追究法律责任”纯属含糊其辞，就算追究也轮不到公安追究，竟又站出来打起圆场。

韩朝阳趁热打铁地说：“那就回去吧，回去之后好好想想。”

只能这样了。韩朝阳刻意让杭卫兰、杭卫方姐弟先走。

宁俊美等得有些心焦，噙着泪急切地说：“韩警官，你怎么能让他走，他要是把钱再卷跑怎么办，你让我们娘儿俩以后的日子怎么过！”

现在在场的全是懂法的，不等韩朝阳开口，康海根就举起笔录解释道：“宁俊美，我们很同情你的遭遇，但这件事真不归我们公安管，唯一能做的就是帮你收集并固定有利于你的证据。你回去之后好好想想，如果确定不跟杭卫方过了，那就赶紧请律师去法院起诉离婚。到时候我手上的这份笔录，还有刚才的执法视频，在争取孩子的抚养权和财产分割上能帮上你大忙。”

“嫂子，你们这是家庭矛盾，派出所真无权管。相信康所长的话，要离就抓紧，省得夜长梦多。”作为一个女人，苏主任比韩朝阳更同情宁俊美的遭遇，想想又掏出手机翻出一个号码，“如果决心离，我可以推荐一个律师。”

“离，不离这日子也没法儿过！”

“好吧，我这就帮你给吴律师打电话，他最擅长打离婚官司，并且现在的情况对你有利，孩子的抚养权他抢不走，在财产分割上更不会吃亏。”

第一百五十章　高升

送走宁俊美，已经是深夜 10 点多。

顾爷爷和老唐骑电动车回家休息，康所回工程指挥部。苗海珠睡了一天晚上实在睡不着，主动请缨同韩朝阳一起值会儿班。韩朝阳饿得饥肠辘辘，抓紧时间吃晚饭。苏主任也睡不着，边看着韩朝阳狼吞虎咽，边跟苗海珠一起声讨杭卫方那个渣男。在基层干，能遇到比这更奇葩的事，比杭卫方更渣的人。

韩朝阳不想再聊这个话题，忍不住抬头道："苏主任，苗姐，莹莹被借调到行政服务中心，明天一早就要去报到。现在是借调，估计借调过去就不会再回来了。"

"真的假的，我怎么不知道！"苏主任大吃一惊，不敢相信这是真的。

"区领导下午决定的，事先一点风声没有，我也觉得很突然。"

从街道往区里调哪有那么容易，苏主任很直接地认为他和黄莹不知道从什么时候就开始走了哪位领导的关系，装出一副若无其事的样子说："调到行政服务中心也好，那边进驻单位多，服务窗口多，每天的事也很多，在那儿干能锻炼人。"

苗海珠起点比谁都高，在这个问题上显得有些没心没肺，下意识问："她人呢，明天都要调走了，怎么不来跟我们道个别！"

"要移交工作，正在加班呢。"韩朝阳把餐盒放到一边，抽出张纸巾擦擦嘴，笑道，"再说又没调远，有必要道别吗？"

"有没有说调到行政服务中心做什么？"

"具体做什么工作不知道，只知道是去业务科。"

“业务科是做什么的？”苗海珠又好奇地问。

韩朝阳同样不清楚，真被问住了，苏主任噗嗤笑道：“业务科主要负责指导各窗口的各项业务工作，负责重大事项联审及联合踏勘的组织协调和部门之间的业务衔接；参与上报事项的上报手续办理；受理、整理各窗口的业务上报表格，做好统计、归档；参与中心服务内容、办事程序、运行制度的修改完善和解释；负责中心办证大厅咨询服务；负责中心电脑系统、局域网及和政府信息网的联网及日常管理，负责中心网站、语音查询电话的日常管理，可以说是行政服务中心最重要的科室。”

“这么厉害！”

“才知道啊，所以说在那儿干能锻炼人。”

女友能调到行政服务中心，韩朝阳真的很高兴，想想又禁不住笑道：“苏主任，您是不是也要走？”

“你怎么知道的？”苏娴嘴上反问，但脸上却没半点奇怪的表情。

“我师傅猜的。”韩朝阳笑了笑，不无好奇地问，“苏主任，您这次是上调街道，还是回市委？”

“回市委，本来要干到明年才回去的，接到通知我也很突然。”

韩朝阳追问道：“要高升了？”

“高什么升，”苏娴捋捋耳边的头发，轻描淡写地说，“行政财务科主任住院了，检查出是肝癌，就算能痊愈也要很长一段时间休养，领导决定让我回去顶这个缺。在这儿我是居委会大妈，回去之后要干的活跟在这儿差不多。”

“什么差不多，这是正科级实职，还是市委办的正科级实职！”韩朝阳虽然不是官迷，但很清楚这个职务不是谁都能干的，苏主任回去干几年，提副处就是水到渠成。

苗海珠只知道省厅的情况，不了解地方党委政府。并且市委带着几分神秘色彩，市委办下设多少科室包括她在内的许多人真不知道，竟又问道：“苏主任，行政财务科是做什么的？”

“承办市委的公务接待活动，负责市委和市委办的后勤保障，负责市委和市委办领导办公室的保洁、维护和报刊分送，负责市委办公室各类经费的预决算、管理和支出。”

“苏主任，您好像说漏了一条。”韩朝阳禁不住笑道。

“漏了？”苏娴一愣。

“肯定还有一条：承办市委及市委办公室领导交办的其他工作。”

“真有，你怎么知道得比我还清楚！”

“我不知道市委办各科室的职责，只知道不管哪个单位哪个部门甚至个人的工作职责里都有这么一条。”生怕她不相信，韩朝阳又抬起胳膊指指挂在墙上的社区民警职责。

想想真是，只要是工作职责里都有一个“其他”。苏娴反应过来，忍不住笑了。

苗海珠也笑得花枝乱颤，笑完不禁叹道：“苏主任，您太厉害了，如果说市委秘书长是市委的大管家，那您就是市委办的大管家！”

“你是笑话我从居委会大妈变成了管家婆？”

“哪儿能呢，这管家婆我想当还当不上呢！”

生活在继续，工作也在继续，未来还很长，一切都会越来越好的，韩朝阳一边笑，一边在心中默默坚信。

图书在版编目（CIP）数据

朝阳警事. 3/卓牧闲著.-上海：上海文艺出版社.2019.7
ISBN 978-7-5321-7245-0
Ⅰ.①朝… Ⅱ.①卓… Ⅲ.①长篇小说－中国－当代
Ⅳ.①I247.5
中国版本图书馆CIP数据核字(2019)第115638号

上海市新闻出版专项资金数字出版领域资金扶持

发 行 人：陈 征
策　　划：林庭锋 侯庆辰 李 霞
责任编辑：望 越
网络编辑：李晓亮
美术编辑：钱 祯

书　　名：朝阳警事. 3
作　　者：卓牧闲
出　　版：上海世纪出版集团　上海文艺出版社
地　　址：上海绍兴路7号　200020
发　　行：上海文艺出版社发行中心发行
　　　　　上海市绍兴路50号　200020　www.ewen.co
印　　刷：常熟市华顺印刷有限公司
开　　本：890×1240　1/32
印　　张：18.375
插　　页：2
字　　数：527,000
印　　次：2019年7月第1版 2019年7月第1次印刷
I S B N：978-7-5321-7245-0/I · 5770
定　　价：59.00元
告 读 者：如发现本书有质量问题请与印刷厂质量科联系　T: 0512-52605406